NICOLE STEYER

Die
Hexe
von
Nassau

Historischer
Roman

AF203153

aufbau taschenbuch

Nicole Steyer ist in Rosenheim aufgewachsen und begann schon früh, sich die ersten Geschichten auszudenken und aufzuschreiben. Im Jahr 2001 zog sie der Liebe wegen in das Taunusstädtchen Idstein, beschäftigte sich mit der Geschichte ihrer neuen Heimat und verfasste »Die Hexe von Nassau«, ihren ersten Roman, der sich mit den Hexenverfolgungen in Idstein und Umgebung befasst.

Im Aufbau Taschenbuch und bei Rütten & Loening sind unter ihrem Pseudonym Linda Winterberg zahlreiche historische Romane und Sagas erschienen: »Das Haus der verlorenen Kinder«, »Solange die Hoffnung uns gehört«, »Unsere Tage am Ende des Sees«, »Die verlorene Schwester«, »Für immer Weihnachten«, »Die Kinder des Nordlichts« sowie die große Hebammen-Saga: »Aufbruch in ein neues Leben«, »Jahre der Veränderung«, »Schicksalhafte Zeiten«, »Ein neuer Anfang« und die dreiteilige Winzerhof-Saga: »Das Prickeln einer neuen Zeit«, »Tage des perlenden Glücks«, »Die goldenen Jahre«.

Idstein, 1676: Das Leben von Katharina ist einfach und beschaulich. Gemeinsam mit ihrer Mutter verdient sie sich ihr Auskommen mit Näharbeiten. Als Dorfkinder Gerüchte über dunkle Machenschaften der beiden Frauen in die Welt setzen, geraten die beiden Frauen in höchste Gefahr, denn Graf Johannes, der den Anschuldigungen Glauben schenkt, beginnt eine grausame Hexenverfolgung, der schon bald Katharinas Mutter zum Opfer fällt. Nun ist Katharina auf sich allein gestellt, während in der Grafschaft Nassau der Hexenwahn immer weiter um sich greift …

NICOLE STEYER

Die Hexe von Nassau

Historischer
Roman

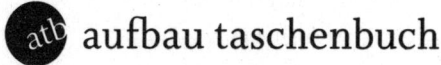

aufbau taschenbuch

ISBN 978-3-7466-4083-9

Aufbau Taschenbuch ist eine Marke der
Aufbau Verlage GmbH & Co. KG

1. Auflage 2023
Vollständige Taschenbuchausgabe
© Aufbau Verlage GmbH & Co. KG, Berlin 2023
www.aufbau-verlage.de
10969 Berlin, Prinzenstraße 85
Der Verlag behält sich das Text- und
Data-Mining nach § 44b UrhG vor, was hiermit Dritten ohne
Zustimmung des Verlages untersagt ist.
Umschlaggestaltung www.buerosued.de, München
unter Verwendung von Motiven von
© Abigail Miles / Arcangel und public domain
Satz LVD GmbH, Berlin
Druck und Binden CPI books GmbH, Leck, Germany

Printed in Germany

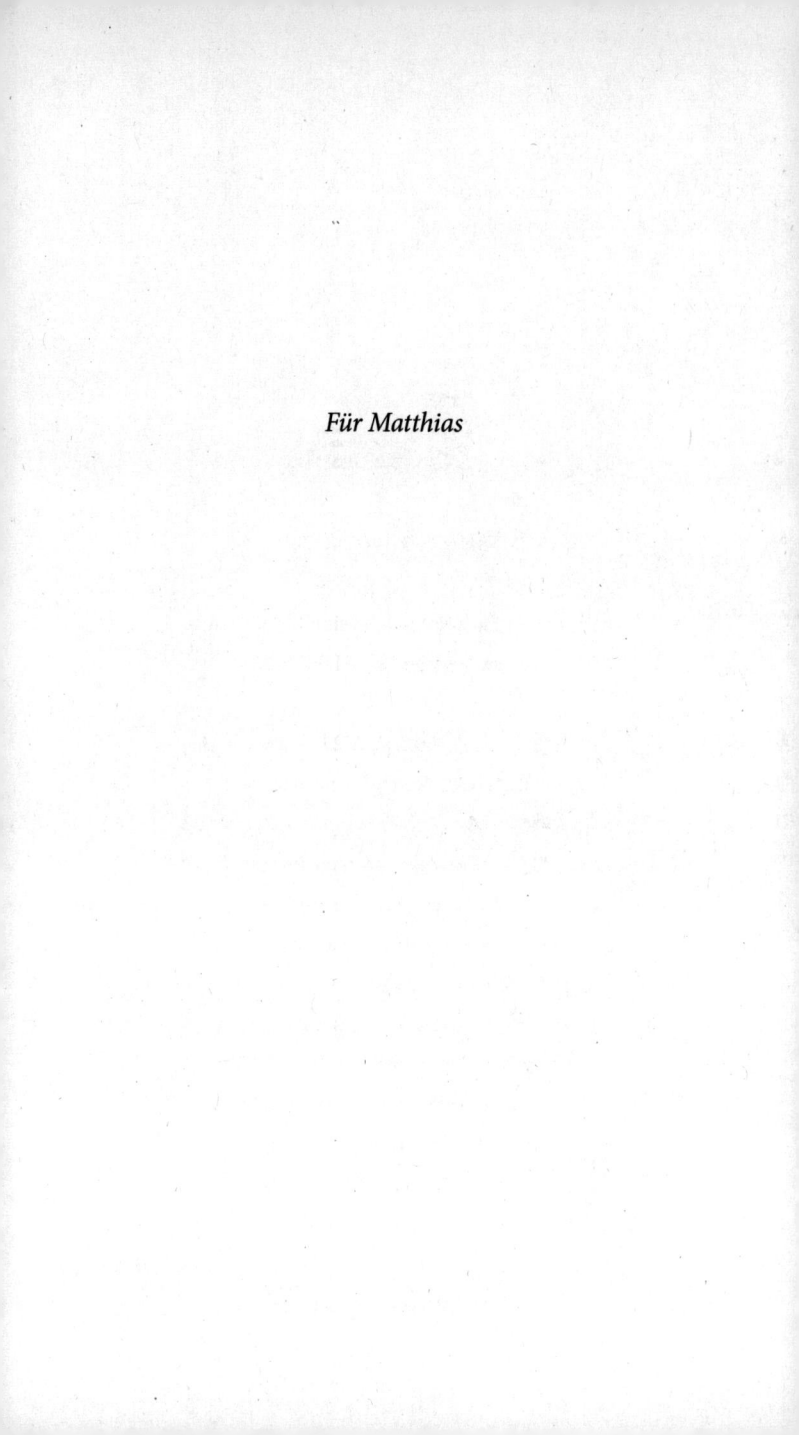

Für Matthias

Prolog

Dicke weiße Schneeflocken fielen wie Watte vom Himmel, tanzten durch die Luft und schwebten langsam und sacht herab. Katharina blickte sich um und beobachtete ihr Spiel mit dem Wind, der sie durch die engen Gassen wirbelte. Die eine oder andere Flocke flog ihr ins Gesicht, doch sie schien es nicht zu bemerken. Ihre geröteten Wangen waren warm. Katharina kam der Schnee nicht kalt vor. Wie Daunen, die vom Himmel fielen, sah er aus und fühlte sich weich an. Sie spürte einen inneren Frieden, wie ihn nur die ersten Schneeflocken mit sich brachten und den man nur in Momenten wie diesen fühlen konnte.

Den Tag über war es dunkel und grau gewesen. Die Wolken hatten tief am Himmel gehangen, und der Duft des Schnees hatte in der Luft gelegen. Die ganze Zeit hatte sich Katharina gefragt, wann es endlich zu schneien beginnen würde.

Als dann am späten Nachmittag die ersten Flocken vom Himmel gefallen waren, hatte sie innegehalten und ihnen zugesehen. Ganz still hatte sie am Fenster gestanden, nach draußen geblickt und gelächelt.

Der Duft des Schnees, die nun erfüllte Prophezeiung, dass er wirklich kommen würde, ließ sie an ihre Mutter denken. Sie hatte immer vom Geruch des Schnees gesprochen und davon, dass er in der Luft lag. Und jedes Mal hatte sie recht behalten. Wenn sie an zu Hause dachte, fühlte sich Katharina ein wenig wehmütig. Die Erinnerungen an ihr Heimatdorf – an den Hof, das alte Bauernhaus, die Felder, Hügel und Wiesen – waren weit weg, wie aus einem anderen Leben.

Vorsichtig setzte Katharina einen Fuß vor den anderen und hielt sich dankbar am Arm ihres Gatten fest. Der Boden war hier nicht gepflastert, es war rutschig. Die Dunkelheit war bereits hereingebrochen, und in der Gasse gab es nur wenige Laternen.

Hin und wieder drang Licht durch eines der kleinen Fenster nach draußen. Normalerweise ging Katharina ungern im Dunkeln durch die engen Gassen. Sie verabscheute die Winkel und Ecken, hinter denen jederzeit Gefahr lauern konnte. Aber heute war es anders, heute war es lebendiger als sonst. Um sie herum herrschte reges Treiben.

Das Martinsfest wurde mit einem großen Feuer auf dem Marktplatz gefeiert. Viele Leute hatten sich auf den Weg gemacht. Katharina beobachtete die Menschen, die gemeinsam mit ihnen die Gasse hinuntergingen. Einige kannte sie. Der alte Metzgermeister, bei dem sie immer ihr Fleisch holte, lief mit einer Horde Kinder winkend an ihnen vorüber und zwinkerte Katharina fröhlich zu. Seine Frau folgte ihm. Sie wirkte leicht abgehetzt und trug ein laut brüllendes Baby auf dem Arm. Katharina warf ihr einen mitleidigen Blick zu. Irgendwie sah sie nicht so aus, als würde ihr der Ausflug Freude machen.

An der nächsten Ecke wurde sie freundlich von zwei Frauen gegrüßt. Die beiden arbeiteten genauso wie Katharina als Schneiderinnen. Alle drei waren in einer der größten

Nähereien der Stadt tätig. Ihre Kolleginnen waren ebenfalls mit ihren Ehemännern unterwegs. Katharina musterte die beiden. Anscheinend hatten sie sich fürs Martinsfest extra hübsch zurechtgemacht. Sie trugen weiße Schürzen, die am Saum mit Spitzen bestickt waren. Ihre Haare waren ordentlich unter Hauben versteckt, und ihre langen, wollenen Umhänge hatten sie sich mit hübschen bunten Bändern um den Hals gebunden.

Katharina sah kurz an sich hinunter. Sie hatte es heute mit der Garderobe nicht so genau genommen. Ihr war es eher wichtig, nicht zu frieren. Allerdings waren ihr die hämischen Blicke der beiden Frauen nicht entgangen. Sie schämte sich ein wenig. Vielleicht hätte sie heute Abend doch mehr Wert auf ihr Äußeres legen sollen.

»Vorsicht!«

Schnell zog ihr Gatte sie ein Stück näher an sich heran, als eine Gruppe Kinder laut kichernd an ihnen vorbeilief.

»Sie sind alle ganz aufgeregt«, sagte Katharina lachend und genoss seine Nähe und Wärme. Er fror anscheinend nie, sogar jetzt hatte er warme Hände. Sie blieben kurz stehen, und er strich ihr eine ihrer roten Locken aus dem Gesicht. Sie hatte es mal wieder nicht geschafft, ihre störrischen Haare zu bändigen. Doch er lächelte nachsichtig. Genau dafür liebte er sie. Er mochte es, wenn sie ein wenig zerzaust aussah, sie wirkte dann nicht so streng. Sogar hier in der dunklen Gasse konnte er ihre Sommersprossen erkennen, und selbst im Dämmerlicht schien ihre porzellanartige Haut ein wenig zu leuchten.

»Ist dir kalt?«, fragte er und rieb ihr fest über die Arme.

»Nein, mir ist warm.«

Wieder liefen einige Kinder an ihnen vorbei.

»Lass uns lieber weitergehen. Sonst verpassen wir noch alles.«

Kurze Zeit später traten sie auf den Marktplatz. Katharina liebte diesen Moment. Jedes Mal, wenn sie die Dunkelheit der Gassen verließ und den Platz betrat, kam es ihr vor, als wäre es das erste Mal. Hier war alles groß, hell und freundlich. Vor ihr ragten die Zinnen des mächtigen Rathauses in den Himmel. Der weitläufige Platz war umgeben von wunderschön gepflegten Fachwerkhäusern, die sich eng aneinanderschmiegten. Hinter ihnen erhob sich der beeindruckende Dom. Er war das größte Gebäude, das sie jemals im Leben gesehen hatte, und faszinierte sie jedes Mal aufs Neue.

Der Platz war gut gefüllt. Kinder liefen laut kreischend durcheinander. Die Leute standen in kleinen Gruppen beisammen und unterhielten sich lachend. Es roch nach warmem Apfelwein und frisch gebackenem Brot. Am Rand des Platzes waren einige Holzbuden aufgebaut worden, vor denen sich die Menschen drängelten.

In der Mitte des Platzes war ein großer Holzstapel errichtet worden, der weit in den grauen, dunklen Himmel ragte. Katharina wurde nun doch kalt. Fröstelnd rieb sie sich die Hände. »Komm, lass uns weiter nach vorn gehen. Dann können wir uns gut am Feuer wärmen.« Ihr Mann zog sie einfach mit sich. In dem Moment, als sie aus der Menge heraustraten, entzündeten zwei Männer den großen Holzstoß.

Jubel brach auf dem Marktplatz aus. Irgendwo begann ein Musikant auf seiner Geige ein fröhliches Lied zu spielen. Doch Katharina war das in diesem Moment gleichgültig. Sie hatte gehofft, dass sie stark sein würde, aber nun blickte sie wie hypnotisiert in die Flammen, die immer höher züngelten und sich ins Holz fraßen. Auf einmal kam sie sich schrecklich allein und verlassen vor. Nichts war geblieben von dem Frohsinn und der Zuversicht, die sie gerade eben noch in der Gasse empfunden hatte. Die Musik drang nicht mehr an ihr Ohr, und sie hörte auch die kreischenden Kinder nicht mehr. Die Erinnerung hatte sie eingeholt – dazu der unglaubliche Gestank, den sie niemals in ihrem Leben vergessen würde. Und plötzlich konnte sie sie hören. Die Stimmen waren in ihrem Kopf, raubten ihr die Kraft und ließen sie erzittern.

»Verbrennt sie, verbrennt die Hexen!«

Funken tanzten in den Nachthimmel und bildeten einen seltsamen Kontrast zu den weißen Schneeflocken. Das Holz knackte und barst in den Flammen, und plötzlich konnte sie sie sehen: die Hände und Füße, die Körper, wie sie immer mehr zerfressen wurden. Wie die Hitze in die Haut drang und den Menschen ihre Gesichter nahm. Der unglaubliche Gestank des brennenden Fleisches stieg in ihre Nase. Es stank erbärmlich, war unerträglich.

»Meine Liebe, ist alles in Ordnung?«, hörte sie ihren Gatten fragen, während sie die ersten Schritte rückwärtsging. Sie konnte hier nicht bleiben.

Abrupt drehte sie sich um und rannte fort von dem Feuer und der Erinnerung.

1

Ein empfindlich kalter Wind wehte über den Marktplatz in Idstein und brachte bereits die ersten Regentropfen. Fröstelnd rieb sich Katharina über die Arme und blickte zum Himmel. Die Sonne, die noch vor Kurzem von einem wolkenlosen Himmel geschienen hatte, war urplötzlich verschwunden. Der Marktplatz versank in der Dunkelheit des herannahenden Unwetters. Um sie herum war ein heilloses Durcheinander ausgebrochen. Die Händler packten eilig ihre Waren ein. Klirrend ging irgendwo ein Tontopf zu Bruch, und die Töpfe und Pfannen, die an einem der Nachbarstände verkauft wurden, schepperten im Wind.

Eilig rannte eine Gruppe Schausteller an Katharina vorbei. Gerade hatten sie noch getanzt und musiziert, jetzt flatterten ihre bunten Gewänder im auffrischenden Wind, der einer jungen Tänzerin sogar eines der bunten Bänder aus dem Haar riss.

Wo war nur der schöne Tag geblieben? Die Sonne hatte sich in den sauber polierten Fenstern der Häuser, die den Marktplatz säumten, gespiegelt. Der Duft von frisch gebratenem Fleisch und leckerem Brot hatte in der Luft gehangen, und die Gesichter der Menschen hatten Zuversicht und Freude ausgestrahlt. Eine Schar Gänse lief schnatternd an Katharina vorbei, gefolgt von einigen Hühnern. Sie zuckte erschrocken zusammen. Ein junges Mädchen, nicht älter als fünfzehn Jahre, rannte den Tieren verzweifelt hinterher.

Katharinas Mutter packte bereits hastig ihre Waren zusammen. Blusen, Kleider, Stoffe und Nähgarn wanderten unordentlich in ihren alten Karren. Katharina rollte die Spitzenbordüren ein, die sie und die Mutter zuvor liebevoll an den Rand des Brettes gehängt hatten, auf dem sie immer ihre Kleidungsstücke ausstellten. Es regnete immer stärker. Dicke Tropfen wurden vom Wind über den Platz getrieben, der sich in ein Pfützenmeer verwandelte. Katharinas Haarknoten hatte sich gelöst, rote Locken klebten in ihrem Gesicht. Das dunkelblaue Leinenkleid, das sie heute Morgen extra für den Markttag angelegt hatte, war bereits vollständig mit Wasser vollgesogen und hing schwer und kalt an ihr herunter.

»So ein Unwetter aber auch. Es ist eine Katastrophe. Einige der Sachen können wir bestimmt nicht mehr verkaufen.« Ihre Mutter stöhnte. Eva Heinemann war etwas kleiner als ihre Tochter. Ihr Haar hatte aber dieselbe kupferrote Farbe, auch wenn es bereits von einigen grauen Strähnen durchzogen war. Mit vereinten Kräften schoben sie das Brett auf den Karren und schützten damit wenigstens ein wenig die darunterliegenden Kleidungsstücke und Stoffe. Katharina atmete erleichtert auf, als sie es endlich geschafft hatten. »Gott sei Dank. Das schwere Ding. Es ist bei der Nässe richtig rutschig.«

»So werde ich niemals fertig. Alles geht kaputt. Ich bin ruiniert.«

Als sie die Stimme hörten, drehten sich beide gleichzeitig um. Agnes stand verzweifelt zwischen ihren Stoffen. Die schöne Seide, der wunderbare Satin – alles war bereits völlig durchnässt. Wenn die wertvollen Stoffe nicht bald aus dem Regen kamen, konnte Agnes sie nicht mehr verkaufen. Die kleine, leicht untersetzte Frau sah verzweifelt auf die Unmengen von Stoffballen, die um sie herumlagen.

Eigentlich war die schwere Arbeit für Agnes allein viel zu viel. Aber der Stand war die einzige Einnahmequelle der Familie, da ihr Mann so sehr von der Gicht geplagt war, dass er längere Zeit nicht arbeiten konnte.

»Wir helfen dir, Agnes.« Eva ging zu ihr hinüber. Katharina folgte ihr nicht sofort, sondern blieb noch einen Moment bei ihrem Esel Albert stehen und strich dem Tier beruhigend über seine zottelige Mähne. Der kleine Esel war sehr eigenwillig. Er war um einiges schmächtiger und kleiner als seine Artgenossen, hatte dafür aber einen ordentlichen Dickkopf. Katharina wusste, dass er es nicht mochte, im Regen zu stehen. Das Tier stampfte in den Pfützen herum. Beruhigend sprach Katharina auf den Esel ein, strich ihm liebevoll über den Hals, drückte ihren Kopf an seine warme Haut und spürte seinen Puls. Nach einer Weile wurde der Esel etwas ruhiger und hörte auf, unruhig umherzutänzeln.

Katharina hob langsam den Kopf, löste sich vorsichtig von dem Tier und ging nun ebenfalls zu Agnes hinüber. Vor Agnes' Planwagen war ein großes kräftiges Maultier gespannt. Es war fast doppelt so groß wie Albert. Das Tier stand ganz still, blickte sich gutmütig um und schien sich für all die Aufregung und Panik um sich herum nicht zu interessieren. Sie tätschelte ihm liebevoll den Hals, bewunderte mal wieder die starken Flanken und die großen Hufe des Tieres.

»Na, du Dicker? Dir macht der Regen nichts aus, oder?

Wir helfen jetzt deiner Herrin. Dann kommst du bald in deinen warmen Stall.«

Katharina wandte sich seufzend von dem Tier ab. Eine Ewigkeit hätte sie noch bei ihm stehen können. Sie liebte Pferde, Esel und Maultiere und konnte Stunden damit zubringen, Albert zu striegeln und zu bürsten. Ab und an half sie im Gassenbacher Hof im Stall aus. Das waren für sie immer perfekte Tage. Dann versank sie in der Welt der Tiere und vergaß alles andere um sich herum.

Agnes' Tisch war immer noch voller Stoffe. Eine große grüne Bahn Brokatstoff lag direkt vor Katharina. Ein Teil des dicken Stoffes hing vom Tisch herab und schwamm in einer Pfütze. Der wertvolle Stoff schien völlig ruiniert zu sein. Seufzend rollte ihn Katharina zusammen und versuchte, die Stoffbahn zum Karren zu bringen. Der Stoff war so schwer, dass sie ihn kaum tragen konnte. Triefend nass hing er in ihren Armen, die schrecklich wehtaten. Katharina schwankte, und Agnes, die gerade eine Bahn gelbe Seide im Wagen verstaut hatte, bemerkte aus dem Augenwinkel, dass Katharina Probleme hatte, und eilte ihr sofort zu Hilfe. Mit vereinten Kräften schafften sie es, den schweren Stoff auf den Wagen zu heben. Katharina blieb, die Hand auf dem Wagen aufgestützt und schwer atmend, stehen.

»Ach du meine Güte. Wie machst du das nur immer allein, Agnes?«

Die alte Frau zuckte mit den Schultern, während sie sich bereits dem nächsten Stoffballen zuwandte.

»Es muss eben gehen. Wenn ich nicht mit dem Wagen auf die Märkte fahre, dann verhungern wir. Die Stoffe sind doch alles, was wir haben.«

Katharina richtete sich auf. Besorgt sah sie noch einmal zu Albert hinüber. Der Esel schnaubte unruhig. Hoffentlich würde er nicht einfach davonlaufen, denn er hatte sie bereits einige Male sprichwörtlich im Regen stehen lassen.

Plötzlich sah sie ein kleines Mädchen vor dem Karren. Die Kleine schien nicht viel älter als ein Jahr zu sein. Sie trug ein hellbeiges Leinenkleidchen mit einem braunen Wolljäckchen darüber. Kleine blonde Locken klebten an ihrem Gesicht. Sie stolperte neben dem Karren und fiel in eine der großen Pfützen. Ihr Mund begann zu zucken. Trotz des Regens konnte Katharina erkennen, dass die Kleine weinte. Ihre Wangen waren rot vor Kälte. Verzweifelt patschte sie mit ihren kleinen Fingerchen in der Pfütze herum.

Katharina sah sich um, aber niemand schien sich für das Kind zu interessieren.

»Was ist denn nun, Katharina?«

Katharina zuckte zusammen und drehte sich zu ihrer Mutter um.

»Sieh nur, Mutter, das Kind hier scheint ganz allein zu sein.« Evas Blick wanderte zum Karren hinüber.

»Aber das ist ja die Kleine von Schobers aus der Obergasse. Wie kommt die denn hierher?«

»Du kennst das Mädchen?«

»Aber natürlich. Sie heißt Luise. Eleonore Schober ist ihre Mutter. Du kennst sie doch.«

Eleonore war fünf Jahre älter als Katharina und kam aus Dasbach. Katharina konnte sich noch gut an die Hochzeit mit Josef Schober erinnern. Die ganze Gasse war mit Blumengirlanden geschmückt gewesen. Es hatte einen großen

Schweinebraten und die besten Würste gegeben, und bis tief in die Nacht hinein hatten Musikanten fröhliche Lieder gespielt.

Eva ging zu ihrem Karren hinüber und hob die kleine Luise hoch. Liebevoll tröstete sie das Mädchen.

»Jetzt ist ja alles gut, mein Kind. Du wirst doch der Mama nicht weggelaufen sein?«

Suchend wanderte ihr Blick über den Marktplatz. Katharina und Agnes sahen sich ebenfalls um. Doch zwischen den packenden Händlern, Ziegen, Kühen, Maultieren, Hühnern, Gänsen und halb abgebauten Ständen war keine Eleonore zu sehen.

»Anscheinend ist sie wirklich von zu Hause fortgelaufen«, mutmaßte Eva. »Bestimmt hat Eleonore ihr Fehlen noch gar nicht bemerkt.«

Agnes' Blick wanderte wieder über ihre Stoffballen, von denen immer noch viele im Regen lagen. Katharina sah die tiefen Sorgenfalten auf ihrer Stirn.

»Wisst ihr, was«, schlug sie vor, »ich bringe die Kleine schnell zu Schobers, und ihr räumt unterdessen den Wagen fertig ein.«

Eva nickte und reichte ihrer Tochter vorsichtig das Kind.

»Aber pass auf, dass du in der Gasse nicht ausrutschst. Es ist sicher sehr glitschig dort.«

Katharina lächelte nachsichtig. Ihre Mutter behandelte sie manchmal immer noch wie ein kleines Kind und vergaß, dass sie es mit einer erwachsenen jungen Frau zu tun hatte.

»Wir werden das schon schaffen«, antwortete sie, ein Lächeln auf den Lippen.

Mit dem Kind auf dem Arm lief sie über den Marktplatz,

vorbei an Ziegenpferchen und Hühnern, die in kleinen Holzkästen dem Regen trotzten. Viehhändler, Handwerker und Gerber rannten durcheinander. Fuhrwerke fuhren an, Pferde und Maultiere wieherten und stampften mit den Hufen.

Eigentlich war Idsteins Marktplatz ein ruhiger und friedlicher Platz, über den der große Bergfried wie ein Beschützer wachte. Seine Spitze war heute im Regen und im Nebel der Wolken kaum auszumachen, ebenso wenig wie das Schloss des Grafen, das dahinterlag.

Katharina war noch nie dort oben gewesen. Immer nur aus der Ferne hatte sie das beeindruckende Gebäude bewundert. Unterhalb des Bergfrieds stand grau und düster das alte Torbogengebäude, neben dem das Büro des ehrwürdigen Herrn Amtsrats untergebracht war.

Wenn kein Markt war, herrschte hier eine friedliche und ruhige Atmosphäre. Kleine Holzbänke standen unter den Bäumen, auf denen man an warmen Frühlingstagen ausruhen konnte. Kein hektisches Treiben übertönte dann die ruhige Beständigkeit, die die Fachwerkhäuser ausstrahlten. In den kleinen Läden, Geschäften und Werkstätten ging jeder seiner Arbeit nach. Ab und an fuhr ein Fuhrwerk vorbei, kleine Kinder liefen lachend durch die Gassen. Am oberen Ende des Platzes holten die Frauen aus dem Brunnen ihr Wasser und erfuhren die Neuigkeiten und den Tratsch aus den Dörfern und der Schlossküche. Doch heute konnte Katharina den Brunnen nicht sehen, denn die Filzerei hatte davor ihren Stand aufgebaut. Zwei junge Frauen waren damit beschäftigt, Taschen, Schuhe, Hüte und sonstige Utensilien zusammenzuraffen. Katharina kannte die beiden vom

Sehen und nickte ihnen kurz zu, während sie schwungvoll in die Obergasse einbog.

»So pass doch auf, du dummes Ding.«

Erschrocken wich Katharina zurück. Sie war einem großen Mann direkt in die Arme gelaufen.

»Entschuldigt, mein Herr«, murmelte sie leise und sah beschämt zu Boden. Sein schwarzer Hut schwamm in einer Pfütze vor ihr.

Sie bückte sich und fischte ihn heraus. Vorsichtig hob sie den Blick, während sie ihm seinen Hut reichte – und erstarrte. Eiskalte blaue Augen sahen sie an. Eiskalte Augen, die sich tief in ihr Innerstes bohrten.

Hastig griff der Mann nach seinem Hut. Katharina wich einen Schritt zurück.

»Jetzt ist er völlig ruiniert«, schimpfte der Mann, der ganz in Schwarz gekleidet war, mit einem schwarzen Wams, einer schwarzen Hose und schwarzen Stulpenstiefeln.

Katharina zitterte. »Entschuldigt«, murmelte sie leise. »Ich habe nicht auf den Weg geachtet.« Sie spürte eine große Unruhe in sich und wäre am liebsten weggelaufen.

Der schwarze Mann musterte sie von oben bis unten. Er hatte eigentlich weitergehen wollen, war nun aber doch stehen geblieben. Diese junge Frau hatte etwas sehr Seltsames an sich. Er konnte es sich nicht erklären. Sie war eigentlich nichts Besonderes. Ziemlich groß für eine Frau, sehr dünn und schmal gebaut, kaum zwanzig Jahre alt. Ihr rotes Haar wellte sich um ihr Gesicht, Regen tropfte auf ihr dunkles Leinenkleid. Sie sah aus wie viele andere Frauen auch. Doch irgendetwas war anders. Sie wirkte selbstbewusst und stark.

Die kleine Luise auf Katharinas Arm schmatzte laut, den Daumen im Mund, und fühlte sich sichtlich wohl. Der Regen und die Kälte schienen das Kind nicht mehr zu beeindrucken. Katharina zitterte noch immer und drückte die Kleine ein wenig fester an sich, als müsste sie das Kind vor diesem seltsamen Fremden beschützen.

Der Mann schüttelte kurz den Kopf.

»Pass das nächste Mal besser auf.«

Hastig schob er sich an ihr vorbei. Katharina fing seinen Geruch auf. Eine seltsame Mischung aus Schwefel, Wein und Holzrauch stieg ihr in die Nase.

Nachdem der schwarze Mann verschwunden war, atmete Katharina erleichtert auf und versuchte, das Grauen und ihre Angst abzuschütteln. Luise lutschte noch immer an ihrem Daumen. Instinktiv presste Katharina ihre Nase an den Hals des Kindes und sog den beruhigenden Geruch tief in sich hinein. Luise duftete nach feuchtem Leinen und Haferbrei, und in ihrem Haar hing ein Hauch von Kamille. So konnten nur kleine Kinder duften. Katharina beruhigte sich ein wenig. Das Zittern ließ nach.

Langsam lief sie die Gasse weiter hinauf. Sie musste aufpassen, wo sie hintrat, der Boden war nicht gepflastert und schmierig. Stöhnend schob sie das Kind auf ihrem Arm ein Stück nach oben und blickte im Vorbeigehen in die Hinterhöfe der Häuser. Wie immer stapelten sich dort Essensreste und andere Abfälle. Der fürchterliche Gestank von verfaultem Fleisch, Gemüse und Urin hing in der Luft. Überall liefen Ratten herum. Die Tiere waren nicht besonders scheu, kreuzten sogar ihren Weg. Sie wich angewidert vor einem alten Bettler, der an der nächsten Ecke im Abfall wühlte, zurück. Der arme Kerl trug ein schäbiges Hemd, seine Hose war zerschlissen, und seine Füße waren nackt. Er sah Katharina aus müden Augen an, hob seinen zerschlissenen Hut zum Gruß und schenkte ihr ein zahnloses Lächeln. Widerwillig musterte sie ihn, gab dann aber doch mit einem kurzen Nicken seinen Gruß zurück.

Kurz bevor sie das Haus der Schobers erreichte, kam ihr eine völlig aufgelöste Eleonore entgegen. Bei Katharinas Anblick lächelte sie erleichtert.

»Luise, da bist du ja. Kind, wo bist du nur gewesen?«

Überglücklich nahm sie Katharina das Kind aus den Armen. Tränen der Erleichterung standen in Eleonores strahlenden Augen. Liebevoll küsste sie die Wangen ihrer Tochter und drückte sie ganz fest an sich. Immer wieder strich sie der Kleinen über die blonden Löckchen, als könnte sie es kaum fassen, dass sie das Kind wiederhatte.

Nach einer Weile setzte sie Luise auf ihre Hüfte und bedankte sich bei Katharina.

»Danke, Katharina. Wo hast du denn unsere kleine Ausreißerin gefunden?«

»Sie tauchte auf einmal vor unserem Karren auf. Weil wir dich nirgendwo sahen, nahmen wir an, dass sie dir weggelaufen ist.«

Eleonore stöhnte.

»Sie läuft zur Zeit andauernd weg. Ständig bin ich dabei, sie zu suchen. Keine Tür kann ich mehr offen stehen lassen. Gott sei Dank hast du sie gefunden. Bei dem Durcheinander, das auf dem Marktplatz herrscht, hätte ja alles Mögliche passieren können.«

Luise streckte lachend ein Händchen nach Katharina aus

und quietschte vor Freude. Katharina stupste der Kleinen sacht auf die Nase.

»Ist ja noch mal gut gegangen. Aber das solltest du nicht mehr machen, Luise. Die Mama braucht dich doch.«

Eleonore musterte ihre Tochter.

»Ich denke, du brauchst jetzt erst einmal ein warmes Bad. Du bist ja ganz kalt.«

Ihr Blick fiel auf Katharina. »Möchtest du mit reinkommen? Ein warmer Tee wird dir sicher guttun.«

Katharina hätte gerne Ja gesagt. Ein warmer Tee wäre jetzt wunderbar gewesen. Aber sie musste zurück. Die Mutter wartete bestimmt schon auf sie. Sie schüttelte wehmütig den Kopf.

»Nein, ich kann nicht. Die Mutter wartet mit den Sachen. Wir müssen nach Hause.«

»Aber dann ein andermal. Komm doch, wenn du das nächste Mal in der Stadt bist, bei uns vorbei. Irgendwie muss ich mich für deine Hilfe erkenntlich zeigen.«

»Aber das war doch selbstverständlich. Jeder hätte so gehandelt.«

Katharina strich sich die Haare aus dem Gesicht. Der provisorische Knoten im Nacken hatte sich gelöst.

Eleonore musterte Katharina verstohlen von der Seite. Sie hatte sie schon lange nicht mehr gesehen. Katharina war groß und hübsch. Ihre Haut schimmerte ein wenig wie Porzellan. Die vielen Sommersprossen in ihrem Gesicht gaben ihr etwas Weiches. Sie war sehr schlank, fast ein wenig zu schmal. Bestimmt würde Eva bereits nach einem guten Gatten für Katharina Ausschau halten.

»Nein, so selbstverständlich ist das nicht«, sagte sie schließlich und zog Katharina liebevoll an sich. »Es war schön, dich zu sehen. Sag deiner Mutter einen lieben Gruß von mir.«

»Gerne«, antwortete Katharina, »und du solltest wohl etwas besser darauf achten, dass die Türen geschlossen sind. Nicht dass die Maus noch in den Stadtbrunnen plumpst.«

»Das mache ich, versprochen.«

Winkend lief Katharina die Gasse hinunter.

Eva stand zitternd vor dem Karren, als Katharina zurückkam. Agnes war verschwunden. Der Platz war fast völlig leer. Verwundert sah sich Katharina um. War sie so lange weg gewesen?

Als sie ihre Mutter erreichte, schien diese unendlich erleichtert zu sein. Der starke Regen hatte sich in einen kalten Nieselregen verwandelt, der wie feiner Nebel vom Himmel fiel. Alberts Mähne hing traurig herab. Er sah missmutig aus, hatte es aber anscheinend aufgegeben, ständig mit den Hufen zu stampfen, und stand still da.

»Wo warst du denn so lange?«

Evas Stimme zitterte. Sie war völlig durchgefroren. Erst jetzt bemerkte auch Katharina wieder die Kälte. Seltsam, vorhin in der Gasse war ihr noch richtig warm gewesen. Bei dem Gedanken an die Gasse erschauerte sie. Erneut sah sie die eiskalten Augen des seltsamen Mannes vor sich und rieb sich fröstelnd über die Arme.

»Es war sehr voll auf dem Marktplatz. Am Anfang war es gar nicht so leicht, durchzukommen. Eleonore war unendlich erleichtert.«

»Also ist ihr die Kleine doch weggelaufen.« Eva nahm, während sie dies sagte, Alberts Zügel, und sie setzten sich langsam in Bewegung. »So warst du in dem Alter auch«, fuhr Eva lächelnd fort. »Dich musste ich auch immer suchen.«

Albert schnaubte. Katharina legte beruhigend ihre Hand an seinen warmen Hals. Es begann zu dämmern, und die Häuser und Höfe versanken immer mehr im Zwielicht. Niemand war mehr zu sehen. Nur die Geräusche des Esels, das Rattern der Räder und ihre Schritte waren zu hören. Die Mutter atmete schwer. Ein langer und anstrengender Tag neigte sich seinem Ende zu. Erneut dachte Katharina an den schwarzen Mann und seinen seltsamen Blick. Sollte sie ihrer Mutter davon erzählen? Sie verwarf den Gedanken wieder. Es war ja eigentlich nichts passiert. Sie war nur mit jemandem zusammengestoßen.

Kurz darauf erreichten sie das Stadttor und liefen aufs freie Feld hinaus. Erst jetzt fiel die letzte Anspannung von Katharina ab. Befreit atmete sie die frische Luft ein. Endlich ging es zurück zu ihrem Hof in Niederseelbach.

2

In dem kleinen Raum war die Kerze auf dem Nachttisch bereits weit heruntergebrannt. Sie flackerte ein wenig, als Pfarrer Wicht die Tür öffnete. Die Vorhänge am Fenster waren zugezogen, und die Gerüche von Schweiß und Urin schlugen ihm entgegen. Eine besondere Mischung, die nur in Räumen in der Luft lag, in denen der Tod anwesend war. Das ordentlich zurechtgemachte Bett füllte fast den ganzen Raum aus. Die Augenlider des Kranken flatterten leicht, er hatte die Hände gefaltet.

Michael Leitner war kein besonderer Mensch. Er war ein einfacher Handwerker, der sich aber einen hervorragenden Ruf als Sattler erarbeitet hatte. Aus ganz Nassau erhielt er inzwischen Aufträge und war in der Stadt mehr als beliebt. Sogar den Gassenbacher Hof belieferte er mit Waren, genauso wie die Stallungen des Grafen, worauf er besonders stolz war. Sein großes gepflegtes Anwesen lag etwas versteckt in einem Hinterhof. Überall auf dem Gelände waren Tierhäute gestapelt, und es duftete nach frisch gegerbtem Leder.

Vorsichtig setzte sich Pfarrer Wicht zu dem schwer atmenden Mann ans Bett.

Er war Priester aus Leidenschaft, ein Mann Gottes. Für ihn waren solche Besuche normal und gehörten zu seinem

Alltag. Doch heute fühlte er sich in seiner Haut nicht wohl. Am liebsten hätte er Gevatter Tod fortgeschickt, aber das konnte er nicht. Michael Leitner hustete und versuchte, ein wenig den Kopf zu heben, was ihm aber nicht gelang. Beruhigend strich Pfarrer Wicht ihm über den Arm. Der Husten saß tief und hörte sich trocken an. Pfarrer Wicht seufzte. Michael Leitner war nicht der Erste, bei dem er dieser Tage saß. Diese Krankheit war schrecklich, sie griff immer weiter um sich und ließ sich einfach nicht aufhalten.

Die Tür hinter ihm quietschte ein wenig, als Magdalena Leitner vorsichtig den Raum betrat. Sie hatte verweinte Augen, unter denen tiefe, dunkle Schatten lagen. Unter ihrem Kleid war die Wölbung ihres Bauches zu erkennen, bald würde sie ihr fünftes Kind zur Welt bringen. Die Augen des Pfarrers blieben kurz an ihren Rundungen hängen. Stolz hatte Michael ihm vor einer Weile von der erneuten Schwangerschaft seiner Frau erzählt.

»Kann ich dabei sein?«, fragte Magdalena und sah den Priester schüchtern an.

»Aber natürlich.«

Pfarrer Wicht nickte der jungen Frau aufmunternd zu. Irgendwo im Haus fiel klirrend etwas zu Boden, und ein Kind begann zu weinen. Magdalena schien es nicht zu bemerken. Sie schloss behutsam die Tür und stellte sich an die andere Seite des Bettes. Der Pfarrer sprach leise die Sterbesakramente. Magdalena rannen Tränen über die Wangen. Liebevoll hielt sie die Hand ihres Gatten, blickte ihn voller Zuneigung an, während sie den Worten des Priesters lauschte, die ihr weit entfernt schienen. Sanft strich sie Michael mit einem Finger über die Wange.

Der Priester beobachtete die junge Frau voller Mitleid. Magdalena verlor nicht nur ihren Gatten und Versorger, sie verlor den Mann, den sie liebte. Michael Leitner atmete nur noch flach, und seine Augenlider flatterten kaum noch.

Pfarrer Wicht sprach ruhig weiter und konzentrierte sich wieder auf seine Worte. Obwohl er sie auswendig wusste, las er sie weiter vor. Er wollte die trauernde Frau nicht mehr ansehen und versuchte, ihr ausgemergeltes Gesicht und ihre zitternden Hände auszublenden. Er tat hier nur seine Arbeit und spendete einem ihm anvertrauten Menschen die Sterbesakramente. Als er Michael Leitner die Stirn salbte, schniefte Magdalena und rieb sich beschämt die Tränen aus den Augen. Sie wollte nicht laut sein, diesen Augenblick nicht stören. Pfarrer Wicht strich dem Sterbenden, bevor er sich erhob, noch einmal über den Arm. Der Gestank nahm ihm langsam den Atem. Eine Weile konnte er ihn ertragen, doch dann überkam ihn jedes Mal Panik, und er musste fort aus solchen Räumen, weg von den Sterbenden und ihrem Weg ins ewige Leben.

Magdalena folgte ihm aus dem Raum, schloss leise die Tür und ging mit ihm die Treppe hinunter. Neugierig steckte ein kleines braunhaariges Mädchen seinen Kopf durch die Küchentür. Ihre Wangen waren leicht gerötet, und sie hatte einen süßen Erdbeermund. Die Ähnlichkeit zu ihrem Vater verschlug Pfarrer Wicht kurz den Atem. Unschuldig sah sie den Priester aus ihren braunen Augen an.

»Hast du den Papa jetzt wieder gesund gemacht?«

Aufgeregt wollte Magdalena das Kind wegscheuchen. »Juliana, wir haben doch …«

Pfarrer Wicht hielt sie zurück und ging langsam vor der Kleinen in die Hocke. »Nein, das kann ich leider nicht. Der liebe Gott hat ihn gerufen. Er braucht ihn ganz dringend.«

»Aber ich brauche ihn doch auch.«

»Ich weiß, mein Kind« – er strich ihr tröstend übers Haar –, »aber so ist nun einmal der Lauf der Dinge, wir können sie leider nicht ändern.« Erneut wurde es ihm ein wenig schwer ums Herz. Wie sollte so ein kleines Kind den Tod verstehen? Liebevoll nahm Magdalena ihre Tochter in die Arme und wischte sich beschämt die aufsteigenden Tränen aus den Augen.

Pfarrer Wicht stand etwas unbeholfen im Flur. Eigentlich sollte er aus Höflichkeit noch einen Moment länger bleiben, aber er konnte es nicht. Überall hier war Gevatter Tod und lauerte auch bereits auf ihn selbst. Er wartete nur noch auf den richtigen Moment, um ihn zu holen, das fühlte Pfarrer Wicht in seinen alten Knochen. Traurig blickte er noch einmal zur Treppe. Den jungen Mann dort oben holte er bereits, obwohl es dafür eigentlich noch viel zu früh war. Für ihn war es noch nicht richtig, zu gehen. Tröstend strich er der zukünftigen Witwe noch einmal über den Arm.

»Solltet Ihr Hilfe brauchen, dann kommt zu mir. Ihr wisst, die Kirche lässt Euch nicht allein. Irgendein Weg wird sich immer finden.«

Dankbar sah Magdalena ihn an. Sie war eine fromme Frau, die er immer gerne im Gottesdienst sah. Keinen Sonntag ließ sie aus, auch jetzt, als ihr Mann krank war, kam sie treu in die Kirche. Doch all ihr Beten und Flehen hatte nichts genützt, das Schicksal wollte es anders.

Er öffnete die Haustür, und frische kalte Luft wehte ihm entgegen. Dankbar trat er in die Dunkelheit des Hofes hinaus, während Magdalena in der Tür stehen blieb.

»Sobald es vorbei ist, komme ich wegen der Beerdigung und allem vorbei.« Ihre Stimme stockte.

Er nickte und hob die Hand zum Gruß.

Als sich die Tür hinter ihm schloss, atmete er auf. Endlich war es überstanden. Langsam lief er über den Hof und genoss den kühlen Abendwind. Im Stall gackerten einige Hühner, und er hörte eine Ziege meckern. Das alte Hoftor quietschte, als er es öffnete. Draußen herrschte völlige Dunkelheit. Erst jetzt wurde ihm bewusst, wie spät es schon war. Hastig schloss er das Tor und lief die Gasse hinunter. Er musste sich beeilen, denn der Graf wartete bereits auf seinen Bericht von den Umbauarbeiten der Kirche.

Eine Windböe erfasste seinen Umhang, fröstelnd zog er diesen enger um sich. In diesem Jahr war es bereits ungewöhnlich kalt, Schnee lag schon seit Tagen in der Luft.

Alles war ruhig und friedlich. Doch der Pfarrer drehte sich immer wieder um, spähte in die Hinterhöfe und Fenster. Es war nicht gut, allein durch die Dunkelheit zu laufen, denn die Ruhe war trügerisch. Er wusste bereits seit Langem, dass es der Teufel war, der in den dunklen Winkeln lauerte und versuchte, sich seine Opfer zu holen. Idstein hatte sich verändert. Den Menschen tat der neue Wohlstand nicht gut, sie wurden zu leichtfertig.

Damals, nach dem Dreißigjährigen Krieg, da mussten alle sehen, wie es weiterging. Da war keine Zeit gewesen für Trinkgelage und Hurerei. Die Häuser und Höfe hatten leer gestanden, und jeder hatte ums Überleben kämpfen müssen.

Doch jetzt ging es allen wieder gut – und sie vergaßen nur zu oft, Buße zu tun und tugendhaft zu sein.

Erleichtert darüber, der dunklen Gasse entkommen zu sein, trat er auf den Marktplatz.

Ruhig lagen die Häuser vor ihm, der alte Nachtwächter entzündete am anderen Ende eine Laterne und verschwand dann in einer der Gassen. Ein unangenehmer Wind wehte dem Pfarrer plötzlich ins Gesicht und zog an seinem Hut. Mit gesenktem Haupt und schnellen Schrittes lief er am hell erleuchteten Gasthaus *Zum Schwanen* vorbei. Er verabscheute dieses Haus der Sünde, in dem der Teufel in Form von Bier, Wein und Hurerei sein Unwesen trieb. Erschrocken zuckte er zusammen, als sich die Tür zur Gaststube plötzlich öffnete. Eine Gruppe junger Männer trat laut lachend und grölend auf die Straße. Einer von ihnen entdeckte den Priester.

»Na, da sieh mal einer an, wer da so spät noch durch die Gassen läuft. Müsst Ihr nicht in Eurer Kirche sein, Herr Pfarrer?«

Pfarrer Wicht rümpfte die Nase, obwohl er ein ganzes Stück von der Gruppe entfernt stand, konnte er die Alkoholausdünstungen der Männer riechen.

»Ach, Anton«, rief einer, »lass doch den armen Pfarrer in Ruhe, du hast ihn erschreckt.«

Erneut begannen die Männer zu lachen.

»Ihr solltet mal Wein trinken«, lallte einer, »der macht das Leben gleich viel schöner und lässt einen die Sorgen vergessen.«

Pfarrer Wicht versuchte, sich zu beherrschen. Diese Männer waren betrunken, es machte keinen Sinn, mit ihnen zu sprechen. Er ließ sie einfach stehen, wandte sich ab und lief weiter, beschleunigte seine Schritte.

Die Männer lachten und grölten, riefen ihm noch irgendetwas hinterher, doch er konnte ihre Worte nicht mehr verstehen. Außer Atem erreichte er das Torbogengebäude und blieb, sich an der Mauer abstützend, für einen Moment stehen. Was war nur geschehen? Warum hatten sich die Menschen so verändert?

»Guten Abend, Herr Pfarrer, ist alles in Ordnung?«

Pfarrer Wicht schrak zusammen. Als er aufblickte, sah er in die gutmütigen Augen des Herrn Amtsrats.

»Ja, ja, alles in Ordnung. Guten Abend, Herr Amtsrat.«

Der Geistliche richtete sich auf und strich sich würdevoll über die Robe. Der Amtsrat musterte ihn misstrauisch.

Pfarrer Wicht musste bei seinem Anblick innerlich lächeln. Der Amtmann war leicht untersetzt und einen halben Kopf kleiner als er. Er trug wie immer seine samtene Amtstracht und fein polierte Lederschuhe mit Absatz und Silberschnallen. Dunkle Locken fielen unter seinem breitkrempigen Hut bis auf seine Schultern.

Eigentlich hätte er auf andere Menschen beeindruckend wirken müssen, bei der kostbaren Kleidung, die er trug. Aber der dicke Mann wirkte eher wie ein aufgeplusterter Truthahn.

»Was treibt Euch denn zu so später Stunde noch ins Schloss?« Pfarrer Wicht schob seine unfeinen Gedanken beiseite.

»Ich möchte dem Grafen von den Fortschritten in der Kirche berichten.«

»Ach, ja richtig, diese wird ja renoviert. Wie geht es denn mit den Arbeiten voran?«, fragte der Amtsrat.

Der Priester geriet ins Schwärmen, was er immer tat, wenn ihn jemand auf die Kirche ansprach.

»Oh, es ist so wunderbar. Die Künstler sind von Gott gesegnet und schaffen einzigartige Bilder. Die ganze Ausstattung, der Marmor und die Skulpturen, es wird einfach bezaubernd.«

»Wann darf das Meisterwerk denn besichtigt werden?«

»Jetzt natürlich noch nicht. Aber an Weihnachten werden wir, wie in jedem Jahr, einen feierlichen Gottesdienst in der Kirche abhalten. Ich hoffe, dass die Arbeiten bis dahin abgeschlossen sind. Wenn die Künstler so weitermachen wie bisher, steht dem Ganzen bestimmt nichts im Wege.«

»Aber das ist ja wunderbar. Dann wird es dieses Jahr ein besonderes Fest.«

»O ja, das wird es«, antwortete der Pfarrer, der allmählich ungeduldig wurde.

»Aber jetzt muss ich weiter. Der Graf erwartet mich. Leider hat mich ein Sterbefall aufgehalten.«

»Ach du meine Güte, wer ist denn der Arme?«

Der Pfarrer biss sich auf die Lippe. Er hätte es besser wissen sollen. Jetzt wurde er noch länger aufgehalten.

»Michael Leitner aus der Obergasse hat eine schlimme Lungenentzündung.«

Hätte er das sagen dürfen? Verletzte er damit nicht seine Gelübde? Aber andererseits wusste bereits die halbe Stadt, dass der Mann krank war.

»Ach ja, richtig, davon habe ich auch schon gehört. Die arme Magdalena Leitner, jetzt, wo sie auch noch das Kind erwartet, schrecklich ist so etwas.«

Pfarrer Wicht verdrehte die Augen, er musste den Amtsrat endgültig loswerden.

»Aber nun muss ich wirklich weiter. Der Graf wird sicher schon ungeduldig auf mich warten.«

»Entschuldigt, jetzt habe ich Euch aufgehalten.« Die Stimme des Amtsrats klang schmeichelnd, er hob seinen Hut zum Gruß und setzte sich endlich wieder in Bewegung.

»Dann wünsche ich Euch noch einen guten Abend und einen sicheren Heimweg.«

Der Pfarrer wandte sich erleichtert zum Gehen.

»Euch auch eine gute Nachtruhe, Herr Amtsrat. Und grüßt Eure werte Frau Gemahlin.«

Eilig lief er am Bergfried vorbei und über die Brücke, die zu dem weißen Renaissance-Gebäude hinaufführte. In diesem brannte nur noch in wenigen Fenstern Licht. Es war wunderbar und einmalig, das Schloss wieder in seiner alten Pracht zu sehen. Der Graf hatte es nach seiner Rückkehr aus dem Exil instand setzen lassen. Aus der teilweise ausgebrannten Ruine, die nach dem Krieg die wenigen Häuser Idsteins überragt hatte, war wieder ein herrschaftliches Anwesen geworden, das einem Grafen als Sitz mehr als würdig war.

Als ein Page ihm später das Schlosstor öffnete, entfloh Pfarrer Wicht dankbar dem kalten Wind.

»Guten Abend, Herr Pfarrer.« Der junge Mann senkte sein Haupt zum Gruß. »Darf ich Euch Euren Umhang abnehmen?«

Pfarrer Wicht löste die Schnüre seines Umhangs, reichte ihn dem jungen Pagen und musterte den Knaben misstrauisch. Er schien neu im Schloss zu sein, denn er hatte ihn vorher noch nie gesehen.

»Der Graf erwartet Euch in der Bibliothek«, sagte der Page, der nicht älter als fünfzehn Jahre sein mochte.

Pfarrer Wicht war neugierig. Am liebsten hätte er den Burschen gefragt, wo er herkam, denn eigentlich kannte er alle Jungen seines Alters in Idstein. Aber da er in Eile war, verkniff er sich die Frage und schlug den Weg zur Bibliothek ein.

Der lange Gang wurde durch einige Kerzen erhellt, die in hübschen, mit gläsernen Kristallen verzierten Halterungen an der Wand steckten. Ein prachtvoller Teppich dämpfte seine Schritte. Keine Bediensteten waren unterwegs, eine beruhigende Stille hüllte ihn ein.

Erhobenen Hauptes betrat er die Bibliothek, die der beeindruckendste Raum des ganzen Schlosses war. Ein großes Gemälde bedeckte die von Stuck eingerahmte Decke, hohe Bücherregale aus massivem Eichenholz säumten die Wände. Hunderte, wenn nicht sogar Tausende von Büchern und Schriftrollen standen und lagen darin. Pfarrer Wicht atmete den Duft der Bücher ein, die Mischung von Papier und Leder, die es nur in diesem prachtvollen Raum gab. In einem großen, offenen Kamin brannte ein knisterndes Feuer, und auf einem flauschigen weißen Teppich, der direkt vor dem Kamin ausgebreitet war, standen zwei große, mit grünem Stoff bezogene Lehnstühle. Der Graf beugte sich in einem der Stühle nach vorn und lächelte, als er den Priester erblickte.

»Guten Abend, Herr Pfarrer. Kommt zu mir. Hier am Feuer könnt Ihr Euch wärmen.«

Das ließ sich der Priester nicht zweimal sagen. Er verneigte sich kurz und setzte sich in den großen Lehnstuhl, der dem des Adligen gegenüberstand. Dankbar hielt er seine kalten Hände ans Feuer.

»Ihr kommt spät.« Des Grafen Stimme klang leicht missbilligend.

»Ich wurde leider noch aufgehalten. Eine Familie hat um die Sterbesakramente gebeten. Das kann ich nicht ablehnen. Entschuldigt, Euer Gnaden.«

Der Graf nickte. »Ist es jemand, den ich kenne?«

»Ja vielleicht. Michael Leitner, der Sattler, liegt im Sterben. Er beliefert auch Eure Stallungen mit Waren. Er ist noch sehr jung, hat Familie, Frau und Kinder.«

»Was für ein Jammer. Was fehlt dem junge Mann denn?« Der Pfarrer wusste, dass die Anteilnahme des Grafen nur gespielt war. Er interessierte sich nicht besonders für die Belange und Sorgen seiner Untertanen. Früher hatte er sich mehr darum gekümmert, aber seit er alt geworden war, hatte er für solche Dinge keinen Sinn mehr.

»Es ist vermutlich eine Lungenentzündung. Es gab, besonders in der letzten Zeit, mehrere Todesfälle dieser Art, aber bisher sind nur kleine Kinder und alte Leute daran gestorben. Es ist traurig, dass es ausgerechnet ihn erwischt hat. Er war so ein guter und fleißiger Mann. Diese Nacht wird er wohl nicht überleben.«

Pfarrer Wicht musterte den Grafen, während er sprach. Dieser trug ein weißes Hemd, das er an den Armen hochgekrempelt hatte, dazu dunkelbraune, samtene Kniehosen, die im Schein des Feuers schimmerten. Die Locken seiner dunklen Perücke waren wie immer ordentlich frisiert und wellten sich sanft auf seine Schultern. Doch der Priester ließ sich von der Maskerade nicht täuschen. Der Graf sah müde und abgespannt aus, tiefe Falten lagen um seine Augen, und seine Wangen waren eingefallen.

Eine junge Dienerin trat fast unhörbar näher. Sie trug ein Tablett mit Tee und Gebäck und stellte es langsam auf dem kleinen Tisch ab, der zwischen den Sesseln stand. Vorsichtig schenkte sie die dampfende, nach Pfefferminz duftende Flüssigkeit in die Tassen aus feinstem Porzellan.

Als sie fertig war und den Raum verlassen hatte, beugte sich der Graf mit einem aufgeregten Glänzen in den Augen nach vorn.

»Lasst uns jetzt lieber über etwas Angenehmeres sprechen. Wie gehen denn die Arbeiten in der Kirche voran?«

Der Pfarrer nahm einen kleinen Schluck von dem heißen Tee und stellte die zerbrechlich aussehende Tasse vorsichtig auf dem Tisch ab. Erneut geriet er ins Schwärmen.

»Ach, es ist so bezaubernd. Herr Immenraedt und die anderen Künstler schaffen jeden Tag unglaubliche Meisterwerke. Es ist faszinierend, was Gott diesen Menschen für einzigartige Talente mitgegeben hat. Der dunkle Marmor, die zauberhaften Gemälde und Skulpturen – ich bin jeden Tag wieder aufs Neue begeistert. Ihr müsst unbedingt in die Kirche kommen und die Meisterwerke bewundern.«

Der Graf bemerkte das Leuchten in den Augen des Geistlichen. Am liebsten wäre er sofort aufgesprungen und mit dem Pfarrer zur Kirche gegangen. »Gerne komme ich einmal wieder in die Kirche. Aber das wird noch ein wenig dauern.« Er zeigte auf sein Bein, das eingebunden auf einem kleinen Hocker lag. Erst jetzt fiel es dem Pfarrer auf.

»Mich plagt mal wieder die Gicht. Bei dieser schrecklichen Kälte ist das aber auch kein Wunder.«

»Das tut mir leid, Euer Gnaden.« Pfarrer Wicht setzte eine betroffene Miene auf und gab sich alle Mühe, Anteilnahme zu zeigen. »Ich werde zu Gott beten, damit es Euch bald wieder besser geht.«

Der Graf winkte ab.

»Na, ob der mir noch helfen kann, wage ich zu bezweifeln.« Der Pfarrer sah Graf Johannes entgeistert an. Seit wann sprach der Graf in solchen Tönen? Er war doch immer ein gottesfürchtiger Mann gewesen, der zeit seines Lebens Trost im Gebet gesucht hatte.

»Wie meint Ihr das?«

»Neulich war Meister Leonhard bei mir.«

Pfarrer Wicht zog bei diesem Namen die Augenbrauen hoch. Er mochte den Henker des Grafen nicht, an ihm hafteten Blut und Sünde. Leonhard Busch war ein überheblicher Mann, der seltsame Tränke und Wundermittel braute und so gut wie nie den Gottesdienst besuchte. Nicht ein einziges Mal hatte Pfarrer Wicht gesehen, dass der Henker Zwiesprache mit Gott hielt.

Der Graf fuhr fort:

»Er hat mir mit der Gicht geholfen. Mein dummer Medikus ist ja mal wieder auf Reisen. Seine Salben sind, Gott sei's gedankt, ebenfalls sehr wirkungsvoll, damit wird es sicherlich bald besser gehen. Er hat mir von einigen seltsamen Vorkommnissen erzählt. Ungemach und Hexerei sollen in der Luft liegen, so manchen Schadenszauber hat er bereits aufgedeckt. An vielen Höfen geben die Kühe keine Milch mehr, einige Pferde sind auf seltsame Art und Weise umgekommen, und seine Tinkturen und Salben sind wirkungslos geblieben. Der Teufel hat seiner Meinung nach die Hände im

Spiel, und bestimmt gibt es Hexentanz und Buhlschaften. Natürlich hat er selbst es nicht gesehen, aber er geht fest davon aus, dass die Hexen unter uns sind. Habt Ihr von solchen Gerüchten auch etwas gehört?«

Der Pfarrer war überrascht, dass der Graf das Thema ansprach. Mit Schaudern dachte er an die dunklen, unheimlichen Gassen, in denen er sich nicht mehr sicher fühlte.

»Seltsam, dass der Henker solche Dinge sagt.«

Nachdenklich fuhr er sich mit der Hand übers Kinn. Wie sollte er dem Grafen seine Gefühle erklären? Denn von Schadenszaubern, Tinkturen und deren Wirksamkeit hatte er natürlich nicht so viel Ahnung. Aber er bemerkte die anderen Laster, spürte ebenfalls den Teufel, sah das Böse an jeder Ecke aufblitzen. Er begann, seine Eindrücke zu schildern:

»Idstein hat sich auch in meinen Augen verändert, den Menschen geht es zu gut. Sie frönen wieder zu sehr dem Wein und dem Weibe. Gerade eben hat mich der Pöbel auf der Straße belästigt. Eure Untertanen verlieren immer mehr den Respekt vor der Obrigkeit. Die Menschen suchen nicht mehr ihr Seelenheil in der Kirche und im Gebet. Gerüchte über Schadenszauber sind mir nicht zugetragen worden, aber der Teufel hat viele Gesichter. Die Sünde steckt in einer Vielzahl von Dingen, die wir uns oft nicht erklären können.«

»Also seid Ihr derselben Meinung wie Meister Leonhard?«

»In Bezug auf die Sünde mit Sicherheit. Der Teufel kann durchaus unter uns sein.«

»Und wie erkennen wir ihn?«

»Das ist nicht leicht. Er sucht sich seine Opfer unter den

Schwachen, unter denen, die ihren Glauben verloren haben. Diejenigen, die nicht eng genug mit Gott verbunden sind, die wird er erwählen und zu seinen Sklaven machen.«

Der Graf seufzte.

»Was soll ich denn jetzt tun? Ich kann doch nicht zulassen, dass in Nassau der Teufel umgeht.«

Der Pfarrer dachte an die drei jungen Männer und sah ihre hämisch grinsenden Gesichter vor sich. Wie sehr hatte er sich gedemütigt gefühlt.

»Ihr könntet den Teufel austreiben. Verfolgungen hat es doch bereits häufiger gegeben. Mit Sicherheit treiben die Hexen ihr Unwesen in Nassau.«

Der Priester beugte sich in seinem Lehnstuhl nach vorn. In seinem Gesicht spiegelten sich Eifer und Rachegelüste wider, er wollte nur zu gern seine Macht ausspielen. Allzu oft hatte er in den letzten Wochen die Häme des Volkes ertragen müssen. Nicht zum ersten Mal hatten sie seine Kirche verspottet.

»Gott wäre Euch mit Sicherheit sehr zugetan, wenn Ihr den Teufel bekämpfen würdet. Bestimmt würde er Euch seine Tore weit öffnen, einem Helden wie Euch, der todesmutig seinen Mann stehen würde gegen die Sünde und den Satan. Gewiss hättet Ihr Euch damit einen guten Platz gesichert auf dem Weg ins Paradies.«

Der Graf nippte nachdenklich an seinem Tee. Vielleicht hatte Pfarrer Wicht gar nicht so unrecht. Er könnte durchaus eine Verfolgung beginnen, in anderen Städten war so etwas üblich. Für Gott, seine Kirche und seinen Glauben könnte er es tun. Immerhin huldigte er Gott bereits mit der Renovierung der Kirche und sammelte Punkte auf seinem Konto in der Ewigkeit. Bestimmt würde er davon noch eine Menge mehr bekommen, wenn er den Teufel austrieb. Er war alt, krank und schwach, es konnte für ihn nur von Vorteil sein, sich mit dem Allmächtigen gut zu stellen.

»Ihr meint also, ich sollte eine Hexenverfolgung beginnen?«

»Wenn Ihr es so sagt – ja, das meine ich.«

»Aber ohne eine konkrete Anschuldigung sind mir die Hände gebunden.«

Da musste der Pfarrer dem Grafen leider recht geben. In der Karolina, dem Gesetz zur Hexenverfolgung, war alles genau vorgegeben. Niemand konnte einfach wahllos angeklagt werden. Erst wenn eine konkrete Anschuldigung vorlag, konnte die oder der Betroffene eingeholt und befragt werden.

»Dann müssen wir eben in der nächsten Zeit besonders wachsam sein. Ich bin mir ganz sicher, dass eine Hexe irgendwann einen Fehler macht.«

Pfarrer Wicht hatte sofort eine Frau vor Augen, waren sie es doch meist, die Unzucht trieben und die Männer zur Sünde verleiteten.

»Dann werde ich morgen mit dem Superintendenten sprechen«, antwortete der Graf eifrig. »Alles soll genau unter die Lupe genommen werden, jedem noch so kleinen Verdacht muss nachgegangen werden. Philipp Elbert ist mein zuverlässigster Mann, er wird alles sehr gewissenhaft in die Wege leiten.«

Der Pfarrer nickte bestätigend und griff nach einem großen Stück des Gebäcks. Erst jetzt bemerkte er, wie hungrig er war. »Bestimmt wird dann wieder Ruhe in Nassau einkehren. Ihr werdet sehen, Euer Gnaden, wenn die Hexen fort sind, wird die Sünde weichen, und der Respekt vor der Kirche und Gott wird zurückkehren.«

3

Das Klopfen an der Tür riss Katharina aus dem Schlaf. Leise schlich ihre Mutter ins Zimmer und stellte eine brennende Kerze auf den Nachttisch.

»Katharina«, flüsterte sie, »es ist Zeit zum Aufstehen, du kommst sonst zu spät.«

Stöhnend drehte sich Katharina auf die Seite, während ihre Mutter wieder den Raum verließ, um nach dem Haferbrei zu sehen, der bereits auf dem Ofen stand.

Katharina hätte die Kerze am liebsten wieder ausgeblasen. Gestern Abend war es spät geworden. Das Kleid für die Schulmeisterin hatte fertig werden müssen, die alte Dame wollte es heute abholen. Die Sonne war noch nicht aufgegangen, keine Vögel zwitscherten, im Zimmer war es kalt.

Sehnsüchtig dachte Katharina an ihre Kindheit zurück. Früher war sie nie so zeitig geweckt worden, selbst an Schultagen war es bereits hell gewesen, wenn sie aufgestanden war. Allerdings musste sie zugeben, dass sie mit der Schule wirklich Glück gehabt hatte, denn das kleine Gebäude lag nur eine Straße von ihrem Hof entfernt. Katharina konnte sich noch gut daran erinnern, wie sie früher mit dicken Strümpfen an den Füßen und einem wollenen Tuch über den Schultern gemütlich in der Wohnstube gesessen hatte und wie schön es gewesen war, ohne jede Verpflichtung einfach in den Tag hineinzuleben.

Sie setzte sich gähnend auf und rieb sich den Schlaf aus den Augen. Das dunkelgrüne Leinenkleid, das sie heute anziehen wollte, hing, zusammen mit Hemd, Schürze und Strümpfen, ordentlich über ihrem Stuhl. Auf der Kommode, die ihrem Bett gegenüberstand, schimmerte das Porzellan der Waschschüssel im Kerzenlicht. Dienstags arbeitete sie im Gassenbacher Hof als Stallmagd. Katharina liebte die Arbeit im Stall. Dann war sie bei ihren geliebten Pferden, konnte sie striegeln, bürsten, streicheln und sich mit ihnen unterhalten.

Seufzend schlug sie die Decke zurück, zog sich ihr Nachthemd über den Kopf und huschte zur Waschschüssel. In dem kleinen Spiegel, der darüber hing, konnte sie kaum ihr Gesicht erkennen. Während sie sich wusch und ihren zerzausten Haaren mit einer Bürste zu Leibe rückte, machte sie sich mal wieder Gedanken darüber, wie es die Mutter schaffte, immer zur selben Zeit wach zu sein. Das war ihr ein Rätsel. Sie würde, besonders um diese Jahreszeit, jeden Tag verschlafen. Eilig zog sie sich das Hemd über den Kopf und schlüpfte in die langen, wollenen Strümpfe. In dem Moment, als sie die Schnüre ihres Kleides schloss, klopfte es erneut an die Tür.

»Herein!«

Vorsichtig blickte Cäcilie, die Magd des Hauses, ins Zimmer. »Guten Morgen, Katharina, die Herrin schickt mich. Sie wartet mit dem Haferbrei, Ihr sollt ihn noch warm essen.«

»Ja, ja, ich komme gleich.«

Jeden Morgen war es dasselbe, Katharinas Stimme klang leicht gereizt. Sie war noch nie im Bett liegen geblieben oder noch einmal eingeschlafen. Cäcilie verzog beleidigt das Gesicht und schloss ein wenig zu laut die Tür.

Jetzt hatte Katharina ein schlechtes Gewissen, sie wollte die Magd nicht kränken. Das schüchterne Mädchen, das aus Oberseelbach stammte, war sehr leicht zu erschrecken. Ihre ganze Familie war bei einem Brand ums Leben gekommen, und Cäcilie hatte als Einzige überlebt, weil sie beim Ausbruch des Feuers nicht zu Hause gewesen war. Eva hatte das Mädchen aus Mitleid aufgenommen. Wenn Cäcilie Katharina aus ihren großen, grünen Augen ansah, kam sie ihr wie ein schüchternes Reh vor. Cäcilie war keine besondere Schönheit. Sie hatte glanzloses, mittelblondes Haar, das sie mit einem Stück Stoff im Nacken zusammenband. Sie trug stets hellbeige, einfache Leinenkleider, mit einem Strick als Gürtel. Der helle Stoff ließ sie noch blasser und unscheinbarer wirken. Meistens saß sie still in einer Ecke oder half Michael, dem Stallknecht, bei seiner Arbeit. Ohne sie konnte es sich Katharina auf dem Hof nicht mehr vorstellen. Sie hatte sich an die angenehme und ruhige Art des Mädchens gewöhnt.

Leicht resigniert nahm Katharina ihre Haube von der Kommode und lief der jungen Magd hinterher. »Cäcilie, warte. Ich wollte das nicht.«

Sie holte sie im Treppenhaus ein.

»Es ist ja auch nicht deine Schuld.«

Die junge Magd lächelte.

»Ich weiß auch nicht, warum ich immer hinaufgehen soll. Jedes Mal, wenn ich ins Zimmer komme, seid Ihr schon fertig angekleidet, aber Eure Mutter würde mich ausschimpfen, wenn ich nicht gehorchte.«

Katharina lächelte. Cäcilie mochte schüchtern und sehr ruhig sein, aber dumm war sie nicht.

In der Wohnstube empfing die beiden wohlige Wärme. Im Ofen brannte ein knisterndes Feuer, und Kerzen erhellten den Raum. Ihr Licht zauberte überall bizarre Schatten an die Wände, die von dicken, schwarzen Balken durchzogen waren. Auf dem Tisch stand bereits der Topf mit dem dampfenden Haferbrei. Michael saß auf der Fensterbank und löffelte sein Frühstück in sich hinein, nickte den beiden Frauen kurz zu, sagte aber nichts. Morgens war er immer etwas mürrisch. Der Stallknecht war älter als Katharina und arbeitete schon seit einigen Jahren auf dem Hof. Seine braunen Haare waren mit der Zeit an der Stirn ein wenig dünner geworden. Ansonsten war er aber durchaus ein gut aussehender Mann. Wenn er nicht ein einfacher Stallknecht wäre, hätte er mit Sicherheit die Wahl zwischen vielen hübschen Frauen.

Die Mutter schüttete heißes Wasser in eine große Tonkanne, die nur bis zur Hälfte gefüllt werden konnte, da sie sonst zu schwer wurde. In der anderen Ecke des Raumes lagen Katharinas und Evas Nähsachen unordentlich auf dem kleinen Sofa, das neben dem Ofen stand. Das Kleid der Schulmeisterin war fast fertig, den Saum konnte die Mutter heute auch allein umnähen.

Katharina nahm sich von dem Haferbrei. Sie war auf einmal recht guter Dinge. »Heute läuft Maria ein Stück mit mir.« Verwundert sah Eva ihre Tochter an, während sie die Teekanne auf den Tisch stellte.

»Ja, warum das denn?«

»Sie muss für die kleine Anna Schuhe abholen.«

»Ach, wie schön.« Eva lächelte. »Dann bekommt das Mädchen also schon die ersten richtigen Schuhe, so schnell vergeht die Zeit.«

Katharina freute sich, dass Maria mitkam. Wenn sie sich mit der Freundin unterhalten konnte, kam ihr der Weg nicht so weit vor. Die beiden Frauen waren gemeinsam aufgewachsen. Maria war für Katharina die Schwester, die sie nie gehabt hatte. Sie beneidete die Freundin immer ein wenig um ihre Schönheit. Maria war mit gleichmäßigen Gesichtszügen und goldblondem Haar gesegnet, hatte große, blaue Augen und volle rote Lippen.

Sie war nur ein Jahr älter als Katharina, jedoch bereits Witwe und Mutter einer einjährigen Tochter. Als Maria kaum achtzehn Jahre alt gewesen war, hatte die alte Kathi, ihre Mutter, sie mit dem Schmied aus Wörsdorf verheiratet. Mit Grausen dachte Katharina an den fast fünfzigjährigen Mann zurück, der dem Alkohol mehr zugetan gewesen war als allem anderen und kaum noch Zähne im Mund gehabt hatte. Eva hatte damals mit Marias Mutter gesprochen, doch auch sie hatte ihre Freundin nicht umstimmen können. Maria war dem Mann bereits vor einigen Jahren versprochen worden, und Kathi war an ihr Versprechen gebunden.

Im Sommer war der Schmied dann am Fieber gestorben, und Maria war wieder zurück nach Niederseelbach gekommen und half nun der Mutter auf dem Hof und bei ihrer Tätigkeit als Hebamme.

Die alte Kathi Häuser, die auch »die Wiesin« genannt wurde, mochte eine sehr strenge Mutter sein, aber als Hebamme hatte sie einen guten Ruf. Wenn eine Frau in der Gegend von einem Kind entbunden wurde, war sie stets zugegen. Es gab kaum ein Kind in Niederseelbach und Idstein, das nicht von ihr auf die Welt geholt worden war. Fast immer begleitete Maria ihre Mutter, obwohl sie es eigentlich nicht ertragen konnte, das Leid der Frauen zu sehen. Zweimal war sie dabei gewesen, als Mutter und Kind im Kindbett gestorben waren. Tagelang war Maria danach völlig verstört herumgelaufen und hatte Katharina von den bittenden Augen der Frauen erzählt, von ihren Schreien, die immer leiser wurden und am Ende ganz verstummten.

Katharina erhob sich von der Bank und griff nach ihrem Umhang, der an einem Haken neben der Tür hing.

»Dann werde ich mal sehen, ob Maria schon wartet. Heute Abend bin ich dann ja wieder da.«

Eva erhob sich ebenfalls und umarmte ihre Tochter zum Abschied. »Sei vorsichtig und gib auf dem Weg gut acht, es ist noch dunkel, und es könnte glatt sein.«

Katharina lächelte und drückte ihrer Mutter liebevoll einen Kuss auf die Wange.

Das Hoftor quietschte ein wenig in den Angeln, als Katharina es öffnete und auf die Straße trat. Es war immer noch dunkel, nur ganz entfernt konnte man im Osten einen hellen Streifen am Himmel erkennen. Es war kalt und windstill, und der Geruch von Schnee hing in der Luft. Fröstelnd zog Katharina ihren Umhang fester um sich. Die Pfützen auf der Straße waren bereits gefroren, eine dünne Eisschicht hatte sich gebildet. Katharina sah zum Hof der Häusers hinüber, hoffentlich würde Maria bald kommen. In der Dunkelheit war das Gebäude kaum auszumachen. Ihre beiden Anwesen wurden nur von einer großen Wiese, auf der Obstbäume standen, getrennt. Ihre Familien teilten sich jedes Jahr die Ernte, denn keiner wusste, wo die genaue Grundstücksgrenze verlief. Beim Anblick der kahlen Obstbäume lächelte Katharina. Noch vor Kurzem hatten sie und Maria unter den knorrigen Ästen in der Sonne gesessen, und die kleine Anna hatte eine Riesenfreude daran gehabt, die Früchte aufzuheben und in die Körbe zu legen. Es war warm gewesen, und sie hatten nur dünne Blusen getragen. Maria hatte gelacht und dabei zum ersten Mal seit langer Zeit wieder entspannt und glücklich ausgesehen. Katharina hatte Maria nicht sehr oft in Wörsdorf besucht und schämte sich deshalb ein wenig. Wenn sie dort war, hatte der alte Schmied, der viel Zeit zu Hause verbrachte, Maria keine ruhige Minute gegönnt. Sie war in seiner Gegenwart immer angespannt und fahrig gewesen. Tiefe Ringe hatten ihre Augen umschattet, und sie hatte stets so gewirkt, als hätte sie nächtelang nicht geschlafen.

Die Obstbäume sahen jetzt fast ein wenig verloren aus, wie sie dort ohne Laub der Dunkelheit und Kälte trotzten. Ja, an diesem Spätsommernachmittag hatte sie ihre Maria wiedergehabt, es war wie früher. Doch tief in ihrem Inneren wusste Katharina, dass das nicht stimmte. Maria hatte sich verändert, sie war nicht mehr dieselbe. Aber daran wollte Katharina lieber nicht denken.

»Träumst du schon wieder?«

Erschrocken drehte sich Katharina um. Maria stand vor ihr. Katharina hatte die Freundin gar nicht gehört, war sie wirklich so tief in Gedanken versunken gewesen?

»Nein, nicht wirklich. Ich habe nur an neulich gedacht,

als wir mit Anna Äpfel gesammelt haben. Es war so ein schöner Nachmittag.«

»Ja, das war es«, antwortete Maria lächelnd und rieb sich fröstelnd die Hände, »und es war ein warmer Nachmittag. Findest du nicht auch, dass es bereits ungewöhnlich kalt ist?« Katharina nickte bestätigend und hakte sich bei Maria unter. Langsam schlenderten sie die Dorfstraße hinunter, vorbei an den meist noch dunklen Häusern. Plötzlich durchbrach ein lautes Maunzen die Ruhe und zerstörte den Frieden. Eine schwarze Katze kreuzte ihren Weg. Sie wurde von einem großen Hahn verfolgt, der aufgeregt flatternd und kampfbereit die flüchtende Katze verfolgte.

»Was war denn das?« Maria blieb stehen und sah den Tieren verwundert hinterher.

»Hast du davon noch nichts gehört?«

»Wovon?«

»Der Hahn von Lehmanns ist verrückt geworden und geht auf andere Tiere los, keines darf seinem Hühnerstall zu nahe kommen.«

»Also so etwas habe ich ja noch nie gehört, ein verrücktes Federvieh, das ist echt komisch.« Maria prustete los.

»Bei mir wäre er bereits im Kochtopf gelandet«, sagte Katharina lachend und wischte sich die Tränen aus den Augen.

»Hast du die Katze gesehen? Die hatte richtige Angst. Bestimmt kommt sie nie wieder auf den Hof.«

»Na ja, vielleicht spart sich Bauer Lehmann jetzt den Wachhund, bei so einem Hahn.«

»Das ist es ja gerade!« Katharina versuchte, ihre Fassung wiederzuerlangen. »Der hat wohl auch Angst vor ihm. Die alte Anni will gesehen haben, wie der große Hund winselnd vor dem Gockel Reißaus genommen hat.«

In dem Moment, als die beiden Frauen weitergehen wollten, kam das Tier wieder zurück. Mit hoch erhobenen Kopf und gackernd stakste der Hahn aus einem Gebüsch am Wegesrand. Stocksteif blieben die beiden stehen, mit diesem Vieh wollten sie sich lieber nicht anlegen. Als der Hahn durch eine Lücke im Zaun verschwunden war, atmeten beide erleichtert auf und gingen weiter.

Nach einer Weile beschleunigte Katharina ihre Schritte. Im Osten färbte sich der Himmel langsam rot, und sie wollte nicht zu spät in den Stall kommen. Maria hatte Mühe, mit ihr mitzuhalten, und geriet außer Atem. »Katharina, bitte«, japste sie, »ich kann heute nicht so schnell.« Katharina blieb stehen und sah Maria zum ersten Mal richtig ins Gesicht. Erst jetzt fiel ihr auf, wie blass ihre Freundin war und dass tiefe Schatten unter ihren Augen lagen.

»Sag mal, Maria, ist mit dir etwas nicht in Ordnung? Du siehst abgespannt aus.«

Maria versuchte, zu Atem zu kommen.

»Ich bin schrecklich müde. Seit gestern Nachmittag waren wir bei Luise, sie hat ihr Kind bekommen.«

Marias Stimme klang wie immer, wenn es um das Thema ging, ein wenig gereizt.

»Und, geht es den beiden gut?«

»Ja, sie hat einen gesunden Jungen bekommen. Zuerst dachte ich, der Kleine wäre tot, er war ganz blau angelaufen und wollte einfach nicht schreien. Mutter hat ihm dann den blutigen Schleim aus der Nase und dem Mund gesaugt. Sie hat das einfach so getan, als ob es ganz selbstverständlich wäre. Dann hat der Kleine endlich geatmet. Luise hat die ganze Zeit panisch gefragt: Was ist mit ihm? Was hat er denn? Bitte, so sagt mir doch, warum schreit er nicht? Es war furchtbar.«

Katharina konnte sich vorstellen, dass Luise Angst um ihr Kind gehabt hatte. »Aber das hättest du doch an ihrer Stelle auch gefragt.«

»Ja, ich weiß, aber es hat mich in dem Moment einfach nur noch mehr beunruhigt. Ich dachte, der Junge ist tot.« Katharina erinnerte sich noch genau an die letzte Totgeburt, die Maria miterlebt hatte. Das Kind war anscheinend bereits im Mutterleib gestorben. Schon Tage, bevor die Wehen eingesetzt hatten, hatte die Mutter keine Kindsbewegungen mehr gespürt. Tagelang hatte Maria von nichts anderem gesprochen als von dieser Entbindung, die sie mit Sicherheit nicht durchstehen würde. Aber dann war es gar nicht so schlimm gekommen. Die Kleine war sogar sehr hübsch gewesen. Kathi hatte das tote Baby der weinenden Mutter in den Arm gelegt. Es war traurig, ein schreckliches Unglück, aber sie alle hatten es geahnt und konnten sich darauf einstellen.

Mitfühlend strich Katharina Maria über den Arm.

»Es ist ja noch einmal gut gegangen, der kleine Junge lebt, ihr habt es richtig gemacht.«

»Ja, das haben wir, es ist gut ausgegangen, aber wenn meine Mutter nicht gewesen wäre, dann wäre der kleine Sebastian jetzt tot.«

»Sebastian soll er heißen, das ist aber ein hübscher Name.«

»Ach, Katharina, du verstehst doch, was ich meine.« Maria blieb stehen und sah Katharina verzweifelt an.

»Du musst mit ihr reden, Maria, und ihr sagen, dass du es nicht kannst.«

»Sie wird es nicht zulassen.«

»Was wird sie nicht zulassen?«

»Na, dass ich aufhöre. Sie will doch, dass ich ihre Nachfolgerin werde, immer wieder sagt sie es.«

»Aber sie kann dich doch nicht dazu zwingen.«

»Sie hat mich schon zu viel mehr gezwungen.«

Marias Stimme wurde lauter, Wut und Verzweiflung lagen darin.

»Du musst mit ihr reden. Ich bin mir sicher, sie wird zur Vernunft kommen …«

»Gar nichts wird sie, verstehst du das nicht?«

Maria liefen Tränen über die Wangen. Katharina sah sie hilflos an.

Die ersten Schneeflocken fielen vom Himmel und schwebten zwischen den beiden Frauen zu Boden. Ein kühler Wind kam auf und ließ Katharina erzittern.

»Es tut mir leid«, entschuldigte sie sich, ging vorsichtig auf Maria zu und schloss ihre Freundin in die Arme.

»Ich wollte dich nicht verletzen.« Katharina drückte Maria ganz fest an sich und spürte deren heiße Tränen im Gesicht. Maria entspannte sich allmählich.

Immer mehr Schneeflocken fielen vom Himmel. Katharina atmete tief durch und löste langsam die Umarmung.

»Wollen wir weitergehen? Es fängt immer stärker an zu schneien.«

Verdutzt hob Maria den Kopf und blickte sich um.

»Es schneit?« Plötzlich umspielte ein Lächeln Marias Lippen, sie öffnete ihre Hände und fing die Schneeflocken auf.

»Sieh nur, Katharina, der erste Schnee in diesem Jahr, ist er nicht wunderschön!«

Wie ein kleines Kind begann sie sich im Kreis zu drehen und versuchte, die Flocken mit der Zunge aufzufangen.

Katharina sah Maria missmutig zu, sie fror. Inzwischen wurde es immer heller, und wenn das so weiterginge, würde sie bestimmt nicht pünktlich im Stall ankommen. Ungeduldig klopfte sie mit dem Fuß auf den Boden.

»Ich weiß, aber ich komme zu spät. Bitte lass uns jetzt weitergehen, wir haben schon viel Zeit vertrödelt.«

Maria hakte sich lachend bei Katharina unter.

»Jetzt guck doch nicht so böse, freu dich lieber! Der erste Schnee ist doch etwas Besonderes. Vielleicht fällt ja genug, dass ich mit Anna ihren ersten Schneemann bauen kann.«

Katharina erwiderte:

»Ihr könntet auch eine Schneeballschlacht machen, Anna findet das bestimmt lustig.«

»O ja«, rief Maria und schien wie ausgewechselt zu sein. Wohin war die müde, verzweifelte Frau verschwunden, die gerade eben noch neben ihr gelaufen war?

»Weißt du noch, wie wir früher mit allen Kindern aus Niederseelbach Schneeballschlachten gemacht haben?«

»Stimmt, da war immer eine Menge los.« Katharina lächelte bei der Erinnerung. »Der Andreas hat immer am besten geworfen.«

»Ja, der Andreas Kastner aus Dasbach. Was aus dem wohl geworden ist?«, fragte Maria.

Katharina sah Maria verwundert an. »Er wollte doch Priester werden und ist fortgegangen. Bestimmt kommt er eines Tages zurück, und wir erkennen ihn nicht mehr.«

»Irgendwie kann ich mir den Andreas als Pfarrer über-haupt nicht vorstellen«, sagte Maria. »Er hat von uns allen immer am meisten angestellt.«

Katharina deutete nach vorn.

»Hier muss ich links ab.«

Die Zeit war wie im Flug vergangen. Sie hatten die Kreu-zung zum Hofgut Gassenbach erreicht.

»Nun, dann wünsche ich dir einen schönen Tag in den Ställen bei deinen geliebten Pferden.«

Liebevoll drückte Katharina Maria zum Abschied.

»Grüß den Schuster und seine Frau von mir.«

»Mach ich, vielleicht komme ich heute Abend mit Anna noch auf dem Hof vorbei, sie wird dir sicher ihre neuen Schuhe zeigen wollen.«

Winkend bog Katharina nach links ab, während Maria der Straße nach Idstein weiter folgte.

4

Das Hofgut Gassenbach war umgeben von Pferdeweiden, auf denen knorrige Apfelbäume standen. Es lag verschlafen im Wiesengrund und trotzte dem Wetter. Inzwischen schneite es stark. Katharina hob schützend die Hand vors Gesicht und lief mit gesenktem Kopf durchs Hoftor. Auf dem Innenhof des Guts herrschte eine fast schon gespenstische Ruhe. Normalerweise war hier morgens eine Menge Betrieb, aber selbst die Hühner und Enten, die hier sonst herumliefen, waren nicht zu sehen. Unter dem Leiterwagen an der Ecke schlief der alte Hofhund, er zuckte nicht einmal, als Katharina an ihm vorbeiging. Belustigt sah sie ihn an.

»Na, du bist ja ein schöner Wachhund.«

Schlaftrunken hob das Tier den Kopf, sah Katharina kurz an und ließ ihn sofort wieder sinken. Katharina schien völlig uninteressant zu sein.

»Kein Wunder, dass hier die Füchse die Hühner klauen«, sagte sie kopfschüttelnd und öffnete das Stalltor.

Wohlige Wärme hüllte Katharina ein. Sie schüttelte sich den Schnee von den Kleidern und schob ihre Kapuze nach hinten. Dieser Augenblick war für sie immer der schönste des ganzen Tages, es war so wunderbar, den Geruch von Stroh, Heu und Pferden einzuatmen. An den Decken hingen einige Öllampen und warfen große Lichtkreise auf den mit

Einstreu bedeckten Holzboden. Einige Pferde steckten neugierig ihre Köpfe aus den Pferchen, Katharina strich ihnen im Vorbeigehen über die Nüstern.

»Na, habt ihr mich vermisst? Es ist so schön, wieder bei euch zu sein.« Bei einem etwas kleineren Tier blieb sie stehen.

»Guten Tag, Rufus!« Das Tier schnaubte. Liebevoll strich sie ihm über den Kopf. »Wie geht es dir heute?« Das Pferd wieherte leise und stupste sie sanft an. Manchmal kam es Katharina so vor, als würde er jedes Wort verstehen. Rufus war eines der kleinsten Pferde im Stall und konnte mit den großen Haflingern, Friesen und Vollblutarabern nicht mithalten. Er war nur ein kleiner Araber und wurde von allen anderen im Stall belächelt, einige Knechte bezeichneten ihn sogar als Missgeburt. Doch Katharina wusste es besser. Rufus war etwas Besonderes, ein liebevolles und treues Tier, auf das sich sein Reiter immer verlassen konnte.

»Ich komme gleich wieder«, flüsterte sie, »ich hänge nur schnell meinen Umhang auf, dann kümmere ich mich um dich.«

In der hinteren Ecke des Stalls ragten einige Kleiderhaken aus der Wand. Ihr Umhang war schwer und feucht, und von den Bändern tropfte es auf den Boden. Hoffentlich würde er bis zum Abend wieder trocken sein. Prüfend fuhr sie sich mit den Händen über ihr Kleid. Der untere Saum war ebenfalls klatschnass, und bereits jetzt klebten Einstreu und Stroh daran. Sie würde das Kleid heute Abend auswaschen müssen. Einige Locken fielen ihr ins Gesicht, und sie versuchte vergeblich, sie unter die Haube zu schieben. Irgendwann gab sie es seufzend auf. Sie würde die störrischen Haare nie in den Griff bekommen.

Als sie nach einer Mistgabel greifen wollte, die neben ihr an der Wand lehnte, wurde sie angesprochen. Katharina blickte sich erschrocken um.

»Guten Morgen, Katharina, du bist aber heute früh dran.«

Magdalena, die auch nur aushilfsweise im Stall arbeitete, stand vor ihr. Katharina setzte ein gespielt freundliches Lächeln auf. Sie kannte Magdalena seit ihrer Kindheit – und konnte sie noch nie leiden.

»Guten Morgen, Magdalena«, antwortete Katharina und blickte die Magd, die ungepflegt und schlampig aussah, missbilligend an. Magdalena war klein, leicht pummelig und trug ein schäbiges, braunes Leinenkleid, das am Saum bereits zerschlissen war. Ihr fettiges Haar hatte sie im Nacken zusammengebunden. Einige Strähnen fielen in ihr ungewaschenes Gesicht. Ein unangenehmer Geruch ging von ihr aus. Instinktiv wich Katharina einen Schritt zurück.

»Ich bin doch immer um diese Zeit hier.« Katharina klang schnippisch.

»Ist ja schon gut, deshalb musst du nicht so ruppig werden. Ich habe dich doch nur begrüßt.«

Katharina verdrehte die Augen über Magdalenas Hochnäsigkeit.

»Dann also: Guten Morgen, Magdalena, wie geht es dir?«, fragte Katharina. Die Magd beugte sich grinsend ein Stück zu ihr hinüber, um ihr etwas ins Ohr zu flüstern. Fäulnisgestank kam aus ihrem Mund, und Katharina musste sich zusammenreißen, dass sie nicht sofort den Kopf wegdrehte.

»Bisher ist der Morgen noch gut.«

»Wieso bisher?«

»Weil heute der Henker persönlich in den Stall kommen wird.«

»Was will der denn hier?«

»Der Gutsherr hat ihn gerufen, einige Kühe geben keine Milch mehr, und zwei von den Pferden sind einfach tot umgefallen. Bestimmt geht hier ein Schadenszauber um.«

»Unsinn, Schadenszauber, so etwas gibt es nicht. Die Tiere sind krank geworden. Wir sind doch keine kleinen Kinder mehr. Wer glaubt denn noch an so was?«

»Na, der Gutsherr, zum Beispiel, und der Henker auch. Er war vor zwei Wochen schon einmal hier und hat die Tiere behandelt, aber leider haben seine Tinkturen und Mittel alle nichts geholfen. Bestimmt hat der Teufel die Hände im Spiel.« Katharina schüttelte ungläubig den Kopf. »Das ist doch alles nicht wahr!« Katharina hatte eine rege Phantasie und stellte sich oft wundersame Begebenheiten vor, und manchmal konnte sie stundenlang verträumt dem Wind zusehen, wie er bunte Blätter über die Straße wehte.

Am liebsten beobachtete sie die Vögel. Ihr Vater hatte ihr erzählt, dass diese mit dem Wind bis zum Meer fliegen konnten. Es war schön, sich vorzustellen, wie es wohl wäre, ein Vogel zu sein. Aber Kühe gaben nicht einfach grundlos keine Milch mehr, und ein totes Pferd war doch nicht vom Teufel verhext worden.

»Woher weißt du überhaupt, dass heute der Henker kommt?«, fragte Katharina.

»Von den Knechten. Ich habe gerade mit ihnen in der Gesindestube gefrühstückt.«

Entgeistert sah Katharina Magdalena an. »Du frühstückst mit den Knechten! Aber Magdalena, das schickt sich doch nicht für eine junge Frau. Es ist eine Sünde, allein mit so vielen Männern in einem Raum zu sein.«

»Na und«, sagte Magdalena und zuckte mit den Schultern, »bei mir ist doch eh schon alles gleichgültig. Ich weiß doch, wie die Leute über mich und meine Familie denken, für die habe ich sowieso keine Ehre mehr. Wer glaubt denn noch daran, dass ich sittsam bin. Also kann ich auch mit den Knechten frühstücken. Sie sind netter zu mir als so manches Weibsbild.«

Katharina schluckte die Bemerkung, die ihr auf der Zunge lag, hinunter und beschloss, das Gespräch zu beenden.

»Lass uns mit der Arbeit anfangen, du weißt doch, dass der Oberstallknecht es nicht gerne sieht, wenn bei der Arbeit geschwätzt wird.«

Rufus war unruhig, als Katharina die Tür zu seinem Pferch aufschob. Beruhigend sprach sie auf ihn ein.

»Ist ja schon gut, ich bin es, Katharina, es passiert doch nichts.« Als das Tier ihre Stimme erkannte, wurde es ruhiger. Liebevoll strich Katharina dem Pferd über die Flanke. »Wenn ich mit dem Ausmisten fertig bin, dann hole ich die Bürste, das habe ich dir versprochen.« Sie spürte die Wärme des Tieres und konnte seinen Puls fühlen, wie er ruhig und regelmäßig schlug. Rufus wandte noch einmal den Kopf und stupste sie erneut an. »Nein, sofort kann ich dich nicht bürsten, sieh dir nur mal an, was du hier für einen Dreck gemacht hast, das muss ich erst wegräumen.«

Während sie den Mist und das Stroh nach draußen schaffte, machte sie sich Gedanken darüber, wie der Henker des Grafen wohl aussah. Sein Name war Leonhard Busch, das wusste sie. Doch sie hatte ihn noch nie gesehen. Ihre Mutter hatte von einem stattlichen Mann gesprochen, dem die Menschen aber lieber aus dem Weg gingen. Katharina konnte das gut verstehen, wer wollte schon gerne mit einem Menschen zu tun haben, der den Tod im Schlepptau hatte?

Das erneute Knarren des Stalltors ließ Katharina aufhorchen. Der Gutsherr betrat mit einem großen, in Schwarz gekleideten Mann den Stall.

Katharina erstarrte.

Da war er wieder, der Mann aus der Obergasse. Dieselben hohen Wangenknochen, dieselbe Kleidung, derselbe Hut, dieselben Augen. Schnell duckte sie sich in den Pferch und streichelte beruhigend den unruhigen Rufus.

»Ist ja schon gut. Ich weiß. Ich habe auch Angst vor ihm.« Wie hypnotisiert starrte sie den Henker an. Diese seltsame Unruhe, die sie bereits in Idstein gefühlt hatte, breitete sich wieder in ihr aus. Es war eine Beklemmung, die sie sich nicht erklären konnte. Es fühlte sich an, als würde sie keine Luft mehr bekommen, als würde irgendetwas sie festhalten und ihr den Atem nehmen.

»Bitte legt alle für einen Moment eure Arbeit nieder und kommt zu uns.«

Katharina lehnte ihre Mistgabel gegen die Wand und trat aus dem Pferch. Die Knechte liefen eilig an ihr vorbei, niemand schien von ihr Notiz zu nehmen. Plötzlich tauchte Magdalena auf und stieß Katharina hämisch grinsend in die Seite.

»Habe ich es dir nicht gesagt, da ist er. Sieht er nicht unglaublich gut aus? So stattlich und groß.«

Katharina sagte nichts. Ihr war übel. Instinktiv schob sie

sich ganz nach hinten. Hinter ihr quietschte das Stalltor in den Angeln. Und was war, wenn sie einfach fortlief?

Magdalena stand nicht weit entfernt von ihr und reckte den Hals.

Nun ergriff der Henker das Wort.

»Ich bin heute nicht zum ersten Mal in den Ställen. Leider hat euer Gutsherr große Sorgen, die ihn nachts nicht schlafen lassen. Ein Ungemach ist auf dem Hof im Gange. Die Kühe geben keine Milch mehr, und die Tiere sterben ohne jeden Grund. Da meine Tinkturen und Tränke leider wirkungslos geblieben sind, handelt es sich eindeutig um einen Schadenszauber, der vertrieben werden muss. Der Teufel hat sich hier eingenistet und hängt an euch und an euren Kleidern.«

Katharina hörte seine Worte wie durch eine Wand, es rauschte in ihren Ohren – Kleider, der Teufel, ein Schadenszauber. Sie schüttelte den Kopf, versuchte, die Beklemmung loszuwerden, aber es gelang ihr nicht.

»Ich habe mich lange mit eurem Gutsherrn besprochen, und wir sind beide zu demselben Ergebnis gelangt. Der Teufel muss ausgetrieben werden, und heute werden wir damit beginnen.« Er sah kurz zu dem dicklichen Mann hinüber, der bestätigend nickte.

Katharina griff sich an den Hals, ihre Übelkeit wurde unerträglich, panisch begann sie zu zittern. Was war nur los? »Wir werden heute eure Kleider verbrennen. Alles, was ihr am Leib tragt, muss verbrannt werden. Der Teufel kann sich an euch gehängt haben, ohne dass ihr etwas bemerkt. Ihr könnt ihn nicht erkennen. Aber eure Taten, die werden folgen. Ihr werdet ihm gehorchen, ohne es zu wissen.«

Kleider verbrennen, ausziehen, gehorchen. Katharina schüttelte den Kopf, in dem die Gedanken nur so wirbelten. Was für ein Unsinn, warum sollte sich denn der Teufel an ihren Rock hängen? Wieder hörte sie hinter sich das Quietschen des Hoftores. Rückwärtsgehend schlich sie zum Ausgang – schob sich durch die nur angelehnte Tür und rannte panisch durch das Schneetreiben über den Hof davon.

5

Nach einer Weile wurde Katharina langsamer und blieb, nach Luft ringend, stehen. Es schneite so stark, dass man kaum etwas erkennen konnte. Ein kalter Wind trieb die Flocken über die Felder, alles war weiß, der Himmel, die Wiesen, die Bäume. Nichts und niemand war zu sehen. Katharina zitterte, ihr war immer noch übel, aber die Beklemmung war gewichen. Endlich bekam sie wieder Luft.

Vor Kälte zitternd, ging sie weiter und dachte an ihren wärmenden Umhang, der noch im Stall hing. Schützend schlang sie die Arme um ihren Körper. Warum war die Anwesenheit des Henkers für sie so furchtbar, so unerträglich? Warum fühlte sie diese schreckliche Beklemmung in seiner Nähe?

Bereits bei der kurzen Begegnung in der Gasse war sie wie erstarrt gewesen. Diese Augen, diese unglaublich schrecklichen, tiefblauen Augen, in denen nicht ein Funken Freundlichkeit und Mitgefühl lag. Nur Grausamkeit stand in ihnen. Er war also der Henker – der Mann, der die Menschen in den Tod schickte.

Katharina versuchte, sich umzusehen. Der Wind trieb ihr die Schneeflocken in die Augen, schützend hob sie ihre Hände vors Gesicht. War sie noch auf dem richtigen Weg? Langsam wurde sie panisch. Erst jetzt begriff sie, was sie angestellt hatte. Sie war fortgelaufen, einfach so war sie wie eine Verrückte in den kalten Wintertag gelaufen. Kein Weg war zu erkennen, kein Haus war zu sehen. Magdalena würde sich bestimmt über ihr Fehlen wundern und allen erzählen, dass Katharina Heinemann fortgelaufen war. Dann würden alle denken, dass sie die Hexe ist, dass der Teufel an ihren Kleidern klebt. Ängstlich schaute sie zurück, doch der Hof war nicht mehr zu sehen. Sie rannte erneut panisch los. Bestimmt würden sie bald kommen und nach ihr suchen, nach der vermeintlichen Hexe, die sie anklagen und hinrichten wollten. Und wieder sah sie die eiskalten Augen des Henkers vor sich. Dann wäre sie ihm ausgeliefert, diesem bösen Mann. Ihre Hände zitterten vor Kälte, sie spürte sie kaum noch, die kalte Luft brannte in ihrem Hals, und Tränen der Verzweiflung rannen über ihre Wangen. Sicher würden sie bald nach ihr suchen, sie würden sie jagen. Aber was würden sie finden? Eine erfrorene junge Frau, die irgendwo im Schnee am Wegesrand lag – und niemand würde Mitleid mit einer Hexe haben.

»Wer ist denn da?« Katharina schrak zusammen. Da war jemand, bestimmt waren es Knechte vom Hof, die sie suchten.

»Da ist doch jemand, geht es Euch nicht gut?«

Eine Gestalt kam auf sie zu, und Katharina konnte ein Pferd oder Maultier schnauben hören. Verwundert blickte sie auf, die Stimme kam ihr bekannt vor.

»Ich bin es.«

»Wer, ich?«

»Na, Katharina, Katharina Heinemann.«

»Die Katharina Heinemann aus Niederseelbach?«

Der junge Mann stand direkt vor ihr, der Duft nach Lavendel lag in der Luft. Schüchtern hob sie den Kopf und sah ihm ins Gesicht.

»Andreas, du bist es!«

Damit hatte sie nicht gerechnet, Andreas Kastner stand vor ihr. Er war zurückgekommen.

»Ja, ich bin es. Aber, Katharina, was machst du denn allein hier draußen im Schnee?«

Katharina wusste nicht, wie sie alles erklären sollte. Es musste auf ihn sehr befremdlich wirken, wie sie ohne Umhang und vollkommen allein im Schneetreiben auf der Straße stand. Was sollte er nur von ihr denken?

Eine plötzliche Windböe wirbelte Andreas' Umhang in die Höhe, und Katharina schlang zitternd erneut ihre Arme um ihren Körper. Erst jetzt bemerkte Andreas seine Unhöflichkeit.

»Entschuldige, Katharina.« Schnell nahm er seinen Umhang von den Schultern, legte ihn um sie und schob sie zum Wagen. »Ich bringe dich wohl lieber nach Hause, sonst holst du dir hier draußen noch den Tod.«

Katharina nickte und kauerte sich dankbar auf dem Wagen zusammen, kuschelte sich in Andreas' warmen Umhang. Ein großes Maultier war vor den Wagen gespannt, das Agnes' Maultier sehr ähnlich sah.

»Ja, ja, Theobald, jetzt geht es weiter, wir konnten doch die junge Dame nicht im Schnee stehen lassen, so etwas tut ein Ehrenmann nicht«, sagte Andreas lachend.

Katharina fühlte sich geschmeichelt, als junge Dame bezeichnet zu werden.

»Das Tier hat aber einen lustigen Namen«, sagte sie.

»Ja, den hat er wirklich. Ich habe Theobald einem Bauern

in der Nähe von Konstanz abgekauft. Das arme Tier war damals halb verhungert und hat mir schrecklich leidgetan. Es ist ein Wunder, dass er durchgekommen ist.«

Neugierig musterte Andreas Katharina von der Seite. Sie hatte noch immer rotes Haar, so viel sah er. Groß war sie gewachsen, hatte aber ihre eher zierliche und schmale Statur behalten. Aber warum, in Gottes Namen, rannte sie allein und ohne Umhang durch einen Schneesturm?

»Warum stehst du hier draußen im Schnee?«, fragte er erneut.

»Ich – ich komme vom Gassenbacher Hof«, antwortete Katharina unsicher.

»Ach, hilfst du noch immer im Pferdestall?«

»Ja, die Arbeit ist schön, aber heute war es nicht so gut, die Knechte sind krank. Irgendetwas geht um, alle haben starken Durchfall und erbrechen. Ich musste sofort wieder gehen, der Oberstallmeister hat mich aus dem Stall gejagt. In der Eile habe ich leider meinen Umhang vergessen.«

Sie biss sich wegen dieser Lüge auf die Lippen, aber was hätte sie sonst sagen sollen? Sie konnte ihm wohl kaum erklären, dass er eine vermeintliche Hexe am Straßenrand aufgelesen hatte, die die Tiere im Stall umbringt.

Misstrauisch sah er sie an und bemerkte sofort, dass sie ihm etwas verschwieg. Aber er bohrte nicht weiter nach …

»Bist du denn jetzt Priester geworden?« Katharina wechselte das Thema.

»Ja, gerade eben bin ich vom Seminar zurückgekommen, eigentlich bin ich auf dem Heimweg.«

Katharina kam sich schäbig vor, denn nur wegen ihr musste er jetzt einen großen Umweg fahren.

Eine ganze Weile schwiegen beide. Katharina schmiegte sich in Andreas' Umhang und genoss den wunderbaren Duft, den er verströmte, sog ihn tief in sich hinein. Sie fuhren über die Hügel. Bäume zogen wie Gespenster an ihnen vorbei, es hatte sich bereits eine dicke Schneedecke gebildet. Allein wäre sie niemals nach Hause gekommen, bestimmt wäre sie irgendwo erfroren.

Was wohl die Mutter sagen würde? Wie sollte sie ihr erklären, was vorgefallen war? Ob sie sie verstehen würde? »Wie geht es denn deiner Mutter?«

Verwundert sah Katharina Andreas an. Konnte er Gedanken lesen?

»Gut, wir arbeiten zusammen als Näherinnen, damit haben wir ein gutes Auskommen. Anfangs hat Mutter nur ab und an Sachen ausgebessert, und ich habe Garn gesponnen, das wir dann verkauft haben. Doch nach einer Weile ist die Arbeit immer mehr geworden, und viele Leute haben ihre Sachen zu uns gebracht. Wir haben einen guten Ruf, nähen inzwischen auch Kleider und haben einen Stand auf dem Markt.«

»Das hört sich doch gut an.«

»Mutter wird sich freuen, dich zu sehen.«

»Ich weiß nicht.« Seine Stimme klang unsicher. »Ich denke, ich sollte nicht mit reinkommen, ich muss heute noch zu Pfarrer Wicht. Ich werde wohl gleich weiterfahren.«

»Mutter wird enttäuscht sein.«

»Ein andermal komme ich gerne vorbei und mache ihr meine Aufwartung, heute fehlt mir dafür leider die Zeit.«

Katharina nickte enttäuscht. Gerne hätte sie sich noch länger mit Andreas unterhalten. Seltsamerweise wünschte sie es sich plötzlich, den jungen Mann, den sie schon so lange kannte, in ihrer Nähe zu haben.

Kurz darauf hielt der Wagen vor ihrem Hoftor, und Katharina stieg ab.

»Vielen Dank, dass du mich gerettet hast.« Sie schälte sich aus seinem Umhang und reichte ihn Andreas. Dankbar hüllte er sich in den weichen Stoff und streckte ihr die Hand zum Abschied hin. Sie war erstaunlich warm, Andreas schien bei dieser Kälte nicht zu frieren, obwohl er die ganze Zeit keinen Umhang getragen hatte.

Verwundert sah Katharina ihn an.

Er lachte laut auf. »Ich weiß, alle wundern sich darüber. Ich kann es auch nicht erklären, seltsamerweise wird mir nie richtig kalt, ich habe anscheinend warmes Blut.«

Katharina lächelte. Schon wieder schien er ihre Gedanken gelesen zu haben.

»Grüß deine Mutter schön von mir, ich komme euch bald mal besuchen, versprochen.«

Der Wagen setzte sich langsam wieder in Bewegung und verschwand schließlich im Schneetreiben. Katharina winkte ihm noch eine Weile nach. Auf einmal war ihr ganz warm, und sie fühlte sich so glücklich wie schon seit Langem nicht mehr.

In der Wohnstube saß Katharinas Mutter auf der Fensterbank. Sie nähte gerade den Saum des Kleides, das für die Schulmeisterin bestimmt war. Die alte Frau würde bei diesem Wetter bestimmt nicht mehr kommen, um es abzuholen. Also konnte sie sich Zeit lassen.

Aus dem Augenwinkel bemerkte sie eine Bewegung auf

dem Hof – neugierig blickte sie nach draußen. Hatte sich die Frau etwa doch bei diesem ungemütlichen Wetter auf den Weg gemacht? Doch es war Katharina, die durch den Schnee stapfte. Eilig erhob sich Eva und ging in den Hausflur, um ihrer Tochter die Tür zu öffnen.

»Katharina, Kind, wo kommst du denn her?«, fragte sie verwundert. »Warum läufst du denn bei diesem Wetter nach Hause? Und wo ist dein Umhang?«

Katharina stöhnte.

»Kann ich nicht erst einmal reinkommen?«

Eva sah ihre Tochter besorgt an.

»Aber natürlich, komm rein. Am besten setzt du dich an den Ofen. Ich hole dir schnell ein frisches Kleid, deines ist ja völlig durchnässt.«

Erst jetzt bemerkte Katharina, dass ihr Kleid feucht und kalt war. Schwankend vor Müdigkeit betrat sie die Wohnstube und sank erschöpft aufs Sofa neben den Ofen. Sie zog sich ihre nassen Strümpfe von den Füßen. Cäcilie, die ebenfalls aufgestanden war, hängte diese sofort zum Trocknen auf eine Stange über dem Ofen.

Katharina zog an der Schnürung ihres Kleides, aber ihre Hände zitterten und wollten ihr einfach nicht gehorchen.

»Wartet, ich helfe Euch.« Cäcilie öffnete die feuchten Schnüre und half Katharina, aus dem Kleid zu schlüpfen. Eva kam unterdessen mit einem frischen Wollrock, einem sauberen Hemd und frischen Strümpfen wieder in die Küche. Während sich ihre Tochter ankleidete, schluckte sie ihre Neugierde hinunter und beschäftigte sich damit, Tee zu kochen. Vor Cäcilie wollte sie mit Katharina nicht reden, obwohl sie wusste, dass sie der Magd eigentlich vertrauen konnte. Cäcilie hatte sich wieder hinter ihr Spinnrad verkrochen. In der Wohnstube brannten bereits Kerzen, doch auch sie schafften es nicht, den Raum an diesem grauen und dunklen Tag zu erhellen.

»Cäcilie«, sagte Eva schließlich, »geh doch Michael im Stall zur Hand. Bei dem schlechten Licht verdirbst du dir ja die Augen, du kannst morgen mit dem Garn weitermachen.« Das Mädchen gehorchte. Ohne ein Wort kam sie hinter dem Spinnrad hervor und verließ den Raum. Kopfschüttelnd begutachtete Eva die Arbeit der jungen Magd.

»Sie wird das Spinnen nie lernen«, seufzte sie. »Das Garn ist schon wieder voller Knubbel.«

Katharina bemerkte die Anspannung ihrer Mutter und wusste genau, dass diese neugierig war. Eva reichte ihrer Tochter einen Becher Tee und setzte sich neben sie.

»Und, was ist vorgefallen? Und lüg mich ja nicht an, ich sehe an deiner Nasenspitze, dass etwas nicht stimmt.«

Ihre Mutter sprach mit ihr, als wäre sie noch ein Kind. »Ich bin aus dem Gassenbacher Hof fortgelaufen.«

»Ja, aber warum denn das?«

Katharina suchte nach Worten.

»Heute war der Henker in den Ställen.«

»Leonhard Busch? Aber was wollte der denn dort?«

»Ein Schadenszauber soll daran schuld sein, dass die Pferde sterben und die Kühe keine Milch mehr geben.«

»Aber an so etwas ist doch keine Zauberei schuld.« Eva schüttelte den Kopf. »Bestimmt sind die Tiere krank geworden.«

»Genau das habe ich zu Magdalena auch gesagt.«

»Ach, Magdalena war auch da. Ist sie immer noch so frech und ungepflegt wie früher?«

»Schlimmer noch, sie stinkt, und ihr Haar ist fettig, vorlaut ist sie und unhöflich.«

»Und sie glaubt an einen Schadenszauber?«

»Ja, da bin ich mir sicher. Sie hat ja schon getönt, dass der Henker kommen würde, als er noch gar nicht da war. Und stell dir vor, sie isst mit den Knechten in deren Gesindestube.«

Eva schüttelte den Kopf. »Armes Ding, nicht einen Funken Anstand trägt sie in sich.«

Dann sah sie ihre Tochter erneut fragend an.

»Aber warum bist du denn weggelaufen?«

»Ich habe Angst bekommen. Als der Henker kam, geriet ich irgendwie in Panik. Ich kann dieses Gefühl nicht richtig beschreiben, es fühlte sich an, als würde ich ersticken. Er ist ein fürchterlicher Mann, und seine blauen Augen sind eiskalt und böse.«

Eva nickte. Sie wusste genau, wovon ihre Tochter sprach. Der Henker hatte tatsächlich eine merkwürdige Ausstrahlung, die nicht zu erklären war. Sie ging grundsätzlich nie zu einer Hinrichtung, denn sie konnte es nicht leiden, die Menschen auf dem Schafott zu sehen.

»Stand er so nah bei dir, dass du ihm so genau ins Gesicht sehen konntest?«

»Nein« – Katharina stockte –, »aber neulich an dem Markttag, als es so schrecklich geregnet hat, bin ich ihm in der Obergasse in die Arme gelaufen.«

Katharina lief schon bei dem Gedanken an diese Begegnung ein kalter Schauer über den Rücken. »Damals ging mir sein Blick durch und durch. Ich bin furchtbar unruhig geworden, war fast panisch, obwohl er ganz schnell wieder gegangen ist.«

»Also, dem Henker wollte ich auch nicht unbedingt in die Arme laufen«, sagte Eva, »aber trotzdem, Katharina, du kannst nicht einfach fortlaufen!«

»Er sagte, wir sollen all unsere Kleider verbrennen, denn der Teufel hänge daran. Mir war so schrecklich übel, ich musste einfach fort.«

Beruhigend strich Eva ihrer Tochter über den Arm. So hatte sie sie noch nie erlebt.

»Ich habe mich einfach rausgeschlichen. Keiner hat es bemerkt.«

»Aber Magdalena hat dich doch gesehen.«

»Ja« – Katharina blickte zu Boden –, »sie hat mich vorher gesehen. Später stand sie weiter vorn. Sie konnte gar nicht genug vom Henker bekommen und war richtig aufgeregt. Bestimmt hat sie sich auch gerne vor den ganzen Stallknechten ausgezogen.«

»Hat dich sonst noch irgendwer gesehen?«

»Wie, sonst noch wer? Warum denn?«

»Nun sag schon.« Eva wurde ungeduldig. Katharina sah sie verwundert an. Worauf wollte ihre Mutter hinaus?

»Ich glaube nicht, ich habe mich ja im Hintergrund gehalten. Davor war ich in Rufus' Pferch, da hat mich auch keiner bemerkt. Ich habe nur mit Magdalena gesprochen, sonst mit niemandem.«

Eva blickte nachdenklich aus dem Fenster, die Kerze auf dem Fenstersims flackerte ein wenig, Wachs tropfte herunter.

»Und wenn wir einfach behaupten, dass du an diesem Tag nicht dort warst?«

»Ja, aber Magdalena hat mich doch gesehen.«

»Aber dir werden sie mehr glauben als Magdalena. Dieses verrufene Ding, bestimmt werden alle denken, dass sie lügt.« Katharina schwieg. Eva sah sie forschend an.

»Da ist doch noch etwas, oder?«

»Nun ja, ich bin von jemandem nach Hause gebracht worden.«

»Wie – gebracht worden?«

»Andreas Kastner hat mich auf dem Weg gefunden. Ich habe im Schnee ein wenig die Orientierung verloren, er war so freundlich und hat mich heimgebracht.«

»Andreas Kastner – der Andreas aus Dasbach?«

»Ja genau, er ist von seinem Priesterseminar zurück und arbeitet jetzt anscheinend mit Pfarrer Wicht zusammen, jedenfalls wollte er dort noch hin. Deshalb ist er auch nicht mit hereingekommen. Ich soll dich schön von ihm grüßen.«

Eva trank kopfschüttelnd von ihrem Tee. Dieser Tag wurde immer seltsamer. Prüfend fasste sie Katharina an die Stirn.

»Nein, krank bist du nicht.«

Katharina lächelte. »Es ist ein bisschen viel auf einmal passiert, oder?«

»Das kann man wohl sagen«, sagte Eva und stellte seufzend ihren Becher neben sich aufs Sofa. »Was hast du denn Andreas erzählt? Er wird sich doch sicher gewundert haben, dass du ohne Umhang allein im Schnee stehst.«

»Ich habe ihn angeschwindelt. Ich konnte ihm ja wohl

schlecht erzählen, dass ich vor einem Schadenszauber und dessen Austreibung fortlaufe. Immerhin ist er ein Mann der Kirche und würde mich bestimmt verdächtigen.«

»Genauso wie der halbe Stall, wenn herauskommt, dass du fortgelaufen bist.«

»Richtig« – Katharina seufzte –, »genauso wie der halbe Stall.«

»Was hast du ihm denn gesagt?«

»Dass alle krank sind und mich der Oberstallmeister wieder nach Hause geschickt hat.«

»Und das hat er dir geglaubt?«

»Ich weiß es nicht, gesagt hat er nichts.«

Beide schwiegen. Eva stand auf und schenkte ihnen noch einmal Tee nach. Katharinas Blick wanderte zum Fenster. Nur noch vereinzelt fielen ein paar Flocken vom Himmel, es hörte endlich auf zu schneien. Sie zitterte nicht mehr, der heiße Tee hatte sie aufgewärmt, und am Ofen war es angenehm warm. Eva lief im Raum auf und ab.

»Wir sagen trotzdem, dass du nicht auf dem Hof warst, du bist wegen des schlechten Wetters nicht hingegangen. Wenn jemand fragt, werde auch ich sagen, dass du den ganzen Tag hier warst und mit mir genäht hast. Mit Cäcilie rede ich nachher noch.«

»Und du denkst, damit kommen wir durch?«

»Aber natürlich, warum denn nicht?«

»Und was ist mit Andreas?«

»Hat euch jemand zusammen gesehen?«

»Nein.«

»Na also, dann wird ihn mit Sicherheit keiner befragen, nur ich weiß noch, dass er dich heimgebracht hat.«

Katharina sah ihre Mutter skeptisch an, sie hatte Angst. Der Becher zitterte in ihrer Hand.

»Und was ist mit meinem Umhang? Er hängt noch immer im Stall.«

Eva stellte ihren Becher auf den Tisch und trat ans Fenster. Nachdenklich blickte sie in den verschneiten Hof hinaus. Der Umhang würde Katharina verraten. Aber es war unmöglich, zurückzugehen, um ihn zu holen. Sie drehte sich zu Katharina um, die sie erwartungsvoll anschaute.

»Das können wir jetzt nicht ändern. Wir können nur hoffen, dass er niemandem auffällt.«

Liebevoll nahm sie ihre Tochter in den Arm. »Es wird schon alles gut gehen, du wirst sehen, in ein paar Wochen redet niemand mehr über den heutigen Tag, und was Magdalena sagt, wird sowieso niemand glauben.«

6

Andreas blickte versonnen auf das alte Heftricher Pfarrhaus. Er sah sich selbst auf der Türschwelle stehen, damals, als er Abschied genommen hatte, um nach Koblenz zum Priesterseminar zu fahren. Pfarrer Wicht hatte ihm wohlwollend auf die Schultern geklopft und war stolz darauf, dass Andreas sein Nachfolger werden wollte. Wochenlang hatte er ihn auf diesen Tag vorbereitet und ihm viele hilfreiche Ratschläge gegeben, die ihm während seiner Ausbildung geholfen hatten.

Jetzt stand er also wieder hier und hatte es tatsächlich geschafft. Nach langen Jahren des Lernens war er nun endlich Priester, das, was er immer werden wollte.

Damals, als er fortgegangen war, war es Sommer gewesen, Rosen hatten im Garten geblüht, und die Pflaumenbäume hatten reife Früchte getragen. Jetzt, im Winter, sah das alte Fachwerkhaus verschlafen aus. Das Anwesen des Pfarrers war nicht besonders groß, es bestand nur aus dem Haupthaus und einem kleinen Stall. Aber vielleicht war das ja gerade das Reizvolle an dem Gebäude. Seine schiefen Fenster und der schräge Giebel gaben ihm ein ganz eigenes Gesicht.

Die Haustür öffnete sich, die alte Pfarrfrau trat heraus und winkte ihm freudig zu. »Guten Tag, Andreas, wir haben dich schon erwartet.«

Andreas kletterte von seinem Wagen herunter, ging durch den kleinen Vorgarten und ließ es zu, dass ihn die korpulente Frau umarmte.

»Es ist schön, dich zu sehen. Johannes ist schon den ganzen Tag furchtbar ungeduldig, er war wegen des schlechten Wetters bereits in Sorge. War auf der Straße überhaupt ein Durchkommen möglich?«

»Es ging schon.«

Andreas musste sich erst wieder an die alte Frau gewöhnen, die wie damals viel und schnell redete. Im Priesterseminar hatten alle nur sehr leise und bedacht gesprochen. Johannes Wicht betrat strahlend den Flur, breitete seine Arme aus und umarmte seinen Schüler überschwänglich.

»Ach, ist das schön, dass du wieder da bist, Andreas, du hast keine Vorstellung davon, wie oft ich dich schmerzlich vermisst habe.« Er legte Andreas den Arm um die Schultern und führte ihn in sein Arbeitszimmer. Cäcilie Wicht verschwand in der Küche. Den ganzen Tag hatte sie damit zugebracht, Brot und Törtchen zu backen. Eilig suchte sie Kräuter für einen Tee heraus, der arme Junge war bestimmt durchgefroren.

Andreas sah sich unterdessen im Arbeitszimmer seines Mentors um. Er hatte ganz vergessen, wie unordentlich Johannes Wicht war. Überall auf dem Boden lagen aufgeschlagene Bücher, und Schriftrollen stapelten sich auf dem großen, aus schwerem Holz gemachten Schreibtisch. Schwarze Balken durchzogen die Decke und die Wände, und durch ein kleines Fenster fiel nur wenig Licht herein. Kerzen auf dem Fensterbrett und Schreibtisch erhellten zusätzlich den kleinen Raum. Am Kamin, in dem ein Feuer knisterte, lud ein bequemer Lehnstuhl zum Verweilen ein, allerdings nur, wenn man ihn von dem Papierwust befreite, der auf ihm lag.

Pfarrer Wicht rannte geschäftig an Andreas vorbei.

»Es tut mir leid, ich hätte aufräumen sollen. Cäcilie hat auch schon mit mir geschimpft, aber die Geschäfte … Es ist einfach zu viel zu tun.«

Andreas lächelte. Nichts hatte sich verändert, sein Mentor war noch genauso unorganisiert wie damals und würde ohne seine Gattin vermutlich nichts mehr finden.

Cäcilie betrat den Raum. Auf ihrem Arm balancierte sie ein voll beladenes Tablett. Eine Teekanne mit zwei Bechern, frisches Pökelfleisch, Brot, Kekse und Nusstörtchen hatte sie auf wundersame Art und Weise darauf gestapelt. Missbilligend blickte sie auf einen kleinen Tisch, der mit Papier beladen vor dem Kamin stand. Andreas eilte ihr zu Hilfe und legte alles auf den Boden.

Pfarrer Wicht stand währenddessen unentschlossen hinter seinem Schreibtisch und überlegte, was er wohin umschichten könnte. Cäcilie schenkte Tee ein und räumte danach den Sessel frei. Mit einem Augenzwinkern bot sie Andreas an, Platz zu nehmen. Er zwinkerte grinsend zurück und setzte sich.

»Solltet ihr noch etwas brauchen, Johannes, du findest mich in der Küche«, sagte die Pfarrfrau und verließ den Raum.

Pfarrer Wicht schob den klobigen Holzstuhl, der hinter dem Schreibtisch stand, näher an den Kamin und setzte sich schwer atmend.

»Was für eine Aufregung. Was für ein Schneetreiben. Du musst ganz durchgefroren sein.« Er wischte sich mit dem

Ärmel den Schweiß von der Stirn und griff nach einem Törtchen.

Andreas sah ihm amüsiert zu und nahm sich ein Stück Pökelfleisch. Erst jetzt fiel ihm auf, wie hungrig er war.

Er fragte sich, ob sein Mentor heute überhaupt einen Schritt vor die Tür gemacht hatte.

»Ja, ich finde es eigentlich ganz schön, die Welt sieht dann immer so sauber aus, als würde sie unter einem weißen Betttuch schlafen.«

»Ach, wenn sie nur so friedlich wäre.«

»Was soll das denn bedeuten?«, fragte Andreas, der nach einem weiteren Stück Fleisch griff, verwundert.

»Der Teufel treibt in Idstein sein Unwesen, dafür gibt es immer mehr Anzeichen. Der Graf ist in großer Sorge, an jeder Ecke lauern Schadenszauber, Hurerei und das Böse. Die Hexen haben sich bei uns eingenistet.«

Andreas sah seinen Mentor ungläubig an. Natürlich hatte er sich im Priesterseminar mit den Themen Hexen, Teufel und Zauberei beschäftigt und wusste genau, was im Hexenhammer stand. Tagelang hatte er dieses schreckliche Buch studieren müssen. Kein einziges Wort von dem Unsinn, der darin stand, hatte er geglaubt. Seiner Meinung nach war jeder Mensch selbst für seine Taten verantwortlich, und Tiere starben an Krankheiten und nicht an Zauberei.

Doch er sah in den Augen seines Mentors, dass dieser es tatsächlich ernst meinte. Pfarrer Wicht hatte jahrzehntelange Erfahrung und betreute diese Gemeinde schon fast sein ganzes Leben. Wenn er solche Dinge nicht erkennen sollte, wer dann?

»Gibt es denn schon eine Anschuldigung?«

»Nein, leider noch nicht.«

»Was ist der eigentliche Auslöser für die Vermutungen?«

Der Pfarrer verzog beleidigt das Gesicht, er konnte die Zweifel in der Stimme seines Schülers hören.

»Die Menschen frönen eben mehr dem Weib und dem Wein und respektieren ihre Kirche nicht mehr.«

»Aber dem Wein waren die Leute doch schon immer zugetan, das ist nichts Neues.«

»Ja, durchaus nicht, aber in der letzten Zeit hat es ungeahnte Ausmaße angenommen. Meister Leonhard macht sich ebenfalls große Sorgen, denn seltsame Krankheiten und Todesfälle bei Tieren häufen sich. Erst neulich sind im Gassenbacher Hof zwei Pferde umgekommen. Keiner konnte sich erklären, wie. Es muss einfach mit Zauberei zu tun haben.«

Bei dem Wort Gassenbacher Hof dachte Andreas an Katharina, und sofort kribbelte es in seinem Bauch. Sie hatte wie ein Häufchen Elend auf seinem Wagen gesessen, doch ihr Gesicht hatte selbst im Schneetreiben wunderschön ausgesehen.

»Vielleicht hatten die Tiere eine Krankheit?« Pfarrer Wicht stellte seinen Becher auf dem Tisch ab.

»Die Kühe geben auch keine Milch mehr, einfach so, von einem Tag auf den anderen. Das ist überall vorgekommen, sogar in Wiesbaden gibt es Fälle. Meister Leonhard hat es mit all seinen Tinkturen versucht, keine hat geholfen. Ich sage dir, Andreas, wenn da nicht der Teufel seine Hände im Spiel hat, dann fresse ich einen Besen.«

»Und was sagt der Graf dazu?«

»Er ist ganz meiner Meinung. Er wird eine Verfolgung beginnen, wir warten nur noch auf konkrete Anschuldigungen.« Andreas schwieg und trank nachdenklich einen Schluck Tee. Eine Hexenverfolgung. Er war gerade erst zurückgekommen und wollte ein guter Priester sein, der Kinder taufte, Hochzeiten feierte und Menschen Trost spendete. Darin sah er seine Aufgaben, nicht darin, Menschen zu verfolgen und hinzurichten.

Er seufzte.

»Dann warten wir also ab.«

»Ja, genau«, antwortete sein Mentor.

»Wir warten darauf, dass irgendeine Hexe einen Fehler macht, und dann schlagen wir zu.«

Katharina lief zum Stall hinüber. Eigentlich war sie müde, der lange Tag steckte ihr in den Knochen. Am liebsten hätte sie sich sofort ins Bett gelegt, aber Albert wartete auf sie. Jeden Abend, immer um dieselbe Zeit, kam sie noch einmal zu ihm in den Stall. Es war zu einem Ritual zwischen ihnen geworden, und sie wollte auch heute damit nicht brechen.

Michael schaufelte im Hof Schnee. Katharina nickte ihm im Vorbeigehen zu. Er lächelte und hob kurz grüßend die Hand, die in einem schäbigen, löcherigen Handschuh steckte. Katharina nahm sich fest vor, mit ihrer Mutter zu sprechen. Michael brauchte dringend neue Handschuhe.

Im Stall wurde Katharina von der vertrauten Wärme eingehüllt, und Albert begrüßte sie mit einem Schnauben. Sie kletterte die schmale Treppe zum Heuboden hinauf und kam mit einem dicken Bündel Heu unter dem Arm wieder herunter. Im Stall waren mehrere Tiere untergebracht. Neben Albert gab es noch eine Kuh und zwei Ziegen. Die Hühner waren nicht hier, ihr Stall lag auf der anderen Seite des Hofes.

Sie verteilte das Heu gleichmäßig in den Pferchen. Michael hatte die Laterne, die von der Decke hing, angezündet. Ihr Licht reichte aber nicht bis in alle Ecken. Albert stupste Katharina an.

Sie lachte. »Du möchtest gebürstet werden, nicht wahr?« Katharina griff zu einer der Bürsten, die an der gegenüberliegenden Wand hingen. Hier im Stall war alles eng und klein, nicht so groß und weitläufig wie im Gassenbacher Hof. Albert und die anderen hatten sehr wenig Platz, deshalb versuchten sie, die Tiere, sooft es ging, auf die Weide zu lassen. Die vier verstanden sich ganz gut, nur ab und an gab es kleinere Zankereien zwischen den Ziegen.

Katharina striegelte Albert nachdenklich die graue Mähne. »Ich hatte heute einen schrecklichen Tag, am besten wäre ich im Bett geblieben, dann wäre das alles nicht passiert.« Der Esel schnaubte. Katharina musste über sich selbst schmunzeln. Sie sprach mit dem Tier wie mit einem Menschen. »Aber dann wäre ich auch Andreas nicht begegnet.

Wer das ist? Du kennst ihn nicht. Als er fortging, warst du noch gar nicht auf dem Hof. Er war wirklich nett, so zuvorkommend und höflich. Ob er wohl zu allen Frauen so ist?«

Es war verrückt, dass sie an solche Dinge dachte. Katharina fühlte sich irgendwie seltsam, schon bei dem Gedanken an ihn kribbelte es in ihrem Bauch. Fühlte sich so Liebe an?

Aber was war schon Liebe, geheiratet wurde der Mann, den die Eltern auswählten, da gab es keine Widerworte.

Im Sommer war ein Minnesänger auf dem Markt aufgetreten. Am Anfang war er Katharina gar nicht aufgefallen, erst als sich immer mehr Menschen um ihn versammelt hatten, war auch sie neugierig zu ihm hinübergegangen. Er hatte eine wunderbare Geschichte von einem Liebespaar erzählt, Katharina war ganz gebannt gewesen. Am Ende durfte die Frau ihren Geliebten sogar heiraten. Sie seufzte, solche Geschichten gab es sicher nur bei Minnesängern.

»Und wenn er zu meiner Mutter käme und vielleicht sogar um meine Hand anhalten würde? Sie würde ihn bestimmt nicht abweisen, immerhin ist er doch jetzt Priester«, fuhr Katharina fort. Der Esel grunzte, als würde er antworten.

»Ja, ich weiß. Andreas hat mich nur nach Hause gebracht und hat mir aus Höflichkeit geholfen. Warum sollte er sich auch ausgerechnet in mich verlieben oder mir den Hof machen? Bestimmt könnte er viele Frauen haben. Für ihn bin ich doch immer noch das kleine Mädchen von früher, auf das er aufpassen muss.«

»Wer muss auf dich aufpassen?«

Katharina schrak zusammen.

Maria stand in der Tür.

»Maria, was tust du denn hier? Hast du mich aber erschreckt.«

»Ich habe doch gesagt, dass wir heute Abend vorbeikommen. Anna will dir ihre neuen Schuhe zeigen.«

Während sie dies sagte, schob sich hinter ihr die kleine Anna durch die Stalltür und wackelte, braune Lederschühchen an den Füßen, freudestrahlend auf Katharina zu.

»Ach, Anna, die sind aber hübsch, die hat der Schuster fein gemacht.« Katharina hob das Kind lachend hoch.

Das Mädchen war Maria wie aus dem Gesicht geschnitten, derselbe Teint, dieselben goldblonden Haare und ein roter Erdbeermund. Sie sah aus wie ein kleiner Engel.

»Fein«, wiederholte sie, nahm unbeholfen Katharinas Gesicht zwischen ihre Händchen und drückte ihr einen Kuss auf die Wange.

»Für was war der denn?« Katharina sah Maria verwundert an. »Das macht sie neuerdings ständig. Allen Leuten, die sie kennt, gibt sie Küsschen.«

»Schade, und ich dachte schon, der Kuss wäre etwas Besonderes.« Liebevoll stellte sie die Kleine wieder auf den Boden, und sofort hob das Kind ein wenig Heu auf und lief damit laut quietschend zu den Ziegen hinüber, die sich schleunigst in die hintere Ecke ihres Pferchs verzogen. Dieses kleine, kreischende Etwas war ihnen ganz und gar nicht geheuer.

»Sag mal, Maria, wie bist du denn heute aus Idstein wieder nach Hause gekommen? Es hat ja so fürchterlich geschneit.« Maria setzte sich auf einen Strohballen.

»Bauer Lehmann war auch in der Stadt, zufällig habe ich ihn getroffen, und er hat mich mit zurückgenommen. Allein hätte ich mich in dem Sturm mit Sicherheit verlaufen. Wie war es denn auf dem Gassenbacher Hof?«

Katharina schwieg. Sollte sie Maria von der Sache erzählen? Eigentlich hatte sie mit der Mutter abgemacht, über die Angelegenheit Stillschweigen zu bewahren, aber Maria war ihre beste Freundin, ihr konnte sie es doch bestimmt anvertrauen.

»Es war komisch in den Ställen.«

»Was war denn komisch?«

»Ich erzähle es dir, aber du darfst es niemandem weitersagen, ich könnte dann nämlich großen Ärger bekommen.«

Maria hob die Hand.

»Ich schwöre, von mir hört niemand ein Sterbenswörtchen.« Katharina setzte sich seufzend neben sie und erzählte, was am Vormittag passiert war. Marias Augen wurden immer größer. Als Katharina geendet hatte, schwieg sie. Albert scharrte mit den Hufen. Die kleine Anna hatte sich, ohne dass sie es bemerkt hatten, neben sie ins Heu gelegt und war eingeschlafen. Katharina wurde es beim Anblick des Mädchens ganz warm ums Herz, so wunderschön konnten nur Kinder im Schlaf aussehen.

Maria unterbrach die Stille. »Wie kommt der Henker denn auf die Idee, dass der Teufel an den Kleidern hängt? Das ist doch Unsinn, oder?«

»Ja, das denke ich auch.«

»Hast du Angst?«

»Schon ein wenig. Mutter wird behaupten, ich wäre auf dem Hof gewesen.«

»Aber das ist eine Lüge, Magdalena hat dich doch gesehen.«

»Ihr wird doch bestimmt keiner glauben. Sie ist die Tochter eines Verräters.«

»Stimmt. Sag mal, wie bist du denn nach Hause gekommen? Du musst doch auch in den Schneesturm geraten sein.«

»Ja, ich war drauf und dran, mich zu verlaufen oder zu erfrieren, mein Umhang hängt nämlich noch immer im Stall, den konnte ich nicht mehr holen. Plötzlich stand Andreas vor mir. Er ist wie aus dem Nichts aufgetaucht.«

»Andreas – unser alter Andreas? Von dem wir heute Morgen noch gesprochen haben?«

»Genau der.«

In Katharinas Bauch kribbelte es erneut.

»Er war so nett und höflich. Sofort hat er mir seinen Umhang angeboten, und wie gut der geduftet hat!« Maria sah ihre Freundin verdutzt an. Katharinas Augen leuchteten, und ihre Wangen waren gerötet.

»Du siehst ja aus, als wärst du in ihn verliebt!«

Katharina fühlte sich ertappt. »Nein, ich weiß doch gar nicht, was das ist. Er war eben nett.«

»Einfach nur nett. Hast du ihm erzählt, warum du fortgelaufen bist?«

»Grundgütiger, nein, er ist ein Priester.«

»Du hast ihn doch nicht etwa angelogen?«

»Vielleicht ein bisschen.«

»Aber einen Pfarrer lügt man nicht an!«

»Was hätte ich denn tun sollen?«

»Keine Ahnung.«

Maria schwieg, und Katharina wusste nicht, was sie sagen sollte. Ja, es war dumm gewesen, Andreas anzulügen, aber was hätte sie denn sonst tun sollen, er war ja jetzt Priester und wäre der Sache bestimmt auf den Grund gegangen, dazu war er verpflichtet. Maria hätte ihn bestimmt auch angelogen.

»Ich glaube, ich hätte ihn auch belogen«, sagte Maria plötzlich. Verwundert sah Katharina die Freundin an. Konnte denn heute jeder Gedanken lesen?

»Ich meine, was geht es ihn an? Du hast nichts Unrechtes getan. Ihr kennt euch schon seit Kindertagen. Er hat dich auf der Straße getroffen und heimgefahren, mehr war nicht.«

Erleichtert sank Katharina in sich zusammen.

»Sieht er denn noch genauso aus wie damals?«

»Nein, anders.«

»Wie anders?«

»Ich weiß nicht, vielleicht männlicher.«

»Männlicher?«

Katharina errötete. Maria lachte.

»Er gefällt dir.«

»Vielleicht ein bisschen.«

Genau in dem Moment öffnete sich die Stalltür, und Michael kam herein. Verwirrt sah er die beiden Frauen und das schlafende Kind an.

»Was ist denn hier los?«

»Ach, nichts weiter«, antwortete Katharina, nahm eilig etwas Heu und warf es den Ziegen in den Pferch. »Ich kümmere mich doch jeden Abend um die Tiere.«

Verwundert sah der Knecht von seiner jungen Herrin zu Maria, die krampfhaft versuchte, einen Lachanfall zu unterdrücken.

Verwirrt kratzte er sich am Kopf, murmelte irgendetwas Unverständliches und verließ den Stall. Katharina und Maria prusteten los.

Die kleine Anna hob erschrocken ihr Köpfchen und fing zu weinen an. Liebevoll hob Maria sie hoch und tätschelte ihr den Rücken. Katharina wischte sich die Lachtränen aus den Augen. »Kommt ihr noch auf einen Tee mit rüber?«

»Gerne«, antwortete Maria.

Gemeinsam verließen sie den Stall und liefen ausgelassen kichernd zum Haus hinüber.

7

Johann Sebastian Post verstand bis heute nicht, warum Meister Leonhard so weit außerhalb von Idstein wohnte.

Das kleine Dorf Neuhof, zu dem das Anwesen des Henkers gehörte, lag hinter steilen Hügeln auf einer Hochebene und war besonders im Winter schwer zu erreichen. Der Landeshauptmann band sein Pferd an den Zaun vor dem kleinen Fachwerkhaus. Das Haus war nichts Besonderes. Wer es nicht wusste, würde kaum glauben, dass hier der Henker des Grafen wohnte. Leonhard Busch war kein besonders rührseliger Mensch, doch an seinem Elternhaus hielt er seltsamerweise fest.

Sebastian Post hätte das Anwesen sicher längst verlassen, schon allein wegen des grausamen Todes des eigenen Vaters. Leonhard Buschs Vater war ebenfalls Henker des Grafen gewesen. Im Dreißigjährigen Krieg war er auf grausame Art und Weise von schwedischen Soldaten in dem Haus getötet worden. Vor den Augen seines Sohnes hatten sie ihn auf dem Küchentisch abgeschlachtet, und das nur wegen ein paar Münzen, die dieser nicht herausrücken wollte. Geiz war eine Eigenschaft, die in der Familie Busch anscheinend vererbt wurde, denn auch der jetzige Henker war sehr darauf bedacht, sein Geld zusammenzuhalten, und drehte jede Münze dreimal um, bevor er sie ausgab.

Sebastian Post freute sich, seinen Freund wiederzusehen. Schon seit Längerem hatten sie sich nicht mehr ausführlich unterhalten. Mit seiner Satteltasche unter dem Arm überquerte er den kleinen Innenhof, auf dem ein paar Hühner und schnatternde Gänse herumliefen.

Sebastian Post überbrachte heute in seiner Funktion als Landeshauptmann ein wichtiges Schreiben. Diese Arbeit war zwar in seinen Augen dem Anführer der Truppen nicht würdig, andererseits hatte ihm der Graf dadurch mal wieder sein Vertrauen ausgesprochen, und das bedeutete ihm viel.

Heute war ein kalter Tag, dichter Nebel hing über den Bäumen und Wiesen, seine Uniform fühlte sich nach dem doch recht langen Ritt feucht und klamm an. Er fröstelte ein wenig, als er die Türklinke nach unten drückte.

Die Tür war nicht verschlossen. Vorsichtig trat er in das enge Treppenhaus, in dem schummriges Licht herrschte. Der Geruch von Schwefel lag in der Luft, daran war Sebastian Post bereits gewöhnt, und er wusste auch genau, wo er in dem kleinen Haus nach dem Henker suchen musste.

Eine Hausangestellte gab es nicht mehr, seit die gute Seele des Hauses vor einigen Jahren gestorben war. Nach der alten Anni hatte sich keine Frau dazu bereit erklärt, in die Dienste des Henkers zu treten. Alle hatten Angst vor ihm, obwohl Sebastian Post das nicht ganz nachvollziehen konnte. Gut, Meister Leonhard war der Henker und schickte als Scharfrichter die Menschen in den Tod. Aber er war auch ein ganz normaler Mann mit Bedürfnissen und einem Haushalt. Seine alte Anni hatte der Henker stets höflich und respektvoll behandelt.

Vorsichtig klopfte der Landeshauptmann an die hinterste Tür des Flures. Nach einem forschen »Herein« trat er ein.

Er ekelte sich immer ein wenig, wenn er diesen Raum betrat, auch heute war das nicht anders. Der Geruch von Schwefel war hier fast unerträglich, und dichter Rauch hing in der Luft. Auf den vielen Regalen an den Wänden waren Hunderte von Glasgefäßen in den unterschiedlichsten Formen und Größen aufgereiht. In ihnen schwammen meist seltsame Dinge, die der Landeshauptmann nur ungern näher betrachtete.

Der Henker stand an dem großen Tisch, der die Mitte des Raumes ausmachte, hinter ihm brannte in einer offenen Kochstelle ein kleines Feuer.

Er winkte seinen Freund erfreut herein.

»Sebastian, das ist aber schön, dich hier zu sehen. Was verschafft mir denn an so einem grauen Tag die Ehre deines Besuches?«

Sebastian Post trat näher. »Guten Morgen, Leonhard, nicht wahr, da staunst du. Dass ich mich bei diesem Wetter bis nach Neuhof wage, hättest du nicht gedacht.«

»Das machst du doch nicht freiwillig.«

Der Henker wusste ganz genau, dass sein Freund die steilen Hügel verabscheute, besonders im Winter besuchte er ihn so gut wie nie. Es musste einen triftigen Grund dafür geben, warum er heute hier war.

»Der Graf schickt mich zu dir, ich soll dir dieses Schreiben überbringen.«

Sebastian Post wühlte in seiner Satteltasche und zog den Umschlag mit dem herrschaftlichen Siegel hervor.

Leonhard Busch kam schnellen Schrittes zu ihm herüber und öffnete das Schreiben.

Während er las, sah sich der Landeshauptmann in dem Raum um. Auf dem Tisch lagen getrocknete Kräuter, dazwischen standen zwei Amphoren, die unterschiedliche Flüssigkeiten enthielten. Der Henker hatte gerade mit ihnen hantiert. Auf dem Regal direkt neben dem Landeshauptmann schwammen in Gläsern die unterschiedlichsten Körperteile. In dem einen lag ein Fuß, in dem nächsten eine Hand, sogar einen ganzen Kopf hatte sein Freund eingelegt, der ihn aus seinen toten Augen anstarrte. Angeekelt wandte sich Sebastian Post ab. »Das ist ja interessant.«

»Was ist interessant?«

»Der Inhalt des Briefes. Der Graf scheint nun doch eine Hexenverfolgung zu beginnen.«

»Ach so, aber das ist ja keine besondere Neuigkeit mehr. Ich selbst habe auch bereits die Anweisung erhalten, Augen und Ohren offen zu halten, damit wir bald eine erste Anklage bekommen.«

Der Henker wanderte zum Tisch zurück und schüttete die gelbe Flüssigkeit von der einen Amphore in die blaue Flüssigkeit der anderen.

»Ich habe ihm ja bereits vor Monaten gesagt, dass Ungemach im Gange ist.«

Eilig lief er zum Feuer und hielt die Amphore darüber, sofort stieg beißender Qualm auf. Der Landeshauptmann drückte sich schützend die Hand auf Mund und Nase.

»Was braust du da nur wieder zusammen?«

»Eine Tinktur gegen fortwährendes Nasenbluten. Daran

ist schon so mancher gestorben. Man träufelt es in die Nasenlöcher, und dann hört das Bluten auf.«

Der Landeshauptmann trat neugierig näher. Von Tinkturen, Salben und Heilmitteln hatte er keine Ahnung. Interessiert besah er sich die brodelnde, grünliche Flüssigkeit. »Und das Zeug wirkt tatsächlich, hast du es schon einmal ausprobiert?«

»Aber nein, wenn ich sage, dass diese Tinktur gegen fortwährendes Nasenblut hilft, dann tut sie das auch. Wenn sie es nicht tut, dann ist eben ein Schadenszauber im Spiel, und dagegen bin ich völlig machtlos.«

Diese Logik verstand der Landeshauptmann nicht ganz, widersprach aber lieber nicht. Der Henker füllte die Flüssigkeit in ein kleineres Glas um, verschloss es mit einem Korken und stellte es hinter sich in eines der Regale.

»Komm, alter Freund«, sagte er und legte seinen Arm um die Schultern des Landeshauptmanns. »Lass uns in die Wohnstube hinübergehen und bei einem heißen Apfelwein ein wenig plauschen. Diese Neuigkeiten sind ja phantastisch, da gibt es eine Menge zu besprechen.«

Sebastian Post grinste. Ja, für den Henker waren diese Neuigkeiten wirklich gut, denn er würde sich an den Prozessen eine goldene Nase verdienen.

Andreas war aufgeregt. Wie würde Katharina reagieren? Würde sie sich freuen, ihn zu sehen? Ihre Begegnung lag bereits einige Wochen zurück, sicher war sie verstimmt. Er hätte ihr und ihrer Mutter schon viel früher seine Aufwartung machen müssen, aber Pfarrer Wicht hatte ihn sehr in Beschlag genommen und ihm keine freie Minute gelassen.

Ob ihnen sein Erscheinen heute überhaupt recht war? Immerhin war Heiligabend. Unter seinen Füßen knirschte der Schnee, die Sonne schien an diesem Morgen von einem wolkenlosen Himmel. Doch ihre Strahlen wärmten kaum, die letzte Nacht war bitterkalt gewesen, und an den Bäumen und Dächern hingen lange Eiszapfen. Verschlafen lag Niederseelbach vor ihm, die wenigen Häuser und Bauernhöfe duckten sich in den Schnee. Aus den meisten Schornsteinen stieg Rauch auf, doch die Weiden mit ihren knorrigen Obstbäumen waren verwaist, denn die Tiere waren in den Ställen. Er hatte weiche Knie, als er die Dorfstraße hinunterlief, vorbei an den Höfen der Lehmanns und Stettners. Wie es wohl Markus und Luise ging? Er wusste von ihrem kleinen Sohn. Eigentlich hätte er sie schon längst besuchen müssen, die Taufe des Kindes stand bald an. Er nahm sich fest vor, nach den Feiertagen bei der jungen Familie vorbeizusehen.

Der Hof der Heinemanns lag am Ende der Straße. Er war nicht besonders groß, und an dem Haus war schon länger nichts mehr gemacht worden, an einigen Stellen fiel der Putz aus dem Fachwerk und gab den Blick auf Stroh und Lehm frei. Es war für Katharina und ihre Mutter bestimmt nicht einfach, das Gebäude allein instand zu halten.

Josef Heinemann war kein Landwirt gewesen. Evas Mann hatte sein Geld mit Schmiedearbeiten und als Hufschmied verdient. Doch zu seinen Lebzeiten hatte das Haus niemals so heruntergekommen ausgesehen. Tiere hatte es bereits damals nur für das Notwendigste gegeben. Ein paar Hühner für Eier, eine Kuh für die Milch und ein paar Ziegen für Käse, zusätzlich besaß die Familie meistens einen Esel oder ein Maultier. Josef Heinemann war ein herzlicher und liebevoller Mann gewesen. Katharina und Eva hatten nach seinem Tod lange Zeit nicht aus ihrer Trauer herausgefunden und sich nur mühsam einen neuen Alltag aufbauen können.

Doch inzwischen schien alles reibungslos zu funktionieren, denn gute Schneiderinnen wurden händeringend gesucht.

Andreas öffnete das quietschende Hoftor. Katharina stand inmitten einer Schar Hühner auf dem Hof und lächelte ihn überrascht an.

Er staunte. Bereits bei ihrer letzten Begegnung im Schnee hatte er ihre ebenmäßigen Gesichtszüge bemerkt, aber jetzt war er von ihrer Schönheit überwältigt. Ihr rotes Haar hatte sie mit einem grauen Tuch zusammengebunden, einige Löckchen fielen auf ihre Schultern und glänzten im Sonnenlicht. Ihr Gesicht sah aus wie Porzellan, ihre vielen Sommersprossen lockerten den Eindruck der Strenge jedoch ein wenig auf. Katharina trug ein braunes, schmal geschnittenes Leinenkleid und eine weiße Bluse, die an den Ärmeln leicht ausgestellt war. Ein wollenes blaues Tuch schmiegte sich an ihre Schultern. Sie sah wie ein rothaariger bezaubernder Engel aus, der lächelnd im Licht der Sonne stand.

»Guten Tag, Andreas, was tust du denn hier?«

Mit vor Aufregung zitternden Händen warf Katharina den Hühnern weiter die Körner hin. Mit seinem Kommen hatte sie nicht mehr gerechnet. Ihre Begegnung im Schnee war bereits so lange her. Ein paar Tage hatte sie hoffnungsvoll nach ihm Ausschau gehalten, aber als er nach einer Woche immer noch nicht aufgetaucht war, hatte sie enttäuscht aufgegeben.

»Guten Morgen, Katharina, wie geht es dir?«

Andreas merkte, dass seine Hände leicht zitterten, er atmete tief durch, straffte die Schultern und ging auf sie zu.

»Ich habe versprochen, bei euch vorbeizukommen, leider hat es etwas länger gedauert. Pfarrer Wicht hat mich ganz schön in Beschlag genommen.«

»Ich habe mir schon so etwas gedacht«, antwortete sie, »aber dass du ausgerechnet heute Zeit findest, es ist doch Heiligabend.«

»Ist es nicht recht, dass ich hier bin? Ihr habt sicherlich eine Menge Vorbereitungen für das Fest zu treffen. Es war ungeschickt, heute zu kommen, doch ich muss erst heute Abend in der Kirche sein, jetzt habe ich tatsächlich mal frei.«

»Nein, nein, es ist schön, dass du gekommen bist.« Katharina lächelte ihn sanft an.

»Komm rein, Mutter wird sich freuen.«

Sie wandte sich zur Tür, Andreas folgte ihr.

Eva saß auf der Fensterbank. Sie hatte ein blaues Wams in der Hand und beschäftigte sich damit, die Knöpfe anzunähen, als die beiden die Wohnstube betraten. Verwundert sah sie Andreas an.

»Aber, das ist ja der Andreas. Guten Morgen! Was treibt dich denn an so einem Tag zu uns heraus?«

Andreas sah sich in der Wohnstube um. Es war alles noch so wie damals, nichts hatte sich verändert. Der Ofen befand sich noch genau an derselben Stelle, das alte Sofa stand auch noch davor, nur der Stoff war inzwischen etwas abgewetzt. Andreas musterte Eva. Sie war alt geworden, tiefe Falten hatten sich in ihr Gesicht gegraben und ließen ihren Kummer und ihr Leid erahnen. Die Sorgen der vergangenen Jahre hatten ihre Spuren hinterlassen. Ihr Haar hatte Eva sorgfältig unter eine Haube geschoben, am Ansatz waren bereits graue Strähnen zu erkennen.

»Ich habe Katharina versprochen, dass ich dir meine Aufwartung mache.« Eva blickte ihre Tochter an, die verträumt lächelnd und mit glühenden Wangen neben Andreas stand, und erkannte sofort, was mit ihr los war.

»Es ist schön, dich wiederzusehen.« Eva legte ihr Nähzeug aus der Hand. »Möchtest du einen warmen Tee? Du musst völlig durchgefroren sein.«

Andreas zwinkerte, während er nickte, Katharina kurz zu. Sie lächelte. Sie wusste, dass er fast nie fror.

Eva fischte einige getrocknete Hagebutten aus einer Dose, warf sie in die Tonkanne, übergoss alles mit Wasser und räumte geschäftig Becher von einem Brett an der Wand.

Sie war jetzt auch angespannt. Ihre Tochter war verliebt, himmelte den jungen Mann regelrecht an. Zum ersten Mal wurde ihr bewusst, dass Katharina erwachsen war. Anscheinend musste sie sich langsam mit dem Gedanken anfreunden, dass ihre Tochter bald gehen würde.

Als sie auf der Fensterbank saßen, musterte Eva Andreas verstohlen von der Seite. Er hatte breite Schultern, und sein Haar war nicht mehr blond wie damals, sondern braun. Seltsamerweise trug er keine Perücke, wie es bei seinem Stand eigentlich üblich war. Er hatte hohe Wangenknochen, ein offenes Lächeln und sanfte, braune Augen. Eva konnte ihre Tochter gut verstehen, Andreas war recht ansehnlich.

»Und du arbeitest jetzt bei Pfarrer Wicht?«

»Ja genau, er ist mein Mentor. Eines Tages werde ich die Gemeinde übernehmen, es ist alles sehr aufregend und neu für mich.«

Katharina sah Andreas bewundernd an.

»So eine Priestertätigkeit ist mit Sicherheit sehr anspruchsvoll.«

»Nun ja, vielleicht ein wenig. Mir macht es Freude, dass ich Gott dienen kann und viel mit Menschen zu tun habe.«

Katharina schwieg. Ihre Hände zitterten, als sie zu ihrem Teebecher griff. Was sollte sie nur sagen? Bestimmt würde alles dumm und einfältig klingen.

»Kommt ihr heute Abend nach Idstein?«, fragte Andreas.

»Aber natürlich.« Eva stellte ihren Becher auf den Tisch. »Es ist noch genauso wie früher. Der ganze Ort geht gemeinsam durch die Nacht zur Christmette. Ich freue mich schon darauf, die Kirche soll wunderschön geworden sein.«

»Ja, das ist sie. Ich habe sie kaum wiedererkannt. Es wird heute für uns alle ein unvergesslicher Weihnachtsgottesdienst.«

»Wohnst du eigentlich noch in Dasbach?« Katharina sah Andreas von der Seite an. Eigentlich wusste sie die Antwort schon. Aber es fiel ihr beim besten Willen keine bessere Frage ein.

»Ja, in meinem Elternhaus. Es ist nicht besonders groß, aber für mich reicht es.«

Eva erhob sich und stellte ihren Becher auf den Ofen.

»Es ist ein schönes Haus«, sagte sie, »besonders der Garten ist wunderbar. Deine Mutter hatte immer die schönsten Rosen weit und breit. Alle Frauen der Umgebung haben sie darum beneidet, ich auch.«

»Ja, nur leider fehlt mir das Geschick, ich fürchte, so schön werden die Rosen bei mir nicht werden. Für die Gartenarbeit werde ich wohl kaum Zeit finden.«

Eva sah Katharina an, die manchmal mit den wenigen Arbeiten im Gemüsebeet schon überfordert war. Einem Bauern oder Landwirt brauchte sie das Kind nicht zur Frau zu geben. Vielleicht einem Gutsbesitzer, der viele Pferde hatte, denn Katharina liebte Tiere. Evas Blick wanderte wieder zu Andreas. Ein Priester hatte keine Pferde, höchstens ein Maultier und vielleicht ein paar Hühner. Ob er wirklich der Richtige für ihre Tochter war? So wie sie ihn ansah, schien er es zu sein.

Andreas erhob sich.

»Ich denke, ich sollte jetzt gehen, es müssen ja noch ein paar Dinge vorbereitet werden. Bestimmt habt ihr auch noch einiges zu erledigen.«

Katharina dachte an die Gans, die im Schuppen zum Ausbluten hing und noch gerupft werden musste.

»Es war schön, dass du gekommen bist«, sagte sie leise.

»Ich komme gerne bald wieder, wenn es deiner Mutter recht ist. Vielleicht können wir dann auch ein Stück spazieren gehen.«

Eva sah den jungen Mann verwundert an. So war das also. Nicht nur Katharina schien sich Hoffnungen zu machen.

»Bestimmt könnt ihr das. Wir freuen uns immer, wenn du uns besuchen kommst, Andreas«, sagte Eva.

Katharina begleitete Andreas noch auf den Hof hinaus.

»Dann sehen wir uns also heute Abend in der Kirche.«

»Ja, dort sehen wir uns.«

Vorsichtig trat Andreas näher an Katharina heran und

drückte sie leicht an sich. In seinem Umhang hing noch immer der Duft von Lavendel. Katharina atmete tief ein, sie hätte ewig so bei ihm stehen können, seine Wärme und Nähe überwältigten sie. Sie spürte seinen Atem an ihrem Hals, und sofort begann ihre Haut zu kribbeln.

»Es war schön, dass du da warst«, flüsterte sie, als er die Umarmung löste und ein paar Schritte zurücktrat.

»Dann bis später«, sagte er lächelnd und wandte sich endgültig zum Gehen.

»Ja, bis dann«, sagte Katharina leise und lächelte schüchtern. Andreas atmete tief durch, er war wie betäubt. Bisher hatte er sich keine Gedanken über eine Frau oder das Heiraten gemacht, doch diese Frage war auf einmal bedeutsam, denn Katharina machte ihn bereits jetzt unsagbar glücklich. Fröhlich pfeifend machte er sich auf den Heimweg. Immer noch spürte er ihre Nähe und hatte den sanften Duft von Kamille in der Nase, den ihr Haar verströmte. Wie schnell sich alles veränderte, dachte er bei sich, während er das Dorf endgültig hinter sich ließ. Doch diese Veränderung war schön, sie war etwas ganz Besonderes, und er wollte sie unbedingt festhalten und nie wieder loslassen.

8

Am Abend eilten fast alle Bewohner Niederseelbachs flüsternd durch die dunklen Gassen Idsteins. Die Sterne funkelten am tiefschwarzen Himmel, die Heilige Nacht war bitterkalt. Maria, die neben Katharina herlief, hatte ihren Schal und den Umhang fest um sich gewickelt. Es war schon fast Mitternacht, sie mussten sich beeilen, um noch rechtzeitig in die Kirche zu kommen. Katharina fand es immer schön, an diesem besonderen Abend durch Idstein zu laufen. Alles war so anders und festlich. Die Eingänge der Häuser waren mit Tannenzweigen geschmückt, und fast vor allen Türen brannten Kerzen.

Doch heute war noch etwas anders, denn sie würde Andreas wiedersehen. Leider nur von Weitem, aber das war gleichgültig. Hauptsache, er hielt sich im selben Raum auf wie sie.

»Ich kann das immer noch nicht glauben«, murmelte Maria hinter ihrem Schal, »er war wirklich bei euch?«

»Ja, wenn ich es dir doch sage. Ach, Andreas sieht so gut aus. Er hat sich eine ganze Weile mit uns unterhalten, und zum Abschied hat er mich sogar in den Arm genommen.«

Maria seufzte. »Vielleicht will er ja doch mehr von dir.«

»Er will wiederkommen und möchte mit mir spazieren gehen.«

»Also will er eindeutig mehr. Wenn ein Mann mit dir allein spazieren gehen will, dann ist das so. Sieh dir nur mal Luise und Markus an, die beiden haben wir auch über die Dorfstraße schlendern sehen, und jetzt sind sie verheiratet und haben einen Sohn.«

»Ich weiß nicht, Mutter trifft die Entscheidung.«

»Aber du sagtest doch, sie wäre ihm sehr zugetan.«

»Ja schon, das ist sie, aber vielleicht hat sie ja schon eine bessere Partie für mich im Auge.«

Sie traten auf den Marktplatz, Katharina liebte diesen Moment. Der Platz sah wunderschön aus. In den Fenstern der gepflegten Fachwerkhäuser standen Kerzen, und sogar auf dem Rand des Brunnens waren welche aufgestellt worden. Wie verzaubert blieb Katharina einen Moment vor dem Brunnen stehen und blickte sich um. Der alte Bergfried ragte wie immer in den Himmel und erhob sich wie ein großer Beschützer über die kleinen Häuser, als würde er auf sie aufpassen, damit kein Unheil über sie kam.

»Katharina, wo bleibst du denn?«

Katharina wandte sich seufzend ab und eilte den anderen hinterher.

»Hast du schon wieder geträumt?« Maria sah sie vorwurfsvoll von der Seite an. Katharina rang nach Luft, das Laufen in der Kälte war anstrengend.

Bauer Lehmann öffnete das Kirchentor. Katharina betrat als Letzte die Kirche, und sofort stiegen ihr die Gerüche von Marmor, Ölfarben, Tannengrün und Weihrauch in die Nase. Staunend blickten sich alle um, die Kirche war unglaublich schön. Dunkler Marmor schimmerte warm im Kerzenlicht.

Überall hingen Gemälde an den Wänden, selbst die Decke erstrahlte in dem Glanz wunderbarer Bilder. Die Kanzel wurde von neuen, bezaubernden Verzierungen und Ornamenten geschmückt. Doch der Altar überbot die ganze Pracht. Er war aus schlichtem Marmor gearbeitet. Groß und mächtig stand er wie ein Fels im vorderen Teil der Kirche und war für den heutigen Abend mit frischem Tannengrün und goldenen Kerzenleuchtern geschmückt worden.

Für die Gläubigen standen neue Stühle bereit. Die Kirche war bereits gut gefüllt, Katharina und die anderen bekamen nur noch in einer der hinteren Reihen Plätze.

Mit großen Augen sahen sie sich um. »Sieh mal, die wunderbare Marienstatue dort hinten.« Maria neigte sich zu Katharina hinüber und zeigte in eine Seitennische. »Ja, sie ist wunderschön, es ist unglaublich, was für eine Pracht! Und diese wunderbaren Deckengemälde, wie detailliert sie gemalt sind«.

Genau über ihnen befand sich das Bild eines Engels, dieser hatte seinen roten Mantel weit ausgebreitet und erstrahlte im Licht heller Sonnenstrahlen.

»Der Graf muss ein wunderbarer Mann sein, wenn er Gott und seinem Volk so eine Kirche schenkt«, sagte Katharina staunend.

Eva hörte die Worte ihrer Tochter. Sie bewunderte ebenfalls die Meisterwerke der Künstler, doch dass der Graf diese seinen Untertanen schenkte, wagte sie zu bezweifeln.

Sie wandte sich zur alten Kathi Häuser, die neben ihr saß.

»Für das Volk hat er die Kirche bestimmt nicht renoviert, nur für sich selbst hat er es getan, für uns tut er doch schon seit Langem nichts mehr.«

Katharina sah ihre Mutter verdutzt an, so hatte sie sie noch nie reden hören.

Hinter dem Altar öffnete sich eine kleine Tür, und Andreas betrat den Raum. Katharina erzitterte bei seinem Anblick.

»Da ist Andreas.« Maria sah Katharina grinsend an. »Du bist ja ganz blass.«

»Sieht er in seiner Pfarrerstracht nicht wunderschön aus?«, flüsterte Katharina aufgeregt.

Maria musterte den jungen Priester. Für sie sah er ganz normal aus, wie ein Pfarrer eben so aussah. Andreas war reifer geworden, aber das war ja normal. Ansonsten sah er immer noch wie der junge Bursche aus, der sie vor vielen Jahren verlassen hatte.

»Wenn du meinst. Ich finde, er hat sich nicht sehr verändert.«

Da öffnete sich das Kirchentor, und Graf Johannes betrat zusammen mit dreien seiner Kinder und dem Superintendenten den Raum. Sofort wurde es still.

Katharina musterte die kleine Gruppe, als diese an ihnen vorbeilief. Der Graf hatte sich zurechtgemacht und trug ein weinrotes Wams mit passenden Kniehosen dazu. Glänzende Schuhe mit silbernen Schnallen zierten seine Füße. Wie immer trug er eine Perücke, die dunklen Locken fielen auf seine Schultern herab, und ein großer prachtvoller Hut, an dem eine wunderschöne Pfauenfeder hing, rundete sein Erscheinungsbild ab. Doch tiefe Falten durchzogen das Gesicht des Grafen, seine Wangen waren eingefallen, und er sah blass und müde aus.

Direkt hinter ihm gingen seine Kinder. Zwei seiner Töchter und sein kleiner Sohn und Nachfolger begleiteten ihn. Die jungen Gräfinnen hatten beide eher dunkle Farben gewählt und trugen tannengrüne Seidenkleider. Ihre Haare waren kunstvoll mit goldenen Kämmen aufgesteckt worden, ihre Gesichter waren weiß gepudert, sie sahen wie Porzellanpuppen aus, die gerade aus dem Schrank genommen worden waren.

Der kleine August versteckte sich hinter seinen Schwestern. Seine Kleidung war dunkelblau, und er trug, genau wie sein Vater, glänzende Absatzschuhe mit silbernen Schnallen und eine Perücke, doch die dichten blonden Locken passten nicht wirklich zu dem knabenhaften, schmalen Gesicht. Der Letzte im Bunde war der Superintendent. Er humpelte und benutzte zum Gehen einen Stock. Philipp Elbert war eine Ausgeburt an Hässlichkeit, sein Rücken war krumm, eines seiner Augenlider hing etwas herab, und er war dünn und schmächtig. Niemand wusste, warum der behinderte Mann in der Gunst des Grafen stand, keiner konnte den »Krüppel«, wie die Leute ihn abfällig nannten, wirklich leiden.

Die kleine Gruppe nahm vorn neben dem Altar im Familiengestühl Platz. Katharinas Blick wanderte noch einmal zu dem jungen Grafen, er sah schüchtern aus und spielte an seinen Hosenbändern herum. Dieses unscheinbare Kind sollte eines Tages regieren und die Seinen sogar vor Feinden beschützen. Das konnte sie sich kaum vorstellen. Maria dachte in diesem Moment anscheinend genau dasselbe.

»Und dieser schüchterne Knabe soll uns einmal regieren, na, das kann ja heiter werden.«

Katharina sah das anders. Der Junge war sicherlich von Erziehern und Hauslehrern umgeben, und in ein paar Jahren würden sie ihn nicht wiedererkennen. Pfarrer Wicht betrat die Kirche, alle erhoben sich, der Gottesdienst begann.

Katharina hatte die ganze Zeit über nur Augen für Andreas, der ab und an kleinere Aufgaben übernahm und sonst meist still an der Seite des Altars saß. Noch nicht ein Mal hatte er mit den Augen die Stühle abgesucht. Sie fragte sich, ob er sie überhaupt gesehen hatte?

Der alte Pfarrer stieg unterdessen auf die Kanzel hinauf. Oben angekommen, wischte er sich den Schweiß von der Stirn. Erst jetzt bemerkte Katharina, wie blass der Priester war, er sah fast ein wenig krank aus. Der Pfarrer faltete mit zitternden Händen einen Zettel auseinander und begann mit der Predigt.

»In all den Jahren hat euch eure Kirche vertraut, wir erfreuten uns an unseren gottesfürchtigen Untertanen, die ihrem täglichen Tagewerk mit dem Glauben an Gott und seine Kirche nachgingen. Doch ihr habt euch verändert. Überall in Nassau ist das Böse zu entdecken, der Teufel, er ist wieder unter uns und wird sich seine Opfer suchen. Das letzte Jahr war grausam, Satan hat sein Gesicht gezeigt, er hat uns gezeigt, wie erbarmungslos er sein kann. Im Sommer hat er uns ein schreckliches Fieber geschickt, an dem viele Menschen gestorben sind. Kinder, Mütter, Väter hat er in den Tod gerissen, ganze Familien sind ausgerottet worden.

Die Magie und der Teufel haben nach Idstein und nach euch gegriffen, Satan wird euch heimsuchen, und ihr werdet mit ihm buhlen – ihr werdet ihm verfallen, wenn ihr nicht auf die Worte eurer Kirche hört.

Der Teufel wird euch in Hexen und Zauberwesen verwandeln und euch lehren, den Tod zu bringen. Er wird euch die hohe Kunst der Hexerei beibringen. Das Böse ist unter uns und kommt euch holen.

Seid gottesfürchtig, glaubt nicht an seine Worte. Gott wird bei uns sein und euch beschützen. Nehmt euch in Acht vor der Versuchung.«

In der Kirche herrschte absolute Stille. Was war das nur für eine seltsame Predigt? Alle hatten mit der Weihnachtsbotschaft gerechnet. Die gute Stimmung war mit einem Schlag verschwunden.

Maria beugte sich zu Katharina hinüber. »Was war das denn?«

Katharina war blass geworden. In den letzten Wochen hatte sie nicht mehr an solche Dinge gedacht, und der Tag, an dem sie aus dem Stall fortgelaufen war, lag weit zurück. Doch jetzt hatte die Angst sie wieder eingeholt.

»Ich weiß es nicht. Pfarrer Wicht sah schon so seltsam aus, als er auf die Kanzel hinaufging, hast du auch die Schweißperlen auf seiner Stirn bemerkt?«

»Vielleicht hat er sich ja vor seiner eigenen Predigt gefürchtet«, sagte Maria und zuckte mit den Schultern.

»Ja, vor der hatte ich auch Angst«, murmelte Katharina.

Eva sah ihre Tochter besorgt von der Seite an.

»Ist bei dir alles in Ordnung?«, fragte sie und drückte liebevoll die Hand Katharinas. Katharina sah ihre Mutter dankbar an. »Es war nur eine Predigt«, flüsterte sie ihr ins Ohr, »es hat nichts mit uns zu tun, beruhige dich.«

Katharina atmete tief durch, ihr Blick wanderte zu Andreas. Er saß mit gefalteten Händen neben dem Altar. Hatte er von der Predigt gewusst? Auf den ersten Blick sah er ruhig aus, doch das Strahlen, das eben noch in seinen Augen gelegen hatte, war verschwunden.

Dicke graue Wolken hingen am Himmel, und die Ruhe des Neujahrsmorgens erfüllte die Luft. Der Schnee auf der Straße war hart und festgetreten, Spuren von Rädern und Hufabdrücken waren zu erkennen. Katharina stand am Straßenrand und wartete auf Maria. Die beiden Frauen wollten ein Stück spazieren gehen. Es war schön, unter sich zu sein und sich in Ruhe unterhalten zu können.

Das neue Jahr hatte letzte Nacht begonnen, doch Katharina hatte den Jahreswechsel verschlafen. Ihre Mutter und sie feierten Neujahr nur sehr selten. Eva hielt nicht viel davon. Für sie waren Jahre nur unsinnige Zahlen, die keinen wirklich interessierten. Die Jahreszeiten waren ihr wichtiger, über die ersten Blumen im Garten freute sie sich wesentlich mehr als über den Beginn des neuen Jahres.

Katharina war da anders. Für sie hatte der Neujahrsmorgen immer etwas Besonderes an sich. Ein neues Jahr mit neuen Ereignissen fing an. Irgendwie war sie heute aufgeregter als in den Jahren zuvor, denn vielleicht würde es für sie eines der wichtigsten Jahre ihres Lebens werden.

Maria kam angelaufen und riss Katharina aus ihren Gedanken. Sie sah etwas abgehetzt aus.

»Entschuldige, Katharina. Lina ist zu spät gekommen, und der Großvater schläft noch, es geht ihm heute nicht so gut. Die Mutter ist bereits in der Nacht abgeholt worden, irgendwo in Heftrich bekommt eine Frau ihr Kind.«

»Warum bist du denn nicht mit ihr gefahren?«

»Wir wussten nicht, ob Lina wirklich kommt. Gestern war sie verschnupft gewesen, und Mutter hat ihr gesagt, sie sollte lieber zu Hause bleiben.« Maria blieb schwer atmend vor Katharina stehen.

»Wartest du schon sehr lange?«

»Nein, nein, ich bin auch eben erst gekommen.«

Sie schlenderten die Dorfstraße hinunter, irgendwo krähte ein Hahn. Ein leichter Wind kam auf und zerrte an ihren Röcken. Die Äste der Obstbäume knarzten ein wenig, aber ansonsten war es still. Sie liefen den Wolfsbach entlang, an dessen Ufer lange Eiszapfen hingen. Der Bach war fast völlig zugefroren. Katharina atmete die kalte Luft des Morgens tief ein.

»Es ist so schön heute, ich könnte stundenlang draußen sein, irgendwie riecht es so gut.«

Maria sah das etwas anders. Sie war heute Morgen mit Kopfschmerzen erwacht und hegte die Hoffnung, dass diese vielleicht bei dem Spaziergang verschwinden würden.

Katharina strahlte mal wieder über das ganze Gesicht. Langsam ging Maria ihre ständig gute Laune auf die Nerven. Es war doch nichts Besonderes, verheiratet zu werden. Jede Frau heiratete irgendwann und bekam Kinder, so war einfach der Lauf der Zeit.

Schweigend liefen sie einige Minuten nebeneinander her. Katharina bemerkte schnell, dass mit Maria etwas nicht stimmte. »Ist mit dir alles in Ordnung? Du siehst ein wenig blass aus?«

»Mir geht es gut«, log Maria. Warum hatte sie das gesagt, sonst war sie doch auch nicht so ruppig zu Katharina. Ihr Kopf dröhnte, warum war sie überhaupt mitgegangen?

»Denkst du, Andreas wird bald kommen?«

Maria verdrehte die Augen.

Sie waren auf der kleinen Brücke, die über den Wolfsbach führte, stehen geblieben.

»Woher soll ich das denn wissen?«

»Warum bist du so unwirsch? Ich habe doch nur gefragt.«

»Aber du fragst das andauernd, seit Weihnachten gibt es für dich nur noch dieses eine Thema. Bestimmt wird er bald kommen, da bin ich mir sicher, er hat es dir doch versprochen.«

Katharina verzog beleidigt das Gesicht.

»Es ist mir eben wichtig. Dieses Jahr könnte etwas ganz Besonderes werden, ich heirate ja schließlich nicht so oft.«

Maria seufzte. Katharina sah ihr aufmunternd in die Augen.

»Vielleicht heiratest du dieses Jahr auch jemanden. Immerhin braucht Anna wieder einen Vater. Vielleicht bin ich ja Ende des Jahres sogar schon schwanger. Das wäre doch herrlich, dann könnten unsere Kinder miteinander spielen.«

»Ja, das wäre herrlich.« Maria sah Katharina herausfordernd an. »Und was ist, wenn mich meine Mutter wieder mit einem stinkenden Säufer verheiratet? Wäre das auch herrlich?«

Katharina sah Maria entsetzt an.

»Ja, so ist es, die Ehe ist nicht für alle schön und wunderbar. Sie ist nicht immer die Erfüllung und macht glücklich.

Ich bin in meine persönliche Hölle gegangen. Günther war ein schrecklicher Mensch, es war so ekelhaft, ihm gefügig sein zu müssen. Wie oft habe ich abends im Bett gelegen und zu Gott gebetet, dass er sich so betrinken würde, dass er mich nicht mehr nehmen konnte, aber meistens kam er doch noch. Seine Zähne waren schwarz und verfault, und er hat nach Schweiß, Alkohol, Urin und Fäulnis gestunken und wollte mich ständig küssen. Einmal habe ich mich sogar im Bett übergeben, danach hat er mich grün und blau geschlagen. Du glaubst, die Ehe wäre schön? Träum weiter! Sie ist es nicht und wird es niemals sein.«

Tränen der Wut rannen Maria über die Wangen, krampfhaft hielt sie sich am Brückengeländer fest. Katharina hatte die Freundin noch nie so erlebt. Was hatte ihr dieser Mann nur angetan?

»Aber davon wusste ich nichts, du hast nie etwas erzählt.«

»Warum sollte ich darüber sprechen? Es ist passiert, ändern kann es sowieso niemand mehr.«

»War es wirklich so schlimm?«

»Mehr als das.«

Katharina griff nach Marias Händen, zog diese vom Geländer weg und hielt sie fest. Sie drehte die Freundin zu sich herum und sah ihr in die Augen.

»Es ist vorbei, er ist tot. Niemals wieder wird er dir so etwas antun.«

Maria sank weinend in Katharinas Arme. Zum ersten Mal seit Monaten konnte sie loslassen. Ja, es war vorbei, sie war wieder in Sicherheit, Katharina war hier und würde sie niemals allein lassen.

Katharina strich ihr tröstend über den Rücken und ließ

ihrer Freundin Zeit. Nach einer Weile hob Maria den Kopf und wischte sich die Tränen aus den Augen.

»Jetzt heule ich schon, dabei gibt es doch gar keinen Grund.«

Katharina lächelte sie an.

»Ich gehe dir auf die Nerven, oder?«, hakte Katharina nach.

»Vielleicht ein bisschen«, erwiderte Maria und lachte laut auf. »Du bist ganz schrecklich, wenn du dich nur sehen könntest. Du bist so aufgeregt, dass du die ganze Zeit zitterst und keinen klaren Satz mehr von dir gibst – und jedes zweite Wort ist Andreas.«

»Oje, bin ich wirklich so schwer zu ertragen?«

Maria lächelte nachsichtig. »Du bist eben verliebt. Ich gönne dir dein Glück, aber bisher hat deine Mutter dich Andreas noch nicht versprochen, vielleicht hat sie ja doch einen anderen im Auge.«

»Das glaube ich nicht, sie würde mich bestimmt in ihre Entscheidung mit einbeziehen.« Katharina biss sich auf die Lippen, sie hatte nicht aufgepasst. Maria hatte damals keine Wahl gehabt.

»Ist schon gut, du hast mich nicht beleidigt. Deine Mutter ist eben anders, war sie schon immer. Ich weiß nicht, was ich in den Augen meiner Mutter eigentlich bin, ob ich ihr überhaupt etwas bedeute. Aber du, du bist für deine Mutter etwas Besonderes, sie liebt dich und würde dich nie jemandem geben, der dich schlecht behandelt.«

Maria wurde von einer Gruppe Kinder unterbrochen, die singend an ihnen vorbeilief. Verwundert blickten sich die beiden Frauen um.

»Sie ist so schlau, sie ist so schlau, sie ist eine dumme alte Frau. Glaubt, sie könnte uns erschrecken, doch wir werden uns verstecken. Sie ist eine Hex, eine alte Hex mit Schlangentier und Zauberei. Doch das ist uns einerlei. Denn sie ist nicht schlau, denn sie ist nicht schlau. Sie ist doch nur eine alte Frau.«

Katharina fing sich als Erste wieder.

»Hallo, ihr da, bleibt doch mal stehen! Was singt ihr denn da für ein sonderbares Lied?«

Die Kinder drehten sich um und kamen näher heran. Es waren vier Buben, zwei von ihnen kannte Katharina. Ein kleiner Dunkelhaariger mit braunen Augen kam vom Hof der Lehmanns. Er trug eine blaue Wolljacke und eine dicke Mütze auf dem Kopf, und seine Nase ragte über einen wollenen Schal. Ein anderer war der Enkel der alten Anni, er war groß und schlaksig. Seine Hosen waren etwas zu kurz geraten, und seine nackten Beine schauten heraus.

»Es ist ein Hexenlied«, antwortete er ihr. »Wir singen von der ›alten Wiesin‹, die haben wir nämlich neulich gesehen, wie sie auf der Weide Schlangengetier gezaubert hat, nicht wahr, Ludwig?« Er schlug dem Kleineren auf den Rücken, und die anderen beiden Jungs nickten zustimmend. Nur Ludwig, der nickte nicht. Er hatte Maria erkannt.

»Balthasar, hör auf, das ist doch Maria, erkennst du sie denn nicht, sie ist die Tochter der Wiesin!«

Überrascht sah der große Junge Maria an, die die Hände in die Hüften stemmte.

»Jetzt aber nichts wie weg hier!«

Alle vier machten gleichzeitig auf dem Absatz kehrt und rannten davon.

Verdattert blickten ihnen Maria und Katharina hinterher.

An der Wegbiegung blieb einer der Jungen noch einmal stehen, machte eine lange Nase und rief:

»Und sie ist eine Hex, eine alte Hex, zaubert Schlangentier. Wir werden uns verstecken. Uns kann sie nicht erschrecken.« Eilig lief nun auch er davon, und das Lachen der Kinder entfernte sich.

Maria war wütend. »Wieso singen die nur so etwas, sind denn alle verrückt geworden? Warum reden die Leute nur ständig von Zauberei und Hexen?«

»Vielleicht solltest du deiner Mutter davon erzählen. Sie wird sicher mit Bauer Lehmann sprechen wollen. Ich finde es nicht richtig, wenn sie solche Lieder singen. Der Bauer wird seinem Jungen bestimmt die Hosen strammziehen.«

»Das ist eine gute Idee. Gleich nachher, wenn sie heimkommt, werde ich mit ihr reden. Solche Lauselümmel. Das muss man sich mal vorstellen!«

9

Philipp Elbert stand vor dem Spiegel und begutachtete seine Aufmachung. Jeden Tag aufs Neue versuchte er, sein äußeres Erscheinungsbild zu verbessern, doch es wollte ihm nicht so recht gelingen. Zumeist puderte er sein von roten Flecken übersätes Gesicht weiß ab, was ihn krank und blass aussehen ließ. Sein linkes Augenlid hing bereits seit seiner Geburt herab, und wegen seiner gebückten Haltung war er schon als Kind gehänselt worden. Er wusste, er war keine Schönheit, und auch sein Haus war klein und unscheinbar. Aber trotzdem war er der Superintendent des Grafen, und darauf war er stolz. Die Gunst des Grafen hatte er nicht seinem Aussehen zu verdanken, sondern seiner Intelligenz. Er beherrschte mehrere Sprachen, darunter Latein, Spanisch und Griechisch. Er war der Ratgeber des Grafen, sein Vertrauter und Schreiber, ihm hörte der Graf zu.

Fröhlich pfiff er eine Melodie, drehte sich vom Spiegel weg und griff nach seinem silberfarbenen Wams, das auf dem Bett lag. Heute war er besonders guter Dinge, denn er hatte wunderbare Neuigkeiten für seinen Herrn. Endlich gab es eine konkrete Anschuldigung gegen eine Person.

Vor seinem inneren Auge sah er noch einmal die Kinder, wie sie ihm von der alten Frau erzählt hatten, die Schlangengetier gezaubert hatte.

Sie wussten genau, wer sie war, und beteuerten, die Wahrheit zu sagen. Der Graf würde entzückt sein und ihn belobigen, denn durch seine Hilfe konnte nun endlich der Teufel ausgetrieben werden. Er schloss die Knöpfe seines Wamses und fuhr sich mit der Hand noch einmal über die Perücke. Seine blonden Locken saßen perfekt. Sein Gehstock lehnte neben ihm an der Wand, beschwingt griff er danach und ging die Treppe nach unten.

Margarethe Elbert hantierte in der Küche und bereitete das Morgenmahl zu, das verführerisch roch. Gut gelaunt ging der Superintendent in die Wohnstube, in der seine Frau bereits den Tisch gedeckt hatte.

Mit ernster Miene folgte ihm Margarethe und stellte ein mit zwei Schüsseln Haferbrei und einer Kanne Kräutertee beladenes Tablett auf dem Tisch ab.

»Heute Morgen geht es mir nicht gut, mir tut der Rücken weh«, jammerte sie und setzte sich stöhnend auf einen Stuhl. Philipp Elbert sah seine Gattin mitfühlend an. Er wusste nicht genau, ob er die kleine, dickliche Frau liebte, aber er respektierte und achtete sie. »Das tut mir aber leid, vielleicht solltest du dich später etwas hinlegen«, sagte er mitfühlend. »Du weißt doch, ich muss nachher ins Schloss.«

Sie verteilte die Schüsseln auf dem Tisch und goss Tee ein.

»Ja, um dem Grafen diesen Unsinn von den Kindern zu erzählen.«

»Das ist kein Unsinn. Die Kinder haben die Frau wirklich zaubern sehen und geschworen, dass es wahr ist.« Er griff nach dem Honigglas und öffnete den Deckel.

»Du willst, dass es wahr ist. Es sind Kinder, bestimmt

haben sie sich die Geschichte nur ausgedacht. Ich kenne die alte Kathi Häuser, sie ist eine sehr nette, ehrbare Frau und arbeitet als Hebamme. Sie hilft vielen Frauen und holt deren Kinder auf die Welt. Nie im Leben ist sie eine Hexe. Die Lausbuben haben sich bestimmt einen Spaß erlaubt.«

»Sie haben es geschworen, und der Graf wartet auf eine Anschuldigung. Wenn sie keine Hexe ist, wird sich das bestimmt im Verhör ergeben. Aber zur Befragung muss sie geholt werden.«

»Im Verhör« – Margarethe schüttelte den Kopf –, »Meister Leonhard wird sie sicher peinlich befragen, da gibt doch jeder Dinge zu, die er nicht getan hat.«

»Ich habe die Gerichtsbarkeit und ihre Abläufe nicht erfunden«, verteidigte sich der Superintendent.

»Ja, aber du musst dem Grafen die Sache mit den Kindern auch nicht erzählen.«

»Aber das ist doch meine Pflicht.«

Margarethe schüttelte erneut den Kopf. »Welch ein Unsinn, das Ganze ist verrückt! Ich kann das Gerede vom Teufel und den Hexen nicht mehr hören!«

»Jetzt ist es aber genug!«, polterte Philipp Elbert plötzlich los. »Du hast kein Recht, den Pfarrer zu verhöhnen. Er ist ein Mann Gottes und weiß immer, was richtig ist.«

Margarethe Elbert zuckte zusammen. So kannte sie ihren Gatten gar nicht. Er schrie sie sonst nie an.

»Ist ja schon gut«, beschwichtigte sie ihn und löffelte Haferbrei in ihre Schüssel. »Ihr werdet schon wissen, was ihr tut.«

Der Graf saß an seinem Schreibtisch, als der Superintendent freudestrahlend den Raum betrat.

Des Grafen Arbeitszimmer, wie er selbst es nannte, war nicht besonders prunkvoll, nur in den Ecken und oberhalb des Kronleuchters gab es ein wenig Stuck. An einer Wand befand sich ein großer, ausladender Kamin, daneben stand der aus feinstem Mahagoniholz gefertigte und auf Hochglanz polierte Schreibtisch. Im Kamin, über dem ein Bild der Gräfin Sybilla hing, brannte knisternd ein Feuer. Die erste Gräfin von Nassau trug auf dem Gemälde ein cremefarbenes Seidenkleid, das mit Perlen bestickt war. In ihr kunstvoll aufgestecktes Haar waren seidene Bänder geflochten worden. Sie hätte die schönste Frau der Welt sein können, wären da nicht ihre einfachen Gesichtszüge gewesen.

Vor dem Kamin lag ein großer weißer Teppich, auf dem die beiden Hunde des Grafen schliefen. Am anderen Ende des Raumes gab es einen kleinen Erker, von dem aus man einen schönen Blick über die Stadt hatte. Eine kleine Sitzgruppe aus feinstem Nussbaumholz lud zum Verweilen ein.

Der Superintendent verneigte sich vor seinem Herrn. Der Graf begrüßte ihn, ohne aufzublicken.

»Guten Morgen, Elbert, wünsche wohl geruht zu haben.«

»Vielen Dank, Euer Gnaden, ich hatte eine ausgezeichnete Nachtruhe. Ich hoffe, Euer Gnaden sind ebenfalls gut erholt.«

Der Graf winkte ab.

»Ach, Elbert, ich schlafe nur noch selten, mich plagen die Sorgen viel zu arg.«

Er erhob sich von seinem Schreibtisch, ging zu dem kleinen Erker hinüber und blieb seufzend am Fenster stehen.

Idstein lag friedlich vor ihm, leichter Nebel hing über der Stadt, und die Sonne war bereits aufgegangen. Ihr Licht schien golden auf die weißen Dächer.

»Es sieht aus wie immer«, sagte der Graf leise, »ach, wenn es das nur wäre. Was soll ich tun? Was habe ich falsch gemacht? Den Menschen geht es doch wieder gut, der Krieg ist schon lange vorbei, Frieden ist eingekehrt. So viele Gedanken habe ich mir in Metz gemacht. Das Exil war die Hölle, damals war mein einziger Halt Sybilla.« Er blickte kurz zu dem Gemälde seiner Gattin. »Aber selbst sie wurde mir genommen. So viele Menschen sind fortgegangen, so viele musste ich schon sterben sehen. Irgendjemand will nicht, dass ich glücklich bin.«

Der Superintendent schwieg. In letzter Zeit wurde er immer öfter Zeuge von solchen Zeichen der Schwäche. Der Graf versank in Selbstmitleid. Doch würde er, wenn er an seiner Stelle wäre, nicht auch so denken? Zwei Frauen waren seinem Herrn genommen worden, ungewöhnlich viele Kinder waren gestorben. Eine von seinen Töchtern lag bereits seit Monaten krank danieder, und niemand wusste, ob sie sich wieder erholen würde. Er hatte den Krieg erlebt, war ins Exil nach Metz geflohen und hatte dort um sein Leben bangen müssen. Aber war dies alles ein Grund, um sich zu bemitleiden?

Ihm selbst war es noch viel schlechter ergangen, denn er war ein Krüppel und wurde zeit seines Lebens wie ein Aussätziger behandelt. Gehänselt und geschlagen hatten ihn die anderen, die normalen und guten Menschen, und lediglich durch seinen eisernen Willen war er zu dem geworden, was er heute war.

Aber war er wirklich akzeptiert, oder nutzte auch der Graf ihn nur aus? Immer noch wartete er darauf, eine Wohnung im Schloss beziehen zu dürfen. Für den Vertrauten des Grafen wäre dies eigentlich standesgemäß. Sein Gehalt war seit Jahren nicht erhöht worden. Es reichte, um das Haus in Schuss zu halten und zum Leben, aber als wohlhabend würde er sich nicht bezeichnen. Seinem Herrn war es immer gut gegangen, er hatte stets das Leben eines reichen Mannes geführt. Selbstmitleid stand ihm irgendwie nicht zu.

Graf Johannes seufzte.

»Ich kann den Teufel spüren, er sitzt irgendwo dort unten. Warum nur macht er keinen Fehler? Irgendwann muss doch eine Hexe etwas falsch machen.«

Der Superintendent schob seine aufrührerischen Gedanken beiseite und trat ein paar Schritte näher an seinen Herrn heran. Er konnte sich heute hervortun, deshalb war er gekommen. Vielleicht würde er ja in der Gunst des Grafen steigen und endlich belohnt werden. Vor seinem inneren Auge tauchte die neue Wohnung auf, die er mit seiner Gattin beziehen könnte. Er wusste genau, in welchem Trakt des Schlosses die besseren Räume der Bediensteten lagen. Einmal hatte er diese sogar besichtigt. Alles dort war mit feinsten Möbeln ausgestattet, das eheliche Bett war mit edlem Satin bezogen, in jedem Raum gab es einen Kamin, und in der Anrichte im Speisezimmer stand feinstes Porzellan mit goldenen Rändern. Den Wohnungen waren Bedienstete zugeordnet. Seine Frau müsste nie wieder kochen oder putzen. Die Waschfrauen würden sich um ihre Wäsche kümmern, und Margarethe könnte endlich ein wenig zur Ruhe kommen. Die schwere Arbeit im Haus wurde ihr langsam zu viel.

»Aber es gibt doch eine Anschuldigung.« Philipp Elbert atmete tief durch, jetzt war die Katze aus dem Sack.

Der Graf drehte sich um und sah seinen Untertan verwundert an. »Es gibt eine Anschuldigung? Davon weiß ich ja noch gar nichts.«

»Deshalb bin ich doch hier, um Euch zu informieren.« Der Superintendent lächelte.

»Was genau ist das denn für eine Anschuldigung?«, fragte der Adlige und ging zurück zu seinem Schreibtisch.

Philipp Elbert nahm in einem großen blauen Lehnstuhl, der neben dem Kamin stand, Platz. Einer der Hunde erwachte und knurrte ihn an. Ängstlich wich der Superintendent ein Stück zurück.

»Ruhig, Brutus«, sagte der Graf und hob drohend die Hand. Das Tier gehorchte, winselnd zog es den Schwanz ein und legte sich wieder hin.

Erleichtert sank Elbert in den Lehnstuhl zurück und berichtete dem Grafen die Vorkommnisse des gestrigen Tages. »Die alte Kathi Häuser aus Niederseelbach ist eine Hexe. Sie hat Schlangengetier gezaubert, um es dem Teufel zu schenken.« Interessiert beugte sich der Graf vor.

»Wer sagt das?«

»Kinder, es waren mehrere. Sie haben die Wiesin eindeutig dabei beobachtet. Alle schwören beim Leben ihrer Mütter, dass ihre Aussage wahr ist.«

Der Graf sah nachdenklich ins Feuer und lehnte sich in seinem Stuhl zurück.

»Kinder. Und Ihr glaubt wirklich, dass sie die Wahrheit sagen?«

»Ja, Euer Gnaden, ich bin mir ganz sicher. Sie haben die

Frau dabei beobachtet. Kathi Häuser würde auch gut in das Opferbild des Teufels passen. Sie arbeitet als Hebamme und kennt sich gut mit Kräutern und Anatomie aus. Er sucht sich doch häufig Menschen, die in der Heilkunde bewandert sind.«

»Das stimmt«, antwortete der Graf, aber in seinem Blick lag immer noch Zweifel.

»Wo seid Ihr den Kindern denn begegnet?«

»Ich war gerade auf dem Weg zu Pfarrer Wicht. Auf der Straße sind sie mir entgegengekommen und haben ein Lied von einer alten Hexe gesungen, da habe ich sie angehalten. Die Kinder schwören, dass sie sie beim Zaubern der Schlangen gesehen haben.«

»Habt Ihr mit Pfarrer Wicht darüber gesprochen?«

»Gewiss doch, er ist ganz meiner Meinung. Kindermund tut ja oft Wahrheit kund. Was hätten die Kinder denn für einen Grund, zu lügen?«

Der Graf strich sich übers Kinn.

»Vielleicht sollten wir die alte Frau holen und befragen, wenn Pfarrer Wicht das auch so sieht. Es ist schon richtig, warum sollten die Kinder lügen?«

Der Superintendent wurde unruhig, und in seinem Bauch begann es zu rumoren. Es klappte, der Graf glaubte ihm.

Dieser erhob sich, die Wangen vor Aufregung gerötet. In seinen Augen blitzte es. Endlich war die Anschuldigung da, er konnte mit der Verfolgung beginnen und im Namen seiner Kirche und Gott den Teufel verjagen.

»Der Landeshauptmann soll informiert werden, und auch der Amtsrat muss Bescheid wissen, denn er muss sich um die formellen Dinge kümmern. Sebastian Post soll morgen nach Niederseelbach reiten und die alte Frau einholen. Der Henker und Pfarrer Wicht müssen ebenfalls von den Vorfällen in Kenntnis gesetzt werden. Wir müssen gemeinsam den Ablauf der Prozesse besprechen. Dies ist zwar in der Karolina geregelt, aber ich möchte keinen Fehler machen. Vielleicht gibt es Besonderheiten zu beachten. Darüber sprechen wir am besten gleich morgen Abend.«

Der Superintendent nickte. »Selbstverständlich, Euer Gnaden, ich werde mich sofort um alles kümmern.«

Der Graf war vor dem Kamin stehen geblieben und blickte schweigend ins Feuer. Endlich gab es eine Anschuldigung, nun konnten die Prozesse beginnen. Er hatte dafür gebetet, hatte so darauf gehofft. Also hatte er doch recht gehabt, der Teufel war in Nassau.

»Ist das dann alles, Euer Gnaden?«, fragte Elbert in die seltsame Stille.

»Ja, das ist alles.« Die Stimme des Grafen klang abwesend. »Ihr könnt gehen, Elbert.«

Enttäuscht verließ der Superintendent den Raum und ging den Flur hinunter. Wieder hatte der Graf ihn nicht gelobt. Seine Leistung war nicht besonders hervorgehoben worden, und der Traum von einem besseren Leben schien erneut zerplatzt zu sein.

10

In den engen Gassen Idsteins war es an dem heutigen Markttag so voll, dass nur schwer ein Durchkommen möglich war.
Albert kam schnaubend zum Stehen. Irgendwo schimpfte
lauthals ein Mann, und vor ihnen hatte eine junge Magd ihre
liebe Not damit, eine Herde Ziegen in Schach zu halten.

Katharinas Blick fiel in einen Hinterhof, angewidert
rümpfte sie die Nase. Überall lagen Essensreste herum, der
Boden war schlammig und von Pfützen übersät. Ein großer
Misthaufen dampfte in einer Ecke vor sich hin. Das Fachwerk des Hauses war nicht verputzt worden, und der beigefarbene Lehm bröckelte bereits an vielen Stellen. Ein kleines Mädchen, nicht älter als zwei Jahre, spielte mit dem
Schlamm. Die Kleine war barfuß, in ihrem Haar hingen Erd-
klumpen, und ihr helles Leinenkleid, an dem eine Ratte
knabberte, war verdreckt und nass. Mitleidig sah Katharina
das Kind an.

»Katharina, wo bleibst du denn?«

Eilig rannte sie der Mutter hinterher und wäre beinahe auf
dem feuchten Pflaster ausgerutscht. Die Gasse war eine der
wenigen, die gepflastert worden war, aber auch die Steine
waren tückisch. Außer Atem erreichte sie ihren Karren.

»Das wird heute sicher ein guter Markttag. Für Anfang
Januar ist es ungewöhnlich mild«, sagte Eva zuversichtlich

und lächelte Katharina an. »Bestimmt machen wir heute gute Geschäfte, das spüre ich.«

Katharina blickte zum Himmel, keine einzige Wolke war zu sehen, und der Schnee schmolz. Von den Eiszapfen, die an den Dachrinnen hingen, tropfte das Schmelzwasser.

»Hoffentlich hat uns Agnes einen Platz besetzt. Bei dem Betrieb gab es sicherlich Schwierigkeiten.«

»Ach, bestimmt, das tut sie doch immer.«

Auf dem Marktplatz herrschte ein heilloses Durcheinander. Überall standen Händler und Karren herum, Stände wurden aufgebaut, und jede Menge Hühner und Gänse saßen gackernd und schnatternd in engen Käfigen. Katharina besah sich im Vorbeigehen einige Ziegen, die laut meckernd in einem provisorischen Pferch standen. Agnes hielt bereits nach ihnen Ausschau und winkte erleichtert, als sie sie entdeckt hatte.

»Da seid ihr ja endlich, viel länger hätte ich den Platz nicht mehr freihalten können.«

Eva atmete tief durch und setzte sich auf eine der Treppenstufen, die hinter ihr zum Torbogengebäude hinaufführten.

»Heute ist es aber auch voll«, sagte sie und fischte ihr Taschentuch aus der Rocktasche, um sich die Stirn abzuwischen. »Anscheinend kommt heute jeder auf den Markt, in der Gasse war kaum ein Durchkommen. Ich dachte schon, wir schaffen es nicht mehr.«

Katharina versuchte unterdessen, ihr Ausstellungsbrett aus dem Wagen zu heben, was ihr aber nicht so recht gelingen wollte. Das klobige Holzbrett war zu schwer für sie.

»Ach, heute Morgen in der Dämmerung war es noch leer«, sagte Agnes und ging zu Katharina hinüber, um ihr zu helfen. Sie griff beherzt zu und hob das Brett fast allein aus dem Wagen.

»Es war sogar sehr schön, so ruhig und friedlich. Wie die Ruhe vor dem Sturm.«

»Seht sie euch an – Eva Heinemann sitzt auf der Treppe und schaut den anderen bei der Arbeit zu.«

Erstaunt drehte sich Katharina um. Die Fischverkäuferin Bernadette aus Auringen stand plötzlich hämisch grinsend vor ihnen. Katharina funkelte die Frau böse an.

»Verschwinde, Bernadette, dich will hier keiner sehen.«

»Da hör sie dir an, die Tochter, genauso wie die Mutter. Keinen Deut ist sie besser.«

Agnes sah die alte Frau ebenfalls böse an. Sie konnte das zänkische Weib auch nicht leiden.

»Katharina hat recht, warum schimpfst du hier herum? Geh und kümmere dich um deinen eigenen Stand.«

Eva sagte nichts, gegen Bernadette konnte sie nichts ausrichten. Die Fischverkäuferin zankte mit allem und jedem. Nur weil sie einmal an einem heißen Tag nachgefragt hatte, ob der Fisch denn auch frisch sei, wurde sie ständig von der alten Frau angegriffen. Sie hatte es satt, sich verteidigen zu müssen, und wollte sich nicht dauernd für eine ganz normale Frage entschuldigen.

Gehässig sah das alte stämmige Weib zu ihr herüber. Sie hatte kleine graue Augen, die eng beieinanderstanden. Ihr Gesicht war aufgedunsen, ihre Wangen leicht gerötet. Ihr Schweißgeruch stieg Katharina, die direkt vor ihr stand, in die Nase. »Du hast Agnes gehört, Bernadette. Lass uns in Ruhe und kümmere dich um deine eigenen Angelegenheiten.«

Angewidert drehte sie sich weg. Bernadettes Zähne waren gelb, einige bereits schwarz und verfault. Die alte Frau grinste überheblich, setzte sich dann aber doch wieder in Bewegung. »Euch kauft eh keiner etwas ab, die wenigen Lumpen, die ihr ausstellt. Alles ist schäbig und von schlechter Qualität, jeder weiß das.«

Agnes wollte ihr folgen, aber Katharina hielt sie am Arm zurück.

»Lass es gut sein, Agnes. Sie wird sich nie ändern. Wir kennen sie doch. Bau lieber deinen Stand fertig auf, es ist besser so.«

Agnes nickte.

»Du hast ja recht, Katharina, sie ist einfach eine dumme Frau. Irgendwann wird sie schon sehen, was sie davon hat. Boshaftigkeit zahlt sich niemals aus.«

Eva war unterdessen aufgestanden und legte ihre Kleider, Blusen und Röcke auf das Brett. Katharina wandte sich von Agnes ab und ging zum Karren, um die Garnrollen und die Wolle herauszuholen. Sie verteilte die Garnrollen zwischen den Kleidungsstücken und stapelte die bunte Wolle in einer freien Ecke des Brettes auf. Stolz bewunderten beide ihr Werk. Katharina fuhr mit den Fingern über den samtenen Stoff eines dunkelblauen Kleides, das erst gestern Abend fertig geworden war.

»Ach, wie schade, dass wir dieses Kleid verkaufen. Es ist so wunderschön.«

Eva lächelte. »Du findest all unsere Kleider wunderschön. Wenn es danach ginge, dürften wir keines hergeben.«

Der Marktplatz füllte sich mit Kundschaft, ab und an blieb der eine oder andere bei ihnen stehen. Eva beriet, legte Kleider an und nahm Maß. Katharina verkaufte Wolle und erklärte die Qualitätsunterschiede der Garnrollen. Es lief prächtig. Wenn es so weiterginge, würden sie mit einer ganzen Menge neuer Aufträge nach Hause kommen. Eine große schlanke Frau, deren Kleid ebenfalls aus feinsten Stoffen gefertigt war, kaufte ihnen sofort das blaue Kleid ab und gab sogar noch ein weiteres in Auftrag. Sie bat Eva zu Agnes hinüber, um mit ihr die Stoffwahl zu besprechen. Als sie fort war, strahlten beide Frauen. Ihre Zusammenarbeit hatte sich heute mal wieder bezahlt gemacht.

»Es läuft wunderbar. Habe ich es doch gewusst. Heute ist ein guter Tag«, sagte Eva strahlend.

Katharina ging zu Agnes hinüber und klopfte ihrer Mutter sanft auf die Schulter.

»Ich glaube, jetzt ist es etwas ruhiger. Kann ich kurz zum Seifenstand gehen? Du weißt doch, ich benötige eine neue.«

»Aber sicher, mein Kind. Geh ruhig und sieh dir in Ruhe alles an. Ich komme schon zurecht.«

Katharina schlenderte am Bürstenstand und dem Hufschmied vorbei. Musik drang an ihr Ohr, Rauch hing in der Luft. Es duftete nach gebratenem Fleisch und frisch gebackenem Brot. Ihr Magen knurrte und erinnerte sie daran, dass sie seit dem Frühstück nichts mehr gegessen hatte.

Die alte Grete vom Nachbarhof war auch auf dem Markt. Sie saß direkt neben der Filzerei. Überall um sie herum lagen ihre getrockneten Kräuter. Die alte Frau sah etwas mitgenommen aus. Katharina blieb besorgt vor ihr stehen.

»Guten Tag, Grete, ist bei dir alles in Ordnung?«

Die alte Frau seufzte.

»Ich weiß ja auch nicht, es ist so ein Betrieb. Aber niemand will mir meine Kräuter abkaufen. Ich muss heute irgendwas falsch machen. Es bleibt kaum jemand stehen.«

Katharina besah sich Gretes Auslage näher. Besonders liebevoll hatte sie die getrockneten Büschel nicht angerichtet, und es gab keine Schilder, auf denen die einzelnen Kräuter beschrieben waren. Kein Wunder, dass niemand stehen blieb.

»Sag mal, Grete«, sagte sie, »dein Stand sieht heute irgendwie anders aus. Sonst hast du doch immer Schilder, auf denen du die Kräuter beschreibst.«

Grete sah Katharina verwundert an. »Aber sie stehen doch dort, siehst du sie denn nicht?«

Katharina sah auf die Kräuter und dann wieder zu der alten Frau. Jetzt erst fiel ihr deren verwirrter Blick auf. Grete schien nicht nur abgespannt zu sein, ihre Augen waren seltsam trüb und hatten jeden Glanz verloren. Sie sah schlampig aus, trug keine Haube, und ihr weißes Haar hing strähnig herab.

»Ich glaube, du gehst besser nach Hause, Grete.« Liebevoll ging Katharina vor der alten Frau in die Hocke.

»Vielleicht ist heute kein guter Tag für Kräuter, morgen sieht die Welt bestimmt schon wieder anders aus.«

»Meinst du?«

»Aber sicher, du wirst sehen, beim nächsten Mal wird es wieder besser laufen.«

»Dann gehe ich eben nach Hause. Bernhard wartet bestimmt schon auf mich. Er hat ja um diese Zeit immer Hunger und wird sich allein nicht zurechtfinden.«

Katharina seufzte. Grete war bereits seit über zehn Jahren

Witwe. Sie half der alten Frau, ihre Kräuter in dem großen Korb, den sie dabeihatte, zu verstauen, und beobachtete danach genau, ob diese auch den richtigen Weg einschlug. Traurig schüttelte sie den Kopf. Langsam wurde es für Grete Zeit zum Gehen. Warum hatte Gott kein Mitleid, sie sollte endlich zu ihrem Mann gehen dürfen.

Wenig später stand Katharina am Seifenstand und atmete die unterschiedlichen Düfte ein. Hier könnte sie stundenlang bleiben, alle Tiegel öffnen – überall ihre Nase hineinstecken. Es gab Lavendelkissen und feinste Öle, in denen die unterschiedlichsten Kräuter schwammen. Getrocknete Rosen lagen in einer Schale vor ihr und dufteten verführerisch. Vielleicht sollte sie heute mal einen neuen Duft ausprobieren. Eigentlich war sie nicht mehr in dem Alter, in dem eine Frau nur Kamillenseife benutzte. Nachdenklich wanderte ihr Blick über die unterschiedlichen Seifen.

»Guten Tag, Katharina.«

Sie zuckte zusammen. Die Stimme kam ihr bekannt vor. Es kribbelte in ihrem Bauch. Andreas war da. Freudestrahlend drehte sie sich um.

»Andreas, was tust du denn hier?«

»Vielleicht ein paar Einkäufe erledigen?«

Katharina errötete. Wie konnte sie ihm mitten auf dem Markt so eine dumme Frage stellen.

»Wie geht es dir und deiner Mutter?«

»Es geht uns gut, Mutter ist drüben an unserem Stand.« Katharina wies auf die andere Seite des Platzes.

»Die Geschäfte laufen heute blendend, wir haben eine Menge neue Aufträge bekommen.«

»Das ist doch wunderbar.«

Katharina nickte, und plötzlich wusste keiner so recht, was er noch sagen sollte. Aufgeregt zupfte Katharina an einem Lavendelkissen herum. Die Verkäuferin sah sie missbilligend an.

»Das müsst Ihr jetzt aber auch kaufen, seht nur, Ihr habt die Fransen verheddert.«

Erschrocken zog Katharina ihre Hand zurück. Andreas wandte sich an die Verkäuferin.

»Was soll es denn kosten?«

»Einen Taler.«

Pflichtbewusst reichte er ihr das Geld über die Auslage, und die Verkäuferin gab ihm das angeblich lädierte Kissen.

Er verneigte sich vor Katharina und zwinkerte ihr zu.

»Darf ich es dir schenken?«

Katharina griff mit zitternder Hand nach dem Kissen. »Aber das wäre doch nicht nötig gewesen, ich hätte es auch selbst bezahlen können.«

»Für dich ist noch viel mehr nötig«, flüsterte er und strich liebevoll mit seiner Hand über ihre Wange.

Die Kirchturmglocke begann plötzlich laut zu läuten, und Andreas blickte auf. »Oje, jetzt komme ich zu spät, Pfarrer Wicht wird mit mir schimpfen.«

»Das tut mir leid. Ich wollte dich nicht aufhalten.«

Er umarmte sie kurz.

»Von dir werde ich mich immer aufhalten lassen«, flüsterte ihr ins Ohr, löste die Umarmung und hob lachend die Hand zum Gruß.

»Bis bald, ich komme dich die Tage besuchen. Das habe ich versprochen.«

Katharina winkte ihm sehnsüchtig nach, und die Verkäuferin schüttelte missbilligend den Kopf.

»Und so einer schimpft sich Priester.«

Mit einem leicht verträumten Lächeln auf den Lippen kam Katharina wenig später zu ihrer Mutter zurück. Diese sah ihrer Tochter forschend ins Gesicht.

»Habe ich etwas verpasst? Ich denke, ich sollte auch zum Seifenstand hinübergehen. Wo ist denn die Seife?«

Katharina hob ihre Hände. Sie hatte nur das Lavendelkissen bei sich.

»Ach du liebe Güte, die habe ich völlig vergessen.«

»Aber die Kissen gibt es doch auch am Seifenstand.«

Katharina errötete.

»Andreas hat es mir geschenkt.«

»Ach, Andreas war da.« Eva nickte lächelnd. »Und da hast du vor lauter Wiedersehensfreude deine Seife vergessen.«

»Genau.«

»Da musst du ihn aber wirklich gernhaben.«

Katharina nickte.

»Er will uns bald besuchen. Du weißt doch, er hat es an Heiligabend versprochen.«

»Stimmt.« Eva zwinkerte ihr zu.

»Dann sollte ich vielleicht mal mit ihm reden, oder?«

»Das würdest du wirklich tun?« Freudestrahlend fiel Katharina ihrer Mutter um den Hals. »Ach, du bist einfach die Beste.«

Agnes hatte die beiden die ganze Zeit über beobachtet. Neugierig kam sie näher.

»Was ist denn der Grund für diese überschwängliche Freude?«

Eva zwinkerte ihrer Tochter zu.

»Ich denke, Katharina wird vielleicht bald heiraten.«

Der kleinen Frau blieb vor Erstaunen der Mund offen stehen.

»Aber, das ist ja – das ist ja wundervoll! Da gratuliere ich dir, Kind. Wer ist denn der Glückliche?«

Eva wollte gerade antworten, doch sie wurde unterbrochen. Auf der anderen Seite des Platzes wurde es laut, und alle Leute liefen neugierig dorthin.

»Was ist denn da los?«, fragte Eva. Sie folgten ebenfalls neugierig der Menschenmenge. Katharina erstarrte, als sie den Grund für den Aufruhr entdeckte. Der Landeshauptmann ritt über den Platz, ihm folgte eine Gruppe Soldaten, Kathi Häuser lief mit gesenktem Kopf und an den Händen gefesselt zwischen ihnen.

Überall um sie herum tuschelten die Leute.

»Das ist sie, die erste Hexe. Seht nur, dort vorn läuft die erste Hexe.« Aufgeregt reckten alle die Hälse. Niemand wollte diesen Moment verpassen.

Eva griff nach Katharinas Arm. Sie war blass geworden, und ihre Hand zitterte.

Was, in Gottes Namen, war geschehen?

11

Der Esel Albert trottete die Straße hinunter. Katharina trieb das Tier heute zum ersten Mal zur Eile an, denn sie mussten schnellstens nach Niederseelbach, um zu erfahren, was passiert war. Ihre Mutter lief neben ihr und hatte die ganze Zeit über kein Wort gesagt. Katharina hatte mehrfach versucht, mit ihr zu sprechen, doch nicht einmal sie war zu ihr durchgedrungen. Nach einer Weile hatte sie es aufgegeben. Katharina seufzte. Der Tag hatte so gut begonnen, gerade eben waren sie doch noch glücklich gewesen. Aber mit einem Schlag war alles zunichtegemacht worden, und die Leichtigkeit des Tages war zerstört. Wie es wohl Maria ging?

Katharina trieb Albert erneut zur Eile an.

»Komm, Albert, lass uns schnell nach Hause gehen!«

Kurze Zeit später erreichten sie ihren Hof. Katharina schaffte Albert eilig in den Stall, der Karren blieb erst einmal draußen. Die Kleider und Waren konnten sie nachher noch verstauen. Sie eilte zurück zu ihrer Mutter auf die Straße, und gemeinsam gingen sie zum Hof der Häusers hinüber. Vorsichtig öffneten sie das Tor.

Im Innenhof liefen ein paar Hühner und Gänse umher. Neugierig kamen die Tiere Katharina und Eva entgegen, sie waren ungewöhnlich zutraulich, anscheinend waren sie noch nicht gefüttert worden. Katharina sah sich um. Es war seltsam. Das hier war noch genau der Hof, den sie kannte. Der Stall sah aus wie immer, und in der Ecke stand der alte Leiterwagen, an dem schon seit einer Ewigkeit ein Rad locker war. Darunter lag, wie immer, der schwarze Kater und blinzelte sie müde an.

Die Tür zum Wohnhaus war nur angelehnt und quietschte in den Angeln, als Katharina sie aufschob. Im Flur empfing sie Dunkelheit.

»Maria, bist du da?«

Stille.

Eva öffnet die Tür zur Wohnstube. Maria saß auf der Fensterbank. Es war dunkel und kalt, im Ofen brannte kein Feuer. Katharina rieb sich fröstelnd über die Arme. Maria starrte auf die Tischplatte und reagierte nicht, weinte nicht, war ganz still.

»Maria?« Katharina setzte sich vorsichtig neben ihre Freundin. »Wir wissen es, wir haben deine Mutter gesehen, wie sie über den Marktplatz geführt wurde.« Maria knetete ein Taschentuch. Katharina kannte diese Angewohnheit. Das tat Maria immer, wenn sie nicht weiterwusste. Behutsam legte sie ihre Hände auf die der Freundin. »Jetzt ist es ja gut, wir sind da.«

Eva sah die beiden jungen Frauen schweigend an, sie wusste nicht, was sie sagen sollte. Ihr Blick fiel auf den kalten Ofen in der Ecke.

»Jetzt machen wir erst einmal Feuer und Licht, dann sieht die Welt bestimmt schon wieder anders aus.« Sie versuchte, ihrer Stimme einen aufmunternden Klang zu geben, was ihr allerdings gründlich misslang.

Nach einer Weile hatte sie das Feuer in Gang gebracht, und auf dem Tisch verbreiteten zwei Talgkerzen ihr warmes Licht. Pfefferminzduft hing in der Luft. Maria schwieg noch immer. Stumm saß sie auf der Bank, ließ es aber zu, dass Katharina ihre Hände festhielt und streichelte.

Erst als Eva die dampfenden Tassen auf den Tisch stellte und sich zu ihnen setzte, kam Leben in Maria.

Ihre Stimme klang rau und müde.

»Sie haben an die Tür geklopft, wir hatten gerade gefrühstückt. Die Mutter war dabei, ihre Tasche zu packen. Sie wollte zu Luise gehen, diese klagte über Schmerzen und Fieber. Der Landeshauptmann und seine Männer sind wie die Verrückten in den Raum gestürmt, auf meine Mutter losgegangen und haben ihr wie einer Verbrecherin die Hände gefesselt. Der Landeshauptmann hat von Hexerei gesprochen. Mutter sei angeklagt, eine Hexe zu sein.« Hilflos sah Maria Katharina an.

»Wir hätten den Kindern damals doch nachlaufen sollen, wahrscheinlich sind sie schuld daran.«

»Welche Kinder?«

Eva sah Katharina fragend an, und diese berichtete, was an Neujahr passiert war.

»Aber das ist doch die Höhe, weiß Bauer Lehmann davon?«

Maria zuckte mit den Schultern.

»Ich habe es der Mutter gesagt, aber ob sie mit ihm gesprochen hat, weiß ich nicht.«

»Wie kommen die Kinder nur auf die Idee, so ein Lied zu singen?« Eva schüttelte den Kopf.

»Und was machen wir jetzt?«, fragte Katharina.

»Wir könnten zum Amtsrat gehen und alles aufklären«, schlug Eva vor.

Katharina sah sie skeptisch an.

»Und wenn es nicht die Kinder waren? Wenn jemand anderer Kathi denunziert hat, dann gehen wir alle umsonst dorthin.«

»Nirgends werden wir hingehen.« Maria erhob sich, ging in die andere Ecke des Raumes und griff nach dem Hebammenkorb ihrer Mutter.

»Aber warum denn nicht? Was willst du denn jetzt mit dem Korb?« Katharina sah die Freundin verwundert an.

»Es ist vorbei, wir können nichts für sie tun. Der Landeshauptmann war überzeugt von seiner Aussage, und uns werden sie sowieso nicht zuhören.« Sie wandte sich zur Tür.

»Wo willst du denn hin?«

»Zu Luise, es geht ihr nicht gut. Mutter kann ihr nicht mehr helfen, also werde ich das jetzt tun. Lina ist noch eine Weile hier und wird auf Anna achten.«

Ohne ein weiteres Wort verließ sie den Raum.

Verwundert sah Katharina ihre Mutter an.

Eva seufzte.

»Es ist ihre Art, damit umzugehen. Sie verdrängt es einfach und lässt den Schmerz nicht zu. Aber ich fürchte, eines Tages wird er sie einholen.«

Später am Abend lehnte Katharina an der Stalltür. Hinter ihr scharrte Albert mit den Hufen, und die Ziegen meckerten leise. Es hatte wieder zu schneien begonnen, wie Daunen tanzten die Flocken vom Himmel. Verträumt sah ihnen Katharina zu. Der Schnee würde jedes Jahr fallen, nichts würde sich daran ändern. Ihre Mutter hatte irgendwie schon recht, was bedeuteten schon Jahreszahlen. Die Jahreszeiten waren es, die sie leiteten, der Schnee des Winters, der erste milde Wind im Frühling, die Hitze des Sommers und die bunten Blätter des Herbstes – all dies gab ihnen Halt.

»Guten Abend, Katharina.«

Katharina sah auf. Maria stand direkt vor ihr. Sie hatte die Freundin gar nicht kommen hören.

»Entschuldige, ich wollte dich nicht erschrecken.«

»Du hast mich nicht erschreckt, Maria.«

Katharina musterte ihre Freundin. Sie sah mitgenommen, aber seltsamerweise auch wunderschön aus. Die Schneeflocken funkelten in ihren Haaren wie Sterne, und ihr Gesicht leuchtete im Licht der Laterne. Sie wirkte seltsam schüchtern und verletzlich.

Katharina beneidete Maria in diesem Moment um ihre Schönheit. Wie gerne hätte sie auch so goldenes Haar und so einen zarten Teint ganz ohne Sommersprossen gehabt.

In der Hand hielt Maria noch immer den Hebammenkorb ihrer Mutter.

Katharina deutete darauf.

»Wie geht es Luise? Konntest du ihr helfen?«

»Nein, Markus hat mich nicht zu ihr gelassen.«

Verwirrt sah Katharina Maria an.

»Ja, aber warum denn nicht? Ich dachte, sie hätte Schmerzen und Fieber.«

»Das hat sie auch, aber er hat mich vom Hof gejagt. Von

der Tochter einer Hexe brauchen sie keine Hilfe, hat er gesagt. Er war richtig gemein zu mir, so kenne ich ihn gar nicht.«

»Ja, ist er denn verrückt geworden? Wenn nicht du, wer sonst soll Luise denn helfen?«

Maria zuckte mit den Schultern.

»Sie wird sich wohl erst einmal selbst helfen müssen.«

»Hast du sie gesehen? Weiß sie davon?«

»Nein, sie war im Haus, ich habe nur das Kind schreien hören. Hoffentlich ist es nichts Schlimmes.«

Katharina sah Maria besorgt an.

»Die arme Luise, Markus ist ein Dummkopf. Alle sind sie Dummköpfe.«

Maria schwieg, ließ die Schultern hängen und sah zu Boden. Katharina fuhr ihr mit der Hand über die Schulter.

»Möchtest du reinkommen? Es ist kalt, Mutter macht dir bestimmt einen warmen Tee.«

»Nein, nein. Lina ist schon weg. Großvater ist mit Anna allein. Ich muss gleich wieder hinüber. Ich wollte nur …« Sie stockte. Katharina bemerkte an Marias Stimme, dass sie kurz davor war, zu weinen.

»Ich wollte nur mit dir reden.«

»Ist es jetzt besser?«

»Ich denke, ein wenig.«

Maria wandte sich zum Gehen. Bevor sie das Hoftor erreichte, drehte sie sich noch einmal um.

»Glaubst du, sie kommt wieder?«

Katharina zuckte mit den Schultern.

»Ich weiß es nicht. Aber vielleicht wird sich ja doch noch alles aufklären, immerhin waren es nur Kinder.«

»Du glaubst also auch, dass es die Buben waren? Dass sie der Grund dafür sind?«

»Einen anderen kennen wir doch nicht.«

»Stimmt.« Maria öffnete das Hoftor und hob ihre Hand zum Gruß. »Bis bald, Katharina, und danke.«

»Für was bedankst du dich?«

»Dafür, dass du mir zugehört hast und für mich da bist. Denn ich bin doch jetzt die Tochter einer Hexe, niemand wird mehr für mich da sein.«

Katharina wollte ihr antworten und trat aus dem schützenden Türrahmen ins Schneetreiben hinaus. Aber Maria schloss bereits das Hoftor.

12

Meister Leonhard war bester Laune und ging fast schon beschwingt durch die Gänge des Schlosses. Die Anschuldigungen gegen die Frau schienen eindeutig zu sein. Bald würde sie auf seiner Streckbank liegen. Bereits jetzt sah er sie winselnd vor sich. Alle flehten ihn irgendwann um Gnade an und bettelten um Mitleid. Doch es war nicht seine Aufgabe, Mitleid zu haben. Dieses Wort gab es für ihn nicht. Er war dazu da, die Menschen zu quälen und ihren Willen zu brechen. Wann hatte er vergessen, was Mitgefühl war – oder hatte er es überhaupt jemals gewusst?

Er war Henker, sein Vater war es ebenfalls gewesen. Mitleid hatte es auch bei ihm nie gegeben. War er jemals im Leben liebevoll getröstet worden? Er konnte sich nicht daran erinnern. Genauso wenig wie an seine Mutter. Sie war gestorben, als er noch ein Säugling war. Er war immer von Gouvernanten und strengen Erziehern umgeben gewesen, und Mitleid hatten diese nicht gekannt.

Der Henker erreichte den kleinen Salon, in den der Graf am Abend geladen hatte. Die Schultern gestrafft, öffnete er die Tür.

Am Kamin standen bereits der Superintendent und der ehrenwerte Pfarrer Wicht. Der Landeshauptmann und der

Amtsrat waren noch nicht anwesend, und auch der Graf fehlte noch. Dieser würde mit Sicherheit als Letzter kommen. Graf Johannes hatte es sich zur Angewohnheit gemacht, immer ein wenig zu spät zu kommen – das ersparte ihm die Peinlichkeit, auf einen Gast warten zu müssen.

»Guten Abend, Meister Leonhard, da seid Ihr ja endlich.«

Philipp Elbert humpelte auf ihn zu. Der Henker zog die Augenbrauen hoch und musterte den krummen Mann abfällig. Er mochte den Superintendenten nicht. Bis heute hatte er nicht verstanden, was der Graf an diesem Krüppel fand. In seinen Augen war er ein Aussätziger, ein Parasit, der sich Graf Johannes auf widerliche Art und Weise aufgedrängt hatte.

Der Superintendent hatte sich ordentlich zurechtgemacht. Meister Leonhard fand allerdings, dass er bei der Auswahl der Garderobe übertrieben hatte. Sein silberfarbener Wams war mit goldenen Bordüren bestickt, samtene Kniehosen hingen an seinen dünnen Beinen, und an den Füßen trug er feinste Absatzschuhe mit silbernen Schleifen darauf. Seine blonde Perücke glänzte im Schein des Feuers. Er trug einen Hut, der mit einigen bunten Federn geschmückt war. Der Henker grinste süffisant. In seinen Augen hatte Elbert Ähnlichkeit mit einer geschmückten Kuh.

»Guten Abend, Elbert«, begrüßte er ihn und zog seinen Hut.

»Findet Ihr nicht, dass Eure Garderobe ein wenig unpassend ist?«

Der Superintendent schnappte nach Luft. Er hatte bereits damit gerechnet, dass ihm der Henker auch heute Abend nicht wohlgesinnt sein würde. Aber dass er ihn bereits bei der Begrüßung angriff, musste erst einmal verdaut werden.

Fieberhaft suchte er nach einer passenden Antwort. Die Tür zum Salon öffnete sich erneut, und Sebastian Post betrat gemeinsam mit dem Amtsrat den Raum. Der Landeshauptmann trug wie immer seine blaue Uniform, das blonde Haar seiner Perücke hatte er zu einem Zopf zusammengebunden, was seine feinen Gesichtszüge und hohen Wangenknochen hervorragend zur Geltung brachte. Der ehrenwerte Herr Amtsrat hatte einen schlichten dunkelblauen Wams mit passenden Kniehosen gewählt. Der dickliche Mann wirkte wie so oft abgehetzt, Schweiß stand ihm auf der Stirn, und seine Wangen waren gerötet.

»Guten Abend, Herr Landeshauptmann, Herr Amtsrat.«

Philipp Elbert verbeugte sich vor den beiden Männern. Er war erleichtert, dem Henker entgehen zu können, und versuchte, dessen Frechheit zu ignorieren. Mit einem charmanten Lächeln auf den Lippen wandte er sich an den Anführer der Soldaten. So wie er würde er gerne sein, stattlich, groß und gut aussehend. Er hätte auch gerne eine Uniform getragen, um dem Grafen seine Dienste im Kampf zu erweisen. Doch er konnte nicht einmal richtig auf einem Pferd sitzen. Um sich längere Zeit im Sattel zu halten, fehlte ihm die Kraft in den Beinen.

»Kann ich Euch ein Glas Wein anbieten? Und Euch selbstverständlich auch.« Höflich lächelnd drehte er sich zum Amtsrat um. Dieser nickte, und in seine Augen trat ein seltsam gieriger Ausdruck. Der Henker grinste. Wie würde der Mann erst reagieren, wenn er etwas zu essen angeboten bekam?

Meister Leonhard ging zu Pfarrer Wicht hinüber und reichte dem Priester die Hand. Der Geistliche ergriff diese nur sehr zaghaft. Er mochte den Henker nicht. In seinen Augen war Leonhard Busch kein Mann Gottes. Die Sünde und das Blut der Menschen klebten an seinen Händen, und Kälte und Machtgier lagen in seinen Augen. Er mochte ein gebildeter Mann sein und mit seinen Ansichten hin und wieder auch recht haben. Aber ein gläubiger Christ, der Gott diente, sah seiner Meinung nach anders aus.

Die Tür wurde erneut geöffnet, und Graf Johannes betrat den Raum. Der Henker bemerkte sofort die eher legere Kleidung seines Herrn. Er trug ein schlichtes dunkelgrünes Wams mit einem weißen Hemd und dazu passende Kniehosen. Der Graf lächelte, in seinen Augen lag ein freudiges Blitzen. So fröhlich hatte der Henker seinen Herrn schon lange nicht mehr gesehen.

»Guten Abend, die Herren«, begrüßte Graf Johannes die Anwesenden. »Es ist schön, dass sie so zahlreich den Weg ins Schloss finden konnten, es gibt heute Abend wichtige Dinge zu besprechen.«

Schnellen Schrittes ging er durch eine Schiebetür in den Nebenraum, dort war eine festliche Tafel eingedeckt worden. Diener waren damit beschäftigt, große, gut bestückte Silbertabletts auf den Tisch zu stellen. Gefüllte Rebhühner, Schweinebraten und Wurzelgemüse wurden aufgetragen. Sauber polierte Gläser schimmerten im Licht der Kerzen, edles Porzellan und feinste Tischwäsche waren verwendet worden. Der Amtsrat schnappte nach Luft. Mit so einer feierlichen Tafel hatte er nicht gerechnet. Alle anderen waren auch überrascht. Der Graf lachte, als er die erstaunten Gesichter sah.

»Nun, ich dachte, wir sollten den Beginn der Austreibungen ein wenig feiern, immerhin warten wir ja bereits sehr lange auf die ersten Anschuldigungen. Ich finde, es ist jetzt an der Zeit, sich ein wenig zu freuen. Der Kampf gegen den Teufel kann endlich beginnen.«

Die Anwesenden nickten, und Graf Johannes nahm seinen Platz am oberen Ende der Tafel ein, alle anderen setzten sich ebenfalls. Gierig sah der Amtsrat auf die wunderbar duftenden Rebhühner, sein Magen knurrte. Nach einer halben Ewigkeit, so schien es ihm, begann der Graf endlich zu essen. Eifrig beförderte er eines der Hühner auf seinen Teller, goss dampfende Rotweinsoße darüber und biss hinein. Der Superintendent, der neben ihm saß, sah den Amtmann pikiert an. Auf seinem Teller lagen nur ein kleines Stück Fleisch und ein wenig Wurzelgemüse, auf Soße hatte der dünne Mann ganz verzichtet.

Mitleidig blickte der Amtsrat auf den Teller seines Nachbarn. »Ihr solltet von der Soße probieren, sie ist unsagbar köstlich«, sagte er und leckte sich über die Lippen. Angewidert drehte der Superintendent den Kopf weg.

Der Graf wischte sich den Mund mit seiner Serviette ab und räusperte sich.

»Ich hoffe, das Mahl hat Euch allen gemundet, jetzt wird es Zeit, den genauen Ablauf der Prozesse zu besprechen.« Er sah seinen Superintendenten auffordernd an. Dieser erhob sich und begann, in allen Einzelheiten zu erklären, warum Kathi Häuser eingeholt worden war und was der Frau vorgeworfen wurde. Alle Anwesenden bis auf den Henker hörten genau zu. Gelangweilt spielte Meister Leonhard an seiner Serviette herum. Warum die Frau geholt wurde, war für ihn nicht besonders wichtig. Was sie auch immer getan hatte, unter seiner Hand würde sie Dinge gestehen, von denen sie vorher noch nie in ihrem Leben etwas gehört hatte.

Der Superintendent setzte sich, nachdem er geendet hatte, wieder auf seinen Platz und warf dem Henker einen arroganten Blick zu. Er war es, der dem Grafen die wichtigen Nachrichten überbracht und es geschafft hatte, Graf Johannes zu beeindrucken. Diesmal war er wichtiger als Meister Leonhard, als alle hier.

Nun erhob sich der Graf.

»Wie Ihr also gehört habt, sind die Vorwürfe gegen die alte Frau sehr schwerwiegend, bestimmt hat sie auch mit den Schadenszaubern der Tiere zu tun.« Sein Blick wanderte zu Meister Leonhard. Dieser nickte, stellte sein Glas Wein auf den Tisch und sagte: »Oder sie gesteht, wer mit ihr zusammenarbeitet. Mit Sicherheit sind es mehrere, bestimmt treffen sie sich des Nachts auf den Feldern und buhlen und tanzen mit dem Teufel. Die Wiesin wird Namen nennen, dafür werde ich schon sorgen.«

Meister Leonhard grinste süffisant, darauf konnte sich der Graf verlassen.

Der Pfarrer räusperte sich. »An was für einen Ablauf habt Ihr denn nun gedacht, Euer Gnaden?«, fragte er.

»Wir halten uns da ganz an die Gesetze. In der Karolina ist alles geregelt.«

Der Blick des Grafen wanderte wieder zum Superintendenten, und dieser erhob sich erneut.

»Zuerst werden die Frauen eingeholt, das übernimmt der Landeshauptmann. Die Aufnahme aller wichtigen Daten erfolgt dann in der Amtsstube, dafür ist der ehrwürdige

Herr Amtsrat zuständig.« Er sah diesen kurz an. Der dicke Mann wischte mit einem Stück Brot Reste seiner Soße auf seinem Teller zusammen. Ertappt ließ er die Hand sinken und verdrehte ein wenig die Augen, als er nickte.

»Danach folgen erste Gespräche und Verhöre mit ihren Seelsorgern. Bei allen Vorgängen wird immer ein Schreiber anwesend sein. Alles muss dokumentiert werden. Sollten die Angeklagten nichts gestehen, dann wird ihnen die Folter angedroht. Die Foltergeräte und deren Handhabung werden ihnen in einem Verhör gezeigt. Erst danach, und nachdem sie einige Tage in ihrer Zelle Bedenkzeit hatten, beginnt Meister Leonhard mit dem peinlichen Verhör. Dieses wird so lange durchgeführt, bis sie die Anschuldigungen auch unter freiem Willen und nach der Folter ihrem Seelsorger gestehen. Geständnisse auf der Streckbank sind nicht gültig. Danach erfolgt dann die Hinrichtung. In der Regel werden die Verurteilten bei lebendigem Leib verbrannt. Wenn sie allerdings geständig sind, bekommen sie vorher den Gnadenschlag mit dem Richtschwert.«

Er sah den Grafen an. Dieser räusperte sich.

»Vielen Dank, Elbert. Über den letzten Punkt des Ablaufes habe ich mir bereits Gedanken gemacht. Ich denke, da die Angeklagten alle geständig sein werden, werden wir immer den Gnadenschlag ausführen. Ich mag das Geschreie auf den Scheiterhaufen nicht. So ist es mir lieber. Selbstverständlich müssen die Körper danach noch verbrannt werden, denn sonst werden sie ja nicht vom Teufel erlöst.« Der Graf sah Pfarrer Wicht an, der bisher stumm auf seinem Platz gesessen hatte, selbst am Tischgespräch hatte sich der Priester kaum beteiligt.

»Ja, so ist es richtig«, bestätigte er nickend die Worte des Grafen. »Der Teufel kann nur durch Feuer aus den Körpern verjagt werden, sonst lebt er in den Toten weiter und bespringt andere, die den Toten beerdigen oder vielleicht an dessen Grab stehen. Er ist tückisch, wir dürfen ihn auf keinen Fall unterschätzen.«

Der Amtsrat trank von seinem Wein, stellte sein Glas auf den Tisch und tupfte sich mit seiner Serviette den Schweiß von der Stirn. »Welche Opfer sucht sich der Teufel denn hauptsächlich aus?«

Meister Leonhard antwortete:

»Ich denke nicht, dass er bei armen Schluckern anzutreffen ist. Mit Sicherheit sucht er sich Menschen mit Einfluss, Geld und Bildung. Reiche Witwen oder Menschen mit Talenten und besonderen Möglichkeiten. Seht Euch sein derzeitiges Opfer an. Die alte Kathi Häuser ist Hebamme, da war es doch ein Leichtes für ihn, sie zu verführen. Er kann die Frau gut für seine Verbrechen einsetzen, sie hat Wissen über Heilkräuter und Anatomie und ist in der Lage, Tränke zu brauen. Sogar Schlangen soll sie gezaubert haben.«

»Also müssen wir in den oberen Gesellschaftsschichten nach ihm Ausschau halten?«, fragte der Amtsrat interessiert.

»Vielleicht nicht unter den Adligen.« Der Henker sah kurz zum Grafen. »Aber im Mittelstand. Bei den angesehenen Bürgern, dort wird er gewiss sein Unwesen treiben. Ich denke, besonders bei den Witwen sollten wir uns umsehen, alleinstehende Frauen, die zu viel Geld haben, sind leichte Opfer, und selbst den einen oder anderen Mann dürfen wir nicht ausschließen. Männer kann der Teufel durchaus ebenfalls verführen, obwohl er sich bestimmt eher bei den sündigen Weibern herumtreibt. Dort hat er es leichter.«

»Aber wie ist das eigentlich mit jungen Frauen?«, fragte der Amtsrat plötzlich. »Immerhin leiden wir in Nassau Kindermangel. Wenn wir jetzt die Frauen anklagen und töten, werden die Dörfer weiterhin wie ausgestorben sein. Der Stand der Bevölkerung erholt sich gerade wieder. Ich sehe es in den Unterlagen. In Zissenbach, Eschenhahn und Niederaufroff sind wieder einige Höfe bewohnt, und auch aus Burgschwalbach meldet mir Pfarrer Heymann einen recht guten Anstieg der Geburtenrate. Ich weiß, dass eine Hexenjagd schnell um sich greifen kann, in anderen Städten wurden sogar schon Kinder verbrannt. So etwas sollte hier nicht passieren, das Reich des Grafen wäre dann bald wieder wie ausgestorben. Über den Verlust der Steuereinnahmen und Erträge will ich gar nicht erst reden.«

Alle schwiegen, daran hatte keiner gedacht. Der Graf erhob sich. Nachdenklich lief er, die Hände hinter dem Rücken verschränkt, im Raum auf und ab. Der Amtsrat hatte recht. Wenn er die jungen Frauen töten würde, würden weniger Kinder geboren. Das konnte er bei der hohen Kindersterblichkeit natürlich nicht zulassen.

»Und wenn wir eine Altersgrenze festlegen?«, fragte der Superintendent. »Sagen wir, es werden nur Frauen eingeholt, die älter als vierzig Jahre sind, dann hätten wir das Problem gelöst.«

»Das ist eine gute Idee«, pflichtete der Pfarrer ihm bei, »damit könnten wir das Problem umgehen.«

Der Graf blieb stehen. »Ihr habt recht, Elbert. So könnten wir es machen, damit gefährden wir auch nicht das Leben in den Dörfern. Die jungen Frauen werden geschont, und nur die Älteren werden geholt. Vierzig Jahre ist eine gute Grenze, nur äußerst selten ist eine Frau in diesem Alter noch gebärfähig.«

Elbert errötete, stolz sah er sich in der Runde um. Wieder war er vom Grafen bestätigt worden, vielleicht bekam er ja doch bald die Zusage für den Umzug ins Schloss.

»Wer wird denn die Tätigkeit des Seelsorgers übernehmen?«, fragte der Henker neugierig.

»Also ich mit Sicherheit nicht.«

Alle drehten sich lachend zum Landeshauptmann um, der schweigend an seinem Platz gesessen und das Gespräch leicht gelangweilt verfolgt hatte.

»Das ist ja wohl logisch«, antwortete der Henker grinsend. »Ihr werdet für die Einholungen zuständig sein.«

In Anwesenheit anderer sprach er den Landeshauptmann immer höflich an, nur wenn sie unter sich waren, blieben sie beim Du. So war es besser, es musste nicht jeder wissen, wie vertraut sie miteinander waren.

Elbert sah den Landeshauptmann nachsichtig an.

Natürlich, Sebastian Post hatte seine Aufgabe, genauso wie der Amtsrat und der Henker. Es war klar, was in ihren Arbeitsbereich fiel – und dass der Pfarrer Seelsorger werden könnte, war ebenfalls offensichtlich. Ein Geistlicher war für diese Aufgabe wie geschaffen. Aber er selbst sah sich durchaus ebenfalls in dieser Position. Er wollte den Grafen nicht nur beim Schreiben der Erlasse und Urteile unterstützen. Nein, er wollte sich aktiv an den Prozessen beteiligen, und als Seelsorger hätte er die Möglichkeit dazu. Pfarrer Wicht wusste von Elberts Wunsch und hatte fest versprochen, ihn zu unterstützen. Allein schon deshalb, weil bald mehrere Angeklagte einsitzen würden und er das alles allein unmöglich bewältigen könnte. Einen erfahrenen Mann wie den Superintendenten konnte er dann gut gebrauchen.

Pfarrer Wicht erhob sich, sah Philipp Elbert an und wandte sich an den Grafen.

»Ich wäre dafür, Philipp Elbert zum Seelsorger zu ernennen. Ich benötige einen erfahrenen Mann an meiner Seite. Er kennt die Gesetze und ist belesen. Bestimmt kann er diese Aufgabe gut ausführen.«

Der Graf sah von dem Geistlichen zu seinem Superintendenten, der ihn fragend, fast schon bittend anschaute.

Er nickte.

»Das ist eine gute Idee, Herr Pfarrer. Als Priester habt Ihr ja noch andere Tätigkeiten, die ebenfalls sehr wichtig sind. Eure Gemeinde soll nicht unter Eurer Aufgabe als Seelsorger leiden.«

Philipp Elbert ließ erleichtert die Schultern sinken, dankbar nickte er seinem Freund zu.

Der Graf ging zum Tisch zurück und erhob feierlich sein Glas. »So lasst uns also darauf anstoßen, dass wir den Teufel und die Hexen aus Nassau vertreiben, damit bald wieder Frieden und Ruhe einkehren.«

Später am Abend saß Graf Johannes noch allein an seinem Schreibtisch. Im Kamin fiel knackend ein Holzscheit in sich zusammen, und der Wind wehte einige Schneeflocken ans Fenster.

Es war spät, müde rieb sich Graf Johannes über die Augen. Vor ihm auf dem Tisch stapelte sich zusammengeknülltes Papier, und sogar unter dem Tisch lagen halb beschriebene Zettel. Er hatte seine Feder in der Hand, und ein Glas Wein stand neben ihm auf dem Kaminsims. Seit die anderen gegangen waren, saß er hier und arbeitete an der Fragenliste, an die sich all seine Untertanen während der Verhöre halten sollten. Es musste perfekt sein, detailliert mussten alle Fragen aufgeschrieben werden. Wenn er nur eine vergaß, dann konnte es sein, dass eine der Hexen entkam, dass sie etwas übersahen. Jede noch so kleine Möglichkeit musste in Betracht gezogen werden.

Seufzend erhob er sich und griff nach seinem Weinglas. Auf den Kaminsims aufgestützt, sah er zu seiner Gattin hinauf. Der Künstler hatte sie perfekt gemalt und ihren klugen Blick, den er so sehr geliebt hatte, eingefangen. Sie war etwas Besonderes gewesen, vielleicht keine perfekte Schönheit, aber eine gute Ratgeberin, Mutter und Gattin. Immer hatte er sich auf sie verlassen können, niemals hatte er sich über sie geärgert. Ohne sie war er sich lange Zeit verlassen vorgekommen. Auch seine zweite Gattin Johanna hatte die Lücke, die Sybilla hinterlassen hatte, nicht wirklich schließen können.

»Ach, meine Liebe«, sagte er zu dem Bild, als könnte sie ihn hören, »du hättest gewusst, was zu tun wäre. Du wusstest immer über alle Dinge Bescheid. Mit dir gemeinsam wäre es ein Leichtes gewesen, die Liste mit den Fragen aufzusetzen. Ich sitze jetzt bereits seit Stunden und vergesse immer wieder wichtige Dinge.«

Müde und trunken vom Wein, sank er in sich zusammen.

»Ohne dich und meine geliebte Johanna ist es schwer. Ich fühle mich oft allein. Alles ist mir genommen worden, der Teufel verführt mein Volk und treibt sein Unwesen in meinem Reich, ich bin alt und krank, und an so manchen Tagen fühle ich mich kaum noch in der Lage dazu, morgens aufzustehen.«

Erneut trieb der Wind Schneeflocken an die Scheiben, die Kerzen flackerten.

Der Graf lächelte. »Manchmal habe ich das Gefühl, du bist noch da und hörst jedes Wort.« Er lauschte.

Still – es war still im Raum, nur das Feuer knisterte. Ganz ruhig stand er mitten im Zimmer, doch nichts weiter geschah.

»Ich habe zu viel Wein getrunken.« Er schüttelte den Kopf, setzte sich wieder an den Schreibtisch und griff nach seiner Feder.

Er musste es schaffen, und wenn es die ganze Nacht dauern würde. Die Fragen mussten unbedingt fertig werden.

Er straffte die Schultern, schüttelte den Kopf, tunkte die Feder in die Tinte und begann erneut zu schreiben.

13

Katharina wachte auf. Irgendetwas hatte sie geweckt, verwundert schaute sie sich um. In der Dunkelheit des Zimmers sah sie die Umrisse ihres Schrankes. Es war anscheinend wärmer geworden, Regen trommelte aufs Dach.

Da hörte sie das Geräusch erneut. Jemand war auf der Straße. Neugierig schob sie ihre Decke zurück, stand auf und ging zum Fenster. Eine Gestalt saß vor Marias Hoftor im Schlamm. Es war ein junger Mann. Katharina musste nicht lange überlegen, wer das sein konnte. Markus saß dort und rief verzweifelt: »Maria, bitte, du musst herunterkommen. Bitte, sie stirbt, wenn du nicht kommst!«

Luise musste es sehr schlechtgehen, wenn er sich so erniedrigte. Maria war in seinen Augen doch die Tochter einer Hexe. Noch vor Kurzem hatte er sie fortgejagt, und jetzt kam er angekrochen und winselte um Gnade. Angewidert drehte sich Katharina um und legte sich wieder ins Bett. Doch die Rufe hörten einfach nicht auf, immer wieder drang seine verzweifelte Stimme an Katharinas Ohr. Nach einer Weile schob sie ihre Bettdecke erneut zur Seite.

Luise zuliebe würde sie versuchen, Maria herauszuholen.

Während sie sich anzog, sah sie Luises liebes Gesicht vor

sich, wie sie stolz ihren kleinen Sohn in den Armen gehalten hatte. Luise hatte kastanienbraunes Haar, eine schmale Taille und große graue Augen. Markus hatte sie vor nicht ganz zwei Jahren geheiratet. Kurz darauf war sein Vater gestorben, seine drei Schwestern wohnten schon lange nicht mehr auf dem Hof. Er und Luise bewirtschafteten die Obstplantagen des Anwesens allein, nur ein Knecht ging ihnen zur Hand. Es war eine harte Arbeit, der die kleine, zierliche Frau kaum gewachsen war.

Katharina öffnete das Hoftor und trat auf die matschige Straße. Es goss noch immer in Strömen. Ganz vorsichtig setzte Katharina einen Schritt vor den anderen. Schützend hatte sie ihre Kapuze tief ins Gesicht gezogen, doch sie war sofort durchnässt.

Markus sah Katharina überrascht an. »Katharina, was tust du denn hier?«

»Sie hört dich nicht. Vielleicht kann ich sie ja dazu bewegen, herunterzukommen.«

Dankbar sah er sie an. Doch genau in dem Moment, als Katharina an das Tor klopfen wollte, drehte sich der Schlüssel im Schloss, und Maria öffnete das Tor. Sie hielt den Hebammenkorb ihrer Mutter in der Hand. Erleichtert sahen Katharina und Markus sie an. Ohne ein Wort zu sagen, trat Maria auf die Straße, Katharina war sofort an ihrer Seite. Markus hielt sich im Hintergrund. Reumütig schlich er hinter den beiden Frauen her. Schweigend gingen sie die Dorfstraße hinunter. Markus schniefte ein wenig, er hatte vor Verzweiflung geweint.

»Danke, dass du gekommen bist«, flüsterte Katharina Maria zu.

»Ich bin wegen Luise gekommen, sie hätte mich bestimmt nicht fortgejagt«, antwortete Maria.

»Kann ich dir irgendwie helfen?«

»Du kannst mir sogar eine ganze Menge helfen, zu zweit ist es immer leichter.«

Katharina wurde ein wenig unruhig, als sie kurz darauf in den engen Hausflur traten. Sie hatte so etwas noch nie gemacht. Markus ging wortlos die Treppe hinauf, die beiden Frauen folgten ihm. Er öffnete eine Tür am Ende des Flures. Maria und Katharina waren fassungslos bei dem Anblick, der sich ihnen bot.

Luise lag auf dem völlig zerwühlten Bett. An einigen Stellen waren Blut und Eiterflecken zu erkennen. Es roch nach Schweiß und Erbrochenem. In einer kleinen Holzwiege, die vor dem Bett stand, lag der kleine, laut brüllende Sebastian. Luise hatte schweißnasses Haar, war leichenblass und wimmerte leise. Die Fenster waren geschlossen, die Vorhänge zugezogen. Vor einem der Fenster stand ein einfacher Holzstuhl, und an der gegenüberliegenden Wand standen ein schäbig aussehender Wäscheschrank und ein Waschtisch. Niemand hatte es für nötig gehalten, den vollen Nachttopf zu leeren. Katharina wurde es übel.

Markus sah Maria verzweifelt an.

»Bitte, du musst ihr helfen, ich liebe sie doch.«

Erschüttert sah Maria auf die Szenerie. Sie war wie erstarrt. Wie konnte so etwas nur sein? Wie hatte Markus nur zulassen können, dass es so weit kam? Doch dann kam Leben in sie. Luise war noch nicht tot. Sie konnte ihr noch helfen.

Maria straffte die Schultern und betrat das Zimmer. Katharina folgte ihr schüchtern, kämpfte aber immer noch mit der Übelkeit.

Um sich abzulenken, hob sie den kleinen Sebastian aus der Wiege und nahm das Baby liebevoll in den Arm.

»Ist ja schon gut, jetzt sind wir ja da. Du wirst sehen, der Mami geht es bald wieder besser.«

Maria kramte in ihrem Korb herum und zog zwei Bündel heraus. Es waren Kamillenblüten, das andere Bündel war Katharina unbekannt. Es sah wie getrocknete Rinde aus. Maria ging mit den Bündeln in der Hand zu Markus und reichte ihm beide. »Aus dem hier« – sie hielt die Kamillenblüten in die Höhe – »kochst du einen Sud und aus dem anderen Bündel Tee. Er wird hoffentlich das Fieber senken. Katharina wird gleich hinunterkommen und dir zur Hand gehen. Wir brauchen frische Leinentücher, neues Bettzeug und eine Schüssel mit kaltem Wasser.«

Markus nickte und wandte sich zur Treppe. Katharina hielt ihn zurück.

»Markus, warte!« Katharina übergab ihm Sebastian.

Verwundert sah er sie an.

»Wir kümmern uns jetzt um deine Frau, und du wirst dich um deinen Sohn kümmern.«

Er nickte, getraute sich nicht, zu widersprechen.

Als er fort war, zog Maria die Vorhänge zurück und öffnete das Fenster. Die kühle Regenluft wehte in den Raum. Erleichtert atmete Katharina durch. Maria setzte sich neben Luise aufs Bett und griff an ihre Stirn.

»Sie glüht vor Fieber, es ist ein Wunder, dass sie noch nicht tot ist. Weiß der Himmel, wie lange sie schon in diesem Zustand ist.« Katharina sah Luise erschrocken an.

»Aber woher kommt denn das Fieber? Ich meine, wenn sie eine Grippe oder eine Erkältung bekommen hat, dann kannst du ihr doch schlecht helfen.«

»Ich glaube nicht, dass sie nur eine Erkältung hat. Sie hat nach Mutter gerufen, also muss es etwas mit der Geburt zu tun haben.« Maria deutete auf das Bettlaken.

»Ich habe schon eine Vermutung.«

Seufzend erhob sie sich und schloss das Fenster. Katharina entfernte die Decke. Luises Beine waren nackt. Die Innenseite der Oberschenkel war von einem roten Ausschlag bedeckt. Hier und da waren gelbe, eitrige Blasen zu erkennen. Schaudernd zuckte Katharina zurück.

Maria war da nicht so zimperlich. Vorsichtig drückte sie Luises Beine auseinander. Luise stöhnte.

»Der Damm hat sich entzündet, Mutter hat ihn genäht, siehst du?« Maria drückte auf die rote Naht, sofort quoll gelblicher Eiter hervor. Katharina drehte angeekelt den Kopf zur Seite.

Maria sagte: »Ich werde es aufmachen müssen, der Eiter muss abfließen. Es ist kein schöner Anblick, wirst du das durchstehen?« Maria schaute Katharina ernst an.

Diese sah von der Wunde auf die wimmernde Luise. »Muss ich hinsehen? Ich kann doch Luise beruhigen und festhalten.«

»Das wirst du auch tun müssen.«

»Was machen wir, wenn der Eiter weg ist?«

»Dann muss ich die Wunde auswaschen. Dafür brauche ich den Kamillensud, alles muss ordentlich gesäubert werden. Die Oberschenkel müssen mit Kamille abgewaschen werden. Der Ausschlag hat sich schon sehr weit ausgebreitet.

Wenn es ihr besser geht, muss ich in der nächsten Zeit jeden Tag kommen. Sie wird lange Zeit Sitzbäder machen müssen.«

Mitleidig sah Katharina Luise an.

»Sie hat hohes Fieber.«

»Das ist es, was mir am meisten Angst macht.« Maria seufzte. »Wenn wir das Fieber nicht runterbringen, wird sie sterben. Wäre Markus nicht so dumm gewesen, würde es ihr heute schon wieder gut gehen, dann wäre es nie so weit gekommen. Aber wir lassen sie nicht im Stich.«

Maria krempelte ihre Ärmel hoch. »Du kümmerst dich jetzt um den Kamillensud und den Tee und vergiss die Laken und Tücher nicht. Ich warte so lange hier und beruhige Luise. Sie zittert, bestimmt hat sie Angst.«

Katharina nickte, öffnete die Tür und rannte eilig die Treppe hinunter.

In der Küche empfing sie ein aufgeregter Markus. Der Kamillensud war bereits fertig. In einer großen Holzschüssel, die auf dem Tisch stand, schwammen im dampfenden Wasser die Kamillenblüten, daneben lagen die Leinentücher.

»Wie geht es ihr? Wird alles wieder gut?«

»Es geht ihr schlecht. Maria kann es noch nicht sagen. Luise glüht vor Fieber, alles hat sich entzündet. Wenn du nicht so dumm gewesen wärst …«

Er unterbrach sie: »Aber ich kann doch nichts dafür, im Dorf haben sie alle geredet. Sie sagen, dass die alte Kathi eine Hexe ist, sie soll Schlangen hexen und Tiere umbringen. Wer weiß, was die Maria alles macht, haben sie gesagt. Was sollte ich denn tun, eine Hexe kann ich doch nicht an meine Frau lassen.«

»Aber jetzt kannst du es.«

»Sie wird sterben. Ich weiß doch auch nicht, was ich noch denken soll.«

»Die alte Kathi hext keine Schlangen, das dumme Märchen haben sich der Ludwig Lehmann und ein paar andere Jungs ausgedacht. Es ist alles nur ein dummer Lausbubenstreich und sonst nichts.«

Katharina wurde ungeduldig, legte sich die Tücher über den Arm und griff nach der Schüssel.

»Ich muss wieder nach oben. Wenn der Tee fertig ist, dann stell ihn bitte vor die Tür und die Schüssel mit dem kalten Wasser auch.«

»Mach ich«, sagte er und sah Katharina verwirrt nach. Wie konnte denn die Obrigkeit ein paar Kindern glauben?

In der Tür blieb Katharina noch einmal stehen. »Wo gibt es denn frische Laken und Bettbezüge.«

»Oben auf dem Treppenabsatz steht eine Truhe.«

»Danke.«

Maria saß neben Luise, als Katharina das Zimmer wieder betrat. Sie stellte die Schüssel mit den Kamillenblüten auf dem kleinen Waschtisch ab.

Maria erhob sich und kramte erneut in dem Korb ihrer Mutter herum.

»Wie viele Laken werden wir denn brauchen?«

»Zwei mindestens, bring aber lieber ein paar mehr mit.«

Maria zog ein kleines Messer aus dem Korb. Die Klinge schimmerte im Licht der Kerzen. Sie hatte das Messer noch nie benutzt. Natürlich hatte sie der Mutter oft dabei zugesehen, wenn diese es verwendet hatte. Ein- oder zweimal war es passiert, dass eine Naht geeitert hatte. Maria kannte diese

Komplikation, allerdings hatte es noch nie so schlimm ausgesehen. Seufzend legte sie das Messer auf den Nachttisch
und öffnete danach, nach weiteren Kerzen suchend, die
Schubladen des Waschtisches. Zwei weiße Talgkerzen rollten
ihr entgegen. Sie nahm sie heraus und entzündete sie. Gleich
würde sie helles Licht benötigen. Vorsichtig schob sie den
Waschtisch näher ans Bett.

Katharina kam mit den Laken zurück. Markus' Stimme
war im Flur zu hören.

»Hier ist der Tee, und das Wasser habe ich auch hingestellt.« Er klang kleinlaut. Maria tat er langsam leid. Er war
der Dummheit der anderen aufgesessen und hatte seine Frau
wegen unsinnigen Gerüchten und falschen Verdächtigun-
gen fast umgebracht.

Katharina sah Maria fragend an.

»Was machen wir als Nächstes?« Sie war voller Tatendrang und strotzte vor Energie.

»Jetzt müssen wir Luise erst einmal aus dem Bett schaffen,
das schmutzige Bettzeug muss weg, am besten setzen wir sie
auf den Stuhl ans Fenster.«

Katharina nickte und griff beherzt nach Luises Schultern.
Deren Kopf sank nach hinten, als die beiden Frauen sie
hochhoben. Luise stöhnte. Katharinas Armmuskeln spannten sich an. Sie hatte nicht gewusst, wie schwer eine so dünne
junge Frau sein konnte. Maria hielt Luise an den Füßen fest
und stöhnte ebenfalls. Als Luise endlich auf dem Stuhl saß,
atmeten beide erleichtert auf.

»Meine Güte, wie schwer sie ist. Sie sieht so schmächtig
aus«, sagte Katharina. Luise sank bedrohlich zur Seite, doch
Maria hielt sie fest.

»Katharina, kannst du bitte das Bett neu beziehen? Ich glaube, sie fällt vom Stuhl, wenn ich sie loslasse.«

Katharina gehorchte, zog das Bett ab und bezog es neu. Die schmutzige Wäsche warf sie auf den Flur hinaus und holte bei dieser Gelegenheit den Tee und die Schüssel mit Wasser ins Zimmer.

Maria strich Luise unterdessen beruhigend über den Arm. »Es wird wieder gut. Ich werde ganz vorsichtig sein, du wirst sehen, bald geht es dir wieder besser.«

Luise reagiert nicht. Schweiß stand ihr auf der Stirn, und sie zitterte erbärmlich. Katharina konnte hören, wie ihre Zähne aufeinanderschlugen, und versuchte, ihre Arbeit noch schneller zu erledigen.

»So, fertig. Luise kann zurück.«

Maria blickte auf. »Ein zusätzliches Laken muss noch auf Beckenhöhe, dann können wir es nachher leicht austauschen.«

Katharina ahnte Übles, als sie das Laken ausbreitete. Sie würde nicht hinsehen. Mit Sicherheit würde sie es nicht aushalten, wenn Maria Luise aufschnitt.

Mit vereinten Kräften schafften sie die Kranke zurück ins Bett. Maria tauchte eines der Tücher in den Kamillensud, atmete tief durch und spreizte jetzt erneut Luises Beine. Katharina sah weg, setzte sich an das Kopfende des Bettes und lenkte sich damit ab, Luise ein kühles Tuch auf die Stirn zu legen. Maria tupfte unterdessen vorsichtig die Wunde ab. Sie arbeitete vollkommen konzentriert. Katharina sah ihre Freundin bewundernd an. So kannte sie sie gar nicht. So viel Elan und Kraft hätte sie Maria nicht zugetraut. Vielleicht hatte sich Marias Mutter nicht geirrt. Wenn sie ihre Freundin so beobachtete, sah auch sie eine Hebamme, eine weise Frau, die durchaus in der Lage war, zu helfen.

Seufzend griff Maria zum Messer. Die Klinge blitzte im Licht der Kerzen. Katharina zuckte zusammen, jetzt war es so weit. Instinktiv stand sie auf und wich ein Stück vom Bett zurück. Luise schien Katharinas Unruhe zu bemerken, auch sie zuckte ein wenig zurück.

»Du musst Luise jetzt festhalten, Katharina«, wies Maria ihre Freundin an. »Am besten legst du dich auf ihren Bauch.« Katharina legte sich seitlich auf Luises Bauch und begann beruhigend auf sie einzureden.

»Es ist gleich vorbei, Maria wird das gut machen. Nimm meine Hand, am besten drückst du ganz fest zu, hörst du? Du musst meine Hand ganz fest drücken, so fest, wie du kannst, dann ist es leichter.«

Luise griff nach Katharinas Hand. Maria atmete tief durch und schnitt. Luise stieß einen markerschütternden Schrei aus und drückte Katharinas Hand so fest, dass diese glaubte, die Knochen würden brechen.

Maria sank erleichtert in sich zusammen.

»Es ist vorbei, der Eiter fließt ab, der Schnitt ist gut geworden. Das Schlimmste hast du geschafft, Luise. Du kannst sie loslassen, Katharina.«

Das ließ Katharina sich nicht zweimal sagen. Sie richtete sich wieder auf, lockerte Luises Griff und schaute Maria forschend ins Gesicht.

Die Freundin war blass, sah aber unendlich erleichtert aus. Auf dem Bettlaken war ein großer gelber Fleck, Eiter und Blut liefen aus der klaffenden Wunde. Schnell drehte Katharina den Kopf weg, ihr wurde schwindlig.

Maria legte das Messer zur Seite, griff nach einem der Leinentücher und wusch es gründlich im Kamillensud aus. Ihre Hände zitterten.

»Das hast du gut gemacht, Maria«, sagte Katharina.

»Ich weiß nicht – meine Mutter hätte es mit Sicherheit besser gekonnt.«

Vorsichtig wusch Maria die Wunde aus. Erleichtert stellte sie fest, das diese gar nicht so tief war, wie es am Anfang ausgesehen hatte. Der Schnitt würde von allein wieder heilen. Ihre Hände zitterten noch immer vor Aufregung. Katharina wechselte das Tuch auf Luises Stirn. Diese war nun wieder ruhig, atmete aber nur noch ganz flach. Katharina sah sie besorgt an. »Ich kann sie kaum noch atmen hören. Was, wenn sie doch noch stirbt?«

»Dann können wir auch nichts tun. Wir versuchen unser Bestes.«

Maria war jetzt mit dem Auswaschen der Wunde fertig und wickelte Luise vorsichtig saubere Leinentücher um die Beine. Katharina öffnete unterdessen den Schrank und holte ein frisches Hemd heraus.

Vorsichtig richteten sie die Kranke auf und lösten die Schnüre des verschwitzten und schmutzigen Hemdes, das sie trug. Katharina warf es zu den verschmutzten Laken in den Flur. Als sie wieder ins Zimmer kam, schenkte Maria Tee in einen Becher.

»Sie muss den Tee trinken. Wenn wir das Fieber nicht bald runterbekommen, wird sie die Nacht nicht überstehen.«

Katharina nickte. Gemeinsam flößten sie Luise den Tee ein, doch es stellte sich heraus, dass das gar nicht so einfach war. Gut die Hälfte davon tropfte über ihre Lippen und rann über ihren Hals. Katharina sank nach einer Weile stöhnend auf die Bettkante.

»So wird das nichts. Meine Mutter hat mir früher immer Wadenwickel gemacht, das hat Wunder gewirkt, wollen wir es nicht damit versuchen?«

Maria griff sich an den Kopf. »Wadenwickel, natürlich, dass ich da nicht selbst darauf gekommen bin.«

Katharina lächelte. Sie war wohl doch nicht so nutzlos, wie sie sich vorkam.

»Dafür brauchen wir aber noch mehr Laken und einen Eimer kaltes Wasser.«

»Das ist kein Problem.« Katharina sprang auf, öffnete die Tür und lief die Treppe hinunter. Maria sah ihr verwundert hinterher. Sie war erschöpft und müde, woher nahm Katharina nur die Kraft und Energie? Erneut wechselte sie das Tuch auf Luises Stirn und sagte: »Sie ist ein Engel. Ohne sie würde ich es niemals schaffen.«

Markus saß dösend in der Küche auf der Ofenbank. Das Baby auf seinem Arm schlief ebenfalls. Sebastian hatte rot verweinte Augen, und sein Mündchen war halb geöffnet. Katharina sah den Kleinen mitleidig an. Sie fragte sich, wann das Kind zuletzt an der Brust gewesen war. Der Kleine musste großen Hunger haben.

»Markus?«

Der junge Mann schreckte hoch, das Baby öffnete die Augen und verzog sofort den Mund und begann zu schreien. Verzweifelt sah Markus das Kind an.

»Mehr als Wasser kann ich ihm nicht geben, er spuckt die

Hälfte davon wieder aus, ständig schreit und jammert er. Ich weiß bald nicht mehr, was ich noch tun soll. Wie geht es denn Luise? Warum hat sie denn so geschrien?«

»Ich habe jetzt keine Zeit für Erklärungen«, antwortete Katharina, »kannst du mir bitte einen Eimer Wasser holen?«

»Aber sicher, wofür braucht ihr denn so viel Wasser?« Katharina sah ihn ungeduldig an.

»Wir müssen das Fieber senken, sie glüht noch immer. Den Tee schluckt sie kaum, wir versuchen es jetzt mit Wadenwickeln.«

Markus nickte. Suchend sah er sich nach einem Platz um, wo er das Baby hinlegen konnte.

Katharina nahm ihm den Kleinen ab.

»Beeil dich, Maria wartet.«

Er rannte nach draußen. Katharina tätschelte unterdessen Sebastian den Rücken.

Als Markus zurückkam, gab sie ihm das Kind.

»Versuch es mal mit etwas Ziegenmilch. Du musst sie warm machen und mit Wasser verdünnen, vielleicht mag er sie.« Dankbar sah Markus sie an und reichte ihr den Eimer.

Katharina ging die Treppe nach oben. Vor der Wäschetruhe stellte sie den Eimer kurz ab und fischte noch drei zusätzliche Laken aus dem unglaublich großen Fundus an Bettzeug und Leinentüchern. So viele Bettlaken, Tischtücher und Bezüge hatten nicht einmal sie zu Hause, Luise musste eine gute Aussteuer bekommen haben.

Maria sah Katharina erleichtert an, als diese endlich zurückkam. »Na, dann lass uns mal weitermachen«, sagte sie und rieb sich müde die Augen.

Den Rest der Nacht verbrachten die beiden Frauen damit, Wadenwickel zu wechseln und Luise Tee einzuflößen. Immer wieder wuschen sie die Laken aus und wechselten das Tuch auf Luises Stirn. Katharina spürte irgendwann jeden Knochen im Leib. Sie hatte vollkommen vergessen, wie lange sie schon hier waren. Die Kerzen waren weit heruntergebrannt, ihr Licht flackerte, und Wachs tropfte auf den Waschtisch. Katharina wechselte noch einmal Luises Tuch auf deren Stirn und ließ dann ihren Kopf auf ihre Arme sinken. Nur für einen kurzen Moment die Augen zumachen, dachte sie erschöpft, nur einen Augenblick, gleich würde sie weitermachen.

»Katharina?«

Katharina schreckte hoch. Die Sonne schien und malte Kreise auf Luises Bettdecke. Maria stand am Fenster und schaute hinaus. Sie sah erschöpft aus. Ihr Haar fiel über ihre Schultern und schimmerte golden im Licht der Morgensonne. Katharina sah Maria verwundert an.

»Ich bin doch nicht etwa eingeschlafen?«

»Doch, vor einer ganzen Weile schon«, flüsterte Maria.

»Aber warum hast du mich denn nicht geweckt?«

»Du hast so friedlich dagelegen. Ich wollte dich schlafen lassen.« Katharina griff sich an den Rücken.

»Ich denke, ich habe schief gelegen.«

Sie sah Luise an, sie schlief. Prüfend griff sie ihr an die Stirn, diese war zwar noch warm, aber nicht mehr glühend heiß.

»Das Fieber ist gesunken. Wir haben es geschafft, es geht ihr besser.«

In Marias Blick lagen Zweifel.

»Es kann sehr schnell wieder steigen. Ich werde heute bei ihr bleiben und auf sie achtgeben. Die Wunde muss später noch einmal gereinigt werden. Vielleicht kann Markus den Kleinen nachher hochbringen, er hat bestimmt Hunger.«

»Wie, du wirst bei ihr bleiben, und was ist mit mir? Ich bleibe selbstverständlich auch hier.«

Maria lächelte.

»Deine Mutter wird sich bestimmt schon Sorgen machen, sie weiß doch nicht, wo du bist. Bei uns auf dem Hof muss auch jemand Bescheid geben, schließlich bin ich mitten in der Nacht fortgelaufen. Alle haben tief und fest geschlafen. Lina muss wissen, wo ich bin, damit sie sich um Anna kümmert. Es ist besser, wenn du gehst, Katharina, du hast mir letzte Nacht so viel geholfen. Den Rest schaffe ich auch allein.«

Katharina sah Luise an. Sie sah so friedlich aus. Im Licht der Sonne hatte sie sogar wieder ein wenig Farbe auf den Wangen. »Wenn du meinst, aber sollte irgendetwas sein und du brauchst Hilfe, dann holst du mich.«

»Das mach ich, ganz bestimmt.«

Katharina erhob sich und ging zur Tür. Als sie diese öffnete, spürte sie ihre Erleichterung darüber, dass sie gehen durfte. Dankbar lief sie die Treppe nach unten. In der Küchentür lehnte, den schlafenden Sebastian im Arm, Markus und sah sie fragend an.

Katharina lächelte müde.

»Es geht ihr besser. Du sollst später mit dem Kleinen hochkommen, vielleicht kann er etwas trinken. Hat er die Ziegenmilch gemocht?«

»Ja.« Markus lächelte erleichtert. »Er war ganz gierig danach und hat eine ganze Schüssel getrunken. Ich war mit dem Löffelchen gar nicht schnell genug. Danach ist er sofort eingeschlafen. Vielen Dank, Katharina.«

»Bei mir musst du dich nicht bedanken. Maria hat die ganze Arbeit getan, sie war wunderbar. Ohne sie wäre Luise jetzt tot.«

Markus sah sie unsicher an.

»Ich muss mich bei ihr entschuldigen, oder?«

»Ich denke, das wäre angebracht. Glaubst du denn immer noch, dass sie eine Hexe ist? Oder ihre Mutter?«

»Nein, das glaube ich nicht. Aber was nützt das der alten Kathi. Alle haben sie bereits verurteilt. Über Maria reden sie auch nur schlecht, überall wird getuschelt. Die Leute verstecken sich sogar in den Häusern, wenn sie sie auf der Straße sehen.«

»Ich weiß.« Katharina seufzte. »Die nächste Zeit wird nicht leicht für Maria. Da ist es besonders wichtig, dass sie gute Freunde hat.« Sie zwinkerte Markus zu. »Menschen, auf die sie zählen kann.«

Markus nickte.

»Die hat sie, wir werden für sie da sein, das verspreche ich. Und wehe dem, der schlecht über sie spricht, der bekommt es mit mir zu tun!«

Katharina lächelte.

»Na, dann solltest du jetzt mal nach oben gehen und nach den beiden sehen. Ich muss los. Lina weiß nicht, dass Maria heute nicht da ist. Sie soll sich um Anna kümmern, und meine Mutter macht sich bestimmt auch schon Sorgen.«

Katharina wandte sich zur Tür.

Markus drückte ihr zum Abschied noch einmal die Hand.

»Danke, dass du da warst.«

Katharina antwortete:

»Ich war gerne hier.«

14

Auf dem Heimweg genoss Katharina die Sonnenstrahlen, die ihr heute zum ersten Mal in diesem Jahr wieder warm vorkamen: Der blaue Himmel spiegelte sich in den großen Pfützen, doch leider schien ihr Glanz nicht von langer Dauer zu sein, denn auf der anderen Seite des Tales türmten sich bereits wieder graue Wolken am Himmel. Auf der Dorfstraße war nur wenig los. Ein Knecht, der mit seinem Karren an Katharina vorbeifuhr, musterte sie neugierig. Schlamm einer Pfütze spritzte hoch, hastig sprang Katharina zur Seite. Langsam und vorsichtig ging sie weiter, denn die Straße war sehr rutschig. Plötzlich watschelte eine Schar schnatternder Gänse an ihr vorbei, und Ingrid, die kleine Magd der Stettners, die die Tiere antrieb, winkte ihr lachend zu.

»Guten Morgen, Katharina, wie geht es dir?«

Katharina mochte das junge Mädchen. Obwohl sie nur eine Magd war, hielt sie mit ihr gerne ein Schwätzchen. Doch heute war sie dafür zu müde.

»Mir geht es gut«, antwortete sie lächelnd, blieb aber nicht stehen.

Erst jetzt, wo die Anspannung von ihr abfiel, bemerkte sie ihre Müdigkeit. Ihr Rücken und ihre Arme schmerzten, und ihr verschmutztes Kleid war klamm. Aber sie hatte helfen können. Luise ging es wieder besser. Es war ein besonderes Gefühl, einem anderen Menschen das Leben zu retten. Es machte einen irgendwie wehmütig und stolz zugleich.

Die Sonne verschwand hinter den dunklen Wolken, und sofort kam ein kalter Wind auf und wehte Katharinas Röcke in die Höhe. Sie beschleunigte ihre Schritte und war dankbar, als der Hof in Sicht kam. Als sie das Tor öffnete, fielen die ersten Tropfen vom Himmel.

Eva saß in der Wohnstube auf der Fensterbank und sah ihre Tochter verwundert an, als diese fertig angekleidet eintrat. »Woher kommst du denn um diese Zeit?«

Katharina hängte ihren Mantel an den Haken hinter der Tür. »Von Luise, aber das ist eine längere Geschichte.«

»Um diese Zeit gehst du schon zu den Leitners, was wollten sie denn von dir?«

Katharina ging zum Ofen, dort stand ein großer Topf mit warmem Haferbrei. Sie schaufelte sich eine große Portion in eine Schüssel, holte sich einen Löffel aus der Schublade der alten Anrichte und setzte sich zu ihrer Mutter.

Diese sah sie neugierig an.

»Ich bin nicht erst heute Morgen zu Luise gegangen, ich war die ganze Nacht dort.«

Während Katharina berichtete, goss Eva Tee in zwei Becher. Doch sie vergaß, zu trinken.

»Maria war wunderbar und wusste genau, was zu tun ist«, schloss Katharina ihren Bericht. »Natürlich war sie aufgeregt, aber sie hat großartige Arbeit geleistet. Sie ist jetzt noch immer bei Luise.«

Katharina griff sich plötzlich an den Kopf. »Ach du meine Güte, ich muss ja Lina Bescheid geben. Maria wird heute nicht nach Hause kommen, die Magd soll sich um Anna kümmern.«

Katharina sprang von ihrem Stuhl auf, doch ihre Mutter drückte sie wieder zurück.

»Das werde ich tun, du hast heute schon genug gemacht. Ruhe dich aus. Wenn du gegessen hast, dann legst du dich erst einmal schlafen. Am Nachmittag kannst du dann für mich zum Müller laufen, denn uns geht das Mehl aus.«

Katharina nickte lächelnd. Sie ging gerne zur alten Mühle, die Müllerleute waren wie Großeltern für sie. Eva rieb ihrer Tochter liebevoll über den Arm.

»Ich bin stolz auf dich, genau so eine Tochter wollte ich immer haben, eine Tochter, die mitfühlend ist und anderen hilft. Wenn mich jetzt der Herrgott zu sich ruft, dann weiß ich, dass alles gut ist und ich mir um dich keine Sorgen machen muss.«

Überrascht sah Katharina ihre Mutter an. »Wieso zum Herrgott gehen, du kannst mich doch nicht allein lassen. Was soll ich denn ohne dich tun? Ich brauche dich noch.«

Eva lächelte sanft. »Bald wirst du mich nicht mehr brauchen, so ist der Lauf der Zeit. Andreas wird kommen, er hat dich gern, das habe ich in seinen Augen gesehen. Er wird dich heiraten, und du wirst mit ihm gehen, und dann bin ich ganz allein auf dem Hof.«

Ihr Blick wurde traurig.

»Dein Vater ist schon so lange fort, und ich vermisse ihn, jeden Tag, jede Stunde, ja, jede Minute fehlt er mir. Es wäre schön, ihn bald wiederzusehen.«

Katharina lächelte. Immer wenn von ihrem geliebten Vater die Rede war, wurde ihr ganz warm ums Herz. Er war

Katharinas Ein und Alles gewesen, obwohl sie ihn zeit ihres Lebens immer nur als kranken Mann gekannt hatte. Während des Dreißigjährigen Krieges war ihr Hof mehrfach angegriffen worden, und davon hatte er sich nie mehr wirklich erholt. Katharina saß oft oben in seinem Schlafzimmer, das noch genauso aussah wie früher. Ihre Mutter hatte nie den Mut gehabt, den Raum zu verändern. Als Mädchen hatte Katharina immer auf dem Bett des Vaters gesessen und seinen Geschichten zugehört. Am liebsten hatte sie denen vom Wind und dem Meer gelauscht, von den Vögeln, die in den Himmel flogen und frei waren. Bestimmt flog ihr Vater jetzt mit ihnen oder saß irgendwo am Meer und wartete auf seine geliebte Frau.

»Er wird sich noch ein wenig gedulden müssen, denn so schnell werde ich dich nicht gehen lassen«, antwortete Katharina lächelnd, »vielleicht wirst du ja bald Großmutter, und dann brauche ich dich doch.«

Eva lachte.

»Das wäre schön. Großmutter sein ist bestimmt wunderbar.« Eva erhob sich und wandte sich zum Gehen, drehte sich in der Tür aber noch einmal zu ihrer Tochter um.

»Katharina?«

Katharina sah ihre Mutter fragend an, ihr Tonfall kam ihr seltsam ernst vor. »Sollte ich doch bald fort sein, denk immer daran, wo du auch bist und was du auch immer tust: Dein Vater und ich, wir werden immer bei dir sein und über dich wachen.«

Katharina nickte, war gerührt und wusste nicht, was sie darauf antworten sollte. Ihre Mutter verließ die Stube und ging kurz darauf über den Hof.

Katharina beobachtete sie.

Es gab doch nur sie beide – lange Zeit war das schon so. Ohne ihre Mutter war für Katharina ein Leben undenkbar.

Seufzend erhob sie sich. Über solche Dinge wollte sie jetzt lieber nicht nachdenken. Sie legte ihr Geschirr in der engen Küche, die direkt neben der Wohnstube lag, in den Spülstein und schlurfte müde die Treppe nach oben. In ihrem Zimmer kroch sie, so wie sie war, unter ihre Decke und schlief sofort ein.

Katharina lief gerne den Weg zum Müller. Er führte durch ein kleines Tal an einem Bach entlang, der zwischen dicken Eisschollen dahinplätscherte. Der Regen hatte sich verzogen, doch kühler Nebel hatte sich übers Land gelegt. Weiden standen am Wegrand, heute sahen sie noch trauriger aus als sonst. Ihre dünnen Äste hingen seltsam trostlos über den Bach. Es war totenstill, kein Vogel sang, nichts regte sich. Katharina genoss diese Ruhe, sie mochte es, durch den Nebel zu laufen. Die Welt sah dann immer so geheimnisvoll und auf eine eigene Art wunderschön aus. Selbst ihre Schritte hörten sich leise und gedämpft an. Der Weg war schmierig, und Katharina musste achtgeben, wo sie hintrat.

Im Arm hielt sie einen großen Korb für das Mehl. Sie war hellwach und fühlte sich gut erholt. Hoffentlich ging es Luise gut, bestimmt war das Fieber nicht mehr gestiegen. Vor ihr öffnete sich das Tal. Normalerweise konnte sie von hier aus die Mühle sehen, aber heute war diese im Nebel versunken. Nur das Klappern des Mühlenrads wies Katharina die Richtung. Ihre Schritte wurden schneller, denn sie begann zu frieren. Außer Atem blieb sie kurz darauf vor der Mühle stehen. Der Hof der alten Mühle war groß und gemütlich. Vor dem Haus stand eine kleine Holzbank, auf der der Müller gerne in der Sonne saß. Neben dem Haupthaus, in dem auch das Mehl gemahlen wurde, gab es noch einen großen Stall und einen Schuppen.

Die Tür öffnete sich genau in dem Moment, als Katharina klopfen wollte. Die alte Müllerin stand lachend vor ihr. Dorothea hatte Katharina kommen sehen. Die alte Frau war klein und untersetzt, hatte aschblondes, leicht ergrautes Haar und gutmütige braune Augen.

»Katharina, Kind, das ist aber schön, dass du uns besuchen kommst. Was treibt dich denn an so einem unwirtlichen Tag zu uns?«

Sie winkte Katharina in den Flur und öffnete die Tür zur Wohnstube. »Sieh mal, Bernhard, wer gekommen ist, Katharina ist da.«

Der alte Müller saß, seine Pfeife im Mund, auf der Fensterbank und lächelte Katharina erfreut an. Katharina nahm den vertrauten Geruch seines Pfefferminztabaks wahr. Diesen Raum erfüllte immer eine seltsame Mischung von Düften. Es roch nach Getreide, Mehl und Pfefferminztabak. Katharina liebte diesen Geruch und atmete ihn tief ein.

Der alte Kater Nepomuk kam zu ihr und strich ihr schnurrend um die Beine. Lachend hob Katharina das Tier hoch. »Nepomuk, hast du mich vermisst?«

Der alte Müller lachte. »So hübsche Frauen wie dich vermisst der alte Kater immer.«

Bernhard musterte seinen Gast.

»Siehst ja ganz durchgefroren aus, Mädchen, komm, setz

dich an den warmen Ofen, heute ist es aber auch garstig draußen.«

Katharina fror tatsächlich ein wenig. Dankbar nahm sie die Einladung an und setzte sich auf das mit rotem Stoff bezogene Sofa, das direkt neben dem Ofen stand.

Der Kater rollte sich sofort auf ihrem Schoß zusammen.

Katharina streichelte ihn liebevoll. Die alte Dorothea betrat mit einem dampfenden Becher den Raum, ging zu Katharina und reichte ihr diesen. Der verführerische Duft von Hagebuttentee zog Katharina in die Nase, vorsichtig nippte sie daran. Die Müllerin setzte sich neben sie und klopfte Katharina freundschaftlich auf den Rücken.

»Jetzt erzähl, gibt es Neuigkeiten aus Idstein? Wir waren schon seit Längerem nicht mehr in der Stadt. An Weihnachten hat uns eine schlimme Erkältung geplagt, wir konnten einfach nicht in die Kirche gehen. Gibt es Neuigkeiten?«

So war es immer. Katharina musste stets das Neueste erzählen. Alle Gäste, die zur alten Mühle kamen, mussten das. Der Müller war zwar ab und an in Idstein, um dem Bäcker das Mehl zu bringen, aber in der Früh hatte der Bäckermeister kaum Zeit für einen Plausch.

Katharinas Miene wurde ernst, als sie zu erzählen begann.

»Wie geht es denn Maria, verkraftet sie es einigermaßen?«, fragte Dorothea mitfühlend, als Katharina geendet hatte.

Sie nickte. Die alte Müllerin wusste nicht, dass das Verhältnis zwischen Maria und ihrer Mutter nicht besonders gut war.

»Sie ist recht gefasst, es muss ja auch weitergehen, immerhin hat sie ja die kleine Anna, und um den Großvater muss sie sich auch noch kümmern.«

»Das stimmt, es muss weitergehen. Sicherlich wird sich alles noch aufklären, oder?«

Der Müller mischte sich ins Gespräch ein.

»Das glaube ich nicht, so schnell wird sie bestimmt nicht mehr nach Hause kommen. So eine Einholung ist schon eine große Sache, bestimmt wird sie vom Henker peinlich befragt, und da hat noch jeder alles gestanden.«

Katharina wurde blass. Bereits bei dem Gedanken an Meister Leonhard stellten sich bei ihr alle Haare zu Berge.

Der Müller sprach weiter: »Sicher ist bald die Hinrichtung. Ich habe damals, als ich noch in Königstein lebte, einmal eine solche Hinrichtung gesehen. Es war schrecklich. Die alte Frau haben sie bei lebendigem Leib verbrannt, ihre Schreie habe ich bis heute nicht vergessen.«

Katharina schauderte. Die alte Dorothea strich ihr beruhigend über den Arm.

»Jetzt ist aber Schluss mit den Schauergeschichten, du machst Katharina nur Angst, bestimmt gibt es auch gute Dinge zu berichten.«

Katharina überlegte. Sollte sie ihnen von Andreas erzählen? Sie verwarf den Gedanken wieder. Bisher hatte er noch nicht offiziell um ihre Hand angehalten. Wenn es so weit war, konnte sie es den beiden immer noch sagen. Also berichtete sie ein wenig vom letzten Markttag.

»Der letzte Markttag war sehr schön, und für meine Mutter und mich ist es hervorragend gelaufen, wir haben eine Menge neue Aufträge bekommen.«

Dorotheas Blick wurde wehmütig. Der Weg nach Idstein war ihr inzwischen einfach zu lang, allein konnte sie ihn nicht mehr bewältigen. Sehnsüchtig dachte sie an die vielen bunten Stände und an die wunderbaren Gerüche, die dort in der Luft lagen. Stundenlang hatte sie sich am Tuch- und Seifenstand aufhalten können, gerne hatte sie sich ein Stück frisches, warmes Brot gekauft und ab und an sogar eine gebratene Wurst. Diese Mahlzeit war immer wie ein kleines Fest gewesen.

»Ist denn Agnes mit ihrem Tuchstand noch da?«, fragte Dorothea.

»Aber natürlich«, antwortete Katharina, »sie steht immer genau neben uns. Wenn uns eine Kundschaft einen Auftrag gibt, dann suchen wir meist bei ihr die Stoffe aus. Mutter und sie arbeiten sehr gut zusammen. Nur leider ist Agnes in der letzten Zeit oft allein. Ihr Mann kann ihr nicht mehr helfen. Als wir vor Weihnachten in den Regen gekommen sind, sind ihr sehr viele Stoffe kaputtgegangen.«

Leicht schaudernd dachte Katharina an diesen Tag zurück. An den Tag, als sie mit dem Henker in der Gasse zusammengestoßen war, dem Mann, der nun die arme Kathi quälte.

»Du musst sie am nächsten Markttag schön von mir grüßen«, sagte Dorothea. »Bestimmt erinnert sie sich noch an mich. Ich habe ihr oft Stoff abgekauft. Agnes verkauft eine hervorragende Qualität, und die daraus gefertigten Kleider trage ich heute noch.«

Der Müller zog an seiner Pfeife und pustete den Rauch in die Luft. »Ich will euch ja nicht unterbrechen, aber es ist schon spät. Vielleicht könnt ihr eure Unterhaltung ein andermal fortsetzen, heute wird es sehr schnell dunkel. Katharina sollte lieber bald aufbrechen.«

»Du hast recht, Bernhard.« Dorothea erhob sich vom Sofa.

»Trink in Ruhe deinen Tee aus, Katharina. Ich gehe und hole dir dein Mehl. Wenn du das nächste Mal kommst, haben wir bestimmt mehr Zeit für ein Gespräch.«

Katharina nippte an ihrem heißen Tee. Nepomuk lag schnurrend auf ihrem Schoß. Missmutig sah sie zum Fenster hinaus. Hier war es so schön warm und gemütlich. Irgendwie hatte sie jetzt keine Lust, durch den grauen Nebel zu laufen. Er hatte seinen Zauber von eben verloren.

Die alte Dorothea kam mit Katharinas Korb, in dem vier kleine Säckchen Mehl lagen, zurück.

Katharina stellte ihren Becher auf die Fensterbank und erhob sich seufzend. »Dann will ich mal wieder losgehen, bevor ich wirklich noch in die Dunkelheit komme, nicht dass sich die Mutter Sorgen macht.«

Der Müller nickte und erhob sich. Er und Dorothea begleiteten ihren Gast noch auf den Hof hinaus, das taten sie immer. Katharina liebte diese Angewohnheit, denn die beiden gaben ihr damit das Gefühl, etwas ganz Besonderes zu sein.

»Grüß deine Mutter schön von uns.«

Dorothea umarmte Katharina liebevoll.

»Und Maria auch, sie soll nicht traurig sein. Ich bin mir sicher, es klärt sich alles irgendwie auf.« Sie warf dem Müller einen warnenden Blick zu, doch dieser sagte nichts.

Er umarmte Katharina ebenfalls zum Abschied. Sie versank regelrecht in seiner kräftigen, warmen Umarmung.

»Mach's gut, Mädchen, und pass auf dich auf.«

Winkend lief Katharina vom Hof und in den dichten grauen Nebel hinein.

15

Katharina versuchte, sich zu beeilen, denn der immer dichter werdende Nebel machte ihr Angst. Die Nebelschwaden zogen über den Bach und hingen in den Bäumen am Wegesrand. Der Weg schien ins Nirgendwo zu führen, und hinter jeder Ecke konnte Gefahr lauern. Wenn sie einfach so verschwände, würde es niemand bemerken. Jemand könnte sie entführen, sie ausrauben oder ihr Schlimmeres antun. Hilfe würde keine kommen – der Nebel verschluckte alle Geräusche und nahm die Sicht.

Ihre Röcke schleiften über den schlammigen Boden und waren nass und schwer. Feuchtigkeit lag auf ihrer Haut und kroch in ihre Kleider. Katharina zitterte vor Kälte und sah sich immer wieder um. Doch es war still, keine Schritte näherten sich, keine Gestalt löste sich aus der Dunkelheit, sie war allein. Das hoffte sie jedenfalls.

Eine Ewigkeit später tauchten die ersten Umrisse der Häuser auf, Niederseelbach war im Nebel zu erkennen. Sie war endlich wieder zu Hause. Bestimmt würde ihre Mutter bereits auf sie warten und sie liebevoll in den Arm nehmen. Sie würde dankbar sein, dass ihre Tochter wohlbehalten heimgekommen war. Eva würde Katharina einen warmen Tee kochen, und vielleicht hatte sie auch eine Suppe vorbereitet, das tat sie manchmal. Erleichtert ging Katharina die Dorfstraße hinunter, die Angst war verschwunden. Alles war gut gegangen.

Als Katharina um die Kurve lief und der Hof in Sicht kam, blieb sie erstaunt stehen. Vor dem Hoftor entdeckte sie ein fremdes Pferd, zwei Männer standen daneben und unterhielten sich lachend. Langsam und misstrauisch ging sie auf die beiden zu. Warum waren die Männer hier?

»Hier kannst du nicht rein, Mädchen.« Einer von beiden versperrte ihr sofort den Weg. »Der Landeshauptmann ist da drin und verhaftet gerade eine Hexe.«

Nach Katharina griff eine kalte Hand. Erschrocken sah sie den Soldaten an, ihr wurde schwindlig. Eine Hexe – er holte eine Hexe in ihrem Haus! Ihr stockte der Atem. Das konnte nur eines bedeuten. Panisch rannte sie auf das Tor zu. Erneut hielt sie der Wachmann auf, umklammerte mit festem Griff ihr Handgelenk und sah Katharina drohend an.

»Habe ich nicht gesagt, dass du da nicht hineinkannst?«

Katharina versuchte, sich zu befreien. Sein Griff war fest, ihr Handgelenk brannte.

»Lasst mich los. Ich wohne hier, das könnt Ihr doch nicht machen.«

Lachend ließ er Katharina los und schob sie ein Stück von sich.

»Hast du gehört, Samuel? Die Kleine wohnt hier. Unter dem Dach einer Hexe, na, da wollte ich aber nicht wohnen. Vielleicht hat sie dich ja auch schon verhext, buh.«

Er trat näher auf Katharina zu und hob zum Spaß die Hände. Sie wich erschrocken zurück. Der andere Mann lachte. Verzweifelt sah Katharina die Männer an. Sie machten sich einen Spaß daraus, scherzten und lachten, während es für ihre Mutter um Leben und Tod ging.

Genau in diesem Moment wurde Eva auf die Straße geführt. Sie war leichenblass. Katharina starrte ihre Mutter fassungslos an. Ihre Hände waren gefesselt, ein weiterer Wachmann führte sie wie eine Verbrecherin am Strick. Ihre Mutter, den besten und liebsten Menschen der Welt, führten sie ab wie ein Tier.

Katharina rannte auf sie zu. Verzweifelt griff sie nach den Händen ihrer Mutter und zog an den Stricken.

»Was tut Ihr denn da? Sie ist keine Hexe, könnt Ihr das denn nicht erkennen? Meine Mutter ist der liebste und beste Mensch auf der Welt, wie könnt Ihr es nur wagen, sie abzuführen? Sie ist meine Mutter, bitte, das müsst Ihr doch verstehen.«

Der Landeshauptmann sah die junge Frau irritiert an. Was war das denn, so etwas hatte er überhaupt noch nicht erlebt. Dieses schmutzige rothaarige Mädchen benahm sich wie eine Furie. Er zog Katharina ruppig zur Seite, taumelnd fiel sie in eine der Pfützen.

»Was soll das, du dummes Ding? Was erlaubst du dir? Das hier ist eine Anweisung des Grafen, niemand pfuscht mir ins Handwerk.«

Katharina stand mit vor Wut funkelnden Augen wieder auf. So einfach würden die Männer hier nicht fortkommen. Sie würde um ihre Mutter kämpfen, sie musste sie aufhalten.

»Aber sie ist keine Hexe, ich kann es bezeugen. Meine Mutter ist zeit ihres Lebens immer eine gottesfürchtige Frau gewesen, niemals hat sie einen Pakt mit dem Teufel geschlossen. Ich bin ihre Tochter, ich muss es doch wissen.«

Erneut ging sie zu Eva hinüber, diese sah Katharina traurig an. Sie wusste, dass Katharinas Bitten und Flehen nichts nützen würden. Die Entscheidung war schon gefallen. Sie hatte ihre Einholung bereits akzeptiert. Bestimmt konnte sie beim Amtsrat alles erklären, aber hier auf der Straße war es völlig sinnlos, etwas zu unternehmen.

Katharina wurde von einem Wachmann zurückgezogen. Wütend und laut kreischend schlug sie um sich, und der Wachmann, der mit so einem Wutausbruch nicht gerechnet hatte, hatte alle Hände voll damit zu tun, sie festzuhalten.

»Nein, bitte, Ihr könnt sie nicht mitnehmen, sie ist alles, was ich noch habe. Bitte, sie hat doch nichts getan.«

Sebastian Post wurde es nun zu viel. So etwas hatte er noch nie erlebt. Er hob die Hand und schlug Katharina mit voller Wucht ins Gesicht.

Katharina taumelte nach hinten und fiel wieder in eine der Pfützen. Höhnisch grinsend blieb der Landeshauptmann vor ihr stehen.

»Und wie sie eine Hexe ist, die alte Kathi hat es doch gestanden. Sie hat zugegeben, dass sie mit ihr unter einer Decke steckt. Getanzt haben die beiden mit dem Teufel auf dem Felde. Aber davon will die hübsche Tochter ja nichts mitbekommen haben.«

Katharina sah den Landeshauptmann erschrocken an. Die alte Kathi soll so etwas gesagt haben – das konnte sie nicht glauben.

»Bitte«, rief Eva dazwischen, »lasst sie in Ruhe. Ihr wollt doch nur etwas von mir, meine Tochter hat nichts damit zu schaffen.«

Sebastian Post drehte sich um und funkelte die alte Frau

wütend an. Er atmete tief durch und versuchte, sich zu beruhigen. Die Hexe hatte recht. Das aufmüpfige Ding hatte tatsächlich nichts damit zu schaffen. Es dämmerte bereits, und sie mussten sich beeilen. Im Dunkeln durch den kalten Nebel zu laufen, war kein Vergnügen. An einem anderen Tag hätte er die junge Frau für ihre Frechheiten noch an Ort und Stelle züchtigen lassen, aber jetzt sah er davon ab.

»Lasst uns gehen, Männer. Sehen wir zu, dass wir nach Idstein kommen. Das wird heute bestimmt eine ungemütliche Nacht, und im Dunkeln möchte ich nicht mehr auf der Landstraße sein.«

Katharina gab auf. Sie sah ihre Mutter verzweifelt an, Tränen rannen über ihre Wangen. Immer wieder schüttelte sie den Kopf und schlug mit ihren Händen verzweifelt in den kalten Matsch. Die Soldaten nahmen Eva zwischen sich. Mit einem traurigen Ausdruck in den Augen wandte diese noch einmal den Kopf und sagte:

»Ich liebe dich, Katharina. Mach dir keine Sorgen, bestimmt bin ich bald wieder da.«

Der Landeshauptmann schwang sich unterdessen auf sein Pferd. Abfällig sah er zu dem Häufchen Elend hinunter. »Darauf würde ich nicht hoffen, denn in Idstein wartet bereits der Henker auf sie.«

Laut lachend gab er dem Tier die Sporen, der Schlamm spritzte auf und traf Katharina mitten ins Gesicht. Sie schluchzte laut. Alles um sie herum verschwamm, ihre Mutter verschwand im Grau des Nebels. Sie war fort, einfach so hatten sie sie mitgenommen. Zitternd brach sie zusammen.

»Nein, bitte, Ihr müsst zurückkommen, hört Ihr nicht. Sie

ist keine Hexe, bitte, so kommt doch wieder, so kommt doch zurück.«

Sie schlang die Arme um ihren Körper, wiegte sich in ihrer Panik hin und her. Tränen der Wut und Verzweiflung rannen über ihre Wangen.

Leise murmelte sie vor sich hin:

»Das kann es doch nicht sein, sie können sie nicht mitnehmen. Sie ist keine Hexe, der Graf macht einen Fehler, einen riesengroßen Fehler.«

Katharinas Zähne schlugen aufeinander, ihr feuchtes Haar hing in ihr Gesicht, ihr Kleid war voller Schlamm. Ihr Zittern wurde immer schlimmer, doch sie spürte es nicht. Sie kniete im kalten Matsch, und die Dunkelheit hüllte sie ein. Sie bemerkte nicht deren kalte Hand, die im Nebel nach ihr griff und ihr die letzten Kräfte raubte.

Quietschend öffnete sich nach einer Weile das Hoftor, und Cäcilie schob vorsichtig ihren Kopf nach draußen. Das Mädchen war erkältet, ihre Augen glänzten fiebrig. Sie hatte in der Wohnstube hinter dem Spinnrad gesessen, als der Landeshauptmann gekommen war, und voller Angst die Vorgänge beobachtet.

Eva war erschrocken gewesen und hatte die Anschuldigungen zunächst geleugnet. Am Anfang hatte sie sogar noch gelacht. Als sie dann aber bemerkte, dass der Landeshauptmann es ernst meinte, wurde sie ganz still. Ohne jede Gegenwehr hatte sie sich die Hände fesseln lassen. Kurz bevor sie aus dem Raum geführt wurde, hatte sie sich noch einmal an ihre Magd gewandt.

Ihr Blick hatte etwas Seltsames und hatte Cäcilie mitten ins Herz getroffen.

»Du musst es Katharina sagen, erklär ihr alles. Ich bin bestimmt bald wieder da.« Cäcilie hatte nur genickt. Wie erstarrt hatte sie zugesehen, wie die Gruppe den Raum verließ.

Später hatte sie Katharina schreien hören. Cäcilie war innerlich zusammengezuckt und immer mehr hinter ihrem Spinnrad versunken, hatte sich regelrecht versteckt.

Erst als es ruhig geworden war, war sie dahinter hervorgekrochen.

Die Angst saß tief in Cäcilie. Sie war mit der Situation völlig überfordert. Wie sehr hätte sie sich gewünscht, dass Michael jetzt hier wäre. Er hätte gewusst, was sie tun sollten. Aber er war heute nicht auf dem Hof, erledigte in Idstein Besorgungen. Bei diesem Wetter konnte es sein, dass er gar nicht mehr nach Hause kam, sondern die Nacht beim alten Schmied verbrachte. Das tat er hin und wieder, wenn der Rückweg zu beschwerlich wäre.

Vorsichtig sprach Cäcilie Katharina an.

»Herrin, Ihr müsst aufstehen. Ihr werdet Euch auf dem kalten Boden noch den Tod holen. Bitte kommt doch mit ins Haus, bestimmt sieht dann alles wieder besser aus.«

Katharina schüttelte den Kopf. Was würde im Haus schon besser aussehen? Nein, sie würde nicht aufstehen, sie konnte es nicht. Wenn sie jetzt aufstand, würde es einfach so weitergehen. Sie konnte nicht ins Haus gehen. Ein Leben ohne ihre Mutter würde dann beginnen. Irgendetwas würde passieren, und sie würde es nicht aufhalten können. Nein, das durfte nicht geschehen, sie musste es verhindern. Ohne ihre Mutter konnte sie doch nicht sein.

»Nein, geh weg, Cäcilie, verschwinde!«

Cäcilie schüttelte den Kopf. So schnell ließ sie sich nicht vertreiben. Die Magd versuchte, Katharina am Arm hochzuziehen, doch diese stieß sie grob fort. Das Mädchen taumelte nach hinten. Ihr fehlte einfach die Kraft, sie war krank. Allein würde sie Katharina niemals dazu bewegen können, aufzustehen. Verzweifelt sah Cäcilie sich um, und plötzlich blieb ihr Blick am Hof der Häusers hängen. Richtig, Maria. Sie musste kommen. Maria würde es bestimmt schaffen, dass Katharina aufstand.

Schnell lief Cäcilie zu dem Hof hinüber, während Katharina leise vor sich hin schluchzte.

Maria war gerade damit beschäftigt, die Milch für Anna zuzubereiten, als es laut an die Tür klopfte. Erschrocken zuckte sie zusammen. Wer konnte das an so einem unwirtlichen Tag sein? Sie wischte sich die Hände an ihrer Schürze ab, ging in den Flur und öffnete die Tür. Verdutzt schaute Maria Cäcilie an. Das Mädchen sah mitgenommen aus, und ihre Haare hingen ihr unordentlich ins Gesicht, das Kleid war nass und schmutzig. Cäcilies Wangen waren gerötet, und sie atmete schwer.

»Cäcilie, was tust du denn hier? Du bist krank, warum liegst du nicht im Bett?«

Cäcilie japste nach Luft. »Katharina – sie sitzt auf der Straße, und ich schaffe es allein nicht. Ich bekomme sie einfach nicht dazu, aufzustehen.«

Maria sah die Magd verwundert an.

»Aber warum sitzt denn Katharina auf der Straße, wo ist denn Eva?«

Ein schwerer Hustenfall hinderte Cäcilie daran, zu antworten. Maria klopfte ihr fürsorglich auf den Rücken. »Der Landeshauptmann war hier. Er hat die Herrin abgeholt. Sie soll eine Hexe sein, haben sie gesagt.«

Maria erstarrte. Kein Wunder, dass Katharina verzweifelt auf der Straße saß und nicht aufstehen wollte. Sie hatten ihr eben den wichtigsten Menschen ihres Lebens genommen, ohne sie war Katharina allein.

Eilig rannte Maria in die Wohnstube und griff nach ihrem Umhang. »Ich geh mal schnell zu den Heinemanns hinüber, bin gleich wieder da.«

Der Großvater saß mit der kleinen Anna am Tisch, erstaunt sah er seine Enkeltochter an. »Ist denn etwas geschehen?« Doch Maria rannte schon über die Apfelbaumwiese.

Sie erschrak, als sie ihre Freundin am Boden kauernd erblickte. Katharina weinte und wimmerte leise vor sich hin. Ihre Arme hatte sie fest um ihren Körper geschlungen, ihr Blick ging ins Leere.

Ganz langsam sank Maria vor ihr in die Hocke. Cäcilie hielt sich im Hintergrund, lehnte sich ans Hoftor und versuchte, einen Hustenanfall zu unterdrücken.

»Katharina, ich bin es, Maria. Cäcilie hat es mir gerade gesagt, es ist schrecklich, ich weiß. Aber du kannst hier nicht sitzen bleiben, du musst aufstehen, auf dem kalten Boden wirst du dir den Tod holen. Am besten gibst du mir jetzt die Hand, und ich bringe dich ins Haus, dann können wir reden. Ich mache dir einen Tee – du musst schleunigst aus den nassen Sachen raus.«

Katharina blickte auf, ihre Augen funkelten wütend, Maria wich zurück.

»Mit dir ins Haus gehen, wieso sollte ich? Deine Mutter

ist an allem schuld, sie hat meine Mutter angeklagt und hat Dinge gestanden, die nie passiert sind. Wieso sollte ich gerade mit dir mitgehen?«

»Was? Meine Mutter hat Eva beschuldigt?«

»Der Landeshauptmann hat es mir gesagt.«

Maria stand auf, auch sie wurde nun ungehalten.

»Das glaubst du doch wohl selbst nicht. Der Landeshauptmann hat dich angelogen, die beiden sind doch Freundinnen.«

Katharina schüttelte den Kopf und blickte erneut zu Boden.

»Ich weiß bald nicht mehr, was ich noch glauben soll. Warum soll mich denn der Landeshauptmann anlügen? Dafür hat er keinen Grund.«

Katharinas Stimme klang trotzig, Maria sah sie hilflos an. Doch dann mischte sich plötzlich Cäcilie ein.

»Ich denke auch nicht, dass Kathi irgendetwas freiwillig gesagt hat. Ich kenne eine der Küchenmägde ganz gut. Sie hat die Wiesin schreien hören, als der Henker bei ihr war. Es ist ihr durch Mark und Bein gegangen. Meister Leonhard muss deiner Mutter Schreckliches angetan haben, Maria.«

Erschrocken sah Maria Cäcilie an.

»Weiß das Mädchen noch mehr, hat sie noch irgendetwas gesagt?«

»Nein, mehr weiß sie nicht«, antwortete Cäcilie, »aber ich bin mir ganz sicher, dass sie deine Mutter gequält haben.«

Maria war blass geworden, ihre Hände zitterten. Sie hatte nie darüber nachdenken wollen, was sie mit ihrer Mutter machten. Sie wusste von den Folterungen und anderen grausamen Dingen, doch tief in ihrem Inneren hatte sie gehofft, dass sich alles aufklären würde und dass ihre Mutter heil wieder nach Hause kam.

Es war seltsam, eigentlich hätte es ihr gleichgültig sein können, was mit ihrer Mutter geschah, denn sie hatte nie ein gutes Verhältnis zu ihr gehabt. Doch seltsamerweise fehlte ihr jetzt ihre Mutter.

Katharina blickte auf, entsetzt sah sie ihre Freundin an. Nun stand sie doch auf und nahm Marias Hände in die ihren.

»Es tut mir leid, Maria, ich hätte ihm nicht glauben sollen.«

»Ist schon gut.« Maria zitterte.

»Mir tut es auch leid. Es tut mir so unendlich leid.«

Über Katharinas Wangen liefen Tränen, und sie begann wieder, laut zu schluchzen.

»Sie ist fort, sie haben sie mir weggenommen. Was soll ich denn jetzt nur tun – ich habe doch nur noch sie!«

Liebevoll nahm Maria Katharina in den Arm und drückte sie ganz fest an sich. Sie wusste, dass Katharina den wichtigsten Menschen ihres Lebens verlieren würde. Sie hatten ihr die Mutter weggenommen, weil sie dachten, sie sei eine Hexe.

Maria war wieder gegangen, und Katharina saß allein in der Wohnstube. Die Kerzen waren weit heruntergebrannt, und Cäcilie war bereits zu Bett gegangen. Heftige Hustenanfälle hatten das Mädchen den ganzen Abend über geplagt, und auch jetzt konnte Katharina die Magd ab und an husten hören. Seufzend blies sie die Kerze aus, und der Raum versank in Dunkelheit. Irgendwann war sie doch aufgestanden, irgendwie hatte sie es geschafft. Maria hatte sie festgehalten und die ganze Zeit über geredet, doch ihre Worte waren nicht bei Katharina angekommen. Immer wieder sah sie die traurigen Augen ihrer Mutter vor sich. Maria hatte ihr aus den schmutzigen Sachen geholfen, und Cäcilie hatte ihrer Herrin neue Wäsche geholt. Wie ein kleines Kind hatten die beiden Frauen sie umgezogen. Katharina hatte alles wortlos über sich ergehen lassen.

Danach hatten sie schweigend am Tisch gesessen, jede in Gedanken versunken. Selbst Maria war still geworden. Was hätte sie auch noch sagen sollen. Es war vorbei, ihre Mütter waren beide fort, und niemand konnte daran etwas ändern. Die Worte von Cäcilie lagen Katharina in den Ohren.

»Meister Leonhard muss deiner Mutter Schreckliches angetan haben, Maria.«

Bestimmt würden sie ihrer Mutter auch schreckliche Dinge antun. Der Henker würden sie quälen und ihr wehtun, sie nicht in Ruhe lassen, bis sie endlich zugab, eine Hexe zu sein. Maria war irgendwann gegangen, da der Großvater mit Anna allein zu Hause war. Schweigend hatte sie sich von Katharina verabschiedet und sie noch einmal in den Arm genommen. Alles war jetzt anders, schlagartig hatte sich ihr Leben verändert, und keiner wusste, was nun geschehen würde.

Seufzend verließ Katharina den Raum. Im oberen Flur war es dunkel. Es hatte erneut zu regnen begonnen, sie konnte das laute Rauschen hören, und das Wasser tropfte von der Dachrinne. Katharina blieb stehen und sah sich missmutig um. Ihr Blick fiel auf die Zimmertür ihres Vaters. Sie öffnete sie. Das dunkle Licht der Nacht, das aufs Bett fiel, zauberte Schatten an die Wand. Der vertraute Geruch der gestärkten Wäsche hing in der Luft, und das Bett war ordentlich zurechtgemacht. Katharina setzte sich darauf und zog die Decke zurück. Seit Vaters Tod hatte in diesem Bett niemand mehr gelegen. Nur ab und an hatte sie am Fußende gesessen, so wie sie es früher als Kind immer getan hatte. Sie legte sich vorsichtig hin und schob sich unter die Decke. Obwohl sie eigentlich in einem leeren Zimmer war, fühlte sie sich plötzlich sicher und geborgen. Sie kuschelte sich unter die Decke. Erst jetzt bemerkte sie ihre Erschöpfung, und endlich wich die Anspannung aus ihrem Körper. Die Augen fielen ihr zu.

16

Der Wind wehte Regentropfen an die kleinen Scheiben des Turmzimmers. Es war ein stürmischer Tag, und heftige Böen pfiffen um das alte Torbogengebäude. In dem kleinen Raum war es trotzdem gemütlich. Meister Leonhard saß mit seinem Freund, dem Landeshauptmann, bei einem Glas Wein zusammen. Im offenen Kamin knisterte ein warmes Feuer, und die weißen Talgkerzen auf dem Tisch und der Fensterbank flackerten.

Der Henker war bester Laune, in den letzten Tagen hatte er bereits eine Menge Taler verdient. In den Zellen saßen vier Frauen. Er hatte viel zu tun.

Bald würde die erste Hinrichtung stattfinden. Die alte Kathi hatte gestanden. Wie einfach es doch war, diese dummen alten Weiber gefügig zu machen und ihren Willen zu brechen. Bei der Anwendung der Beinschuhe war die alte Frau sehr gesprächig geworden, und als ihr Knochen brach, hatte die Hexe wie eine Nachtigall gesungen.

Sebastian Post war nicht so guter Dinge. Mit grimmiger Miene blickte er ins Feuer. Er ärgerte sich immer noch über das dumme rothaarige Ding, das bei der Einholung Eva Heinemanns so frech gewesen war. Dieses Mädchen hatte es unglaublich an Respekt mangeln lassen, hatte ihn aber seltsamerweise beeindruckt. Sie war so verzweifelt und doch kraftvoll gewesen, ihm, trotz seiner Stellung als Landeshauptmann des Grafen, mutig entgegenzutreten und sich mit aller Macht für ihre Mutter einzusetzen. Trotzdem konnte er so ein Verhalten natürlich nicht dulden. Sie war ungehorsam gewesen. Wenn es nicht so kalt und neblig gewesen wäre, dann hätte er sie gezüchtigt und ihr an Ort und Stelle diese Flausen ausgetrieben. In seinen Augen waren Frauen nur dafür da, den Männern gefügig zu sein und die Kinder zu erziehen, mehr hatten sie nicht zu tun. Vermutlich war der Vater des Mädchens nie mit harter Hand gegen seine Tochter vorgegangen. Mit seinen Kindern würde ihm so etwas nicht passieren, er würde ihnen schon zeigen, wer der Herr im Haus war.

Der Henker musterte seinen Freund von der Seite. Ihm war schon vor einer Weile aufgefallen, dass mit Sebastian etwas nicht stimmte. Eigentlich war er immer sehr gesprächig, aber heute war er recht einsilbig.

Meister Leonhard versuchte, der Sache auf den Grund zu gehen.

»Du bist heute so still, mein Freund, ist denn irgendwas geschehen?«

Sebastian Post stellte sein Glas Wein seufzend auf den Tisch. »Ach, bei einer der letzten Einholungen hat es Ärger gegeben. Die Tochter der Rothköpfin war ungehorsam und frech, ein schreckliches rothaariges Biest ist die Kleine.«

Der Henker wurde hellhörig. Bei dem Wort »rothaarig« fiel ihm sofort die junge Frau aus der Gasse ein. Schon lange hatte er nicht mehr an sie gedacht. Jetzt sah er sie in seiner Erinnerung vor sich stehen. Ihr rotes Haar, ihre schlanke Statur und ihre Augen – diese seltsamen, blauen Augen, die ein unglaubliches Selbstvertrauen ausgestrahlt hatten. Eine eigene Art von Arroganz hatte in ihnen gelegen, eine seltsame Stärke, wie er sie noch bei keiner anderen Frau gesehen hatte. Er war fest davon überzeugt, dass er an jenem Nachmittag einer Hexe begegnet war.

»Wie sah sie denn aus?«

Überrascht schaute der Landeshauptmann seinen Freund an. »Wie so junge Dinger eben aussehen. Sie hatte rotes, lockiges Haar, blaue Augen und ein blasses, von Sommersprossen übersätes Gesicht. Sie ist das jüngere Ebenbild ihrer Mutter.«

Der Henker versuchte, gelassen zu bleiben. Aber in ihm brodelte es. Es war eine Hexenfamilie, sie waren einer ganzen Brut von Hexen auf die Spur gekommen. Genauso musste es sein – wie die Mutter, so die Tochter. Er blickte nachdenklich ins Feuer.

»Ich glaube, ich kenne das Mädchen.«

Erstaunt sah der Landeshauptmann seinen Freund an. Die Stimme des Henkers hatte sich verändert. Das war nicht mehr der Plauderton, er war ernst geworden.

»Sie ist vor einigen Wochen in der Obergasse in mich hineingelaufen, keine große Sache. Aber ich weiß genau, was du meinst. Ich kann mir sehr gut vorstellen, dass sie auf deine Männer losgegangen ist. Ich habe es in ihren Augen gesehen, sie hat eine sehr seltsame Art an sich. Bestimmt ist sie wie ihre Mutter eine Hexe, da bin ich mir ganz sicher.«

Sebastian Post verschluckte sich an seinem Wein, hustend spuckte er ihn wieder aus und wischte sich die Tränen aus den Augen.

»Wie kommst du denn darauf?«

»So abwegig ist der Gedanke nicht, immerhin ist ihre Mutter eine Hexe. Nachher werde ich diese peinlich befragen. Vielleicht belastet sie ja ihre Tochter, bei mir hat noch jeder alles gestanden und zugegeben.«

Der Blick des Landeshauptmanns wurde skeptisch.

»Das bringt aber nichts. Die Kleine ist kaum zwanzig, liegt weit unterhalb der Altersgrenze. Der Graf würde ihrer Einholung niemals zustimmen.«

Der Henker seufzte. Diese dumme Regel hatte er nicht bedacht. Natürlich hatte sein Freund recht. Auch wenn die Mutter sie beschuldigen würde, der Tochter konnten sie nichts anhaben.

Er seufzte.

»Nur weil die Frauen noch Kinder bekommen können, heißt es noch lange nicht, dass sie es nicht mit dem Teufel treiben können. Gerade wenn sie ihre Blutungen haben, sind sie doch besonders anfällig für den Teufel. Wenn sie schmutzig sind und sich ihm schandbar hingeben können. Ihre Kinder werden sie dem Bösen schenken und ihnen den falschen Weg weisen.«

Der Landeshauptmann sah Meister Leonhard überrascht an. So eine überzeugende Rede hatte er nicht von ihm erwartet. Im Kamin fiel ein Holzscheit in sich zusammen, Funken stoben auf, Sebastian Post wich ein Stück vom Feuer zurück.

»So ist es eben. Der Graf bestimmt die Regeln. Wir setzen nur sein Werk in die Tat um.«

»Ich weiß« – der Henker erhob sich seufzend –, »aber manchmal ist es schon ein Jammer. Immerhin kann ich jetzt ihre Mutter peinlich befragen, und du kannst sicher sein, ich werde mit der Frau nicht zimperlich umgehen.«

Der Landeshauptmann schauderte. Er hatte im Kampf oft seinen Mann gestanden und viele Menschen grausam getötet, und er war bei der Ausübung seiner Tätigkeit und bei der Einholung der Gefangenen nicht gerade zaghaft. Aber die Art und Weise, wie der Henker die Menschen quälte, erschreckte ihn immer wieder. Er wusste schon lange, dass Meister Leonhard diese Tätigkeit nicht nur ausübte, um seinen Lebensunterhalt zu verdienen. Nein, der Henker liebte diese Arbeit, liebte es, andere zu quälen und ihnen schlimme Schmerzen zuzufügen. Er liebte es, dabei zuzusehen, wie die Menschen wahnsinnig wurden und alles gestanden, was er hören wollte. Sebastian Post erhob sich ebenfalls. »Nun denn, dann wünsche ich dir gutes Gelingen. Ich muss noch in die Amtsstube hinunter, der Amtsrat hat neue Anweisungen für mich.«

Der Henker öffnete die Tür und reichte seinem Freund die Hand zum Abschied. »Und das nächste Mal wirst du einfach keine Gnade walten lassen, wenn du jemandem begegnest, der so respektlos ist wie dieses kleine Biest.«

Der Landeshauptmann nickte.

»Du hast recht, ich hege allerdings die Vermutung, dass mir solch ein freches Mädchen so schnell nicht mehr unterkommen wird. Eigentlich zeigen die Menschen mir gegenüber immer Respekt, Widerworte bin ich nicht gewohnt.«

Der Henker grinste süffisant.

»Wie die Mutter, so die Tochter. Und da wir an diese leider nicht herankommen, wird es eben die Alte ausbaden müssen.«

Er wandte sich zum Gehen und winkte seinem Freund noch einmal zu, während er die Treppe hinunterlief.

»Auf bald.«

Eva saß auf ihrem Strohlager und starrte zu Boden. Durch die Gitterstäbe des kleinen Fensters drang nur wenig Licht herein, es war kalt und stank nach Urin und Kot. In einer der Ecken vertrockneten Exkremente, und trotz der Kälte des Winters saßen einige Fliegen darauf. Auf dem Strohlager lag nur eine dünne, löcherige Decke. Eva hatte sich fest in ihren Umhang gewickelt. An Schlaf war hier kaum zu denken. Die Nächte waren unglaublich lang. Sie lauschte meistens dem Regen, wie er von der Dachrinne tropfte, und auch der Ruf des Nachtwächters schallte zu ihr herein. In der Dunkelheit war es immer besonders schlimm, oft lag sie ganz still, schloss die Augen und versuchte, sich vorzustellen, sie wäre zu Hause in ihrem Bett. Aber es gelang ihr nicht. Tagsüber blieben öfter Leute vor ihrer Zellentür, die direkt zur Straße führte, stehen. Neugierig sahen die Menschen zu Eva herein, und sogar Kindern wurde sie regelrecht vorgeführt. Gerade blieben draußen wieder eine junge Frau und ihre Tochter stehen, zwei neugierige Augenpaare musterten sie.

»Sieh nur, Kleines«, erklärte die Frau ihrem Nachwuchs, »so sieht eine echte Hexe aus. Sie ist böse.«

Die Kleine starrte sie mit großen Augen an. Eva lächelte. Das Mädchen lächelte zurück, winkte ihr sogar zu.

Ihre Mutter zog das Kind sofort weiter.

»Lass das, sie sieht nur lieb aus. Bestimmt verwandelt sie dich in eine Kuh, noch schlimmer, in einen Frosch.« Das

Kind begann zu weinen. Eva seufzte. Als sich die Stimmen der beiden entfernten, krampfte sich ihr Magen zusammen.

Vor ihr lag ein kleines Stück altes Brot, daneben stand ein Krug Wasser. Das war alles, was sie seit Tagen zu essen bekommen hatte.

Sie war unruhig. Gestern war sie vom Henker und dem Superintendenten in die Folterkammer geführt worden. Die beiden hatten ihr alle Geräte gezeigt. Die seltsam aussehenden Daumenschrauben, mit denen sie ihr alle Finger brechen konnten, die Beinschuhe, die immer enger zugezogen werden konnten und die Füße regelrecht zerdrückten, und die Streckbank, auf der einem alle Gelenke herausgerissen werden konnten. Ihr war übel geworden. Der Henker hatte sich alle Mühe gegeben, die Grausamkeiten besonders auszuschmücken. Seine Worte waren wie aus weiter Entfernung an ihr Ohr gedrungen. Eva hatte sich seltsam ruhig und gelassen gefühlt.

Anfangs hatten der dunkle Raum und die seltsamen Gerätschaften ihr fürchterliche Angst gemacht. Doch seltsamerweise hatte sie ihre Angst nicht gezeigt.

Erst später, als sie wieder zurück in die Zelle gebracht worden war, hatten ihre Hände zu zittern begonnen, war die Panik vor dem neuen Morgen in ihr erwacht. Die Angst vor dem heutigen Tag.

Warum wollte ihr hier niemand glauben? Warum stellten sie ihr immer wieder diese sonderbaren Fragen, die sie nicht verstand?

Selbst der ehrwürdige Herr Amtsrat, den sie schon so lange kannte, der sogar ein Hemd bei ihr in Auftrag gegeben hatte, war ihr gegenüber kalt und abweisend gewesen. Nur das Notwendigste hatte er sie gefragt, Dinge, die er eigentlich bereits wusste. Kaum eines Blickes hatte er sie gewürdigt. Für sie alle stand bereits fest, dass sie eine Hexe war. Langsam wurde ihr bewusst, dass sie sagen konnte, was sie wollte, dass sie aber aus dieser Sache wohl nicht mehr mit heiler Haut herauskommen würde.

Doch dann dachte sie an Katharina. Sie war es, für die sie kämpfen würde. Sie konnte doch ihr Mädchen nicht im Stich lassen. Traurig schüttelte sie den Kopf und erinnerte sich an ihren letzten Morgen, an den letzten kurzen Augenblick, den sie friedlich miteinander gehabt hatten. Katharina war glücklich gewesen und hatte von ihrer Hochzeit geträumt. Doch würde Andreas sie noch heiraten, wenn ihre Mutter als Hexe hingerichtet wurde? Mit Sicherheit nicht. Als Priester konnte er nicht die Tochter einer Hexe heiraten.

Eva seufzte. Sie hatte das kleine Glück ihrer Tochter zerstört, obwohl sie es ihr schenken wollte. Sie hatte ihr versprochen, der Ehe zuzustimmen. Aber jetzt – jetzt war alles anders, und auch in Katharinas Leben würde nichts mehr so sein, wie es gewesen war.

Eva hatte ihre Tochter zum Abschied nicht umarmen dürfen, grausam war sie von ihr fortgerissen worden. Katharinas Schreie und Tränen hatten sie erschüttert. Nein, sie konnte ihr Mädchen nicht alleinlassen, sie würde kämpfen. Niemals würde sie diese seltsamen und ungeheuren Anschuldigungen gestehen, und wenn ihr der Henker alle Knochen brechen würde. Sie musste zurück nach Hause, zurück zu Katharina, damit ihr Leben nicht zerstört wurde.

Müde lehnte Eva sich an die Zellenwand, schloss die Augen und döste ein wenig. Irgendwie war es seltsam. Erst vor Kurzem hatte sie mit Katharina über ihren Tod gesprochen, darüber, dass sie vielleicht bald nicht mehr hier sein würde, als hätte sie geahnt, was passieren würde.

Sie wickelte ihren Umhang noch enger um sich. Ihre Beine juckten, waren von roten Flohbissen übersät.

Schritte näherten sich ihrer Zelle. Erschrocken öffnete sie die Augen. Der Schlüssel wurde ins Schloss gesteckt, und knarrend öffnete sich die Tür. Eva wich ein Stück zurück. Ein Wachmann zog sie unsanft am Arm hoch. Vor der Tür stand ein zweiter, der sie in Empfang nahm.

»Sie sehen irgendwann alle gleich aus – und wie sie stinkt. Es ist ja kaum auszuhalten.«

Er hielt sie mit festem Griff an beiden Armen fest, als könnte sie in ihrem Zustand noch weglaufen. Ihr Magen krampfte sich erneut zusammen, ihr wurde übel und schwindlig, und das Licht blendete sie.

Der andere Wachmann schloss die Tür. Ein paar Schaulustige waren stehen geblieben und musterten Eva angewidert. Die Wachmänner trieben die Leute auseinander.

»Verschwindet, hier gibt es nichts zu sehen. Macht, dass ihr fortkommt.«

Eva wurde in den Innenhof und durch eine Seitentür geführt. Es ging die Treppe nach unten in die Folterkammer. Heute würde der Henker ihr wahrscheinlich die Geräte nicht nur erklären. Heute würde er sie quälen und ihr alle Knochen im Leib brechen, nur damit sie etwas gestand, was sie nicht getan hatte. Als Eva die Folterkammer betrat, war der Henker bereits anwesend. Er war nicht allein, ein junger Bursche, der dieselbe schwarze Lederkleidung trug, stand neben ihm. Die Wachmänner führten Eva zu einem kleinen

Tisch, auf dem die Daumenschrauben lagen. Einer von ihnen nahm ihr den Umhang ab und drückte sie auf einen Hocker, der neben dem Tisch stand. Sie zitterte vor Angst und Kälte.

Die Wachmänner nickten dem Henker kurz zu, verließen den Raum und postierten sich vor der Tür.

Stille trat ein, nur ab und an hüstelte einer der Männer im Flur. Der Henker stand einfach nur stumm da, und sein Knecht hatte seine Hände auf ihre Schultern gelegt.

Meister Leonhard beobachtete sein Opfer genau, fixierte sie mit seinen kalten Augen. Eva wandte den Blick ab und sah verzweifelt zu Boden. Ihre Hände zitterten, und ihr Magen rumorte – es rauschte in ihren Ohren. Das Schweigen des Henkers war schrecklich, es war wie die Ruhe vor dem Sturm. Langsam schlenderte dieser auf sie zu, hob ihr Kinn an und sah ihr direkt in die Augen. Sein Atem stank nach Wein.

»Nun, Rothköpfin, wie sieht es aus? Willst du nicht lieber gleich gestehen? Es hat doch keinen Sinn mehr. Schau dir die Daumenschrauben genau an, du willst doch nicht, dass ich sie verwende, oder?« Eva schloss die Augen und sah Katharinas Gesicht vor sich. Nein, sie konnte die Anschuldigungen nicht gestehen. Was auch immer gleich passieren würde, sie musste wieder nach Hause kommen.

»Nein, ich habe nichts getan, und ich bin eine gottesfürchtige Frau.« Ihre Stimme klang leise, sie flüsterte fast. Ihr Hals war trocken und brannte ein wenig, sie verfluchte sich innerlich dafür, so wenig getrunken zu haben.

Der Henker ließ Eva los und winkte seinem Knecht zu. Dieser griff nach Evas Handgelenk und spannte den ersten

Finger in die Daumenschrauben, die andere Hand fesselte er ans Tischbein. Evas Angst wurde fast unerträglich, ihre Zähne schlugen aufeinander. Was würde passieren, wenn er dieses Ding zudrehte?

Der Henker ging mit verschränkten Armen auf und ab. Breitbeinig blieb er vor ihr stehen und sah sie mit ernster Miene an. »Eva Heinemann, ich frage dich: Hast du mit dem Teufel auf dem Felde gebuhlt? Mit ihm im Mondschein getanzt und deine Säfte mit ihm getauscht? Hast du ihm Schlangengetier gezaubert und es ihm überreicht?«

Eva kniff die Augen zusammen. »Nein, das habe ich nicht.«

Der Henker gab seinem Knecht ein Zeichen. Dieser drehte die Daumenschraube zu. Der Finger verbog sich, und ein stechender Schmerz schoss Eva durch die Hand, Blitze zuckten vor ihren Augen.

Der Henker blieb vor ihr stehen und riss ihren Kopf grob nach hinten.

»Und, wie sieht es jetzt aus?«

»Nein«, flüsterte sie tapfer.

Er ließ sie los, und sein Knecht nickte. Erneut drehte er an der Schraube, es knackte, als der Knochen brach. Eva schrie laut auf. Sie kreischte und wand sich. Der Schmerz zog ihren Arm hinauf und bis in ihre Schulter. Tränen rannen über ihre Wangen.

Erneut blieb der Henker vor ihr stehen und sah ihr tief in die Augen.

»Und wie sieht es jetzt aus? Wenn du es gestehst, dann höre ich sofort damit auf, dann ist es vorbei. Wir bringen dich in eine schöne Kammer, und du bekommst sogar eine warme Suppe. Dann ist all die Quälerei zu Ende.« Seine Stimme klang schmeichelnd.

Eva schüttelte den Kopf.

»Ich bin keine Hexe.«

Der Henker wich hämisch grinsend zurück. Wieder gab er seinem Knecht ein Zeichen. Dieser löste den Daumen aus der Schraube und spannte den Zeigefinger ein.

»Mal sehen, wie viele Finger wir dir brechen müssen, bevor du endlich gestehst.« Der Henker sah sein Opfer herausfordernd an.

»Weißt du, ich kann diese Spielchen stundenlang machen, für mich ist es ganz leicht. Aber für dich wird es kein Vergnügen sein. Ich kann es jederzeit beenden.«

Eva schüttelte stur den Kopf, fixierte den Fußboden und kniff erneut die Augen zusammen.

»Eva Heinemann, ich frage dich erneut: Hast du mit dem Teufel auf dem Felde gebuhlt? Mit ihm im Mondschein getanzt und deine Säfte mit ihm getauscht? Hast du ihm Schlangengetier gezaubert und es ihm überreicht?«

»Nein«, flüsterte sie. Der Knecht drehte die Schraube zu, diesmal brach der Knochen sofort. Der Schmerz war unsagbar schlimm. Eva wurde schwarz vor Augen, ihre Hand fühlte sich an, als hätte er ihr den Finger herausgerissen. Sie schrie laut auf, kreischte und wand sich erneut. Ihr Magen rebellierte, sie beugte sich nach vorn und übergab sich. Sie würde es nicht zugeben, sie musste weitermachen, durfte einfach nicht aufgeben.

Der Henker sah ihr ungerührt zu. Sie war nicht die Erste, die sich hier unten übergab, und sie würde auch nicht die Letzte sein. Irgendwann kotzten sie alle.

Als sie sich wieder beruhigt hatte, zog der Henkersknecht sie hoch, löste ihren Finger aus der Schraube und spannte den nächsten ein. Eva nahm ihre Umgebung kaum noch wahr. Der Henker trat, die Nase rümpfend, erneut näher an sie heran. »Als du kamst, hast du schon gestunken, aber jetzt ist es nur noch widerlich. Gesteh doch endlich. Wenn du es jetzt zugibst, dann ist es vorbei, dann höre ich sofort auf.«

Eva schüttelte den Kopf. Sie würde nicht aufgeben, jetzt war ohnehin alles gleichgültig, schlimmer konnte es nicht mehr werden. Weitermachen, immer weiterkämpfen würde sie, nicht aufgeben. Ihre Gedanken kreisten um diesen einen Satz: Sie würde nicht aufgeben.

Erneut schüttelte sie den Kopf.

Der Henker wich zurück und gab dem Knecht das Zeichen.

Der Mittelfinger brach mit einem lauten Knacken. Der Schmerz traf Eva mit voller Wucht und raubte ihr den Atem. Die Dunkelheit umfing sie, dankbar ließ sie sich fallen.

Meister Leonhard winkte seinen Knecht zu sich. »Ich denke, wir sollten unsere Taktik ändern. Mit den Fingern kommen wir nicht weiter. Wir legen die Frau lieber auf die Streckbank. Mal sehen, wie sie reagiert, wenn wir ihr die Gelenke ausreißen.«

Der junge Mann nickte. Er war noch nicht lange Henkersknecht und machte diese fürchterliche Arbeit nicht gerne, doch leider blieb ihm nichts anderes übrig. Wie bei so vielen Henkersknechten hatte ihn sein übles Schicksal in diesen Beruf getrieben. Er war aus seinem Heimatland als Dieb verbannt worden. Der Kurfürst von Mainz hatte ihn des Landes verwiesen. Er war froh um Arbeit und ein Auskommen, obwohl ihm diese Arbeit sehr an die Nieren ging. Er wusste nicht, wie lange er hier noch bleiben würde. Schon seit einer ganzen Weile dachte er darüber nach, wieder weiterzuziehen. Meister Leonhard war ihm unheimlich. Dieser Mann hatte anscheinend Freude daran, die Menschen zu quälen. Machtgier stand in seinen kalten Augen. Er selbst mochte ein Dieb und Verbrecher sein, aber diese Eigenschaft war ihm völlig fremd und erschreckte ihn.

Meister Leonhard winkte die beiden Wachmänner wieder herein, denen die Schreie der alten Frau durch Mark und Bein gegangen waren.

»Schafft sie auf die Streckbank.«

Die Männer gehorchten. Der Henkersknecht band Eva los, und die beiden legten den leblosen Körper auf die Streckbank. Der Knecht band ihre Arme und Beine fest. Die Wachmänner liefen eilig aus dem Raum. Die Tortur, die jetzt kam, wollten sie nicht mit ansehen.

Ungerührt schüttete der Henker Eva einen Eimer Wasser ins Gesicht, japsend kam sie zu sich und blickte sich erschrocken um. Der Henker stand direkt über ihr. Sein Blick war eiskalt. »Na, wieder wach? Dann frage ich dich erneut: Hast du mit dem Teufel auf dem Felde gebuhlt? Mit ihm im Mondschein getanzt und deine Säfte mit ihm getauscht? Hast du ihm Schlangengetier gezaubert und es ihm überreicht?«

Eva wusste nicht, wie ihr geschah. Sie zerrte an ihren Fesseln und wurde dafür sofort mit einem stechenden Schmerz bestraft. Ihr Handgelenk pochte, der ganze Arm tat weh, und Flecken tanzten vor ihren Augen. Doch sie schüttelte tapfer den Kopf, kniff die Augen zusammen und versuchte, an Katharina zu denken. Sie hielt sich krampfhaft an diesem Gedanken fest.

Die Stimme des Henkers schien nun wieder weit fort zu sein. Ein quietschendes Geräusch drang plötzlich an ihr Ohr, und ihre Arme und Beine wurden auseinandergezogen.

Der Henker persönlich drehte an der Kurbel.

»Ich höre sofort auf, wenn du es gestehst. Dann ist sofort Schluss damit.«

Ein fürchterlicher Schmerz traf sie am Knie. Sie glaubte, es würde zerspringen, ihre Fußgelenke brannten und ihre Muskeln in den Oberarmen spannten und schmerzten. Ein gleißender Schmerz traf sie an der Schulter, der Knochen knackte. Sie schrie. Es war so schrecklich, Katharinas Bild verschwand.

»Bitte, so hört auf«, winselte sie. »So hört doch endlich auf. Ich sage alles, was Ihr hören wollt, aber bitte hört endlich damit auf.«

Der Henker ließ die Kurbel los, sein Knecht atmete tief durch. Es war vorbei, endlich hatte die Frau gestanden.

Süffisant grinsend ging der Henker vor ihr in die Hocke.

»Siehst du, so schwer war es doch gar nicht. Ich habe gewusst, dass du eine Hexe bist.«

Er erhob sich. »Bindet sie los, bringt sie in eine der oberen Kammern und benachrichtigt Elbert. Ich denke, sie wird ihm etwas zu erzählen haben.«

Meister Leonhard verließ den Raum.

Über Evas Gesicht rannen heiße Tränen, ihr Körper schmerzte unvorstellbar. Der Knecht band sie los. Wie ein kleines Kind krümmte sie sich zusammen.

»Warum?«, schrie sie verzweifelt. »Warum tut Ihr mir das

an? Ich habe doch nie etwas getan. Es tut mir leid. Katharina, es tut mir so unendlich leid. Ich habe es versucht, du musst mir glauben. Ich habe das wirklich nicht gewollt.«

Mitleidig sah der junge Mann Eva an. War diese arme, alte Frau wirklich eine Hexe? Doch solche Zweifel standen ihm nicht zu. Er wandte sich von ihr ab und winkte die beiden Wachmänner herein. Eva wurde aus dem Raum getragen. Sie wurde wieder ohnmächtig.

17

Die Sonne schien von einem fast wolkenlosen Himmel, und leichter Morgennebel hing über den Feldern. Maria saß bei Katharina in der Wohnstube und sah zum Fenster hinaus. Es war zwar wieder kälter geworden, aber trotzdem war es ein schöner Tag. Anna spielte mit dem alten Kater der Heinemanns im Hof. Das kleine Mädchen hatte ein Stück Garn in der Hand und hielt es dem Tier hin, und wenn der Kater danach schnappte, zog sie den Faden fröhlich quietschend weg. Maria lächelte. Wie groß das Mädchen schon geworden war.

Sie wandte sich wieder Katharina zu, die vor ihr saß und auf ihr mit Pflaumenmus bestrichenes Frühstücksbrot starrte. Auf dem Ofen blubberte der Haferbrei im Topf vor sich hin, Cäcilie rührte eifrig darin herum. Ihr Husten war besser geworden, das Fieber war gesunken. Seit ein paar Tagen kümmerte sie sich um alles im Haus, und Michael versorgte den Hof.

Der Knecht hatte Cäcilie ungläubig angesehen, als sie ihm von der Einholung erzählte. Er konnte es nicht fassen. Aber er war dazu erzogen worden, der Obrigkeit immer zu gehorchen. Was der Graf sagte, war Gesetz. Nachdem er den ersten Schreck überwunden hatte, zuckte er mit den Schultern.

»Dann ist es eben so. Der Graf wird schon wissen, was er tut.« Verdutzt hatte Cäcilie ihn angesehen, so viel Kaltschnäuzigkeit hatte sie Michael nicht zugetraut.

»Wie geht es denn Katharina?«, hatte er dann doch gefragt. Wenigstens ein wenig Anstand schien er zu haben.

»Nicht gut, sie wird noch eine Weile brauchen, um es zu verdauen. Sie hält sich oft in dem alten Zimmer ihres Vaters auf oder sitzt auf der Fensterbank und starrt vor sich hin. Seit Tagen hat sie kein Essen mehr angerührt.«

»Sie wird sich schon wieder fangen«, hatte er gemurmelt, »schließlich muss es ja weitergehen.«

Wieder war Cäcilie ein Stück zurückgewichen. »Du nimmst die Dinge aber sehr leicht.«

Michael hatte sie ernst angesehen. »Wir können es nicht ändern, Cäcilie. Ich hätte es auch gerne anders. Aber wenn unsere Herrin eine Hexe ist, dann ist es eben so. Wir sollten uns lieber überlegen, was wir jetzt tun. Immerhin arbeiten wir auf einem Hexenhof.«

»Du redest ja so, als wäre sie bereits verurteilt und tot.« Michael hatte die Augenbrauen hochgezogen. »Das wird auch bald so sein, da bin ich mir sicher. Der Henker wird schon dafür sorgen, dass sie alles gesteht.«

Cäcilie hatte ihn traurig angesehen. Liebevoll war er auf sie zugegangen und hatte sie ganz fest in den Arm genommen. Er mochte das junge Mädchen. Seit einiger Zeit verband die beiden mehr als nur die Tatsache, dass sie auf demselben Hof arbeiteten. Er war schon mehrfach des Nachts heimlich in ihr Bett gekrochen und war nie abgewiesen worden.

»Ich weiß, du hattest Eva gern. Sie hat dich aufgenommen, als es dir schlecht ging. Aber jetzt ist es eben anders, und wir sind die Letzten, die daran etwas ändern können.«

Cäcilie lächelte bei dem Gedanken an seine Umarmung. Seine Wärme war etwas Besonderes. Summend rührte sie weiter im Getreidebrei herum. Seit einigen Tagen war ihr morgens oft übel, und ihre Blutung war nicht gekommen. Verlegen sah sie auf ihren Bauch. Sie wusste, dass ein Kind darin liegen konnte. Noch keinem hatte sie von ihrer Vermutung erzählt, nicht einmal Michael wusste etwas. Allzu lange würde sie es nicht mehr geheim halten können, hoffentlich würde Michael nicht wütend werden.

Maria strich Katharina liebevoll über den Arm. Diese sah schrecklich aus. Tiefe Schatten lagen unter ihren verweinten Augen, und sie war furchtbar blass. Ihr Haar hatte sie locker im Nacken zusammengebunden, und ihre roten Locken fielen ihr unordentlich ins Gesicht.

»Komm schon, Katharina, du musst doch etwas essen, bitte, mir zuliebe. Deine Mutter hätte mit Sicherheit nicht gewollt, dass du dich so gehen lässt, bestimmt will sie, dass es dir gut geht.«

Katharina schüttelte den Kopf.

»Ich kann das Brot nicht essen. Mutter hat das Pflaumenmus gemacht, hat es stundenlang eingekocht. Ich esse doch einen Teil von ihr, das schaffe ich einfach nicht.«

Maria seufzte. Sie hatte es gut gemeint, als sie das Pflaumenmus aus der Vorratskammer geholt hatte.

»Aber deine Mutter hat das Pflaumenmus nicht zum Ansehen gekocht – sie hat es zum Essen gemacht. Nur ein kleiner Bissen. Es ist noch davon da, um dich an sie zu erinnern.«

Cäcilie löffelte inzwischen den fertigen Getreidebrei in eine Schüssel, stellte diese auf den Tisch und schob sie vorsichtig zu Katharina hinüber.

»Maria hat recht, Herrin. Ihr müsst etwas essen, so kann es doch nicht weitergehen«, sagte die Magd schüchtern. Katharina rannen erneut Tränen über die Wangen, wütend hob sie die Hand und wischte die Schüssel vom Tisch. Cäcilie wich erschrocken zurück.

»So wird es auch nicht weitergehen, Mutter kommt nicht wieder. Es ist doch gleichgültig, ob ich etwas esse. Sie wird sterben, und ich bin ganz allein.«

Maria sah Cäcilie verzweifelt an, diese zuckte hilflos mit den Schultern, bückte sich und begann, die Scherben aufzuheben. Alle schwiegen. Katharinas Blick war trotzig, und sie zog unfein die Nase hoch.

»Und was ist mit Andreas?« Maria unternahm noch einen letzten Versuch. Immerhin wollte der Priester Katharina einen Heiratsantrag machen. Vielleicht schaffte sie es ja mit diesem Thema, Katharina aus ihrer Verzweiflung zu holen.

»Was soll mit ihm sein, er wird nicht mehr kommen. Andreas ist Priester und wird niemals die Tochter einer Hexe heiraten.«

Maria schwieg. Natürlich, daran hatte sie gar nicht gedacht. Er war jetzt ein Teil der Obrigkeit und konnte Katharina nicht mehr um ihre Hand bitten.

In Katharina kam plötzlich Leben, und sie sah Maria ins Gesicht.

»Andreas, an ihn habe ich noch gar nicht gedacht. Er ist Priester und kennt Mutter schon seit vielen Jahren, bestimmt kann er ein gutes Wort für sie einlegen. Er wollte um meine Hand anhalten, ihm liegt etwas an mir. Mit Sicherheit kann er etwas unternehmen, vielleicht kann er es aufhalten.«

Maria sah die Freundin skeptisch an. »Ich weiß nicht, Ka-Katharina. Er ist neben Pfarrer Wicht nur ein kleines Licht und hat nicht viel zu sagen.«

Katharina sah Maria enttäuscht an. »Das glaube ich nicht, immerhin ist er Priester. Wenn er beim Grafen ein gutes Wort für meine Mutter einlegt, wird dieser sie bestimmt wieder freilassen. Er will mich doch heiraten. Andreas ist ja fast schon ein Teil der Familie.«

Maria seufzte. »Er hat doch deine Mutter noch gar nicht gefragt, offiziell ist eure Verlobung noch nicht bekannt gegeben. Im Moment seid ihr nur zwei Menschen, die einander zugetan sind. Mehr nicht.«

Katharinas Blick wurde stur. »Es soll aber mehr werden, es muss einfach so sein – und dafür muss er meine Mutter retten. Ich werde sofort zu ihm nach Dasbach laufen und mit ihm reden. Andreas muss zum Grafen gehen, das ist er mir schuldig.« Katharina stand auf.

Maria zog sie zurück, erkannte aber, dass sie Katharina nicht aufhalten konnte.

»Aber so gehst du nicht nach Dasbach«, sagte sie und zeigte auf das Pflaumenmusbrot. »Zuerst isst du noch ordentlich, sonst schaffst du es nicht einmal aus Niederseelbach heraus, so schwach, wie du bist.«

Katharina gehorchte, griff nach dem Brot und biss kräftig

hinein. Maria sah ihr erleichtert zu. Der Besuch bei Andreas würde eine bittere Niederlage für Katharina sein, aber immerhin aß sie jetzt endlich etwas.

Katharina hatte sich ein sauberes dunkelgrünes Leinenkleid und eine weiße Schürze angezogen, bevor sie losgelaufen war. Ihre roten Locken steckten, so ordentlich wie es eben ging, unter einer Haube. Sie ging die Dorfstraße hinunter. Es war seltsam still. Die Sonne schien, doch auf der anderen Seite des Tals zogen dunkle Wolken auf. Schnee lag in der Luft. Katharina war noch schwach auf den Beinen, aber es ging ihr besser. Seltsamerweise tat ihr das Laufen gut. Sie atmete tief die kühle Luft ein. Als sie am Hof der Lehmanns vorbeikam, watschelten ein paar Gänse durch den trostlos aussehenden Gemüsegarten, und die alte Elli stand am Zaun. Freudig winkte die alte Frau Katharina zu.

»Guten Morgen, Elli, wie geht es dir«, grüßte Katharina und blieb stehen. Die Alte lächelte zahnlos. Tiefe Falten lagen um ihre Augen, und ihre Wangen waren eingefallen. Sie war spindeldürr und hielt sich mit zittrigen Händen am Gartenzaun fest.

Katharina hatte sie schon eine ganze Weile nicht mehr gesehen.

»Wie geht es denn dir und deiner Mutter?«

Verwundert sah Katharina die alte Frau an. Sie schien nicht zu wissen, dass die Mutter eingeholt worden war.

»Gut«, log sie. Warum sollte sie der alten Frau hier auf der Straße das Herz schwer machen.

»Das ist aber nett. Sie muss mich mal wieder besuchen kommen. Ich freue mich immer, wenn sie da ist. Sie ist so eine liebe Frau.«

Plötzlich kam Bauer Lehmann um die Ecke gerannt und funkelte Katharina böse an. Er griff nach seiner Mutter und zog sie vom Zaun weg. »Verschwinde, Katharina! Mit so einer Hexenbrut wie dir wollen wir hier nichts zu tun haben.«

Erstaunt sah die alte Frau Katharina an. Sie begann sich gegen ihren Sohn zu wehren, schlug ihm auf seine kräftigen Arme. »Lass mich los, du Dummkopf! Ich werde mich doch wohl noch mit Katharina unterhalten dürfen, das kannst du mir nicht verbieten.«

Katharina sah Elli verwundert an, so viel Kraft hätte sie der alten Frau gar nicht zugetraut. Doch gegen die kräftigen Arme ihres Sohnes hatte sie keine Chance.

Der Bauer hielt seine Mutter an den Armen fest und funkelte Katharina wütend an. »Ich habe gesagt, du sollst verschwinden. Lass dich bloß nicht mehr hier blicken.«

Katharina drehte sich hastig um und rannte die Straße hinunter. Ihre Haube löste sich, ihre Locken fielen ihr ins Gesicht. Sie schien es nicht zu bemerken. Fast schon panisch rannte sie den Hügel hinauf. Sie war eine Aussätzige, die Tochter einer Hexe, niemand würde sie hier noch haben wollen. Alle würden sie hassen. Sie musste zu Andreas, er musste ihr helfen. Auf dem Hügel blieb sie, nach Luft ringend, stehen. Sie hatte Seitenstechen und krümmte sich zusammen. Der Wind war stärker geworden, und die Sonne war jetzt verschwunden. Die ersten Schneeflocken fielen vom Himmel.

Andreas stand am Fenster und sah nachdenklich nach draußen. Es schneite heftig. Als er aufgestanden war, war die Sonne noch nicht aufgegangen, doch am Horizont hatte bereits der neue Morgen rötlich geschimmert. Eine besondere Stimmung, ein ganz eigenes Licht hatte über den Feldern gelegen. Es war wunderbar gewesen, der Sonne beim Aufgehen zuzusehen. Wie sie sich langsam über den Horizont geschoben hatte und die Welt immer mehr mit ihrem Licht erfüllte. Doch jetzt war sie wieder fort. Dick und bedrohlich hingen Wolken über dem Hügel, und der Wind wirbelte die Flocken durch die Luft.

Seufzend drehte er sich vom Fenster weg. Die Kerze, die auf der Fensterbank stand, flackerte ein wenig. Auf dem Tisch lag seine geöffnete Bibel. Nächste Woche sollte der kleine Sebastian endlich getauft werden. Es war Andreas' erster Taufgottesdienst.

Doch irgendwie konnte er sich nicht konzentrieren. Er dachte nur noch an Katharina. Seitdem er von Evas Einholung gehört hatte, war er unschlüssig, was er tun sollte.

Er wollte Katharina heiraten. Das ging jetzt aber nicht mehr. Vielleicht hätte er es Katharina sagen sollen. Schließlich hatte er ihr Hoffnungen gemacht, die er nicht mehr erfüllen konnte. Aber ihren traurigen Blick hätte er nicht ausgehalten, ihr Schmerz wäre zu viel für ihn gewesen. Trug er doch bereits seinen eigenen Schmerz darüber, sie verloren zu haben, bevor er sie richtig besitzen durfte, tief in sich.

Es klopfte. Überrascht blickte er auf. Wer besuchte ihn an so einem unwirtlichen Tag? Er ging in den engen Hausflur und öffnete die Tür.

Katharina stand zitternd und von oben bis unten voller Schnee vor ihm.

»Guten Tag, Katharina, was tust du denn hier?« Schnell schob er sie ins Haus und schloss hinter ihr die Tür. Sie klopfte sich den Schnee von ihren Kleidern, und er sah sie verwundert an. Gerade hatte er noch an sie gedacht, eben hatte er sich noch für sein Verhalten ihr gegenüber geschämt, und jetzt – jetzt stand sie hier und klopfte sich den Schnee vom Kleid.

»Guten Tag, Andreas, es tut mir leid, dass ich so herein-platze.«

Er fing sich wieder. »Du siehst ja ganz durchgefroren aus. Was treibt dich denn bei so einem Wetter nach draußen? Du wirst dir noch den Tod holen.« Er schob sie in sein kleines Arbeitszimmer.

Katharina sah sich um. Es war eng, aber gemütlich. Wie bei allen Fachwerkhäusern zogen sich dicke, schwarze Balken durch Decke und Wände. Es gab einen offenen Kamin, vor dem zwei gepolsterte rote Lehnstühle standen. Ein knisterndes Feuer sorgte für Wärme. Der Raum hatte drei kleine Fenster mit Butzenscheiben. Vor einem großen Bücherregal an der Wand hinter ihr stand Andreas' Schreibtisch, auf dem sich Bücher und Papierrollen stapelten.

Andreas schob sie zu einem der beiden Sessel und drückte sie hinein. Unsicher stand er neben ihr und sagte schließlich:

»Ich denke, ich mache uns erst einmal Tee, der wird uns jetzt guttun.«

Er lief aus dem Zimmer und begann, in der Küche mit den Bechern zu hantieren.

Katharina rieb sich die Hände. Auf dem Weg hierher hatte

sie Angst gehabt, er könnte nicht da sein, wäre irgendwo in Idstein unterwegs oder bei Pfarrer Wicht. Bei seinem Anblick war ihr warm geworden. Das ganze Haus war von seinem Geruch erfüllt, überall hing der Duft von Lavendel. Sie atmete tief durch und ließ sich in den Lehnstuhl sinken. Sie war erschöpft. Andreas würde ihr bestimmt zuhören, würde sie verstehen. Sicherlich würde er versuchen, ihre Mutter zu retten.

Andreas betrat kurz darauf, ein Tablett in Händen, den Raum. Vorsichtig stellte er dieses auf dem Tisch ab, schenkte Tee ein und reichte ihr einen Becher. Sie legte ihre kalten Hände darum und trank vorsichtig von der heißen Flüssigkeit.

Andreas musterte sie, bevor er sich setzte. Katharina sah müde und erschöpft aus, schien noch ein wenig dünner geworden zu sein, und tiefe, dunkle Schatten lagen unter ihren verweinten Augen. Am liebsten wäre er aufgestanden und hätte sie in den Arm genommen, sie getröstet und all ihren Kummer fortgeküsst.

Aber das konnte er nicht. Sie war die Tochter einer Hexe, die gestern alle Anschuldigungen gestanden hatte, die nächste Woche am Mittwoch hingerichtet wurde.

Katharina war aufgeregt. Sie hatte es sich einfacher vorgestellt.

»Du hast bestimmt von der Einholung meiner Mutter gehört, Andreas.«

Er nickte und trank ebenfalls von seinem Tee.

»Ja, das habe ich, es tut mir leid für dich.« Er blickte ihr in die Augen. »Es tut mir leid für uns.«

Sie zuckte zusammen. Sein Blick war unsagbar traurig,

und Tränen funkelten in seinen Augen. Eine kalte Hand griff nach Katharina. Er hatte ihre Mutter bereits aufgegeben, das erkannte sie in seinem Blick.

Sie versuchte trotzdem, ihm zu erklären, warum sie gekommen war. »Ich dachte, da du Priester bist, könntest du etwas für sie tun. Vielleicht könntest du zum Grafen gehen und ein gutes Wort für Mutter einlegen.«

Sie schluckte. »Ich meine, du bist doch ein Mann Gottes, dir wird er glauben. Du könntest sie retten und damit auch uns.«

Verzweifelt sah Andreas Katharina an und griff nach ihrer Hand. »Ach, wenn ich nur irgendetwas tun könnte, um die Dinge zu ändern. Ich würde sofort aufspringen und ins Schloss laufen. Ich mag deine Mutter sehr gern, aber helfen kann ich ihr nicht, niemand kann das mehr. Sie hat bereits gestanden. Nächste Woche soll sie, gemeinsam mit der alten Kathi, hingerichtet werden. Pfarrer Wicht hat es mir gestern gesagt. Es ist vorbei, bevor es beginnen durfte.«

Katharina zog ihre Hand zurück. Wütend sprang sie auf und lief durch den kleinen Raum.

»Aber das kann doch nicht sein! Sie ist keine Hexe, niemals hat sie die Anschuldigungen gestanden.«

Sie blieb am Fenster stehen und sah ins Schneetreiben hinaus. »Der Henker, er hat an allem Schuld. Er ist ein böser Mann, er ist der Teufel, ihn müsste man töten. Was tun sie uns nur an? Was hat er ihr nur angetan?« Sie schlug die Hände vors Gesicht und begann zu weinen, schluchzte verzweifelt. Andreas ging zu ihr hinüber und nahm sie in die Arme. Wenigstens das konnte er für sie tun, als Freund konnte er für sie da sein und sie trösten. Er atmete den Kamillenduft ihrer Haare ein und schloss für einen Moment die Augen.

Katharina wurde ruhiger. Sie schluchzte kaum noch, versank in seinen Armen und genoss seine Wärme. Eine Wärme, die sie wohl nie wieder fühlen durfte.

Langsam drehte sie sich zu ihm um, ihr Gesicht war nun ganz nah vor seinem. Sie konnte seinen Atem auf ihrer Haut fühlen. Er blickte sie an, sah tief in ihre Augen und konnte nicht anders. Er zog sie an sich, und seine Lippen berührten ganz sanft die ihren. Katharina ließ es zu, dass er sie mit seiner Zunge liebkoste. In diesem Moment waren sie nicht die Tochter einer Hexe und der Priester, in diesem Augenblick waren sie nur eine Frau und ein Mann, die keine Worte brauchten. Irgendwann löste er seine Lippen von den ihren, Tränen rannen über seine Wangen. Er schob sie ein Stück von sich und versuchte, seine Fassung wiederzuerlangen. Katharina blickte beschämt zu Boden. Sie waren zu weit gegangen, das hier durfte nicht sein.

Verlegen strich sich Katharina über ihren Mund und fühlte, wie ihr die Schamesröte ins Gesicht stieg. Andreas zu küssen, war ein unsagbar schönes Gefühl gewesen. Noch nie im Leben war sie so berührt worden.

Andreas drehte sich von ihr weg, ging zu seinem Schreibtisch, hielt sich an der Tischplatte fest und atmete tief durch. Im Kamin knackte das Feuer, und der Wind trieb einige Schneeflocken ans Fenster. Katharina stand schweigend da. Es war seltsam still im Raum, keiner getraute sich, etwas zu sagen.

Nach einer langen Weile räusperte sich Andreas.

»Entschuldige, das hätte ich nicht tun dürfen.«

Katharina antwortete nicht, sah ihn an. Er wandte den Blick von ihr ab. Ihre bittenden Augen konnte er kaum ertragen. Er durfte keine Schwäche zeigen. Er war ein Mann Gottes, und was sie hier taten, war einer Sünde.

Katharina drehte sich zum Fenster und versuchte ebenfalls, ihre Gefühle unter Kontrolle zu bringen. Ihre Haut kribbelte, ihr Herz schlug ihr bis zum Hals, und ihre Hände zitterten. Es war wie ein Rausch gewesen, wie gern hätte sie mehr davon gehabt. Doch sie verstand ihn, wollte es jedenfalls versuchen. Das, was sie eben empfunden hatte, durfte nicht sein. Es war vorbei, er würde nichts für ihre Mutter tun.

»Du wirst also nicht zum Grafen gehen?«, flüsterte sie.

»Nein«, antwortete er mit rauer Stimme.

»Du lässt sie also sterben, genauso wie du uns sterben lässt.«

»Ich kann es nicht ändern.«

Sie drehte sich zu ihm um und sah ihn verzweifelt an. Ihre Stimme wurde laut. »Du versuchst es ja nicht einmal. Dir ist es doch gleichgültig, was aus ihr wird. Ich bin dir bestimmt auch gleichgültig. Diesen Moment, den wir gerade hatten, wirst du bald vergessen haben – du wirst ihn aus deinen Gedanken verbannen. Ich bin die Tochter einer Hexe, und du bist ein Priester, es kann und darf nicht sein.«

»Du bist ungerecht, Katharina.« Seine Stimme wurde jetzt ebenfalls lauter. »Ich würde gehen, wenn es etwas helfen würde. Der Graf hat die Hinrichtung bereits angesetzt. Deine Mutter hat gestanden, ich kann ihr nicht mehr helfen.«

In Katharinas Augen standen Verzweiflung und Wut. Sie war wütend auf sich selbst, auf alles, was um sie herum geschah, und auf ihn. Auf den Mann, den sie liebte und den sie verlieren würde. Doch wusste sie eigentlich, was Liebe war? War sie nicht vielleicht von seinem Äußeren und seinem Auftreten geblendet worden? Andreas hatte sie umgarnt, war nett zu ihr gewesen. Er war attraktiv, groß und strotzte vor Gesundheit. Vielleicht liebte sie ihn ja gar nicht. Sie war noch so jung, woher sollte sie wissen, wie sich Liebe wirklich anfühlte?

Andreas sah Katharina verzweifelt an und trat ein paar Schritte auf sie zu. Doch sie wich zurück und hob abwehrend ihre Hände. »Nicht, es soll nicht sein.«

Er sah sie an, sie wich seinem Blick aus und ging langsam zur Tür. »Es ist wohl besser, wenn ich jetzt gehe. Es wird bald dunkel, dann möchte ich zu Hause sein.«

Sie trat in den engen Flur, er folgte ihr, griff nach ihrem Umhang und legte ihr diesen um die Schultern. Sie atmete tief durch und versuchte, sich zu beherrschen.

»Auf Wiedersehen, Andreas.« Sie bemühte sich, ihrer Stimme einen gleichgültigen Klang zu geben, und reichte ihm die Hand.

Er hielt sie einen Moment lang fest und schaute Katharina in die Augen.

»Versteh mich doch, bitte. Wenn ich etwas ändern könnte, wäre ich der Erste, der es tun würde. Alles würde ich für dich und deine Mutter tun, aber ich kann es nicht.«

Sie nickte und zog ihre Hand zurück, öffnete die Haustür. Schützend schob sie ihre Kapuze über ihren Kopf und trat nach draußen. Andreas folgte ihr, blieb aber im Türrahmen stehen. Katharina sagte nichts mehr und drehte sich nicht um, bevor sie loslief. Sie wollte ihn nicht dort stehen sehen. Noch immer spürte sie seine Nähe, fühlte die Wärme seiner

Lippen. Es war vorbei. Traurig schaute Andreas Katharina nach, wie sie im Schneetreiben verschwand. Er hätte ihr gern geholfen, aber er konnte es nicht. Die Würfel waren bereits gefallen.

18

Maria stand am Spülstein, griff nach Seife und Bürste und goss Wasser über das Geschirr. Die kleine Anna rannte laut kreischend durch den Flur, draußen schneite es. Am gestrigen Abend hatte es irgendwann aufgehört, aber seit dem Morgen fielen wieder dicke Flocken vom Himmel. In der Küche herrschte dämmriges Licht, auf der Kochstelle brannte nur ein kleines Feuer. Katharina stand neben Maria, hatte sich ans Fensterbrett gelehnt und sah nachdenklich nach draußen. Maria hatte sich über Katharinas Besuch gefreut. Alles, was sie aus eigenem Antrieb tat, war gut. Es war wichtig, dass Katharina weitermachte und ihr Leben selbst in die Hand nahm.

Ungeduldig warf sie das Tuch in den Spülstein, ging in den Flur und fing ihre Tochter ab. »Tu mir den Gefallen, Kleines, und geh in die Stube spielen, die Mama verträgt das Geschrei heute nicht.«

Anna gehorchte seltsamerweise sofort. Maria ging zurück zur Spüle und rieb sich stöhnend über die Stirn, griff sich in den Nacken. Katharina sah ihre Freundin mitleidig an.

»Plagen dich wieder Kopfschmerzen?«

»Ja, schon seit dem Morgen, heute ist es fast unerträglich. Wenn es nicht besser wird, muss ich mich nachher hinlegen. Die Lina ist ja da und kann nach Anna sehen.«

Katharina nickte. Sie war ruhig, wirkte aber noch immer etwas mitgenommen. Maria hatte sie nicht nach Andreas gefragt, und Katharina hatte noch nichts erzählt. Das war ein schlechtes Zeichen. Wenn es gute Neuigkeiten gegeben hätte, hätte sie ihr diese bereits an der Tür mitgeteilt. Also würde Andreas nicht zum Grafen gehen, mehr musste Maria nicht wissen.

Katharina griff nach einem Leinentuch, das an der Wand hing, und begann, das Geschirr abzutrocknen. Sie räusperte sich und sagte leise:

»Am nächsten Mittwoch werden unsere Mütter hingerichtet, auch meine Mutter hat alle Anschuldigungen gestanden.« Maria rutschte der Becher, den sie gerade abwusch, aus der Hand und fiel zu Boden. Eilig bückte sie sich und hob die Scherben auf. Sie schnitt sich in den Finger. Blut tropfte auf den Boden, doch Maria schien es nicht zu bemerken und machte einfach weiter. Katharina bückte sich und hielt Marias Hände fest.

»Du blutest, hör auf, die Scherben kann Lina wegräumen«, sagte sie und wickelte ein Leinentuch um Marias Finger. Diese erhob sich und sah ihre Freundin dankbar an. »Du hast recht, lass uns hinübergehen.«

Die kleine Anna saß in der Wohnstube unter dem Fenster. Sie hatte es sich mit ihren kleinen Stricktieren bequem gemacht und erzählte ihnen in ihrer eigenen Sprache Geschichten. Maria und Katharina setzten sich auf die Ofenbank. »Hat dir Andreas von der Hinrichtung erzählt?«

Als sein Name fiel, kribbelte es in Katharinas Bauch, und sofort wurde ihr warm. Sie versuchte, sich zusammenzureißen, wollte sich ihre Aufregung nicht anmerken lassen. Das mit Andreas war vorbei.

»Ja, er hat es von Pfarrer Wicht erfahren. Mittwoch ist der Prozess und die Hinrichtung.«

Maria seufzte. »Ich habe es bereits geahnt, irgendwie habe ich gewusst, dass es so enden wird – dann muss es eben ohne sie weitergehen.«

Katharina sah Maria verwundert an.

»Das ist alles, was du dazu sagst?«

»Was hast du denn erwartet? Dass ich in Tränen ausbreche? Ich respektiere meine Mutter. Irgendwie habe ich sie auch geliebt, aber sie war nie wie die deine. Niemals hat sie mich geküsst oder tröstend in den Arm genommen. Ich kannte nur Härte und eine starke Hand. Mutter hat immer alles für mich entschieden. Ich durfte nie meine eigenen Entscheidungen treffen und hatte niemals so viele Freiheiten wie du. Selbst als …«

Erschrocken schaute Maria Katharina an.

»Entschuldige, Katharina. Ich wollte dich nicht verletzen.« Maria sah den tiefen Schmerz in Katharinas Augen. Sie würde nächsten Mittwoch nicht nur ihre Mutter verlieren, nein, sie würde auch noch ihre Zukunft verlieren – den Mann, dem sie ihr Herz eben erst geschenkt hatte.

»Ist schon gut, es ist vorbei. Andreas und ich haben gestern darüber gesprochen. Er kann mich nicht mehr zur Frau nehmen.«

Maria nickte. Sie merkte, dass Katharina darüber nicht sprechen wollte.

Eine Weile schwiegen beide. Ihre Mütter würden sterben. Katharina fror plötzlich, fühlte sich schrecklich. Am liebsten wäre sie aufgesprungen und nach Hause gelaufen. Zurück in das Zimmer ihres Vaters, um sich zu verstecken, um die Welt einfach nicht sehen zu müssen. Nie mehr morgens aufstehen, das war es, was sie wollte. Doch dann fiel ihr Blick plötzlich auf Anna. Die Kleine saß in der Ecke und redete mit ihren Tieren, ließ diese über einen Holzscheit springen und lachte fröhlich. Das Mädchen sah so süß und unschuldig aus. So konnte nur ein kleines Kind aussehen. Für sie war nichts Schlimmes passiert, für sie fing morgen ein guter neuer Tag an, und sie würde auch am nächsten Mittwoch nicht wissen, was passierte. Kinder lebten einfach in den Tag hinein, umgeben von der Liebe und Fürsorge ihrer Mutter.

Katharina straffte ihre Schultern und schob ihre dunklen Gedanken beiseite. Seltsamerweise gab ihr das Kind Kraft und Selbstvertrauen.

Maria hatte recht. Sie konnte sich nicht den ganzen Tag im Haus verstecken. Irgendwann musste das Leben weitergehen. Es war schrecklich, und die nächste Woche würde unerträglich werden, aber sie war stark. Sie würde das schon irgendwie schaffen, schließlich war sie ja nicht allein. Maria war bei ihr, sie verlor auch die Mutter. Gemeinsam würden sie diesen Mittwoch irgendwie überstehen, ganz bestimmt.

Katharina sah Maria von der Seite an. »Du musst Lina Bescheid geben, damit sie weiß, dass du nächsten Mittwoch nicht da bist. Wir werden den ganzen Tag in Idstein sein.«

Maria antwortete nicht, zupfte mit ihren Fingern an ihrer Schürze herum. Katharina sah Maria an, sie kannte diese Bewegung. Maria war unruhig, irgendetwas stimmte nicht.

»Was ist denn los?«

Maria starrte auf die Tischplatte, blickte Katharina nicht

an. »Ich werde nächsten Mittwoch nicht nach Idstein gehen.«

Sie atmete tief durch, es war heraus.

Katharina erschrak.

Maria würde nicht dort hingehen? Ihre Mutter wurde hingerichtet, sie musste ihr doch beistehen. Wenn nicht die eigene Tochter, wer sollte es denn sonst tun?

»Aber es ist deine Mutter, die sie hinrichten. Du kannst sie nicht im Stich lassen, du kannst mich nicht im Stich lassen. Ich brauche dich dort. Allein stehe ich das niemals durch. Wir müssen doch unseren Müttern beistehen!«

Maria sah Katharina in die Augen. Ihr Blick war mitfühlend, aber auch Entschlossenheit lag darin.

»Ich werde nicht hingehen. Ich weiß, du wirst dort deiner Mutter beistehen und ihr mit deiner Anwesenheit auf ihrem letzten Weg Kraft geben. Aber ich kann da nicht hin. Ich war schon oft bei Hinrichtungen. Die Menschen dort sind nicht mehr die, die sie waren. Sie sind anders, haben sich verändert. Meine Mutter ist mir vor drei Wochen genommen worden, als sie gefesselt durch die Tür gegangen ist. Die Frau auf dem Schafott ist nicht mehr sie selbst, und ich will sie so in Erinnerung behalten, wie sie war. Ich könnte es nicht ertragen, sie leidend oder schwach zu sehen. Sie war ihr ganzes Leben lang eine starke Frau. Auch wenn sie zu mir nicht immer gerecht gewesen ist, sie war meine Mutter. Sie will sicher nicht, dass ich sie so sehe.«

Katharina atmete tief durch. Sie war noch nie bei einer Hinrichtung gewesen, niemals hatte sie mit ansehen müssen, wie ein Mensch durch die grausame Hand des Henkers starb. Doch sie würde ihre Mutter nicht allein lassen, das konnte sie ihr nicht antun. Sie würde ihrer Mutter beistehen. Sie würde bis zur letzten Minute da sein und ihr Kraft geben – Kraft, um ihren letzten Tag irgendwie durchzustehen.

Katharina saß auf der Fensterbank und blickte zum Fenster hinaus. Am nächsten Tag würde die Hinrichtung stattfinden. Bereits den ganzen Tag über war sie schrecklich unruhig und konnte sich nicht auf ihre Näharbeit konzentrieren. Seufzend stand sie irgendwann auf und sah zu Cäcilie, die am Spinnrad in der Ecke saß.

»Ich gehe ein wenig an die frische Luft«, sagte sie. Cäcilie nickte wortlos. Die ganze Zeit über hatte sie die Unruhe ihrer Herrin bemerkt, doch ihr fehlten die Worte, um Katharina zu beruhigen. Katharina griff nach ihrem Umhang und verließ den Raum. Erleichtert lief sie über den Hof, öffnete das Tor und trat auf die Straße. Sie war froh darüber, ein wenig laufen zu können, atmete tief die frische, klare Luft ein und schlenderte die Dorfstraße hinunter. Katharina schlug den Weg zum Wolfsbach ein, der inzwischen wieder zugefroren war. Der Schnee knirschte unter ihren Schuhen. Es war bereits später Nachmittag, und graue Wolken hingen tief über den Hügeln. Eine Amsel sprang vor ihr über den Weg, flog in einen Baum und sah sie neugierig an. Katharina blieb stehen und beobachtete den Vogel, wie er von Ast zu Ast hüpfte, sich in die Lüfte erhob und davonflog.

Wie gerne wäre sie mit ihm geflogen, irgendwohin, wo es keinen Kummer gab. Es musste ein unglaubliches Gefühl sein, mit dem Wind zu fliegen, einfach seine Flügel auszubreiten und abzuheben.

Seufzend ging sie weiter und erreichte die kleine Holzbrücke, auf der sie neulich mit Maria gestanden hatte. Sie lächelte bei der Erinnerung an den Neujahrsmorgen. Damals hatte sie noch gehofft, dass es ein gutes Jahr werden würde. Sie hatte an eine Zukunft mit Andreas geglaubt, vom Heiraten und Kinderkriegen gesprochen.

Langsam fielen die ersten Schneeflocken vom Himmel. Sie fing eine von ihnen auf, die Flocke schmolz in ihrer Hand. Katharina seufzte. Der Eisstern war fort, so vergänglich wie ein Traum, so vergänglich wie das Leben.

Plötzlich hörte sie Schritte hinter sich und drehte sich erschrocken um. Der kleine Ludwig Lehmann stand vor ihr, wie aus dem Nichts war er aufgetaucht. Erstaunt sah sie ihn an. Der Bengel zog seine Mütze vom Kopf und schob mit seinem Fuß den Schnee hin und her.

»Ludwig, was willst du denn hier?«

Er sah immer noch zu Boden.

»Ich habe dich gesehen, da bin ich dir gefolgt.«

Katharina wunderte sich immer mehr.

»Ja, aber warum folgst du mir denn?«

»Weil es mir leidtut, ich wollte mich bei dir entschuldigen, wegen dem Lied, das wir gesungen haben.«

»Aber warum entschuldigst du dich denn bei mir, ihr habt doch von der alten Kathi gesungen.«

»Ja, schon, aber wir haben gelogen. Keiner hat die Kathi auf dem Feld gesehen, und all der Ärger hat doch erst angefangen, nachdem wir unsere Geschichte dem Superintendenten erzählt haben.«

»Dem Superintendenten?«

»Ja, dem Elbert, den kennst du doch?«

Katharina nickte und wurde blass.

»Er ist uns eine Weile nach euch begegnet und hat uns angehalten. Er wollte auch wissen, was wir da singen. Karl-Ludwig war ganz eifrig und hat ihm alles genau erzählt. Er hat sogar geschworen, dass es wahr ist.«

Katharina schnappte nach Luft. »Hast du auch geschworen?«

»Ja. Aber nur, weil mich sonst Karl-Ludwig verhauen hätte. Das macht er oft mit mir, ständig verprügelt er mich.« Katharina sah den Jungen an, seltsamerweise tat er ihr leid. Es war offensichtlich, dass die Kinder all das Schreckliche in Gang gesetzt hatten. Katharina konnte sich noch gut daran erinnern, dass ihm die Sache bereits damals nicht ganz geheuer gewesen war. Sie ging neben ihm in die Hocke und sah ihm in die Augen.

»Es ist schlimm, was passiert ist, aber du kannst nichts dafür. Ich weiß, wie es ist, der Kleinste zu sein, und kenne diese Karl-Ludwigs, die gab es schon immer.« Ludwig sah sie erstaunt an.

»Du bist traurig, oder?«

»Schon, immerhin wird morgen meine Mutter sterben.« Tränen stiegen ihr in die Augen. Katharina erhob sich und wischte sie schnell ab.

Ludwig gab ihr keine Antwort, beschämt blickte er zu Boden. Er wollte lieber nicht daran denken, wie es war, die geliebte Mutter zu verlieren.

Es schneite immer fester, und die Flocken hüllten sie ein. Liebevoll legte Katharina ihren Arm um den Jungen.

»Komm, lass uns nach Hause gehen.«

Er nickte und schmiegte sich an sie.

Er war ein Kind, ein kleiner Junge. Keiner hätte gedacht, dass ihnen jemand glauben würde.

Cäcilie schaute vorsichtig in Katharinas von der Morgensonne erleuchtetes Zimmer. Katharina stand vor dem Spiegel und sah blass und müde aus.

»Guten Morgen, Katharina.«

Verwundert drehte sich Katharina um, Cäcilie betrat den Raum.

»Was tust du denn hier, Cäcilie?«

Die junge Magd setzte sich aufs Bett und zupfte an ihrer Schürze herum. »Ich wollte nach Euch sehen. Immerhin ist es ja heute so weit.«

Katharina nickte und setzte sich neben Cäcilie. Irgendwie war sie froh, dass das Mädchen heraufgekommen war. Sie fühlte sich nicht mehr so allein.

Lächelnd griff sie nach Cäcilies Hand. »Es ist ein wenig so, als wäre Mutter noch da. Sie hat dich auch immer morgens zu mir geschickt.«

»Ja, und Ihr habt nie verschlafen, immer wart Ihr bereits angezogen. Doch sie hat es nie vergessen. Ich musste jeden Morgen hochgehen und nachsehen, ob alles in Ordnung ist.«

»Es ist schön, dass du das heute auch tust.«

Cäcilie lächelte verlegen. »Wisst Ihr, Herrin, ich denke nicht, dass Eure Mutter eine Hexe ist. Michael und ich, wir haben lange darüber gesprochen, er ist da anderer Meinung.«

Überrascht sah Katharina Cäcilie an. Es war ihr natürlich aufgefallen, dass sich Michael seit der Abholung der Mutter anders verhielt, aber sie hatte gedacht, er sei genauso schockiert wie sie alle.

Cäcilie verteidigte Michael sofort. »Er kann eben nicht aus seiner Haut, immer glaubt er alles, was die Obrigkeit sagt. Er verlässt sich nicht auf seine eigenen Gefühle und Gedanken. Irgendwann wird er es auch noch begreifen, ganz bestimmt.« Katharina sah Cäcilie verwundert an. Das Mädchen sprach sehr weise, obwohl sie nur eine Dienstmagd war. Allerdings war sie das noch nicht lange. Sie stammte aus einem gutbürgerlichen Haushalt, und der Vater war durchaus in der Lage gewesen, seine Töchter in die Schule zu schicken. Wenn der Hof nicht abgebrannt wäre, dann wären sie jetzt nicht Magd und Herrin, sondern Freundinnen. Katharina sah Cäcilie an. Aber waren sie das nicht trotzdem?

»Denkst du, er wird fortgehen?«

»Bestimmt nicht, er wird hierbleiben. Ohne mich geht er nirgendwohin.«

Verwundert sah Katharina Cäcilie an, die errötete und zu Boden blickte.

»Gibt es da etwas, wovon ich nichts weiß?«

Cäcilie spielte an ihrem Schürzenband herum.

»Michael hat mich gern«, sagte sie leise, »er macht mir ein wenig den Hof.«

Katharina lächelte. »Aber das ist doch eine gute Nachricht.« Sie griff nach Cäcilies Hand und drückte diese ganz fest.

»Vielleicht könnt ihr ja im Frühling heiraten, meinen Segen habt ihr.«

Cäcilie blickte immer noch zu Boden. Sie war blass.

Katharina wurde misstrauisch und musterte das Mädchen genauer.

»Da ist doch noch etwas, oder?«

Cäcilie nickte, und plötzlich standen Tränen in ihren Augen.

»Er war bei mir in der Kammer«, flüsterte sie leise.

Verdutzt sah Katharina das Mädchen an.

»Ihr habt doch nicht etwa …«

Cäcilie nickte. Katharina erhob sich. Deshalb war das Mädchen so blass. Sie war nicht müde oder krank, sie war guter Hoffnung.

»Ach du meine Güte, Cäcilie, wie konntest du denn nur so dumm sein. Jeder weiß doch, dass man den Mann erst nach der Hochzeit ins Zimmer lassen darf.«

Cäcilie sank immer mehr in sich zusammen. »Ich weiß, es war falsch. Ich habe es einfach nicht übers Herz gebracht, ihn wegzuschicken.«

Katharina seufzte. Seltsamerweise dachte sie in diesem Moment an Andreas, und plötzlich sehnte sie sich danach, ihn einfach nur zu fühlen, seine Wärme und Nähe zu spüren und ihn nie mehr loszulassen.

Sie setzte sich neben Cäcilie und strich ihr über den Rücken. »Jetzt können wir es nicht mehr ändern. Ich rede mit Michael, er wird dich noch diesen Monat heiraten, dafür werde ich sorgen.«

Cäcilie schniefte. Katharina wischte ihr die Tränen von der Wange. »Wir kriegen das schon hin. Du wirst sehen, es wird alles wieder gut.«

Dankbar sah das Mädchen sie an. »Jetzt tröstet Ihr mich, obwohl ich doch Euch Mut zusprechen wollte.«

Katharina zuckte mit den Schultern. Es war eigenartig, aber Cäcilie hatte ihr mehr Mut gemacht, als sie dachte. Sie hatte ihr das Gefühl gegeben, dass das Leben nach dem heutigen Tag weitergehen würde. Sie atmete tief durch, erhob sich und öffnete die Tür.

»Komm, Mädchen, lass uns hinuntergehen, Michael wartet bestimmt mit dem Morgenmahl auf uns.«

19

Idstein war an diesem Morgen wie ein großer Bienenstock, so schien es Katharina jedenfalls. In der engen Gasse standen die Menschen dicht an dicht. Eingeklemmt zwischen Wagen, Maultieren, Müttern mit schreienden Kindern und laut schimpfenden Männern kam sie nur langsam voran. Sie zupfte an ihrer Bluse, es war wieder wärmer geworden. Von den dicken Eiszapfen, die an den Dächern der Häuser hingen, tropfte das Wasser, und die Sonne schimmerte durch einen grauen Dunstschleier. Der Weg war leicht abschüssig und rutschig, das Tauwasser sammelte sich zu kleinen Rinnsalen. Einige Leute waren bereits ausgerutscht. Schimpfend liefen die anderen um sie herum, keiner nahm Rücksicht und niemand bot ihnen Hilfe an. Es herrschte eine seltsame Anspannung unter den Menschen, Katharina konnte es fühlen. Die Leute unterhielten sich lachend, waren aber doch anders als sonst. Katharina schaute sich um. Sie kannte niemanden, und dafür war sie dankbar. Einige Leute sahen so aus, als hätten sie einen langen Fußweg hinter sich. Eine junge Frau, die erschöpft zu sein schien, lief neben ihr her. Ihr Mann hielt sie an der Hand, sah ungeduldig nach vorn und schimpfte. Mitleidig schaute Katharina die junge Frau an. Sie schien nicht viel älter als sie selbst zu sein. Die Frau bemerkte Katharinas Blick und lächelte ein wenig.

»Er denkt, er könnte etwas verpassen«, flüsterte sie Katharina zu, »aber mir wäre es lieber, wir würden hier in der Gasse bleiben. Ich mag keine Hinrichtungen, mir ist das zu schaurig. Aber er hat gesagt, ich soll mir genau ansehen, was mit Frauen passiert, die nicht gehorchen.«

Katharina sah von der jungen Frau zu ihrem schimpfenden Gatten. Sie war schockiert. So dachten Männer, so etwas taten sie? Die junge Frau lächelte schüchtern. Katharina riss sich zusammen. Was sollte sie darauf antworten? Sie nickte und lächelte mitfühlend.

Was würde die junge Frau denken, wenn sie erfuhr, dass sie die Tochter einer der Hexen war. Würde sie dann immer noch mit ihr sprechen? Katharina glaubte es nicht. Dann würde das passieren, was auf der Landstraße auch passiert war und was immer wieder passierte, seitdem ihre Mutter abgeführt worden war.

Auf dem Weg hierher waren einige Fuhrwerke an ihr vorbeigefahren. Viele Menschen waren auf der Straße unterwegs gewesen, und diejenigen, die sie kannten, waren sofort vor ihr zurückgewichen. Tuschelnd hatten sie ihre Schritte beschleunigt. Keiner wollte mit ihr gesehen werden. Alle verachteten sie, denn sie war die Tochter der Verurteilten, die Tochter einer Hexe.

Katharina stellte sich auf die Zehenspitzen. Es ging noch immer nicht voran, und langsam wurde auch sie ungeduldig. Sie konnte doch nicht zu spät kommen. Was war, wenn sie tatsächlich noch hier in der Gasse wäre, wenn die Mutter kommen würde. Sie musste in ihrer Nähe sein, musste ihr beistehen.

So viele Leute hatte Katharina noch nie in Idstein gesehen, anscheinend waren die Menschen aus ganz Nassau gekommen.

Die Hinrichtungen schienen für sie wie ein Volksfest zu sein. Überall wurde laut gelacht und fröhlich geplappert und alle waren in heller Aufregung. Katharina trug noch immer ihre Kapuze und achtete sorgfältig darauf, dass diese nicht nach hinten rutschte. Sie wollte nicht erkannt werden. Wer weiß, was dann geschah? Langsam ging Katharina weiter und ließ sich von der Menge treiben.

Plötzlich vermisste sie Maria, vermisste irgendjemanden an ihrer Seite, der ihr beistand und Mut zusprach. Sie wurde von der Menschenmenge mitgeschoben, war umgeben von Leuten, aber trotzdem fühlte sie sich einsam, verlassen und mutlos.

Als Katharina den Marktplatz erreichte, war dieser gut gefüllt. Wie am Markttag hing der Geruch von gebratenem Fleisch in der Luft. Der Bäcker und die Metzgerei nutzten die Gunst der Stunde und verkauften Fleisch und frisches Brot. Die Leute standen dicht gedrängt. Katharina schob sich durch die Reihen. Der ein oder andere stank nach Schweiß, und in so manchem Umhang oder Rock hing ein modriger Geruch. In den Ecken der Häuser saßen die Menschen und erledigten ihre Notdurft. Es stank erbärmlich.

Suchend sah sich Katharina um. Alle drängten in Richtung Torbogengebäude, also musste davor der Richtplatz aufgebaut worden sein.

Plötzlich drang eine wohlbekannte Stimme an Katharinas Ohr. Wie erstarrt blieb sie stehen und hob vorsichtig ihren

Kopf. Bernadette stand direkt vor ihr und blickte sie süffisant grinsend an. Genau das hätte nicht passieren dürfen. Die alte Bernadette war die Letzte, der sie hatte begegnen wollen. Laut auflachend wandte sich diese an zwei Frauen, die direkt neben ihr standen. »Da seht doch mal, wen wir hier haben. Die liebe Katharina ist gekommen, um der Mutter beizustehen.«

Die anderen Frauen musterten Katharina verwundert.

Katharina wich ein Stück zurück und trat einem großen bulligen Mann, der hinter ihr stand, auf die Füße.

»He, pass doch auf, wo du hinläufst«, brummte er und schubste Katharina von sich weg.

»Entschuldigung«, murmelte sie leise.

Die Fischverkäuferin lachte gehässig. Warum musste sie ausgerechnet diesem zänkischen alten Weib in die Arme laufen, das ihre Mutter nie gemocht hatte.

»Seht sie euch genau an, so sieht die Tochter einer Hexe aus«, rief Bernadette, »vielleicht ist sie ja am Ende auch eine.«

»Wer ist die Tochter einer Hexe? Hat jemand von einer Hexe gesprochen?« Die Leute drehten sich um und kamen neugierig näher.

Katharina funkelte die Fischverkäuferin böse an, doch diese stocherte weiter in der Wunde herum.

»Seht her, sie ist die Tochter der Rothköpfin, seht sie euch genau an, so sieht eine Hexenbrut aus.«

In der Menge stand die junge Frau, die kurz zuvor mit Katharina gesprochen hatte. Ungläubig sah sie Katharina an. Katharina zitterte. Immer mehr Menschen drehten sich um und starrten sie an. Sie kam sich wie ein wildes Tier vor, das man wie in einem Zirkus zur Schau stellte.

Doch dann nahm sie eine der Frauen, die neben Bernadette standen, in Schutz.

»Komm schon, Bernadette, lass das Mädchen in Frieden. Sieh sie dir nur mal an, sie ist blass und sieht unendlich traurig und verzweifelt aus. Sie verliert heute ihre Mutter, das alles hier ist schon schlimm genug.«

Die alte Frau funkelte ihre Freundin böse an. »Du hältst zur Tochter einer Hexe, ja bist du denn von Sinnen?«

Immer mehr Menschen blieben stehen und reckten neugierig ihre Hälse.

»Nur weil du eine alte Fehde mit ihrer Mutter hast, musst du das Mädchen doch nicht quälen.«

»Eine alte Fehde?« Die andere Frau mischte sich jetzt ebenfalls ein.

»Fehde würde ich das aber nicht nennen, Amalie. Eva hat damals nur gefragt, ob der Fisch auch frisch ist, was bei der Hitze, die an dem Tag herrschte, durchaus berechtigt war.«

»Mein Fisch ist immer frisch«, herrschte Bernadette ihre Freundin an, »das hat Eva gewusst. Sie hat mich beleidigt.«

Katharina nutzte den Streit der Frauen, drehte sich um, zog ihre Kapuze noch weiter ins Gesicht, und schob sich durch die Menge davon. Hinter einer Gruppe Soldaten blieb sie stehen und atmete tief durch. Gott sei Dank, das war gerade noch mal gut gegangen.

Irgendwann hatte Katharina es dann auf eine der Stufen geschafft, die zum Torbogen hinaufführten. Von hier aus hatte sie einen guten Blick auf den Richtplatz. Dieser wurde von Wachmännern gesichert, und eine provisorische Absperrung aus Holzzäunen hielt die Menge zurück. Die zwölf Schultheiße waren bereits anwesend und saßen in Zweierreihen neben dem Richterpult. Der ehrenwerte Richter war noch nicht zu sehen. Katharina kannte den Mann nicht, wusste aber, dass er in Wiesbaden lebte und nur zu den Prozessen nach Idstein kam. Neben dem Pult stand ein weiterer Stuhl. Ein edel gekleideter Mann mittleren Alters saß darauf und las angestrengt in einer Schriftrolle. Er trug eine schwarzhaarige Perücke und einen ordentlich gekämmten Schnauzbart. Was für eine Funktion er hatte, wusste Katharina nicht, aber bestimmt war er wichtig.

Ein lauter Fanfarenstoß ertönte, und sofort wurde es still. Der Graf kam. Er schritt, seinen Sohn am Arm, durchs Torbogengebäude, und ein geschäftig wirkender Superintendent humpelte hinterher. Katharina wurde bei seinem Anblick wütend. Er trug an alldem hier die Schuld, er wollte diese Prozesse und glaubte kleinen Lausbuben, die Märchen erzählten, nur um sich hervorzutun. Katharina hatte den krummen Mann durchschaut. Dieser Mann würde alles dafür tun, um im Vordergrund zu stehen.

Wohlwollend nickte der Graf seinen Untertanen zu, während er den breiten Weg entlangschritt und den eigentlichen Richtplatz betrat. Katharina musste sich an der Mauer festhalten, die Menge drückte von hinten, und beinahe wäre sie von der Treppenstufe gerutscht, auf der sie stand. Jeder wollte einen Blick auf den Grafen erhaschen. Dieser setzte sich in einen gut gepolsterten Lehnstuhl. So einen prachtvollen Stuhl hatte Katharina noch nie im Leben gesehen, er schien aus reinstem Gold gefertigt zu sein, und die Armlehnen und das Polster waren aus edelstem Samt. Wunderschöne Ornamente und Verzierungen schmückten Stuhlbeine und Lehne. Für den Sohn des Grafen war genau derselbe Stuhl aufgestellt worden, der schmächtige Knabe schien darin regelrecht zu versinken. Der Superintendent saß seltsamerweise nicht neben seinem Herrn. Für ihn war ein einfacher Holzstuhl neben den Schultheißen bereitgestellt worden.

Katharina wurde unruhig, jetzt konnte es nicht mehr lange dauern, bis ihre Mutter kam. Wie sie wohl aussah? Sie fürchtete sich vor dem Moment, in dem sie ihren Anblick ertragen musste. Katharina atmete tief durch. Sie würde es schaffen, irgendwie stand sie diesen Tag schon durch.

Die Fanfare ertönte erneut. Der Richter erschien, trat hinter sein Pult, rollte eine Papierrolle darauf aus und verneigte sich vor dem Grafen. Dann hob er die Hand.

Wieder ertönte die Fanfare, und Katharina drehte sich um. Die Menschen hinter ihr schrien und kreischten durcheinander. Der Karren mit den zwei Angeklagten darin fuhr durch den Torbogen. Katharina erschrak beim Anblick der Frauen. Beide trugen nur dünne Kleider, waren leichenblass und sahen unsagbar müde und erschöpft aus. Ihre Haare hingen ihnen wirr ins Gesicht, ihr Blick ging ins Leere. Die rechte Hand ihrer Mutter war in eine schmutzige Binde gewickelt, und ihr Arm hing seltsam verdreht herab. Die alte Kathi Häuser hatte ebenfalls eine eingebundene Hand. Sie saß im Wagen, konnte anscheinend nicht stehen.

Der Karren fuhr direkt an ihr vorbei. Am liebsten wäre Katharina hingelaufen, hätte ihre Mutter heruntergeholt und sie nach Hause gebracht, um sie gesund zu pflegen. Aber das konnte sie nicht. Sie konnte nur zusehen, wie sich die Mutter quälte. Plötzlich kamen ihr wieder Marias Worte in den

Sinn: Sie sind nicht mehr dieselben. Ich will meine Mutter so in Erinnerung behalten, wie sie war. Jetzt erst verstand Katharina, was Maria gemeint hatte. Dort auf dem Karren sah sie ihre Mutter, und doch war sie es irgendwie auch nicht. Der Karren wurde am Rand des Richtplatzes abgestellt. Die Menge schrie, und einige warfen mit faulem Gemüse nach den Frauen.

Katharina nahm ihre Umgebung kaum noch wahr. Sie sah nur noch ihre Mutter, beobachtete sie genau. Katharina wusste, die geliebte Mutter konnte sie hier oben nicht sehen. Aber sie hoffte, dass sie fühlte, dass ihre Tochter da war.

Plötzlich lösten sich aus der Menge hinter dem Karren zwei dunkle Gestalten. Katharina erstarrte. Andreas stellte sich hoch erhobenen Hauptes neben Pfarrer Wicht. Er verzog keine Miene und stand ganz ruhig da. Seine Hände hatte er vor sich gefaltet. Er sah gut aus, ehrwürdig und unantastbar. Irgendwie anders als der Mann, der er neulich gewesen war. Seine schwarze Pfarrerstracht, sein stolzer Blick und die formelle Haltung beeindruckten Katharina. Wie hatte sie nur annehmen können, er wäre heute nicht hier. Alle waren sie da, natürlich auch er. Katharina empfand seine Anwesenheit und seine Beteiligung an diesem Prozess als Verrat. Doch hätte er heute überhaupt fernbleiben können? Mit Sicherheit nicht.

Erneut ertönte eine Fanfare. Ein Wachmann ging zum Karren hinüber und zog ihre Mutter unsanft herunter. Eva wurde in die Mitte des Platzes geführt. Katharina standen Tränen in den Augen. Das Gesicht ihre Mutter war schmerzverzerrt, und sie humpelte. Ihr rechtes Knie sah blau und geschwollen aus. Der Wachmann nahm darauf keine Rücksicht. Er schleifte sie wie ein Tier hinter sich her und stützte sie nicht, als sie vor dem Richter stand. Eva war an den Händen gefesselt. Katharina schüttelte den Kopf. Warum quälte man sie mit Stricken, die ihr ins Fleisch schnitten?

Der fein gekleidete Mann erhob sich. Mit einem leicht angewiderten Blick stellte er sich neben Eva und verneigte sich vor dem Richter.

»Euer Gnaden, ich, Erich Johann Baumeister, bin als Verteidiger dieser Frau anwesend und stehe für ihre Rechte ein.«

Verwundert sah Katharina den Mann an. Sie hatte nicht damit gerechnet, dass ihre Mutter einen Verteidiger hatte. Irgendwie kam er ihr auf einmal nicht mehr ehrenhaft und würdevoll vor. Dieser fein gekleidete Mann war ein Schauspieler und spielte nur eine Rolle. Einen wahren Verteidiger gab es hier nicht, das Urteil stand doch bereits fest. Das alles hier war nur Theater.

Der Richter nickte und wandte sich an seinen Schreiber, der die ganze Zeit ruhig neben ihm gestanden hatte. Dieser reichte ihm eine Schriftrolle. Der Richter entrollte sie, räusperte sich und las die Anklage vor.

»Eva Heinemann hat gestanden, Gott abgeschworen zu haben. Sie ist dem Teufel zugetan. Er hat sie reich beschenkt, stattlich gekleidet. Sie hat mit ihm gebuhlt, hat mit ihm getanzt auf dem Felde. Der Teufel hat sie getauft, mit Wasser aus einem Krug. Er hat es über sie gesprengt und gesagt:

Ich taufe dich im Namen des Teufels. Darauf, dass du mir gehörest.

Nach der Taufe hat ihr der Teufel gelbe Blumen gebracht.

Hat Gift daraus gemacht, damit sie sich damit einschmieren kann, um fliegen zu können.«

Katharina war fassungslos. Was war das für ein Unsinn, wer dachte sich so etwas nur aus? Ihre Mutter schwieg, hatte den Kopf gesenkt und schwankte. Sie konnte sich kaum noch auf den Beinen halten. Katharina rannen Tränen über die Wangen.

Der Verteidiger sah seine Mandantin fragend an, Eva nickte. Er wandte sich zum Richterpult.

»Meine Mandantin gesteht die Anschuldigungen.«

Die Menge wurde bei seinen Worten erneut unruhig. Einige grölten laut und riefen:

»Sie hat es gestanden, seht sie euch an, sie ist eine Hexe. Verbrennt sie, verbrennt die Hexe.«

Der Richter klopfte mit einem Holzhammer auf sein Pult und bat laut um Ruhe. Doch erst als die Fanfare noch einmal ertönte, beruhigten sich die Leute wieder.

Katharina hatte von dem Aufruhr nichts mehr mitbekommen. Sie war in sich zusammengesunken, das Rauschen in den Ohren war unerträglich geworden, und sie spürte ihren Pulsschlag am Hals. Tränen der Wut und Verzweiflung rannen über ihre Wangen. Sie wollte schreien, hinunterlaufen und allen sagen, dass ihre Mutter niemals so schreckliche Dinge getan hatte. Aber sie konnte es nicht, durfte es nicht. Sie musste den Wahnsinn mit ansehen und musste dabei sein, wenn sie ihre Mutter wegen eines albernen Liedes von Kindern töteten.

Ihre Mutter wurde zurück zum Karren gebracht, sie konnte kaum noch laufen. Zwei Wachmänner hatten sie zwischen sich genommen, ihre Beine schleiften über den Boden. Achtlos warfen sie sie in den Karren. Eva sank leblos in sich zusammen. Die Wachmänner griffen nach der alten Kathi, deren Augen wie erstarrt waren. Sie konnte nicht mehr laufen, ihr rechtes Bein war dick, blau und grauenhaft verformt. Katharina, die wieder aufgestanden war, wandte den Blick ab. Sie wischte sich die Tränen vom Gesicht und suchte in ihrem Rock nach einem Taschentuch. Ihr Magen rebellierte, sie versuchte, sich zu konzentrieren. Sie musste durchhalten, es irgendwie überstehen.

Bei der alten Kathi lief es genauso ab. Wieder stellte sich der sogenannte Verteidiger neben sie, und erneut wurde eine seltsame Anklage verlesen, und Kathi gestand alle Vorwürfe. Zwei Wachmänner stützten sie. Die Menschen grölten und bewarfen sie mit faulem Gemüse.

Eilig führten die Männer die alte Frau zurück zum Karren, in dem nun auch Pfarrer Wicht Platz genommen hatte. Als endlich wieder Ruhe eingekehrt war, atmete der Richter tief durch. »Die beiden Frauen werden zum Tod durch Verbrennen verurteilt, doch unser ehrenwerter Herr Graf« – sein Blick wanderte zu Graf Johannes hinüber – »wird noch einmal Gnade walten lassen. Bevor sie verbrannt werden, um den Teufel zu vertreiben, wird ihnen der Gnadenschlag mit dem Richtschwert gewährt. Das Urteil wird sofort vollstreckt.«

Er rollte seine Schriftrolle zusammen und verließ das Richterpult.

Der Karren mit den Angeklagten setzte sich, zusammen mit der Menschenmenge, in Bewegung. Irgendwo läutete jemand das Arme-Sünder-Glöckchen. Katharina nahm es kaum wahr, sie ließ sich von der Menge mitschieben.

Auf dem Richtplatz wartete der Henker. Meister Leonhard hatte nicht am Prozess teilgenommen. Die Frauen hatten gestanden, für was brauchte es da noch einen Prozess? Das Urteil stand fest, er konnte hier in aller Ruhe auf seine Opfer warten. Katharina eroberte sich trotz der Menschenmassen einen guten Platz auf einer kleinen Anhöhe. Direkt neben ihr stand eine Schulklasse. Mitleidig sah Katharina die Kinder an. Wie konnten die Lehrer nur auf die Idee kommen, kleine Kinder zu einer Hinrichtung zu bringen. Sittsam standen die Kleinen in einer Reihe. Ein paar der Mädchen sahen etwas blass aus und blickten schüchtern zu Boden. Katharina wandte sich ab und versuchte, sich auf sich selbst zu konzentrieren.

Eva wurde vom Karren geholt und die wenigen Stufen aufs Schafott hinaufgeführt.

Der Henker trug eine schwarze Maske vor dem Gesicht. Katharina versuchte, ihn nicht anzusehen, nicht in seine eiskalten Augen zu blicken.

Ihre Mutter zitterte. Das Wetter war schlechter geworden. Ein leichter Nieselregen hatte eingesetzt, und es war windig. Zum ersten Mal hob sie ihren Blick und suchte die Reihen ab. Katharina erkannte, dass ihre Mutter sie suchte. Eilig hob sie die Hand und winkte.

Eva richtete ihren Blick auf Katharina. Da war sie, ihr Mädchen war gekommen. Einen kurzen Moment durfte sie ihre geliebte Tochter noch einmal ansehen. Ihr rotes Haar, ihre Sommersprossen, ihr ebenmäßiges Antlitz bewundern. Katharina weinte, lächelte ihr aber trotzdem tapfer zu. Eva lächelte zurück und hob ebenfalls ihre Hand.

Der Henker folgte dem Blick seiner Angeklagten und erkannte Katharina. Wütend blickte er sie an. Die eine Hexe würde er hier und jetzt töten, aber in der Tochter würde der Teufel weiterwirken, und er konnte nichts dagegen tun.

Mit geübtem Griff drückte er Evas Kopf aufs Schafott, hob sein Schwert und schlug mit aller Kraft zu. Der Knochen knackte, als er durchtrennt wurde, und der Kopf rollte übers Schafott.

Katharina brach zusammen, weinend sank sie auf die Knie. Ihre Mutter war tot, er hatte sie umgebracht. Sie schluchzte laut.

»Nein, nein – warum denn nur? Warum tut ihr uns das an?«, flüsterte sie verzweifelt. Sie zitterte und schlang ihre Arme um den Körper.

Plötzlich spürte sie etwas auf ihrem Haar, irgendjemand schien sie zu streicheln. Überrascht blickte sie auf. Eines der Schulmädchen stand neben ihr und sah sie mitleidig an. Die Kleine war nicht älter als acht Jahre, hatte blondes Haar und ein paar Sommersprossen auf der Nase.

»Du musst nicht weinen, sie ist jetzt im Himmel, der Teufel ist weggegangen. Im Himmel ist es schön, sie ist jetzt bei meiner Mama.«

Die Lehrerin zog das Kind fort. Katharina sah der Kleinen verwundert hinterher. Das Mädchen fixierte sie noch immer mit ihrem Blick und winkte ihr lächelnd zu.

Die Menge jubelte erneut, und der Kopf der alten Kathi rollte aufs Schafott. Auch für Marias Mutter war es nun vorbei.

Der Scheiterhaufen neben dem Schafott wurde entzündet, das trockene Reisig brannte sofort lichterloh. Die beiden leblosen Körper wurden daraufgeworfen. Der Henker hob die

Köpfe der Frauen vom Boden auf, hielt sie grinsend in die Höhe und rief: »Seht sie euch an, die Hexen, seht sie euch ein letztes Mal an. Das passiert mit Menschen, die sich dem Teufel zuwenden, nehmt euch in Acht.«

Schwungvoll warf er die Köpfe in die Flammen. Die Menge jubelte.

»Sie brennen. Die Hexen verbrennen, der Teufel verbrennt!«

Katharina begann zu würgen. Angeekelt wichen die Menschen vor ihr zurück. Tränen schossen Katharina in die Augen, ihr Hals brannte.

Erschöpft schob sie sich ihre Haare aus dem Gesicht. An ihrer Haube hatte sich das Halsband gelöst, sie lag vor ihr auf dem schlammigen Boden. Katharina schien es nicht zu bemerken. Schwankend richtete sie sich wieder auf.

Rauch zog über den Platz, und dunkle Schwaden hüllten die Menschen ein. Es stank fürchterlich, und der Geruch von verbranntem Fleisch breitete sich aus, suchte sich ganz langsam seinen Weg, zog bis in die Gassen, drang durch die Fenster in jedes Haus. Würgend beugte sich Katharina erneut nach vorn. Ihr Haar klebte im Gesicht, und sie hörte nur noch das Rauschen ihrer Ohren. Dieser Geruch, dieser unglaubliche Gestank, er war so widerlich, so unsagbar schrecklich.

Plötzlich hielt jemand sie fest, stützte sie und schob ihr Haar nach hinten. Der Geruch von Lavendel stieg ihr in die Nase und vermischte sich mit dem schrecklichen Gestank. Andreas war da.

Er hatte sie in der Menge entdeckt und war sofort zu ihr herübergeeilt. Vielleicht war eine gemeinsame Zukunft nicht möglich, aber er war ihr Freund. Er wollte es jedenfalls sein.

Der Schmerz darüber, sie verloren zu haben, zerrte an ihm, denn seine Gefühle für sie waren unvermindert stark. Er hatte Katharina bereits auf dem Marktplatz auf den Treppenstufen stehen sehen und voller Mitleid beobachtet, wie sie litt. Doch jetzt, wo sie hier mitten unter den Menschen stand, konnte er nicht anders, er musste ihr einfach helfen.

Katharina richtete sich auf und schob seine Hände weg.

»Was soll das, Andreas? Geh weg.«

Sie sah ihn trotzig an. In ihren Augen lagen Trauer und Wut. »Verschwinde. Du bist einer von denen.« Katharina zeigte Richtung Schloss. »Du gehörst zur Obrigkeit. Für dich ist heute eine wahre Hexe gestorben. Das musst du doch glauben. Du musst daran festhalten, was dir deine Kirche sagt.«

Er zuckte zurück. Er stellte doch diesen Prozess genauso infrage wie Katharina auch. Es betraf ihn zwar nicht persönlich, aber er litt trotzdem. Andreas versuchte, sich zu verteidigen: »Aber ich kann doch nichts dafür. Bitte, Katharina, du musst mir glauben.«

Ihre Augen funkelten wütend. Sie verschränkte die Arme vor der Brust. »Verschwinde, Andreas, es ist vorbei. Alles ist ab heute anders. Du bist nur noch der Priester, und ich bin die Geächtete. Die Tochter der Rothköpfin, die alle als Hexe in Erinnerung behalten werden. Unser Leben ist zerstört. Unsere Zukunft auch. Lass mich einfach in Ruhe.«

Sie drehte sich um und ließ ihn stehen. Verdutzt schaute er ihr nach. Katharina ging zum Scheiterhaufen und blieb davor stehen. Die schwarzen Rauchschwaden verschluckten sie fast. Ihre Locken wehten im Wind, Funken wirbelten um sie herum und fielen auf ihren Umhang. Kinder tanzten singend an ihr vorbei. Die Leute standen in kleineren Gruppen zusammen, einige waren bereits nach Hause gegangen. Es war vorbei, die Feuer brannten langsam hinunter, die Hinrichtung war zu Ende.

Andreas blieb noch eine ganze Weile stehen und beobachtete Katharina. Er konnte einfach noch nicht gehen. Der Platz leerte sich immer mehr, der Nieselregen war zu einem starken Dauerregen geworden. Die Leute hielten sich schützend ihre Umhänge über die Köpfe, und Kinder hüpften durch die Pfützen. Vorsichtig trat er hinter Katharina. Sie zitterte, war klatschnass und schluchzte leise.

Er getraute sich nicht, sie anzufassen, schweigend standen sie eine Weile so da. Sie waren die Letzten auf dem Platz, das Feuer war endgültig erloschen. Die Wachmänner standen neben dem Scheiterhaufen und sahen das seltsame Paar neugierig an.

Katharina konnte Andreas spüren und seinen Geruch wahrnehmen. Ihr Schluchzen wollte nicht aufhören. In seinen Armen hätte sie sich bestimmt beruhigt, und alles wäre gut geworden. Doch es durfte nicht sein.

Plötzlich fiel ihr das Geld ein, das sie für das Grab auf dem Wolfsbacher Kirchhof bezahlen musste. Katharina drehte sich zu ihm um. Ihr Gesicht war ganz nah an seinem, und seine Augen sahen sie sehnsüchtig an. Sofort wich sie erschrocken einen Schritt zurück.

Sie blickte zu Boden und kramte in ihrer Tasche. »Hier ist das Geld für die Gräber der Frauen.«

»Darum hab ich mich schon gekümmert.«

Verwundert sah sie ihn an, ganz kurz bemerkte er Dankbarkeit in ihren Augen. Doch dann wurde ihr Gesichtsausdruck wieder abweisend.

»Wir brauchen keine Almosen.«

Sie warf den kleinen Beutel vor ihm auf den Boden, wandte sich ab und trat einige Schritte an den Scheiterhaufen heran. Traurig hob er den Beutel auf. Es war vorbei, sie hatte recht. Ab heute lebten sie in zwei verschiedenen Welten.

Die Wachmänner räumten den Scheiterhaufen ab und warfen die beiden verkohlten Leichen auf einen Karren. Die Schädel der beiden Frauen flogen achtlos hinterher. Katharina zuckte zusammen. Ein Mann spannte einen Esel vor den Karren, den die Männer zur Eile antrieben. Schweigend folgte Katharina der kleinen Gruppe. Der Regen rann ihr in den Ausschnitt. Ihr blaues Leinenkleid hing kalt und schwer an ihr, und ihre Bluse klebte an ihrer Haut. In ihren Schuhen stand das Wasser, bei jedem Schritt quietschte es. Sie zitterte, und ihre Zähne schlugen aufeinander. Doch sie würde mitgehen, sie würde ihre Mutter auf ihrem letzten Weg begleiten, das war sie ihr schuldig.

Die traurige Gruppe lief durch die stillen Gassen, niemand war mehr zu sehen. Verfaulendes Gemüse und Obstreste lagen überall herum. Katharina lief einfach weiter, achtete nicht darauf, wo sie hintrat. Die Fensterläden vieler Häuser waren geschlossen, und nur ab und an fiel ein Lichtstrahl nach draußen. Sie liefen durch eine der engen Gassen, vorbei an dem Hinterhof, in dem das kleine Mädchen gespielt hatte. Bei dem Anblick des schäbigen Hauses zuckte Katharina zusammen. Die Erinnerung tat weh und schien aus einem anderen Leben zu sein.

Es ging durch eines der alten Stadttore. Auf dem freien Feld kam zu dem Regen ein unangenehmer Wind hinzu. Die

Kälte war nun kaum noch auszuhalten. Die Wachmänner froren ebenfalls. Mitleidig sah einer von ihnen Katharina an und bewunderte sogar ein wenig das Durchhaltevermögen der jungen Frau.

Nach einer Weile tauchten die Ruinen von Wolfsbach vor ihnen auf. Bei ihrem Anblick lief Katharina ein Schauer über den Rücken. Wolfsbach war schon vor vielen Jahren ausgestorben, hier lebte niemand mehr. Die Häuser und Höfe waren verfallen, Efeu rankte sich an den alten Mauern empor. Dieser Ort war ihr unheimlich, es gab viele Geschichten über ihn. Von der Pest und schrecklichen Greueltaten war die Rede, und die Geister der Bewohner sollten angeblich noch hier sein und über den Ort wachen.

Sie erreichten die Kirche, die noch fast vollständig erhalten war. Der Kirchplatz lag ruhig vor ihr, und die Kreuze der Gräber ragten in den dunklen Himmel – erzählten Geschichten von Menschen und Ereignissen, die schon längst vergessen waren.

Die Gräber der Frauen waren vom Totengräber bereits ausgehoben worden. Katharina beobachtete, wie die beiden verkohlten Leichen hineingeworfen wurden. Die Männer gaben sich keine Mühe, die Toten mit Respekt zu behandeln.

Katharina blieb abseits unter dem Vordach der Kirche stehen und beobachtete, wie sie die Gräber zuschaufelten. Nach getaner Arbeit liefen die Männer lachend an ihr vorbei. Endlich konnten sie nach Hause gehen.

Als sie außer Sicht waren, lief Katharina langsam zu den Gräbern hinüber und sank in den feuchten Matsch.

Sie strich mit der Hand über die nasse Erde.

»Es tut mir leid«, sagte sie schluchzend, »ich konnte es nicht verhindern.«

Sie wischte sich die Tränen aus den Augen.

»Bestimmt ist jetzt Papa bei dir, und ich hoffe so sehr, dass es dir nun gut geht. Ich weiß, ihr werdet immer bei mir sein, aber es ist so schwer. Wie soll ich das alles nur schaffen?«

Katharina sank in sich zusammen. Es war totenstill, nur ihr Atem war zu hören. Sie wischte sich die Tränen aus dem Gesicht und richtete sich wieder auf. In der Dunkelheit waren nur noch die Umrisse der Kirche zu erkennen. Es war spät geworden, sie musste nach Hause.

Sie klopfte sich die nasse Erde vom Kleid, verließ den Kirchhof und ging die ehemalige Dorfstraße hinunter. Irgendwo rief ein Käuzchen, Katharina zuckte erschrocken zusammen. Plötzlich hatte sie Angst – sie fürchtete sich vor der Dunkelheit, der Stille und vor dem Weg zurück. Sie rannte die Straße hinunter. Fort, sie musste weg von hier, fort von diesem Ort, weg von diesem Tag. Es war vorbei, endlich war es überstanden.

20

Stöhnend öffnete Katharina am nächsten Morgen ihre Augen. Sie lag im Bett ihres Vaters. Gestern war sie todmüde unter die Decke geschlüpft. Auf dem Boden neben dem Bett lag ihr nasses, schmutziges Kleid. Durch das kleine Fenster schien die Sonne herein, malte helle Punkte auf den Boden und ihre Bettdecke. Der Wind rüttelte an den Schindeln, und der vertraute Geruch des Zimmers hüllte sie ein. Dieser einzigartig saubere Duft, den es nur hier im Raum gab, den nur die Laken dieses Bettes an sich hatten.

Es war schon seltsam, in Vaters Bett zu liegen. Ihre Mutter wäre fuchsteufelswild geworden, wenn sie sie hier gefunden hätte. Eva hatte immer darauf geachtet, dass alles ordentlich und sauber war. Dass es keine Falten in der Decke gab und immer frische Blumen auf dem kleinen Tisch neben dem Fenster standen. Jeden Morgen war ihre Mutter hereingekommen und hatte Dinge in Ordnung gebracht, die es nicht zu ordnen gab. Heute war der Tisch leer und sah irgendwie traurig und hoffnungslos aus.

Katharina seufzte. Jetzt würde Mutter nicht mehr kommen – jetzt war es ihr Zimmer, alles gehörte nun ihr. Daran hatte sie noch gar nicht gedacht – und auch noch nicht daran, wie es weitergehen sollte.

Katharina drehte sich vom Fenster weg und schloss die

Augen. Ihr Kopf dröhnte. Heute wollte sie nicht an ihre Zukunft denken, sondern einfach nur hier liegen bleiben, in diesem sauberen Bett, in diesem Zimmer sein, in dem die Welt gut war.

Katharina wollte ein wenig von dem Zauber behalten, den der Raum ausstrahlte. Draußen war die Welt, das seltsame neue Leben, mit dem sie noch nicht umgehen konnte und das sie noch nicht kennenlernen wollte.

Sie fiel in einen unruhigen Schlaf.

Sie träumte von hochauflodernedem Feuer. Funken wirbelten in den Himmel, und dunkle Rauchschwaden umgaben sie. Ihre Mutter stand lachend in den Flammen und winkte ihr zu. Katharina wollte nach ihr greifen und schrie sie an. Verzweifelt versuchte sie, Eva aus den Flammen herauszuholen, aber das Feuer züngelte in die Höhe, und ihre Mutter verschwand immer mehr. Eva lächelte und sah ihre Tochter freundlich an. Katharina schrie, fühlte den Schmerz ganz tief in sich. Die Mutter verschwand, und ihr Gesicht verwandelte sich in eine schwarze, verkohlte Maske.

Katharina schreckte hoch und sprang aus dem Bett. Verwirrt sah sie sich um. Die Sonne schien auf den Boden, alles war ruhig. Nichts, es gab kein Feuer, keine Funken, keinen Rauch, es gab nur sie und die Ruhe des Zimmers.

Sie setzte sich erleichtert auf die Bettkante. Es war nur ein böser Traum gewesen.

Plötzlich drang Cäcilies Stimme an ihr Ohr.

»Katharina, seid Ihr schon wach? Maria steht unten in der Stube.«

Maria war da, Katharina sprang hoch und riss die Tür auf.

Cäcilie zuckte zusammen und drehte sich zu ihrer Herrin um. »Maria ist da?«, fragte Katharina. »Aber was will sie denn hier?«

Sie wartete die Antwort der Magd nicht ab und rannte die Treppe nach unten. Cäcilie sah ihr verwundert nach. Ihre Herrin war nur mit ihrem Hemd bekleidet und barfuß. Seufzend ging Cäcilie in Katharinas Zimmer, holte ein beigefarbenes Leinenkleid aus dem Schrank und suchte passende Strümpfe dazu. Einer musste ja an Kleidung denken.

Katharina betrat die Wohnstube und wurde sich erst jetzt der Tatsache bewusst, dass sie nur mit einem Hemd bekleidet war. Maria stand mit dem Rücken zu ihr, drehte sich um und sah Katharina an.

Maria sah schrecklich aus. Ihr Haar hatte sie nur locker im Nacken zusammengebunden, und viele Strähnen fielen ihr ins Gesicht. Sie hatte verweinte Augen und spielte an ihrem Schürzenband herum.

»Maria«, fragte Katharina etwas außer Atem, »was tust du denn hier?«

Maria blickte beschämt zu Boden.

»Ich wollte fragen – wie es gewesen ist?«

Katharina trat näher an sie heran und sah Maria forschend ins Gesicht. Maria standen Tränen in den Augen.

»Ich hab sie alleingelassen«, sagte sie schluchzend. »Sie musste ohne ihre Familie sterben, so etwas tut doch eine Tochter nicht. Ich hätte sie nicht alleinlassen sollen. Sie starb allein, weil ich zu feige war.«

Katharina nahm Maria liebevoll in die Arme und zog sie

ganz nah an sich heran. Maria konnte zum ersten Mal, seit ihre Mutter fort war, trauern.

»Es ist schon gut, Maria«, flüsterte Katharina und strich ihr tröstend über den Rücken. »Sie hätte dich bestimmt nicht gesehen. Es waren so furchtbar viele Leute dort. Deine Mutter hat kaum den Kopf gehoben. Du hast recht gehabt. Die Frau dort war nicht mehr deine Mutter. Die kraftvolle Frau, die wir gekannt haben, ist schon vorher gegangen.«

Schniefend löste sich Maria aus Katharinas Umarmung.

»Sie hat nicht mehr aufgeschaut?«

»Nein, hat sie nicht.«

Cäcilie stand hinter Katharina in der Tür. Gerührt blickte sie auf die Szene vor sich. Ihre Herrin war nicht allein, sie hatte zwar keine Eltern mehr, aber Maria war noch da. Sie und Cäcilie würden schon dafür sorgen, dass es Katharina bald wieder gut ginge und dass alles wieder in Ordnung käme. Leise legte Cäcilie das Kleid und die Strümpfe auf einen Stuhl neben der Tür und verließ taktvoll den Raum.

Katharina sah sich um, sie hatte Cäcilies Schritte gehört. Ihre Füße waren kalt, sie fror. Eilig ging sie zu dem Stuhl hinüber und griff nach ihrer Kleidung.

»Setz dich doch erst mal, Maria«, sagte Katharina und zog sich ihr Kleid über den Kopf. Mit erstaunlich ruhiger Hand schloss sie die Schnüre. Nun war sie die Starke und musste Maria Mut machen, ihr helfen.

Als sie mit dem Ankleiden fertig war, suchte sie in der alten Anrichte nach Kräutern für den Tee, warf einige getrocknete Pfefferminzblätter in die Tonkanne, goss heißes Wasser darüber und stellte den fertigen Tee auf den Tisch.

Die Sonne malte helle Flecken auf die dunklen Balken der Wände, ihr warmes Licht tat Katharina gut.

Wenigstens hatte es endlich aufgehört, zu regnen. Dieser schreckliche Regen. Der Weg nach Wolfsbach war ihr endlos vorgekommen, doch sie hatte ihn für ihre Mutter gehen müssen.

Ihr Blick wanderte wieder zu Maria, die sich die Tränen aus den Augen wischte. Maria hatte ihre Mutter alleingelassen, ihre Angst vor der Hinrichtung war zu groß gewesen. Jetzt bereute Maria es, dass sie ihrer Mutter nicht beigestanden hatte.

Erneut sah Katharina ihre Mutter vor sich und erinnerte sich an den letzten Blick, den sie getauscht hatten. Eva war nicht allein gewesen. Seufzend stellte Katharina Becher auf den Tisch, setzte sich neben Maria und schenkte Tee ein.

Schweigend tranken beide ihren Tee. Es war ein seltsamer Morgen, ein seltsamer Tag. Katharina sah ständig zur Tür. Sie hatte das Gefühl, die Mutter würde gleich hereinkommen. Aber das würde sie nie wieder tun. Nie mehr würde sie durch die Flure des Hauses laufen, die Hühner füttern und ihren wunderbaren Apfelkuchen backen. Sie lag jetzt in Wolfsbach auf dem Verbrecherfriedhof, an diesem schrecklichen Ort, den Katharina am liebsten nie wieder betreten wollte.

Katharina sah ihre Freundin an. Vielleicht sollte sie ihr doch mehr berichten. Ruhig und gefasst lauschte Maria ihren Worten.

»Deine Mutter wurde nach meiner hingerichtet, genau habe ich es leider nicht gesehen, es war alles zu viel für mich«, schloss Katharina schließlich.

Maria drückte ihre Hand, und erneut standen ihr Tränen in den Augen.

»Du musstest es auch nicht sehen. Ich hätte es sehen müssen, ich hätte dort sein müssen. Aber ich war zu feige. Gott wird mich dafür bestrafen.«

Katharina antwortete nicht. Was hätte sie schon sagen können. Diesen Kampf musste Maria allein austragen.

Die Stille in der Stube schien nach einer Weile unerträglich zu werden. Maria trank von ihrem Tee, seufzte und wechselte das Thema.

»Ich war gestern bei Luise.«

Überrascht sah Katharina sie an. »Wie geht es ihr denn?«

»Gut, es ist alles schön verheilt, und es werden auch keine Narben zurückbleiben. Ich soll dich von ihr grüßen. Sie hat an dich gedacht und freut sich schon, dich nachher in der Kirche zu sehen.«

»In der Kirche?«

»Heute ist doch die Taufe des kleinen Sebastian, drüben in Dasbach. Andreas wird den Kleinen taufen, Luise ist schon ganz aufgeregt.«

»Ach, du meine Güte, daran habe ich gar nicht mehr gedacht. Luise hat uns ja eingeladen. Ist das ausgerechnet heute. Ich glaube, ich kann da nicht hingehen, nicht jetzt.«

Sehnsuchtsvoll dachte Katharina an ihr Bett zurück und an die weichen, warmen Laken, die dort oben auf sie warteten.

Maria ergriff Katharinas Hand. »Das Leben geht weiter, Katharina, es hat gestern nicht angehalten. Ich weiß, dass es schlimm ist. Aber nur wegen uns beiden ist Luise noch am Leben, wir können ihre Einladung nicht ausschlagen.«

Katharina nickte seufzend. »Gut, dann komme ich eben mit.« Bei dem Gedanken an die Kirche wurde Katharina unruhig. Andreas würde dort sein, würde sie mit seinen warmen Augen, mit seinem Blick voller Sehnsucht ansehen. Eine Sehnsucht, die sie so gern erwidern würde.

Maria hatte recht, heute war Tag eins des neuen Lebens, und es gab viele Dinge, um die sie sich kümmern musste. Nachdenklich sah sie auf den Hof hinaus. Dort stand Cäcilie und fütterte die Hühner. Um ihre Magd musste Katharina sich jetzt auch kümmern.

Maria folgte ihrem Blick.

»Hat sie dir schon gesagt, dass sie ein Kind erwartet?«

Katharina sah Maria überrascht an. »Woher weißt du davon?«

»Ach, Katharina, ich habe so viele Frauen in guter Hoffnung gesehen. An den Augen kann man es erkennen. Schwangere haben einen anderen Blick und ganz nebenbei« – Maria deutete nach draußen –, »sieh sie dir nur mal an. Sie ist so dünn geworden und blass. Ich frage mich schon die ganze Zeit, ob sie überhaupt noch das Essen bei sich behält. Ich beobachte sie oft, wie sie im Obstgarten steht und erbricht. Eigentlich hätte ich sie schon längst darauf ansprechen sollen, aber ich wollte sie nicht erschrecken. Hat sie dir gesagt, wer der Vater ist?«

»Ja, Michael war in ihrer Kammer.«

Maria nickte. »Weiß er davon?«

»Ich werde mit ihm reden.« Maria strich Katharina über den Arm. »Du hast sie sehr gern, oder?«

»Ja, Cäcilie hat so eine verletzliche Art. Wenn ihr Hof nicht abgebrannt wäre, dann wäre sie jetzt keine einfache

Magd. Mutter hat sie beschützt, und das ist jetzt meine Aufgabe. Ich werde schon dafür sorgen, dass Cäcilie nichts zustößt.«

Maria stand auf, streckte sich und fuhr sich durch ihr zerzaustes Haar. »Ich werde jetzt nach Hause gehen, die Taufe findet bald statt«, sagte sie und sah an sich herunter. »Ich muss mich noch zurechtmachen.«

Sie trat in den Flur und öffnete die Tür. Katharina begleitete sie auf den Hof. Die Mittagssonne schien ihr ins Gesicht, es war ein warmer Tag, und ein Hauch von Frühling lag in der Luft.

Maria umarmte Katharina zum Abschied.

»Danke fürs Zuhören.«

Katharina lächelte.

»Dafür bin ich doch da.«

Katharina stand nachdenklich in ihrer Kammer vor dem Spiegel und musterte ihr Gesicht. Sie mochte es nicht, konnte jede einzelne Sommersprosse darin nicht leiden. Aber heute sah es noch schlimmer aus als sonst. Tiefe Schatten lagen unter ihren Augen, die immer noch gerötet und geschwollen waren. Wie sollte sie denn so zu einer Taufe gehen?

Alle Leute würden denken: Seht sie euch an, die Tochter der Hexe. Das Böse und der Teufel stehen ihr ins Gesicht geschrieben. Am Ende würden sie sie aus der Kirche jagen.

Erneut dachte sie an Andreas. Es war immerhin seine Kirche, sicherlich würde er so etwas nicht zulassen und einschreiten, wenn die Menschen auf sie losgingen. Vielleicht würde dann alles wieder besser werden, denn wenn sich ein Mann Gottes auf ihre Seite stellte, konnten sie keine Hexen sein.

Vor ihr auf dem Tisch standen wie immer die Wasch-schüssel und der dazu passende Krug. Vielleicht würde ja ein wenig kaltes Wasser für Abhilfe sorgen. Katharina goss etwas von dem kühlen Nass in die Schüssel. Als sie ihre Hände in das Wasser tauchte, fingen diese sofort an zu krib-beln. Eilig wusch sie sich ihr Gesicht.

Als sie fertig war, rubbelte sie sich mit einem Leinentuch trocken und betrachtete das Ergebnis ihrer Bemühungen.

Sie war zufrieden. Jetzt noch schnell die Haare bändigen und unter die Haube schieben, dann war sie fertig.

Doch so einfach, wie sie es sich gedacht hatte, war das nicht. Die störrischen Locken ließen sich mal wieder nur schwer hochstecken. Während sie mit ihnen kämpfte, hörte sie unten im Hof Marias Stimme.

»Katharina, wo bleibst du denn? Wir müssen los.«

»Ich komme ja schon«, rief Katharina und band eilig ihre Haube zu. Während sie die Treppe hinunterhastete, fielen ihr die ersten Locken wieder ins Gesicht.

Eilig liefen Katharina und Maria über den kleinen Friedhof, der die Dasbacher Kirche umgab. Die Sonne schien, ledig-lich ein paar kleine Schönwetterwölkchen waren unterwegs. Überall tropfte es von den Kreuzen, und auf der braunen Wiese und den Gräbern lag nur noch wenig Schnee. Katha-rina hatte den Weg hierher in der frischen Luft genossen.

Bevor sie die Kirche betraten, zog sie ihre Kapuze über den Kopf. Maria tat es ihr gleich. Sie kamen zur Taufe des Kleinen, wollten aber im Hintergrund bleiben. Am Ende verscheuchten sie die Leute doch noch. Katharinas Hände zitterten vor Aufregung, als sie die Tür öffnete.

Die Dasbacher Kirche war sehr klein. Nur wenige Menschen fanden in ihr Platz. Sie war nicht mit so prachtvollem Marmor ausgestattet wie die Kirche in Idstein. An ihren Wänden waren blau-weiße Holzvertäfelungen angebracht, und es roch nach Bienenwachs und Tannengrün. Durch das bunte Glasfenster hinter dem Altar schien die Sonne auf den Boden und ließ ihn in bunten Farben schimmern. Einige Leute drehten neugierig ihre Köpfe. Katharina erkannte Bauer Lehmann und zog hastig ihre Kapuze noch etwas tiefer ins Gesicht. Sicherlich würde er gleich aufstehen und sie wie neulich am Gartenzaun verjagen. Doch es geschah nichts. Der Bauer sah die beiden nur grimmig an und wandte sich dann wieder nach vorn.

Katharina und Maria setzten sich in eine der hinteren Reihen. Katharina schämte sich ein wenig, ihre Kapuze aufzulassen. Immerhin waren sie in einem Gotteshaus, es gehörte sich eigentlich nicht.

Luise und Markus saßen in der ersten Reihe. Luise hatte sich ebenfalls zur Tür umgewandt, als die beiden eingetreten waren, und ihnen kurz zugelächelt. Sie sah heute gut aus, hatte sich prächtig erholt. Ihre Wangen waren wieder voller, und ihre Augen strahlten vor Freude. In ihren Armen lag der kleine Sebastian. Das Kind schien mit seiner Taufe nicht einverstanden zu sein und schrie laut. Beruhigend wiegte Luise ihn. Markus hatte liebevoll den Arm um seine kleine

Familie gelegt, Stolz lag in seinem Blick. Er hatte Katharina und Maria ebenfalls kurz zugenickt. Sein Misstrauen und seine Furcht waren verschwunden. Er glaubte nicht mehr an die schrecklichen Gerüchte, an die fürchterlichen Anschuldigungen gegen ihre Mütter.

Hinter dem Altar öffnete sich eine kleine Tür, und Andreas betrat den Raum. Der Organist begann zu spielen, und die Taufgesellschaft erhob sich. Katharina war aufgeregt, ihre Hände zitterten. Sie versuchte, Andreas nicht direkt anzusehen, und schaute zu Boden. Der Priester ließ seinen Blick über die Anwesenden schweifen. Auch wenn Katharina ihren Umhang tief ins Gesicht gezogen hatte und nicht aufblickte, erkannte er sie. Ihre Haltung, ihre Art zu stehen verrieten sie sofort. Katharina war tatsächlich gekommen, damit hatte er nicht gerechnet. Dass sie so viel Stärke zeigte, konnte er nicht fassen.

Mit zitternder Hand griff er nach seiner Bibel. Er schwitzte und zerrte verlegen an seinem Kragen.

Der kleine Sebastian hatte zu schreien aufgehört. Andreas begann den Gottesdienst.

Katharina hob schüchtern den Kopf und sah Andreas verstohlen an. Wie er dort stand, hinter seinem Altar, und mit welcher Sicherheit er die Worte und die Gebete sprach, wie wunderbar seine Stimme klang, wenn er sang. Sie seufzte. Gestern hatte sie ihn fortgejagt, hatte ihn angeschrien und verachtet. Doch jetzt sehnte sich jede Faser ihres Körpers so sehr nach seiner Nähe, dass es wehtat.

Luise erhob sich und ging zum Taufbecken, das in einer kleinen Nische neben dem Altar stand. Markus und die anderen Verwandten folgten ihnen. Das Becken war aus einfachem Stein gefertigt, und an seinem Fuß war ein schlichtes Kreuz eingraviert. Eine goldene Karaffe, ein passender Tiegel und ein Leinentuch lagen auf dem geöffneten Deckel. Luise reichte das Baby ihrem Bruder, der der Pate des Kleinen werden sollte. Andreas sprach die heiligen Worte, goss dem Kind Wasser über den Kopf und salbte seine Stirn. Der Kleine brüllte erneut aus vollem Hals. Katharina konnte sich noch gut an den armen Jungen in seiner Wiege erinnern, in einem Raum, in dem Krankheit und Tod in der Luft lagen. Jetzt ging es Luise wieder gut, sie war gesund. Die rote Farbe ihres Kleides stand ihr hervorragend. Sie hatte ihr Haar kunstvoll hochgesteckt und rote Bänder hineingeflochten. Stolz und liebevoll betrachtete sie ihren Sohn. Luises Leben ging weiter. Katharina seufzte, und ihr Blick wanderte zu Andreas. Was würde mit ihr passieren?

Die Taufzeremonie war beendet. Die Familie nahm wieder in den Bänken Platz. Andreas schritt zum Altar zurück, und alle erhoben sich. Er faltete die Hände und begann feierlich, das Vaterunser zu sprechen. Sein Blick wanderte zu Katharina, während er sprach. Er sah ihr ins Gesicht, und sie erwiderte seinen Blick. Seine Augen waren wunderschön. Ihr Herz schlug wie verrückt. Katharina kam es vor, als wären sie ganz allein, als stünden nur sie beide hier in der Kirche. Er sprach die Worte, die sie in- und auswendig konnte.

»Und vergib uns unsere Schuld.«

Katharina betete leise, man hörte sie kaum.

Ja, vergeben, das war es, was Menschen tun sollten, dachte sie. Wie Jesus uns vergeben hat. Doch was taten die Menschen? Sie vergaben nicht, sie suchten nach einer Sünde, die es nicht gab, schufen einen Teufel, der niemals existiert hatte, und glaubten an ein unsinniges Märchen. Deshalb brachten sie Menschen um.

21

Magdalena hielt sich hustend an der Wand des Pferchs fest. Ihr Hals brannte wie Feuer, und es stach in ihrer Brust. Sie bekam nur schlecht Luft und wurde immer wieder von Hustenanfällen geschüttelt. Japsend richtete sie sich auf, stellte ihre Mistgabel ab. Langsam ging sie nach draußen zur Pferdetränke. Es schneite, dicke weiße Flocken fielen vom Himmel. Magdalena beugte sich über die Tränke und trank gierig von dem kühlen Wasser, seufzte erleichtert, als dieses ihren entzündeten Hals hinunterlief. Bei jedem Atemzug rasselte es in ihrer Brust, sie fror und schwitzte gleichzeitig. Nur mühsam richtete sie sich wieder auf. Neben ihr standen zwei große Haflinger, die Tiere sahen sie aus ihren treuen Augen liebevoll an. Magdalena kam es so vor, als hätten die beiden Mitleid mit ihr. Sie wandte den Kopf ab. So ein Unsinn, es waren doch nur Pferde. Sie schwankte. Wie würde sie nur diesen Tag überstehen? Warum war sie heute überhaupt zur Arbeit gekommen? Sie war krank und gehörte in ihre Kammer ins Bett. Doch sie konnte nicht zu Hause bleiben. Ihre Familie brauchte das Geld, das sie hier verdiente. Wenn sie im Stall fehlte, bekam sie weniger bezahlt. Doch heute wäre ihr das fast gleichgültig gewesen. Magdalenas drei kleine Geschwister hatten in ihrer engen Wohnstube am Tisch gesessen. Niemand hatte ihnen etwas zu essen gemacht, und ihre Mutter hatte wie immer schlafend auf dem Sofa gelegen. Bereits seit Wochen lag sie dort und erholte sich einfach nicht von dem Fieber. Es gab Tage, da war sie zu schwach, um überhaupt aufzustehen. Alle Arbeit hing an Magdalena. Ihre Schwestern waren noch viel zu klein, um zu helfen, die Jüngste war erst zwei Jahre alt. Auch an diesem Morgen hatte es in der Stube wieder erbärmlich gestunken, wo Mutters voller Nachttopf neben dem Sofa stand. Der Ofen war ausgegangen, es war eiskalt gewesen.

Seufzend hatte Magdalena eingeheizt, den Nachttopf nach draußen getragen und in den Hof geschüttet. Danach hatte sie Hafer in einen Topf gekippt und diesen mit Wasser und ein wenig Milch zu einem schmierigen Brei verarbeitet. Für Butter fehlte das Geld. Ihre Geschwister stopften das geschmacklose Zeug trotzdem gierig in sich hinein. Sie waren schrecklich dünn, hatten hohle Wangen und eingesunkene Augen. Besonders Margret, die Kleinste von ihnen, hatte schrecklich dünne Ärmchen. Magdalena konnte jede ihrer Rippen einzeln zählen. Lange sollte es so nicht mehr weitergehen.

Auf dem Weg hierher hatte sie sich immer wieder an irgendwelchen Bäumen festhalten müssen. Ihr dünner Umhang half nur wenig gegen die Kälte, und in ihren einfachen Schuhen waren Löcher. Es wurde immer schlimmer. Aber wenn sie es nicht tat, wer sollte denn dann für ein Auskommen sorgen? Ohne das bisschen Geld, das sie auf dem Gassenbacher Hof verdiente, wären ihre Geschwister bestimmt schon verhungert.

In ihrem Kopf hämmerte es, hustend beugte sie sich wieder über den Brunnen und spuckte grünen Schleim in den

Schnee. Der Oberstallmeister trat aus dem Stall und bemerkte Magdalena am Brunnen. Er mochte das Mädchen nicht. In seinen Augen war es ein faules Luder, ein leichtes Mädchen, das sich gern mit seinen Knechten herumtrieb. Bis heute hatte er nicht verstanden, warum der Gutsherr dieses unmögliche Geschöpf überhaupt in seine Dienste genommen hatte.

Hastig rannte er auf sie zu und baute sich mit ernster Miene vor ihr auf. Magdalena sah ihn erschrocken an.

»Was tust du denn hier draußen? Bist wieder nur am Herumlungern. Ich habe mir deine Arbeit angesehen. Die Pferche sind noch immer nicht richtig sauber, und in den meisten warst du noch gar nicht. Du wirst hier nicht fürs Faulenzen bezahlt.«

Er packte Magdalena grob am Arm und schleifte sie fast schon zum Stall zurück. Magdalena zuckte zusammen, als er ihr eine Ohrfeige verpasste, Sterne funkelten vor ihren Augen, und der Stall begann sich zu drehen. Stöhnend hielt sie sich am Eingangstor fest und wurde erneut von einem Hustenanfall durchgeschüttelt.

Erst jetzt fiel dem Oberstallmeister auf, wie Magdalena aussah, prüfend fasste er an ihre Stirn.

»Du bist ja glühend heiß. Was tust du hier, wenn du krank bist? Du wirst uns noch den Tod in den Stall bringen.«

Das Mädchen richtete sich auf.

»Ich brauche das Geld«, verteidigte sie sich. Sie würde nicht stumm nicken, würde ihm gegenüber nicht klein beigeben. Der Oberstallmeister sah sie verblüfft an, Widerworte war er nicht gewohnt.

»Du machst dich nach Hause und kommst erst wieder,

wenn du gesund bist. Die Seuche hast du in den Stall getragen. Jetzt weiß ich auch, warum so viele meiner Knechte krank darniederliegen. Mit euch Weibern sollte man sich einfach nicht einlassen, ihr macht immer nur Ärger.«

Magdalena wurde wütend.

»Ich kann nichts dafür, dass Eure Männer krank sind. Es ist ohnehin zu viel zu tun, auch wenn alle gesund sind, schaffen wir die Arbeit kaum. Wo steckt eigentlich Katharina? Sie habe ich schon lange nicht mehr gesehen, warum kommt sie denn nicht mehr?«

Der Oberstallmeister hob die Hand, schlug ihr noch mal ins Gesicht. Erschrocken wich Magdalena zurück, sie war zu weit gegangen. Am Ende würde er sie für immer nach Hause schicken, bestimmt würde sie wegen dieser Frechheit ihre Arbeit verlieren.

»Das geht dich nichts an. Das Mädchen ist doch schon gestraft genug, immerhin ist ihre Mutter hingerichtet worden.«

»Na und? Deswegen muss man nicht aufhören, zu arbeiten!« Magdalenas Stimme klang schnippisch. »Mein Vater ist auch hingerichtet worden, ich muss meine ganze Familie ernähren und kann auch nicht faulenzen. Aber vielleicht hat Katharina das Geld ja nicht nötig, am Ende ist sie ja auch eine Hexe.«

Verblüfft sah der Oberstallmeister das Mädchen an und überhörte für einen Moment den scharfen Ton.

»Wieso soll sie denn auch eine Hexe sein.«

»Na, weil sie doch damals fortgelaufen ist.«

»Wann ist sie fortgelaufen?«

»Als der Henker hier in den Ställen gewesen ist, um den

Schadenszauber auszutreiben. Sie war an dem Morgen hier, doch als es darum ging, dass wir unsere Kleider verbrennen sollen, war sie verschwunden. Bestimmt hat sie die Tiere umgebracht. Warum hätte sie denn sonst weglaufen sollen?«

Ein Hustenanfall begann Magdalena zu schütteln. Ihr Hals brannte, und Tränen stiegen ihr in die Augen. Sehnsüchtig blickte sie zur Pferdetränke auf den Hof hinaus.

Nachdenklich kratzte sich der Oberstallmeister am Kopf.

»Ich habe sie damals nicht gesehen«, murmelte er.

»Sie war aber hier«, antwortete Magdalena mit leiser Stimme. »Der Umhang, der hinten in der Ecke hängt, gehört ihr. Katharina hat ihn seit der Austreibung nicht abgeholt. Also wenn ihr mich fragt, ist an der Sache etwas faul.«

Der Oberstallmeister wandte sich um und spähte in die Ecke. »Und du hast sie bestimmt gesehen?«, fragte er noch mal.

»Ja, wir haben uns sogar unterhalten. Katharina war hier. Es war sehr früh am Morgen, und die Knechte waren noch nicht im Stall. Wir sind in die Pferche gegangen, sie war bei Rufus, ich weiß es genau.«

»Und als die Kleider verbrannt wurden, war sie bestimmt fort?«

»Ganz sicher. Katharina stand direkt hinter mir. Der Henker sprach davon, die Kleider zu verbrennen, ich habe mich zu ihr umgedreht und wollte ihr etwas sagen, da war sie verschwunden, und die Stalltür war nur angelehnt. Sie ist weggelaufen.« Mit nachdenklicher Miene sagte der Oberstallmeister:

»Ich glaube, das muss ich dem Gutsherrn mitteilen, vielleicht muss das Mädchen gemeldet werden, immerhin ist es

273

vor einer Teufelsaustreibung fortgelaufen. Am Ende trägt sie die Schuld an dem Schadenszauber.«

Er wandte sich von Magdalena ab und trat auf den Hof hinaus. Magdalena sah ihm ungläubig hinterher. So etwas war ihr noch nie passiert. Erleichtert ging sie zurück in den Stall, lehnte sich mit dem Rücken gegen die Wand und schloss die Augen. Nur einen Augenblick ausruhen, einen Moment durchatmen. Erschöpft schloss sie die Augen und sank in die Knie.

Der Gutsherr saß in seinem Arbeitszimmer am Schreibtisch und sah seine Abrechnungen durch. Er war ein sehr genauer Mensch und kontrollierte alles lieber zweimal. Schon oft war ihm beim zweiten Blick etwas aufgefallen, was er vorher übersehen hatte. Das Zimmer war sehr geräumig, dunkle Balken durchzogen die Decke, Holzregale und kunstvoll bemalte Schränke säumten die Wände. Sein Schreibtisch war aus schwerem Eichenholz gefertigt. Vor dem offenen Kamin an der gegenüberliegenden Wand standen zwei prächtige, mit rotem Samt bezogene Lehnstühle. In deren hölzerne Lehnen war das Familienwappen geschnitzt. Der Gutsherr war sehr stolz auf die zwei Möbelstücke, die schon seit gut zweihundert Jahren in Familienbesitz waren, und achtete peinlich genau darauf, dass sie nicht verschmutzt oder beschädigt wurden. Er war heute eher nachlässig gekleidet, und obwohl er sich in seinen Privatgemächern aufhielt, verzichtete er nicht auf seine Perücke. Seine dunklen Locken schimmerten im Licht der Kerzen.

Es war dämmrig im Raum, die wenigen Lichter, die auf

dem Schreibtisch standen, schafften es nicht, diesen völlig zu erhellen. Normalerweise schien um diese Zeit die Sonne herein. Er nannte sein Arbeitszimmer gern Sonnenzimmer und genoss den Blick aus den großen Fenstern auf das Idsteiner Schloss und den Bergfried. Diese waren heute wegen der dicken grauen Wolken nicht zu erkennen. Es schneite seit gestern Abend. Alle Tiere waren wieder in die Ställe zurückgebracht worden. Aber immerhin gab es, trotz des schlechten Wetters, auch Gutes. Die Kühe gaben wieder genug Milch, und kein Pferd war mehr gestorben. Endlich schien der Schadenszauber gebrochen zu sein, anscheinend hatte die Maßnahme des Henkers, die Kleider zu verbrennen, funktioniert. Es klopfte an der Tür. Der Gutsherr hob den Kopf und rief laut: »Herein.«

Der Oberstallmeister betrat den Raum. Er hielt seinen Hut in der Hand, drehte diesen unruhig hin und her. Verwundert sah der Gutsherr ihn an. Was wollte sein Stallmeister zu so früher Stunde von ihm. Sein Blick verfinsterte sich. Hoffentlich gab es nicht schon wieder ein totes Pferd zu beklagen.

»Was gibt es denn?«, fragte er und versuchte, seiner Stimme einen beiläufigen Ton zu geben, wollte vor seinem Untertanen seine Unsicherheit nicht zeigen.

»Ich wollte eine Meldung machen, Euer Gnaden.«

»Es ist doch hoffentlich kein Tier gestorben.«

»Nein, nein, den Tieren geht es prächtig, das versichere ich Euch.«

»Was ist es denn dann, geht es jemandem nicht gut?«

»Doch, es geht allen gut, ich muss aber trotzdem eine der Stallmägde melden.«

»Ja, welche denn? Was hat das Kind denn ausgefressen?«
Der Gutsherr atmete durch, kein Tier war tot, es war alles in
Ordnung. Wahrscheinlich handelte es sich nur um eine Ba-
gatelle. »Katharina Heinemann ist, als der Henker den Schadenszauber ausgetrieben hat, einfach aus dem Stall fortgelaufen. Sie war damals hier, eine andere Magd kann es
bezeugen.«

Interessiert sah der Gutsherr den Oberstallmeister an, das
hörte sich wichtig an. »Vielleicht hing ja an ihr der Teufel,
das könnte doch gut sein. Seit der Austreibung war sie nicht
mehr in den Ställen. Und jetzt geben die Kühe wieder Milch,
und die Pferde sterben nicht mehr. Es könnte doch sein, dass
sie etwas damit zu tun hatte?«

Der Gutsherr nickte, nachdenklich sah er ins Schneetreiben hinaus. Wenn das Mädchen der Grund für all den Ärger
gewesen war, dann war es verständlich, dass durch sein Fernbleiben nun alles wieder gut war.

»Sagt mal«, fragte er seinen Oberstallmeister, »ist das
nicht das Mädchen, dessen Mutter letzte Woche hingerichtet
wurde?«

»Ja, das ist richtig«, bestätigte der Oberstallmeister. »Das
ist die Tochter der Rothköpfin.«

»Da haben wir es ja schon.« Der Gutsherr lehnte sich in
seinem Stuhl zurück und faltete seine Hände.

»Diese Frau ist wie ihre Mutter eine Hexe. Bestimmt hatte
sie an all dem Übel Schuld.«

Der Oberstallmeister nickte.

»Ich bin ganz Eurer Meinung, Euer Gnaden. Was werden
wir denn jetzt tun? Sie muss gemeldet werden.«

»Das werde ich übernehmen.« Seufzend erhob sich der

dickliche Mann und strich sich würdevoll über seine Perücke.

»Lasst die kleine Kutsche einspannen, bei dem schrecklichen Wetter kann ich unmöglich reiten. Casper soll mich begleiten. Ich werde das Amtsbüro aufsuchen.«

Katharina strich sich fröstelnd über die Arme. Ein paar vereinzelte Schneeflocken wirbelten um sie herum. Es war wieder kälter geworden, und die Pfützen auf den Wegen trugen erneut eine dünne Eisschicht. Der Wolfsbacher Kirchhof sah leer und verlassen aus, der Wind spielte mit den Zweigen einer Trauerweide, die genau über den Gräbern ihrer Mütter stand. Der Baum war Katharina noch gar nicht aufgefallen. Er würde im Sommer bestimmt wunderhübsch aussehen und den Gräbern Schatten spenden. Der Himmel war bereits grau gewesen, als sie und Maria heute Morgen losgelaufen waren, und der morgendlichen Dämmerung war ein dunkler Tag gefolgt.

Sie waren trotzdem hierhergekommen. Maria hatte Katharina nach der Taufe des kleinen Sebastian darum gebeten, sie zum Friedhof zu begleiten, um ihr das Grab ihrer Mutter zu zeigen.

Maria setzte sich davor in den Schnee. Ihre Kapuze war nach hinten gerutscht und gab den Blick auf ihr blondes Haar frei, das selbst in dem grauen Licht ein wenig wie Gold glänzte. Maria hatte ihr Haar einfach im Nacken zusammengebunden, nicht einmal einen Zopf hatte sie sich heute Morgen geflochten. Sie sah mitgenommen, aber gefasst aus.

Hier war es friedlich, es gab keinen Henker, keine grölenden Menschen, keine Gewalt. Hier konnte Maria in Ruhe an dem Grab ihrer Mutter sitzen, mit ihr Zwiesprache halten und sich von ihr verabschieden.

Katharina sah sich schweigend um. Der Kirchhof war schon ein seltsamer Platz, aber Angst hatte sie heute keine. Die alten Eisenkreuze ragten in den Himmel. Die Kirche erhob sich vor ihr. Der Putz bröckelte von den Mauern und gab den Blick auf graue Schiefersteine frei, auch das Dach wies bereits einige Löcher auf. Katharina wandte sich von Maria ab. Neugierig drückte sie die Klinke der alten, schweren Holztür nach unten und betrat das Kirchenschiff.

Die Kirche war leer, keine Bänke und kein Altar standen darin. Auf dem Boden lag ein wenig Laub, und Schneeflocken fielen durch die Löcher des Daches. Hinter dem Altarraum hing eine Holztür lose in den Angeln. Katharina ging langsam in die Mitte des Raumes und sah sich schweigend um. Es war so anders, so seltsam, in einer leeren Kirche zu stehen. Aber es war auch beeindruckend. Die Friedlichkeit, das Beschützende, was ein Gotteshaus ausmachte, hatte selbst diese verfallene Kirche noch nicht verloren. Es duftete noch immer leicht nach Weihrauch und Kerzenwachs, oder bildete sie sich das nur ein, denn ein Gottesdienst war hier schon lange nicht mehr abgehalten worden.

Durch das runde Kirchenfenster des Altarraums fiel das Licht in bunten Farben auf den Boden. Die Scheiben waren an vielen Stellen gebrochen, einige fehlten ganz, aber es war immer noch wunderschön.

Irgendwie fühlte sie sich hier Gott näher als in der Dasbacher oder Idsteiner Kirche. Hier war nur sie, die Stille der

Mauern und Gott. Sie spürte seine Gegenwart, glaubte ganz fest, dass er jetzt hier war.

»Warum?«, flüsterte sie leise und sah zu der weißen Decke hinauf. »Warum hast du sie mir genommen? Warum musste sie auf so grausame Art sterben? Du hättest es verhindern müssen, du bist doch Gott. Wenn nicht du, wer soll die Menschen dann aufhalten und ihnen den rechten Weg zeigen?«

Das Kirchentor knarrte, und Katharina drehte sich erschrocken um. Maria schob ihren Kopf herein und sah ihre Freundin neugierig an.

»Was tust du denn hier drin?«, fragte sie und betrat die Kirche. Das alte Laub raschelte unter ihren Füßen, als sie näher kam.

»Ich weiß nicht genau«, antwortete Katharina. »Ich wollte sie mir mal ansehen. Es ist irgendwie schön hier, so ruhig und friedlich.«

Maria sah sich um. Ihr Blick fiel auf die zerbrochenen Fensterscheiben, den bröckelnden Putz und die schmutzigen Wände. Der Boden war voller Laub, Schnee wirbelte durch die Lücken im Dach. Sie lächelte.

»Friedlich vielleicht, aber schön?«

Katharina nahm Maria bei der Hand.

»Du musst ganz still sein, dann merkst du es. Schließ einfach deine Augen und steh ganz ruhig, dann siehst du ihre Schönheit.«

Maria gehorchte und schloss ihre Augen.

Beide schwiegen. Die Stille umhüllte sie, der Wind rüttelte an den Schindeln, und Katharina spürte eine Schneeflocke kalt auf ihrem Gesicht. Maria stand ganz still. Katharina konnte ihren Atem hören, wie er immer ruhiger wurde. Es war ihr Moment, der Moment der Ruhe. Ein Augenblick, aus dem sie beide Kraft schöpften, an einem Ort, der einst dafür geschaffen worden war, zur Ruhe zu kommen und im Einklang mit Gott zu sein.

Nach einer Weile öffnete Maria ihre Augen und blickte Katharina an. Sie sah unendlich zufrieden und glücklich aus. Katharina hatte recht – es war die schönste Kirche, die sie jemals im Leben gesehen hatte.

»Du hast recht«, flüsterte Maria leise und drückte Katharinas Hände. »Es tut so gut, dich zu haben. Ich weiß nicht, was ich ohne dich tun sollte. Du bist die Schwester, die ich nie hatte.« Katharina sah ihre Freundin gerührt an.

»Wir müssen immer zusammenhalten, was auch passiert, wohin uns unsere Wege auch führen. Wir beide dürfen uns niemals trennen.«

»Und was ist, wenn wir heiraten?«, fragte Maria.

Katharina seufzte. Ans Heiraten wollte sie lieber nicht mehr denken. »Dann sind wir doch bestimmt auch nicht weit auseinander. Oder wolltest du Nassau und Idstein verlassen?«

Maria lächelte.

»Nein, ganz sicher nicht.«

Plötzlich sah Maria Katharina mitfühlend an.

»Entschuldige, ich wollte nicht vom Heiraten sprechen. Das mit Andreas tut mir schrecklich leid, ihr hättet so gut zusammengepasst und wärt ein hübsches Paar gewesen.«

Marias Worte versetzten Katharina einen Stich.

»Das kann niemand mehr ändern, die Dinge sind einfach passiert. Für ihn ist es bestimmt auch nicht leicht. Vielleicht werden wir irgendwann mal Freunde sein«, sagte sie leise und wandte sich, Tränen in den Augen, zur Tür.

Maria folgte ihr schweigend. Als sie auf den Kirchhof hinaustraten, schneite es heftig, und ein strammer Wind wirbelte ihre Röcke hoch.

»Wir sollten wohl besser schnell nach Hause gehen«, rief Maria und schob sich ihre Kapuze über den Kopf, »das Wetter wird immer schlimmer.«

Katharina nickte und zog ebenfalls ihren Umhang enger um sich. Gemeinsam verließen sie den Kirchhof und ließen Wolfsbach mit seinen unheimlichen Ruinen hinter sich. Irgendwann griff Maria erneut nach Katharinas Hand und schaute ihr in die Augen.

»Danke, Katharina.«

Katharina sah sie verwundert an.

»Für was bedankst du dich?«

»Dafür, dass du mitgekommen bist. Ich weiß, der Weg hierher war nicht einfach für dich.«

Katharina lächelte.

»Das habe ich gern für dich gemacht, zu zweit ist es immer leichter.«

Und dann begannen die beiden plötzlich zu laufen und rannten durch den Schnee, und Katharina war dankbar dafür, Maria zu haben. Zum ersten Mal seit dem Tod ihrer Mutter fühlte sie sich nicht mehr allein. Sie hatte einen Menschen, der sie liebte und der immer für sie da sein würde.

Margarethe Elbert saß auf einem Stuhl neben dem Fenster. Im Raum herrschte dämmriges Licht, auf dem Nachttisch brannte nur eine kleine Talgkerze, und es roch nach Schweiß und Urin. Ihr Mann Philipp lag im Bett, sein Gesicht war kreideweiß, und er atmete nur noch schwach. Sie sah vielleicht ein wenig mitgenommen aus, aber wirklich traurig wirkte sie nicht.

Meister Leonhard stand vor dem Bett des Kranken und blickte teilnahmslos auf den Superintendenten hinunter.

Er hatte den krummen Mann nie gemocht und konnte bis heute nicht verstehen, dass der Graf einen Krüppel so nah an sich heranließ. Aber wenn er genau darüber nachdachte, war dem gar nicht so. Elbert war ein sehr kluger Mann, sprach mehrere Sprachen, sein Latein war perfekt. Der Graf nutzte einfach seine Intelligenz. Aber wie einen wirklichen Vertrauten hatte er ihn nie behandelt. Nicht einmal eine Wohnung im Schloss hatte Elbert beziehen dürfen. Das Haus der Elberts war klein und lag in einer eher ärmlichen Gegend. Überall standen unverputzte Fachwerkhäuser, von deren Wänden der Lehm bröckelte. Unsaubere, verlauste Kinder mit verfilzten Haaren liefen barfuß und laut kreischend durch die Gassen. Es stank erbärmlich. Die Straße war schlammig, Essensreste stapelten sich in allen Ecken. Des Superintendenten Haus war zwar ordentlich verputzt, die Fassade sah gut aus, aber von den ärmlichen Verhältnissen konnte diese auch nicht ablenken. Die Nase rümpfend, ließ der Henker seinen Blick durch das Zimmer schweifen. Er entdeckte kaum prachtvolle Möbel, alles war einfach gehalten. Tische und Stühle waren aus grobem Holz gezimmert, edle Schnitzereien gab es nirgends zu sehen. Die Wände waren wie in fast allen Häusern weiß getüncht, allerdings hatten diese hier einen dicken Grauschleier und wirkten unsauber. Eine gründliche Renovierung hätte dem Haus gutgetan. Es gab eine enge Wohnstube, in der ein alter Ofen für Wärme sorgte. Davor stand ein Sofa, dessen geblümter Stoff bereits abgerieben war. Margarethe Elbert hatte ihn in diesen Raum geführt, denn im Flur war die Decke so niedrig, dass der Henker nur gebückt stehen konnte.

Auch im Schlafgemach der Eheleute war das Bett aus einfachem Holz gezimmert, und bei einem der Nachtkästen hing eine Schublade leicht schräg. Die Stühle am Fenster waren gepolstert, doch der Stoff war zerschlissen und sah schäbig aus. An der gegenüberliegenden Seite stand ein großer Wäscheschrank. Er schien der einzige Gegenstand im Haus zu sein, der ein wenig wertvoller war. Wunderschöne gemalte Ornamente schmückten seine Türen, an denen schmiedeeiserne Griffe angebracht waren.

Meister Leonhard schüttelte den Kopf. Philipp Elbert würde die heutige Nacht nicht überleben. Schweiß stand auf der Stirn des Kranken, und seine Augenlider flatterten. Er stöhnte leicht. Margarethe erhob sich und eilte ans Bett. Mit zittrigen Fingern wusch sie ein Leinentuch in einer weißen Waschschüssel aus und wischte ihrem Gatten liebevoll die Stirn ab.

»Ich bin ja da, es ist gut. Alles wird wieder gut.«

Elbert beruhigte sich. Margarethe faltete das Tuch und legte es auf seine Stirn.

Der Henker bedeutete ihr, ihm aus dem Raum zu folgen. Sie gingen die Treppe nach unten, zurück in die Wohnstube. Er blieb mitten im Raum stehen und sah die alte Frau ernst an.

»Es tut mir leid, Margarethe, er wird die Nacht bestimmt nicht überleben. Das Fieber ist zu hoch, und es rasselt in seiner Brust. Er hat vermutlich eine Lungenentzündung, niemand kann noch etwas für ihn tun.«

Margarethe Elbert sah den Henker traurig an. Sie hatte Leonhard Busch noch nie leiden können und hatte ihn nur ins Haus gelassen, weil der Graf es angeordnet hatte. In ihren Augen war der Henker ein böser Mann – ein Mann, der nicht mit Gott verbunden war. Jemand, der andere Menschen quälte und tötete, war ein Anhänger des Teufels. Sie hatte Meister Leonhard bei den Hinrichtungen genau beobachtet und das seltsame Leuchten in seinen Augen gesehen. Es machte ihm Freude, den Menschen Leid zuzufügen. Für so einen Menschen, der niemals so etwas wie Mitleid oder Vergebung empfinden konnte, hatte sie nichts übrig. Selbst in diesem Moment lag keine Anteilnahme in seinem Blick. Seine Augen waren eiskalt.

»Er war schon immer sehr schwach«, antwortete sie leise. »Es hat ja irgendwann so kommen müssen.« Sie schniefte ein wenig, Tränen stiegen ihr in die Augen.

Sie war niemals in ihren Gatten verliebt gewesen. Nach der Eheschließung hatte sie sich sogar vor ihm geekelt. Er war widerlich, hässlich und roch oft sehr seltsam, sein Antlitz hatte sie kaum ertragen.

Aber er war immer gut zu ihr gewesen und hatte sie stets liebevoll umsorgt. Er war für sie da, hörte ihr zu und suchte oft das Gespräch mit ihr. So manchen Abend hatten sie, mit einem Becher Wein, gemeinsam auf der Ofenbank verbracht. Er war ein guter Zuhörer und konnte wunderbar Geschichten erzählen. Sie hatte ihm stundenlang zugehört.

Er hatte sie niemals unnötig bedrängt. Eigentlich hatten sie sich ihr ganzes Leben lang das eheliche Bett nur zum

Schlafen geteilt. Kinder gab es keine. Um seine Männlichkeit war es nie gut bestellt gewesen, und nach einigen Versuchen hatte er es aufgegeben, bei ihr zu liegen. Beschämt war er irgendwann nicht mehr gekommen. Sie war froh darum. Niemals hatte sie den tiefen Wunsch in sich getragen, Mutter zu werden, denn um sie herum waren viele Frauen bereits im Kindbett gestorben.

»Ich werde gleich zu Pfarrer Wicht hinüberlaufen. Er ist vermutlich in der Kirche und wird bestimmt gleich mitkommen. Die beiden waren Freunde.«

Der Henker nickte und trat erleichtert in den Flur. Nichts wie fort aus diesem schrecklichen Haus, weg von dem Mann, dem er so oft den Tod an den Hals gewünscht hatte. Endlich ging dieser Wunsch in Erfüllung.

Im Flur reichte er der baldigen Witwe die Hand.

»Tut das, und ich werde den Grafen informieren. Er wird traurig sein, Euer Gatte stand ihm sehr nahe.«

Margarethe griff nur sehr zaghaft nach seiner Hand und zog die ihre schnell wieder zurück. Meister Leonhard öffnete die Tür und trat ins Schneetreiben. Margarethe schloss die Tür und blickte seufzend zur Treppe.

Es war vorbei. Bald würde ihr Mann unter der Erde liegen. Früher hatte sie ihm oft den Tod gewünscht – und heute? Heute wünschte sie, er würde wieder gesund werden. Sie würde einen Freund verlieren.

22

Der Schneefall hatte ein wenig nachgelassen, als der Gutsherr vor dem Amtsbüro aus seiner Kutsche stieg und seinen Hut aufsetzte. Eigentlich hatte er nicht viel mit Amtsangelegenheiten zu tun. Er bezahlte pünktlich seine Steuern, und auf seinem Hof hatte alles seine Ordnung. Mit dem Amtsrat saß er in der Regel nur bei einem Glas Wein im Gasthof *Zum Schwanen,* und ihre Gespräche drehten sich meist nur um Belanglosigkeiten des Alltags.

Als er die Amtsstube betrat, blickte er erstaunt auf Sebastian Post, der, beide Füße auf dem Tisch, hinter dem Schreibpult saß.

Das kleine Zimmer des Amtsrats war gemütlich eingerichtet. Ein winziger in der Ecke stehender Ofen sorgte für Wärme, und Regale säumten die Wände. Das Schreibpult, auf dem ordentlich Schreibmappe, Feder und Tintenfass lagen, stand direkt vor dem einzigen Fenster. Der Landeshauptmann zuckte erschrocken zusammen und sprang auf. Der Gutsherr zog die Augenbrauen hoch. So ein unmögliches Verhalten war kaum zu dulden, diesem flegelhaften Soldaten jedoch durchaus zuzutrauen. Gute Manieren waren keine Eigenschaft von Sebastian Post. Suchend sah er sich um.

»Guten Tag, Landeshauptmann. Wo ist denn der ehrenwerte Herr Amtsrat?«

Der Landeshauptmann räusperte sich und setzte sich ordentlich auf den Stuhl. »Guten Tag, Herr Siebert. Der Amtsrat liegt krank danieder, Husten und Fieber plagen ihn. Seine Gattin war heute Morgen hier und hat ihn entschuldigt.«

»Ach, der arme Mann.« Der Blick des Gutsherrn wanderte nach draußen. »Bei diesem Wetter ist das aber auch kein Wunder. Wir mussten alle Tiere in den Stall bringen. Die Hälfte meiner Stallburschen ist krank. Es fehlt mal wieder an allen Ecken und Enden. Und ausgerechnet heute muss ich auch noch nach Idstein fahren.«

»Warum seid Ihr denn gekommen?«

Der Landeshauptmann beugte sich neugierig in seinem Stuhl nach vorn. Er mochte den Gutsherrn vom Gassenbacher Hof, der ein freundlicher und angenehmer Zeitgenosse war. Noch nie hatte er dort Steuern eintreiben müssen und beim Wirt *Zum Schwanen* war der Mann nach dem Genuss von einigen Bechern Wein immer recht redselig. Wolfgang Siebert unterhielt mit seinen Geschichten meist die ganze Gaststube.

»Ich möchte eine Meldung machen. Eine meiner Mägde ist in Verdacht geraten. Aber wenn der Herr Amtsrat krank ist, werde ich dies selbstverständlich verschieben und ein andermal wiederkommen.«

Der Landeshauptmann griff zur Feder und öffnete das mit Leder bezogene Schreibbuch. »Ich vertrete ihn heute, Ihr könnt den Verdacht auch gerne mir melden. Ich werde den Grafen informieren.«

Misstrauisch sah der Gutsherr Sebastian Post an. Ein Landeshauptmann, der den Amtsrat bei seiner Schreibtätigkeit vertrat, das konnte eigentlich nur in einem Durcheinander enden. Doch der Weg hierher war mühsam gewesen, und er war extra gekommen, um den Vorfall zu melden. Wer weiß, wie lange es dauern würde, bis das Wetter wieder besser wurde. Es war bestimmt gut, jetzt alles zu erzählen. Die kleine Hexe musste eingeholt werden. Jeder Tag, den sie in Freiheit verbrachte, konnte einer zu viel sein.

»Es geht um Katharina Heinemann, die Tochter der Rothköpfin.«

Der Landeshauptmann zog die Augenbrauen hoch. Vor seinem inneren Auge sah er die rothaarige junge Frau, die damals schreiend im Dreck gesessen hatte. Sebastian Post wollte dem Gutsherrn fast schon ins Wort fallen. Eigentlich brauchte er sich die Mühe nicht zu machen, die Meldung aufzunehmen. Leider war das kleine Biest zu jung, lag weit unterhalb der Altersgrenze. Der Graf würde sie nie einholen lassen. Doch er sagte nichts und spitzte stattdessen neugierig die Ohren.

»Sie ist bei mir in den Ställen eine der Aushilfsmägde. Kommt ein- bis zweimal die Woche, mistet aus und hilft bei den Pferden. Sie war immer sehr zuverlässig und geht eigentlich gut mit den Tieren um.«

»Ja, und was hat sie angestellt?« Der Landeshauptmann sah sein Gegenüber interessiert an.

»Vor einigen Wochen war Meister Leonhard bei uns. Er hat mir geholfen und einen Schadenszauber ausgetrieben. Alle Knechte und Mägde mussten ihre Kleider verbrennen, denn an diesen konnte ja schließlich der Teufel hängen. Die kleine Heinemann muss damals auch in den Ställen gewesen sein, jedenfalls hat eine Zeugin sie gesehen. Doch als die

Kleider verbrannt werden sollten, war die Kleine plötzlich verschwunden. Sie muss weggelaufen sein.«

Der Landeshauptmann nickte.

»Sind danach noch einmal seltsame Dinge im Stall passiert?«

Der Gutsherr sah den Landeshauptmann verwundert an. So eine kluge Frage hätte er Sebastian Post gar nicht zugetraut.

»Die Lage hat sich gebessert, kein Pferd ist mehr gestorben, und die Kühe geben endlich auch wieder mehr Milch.«

»Also könnte sie die Hexe gewesen sein.«

»Ja, das könnte sein.«

Nachdenklich kaute der Landeshauptmann auf seinem Stift herum. Er musste mit seinem Freund Leonhard Busch darüber sprechen, vielleicht wusste er ja eine Lösung für das Problem. Es war verblüffend, denn sie hatten sich schon vor einiger Zeit über das Mädchen unterhalten. Damals hatte Meister Leonhard es bereits für eine Hexe gehalten. Er hatte anscheinend tatsächlich recht, Katharina Heinemann war wohl wirklich dem Teufel zugetan.

Sebastian Post notierte alles ordentlich, steckte die Schreibfeder zurück ins Tintenfass und sah den Gutsherrn freundlich an.

»So, jetzt habe ich alles notiert. Der Graf wird sich den Fall ansehen und dann über ihre Einholung entscheiden. Sicher wird Euer Gnaden dankbar sein, dass Ihr so aufmerksam seid, Herr Siebert.«

Der Gutsherr erhob sich und trat an die Tür.

»Das ist doch als guter Bürger meine Pflicht. Hexen und den Teufel darf es in Nassau nicht geben. Wir müssen alles dafür tun, dass das Böse vertrieben wird.«

Der Landeshauptmann nickte abwesend, in Gedanken war er bereits ganz woanders. An diese Hexe würden sie wohl kaum herankommen. Aber vielleicht hatte ja Meister Leonhard eine Idee.

Der Gutsherr schien den abwesenden Blick des Landeshauptmanns nicht zu bemerken und verabschiedete sich.

»Guten Tag, Landeshauptmann, und überbringt dem ehrenwerten Herrn Amtsrat meine Genesungswünsche.«

»Guten Tag, Herr Siebert«, antwortete Sebastian Post und erhob sich. »Das werde ich tun. Sofort werde ich veranlassen, einen Burschen mit Genesungsgrüßen und etwas Wein zu ihm zu schicken, damit er schnell wieder auf die Beine kommt.«

»Wer muss wieder auf die Beine kommen?« Meister Leonhard trat hinter dem Gutsherrn in den Raum und nickte dem dicklichen Mann, der sich erstaunt zu ihm umdrehte, lächelnd zu.

»Guten Tag, Meister Leonhard. Der ehrenwerte Herr Amtsrat, er liegt leider krank danieder.«

Der Henker nickte und sah vom Gutsherrn zu seinem Freund Sebastian.

»Stimmt, davon habe ich gehört. Dieser Husten ist sehr hartnäckig. Ich komme gerade vom Grafen. Leider musste ich ihm mitteilen, dass der Superintendent im Sterben liegt.«

Der Gutsherr und der Landeshauptmann sahen den Henker erschrocken an.

»Ach du meine Güte«, sagte Sebastian Post, »das ist ja schrecklich, könnt Ihr denn gar nichts mehr tun?«

»Nein. Philipp Elbert war ja zeit seines Lebens schwächlich, die Krankheit ist für seinen Körper einfach zu viel. Margarethe schickt bereits nach dem Pfarrer.«

»Die arme Margarethe Elbert, sie ist so eine liebe Person.« Der Gutsherr schüttelte den Kopf. »Ich lernte sie bei einem Abendessen auf dem Hof näher kennen. Eine sehr höfliche und freundliche Frau, eher ruhig und zurückhaltend. Wie nimmt sie es denn auf?«

»Eigentlich sehr gut. Sie ist sehr gefasst, bestimmt hat sie bereits damit gerechnet. Immerhin ist es ja nicht das erste Mal, dass er krank daniederliegt.«

Der Landeshauptmann nickte.

»Wie hat denn der Graf reagiert?«

»Er war ebenfalls gefasst, wirkte aber auch traurig, immerhin verliert er seinen Vertrauten und Ratgeber.«

Der Gutsherr wandte sich zum Gehen. »Dann werde ich mich mal auf den Heimweg machen, denn das Wetter wird heute bestimmt nicht besser werden. Es war mir ein Vergnügen, Euch zu sehen, Meister Leonhard.«

Der Henker zog seinen Hut, verneigte sich sogar ein wenig vor dem Gutsherrn. »Es war mir ebenfalls ein Vergnügen, und grüßt Eure ehrenwerte Frau Gemahlin.«

Siebert trat auf den Hof und bestieg seine Kutsche. Der Landeshauptmann hörte das Maultier wiehern. Der Kutscher trieb die Tiere an und wendete die Kutsche, die fast lautlos im Schneetreiben verschwand.

Seufzend sank Sebastian Post in seinem Stuhl zusammen und blickte auf das geöffnete Schreibbuch.

»So ein Jammer«, schimpfte er. »Eigentlich kann ich es gleich wieder wegwerfen. Diese Regel mit der Altersgrenze ist einfach nicht richtig.«

Der Henker sah seinen Freund neugierig an.

Der Landeshauptmann seufzte, riss den Zettel aus dem Heft und reichte ihn seinem Freund. Meister Leonhard überflog die Zeilen – seine Augen wurden immer größer.

»Aber das ist ja die kleine Heinemann, die rothaarige Hexe, die Tochter der Rothköpfin. Habe ich es doch gewusst. Der Schadenszauber auf dem Hof stammte von ihr, sie hat all die Tiere verhext. Das ist eine gute Anklage, ein hervorragender Verdacht. Es ist ganz offensichtlich, dass sie es gewesen sein muss.«

Der Henker rieb sich mit vor Erregung funkelnden Augen die Hände.

»Es wird uns nichts bringen«, antwortete Sebastian Post. »Sie ist zu jung, keine zwanzig Jahre alt. Wir hatten doch neulich bereits darüber gesprochen. Der Graf wird ihre Einholung niemals genehmigen. Er hält sich peinlichst genau an die aufgestellten Regeln. Niemals wirst du sie befragen, sie wird weiterhin ihr Unwesen treiben, und wir können nichts dagegen unternehmen.«

Die Stimme des Landeshauptmanns klang missmutig, sogar leicht wütend. Er mochte es nicht, wenn ihm, wie in diesem Fall, die Hände gebunden waren. Er sah Katharina vor sich, wie sie ihre Mutter verteidigt und frech versucht hatte, die Fesseln zu lösen. Diese Frau war die Ausgeburt des Teufels, unbeugsam und lasterhaft. Aber sie konnten nichts tun. Mit diesem Verdacht brauchten sie beim Grafen gar nicht erst aufzutauchen.

Der Henker stand hinter ihm am Fenster und blickte schweigend ins Schneetreiben hinaus. Die Nachricht über den baldigen Tod des Superintendenten hatte den Grafen sehr mitgenommen. Und wenn sie diese Situation für sich ausnutzen würden? Wenn sie die Kleine ohne seine Genehmigung einholen und es ihm erst nachher sagen würden? Immerhin waren die Anschuldigungen gegen die Hexe sehr schwerwiegend. Bisher hatte Graf Johannes stets auf seinen Rat gehört, und jetzt, da der Superintendent nicht mehr da war, konnte dieser ihm auch nicht mehr ins Handwerk pfuschen.

Elbert war ein sehr genauer Mann gewesen, seine Anwesenheit hätte bestimmt den Plan, den er gerade schmiedete, zerschlagen. Aber so konnte es klappen. Die Ausrede, dass er und der Landeshauptmann auf die Trauer des Grafen Rücksicht nehmen wollten, würde bestimmt funktionieren. Wenn die Kleine erst einmal eingeholt war, würde Graf Johannes sicherlich eine Ausnahme machen, davon war der Henker überzeugt.

Mit einem fast schon boshaften Lächeln auf den Lippen drehte er sich zum Landeshauptmann um. Sebastian Post sah ihn überrascht an. Was heckte sein alter Freund nun schon wieder aus?

»Wir werden sie einholen. Am besten noch heute.«

Verwirrt sah der Landeshauptmann ihn an.

»Aber das wird der Graf nicht genehmigen. Ich habe doch ...«

Der Henker fiel ihm ins Wort.

»Er wird es erst einmal nicht erfahren. Der Graf ist schockiert und traurig. Immerhin habe ich ihm gerade mitgeteilt, dass sein Superintendent im Sterben liegt. Wir holen die Kleine ein und sagen ihm erst morgen oder übermorgen etwas davon. Ich werde es ihm persönlich mitteilen. Bestimmt wird er froh darüber sein, dass wir ihn in seiner Trauer nicht auch noch mit Amtsgeschäften behelligt haben. Du wirst sehen, wenn sie erst einmal eingeholt ist, wird er eine Ausnahme machen.« Grinsend rieb sich der Henker seine Hände. »Bald wird auch sie auf meiner Streckbank liegen, und dann ist es mit der Hexenbrut vorbei, dann wird sie endlich restlos ausgelöscht, wie ich es von Anfang an wollte.«

Sebastian Post war skeptisch.

»Wenn du denkst, dass das funktioniert, dann werde ich sie holen. Aber was ist, wenn der Graf anders reagiert? Wenn er sie wieder laufen lässt? Eigentlich mag er es nicht, wenn etwas ohne ihn entschieden wird. Alles muss über seinen Tisch gehen.«

»Das tut es ja auch, allerdings nur einen Tag später.« Der Henker schlug seinem Freund aufmunternd auf die Schulter. »Du wirst sehen, es wird alles so kommen, wie ich es gesagt habe.«

Sebastian Post sah ins Schneetreiben hinaus und dachte fröstelnd an den Ritt nach Niederseelbach.

»Nun gut, dann suche ich mir jetzt ein paar Männer zusammen, und wir reiten nach Niederseelbach. Du wirst schon recht haben, Leonhard. Bestimmt geht alles seinen gewohnten Gang. Warum sollte es anders sein? Der Graf möchte ja auch den Teufel austreiben. Wenn er die Anschuldigungen erst liest, wird er die Befragungen nicht mehr ablehnen können.«

»Genau das wollte ich von dir hören, alter Freund«, antwortete der Henker und schlug dem Landeshauptmann erfreut auf die Schulter.

Sebastian Post blies seufzend die Kerze auf dem Schreib-

pult aus, griff nach dem auf dem Regal liegenden Schlüsselbund und verließ gemeinsam mit dem Henker das Amtsbüro.

Katharina stand mit einer Tasse Tee in der Hand am Fenster.
Die Wolken hingen tief über den Feldern, der Wind rüttelte
an den Schindeln. Auf dem Hof lag eine dicke Schneedecke,
und durch die Fenster fiel nur wenig Licht in die bereits von
Kerzen erleuchtete Wohnstube. Seufzend drehte sich Katharina vom Fenster weg. Cäcilie saß hinter dem Spinnrad und
versuchte mal wieder, ordentliches Garn herzustellen. Auch
heute war die Magd ziemlich blass und schon mehrfach
nach draußen gelaufen, um sich zu übergeben. Katharina
hatte ihr jedes Mal mitleidig nachgesehen. Sie musste später
unbedingt mit Michael reden. Die Hochzeit der beiden
musste bald geplant werden. Hoffentlich sah er ein, dass er
um eine Eheschließung mit Cäcilie nicht herumkam. Am
besten wäre es, wenn die beiden noch diese Woche zu Andreas nach Dasbach gingen, um das Aufgebot zu bestellen
und alles Wichtige mit ihm zu besprechen. Bei dem Gedanken an Andreas wurde Katharina wehmütig. Der Schmerz
über seinen Verlust wollte nicht weichen, hatte sich ganz fest
in sie hineingegraben.

Sie setzte sich an den mit Nähsachen übersäten Tisch.
Obenauf lag eine Weste von Adolf Stettner. Katharina hatte
keine Ahnung, ob er sie jemals abholen würde. Immerhin
war sie ja nun die Tochter einer Hexe, und alle mieden sie.
Aber trotzdem wollte sie die Weste fertig machen, sie musste
sich irgendwie beschäftigen und ablenken, damit sie nicht

ständig grübelte. Sie wühlte in dem Gewirr von Stoffresten und Garnrollen herum und suchte nach ihrer Nähnadel.

Cäcilie saß hinter dem Spinnrad und kämpfte gegen die aufsteigende Übelkeit an. Das vertraute Rattern des Spinnrades tat Katharina gut. Es war seltsam, aber Maria hatte recht. Das Leben ging tatsächlich weiter, auch nach dem schrecklichen Mittwoch der letzten Woche. Es gab Aufgaben, Menschen und Dinge, um die sie sich kümmern musste. Cäcilie sprang auf und rannte, die Hand auf den Mund gepresst, aus dem Zimmer. Katharina seufzte, das arme Ding, hoffentlich würde diese schreckliche Übelkeit bald abklingen.

Sie erhob sich, schlenderte zum Spinnrad und kontrollierte die Arbeit des Mädchens. Wieder hatte das Garn Knubbel. Es war so schlecht, dass man nichts damit anfangen konnte. Vielleicht ging es, um ein Paar Strümpfe zu machen. Die Magd kam zurück und bemerkte sofort Katharinas skeptischen Blick.

»Es tut mir leid«, entschuldigte sie sich. »Schon wieder ist das Garn nicht gut genug. Ich werde das Spinnen nie lernen.« Verzweifelt, Tränen in den Augen, sank Cäcilie auf einen Stuhl. Katharina setzte sich neben sie und strich ihr liebevoll über die Schulter. Es hatte keinen Sinn, Cäcilie auszuschimpfen. Sie hatte einfach kein Talent zum Spinnen, Schelte half da auch nicht weiter.

»Ist schon gut, dann stricken wir eben wieder Socken und Schals daraus.«

»Aber wir können doch nicht aus allem, was ich spinne, Socken machen. So viele Strümpfe braucht doch kein Mensch.« Cäcilie schniefte und wischte sich die Tränen aus dem Gesicht. Katharina reichte ihr ein Taschentuch und sah sich im Raum um. Heute war es gar nicht richtig hell geworden, und eigentlich spendeten die Kerzen zum Nähen und Spinnen nicht genügend Licht.

»Es ist heute auch viel zu dunkel für die Handarbeit, und du rennst ständig raus zum Spucken. Weißt du, was«, sagte Katharina aufmunternd, »wir legen für heute die Arbeit beiseite, und ich mache uns Tee. Ich habe noch Kamillenblüten, das wird deinem Magen bestimmt guttun.«

Dankbar sah Cäcilie ihre Herrin an. »Ihr seid viel zu gut zu mir, Katharina. Ich bin doch nur Eure Magd, Ihr müsst mich nicht trösten.«

Katharina strich Cäcilie über die Schulter. »Du bist nicht nur meine Magd, du bist meine Familie, und auf die muss man achtgeben.«

Katharina erhob sich, ging zu der kleinen Anrichte hinüber, öffnete eine der Schubladen und wühlte darin herum. Wo war nur die Dose mit den Kamillenblüten geblieben?

Aus dem Augenwinkel bemerkte sie draußen eine Bewegung. Maria, die die kleine Anna auf dem Arm trug, lief über den Hof.

»Maria kommt«, sagte Katharina und ging in den Flur hinaus, um der Freundin die Tür zu öffnen.

Maria und Anna waren von oben bis unten weiß. Der kurze Weg hatte gereicht, um die beiden wie Schneemänner aussehen zu lassen. Die Kleine strahlte über das ganze Gesicht und streckte freudig ihre Ärmchen nach Katharina aus. Sie nahm lächelnd das Kind und trug es in die warme Stube. Annas Löckchen waren trotz der Kapuze ihres Umhangs feucht geworden und ringelten sich noch mehr als sonst um ihr Gesicht. Freudig strich das Kind über Katharinas Wange und gab ihr einen Kuss.

»Ina lieb«, sagte sie mit ihrer piepsigen Kinderstimme. Katharina stupste Anna zärtlich auf die Nase und setzte sie dann vorsichtig auf den Boden. Wie immer, wenn das Kind bei ihr war, griff Katharina nach dem kleinen gestrickten Hasen, den sie extra für die Kleine angefertigt hatte, und gab ihn ihr. Freudig drückte das Kind den Hasen fest an sich, ließ sich von Katharina in eine Decke wickeln und aufs Sofa setzen.

Maria hatte unterdessen auf der Fensterbank Platz genommen und ließ ihren Blick über den Wirrwarr aus Stoffen und Garnrollen schweifen, der vor ihr auf dem Tisch lag. Katharina griff nach dem in der Ecke stehenden Nähkorb und räumte alles hinein.

»Heute ist es eh schon zu dunkel, Cäcilie und ich haben gerade aufgehört. Es hat keinen Sinn mehr, wir machen uns die Augen kaputt.«

Maria nickte und schaute die junge Magd mitleidig an. Sie hatte Cäcilie vorhin spucken sehen und hatte ein paar Kürbiskerne für sie eingesteckt. Diese fischte sie nun aus ihrer Rocktasche.

»Guten Tag, Cäcilie. Ich habe dich schon wieder im Obstgarten gesehen.«

Erschrocken sah die Magd Maria an, die ihr aufmunternd zulächelte. »Ich weiß es schon lange. Bei mir ist dein Geheimnis gut aufgehoben. Von mir erfährt niemand etwas.«

Sie schob den kleinen braunen Beutel über den Tisch.

»Darin sind Kürbiskerne. Du musst sie kauen. Sie helfen ein wenig gegen die Übelkeit.«

Dankbar steckte Cäcilie den Beutel in ihre Rocktasche. »Vielen Dank«, flüsterte sie leise.

Maria blickte zu Katharina, die sich erneut auf die Suche nach den Kamillenblüten gemacht hatte.

»Hast du schon mit Michael gesprochen? Bald wird man es sehen können.«

»Nein, noch nicht.« Triumphierend hob Katharina ein kleines, braunes Schächtelchen in die Höhe. »Da seid ihr ja. Na, ihr wart aber gut versteckt.«

Sie warf einige der getrockneten Blüten in einen Becher, übergoss sie mit heißem Wasser und stellte diesen vor Cäcilie auf den Tisch.

»Jetzt geht es dir bestimmt gleich besser.«

Maria nickte. »Kamillentee beruhigt den Magen, er tut dir gut, Cäcilie. Den hat meine Mutter auch immer solchen Frauen wie dir empfohlen.«

Katharina warf Hagebutten in die große Tonkanne und übergoss auch diese mit Wasser.

Kurz darauf saßen die drei schweigend am Tisch. Eine seltsame Stille hatte sich im Raum ausgebreitet, und nur die kleine Anna brabbelte leise vor sich hin. Das Mädchen saß mit seinem Häschen auf dem Sofa und erzählte ihm irgendeine Geschichte.

Maria spielte an ihrem Schürzenband herum. Katharina musterte sie von der Seite. Irgendetwas stimmte nicht. Fürsorglich legte sie ihrer Freundin die Hand auf den Arm und fragte: »Ist alles in Ordnung, Maria?«

Maria stellte ihren Becher leise seufzend auf den Tisch.

»Großvater hat gerade mit mir gesprochen. Die Mutter hat mich schon vor einer ganzen Weile dem Ludwig vom

Martinshof aus Heftrich versprochen. Er war wohl heute Morgen, während wir in Wolfsbach waren, auf dem Hof. Er will mich trotz der Hinrichtung der Mutter noch immer heiraten. Er vertritt den Standpunkt, dass ich für ihr Verhalten nichts kann, und sieht es als seine Pflicht an, zu seinem Versprechen zu stehen. Der Großvater hat berichtet, er sei ganz rot um die Ohren gewesen und sogar verlegen. Martin hat wohl gesagt, dass er mich ein wenig gernhätte.«

Katharina schluckte, stellte ihre Teetasse ab und sah Maria erstaunt an. Maria würde heiraten, würde fortgehen nach Heftrich. Das war nicht weit weg, aber sie konnten sich dann nicht mehr so oft sehen. Gerade erst hatten sie davon gesprochen und sich geschworen, füreinander da zu sein. Und jetzt würde sich alles wieder ändern. Katharina wäre hier endgültig allein.

Aber war das nicht der Lauf der Dinge? Es war doch immer so: Die jungen Frauen heirateten und gingen fort. Nur bei ihr, bei ihr war es anders. Wer würde sie noch heiraten? Sie hatte keine Eltern, die etwas für sie arrangierten. Sie hatte zwar den Hof als Aussteuer, aber den Mann, den sie haben wollte, würde sie niemals bekommen. Also wollte sie auch keinen anderen.

Katharina trank seufzend von ihrem Tee und versuchte, sich ihre Enttäuschung nicht anmerken zu lassen.

»Das ist doch gut, der Ludwig soll ein ganz lieber Kerl sein und hat, soweit ich weiß, auch Kinder gern.« Ihr Blick fiel auf Anna. Die Kleine war inzwischen fast eingeschlafen, hatte ihren Daumen in den Mund geschoben, lag, den Hasen im Arm, seitlich auf dem Sofa und döste vor sich hin.

»Bestimmt werdet ihr beide es bei ihm gut haben. Deine Mutter hat eine gute Wahl getroffen.«

Maria ergriff Katharinas Hand. »Aber ich werde dich allein lassen. Wir haben gesagt, dass wir uns niemals trennen. Du brauchst mich doch, es ist alles noch so frisch.«

Katharina legte ihre Hand auf die der Freundin. »Mach dir keine Gedanken, ich komme schon irgendwie zurecht. Ich habe ja Cäcilie und Michael – und Luise und Markus sind auch noch da. Die beiden schneiden mich nicht, und bestimmt hören die anderen im Dorf auch bald damit auf. Die Leute können ja nicht ewig böse zu mir sein. Der Ludwig hat dich gern, das ist es, was zählt. Ihr werdet bei ihm bestimmt ein gutes Zuhause haben, da bin ich mir sicher.«

Dankbar sah Maria Katharina an.

In dem Moment, als sie antworten wollte, klopfte es laut an die Tür. Die Frauen zuckten erschrocken zusammen. Katharina stand auf, doch der ungebetene Gast machte sich nicht die Mühe, zu warten.

Die Tür zur Wohnstube wurde schwungvoll geöffnet, und Katharina wich zurück. Der Landeshauptmann betrat gemeinsam mit zwei Wachmännern, die sich sofort neben der Tür aufstellten, den Raum. Sebastian Post blickte sich mit ernster Miene im Raum um, musterte kurz Maria und Cäcilie, die leichenblass und wie erstarrt auf der Fensterbank saßen. Danach sah er Katharina ernst an.

»Katharina Heinemann«, sagte er mit fester Stimme. »Ihr steht in Verdacht, eine Hexe zu sein. Euch wird vorgeworfen, an einem Schadenszauber auf dem Gassenbacher Hof Schuld zu haben. Im Namen des Grafen werdet Ihr zur Befragung eingeholt.«

Katharina erstarrte, begann am ganzen Körper zu zittern und sah den Landeshauptmann mit weit aufgerissenen Augen an. Wie hatte sie nur glauben können, dass jetzt alles wieder gut werden würde. Irgendwann musste das ja passieren, bestimmt hatte Magdalena doch noch geredet.

Doch es war nicht mehr wie damals. Der Plan, den ihre Mutter und sie geschmiedet hatten, war wertlos, denn jeder würde Magdalena mehr glauben als ihr. Diese mochte die Tochter eines Diebes und Verräters sein, aber Katharina war die Tochter einer Hexe. Sie war damals geflohen, als es darum ging, den Teufel auszutreiben, und jetzt war sie in aller Augen eine Hexe.

Einer der Wachmänner ging mit einem Strick in der Hand auf Katharina zu und fesselte ihr die Hände. Wortlos und ohne jede Gegenwehr ließ sie es zu. Der Landeshauptmann würde ihr sowieso nicht zuhören, niemand würde das. Es würde wie bei ihrer Mutter sein, ihr hatte auch keiner zugehört.

Die kleine Anna begann in ihrer Ecke laut zu weinen, Maria zuckte zusammen. Es war, als würde sie aufwachen. Wie gelähmt hatte sie die Szenerie beobachtet, und erst jetzt wurde ihr bewusst, dass das, was hier passierte, wirklich war. Sie erhob sich, ging schnell zu ihrem Kind hinüber, nahm es auf den Arm und klopfte der Kleinen beruhigend auf den Rücken. Hilflos sah Maria Katharina an, getraute sich aber nicht, etwas zu sagen. Sie war selbst die Tochter einer Hexe, eine Geächtete, die genauso wie Katharina jederzeit denunziert werden konnte.

Genau in dem Moment, als die Männer Katharina aus dem Raum führen wollten, kam plötzlich Leben in Cäcilie.

Die Magd hatte die ganze Zeit geduckt auf der Bank gesessen, doch jetzt erhob sie sich und ging mit einem entschlossenen Ausdruck in den Augen auf den Landeshauptmann zu.

»Bitte Herr, lasst mich den Umhang meiner Herrin holen. Es schneit so fest, sie wird erfrieren.«

Der Landeshauptmann sah die unscheinbare, blasse Frau überrascht an. So viel Courage hatte er dem schüchternen Ding gar nicht zugetraut.

Die Wachmänner blieben stehen. Der Landeshauptmann überlegte. Das Mädchen hatte recht. Es war nicht Sinn der Sache, dass die kleine Hexe auf dem Weg in die Stadt erfror.

»Also gut, aber beeil dich. Ich habe schließlich nicht den ganzen Tag Zeit.«

Eilig lief Cäcilie aus dem Raum, und Katharina wurde in den Flur geschubst.

Maria blieb, Anna fest an sich gedrückt, zurück. Am liebsten wäre Maria den Männern in den Flur gefolgt und hätte ihnen gesagt, dass alles Unsinn war. Alles war wie ein böser, sich wiederholender Traum. Aber das hier passierte wirklich. Schon zum zweiten Mal wurde ihr gewaltsam jemand entrissen. Doch diesmal tat es mehr weh, diesmal war es schrecklicher, so fürchterlich, dass sie es nicht begreifen wollte. Sie waren dabei, ihr einen der wichtigsten Menschen ihres Lebens wegzunehmen, wenn nicht sogar den wichtigsten.

Cäcilie kam wieder die Treppe herunter, band ihrer Herrin fürsorglich den Umhang um den Hals und strich ihr sanft über den Arm, bevor sie zurückwich.

Katharina spürte Cäcilies Berührung kaum. Was geschah

mit ihr? Was taten die Männer? In ihren Ohren hatte es zu rauschen begonnen, ihre Knie zitterten, und es summte in ihrem Kopf. Sie spürte ihren Pulsschlag am Hals und zuckte ein wenig zusammen, als der Wachmann grob an den Fesseln zog.

Eisige Kälte empfing Katharina auf dem Hof, und der Wind trieb ihr die Schneeflocken ins Gesicht. Michael kam aus dem Stall und starrte seine Herrin mit offenem Mund an. Er war nur für einen kurzen Moment eingenickt. Was war geschehen? Die Männer würdigten den Knecht keines Blickes und schoben Katharina unsanft auf die Straße, wo das Pferd des Landeshauptmannes und ein weiterer Mann warteten. Sebastian Post schwang sich in den Sattel, und einer der Männer schloss das Hoftor. Weinend registrierte Katharina das Quietschen des Tores und dachte seltsamerweise daran, dass sie dieses Geräusch wohl zum letzten Mal in ihrem Leben hören würde.

Maria stand zitternd am Fenster. Die kleine Anna saß auf dem Sofa und lutschte an ihrem Daumen. Der Wind wehte die Spuren im Schnee bereits wieder zu. Katharina war fort, einfach so, für immer weg. Gerade eben war doch alles gut gewesen. Michael lief eilig über den Hof und öffnete die Haustür, während sich Cäcilie erneut im Obstgarten übergab. Maria konnte ihr Würgen bis in die Wohnstube hören.

»Was ist denn geschehen?«, fragte Michael und sah Maria fragend an.

Maria drehte sich seufzend vom Fenster weg.

»Sie ist der Hexerei angeklagt.« Ungläubig starrte Michael Maria an. Bei der alten Herrin war er sich nicht so sicher gewesen. Aber bei Katharina dachte er anders. Katharina war stets gut und lieb gewesen und konnte nicht einmal einer Fliege etwas zuleide tun.

Der Knecht setzte sich auf die Fensterbank und zog seine Mütze vom Kopf.

»Aber das kann doch nicht sein. Die junge Herrin ist so ein lieber Mensch. Nie im Leben ist sie eine Hexe.«

Cäcilie kam zurück in den Raum und sah Michael verwundert an. Sie war blass und schwankte leicht. Maria lief zu ihr und führte sie fürsorglich zu einem Stuhl. »Setz dich erst mal, Liebes. So ein Schreck und das in deinem Zustand.« Erstaunt sah Michael Cäcilie, die beschämt zu Boden blickte, an. Seine Augen wurden immer größer. Maria nickte.

»Ach, du meine Güte, das auch noch?«, sagte er und wurde jetzt ebenfalls blass.

Cäcilie brach in Tränen aus, und Anna zog ihren Daumen aus dem Mund und fing ebenfalls an zu weinen.

Maria sah die beiden hilflos an, wandte sich zum Fenster um und schlug die Hände vors Gesicht, ließ ihren Tränen endlich freien Lauf.

Katharina, er hatte Katharina mitgenommen. Das konnten sie doch nicht machen, sie konnten ihr doch ihre beste Freundin nicht wegnehmen.

23

Ein unangenehmer Wind trieb den Schnee über die Felder. Es dämmerte bereits, so dass der Weg kaum zu erkennen war. Katharina zitterte trotz ihres Umhangs vor Kälte. Die Männer liefen schnell, und die eisige Luft brannte in ihrem Hals, nahm ihr die Luft zum Atmen. Katharina hatte Mühe, mit den Männern mitzuhalten. Sie war mehrmals ausgerutscht und hingefallen. Die Männer hatten sie unsanft hochgerissen und grob an ihren gefesselten Armen gezogen. Der Strick hatte sich in ihre Handgelenke gegraben und die Haut wund gescheuert. Jede Bewegung schmerzte. Katharina schniefte. Ihr Gesicht war nass und kalt, wie gefroren fühlte es sich an. Sie trug weder eine Haube noch ihre Kapuze, ihre feuchten Locken klebten an ihrer Haut. Die Männer beschimpften sie die ganze Zeit über und gängelten sie.

»Jetzt lauf doch endlich mal schneller, du dumme kleine Hexe«, rief ihr der eine zu und zog ungeduldig an ihren Fesseln. Katharina stöhnte, rutschte erneut aus und landete auf den Knien. »Jetzt fällt das dumme Ding schon wieder hin. So schaffen wir es nie mehr vor Einbruch der Dunkelheit bis nach Idstein.«

Unsanft zog der Wachmann sie wieder auf die Füße und schlug ihr mit der flachen Hand ins Gesicht. »Das ist für deine Tolpatschigkeit, du dumme Hexe. Pass besser auf, wo du hinläufst.«

Katharina stiegen heiße Tränen in die Augen. Bisher hatte sie noch nicht geweint, aber hier mitten im Schneetreiben konnte sie ihre Verzweiflung nicht mehr zurückhalten. Tränen rannen über ihre Wangen, sie schluchzte laut. Es war vorbei, ihr Leben war zu Ende. Wie ihre Mutter würde sie auf dem Schafott enden. Alle Angeklagten endeten dort, keine Frau, die eingeholt worden war, war dem Tod entkommen. Warum sollte es ihr anders ergehen? Sie würden ihr den Kopf abschlagen und sie verbrennen. Bei dem Gedanken daran wurde ihr übel, und ihr Magen drehte sich um. Sie blieb abrupt stehen, so dass die Stricke tief in die Haut ihrer Handgelenke schnitten. Katharina beugte sich nach vorn und übergab sich, spuckte, würgte und weinte bitterlich. Die Männer sahen ihr ohne Mitleid zu und traten ungeduldig und frierend von einem Bein auf das andere. Der Landeshauptmann zügelte sein Pferd und drehte sich um. Was war denn jetzt schon wieder los? Wenn es so weiterging, würden sie heute Idstein nicht mehr erreichen. Er hasste es, im Dunkeln auf der Landstraße unterwegs zu sein. Innerlich verfluchte er den Henker. Er hatte ihm diese Suppe eingebrockt. Warum war er nur so dumm gewesen und hatte ihm von der Anschuldigung erzählt. Am Ende blieb der Graf doch stur, dann mussten sie die Kleine wieder laufen lassen, und dann wäre alles umsonst gewesen. Fröstelnd rieb er sich die Hände und versuchte, sein unruhig tänzelndes Pferd zu beruhigen.

»Seid ihr bald fertig?«

»Sie kotzt sich die halbe Lunge raus«, schrie einer der Wachmänner.

Der Landeshauptmann seufzte. So war es immer, irgendwann kotzten alle diese Weiber, das war er gewohnt.

»Sorgt dafür, dass sie fertig wird. Es ist schon fast dunkel. In einer halben Stunde werden wir die Hand nicht mehr vor den Augen sehen, dann möchte ich in der Stadt sein.«

Die Männer nickten und zogen Katharina rücksichtslos weiter, die tapfer hinter den Männern herstolperte. Die Wachmänner versuchten, sich abzulenken.

»Wenn wir hier fertig sind, dann gehen wir noch auf einen warmen Apfelwein zum Schwanenwirt, den haben wir uns heute redlich verdient«, sagte der eine und zog an Katharinas Strick.

Der andere lachte laut auf. »Du willst doch nur wegen seiner hübschen Tochter dorthin. Gib es doch zu, du hast ein Auge auf die Kleine geworfen.«

Katharina hörte die Männer nur von fern. Ihr Lachen klang wie Hohn. Sie war so müde, so erschöpft. Vor ihrem inneren Auge sah sie Marias Gesicht, den Ausdruck in ihren Augen, die Art, wie sie die Männer angesehen hatte.

Sie würde Maria niemals wiedersehen. Sie nicht, die kleine Anna nicht – und auch für Cäcilie konnte sie jetzt nichts mehr tun. Was, wenn Michael die Magd nicht heiratete? Das Mädchen würde ihm niemals sagen, dass sie ein Kind erwartet. Hoffentlich würde Maria Cäcilie helfen.

Die kleine Gruppe erreichte Idstein. Es war dunkel, und in die Gassen fiel nur ab und an ein wenig Licht durch eines der Fenster. Es schneite kaum noch. Die Kirchenglocke schlug, Katharina konnte die Umrisse des Kirchturmes erkennen und dachte traurig an Andreas.

Alles war kaputt. Er war fort, für immer weit weg. Ihre

gemeinsame Zukunft war schon vorher zerbrochen. Was würde Andreas tun, wenn er von ihrer Einholung erfuhr? Würde er ihr helfen? Erneut zog der Wachmann an den Stricken, und der brennende Schmerz riss sie aus ihren Gedanken. Sie traten auf den Marktplatz. Der alte Nachtwächter lief an ihnen vorbei und nickte Katharina, die ihn kaum wahrzunehmen schien, unauffällig zu. Er war ein alter Mann, bestimmt nicht sehr gebildet, aber eines wusste er genau: Diese armen Frauen waren niemals im Leben Hexen.

Sie erreichten die Amtsstube. Der Landeshauptmann sprang vom Pferd, schloss die Tür auf und betrat den dunklen Raum. Katharina wurde von den Männern hineingeführt. Sie zitterte erbärmlich. Von ihren nassen Haaren tropfte es auf den Boden, ihr Kleid war nass und schwer, und an ihren Handgelenken waren tiefe, rote Striemen zu erkennen. Der Landeshauptmann warf ein Holzscheit in die Glut des Ofens und entzündete zwei Talgkerzen. Die beiden Wachmänner standen stumm neben Katharina. Der Strick hing lose auf den Boden herab.

Sebastian Post räusperte sich, schlug das Schreibbuch auf und sah Katharina mit ernster Miene an.

»Name?«

»Katharina Heinemann«, flüsterte sie.

Er fasste sich ans Ohr. »Wie bitte? Kannst du dummes Ding nicht lauter sprechen?«

»Katharina Heinemann.« Ihre Stimme klang rau, und das Schlucken tat ihr weh, bestimmt würde sie eine schlimme Halsentzündung bekommen.

»Wohnort?«

»Niederseelbach.«

»Eltern?«

Katharina zögerte. Sebastian Post blickte auf und sah sie hämisch grinsend an.

»Was denn nun? Eltern?«

»Eva und Casper Heinemann, beide tot.«

Der Landeshauptmann trug die Namen ein und hob danach grinsend den Kopf.

»Ach, richtig, die Mutter war ja eine Hexe. Na, da fällt der Apfel ja nicht weit vom Stamm.« Er tunkte die Feder erneut ins Tintenfass.

»Geboren wann?«

»Irgendwann im Februar, das genaue Datum weiß ich nicht.«

Katharina dachte an die Worte ihrer Mutter: Wer braucht schon ein festes Datum. Die Jahreszeiten, die sind wichtig, daran musst du dich halten, Kind.

Ihre Mutter hatte auch hier gestanden und war genauso befragt worden wie sie jetzt. Und bald würde auch sie wie ihre Mutter auf dem Schafott stehen, vor Meister Leonhard. An den Henker hatte sie noch gar nicht gedacht. An den schrecklichen schwarzen Mann, der ihr bereits mit seinem Anblick die Luft zum Atmen nahm. Er würde sie befragen und foltern. Sie würde ihm ausgeliefert sein. Sie würde allein in einem Raum mit dem Mann sein, der ihr unfassbare Angst einjagte, vor dem sie sich unsagbar fürchtete.

Der Landeshauptmann sah seine Männer an. »Das wäre es fürs Erste, wir machen Schluss für heute. Bringt sie in ihre Zelle. Die kleine Kammer im oberen Stock des Torbogengebäudes ist gerade frei geworden.«

Die Männer nickten und seufzten erleichtert. Endlich rückte ihr Besuch beim Wirt in greifbare Nähe.

Katharina wurde aus dem Raum geführt und stöhnte laut auf, als der Wachmann erneut grob an ihren Fesseln zog.

Links neben dem Torbogen öffneten die Männer eine Tür, und es ging eine enge Treppe nach oben. Die steilen Stufen waren in dem Dämmerlicht kaum zu erkennen. Katharina stolperte und stieß unsanft mit dem Schienbein an eine der harten Stufen. Ein stechender Schmerz raubte ihr den Atem. Katharina schrie auf, blieb stehen und sog hörbar die Luft ein, doch die Wachmänner waren unerbittlich.

»Jetzt trödel nicht herum, du dummes Ding. Nicht einmal Treppen kannst du steigen.«

Vor einer kleinen Holztür blieben die Männer stehen. Der eine zog einen Schlüsselbund hervor und suchte laut fluchend den richtigen Schlüssel. Es dauerte eine ganze Weile, bis er diesen endlich gefunden hatte und sich die Tür quietschend öffnete.

»Na endlich. Ich habe schon gedacht, wir finden den passenden Schlüssel nie mehr.« Katharina wurde unsanft in die Kammer gestoßen und stürzte auf den harten Dielenboden, krachend fiel die Tür hinter ihr ins Schloss.

Eine ganze Weile blieb sie einfach auf dem Boden sitzen, blickte sich dann aber doch um.

Durch ein winziges, vergittertes Fenster drang fahles Licht in die Kammer. Der fürchterliche Gestank von Urin und Kot war kaum auszuhalten. Katharinas Magen rebellierte erneut, doch sie versuchte, sich zu beherrschen. Ihr Erbrochenes würde den Gestank bestimmt nicht besser machen. Vor ihr standen anscheinend ein Tisch und zwei Stühle, und in der anderen Ecke schien ein Strohlager zu sein. Dorthin kroch sie. Ihre Hände waren noch immer gefesselt, ihr Kleid war klatschnass, und sie fror erbärmlich. Auf dem Strohlager, das einen einigermaßen sauberen und trockenen Eindruck machte, lag eine wollene Decke. Sie versuchte, sich in die Decke zu wickeln. Irgendwann gab sie es auf, blieb halb zugedeckt liegen, und vor Erschöpfung fielen ihr die Augen zu.

Andreas war spät dran und lief eilig durch die Gassen Idsteins. Er war bei einem jungen Paar, das noch in diesem Monat heiraten wollte, länger aufgehalten worden.

Pfarrer Wicht hatte ihn unvorhergesehen zu einem Gespräch in die Kirche gebeten. Sein Anliegen schien wichtig zu sein. Ein Knabe hatte ein Schreiben seines Mentors zu ihm nach Dasbach gebracht. So etwas war in der ganzen Zeit, seit er wieder hier war, noch nie passiert. Andreas sah Pfarrer Wicht mindestens dreimal die Woche, Boten waren bisher nicht notwendig gewesen. Morgen wäre wieder eines ihrer Treffen gewesen, und Andreas hatte all seine Verpflichtungen danach gerichtet.

Etwas abgehetzt erreichte er die Kirche. Es war kalt, schneite leicht, und die Wege waren mit einer dünnen Eisschicht überzogen. Hier, direkt vor dem Eingang der Kirche, hatte niemand Kies oder Sand gestreut. Andreas rutschte aus und wedelte mit den Armen, um das Gleichgewicht wiederzuerlangen. Ein rettender Arm kam ihm von hinten zu Hilfe.

»Guten Tag, Herr Pfarrer, Ihr seid heute etwas wackelig unterwegs, wenn ich das sagen darf.« Andreas drehte sich um und sah Michel Angelo Immenraedt. Der freundlich lächelnde Mann trug einige Pinsel im Arm und zwinkerte ihm lachend zu.

»Langsam wird es Zeit, dass Frühling wird. Der Kirche scheint der Kies zum Abstreuen auszugehen.«

Andreas lachte ebenfalls und reichte dem Künstler seine Hand zum Gruß. »Guten Tag, Herr Immenraedt. Ja, Frühling wäre wunderbar. Da bin ich ganz Eurer Meinung. Der Winter dauert in diesem Jahr viel zu lange und ist schrecklich kalt. Es wäre schön, wieder Blumen blühen zu sehen und die warmen Strahlen der Sonne auf der Haut zu fühlen.«

Der Künstler schritt an Andreas vorbei, öffnete die Kirchentür und ließ Andreas den Vortritt.

»Ja, das stimmt«, antwortete Immenraedt und blickte in den grauen Himmel »die Sonne vermisse ich ebenso. Aber so wie es aussieht, werden wir uns noch ein wenig gedulden müssen.«

Die beiden betraten die Kirche, und sofort umgab Andreas der Geruch des Gotteshauses, eine Duftmischung aus Marmor, Ölfarben, Terpentin und Weihrauch.

Pfarrer Wicht stand mit dem ehrenwerten Herrn Heckler vor dem Altar, die beiden diskutierten laut miteinander. Immer wieder zeigte der Pfarrer auf eine Stelle am Boden. Anscheinend schien etwas beschädigt zu sein.

Als die schwere Kirchentür ins Schloss fiel, blickte der alte Priester auf. Andreas nickte seinem Mentor freundlich zu, und Herr Immenraedt grüßte ein wenig zu laut durch die Kirche.

»Guten Morgen, Herr Pfarrer. Wünsche, wohl geruht zu haben.«

Pfarrer Wicht ließ den etwas verdutzt dreinblickenden Herrn Heckler stehen und lief eiligen Schrittes auf die beiden Neuankömmlinge zu. Mit einem Tuch, das er aus seiner Rocktasche hervorzauberte, wischte er sich die Stirn ab.

»Guten Morgen, Herr Immenraedt, schön, Euch zu sehen.«

»Das Vergnügen ist ganz meinerseits.« Der Künstler neigte kurz sein Haupt und ging dann zu seinen Farbeimern, die auf der anderen Seite der Kirchenbänke standen. Einer seiner Schüler hatte schon damit begonnen, die verschiedenen Töne zu mischen. Prüfend sah er dem Jungen über die Schulter und versank in seiner Welt aus Farben und Bildern.

Pfarrer Wicht wandte sich an Andreas. »Guten Morgen, Andreas. Schön, dass du so schnell kommen konntest. Es gibt wichtige Dinge zu besprechen, die leider nicht bis morgen warten können.«

Freundschaftlich legte er den Arm um seinen Schüler und ging mit ihm durchs Kirchenschiff zur Sakristei hinüber. Die Leute hier mussten nicht mit anhören, was sie zu besprechen hatten.

Die Holztür, die in die kleine Kammer führte, quietschte ein wenig in den Angeln, Pfarrer Wicht schloss sie sorgfältig hinter sich. In den kleinen Raum fiel warmes Licht durch gelbe Fenstergläser und spiegelte sich in den silbernen Kerzenständern, die auf dem Tisch standen. Es war seltsam still im Raum, und der Duft von Silberpolitur und Bienenwachs hing in der Luft. Andreas sah seinen Mentor fragend an.

»Was gibt es denn so Wichtiges?«

»Leider muss ich dir sagen, dass Philipp Elbert gestorben ist.«

Bestürzt sah Andreas seinen Mentor an. »Ach du meine Güte. Was ist denn geschehen?«

»Er ist einer Lungenentzündung erlegen«, sagte der Geistliche und seufzte. »Mich hat sein Tod schwer getroffen. Er war ein alter Freund von mir.«

Andreas nickte. »Ich weiß, Ihr wart ihm sehr zugetan. Es tut mir leid, dass Ihr einen treuen Freund verloren habt. Aber was hat das mit mir zu tun?«

Der Pfarrer sah Andreas ernst an. »Ich habe eine neue, wichtige Aufgabe für dich. Der Superintendent hat mit mir zusammen die Angeklagten der Hexenprozesse betreut. Er war wie ich als Seelsorger tätig. Da er nun von uns gegangen ist, muss diese Stelle neu besetzt werden. Ich allein bin mit der vielen Arbeit völlig überfordert. Also habe ich an dich gedacht. Ich war auch schon beim Grafen. Er ist damit einverstanden, dass du noch heute mit deiner Tätigkeit beginnst.«

Andreas sah Pfarrer Wicht entgeistert an. Er mochte die Prozesse nicht und hatte sich immer die allergrößte Mühe gegeben, sich herauszuhalten. Zu den Hinrichtungen musste er gehen. Es war ihm jedes Mal zuwider, das Leid der Frauen mit ansehen zu müssen. Wie sie geschändet und geschlagen ihrem Ende entgegengingen, tat ihm furchtbar weh. Das konnte nicht Gottes Wille sein, dessen war er sich sicher. Gott würde niemals so grausam zu den Menschen sein.

Doch er war sich auch der Tatsache bewusst, dass er jetzt nicht Nein sagen konnte oder durfte, das würde seinen Mentor beleidigen. Die Aufgabe des Seelsorgers war nicht die Arbeit, die er sich vorgestellt hatte. Geschändete Frauen zu einem Geständnis zu bringen, war für einen Pfarrer würdelos, aber wenn er damit für seinen Mentor etwas tun konnte, würde er ihm natürlich zur Verfügung stehen.

Er nickte also. »Gerne helfe ich Euch. Ich hoffe aber, dass mich die Tätigkeit nicht ganz vereinnahmt, denn ich habe viele Dinge in meiner Gemeinde zu erledigen. Es stehen ein paar Hochzeiten und Taufen an, und der sonntägliche Gottesdienst und die Abendandachten müssen vorbereitet werden. Und Ihr wisst ja, wie das ist, unvorhergesehene Dinge passieren andauernd. Wie schnell gibt es wieder einen Todesfall oder etwas, was man nicht planen kann.«

»Ich weiß, deshalb teilen wir uns die Aufgabe der Seelsorge. Das ist ja auch der Grund dafür gewesen, warum der Superintendent mir unter die Arme gegriffen hat. Wenn ich ehrlich bin, hat er die meiste Arbeit erledigt. Ich bin hier mit dem Umbau der Kirche und mit der Gemeinde im Moment sehr beschäftigt. Da er jetzt tot ist, muss ich nun auch mehr in der Seelsorge arbeiten.«

Der alte Priester seufzte. »Glaube mir, mein Freund, auch ich erledige diese schreckliche Arbeit nicht besonders gerne. Ich mag es nicht, mit den Anhängern des Teufels zu tun zu haben. Am liebsten würde ich sie meiden, aber es ist nun einmal meine Aufgabe.«

Andreas nickte höflich. Diese Ansicht vertrat er nicht. Er empfand Mitleid für die Frauen. Dem Vorwurf, dass sie Hexen sein sollten, stand er eher skeptisch gegenüber. Auch die Folter hielt er für grausam und unnötig. Würde nicht jeder alles gestehen, wenn man ihm sämtliche Knochen brach, ihm die Gelenke herausriss und ihn zu Tode quälte?

Pfarrer Wicht kam um den Tisch herum und legte Andreas väterlich die Hand auf die Schulter.

»Ich habe auch bereits die erste Aufgabe für dich. Die kleine Katharina Heinemann ist eingeholt worden, das Mädchen soll im Gassenbacher Hof einen Schadenszauber verursacht haben. Da du sie ja bereits seit deiner Kindheit kennst, kannst du sie bestimmt zu einem Geständnis überreden.«

Andreas wurde blass, sein Herz schlug ihm bis zum Hals. Katharina war eingeholt worden. Seine Katharina sollte eine Hexe sein? Unmöglich!

Dann sah er sie vor sich, wie sie damals im Schnee gestanden hatte. Katharina hatte damals von einer Krankheit auf dem Hof gesprochen. Aber was, wenn sie vor etwas anderem fortgelaufen war? Er sah ihr Gesicht, ihre roten Wangen, ihre Sommersprossen. Sie hatte ihn voller Angst angesehen, und in ihren Augen hatte die blanke Panik gestanden. Was damals auch passiert war, sie war vor etwas anderem fortgelaufen, und er würde herausbekommen, was es gewesen war.

Ein tiefer Schmerz bohrte sich in seinen Körper und nahm ihm die Luft zum Atmen. Die Erkenntnis traf ihn wie ein Blitz. Ihm würde sie vielleicht sagen, was wirklich geschehen war. Aber der Henker würde sie foltern und so lange quälen, bis sie sagen würde, was er hören wollte. Wie könnte er ihr Seelsorger sein? Der Mann, der die Frau, die er liebte, in den Tod treiben soll.

Pfarrer Wicht bemerkte Andreas' Unruhe und sah seinen Schüler misstrauisch an. »Ist alles in Ordnung? Du siehst etwas blass aus.«

Andreas versuchte, sich zu beherrschen. »Ja, es ist alles gut. Ich erledige das.«

Seine Stimme klang leicht zittrig, und ihm stand der Schweiß auf der Stirn. Pfarrer Wicht war immer noch misstrauisch. So unsicher hatte er seinen Schüler noch nie erlebt.

»Ich kann die Kleine auch befragen, wenn es dir zu nahegeht. Ich werde …«

»Nein, nein«, fiel Andreas ihm ins Wort, »ich mache das schon. Ihr habt natürlich recht. Ich kenne sie sehr gut, bestimmt wird sie bei mir gestehen. Vielleicht kann ich sie dazu bringen, vor der Folter alles zuzugeben. Katharina hat ja damals gesehen, wie sehr ihre Mutter zugerichtet war. Bestimmt möchte sie nicht, dass ihr dasselbe widerfährt.«

Pfarrer Wicht seufzte. »Das denke ich auch immer. Die Frauen wissen doch, was auf sie zukommt. Es wird ihnen sogar genau erklärt, wie sie gefoltert werden. Aber sie sind stur. Es ist so schwer, ihren Willen, den ihnen der Teufel vorgibt, zu brechen. Nimm dich vor ihr in Acht, sie ist eine Hexentochter und stammt aus einer Hexenbrut. Mit Sicherheit ist der Teufel bei ihr sehr stark. Lass dich nicht in Versuchung führen.«

Andreas hatte sich wieder in der Gewalt und schüttelte über so viel Irrglauben innerlich den Kopf. Pfarrer Wicht schien diese Dinge tatsächlich zu glauben. Er schien davon überzeugt zu sein, dass seine Worte der Wahrheit entsprachen. Zum ersten Mal verlor er den Respekt vor dem Mann, der ihn dazu gebracht hatte, Priester zu werden. Vor seinem Vorbild, der ihn bereits als Knabe unterrichtete und mit dem er so viele schöne Stunden verbracht hatte.

»Das passiert gewiss nicht. Ich kenne Katharina sehr gut. Ihr werdet sehen, es wird alles seinen gewohnten Gang gehen.« Seine Stimme klang arglos, aber in ihm brodelte es. Pfarrer Wicht lächelte Andreas erleichtert an.

»Da bin ich aber froh, denn im Moment passt es mir gar nicht. Die Kirche braucht mich die nächsten Tage, die Renovierung nimmt einfach zu viel Zeit in Anspruch.«

Er öffnete die Tür, Andreas folgte ihm. »Ich bin glücklich, einen so guten Schüler wie dich zu haben, Andreas«, plapperte der alte Mann weiter. »Manchmal wüsste ich gar nicht, was ich ohne dich tun sollte. Wie habe ich das alles früher nur geschafft?«

Die beiden betraten den Altarraum. Herr Heckler schimpfte mit einem seiner Lehrbuben, zeigte auf die Beschädigung im Boden und gab laut Arbeitsanweisungen. Herr Immenraedt lag, in seine Arbeit vertieft, auf einem Gerüst unter der Decke. Es war alles wie vorher. Doch Andreas sah die Welt nun mit anderen Augen. In Gedanken war er bei Katharina. Wie konnte er sie zu einem Geständnis bringen, wenn er dies gar nicht tun wollte. Er wollte sie glücklich und frei sehen. Wenigstens das wünschte er ihr. Wenn er sie schon nicht haben durfte. Glück und Freiheit und ein wenig Zufriedenheit. Doch all dies durfte er ihr jetzt nicht geben. Er musste sie in den Tod treiben und dazu zwingen, Dinge zu gestehen, die er selbst nicht glaubte.

Graf Johannes saß an seinem Schreibtisch und war in ein Schreiben vertieft. An diesem Morgen allerdings hatte er Mühe, sich zu konzentrieren. Er trauerte um seinen Superintendenten, dessen Beerdigung gestern in aller Stille stattgefunden hatte. Natürlich war er nicht persönlich dort gewesen. Aber er hatte an den Mann gedacht und der Witwe in einem Kondolenzschreiben sein tiefstes Beileid ausgesprochen und ihr eine kleine Rente zugesagt. Die arme Frau war ja ohne das Einkommen ihres Gatten völlig mittellos.

Seufzend dachte er daran, wer nun der Nachfolger Elberts werden könnte, denn einen guten Berater und Schreiber hatte er bitter nötig. Es musste jemand sein, der in Sprachen versiert war und gut schreiben und formulieren konnte. Seufzend erhob er sich und ging zu dem kleinen Erker. Sein Blick fiel auf Idstein, das ruhig und friedlich vor ihm lag. Beim Anblick seines Gartens direkt unterhalb des Fensters lächelte er und begann, sich Gedanken darüber zu machen, was er bald anpflanzen würde. Graf Johannes war für seinen Garten berühmt. All seine Liebe steckte er in dieses kleine Stück Land. Im Sommer gab es die verschiedensten Rosenarten, und im Frühjahr blühten Hunderte von Narzissen. Wasserspiele plätscherten, und in großen Teichen tummelten sich Goldfische. Parkbänke luden zum Verweilen ein, und Lilien verzauberten einen mit ihrem Duft. Immer wieder kamen Maler und Künstler, die Stunden damit zubrachten, die Pracht der Blumen für die Ewigkeit festzuhalten. Überall im Schloss hingen deren Gemälde, und der Graf blieb oft stehen und erfreute sich an der Pracht der Farben. Besonders jetzt im Winter fehlte ihm die Gartenarbeit, das Gespräch mit den Gärtnern und Gartenbauarchitekten, die sich jedes Jahr die allergrößte Mühe gaben, all seine Wünsche zu erfüllen.

Es klopfte leise an der Tür. Irritiert blickte Graf Johannes auf. Ein junger Diener betrat den Raum und verbeugte sich vor seinem Herrn.

»Meister Leonhard bittet um eine kurze Audienz.«

Der Graf wandte sich vom Fenster ab und ging zurück zu seinem Schreibtisch. »Er soll hereinkommen.«

Der Diener verneigte sich erneut, verließ den Raum und bedeutete dem Henker, einzutreten. Der Graf hatte sich wieder in seinen bequemen Lehnstuhl gesetzt und sah seinen Henker ein wenig überrascht an. »Was treibt Euch denn heute Morgen bereits ins Schloss herauf, Meister Leonhard?«

Der Henker verneigte sich und trat näher an den Schreibtisch heran. Der Graf bot ihm mit einer Handbewegung an, Platz zu nehmen.

Wieder verneigte sich Leonhard Busch und setzte sich in einen der gepolsterten Lehnstühle, der direkt vor dem Schreibtisch des Grafen stand. Er schlug die Beine übereinander und räusperte sich.

»Ich habe eine Einholung mit Euch zu besprechen.«

»Eine Einholung? Darüber weiß ich doch Bescheid. Was gibt es denn da zu besprechen?«

Der Graf war ein wenig ungeduldig. Er hatte viel zu tun. Aus Mainz war ein Schreiben des Bischofs eingetroffen, dies musste beantwortet werden. Da er nun ohne seinen Superintendenten war, würde er dreimal so lange dafür brauchen als bisher.

Leonhard Busch war nun doch etwas unsicher. Wie würde der Graf reagieren? Immerhin hatten sie hinter seinem Rücken gehandelt. Hoffentlich würde seine Ausrede funktionieren.

»Es handelt sich um die Tochter der Rothköpfin. Ihr Name ist Katharina Heinemann. Sie soll für einen Schadenszauber am Gassenbacher Hof verantwortlich sein.«

Erstaunt sah der Graf ihn an.

»Davon höre ich zum ersten Mal. Warum bin ich nicht informiert worden?«

»Wir wollten Euer Gnaden nicht belasten, immerhin habe ich Euch an diesem Tag von dem baldigen Tod Eures Vertrauten erzählt. Ihr habt sehr mitgenommen ausgesehen.«

Der Graf zog die Augenbrauen hoch.

»Wer hat den Fall denn gemeldet und aufgenommen? Normalerweise erfahre ich von allem, was über den Tisch des Amtsrats geht, als Erster.«

»Der Herr Amtsrat lag krank darnieder. Der Gutsherr vom Gassenbacher Hof war in der Amtsstube, und Sebastian Post hat die Meldung aufgenommen.«

Der Graf schwieg und blickte nachdenklich ins Feuer.

»Die Tochter der Rothköpfin. Ist die Rothköpfin nicht die Frau, die wir als eine der Ersten hingerichtet haben? Wie hieß sie noch gleich?«

»Eva Heinemann, Euer Gnaden, sie hieß Eva Heinemann.«

»Ach ja, richtig. Sie steckte mit der alten Kathi Häuser unter einer Decke. Aber so alt war die doch noch gar nicht. Sie kann unmöglich eine Tochter haben, die vierzig Jahre zählt.«

»Ja, sie ist kaum zwanzig, eigentlich zu jung, aber die Vorwürfe gegen sie sind erdrückend. Sie ist vor einer Teufelsaustreibung, die ich damals im Gassenbacher Hof durchgeführt habe, davongelaufen. Es gibt eine Zeugin, die sie gesehen hat.«

Der Graf erhob sich mit vor Wut funkelnden Augen und begann, die Hände auf dem Rücken verschränkt, durch den Raum zu laufen.

»Ihr habt eine der wichtigsten Regeln missachtet. Es ist mir gleichgültig, was Ihr für eine Austreibung gemacht habt. Und warum genau das Mädchen den Stall verlassen hat, weiß auch niemand. Ihr habt meine Anweisungen nicht befolgt.«

Der Henker sah seine Chancen auf eine normale Befragung schwinden und versuchte, sich zu verteidigen.

»Aber sie ist auch noch die Tochter einer Hexe. Bestimmt ist sie eine Teufelsbrut. Ich sehe es in ihrem Gesicht. Ich schwöre Euch, Euer Gnaden, die Kleine trägt den Teufel in sich. Mit Sicherheit hat sie den Schadenszauber verhängt, und wer weiß, was sie noch alles tut. Sie muss aufgehalten werden.«

Der Graf trat hinter seinen Schreibtisch. Es war ihm gleichgültig, was Meister Leonhard in dem Mädchen sah. Er und der Landeshauptmann hatten hinter seinem Rücken gehandelt. Die beiden waren zu weit gegangen.

»Es ist mir gleichgültig, ob sie eine Hexe ist. Ich kann nicht damit beginnen, junge Frauen hinzurichten. Wenn ich ein Mal eine Ausnahme mache, wird es viele geben müssen. Ihr habt mich hintergangen und schändlich meinen Augenblick der Schwäche ausgenutzt. Aber jede Entscheidung über eine Einholung geht über meinen Tisch, verstanden!«

Der Henker senkte sein Haupt. Er war wütend. Er konnte es nicht leiden, zurechtgewiesen zu werden.

»Und was passiert jetzt mit der kleinen Hexe? Wenn Ihr sie wieder laufen lasst, wird sie das Unglück über Nassau bringen, dessen bin ich mir sicher.«

Der Graf strich sich nachdenklich übers Kinn. Er musste seinem Henker eine Lektion erteilen. Der Mann musste lernen, dass er hier der Herr war. Allerdings hatte er bis heute immer auf den Rat des Henkers vertraut, obwohl ihn Elbert eindringlich vor Meister Leonhard gewarnt hatte, denn seiner Meinung nach war der Henker ein machthungriger und geldgieriger Mann. Heute schienen sich seine Worte zu bestätigen.

»Nun gut«, sagte der Graf etwas ruhiger. »Ihr dürft sie dreimal befragen, aber ohne jede Folter. Wenn die Frau dann nicht einbricht, muss sie wieder laufen gelassen werden.« Dem Henker stand der Mund offen, damit hatte er nicht gerechnet.

»Aber …«

»Kein Aber. Sie hätte niemals eingeholt werden dürfen. Wenn sie nach drei Verhören nicht einbricht, wird sie wieder laufen gelassen – und Ihr könnt sicher sein, ich werde Euch im Auge behalten, und gnade Euch Gott, wenn ich erfahre, dass Ihr das Mädchen gefoltert habt.«

Der Graf griff nach der Schriftrolle. Für ihn war das Gespräch beendet.

Meister Leonhard erhob sich und ging zur Tür, öffnete diese und verließ ohne jeden weiteren Gruß den Raum. Wütend lief er den Flur hinunter. Damit hatte er nicht gerechnet. Der Graf hatte ihn wie einen dummen Schulbuben behandelt. Er beschleunigte seine Schritte und ballte seine Faust. Vor seinem inneren Auge sah er Katharina vor sich. Er würde sie schon irgendwie dazu bringen, zu reden. Irgendwas würde ihm einfallen. Das Spiel war noch nicht verloren.

24

Die Sonne schien von einem wolkenlosen Himmel, ein leichter Wind wehte durch die Blätter der Bäume, und bunte Blumen blühten auf den Wiesen. Katharina strich sanft mit den Händen durch das Gras. Die Hitze flirrte in der Luft, Vögel zwitscherten, und es roch nach frisch gemähtem Heu. Sie erreichte das Ufer des kleinen Baches, der hinter ihrem Haus entlanglief, und stellte den Korb mit Leinentüchern ab, den sie mitgebracht hatte. Erschöpft setzte sie sich in den Schatten und zog ihre Schuhe aus. Der Bach plätscherte über die Steine, und das Wasser funkelte im Licht der Nachmittagssonne. Katharina stand auf, fühlte das weiche Gras an ihren Zehen und watete ins kühle Nass. Das kalte Wasser kribbelte auf ihrer Haut.

»Guten Tag«, sagte plötzlich jemand. Sie blickte auf. Vor ihr stand ein kleines blondes Mädchen und lächelte sie an.

»Bist du nun nicht mehr traurig? Ich habe es doch gesagt, sie ist jetzt bei meiner Mutter im Himmel.« Katharina wurde blass.

»Wer ist bei meiner Mutter?«, fragte sie.

»Hast du die Hinrichtung und den Tod deiner Mutter etwa vergessen? Sie ist doch jetzt im Himmel.« Das Mädchen sah Katharina verwundert an.

Eilig sprang Katharina aus dem Wasser und rannte verzweifelt los. Die Sonne verschwand hinter dunklen Wolken, und ein kalter Wind wehte ihr ins Gesicht. Alle Bäume verloren ihre Blätter, und es begann zu schneien.

Panik breitete sich in ihr aus. Sie lief über den Hof, öffnete die Tür und rief laut nach ihrer Mutter. Doch im Haus war es unheimlich still. In der Wohnstube brannte kein Licht, und kein Feuer knisterte im Ofen. Panisch rannte Katharina durch alle Räume und suchte ihre Mutter. Doch sie fand sie nicht. Als sie die Treppe wieder herunterkam, stand erneut das Mädchen vor ihr. Mitleidig sah das Kind Katharina an.

»Und du? Bist du jetzt auch bald im Himmel?«

Katharina schreckte hoch, und sofort zuckte ein brennender Schmerz durch ihre Handgelenke. Sie sank zurück auf das Strohlager und blickte verwundert auf die graue Decke über ihr, von der der Putz abblätterte. Langsam kam die Erinnerung zurück. Das hier war nicht ihr Zuhause, sie lag nicht in ihrem Bett. Stöhnend drehte sie sich auf die Seite. Katharina sah sich in der kleinen Kammer um, blieb aber liegen. Ihr fehlte die Kraft, um sich erneut aufzurichten. Es war nicht besonders hell, durch das winzige Fenster fiel kaum Licht herein. An der gegenüberliegenden Wand standen ein Tisch und zwei Stühle, und in der Ecke lagen vertrocknete Exkremente.

Ihr Kleid war noch immer klamm, es war kalt, sie zitterte, und das Schlucken tat ihr weh. Ihr Hals war wund und trocken. Sie hatte schrecklichen Durst, aber zu trinken gab es hier nichts.

Verzweifelt starrte sie auf die getünchte Wand. Es war vorbei, sie lag hier, war eingeholt worden. Bald würden sie sie holen kommen und ihr irgendwelche seltsamen Fragen stellen. Bestimmt gaben sie ihr die Schuld an dem Tod der Tiere. Bei dem Gedanken an den Gassenbacher Hof wurde ihr seltsamerweise warm ums Herz. Sie sah den Stall vor sich und hatte plötzlich den Geruch von Pferden, Stroh und Einstreu in der Nase. Sie war gerne dort gewesen. Traurig dachte Katharina an Rufus, das kleine Pferd. Ihn hatte sie besonders gerngehabt. Am liebsten hätte sie ihn mit nach Hause genommen, raus aus dem Stall, in dem ihn sowieso niemand mochte. Ob er sie vermissen würde? Oder war es ihm gleichgültig, wer seine Mähne bürstete?

Katharina seufzte. Der Stall, dieser schreckliche Tag, den sie schon fast vergessen hatte. Katharina sah Magdalena mit ihrem zynischen Blick und ihrem teigigen Gesicht vor sich. Sie hatte also doch geredet, hatte sie verraten. Jetzt war alles anders, und alle glaubten ihr mehr als Katharina. Ab heute war sie weniger wert als die Tochter eines Verräters. Sie war jetzt nicht mehr nur die Tochter einer Hexe, sie war in aller Augen selbst eine.

Katharina dachte erneut an Andreas. Ob er schon wusste, dass sie eingeholt worden war? Sie sah seine warmen Augen vor sich, fühlte seine Nähe, und plötzlich kribbelte es auf ihrer Haut und in ihrem Bauch. So war es immer, wenn sie an Andreas dachte und wenn sie ihn sah. Sie freute sich jedes Mal, wenn er nur in ihrer Nähe war, und hatte ihm bereits alles verziehen, was gewesen war.

Doch jetzt hatte sich alles verändert. Tränen stiegen ihr in die Augen. Jetzt war er der Priester und sie die Angeklagte. Er würde am Rand des Platzes stehen, während sie vor ihrem Richter stand. Andreas würde zusehen, wie sie auf dem

Schafott von Meister Leonhard getötet wurde. Tränen der Verzweiflung liefen über ihre Wangen. Er würde kommen, sie war ihm bald ausgeliefert, dem schwarzen Mann mit den eiskalten blauen Augen. Wie sollte sie das nur aushalten – das alles überstehen? Aber musste sie das überhaupt? Musste sie es aushalten? Das Urteil stand ja schon fest, sie war doch bereits in aller Augen eine Hexe. Ihre Eltern waren beide tot, und den Mann, den sie liebte, durfte sie nicht mehr heiraten. Der Hof war viel zu groß für sie allein, und Cäcilie und Michael würden bestimmt bald fortgehen. Und Maria verließ Niederseelbach sowieso bald und würde in Heftrich ein neues Leben beginnen. Was würde dann noch übrig bleiben? Sie wäre einsam und allein. Also warum nicht gleich gestehen? Warum sich der Folter ausliefern, wenn es doch nichts mehr gab, für das es sich zu kämpfen lohnte?

Katharina fielen die Augen zu, und sie döste ein wenig ein. Vielleicht war es ja gut so. Bestimmt war dies der richtige Entschluss. Am Ende würde sie ohnehin verlieren.

Erneut begann Katharina zu träumen.

Sie stand mit ihrem Vater auf der Obstwiese hinter dem Haus, es war bereits Abend. Die letzten Strahlen der Sonne tauchten die Welt in ein besonderes, warmes Licht. Sie trug Zöpfe wie früher, als sie noch ein kleines Mädchen war, und unter ihren nackten Füßen spürte sie das Gras. Ihr Vater lächelte sie an, sah so anders aus, strotzte vor Kraft und Energie. Seine Wangen waren voll und gerötet, und sein Haar schimmerte bräunlich. Nur an den Schläfen durchzogen es ein paar graue Strähnen.

Er zeigte zum Himmel, wo ein Falke seine Kreise zog.

Kunstvoll schwebte das Tier durch die Luft. Katharina sah dem Vogel mit offenem Mund zu. Er war so prachtvoll, so einzigartig. Ihr Vater lächelte seine Tochter stolz an. »Kannst du sehen, wie er fliegt? Er ist frei, so viel freier als wir, kann tun und lassen, was er will.«

»Er kann bis zum Meer fliegen«, seufzte Katharina.

»Ja, das kann er«, antwortete ihr Vater und sah dem Vogel, der jetzt immer mehr am Horizont verschwand, wehmütig lächelnd hinterher.

Das Knarren der Tür weckte Katharina auf. Sie drehte sich um. Ein Wachmann betrat, die Nase rümpfend, den Raum, ging schnellen Schrittes zu Katharina und packte sie grob am Arm.

»Komm, du kleine Hexe. Das erste Verhör mit deinem Seelsorger steht an.«

Er schob Katharina unsanft aus dem Raum und führte sie den engen Flur entlang und die Treppe hinunter. Ihre Handgelenke brannten wie Feuer. Der Mann hatte den Strick in der Hand und zog daran. Der Schmerz trieb ihr erneut Tränen in die Augen. Warum war sie immer noch gefesselt? Sie hatte doch sowieso keine Möglichkeit, fortzulaufen.

Es ging einen Flur entlang. Hier gab es einige Fenster, durch die die Sonne auf den Dielenboden schien. Am Ende des Ganges öffnete der Mann eine Tür und schob Katharina in den Raum. Das Zimmer war groß, geräumig, und durch zwei Fenster schien ebenfalls die Sonne herein. Es gab einen mit Schnitzereien verzierten Schrank, ein Regal, auf dem einige Bücher standen, und in der Mitte des Raumes einen Tisch und zwei Stühle. Ein kleines Schreibpult war vor eines der Fenster geschoben worden. Dahinter saß ein kleiner Mann. Er war sehr dünn und blass, und seine Augen wanderten unruhig durch den Raum. Katharina wurde auf einen der Stühle gesetzt, und der Wachmann verließ den Raum und postierte sich vor der Tür. Der Schreiber sah ein wenig wie eine steife Wachsfigur aus. Das Einzige, woran man erkennen konnte, dass er ein lebendiger Mensch war, waren seine Augen.

Katharina war aufgeregt. Ein Gespräch mit ihrem Seelsorger. Was war seine Aufgabe?

Andreas lief den Flur hinunter. Wie sollte er das nur schaffen? Wie sollte er dieses Gespräch nur überstehen?

Vielleicht hätte er auf seinen Mentor hören sollen. Am Ende wäre es doch besser gewesen, wenn Pfarrer Wicht Katharinas Befragung übernommen hätte. Aber das konnte er dann doch nicht zulassen. Auch wenn er sie nicht beschützen konnte, so konnte er wenigstens bei ihr sein. Dies war der Gedanke, der ihm Kraft gab. Er war in ihrer Nähe, stand ihr bei und konnte ihr vielleicht ein wenig die Angst nehmen. Vielleicht konnte er sie dazu bringen, vor der Folter die Anschuldigungen zu gestehen. Denn zu wissen, dass sie leidet, dass es ihr schlecht geht, würde schrecklich sein.

Er erreichte die offen stehende Tür und blieb stehen. Katharina saß mit dem Rücken zu ihm. Ihr rotes Haar war offen und ringelte sich über ihren Rücken. Er atmete tief durch, straffte die Schultern und betrat den Raum.

»Guten Morgen, Katharina.«

Sie zuckte zusammen, drehte sich um und sah Andreas erstaunt an. Er schrak zurück. Katharina sah fürchterlich aus.

Sie war blass, ihre Augen waren verweint und von dunklen Schatten umgeben. Er atmete nochmals tief durch und setzte sich ihr gegenüber hin. Sein Blick fiel auf ihre gefesselten Hände. Ihre Handgelenke waren wund gescheuert, der Strick hatte sich tief in die Haut gegraben. Sofort erhob er sich wieder und rief empört nach dem Wachmann, der daraufhin eilig in den Raum gerannt kam und den Priester verwundert ansah.

»Was gibt es denn?«

»Warum trägt die Gefangene Fesseln?«

Der Mann sah auf Katharinas Hände, zuckte mit den Schultern.

»Es hat mich noch niemand angewiesen, sie zu entfernen. Wird schon seinen Grund haben, vielleicht ist die Kleine ja besonders gefährlich.«

Andreas funkelte den Wachmann böse an. »Ihr habt nicht einen Funken Verstand im Kopf. Wo soll sie denn hin? Sie kann doch sowieso nicht fortlaufen. Ihr hättet ihr die Hände gar nicht erst zu fesseln brauchen.«

Der Wachmann wurde nun ebenfalls wütend. Warum und wie lange die Gefangenen gefesselt wurden, ging den Priester nichts an.

»Das geht Euch nichts an«, blaffte er zurück.

Andreas sah den Mann herausfordernd an.

»Hiermit befehle ich Euch, sofort diese Fesseln zu lösen. Ich bin ihr Seelsorger und habe das Recht dazu.«

Jetzt war der Wachmann doch eingeschüchtert. So viel Mut hatte er dem jungen Pfarrer gar nicht zugetraut. Verlegen kratzte er sich am Kopf. Eigentlich hatte der Priester recht, bei den meisten Angeklagten wurden die Fesseln bereits in der Zelle entfernt. Hier schien man das vergessen zu haben.

Seufzend zog er sein Schwert und griff nach Katharinas Handgelenken. Sie zuckte zusammen und stöhnte auf, dann fielen die Stricke auf den Boden.

»Zufrieden?«

Andreas nickte und setzte sich wieder, während der Wachmann ohne ein weiteres Wort den Raum verließ.

Katharina stieg der vertraute Duft von Lavendel in die Nase. Andreas war ihr Seelsorger und auf einmal ein Teil des Ganzen hier.

Andreas sah zu dem jungen Schreiber in der Ecke, der seinen Blick unsicher erwiderte. Schweiß stand dem jungen Mann auf der Stirn. Er mochte die Befragungen nicht. Allerdings waren die mit den Seelsorgern noch erträglich. Viel schlimmer waren die Verhöre des Henkers. Bei dem Gedanken an den Henker liefen ihm eiskalte Schauer über den Rücken. Er versuchte, sich zu beruhigen. Der junge Priester, der anscheinend zum ersten Mal ein Verhör leitete, war ihm sogar irgendwie sympathisch. Der Mann wirkte eher mitfühlend und nicht so unerbittlich wie die anderen.

Andreas beobachtete Katharina, die sich ihre Handgelenke rieb, voller Mitgefühl.

»Ist es besser so?«

Sie nickte zaghaft.

Er versuchte, ihr nicht direkt in die Augen zu blicken, während er weitersprach: »Ich bin dir als dein Seelsorger zugeteilt worden.«

Katharina nickte erneut.

»Ich habe die Aufgabe, dich zu befragen. Es liegen schwere Anschuldigungen gegen dich vor. Du sollst im Gassenbacher Hof einen Schadenszauber verhängt haben.«

Katharina hob zum ersten Mal den Kopf und sah ihm in die Augen. Er zuckte zurück. Die tiefe Traurigkeit, die in ihrem Blick lag, war schrecklich und traf ihn mitten ins Herz.

»Ich hab den Tieren nichts getan«, sagte sie leise. »Das musst du mir glauben. Niemals würde ich ihnen wehtun, ich habe sie doch gern. Ich weiß nicht einmal, was ein Schadenszauber ist. Die Anschuldigungen sind falsch. Ich bin nur mit Gott verbunden.«

Andreas seufzte. Katharina krächzte nur. Hatte man ihr etwas zu trinken gegeben? Mit ihrer Antwort hatte er gerechnet. Sie beteuerte ihre Unschuld wie all die anderen Angeklagten auch.

»Aber du bist vor einer Teufelsaustreibung fortgelaufen. Es gibt eine Zeugin, die dich gesehen hat.«

Katharina antwortete:

»Ja, Magdalena hat mich damals gesehen. Es stimmt, ich war in den Ställen an diesem Tag. Es war der Tag, als du mich im Schnee gefunden hast.« Sie griff sich an den Hals und räusperte sich.

Andreas sah sie verwundert an. Katharina fuhr fort: »Meister Leonhard war damals in den Stall gekommen. Ich kann es nicht erklären, aber auf einmal habe ich Angst bekommen. Dieser Mann ist mir unheimlich, seine Augen sind böse und grausam. Mir schlug das Herz bis zum Hals, ich glaubte, zu ersticken. Der Teufel sollte angeblich an unseren Kleidern hängen, aber ich glaubte das nicht. Warum sollte jemand Tieren etwas Böses antun? Es war damals so schrecklich. Ich weiß, es war falsch, einfach fortzulaufen, aber ich konnte nicht anders.«

Katharina senkte den Blick. Am Ende hatte sie nur noch geflüstert, und ihre Worte waren schwer zu verstehen gewesen. Andreas schwieg.

In seiner Erinnerung sah er sie vor sich im Schnee stehen. Sie hatte gezittert und keinen Umhang getragen. In ihren Augen hatten Angst und Panik gelegen.

Er glaubte ihr. Schadenszauber, was für ein dummer Unsinn. Doch was würde das helfen? Er war ihr Seelsorger. Seine Aufgabe bestand darin, sie zu einem Geständnis zu bringen. In aller Augen war sie bereits schuldig, und es war völlig gleichgültig, was er dachte, wie er fühlte.

»Das wird dir aber niemand glauben. Meister Leonhard ist davon überzeugt, dass du es warst. Er wird dich foltern und quälen. Willst du das wirklich?«

Katharina sah Andreas nicht an. Sie begriff plötzlich, was die Aufgabe eines Seelsorgers war. Er sollte sie überreden, zu gestehen. Sie sollte bei ihm alles zugeben. Andreas musste sie in den Tod treiben.

Die Erkenntnis traf sie wie ein Blitz.

Andreas, der Mann, den sie liebte, an den sie so oft zärtlich dachte, von dem sie gehofft hatte, er würde ihr helfen, würde sie in den Tod treiben. Wollte er sie wirklich auf dem Schafott sehen? Wie konnte er sich in so kurzer Zeit so verändert haben?

Sie schob störrisch ihr Kinn nach vorn und schüttelte den Kopf.

»Ich habe nichts getan. Ich bin mit Gott verbunden und

der Kirche treu ergeben. Niemals habe ich so schreckliche Dinge getan, die ich nicht einmal verstehe.«

Seufzend erhob sich Andreas. Er sah zu dem Schreiber hinüber. Dieser nickte bestätigend, er hatte alles notiert. Katharina saß am Tisch und blickte auf die Tischplatte, hob nicht den Kopf. Er war verzweifelt, ging langsam durch den Raum, blieb am Fenster stehen und atmete tief durch.

»Der Henker wird bald kommen. Du hast Angst vor ihm. Diesmal wirst du nicht fortlaufen können, und keine Tür wird offen stehen. Er wird dich befragen, wird grausam sein und dir alle Knochen brechen.«

Andreas' Stimme wurde lauter, er schrie fast. Mit geballten Fäusten drehte er sich zu Katharina um, lief zum Tisch, stützte sich mit den Händen darauf ab und versuchte, ihr in die Augen zu schauen.

»Er wird dich quälen, nicht von dir ablassen, bis du endlich sagst, was er hören will.«

Katharina sah ihn verwirrt an. Sie erkannte die Verzweiflung in seinen Augen, die Sehnsucht, die darin stand. Irritiert drehte sie den Kopf weg.

»Wenn ich es doch sage«, flüsterte sie mit erstickter Stimme, »ich habe nichts getan.«

Er wich zurück. Es war vorbei. Er hatte die Gewalt über sich verloren. Er wollte sie nicht anschreien. Tränen der Verzweiflung stiegen ihm in die Augen, er hob hilflos die Hände. Der Schreiber sah Andreas neugierig an. So einem emotionalen Seelsorger war er noch nie begegnet.

Andreas seufzte und ging direkt neben Katharina in die Hocke. Sie konnte seinen Atem an ihrem Hals spüren, während er flüsterte: »Er wird dich quälen, dich töten. Es tut mir leid, ich kann nichts dagegen tun. Auch wenn ich es wollte, hörst du? Ich werde ihn nicht aufhalten können.«

Katharina sah ihn verwundert an. Andreas' Augen waren auch jetzt nicht kalt, Mitleid und Angst standen in ihnen. Er erhob sich, blieb noch einen Moment schweigend neben ihr stehen und verließ dann fast schon fluchtartig und ohne ein weiteres Wort den Raum. Katharina blieb wie erstarrt zurück. Sie erkannte seine Verzweiflung. Er war der Priester und sie die Angeklagte, dachte sie. Er gehörte jetzt zu dem Ganzen hier und würde ihr nicht helfen.

Der Schreiber rollte seine Papiere zusammen und verließ eiligen Schrittes den Raum. Der Wachmann zog Katharina von ihrem Stuhl hoch, und es ging den engen Gang zurück und die Treppe hinauf. Grob schubste er sie in ihre Zelle, die Tür fiel hinter ihr krachend ins Schloss. Katharina landete unsanft auf dem harten Dielenboden. Verzweifelt blieb sie sitzen, schlang ihre Arme um ihren Körper, heiße Tränen stiegen ihr in die Augen.

»Nein, nein«, schluchzte sie verzweifelt.

Es war ein Alptraum, sie war in der Hölle. Wann wachte sie endlich auf?

25

Andreas eilte über den Marktplatz. Um ihn herum herrschte geschäftiges Treiben. Fuhrwerke fuhren über den Platz, die Läden waren geöffnet. Männer, Frauen und Kinder liefen herum, unterhielten sich, lachten und genossen den milden Tag. Die Sonne schien von einem fast wolkenlosen Himmel und spiegelte sich in den großen Pfützen. Überall tropfte es von den Dächern, der Schnee schmolz. Andreas wusste nicht so recht, wohin er lief. Er ließ sich einfach treiben und wollte hier draußen, unter all den Menschen, alles vergessen. Aber Katharinas Augen verfolgten ihn. Immer wieder sah er die Traurigkeit darin. Mit gesenktem Kopf lief Andreas durch eine der engen Gassen. Kinder rannten laut kreischend an ihm vorbei, und das Wasser der Pfützen spritzte auf seinen Rock. Er bemerke es nicht, war wie in Trance. Diese Welt war nicht real, konnte es nicht sein. Noch vor Kurzem war er im Priesterseminar gewesen, und seine Aufgabe war ihm wichtig vorgekommen. Er wollte für seine Berufung leben. Aber jetzt zerstörte dieser Wahnsinn alles. Er fürchtete sich vor dem nächsten Verhör und wusste nicht, wie er ruhig bleiben konnte. Wie sollte er Katharina zu einem Geständnis bringen – wenn er es doch gar nicht wollte? Wie dumm er doch gewesen war, zu glauben, er wäre stark genug.

»He, so passt doch auf.«

Erschrocken blickte Andreas hoch. Er war in jemanden hineingelaufen. Der junge Mann sah ihn vorwurfsvoll an. Doch dann veränderte sich dessen Blick, er lachte Andreas freudig an und schlug ihm auf die Schulter.

»Andreas, du bist es. Kennst du mich noch? Ich bin es, Peter Wicht, der Sohn deines Mentors.«

Andreas sah den jungen Mann erstaunt an. Peter war kaum wiederzuerkennen. Der Knabe, den er gekannt hatte, war ein erwachsener junger Mann geworden. Sein Haar war blond wie das seiner Mutter, und auch ihren herzlichen Blick hatte er geerbt. Er trug eine ordentliche Lederweste und samtene Kniehosen, seine Kleidung ließ einen bestimmten Wohlstand erahnen. Andreas lächelte.

»Guten Tag, Peter. Schön, dich zu treffen. Wie geht es dir?« Andreas versuchte, sich seine schlechte Stimmung nicht anmerken zu lassen, und umarmte den alten Freund.

»Ach« – Peter seufzte – »wenn ich doch nur sagen könnte, dass es mir gut geht. Aber dem ist leider nicht so.«

Andreas sah ihn verwundert an. »Was ist denn geschehen?«

Der junge Mann sah sich in der Gasse um, Andreas bemerkte seine Unruhe. Irgendetwas schien ihn zu bedrücken.

»Nicht hier, wollen wir nicht zum Schwanenwirt auf einen Becher Wein gehen? Ich lade dich ein.«

Andreas überlegte. Ihm war nicht nach Geplauder zumute. Er war müde, und es rumorte in seinem Kopf. Eigentlich wollte er nach Hause, die Tür hinter sich schließen und die Welt aussperren. Wenigstens für heute wollte er allein sein.

Peter sah ihn bittend an, Andreas gab nach. »Also gut, ich komme mit.«

Der junge Mann lächelte und legte freudig seinen Arm um Andreas. »Danke. Du weißt gar nicht, wie du mir damit hilfst. Ich brauche den Rat von jemandem, dem ich vertrauen kann. Es geht um eine ernste Sache.«

Sie gingen den Weg, den er gerade gekommen war, wieder zurück und überquerten den Marktplatz. Die Sonne war hinter dunklen Wolken verschwunden, und es herrschte ein seltsam diffuses Licht. Ein Windspiel vor der alten Schmiede erklang, und die Geschäftigkeit von eben wich langsam der spätnachmittäglichen Ruhe.

Die beiden erreichten den Gasthof, und Peter öffnete die Tür. Die Gaststube war leer, erst später am Abend füllte sich der Raum mit Gästen. Peter sah erleichtert aus, anscheinend hatte er darauf gehofft, hier niemanden anzutreffen.

Sie setzten sich in eine Nische, und der alte Wirt kam, um ihre Bestellung aufzunehmen.

»Guten Tag, die Herren. Herr Pfarrer!« Der Mann lüpfte kurz seine Mütze zum Gruß. »Was darf ich bringen?«

»Zwei heiße Apfelwein«, bestellte Peter und sah Andreas an. Dieser nickte bestätigend, und der Wirt entfernte sich wieder.

Andreas lehnte sich zurück. Peter sah ihn mit ernster Miene an.

»Du bist doch jetzt ein richtiger Priester, oder?«

»Ja, das bin ich.«

Andreas wurde neugierig. Warum fragte Peter danach. Sein Vater musste ihm doch von seiner Rückkehr erzählt haben.

»Das weißt du doch, warum fragst du?«

»Weil ich deine Hilfe als Mann Gottes brauche. Du musst für meine Mutter eintreten.«

Andreas sah Peter überrascht an. Warum sollte er für Cäcilie Wicht eintreten?

»Was ist denn mit ihr? Und warum soll ich für sie eintreten? Sie hat doch einen Priester als Mann. Er würde alles für deine Mutter tun. Die beiden sind doch wie Pech und Schwefel.«

Peter schaute Andreas verzweifelt an.

»Sie ist eingeholt worden. Gestern Nachmittag ist der Landeshauptmann gekommen. Mein Vater war nicht da, ist in der Kirche gewesen, wo er immer ist. Seitdem die Idsteiner Kirche renoviert wird, kommt er kaum noch nach Hause. Er schläft sogar oft im Gotteshaus. Die Magd war da, als sie geholt wurde. In Tränen aufgelöst hat das arme Ding danach vor meiner Tür gestanden. Ich bin sofort in die Kirche gegangen. Mein Vater hat mich ungläubig angesehen, doch dann hat er mit den Schultern gezuckt und gesagt:

›Es wird schon einen guten Grund für ihre Einholung geben. Ich kann nichts tun. Am Ende ist sie solch eine Dienerin des Teufels.‹ Vater war richtig teilnahmslos. In seinen Augen lag kein Funken Mitleid, er hat wie von einer Fremden gesprochen.«

Andreas sah Peter entgeistert an. »Aber wie kommt denn jemand auf die Idee, die alte Pfarrfrau zu verdächtigen? Sie ist die liebste Frau, die ich kenne!«

»Das habe ich auch gedacht. Deshalb bin ich heute nach Idstein gekommen, um mich ein wenig umzuhören. Es ist schrecklich. Stefan Knittner muss sie denunziert haben. Er soll überall erzählt haben, sie wäre des Nachts mit dem Teufel in einem Schlitten am Himmel geflogen.«

Andreas stand der Mund offen. »Und das hat dem alten Säufer tatsächlich jemand abgenommen? Jeder weiß doch, dass er dem Wein sehr zugetan ist. Seine arme Frau und die Kinder müssen hungern, weil er alles Geld versäuft. Wie kann man ihm mehr Glauben schenken als deiner Mutter?«

Peter zuckte mit den Schultern und nippte an seinem Apfelwein. Zwei weitere Gäste betraten laut lachend die Gaststube. Andreas sah nur kurz auf. Die beiden Männer setzten sich in der anderen Ecke in einen kleinen Erker.

Andreas trank einen Schluck.

Peter beugte sich nach vorn, seine Stimme war nun leiser, er flüsterte fast. »Ich will sie retten. Sie ist meine Mutter. Niemals hat sie so schreckliche Dinge getan. Hilfst du mir? Du bist doch Priester. Wenn du zum Grafen gehst und für sie sprichst, wird er dir bestimmt glauben. Mein Vater ist so stur und wirkte gestern Abend teilnahmslos und gleichgültig. Er scheint tatsächlich alles zu glauben.«

Andreas schwieg. Peter sah ihn bittend an. Wie sollte er dem armen Kerl nur klarmachen, dass er nichts ausrichten konnte? Er konnte nicht einfach zum Grafen gehen und für irgendjemanden sprechen. Die Prozesse und auch die Befragungen liefen immer gleich ab. Erneut griff eine kalte Hand nach ihm. Wenn er etwas in der Richtung tun könnte, dann würde er zuerst für Katharina einstehen, ihr helfen und sie herausholen aus dieser Hölle. Aber er konnte weder ihr noch der armen Cäcilie helfen.

Seufzend antwortete er: »Es gibt Regeln, an die wir uns alle halten müssen. Keiner, der mit den Gefangenen zu tun hat, kann einfach so zum Grafen gehen. Vielleicht dein Vater, aber er tut es nicht. Warum, kann ich dir nicht sagen. Alles, was ich für dich tun kann, ist, mit ihm zu reden. Vielleicht kann ich ihn ja von ihrer Unschuld überzeugen, aber zum Grafen kann ich nicht gehen.«

Peter sah Andreas enttäuscht an. »Warum bist du dann Priester geworden, wenn du den Menschen nicht helfen willst? Du bist doch ein Teil der Obrigkeit. Gib es zu, du willst mir einfach nicht helfen!«

Andreas sprang auf und schrie Peter wütend an. All die Verzweiflung, all die Wut platzte aus ihm heraus.

»Ich kann es nicht, versteh doch. Niemand kann ihr helfen. Sie ist eingeholt worden, es ist vorbei. Der Henker wird sie foltern, er wird sie quälen, so wie er es mit allen tut, wie er es auch mit Katharina tun wird. Er wird ihr wehtun, sie fast umbringen, nur um zu hören, was er für richtig hält. Niemand kann sie retten. Sie wird sterben, begreif es endlich. Es ist gleichgültig, warum sie dort ist. Es ist vorbei, alles ist zu Ende.«

Peter sah Andreas erschrocken an, und auch die Männer am Nebentisch hatten abrupt zu sprechen aufgehört. Andreas atmete schwer, Tränen der Wut und Verzweiflung standen in seinen Augen.

»Versteh es doch, es ist vorbei.«

Fluchtartig verließ er den Gasthof. Krachend fiel die Tür hinter ihm ins Schloss. Der alte Wirt sah Peter verwundert an. Dieser zuckte mit den Schultern, griff nach seinem Becher und trank ihn in einem Zug leer.

Katharina lag mit offenen Augen auf ihrem Strohlager. Es regnete. Sie konnte das Wasser von der Dachrinne tropfen hören. In der Luft hing eine seltsam kalte Feuchtigkeit, und es stank noch immer erbärmlich. Bei ihrer Rückkehr vom Verhör war sie kurz davor gewesen, sich zu übergeben. Niemand schien es für nötig zu halten, die Ecke hinter dem Tisch zu reinigen. Sich vor sich selbst ekelnd, hatte auch sie vorhin ihre Notdurft dort hinten verrichtet. Fest in ihren Umhang und die zerschlissene Decke gewickelt, trotzte sie auf dem Strohlager der Kälte. Irgendwann hatte ein Wachmann einen Krug mit Wasser und ein Stück Brot gebracht. Ohne ein Wort hatte er die Sachen auf den Tisch gelegt und sie keines Blickes gewürdigt.

Erst als sie das Brot gesehen hatte, war ihr bewusst geworden, wie hungrig sie war. Gierig hatte sie es verschlungen. Es war alt und schmeckte schon nach Schimmel. Doch mit einem Schluck Wasser war es einigermaßen essbar.

Seufzend drehte sie sich zur Seite und schloss die Augen. Doch sie konnte nicht einschlafen, zu viele Gedanken wanderten durch ihren Kopf.

Plötzlich drang ein leises Jammern an ihr Ohr. Es schien von unten zu kommen, jemand schluchzte. Katharina lauschte in die Dunkelheit. Irgendjemand weinte und jammerte vor sich hin. Katharina fröstelte. Wer die arme Person auch war, sie schien verzweifelt zu sein. Bestimmt war sie eine wie sie. Wer sonst sollte schon mitten in der Nacht hier weinen. Sie selbst hatte auch geweint, und vielleicht würde sie irgendwann auch verzweifelt schreien. Sie wusste es nicht.

Seltsamerweise hatte sie plötzlich Mitleid mit der fremden

Frau, mit einer wie ihr. Wer sie wohl war? Ob sie bereits gestanden hatte? Katharina seufzte, drehte sich wieder zur Wand und hätte sich am liebsten die Ohren zugehalten. Was gingen sie die Gefühle eines anderen Menschen an.

Der Regen trommelte über ihr aufs Dach. Das Weinen verstummte, und Katharina seufzte erleichtert. Das beruhigende Geräusch des Regens hatte das Weinen verdrängt und wiegte sie in den Schlaf.

Meister Leonhard saß mit dem Landeshauptmann beim Schwanenwirt. Die beiden hatten sich in eine der hinteren Ecken verzogen. Es war laut in der Gaststube, die Männer waren bester Laune. Es wurde gesungen, gegrölt und laut gelacht. Viele begrapschten die Tochter des Wirtes, der Henker sah ihr aus dem Augenwinkel dabei zu, wie sie sich immer wieder zur Wehr setzte und dem einen oder anderen Mann mit der flachen Hand ins Gesicht schlug.

Der Landeshauptmann war ebenfalls bereits angetrunken. Seine Wangen waren gerötet, und er lallte, wenn er sprach. Meister Leonhard war wegen des Gespräches mit dem Grafen noch immer wütend. Er hatte die Schmach seiner Niederlage noch nicht überwunden.

Sebastian Post sah ihn aus glasigen Augen an. »Und was ist, wenn wir sie wieder laufen lassen müssen? Dann rennt eine Hexe frei herum. Sie wird den Teufel über Nassau bringen und ihm bestimmt Kinder schenken.«

Der Henker sah sich um und schlug dem Landeshauptmann an den Kopf. Dieser verzog beleidigt das Gesicht.

»Nicht so laut«, wies er ihn zurecht, »es muss ja nicht die ganze Gaststube erfahren, dass etwas schiefläuft. Ich werde das irgendwie hinkriegen. Vielleicht wird es ja ganz einfach. Sie ist noch sehr jung, praktisch ein Waisenkind. Am Ende hat sie sich schon aufgegeben, das wäre doch möglich.«

Der Landeshauptmann sah seinen Freund skeptisch an.

»Das glaube ich nicht. Wenn du mich fragst, ist sie ein störrisches Biest. Niemals wird dieses kleine, rothaarige Luder von allein klein beigeben. Da wirst du andere Saiten aufziehen müssen, aber da du das ja nicht kannst …«

Sebastian Post lächelte verschmitzt und trank erneut von seinem Wein. Der Henker funkelte ihn wütend an.

»Irgendeinen Weg werde ich schon finden. Sie weiß ja nicht, dass ich sie nicht foltern darf, aber damit drohen kann ich ja. Am Ende finde ich noch eine andere Möglichkeit, sie einzuschüchtern.« Meister Leonhards Augen blitzten auf.

»Du hast doch sicher unter deinen Wachmännern Leute, die alles für dich tun würden.«

Der Landeshauptmann nickte, sein Grinsen wurde albern.

»Aber sicher doch«, lallte er, »es gibt da zwei Männer, die mir noch etwas schulden. Die könnte man dafür bestimmt gut gebrauchen.«

»Siehst du, wir werden die Kleine schon irgendwie dazu bringen, alles zu gestehen. Der Graf hat drei Verhöre angeordnet. Aber er hat nicht gesagt, wie viel Zeit dazwischen liegen soll. Mal sehen, wie lange wir brauchen, bis sie mürbe wird.«

Der Landeshauptmann winkte grinsend der Bedienung und hob seinen leeren Becher. »Isabell, bring mir noch eines.

Und meinem Freund hier auch.« Lachend schlug er dem Henker auf die Schulter.

»Das müssen wir begießen. Deine Idee ist hervorragend, Leonhard. Der Graf wird es niemals durchschauen. Wir machen sie mürbe und schüchtern sie ein. Gleich morgen rede ich mit den beiden Männern. Die werden alles tun, was ich sage.«

Das Schankmädchen erschien am Tisch. Der Landeshauptmann griff ihr lachend unter die Röcke. Drohend hob sie die Hand, und er wich zurück. Meister Leonhard lachte laut auf. »Gutes Mädchen! Schlag ihn ruhig, den lasterhaften Kerl, er hat es verdient, dieser betrunkene Hund.«

Isabell nahm die Becher und verließ eilig die Nische. Sie hasste die ekligen Finger der Männer, die sie überall betatschten. Aber vor dem Henker hatte sie Angst, fürchtete sich ganz schrecklich vor ihm und war froh, wenn sie nicht in seine Nähe musste.

Erleichtert atmete sie auf, als ihr Vater sie hinter die Theke winkte. Für heute war ihr Dienst als Bedienung beendet. Die Männer waren zu betrunken, ab jetzt würde er bedienen.

26

Leonhard Busch ging im Zimmer auf und ab, Schweiß stand ihm auf der Stirn, seine Hände waren feucht. Er blieb am Fenster stehen und blickte über die Stadt. Es war bereits später Nachmittag, die Wolken hingen tief über den Häusern, und in den Gassen stand dichter Nebel.

Gleich würden die Wachen Katharina Heinemann bringen. Er wusste nicht, warum seine Hände zitterten, Unruhe vor einem Verhör war ihm eigentlich fremd. Aber dieses Verhör war anders. Er versuchte, sich zu beruhigen, räusperte sich und blickte zu dem Schreiber, der hinter seinem Pult Platz genommen hatte.

Der Mann wirkte ruhig und gelassen, seine Miene war ausdruckslos. Aber an seinen Augen war seine Unruhe zu erkennen. Er vermied es, Meister Leonhard anzusehen. Die Verhöre des Henkers waren für ihn immer schrecklich. Leonhard Busch war überheblich, zynisch und grausam. Bereits seine Stimme, die mal schmeichelnd leise, mal grausam laut klang, ließ ihn erzittern.

Plötzlich näherten sich Schritte. Der junge Mann straffte die Schultern und atmete tief durch. Es ging los. Katharina wurde von einem der Wachmänner in den Raum geführt und auf einen der Stühle gesetzt.

Der Henker begann schweigend, im Raum auf und ab zu

laufen, und musterte die Angeklagte neugierig. Katharina hatte sich kaum verändert. Ihr rotes Haar war auch heute offen, und ihre Locken ringelten sich über ihre Schultern. Sie trug ein dunkles Leinenkleid und einen roten Umhang, sah fast genauso aus wie damals in der Gasse. Mit gesenktem Blick und zitternden Händen saß sie vor ihm. Das Mädchen wirkte bereits jetzt eingeschüchtert. Vielleicht war es ja doch leichter, als er gedacht hatte. So, wie Katharina aussah, schien sie nicht dazu fähig zu sein, ihm viel Gegenwehr entgegenzubringen. Der Henker setzte sich ihr gegenüber, griff nach ihrem Kinn und hob es an. Katharina wehrte sich nicht dagegen, versuchte aber, ihren Blick abzuwenden. Ihr war übel, den ganzen Weg hierher hatte sie bereits dagegen gekämpft, sich übergeben zu müssen. Wieder bekam sie Probleme mit dem Atmen und röchelte. Meister Leonhard grinste süffisant. So waren sie alle, keine wollte ihn ansehen. Wer wollte schon gerne in das Antlitz seines Mörders blicken, in die Augen des Mannes, der einen töten würde?

Er ließ sie los. Erleichtert sank Katharina in sich zusammen. Der Henker erhob sich. Seine Unruhe war verflogen. So, wie das Mädchen aussah, hatte es seine Kraft verloren, und sein Wille schien schon fast gebrochen zu sein.

»Nun, Katharina Heinemann, du Tochter einer Hexe. Du sollst für einen Schadenszauber verantwortlich sein. Angeblich bist du vor einer Teufelsaustreibung fortgelaufen, die ich geleitet habe. Stimmt das?«

Katharina schwieg, doch innerlich bebte sie. Sie versuchte, sich zu beruhigen, atmete langsam ein und aus. Es rauschte in ihren Ohren, und wie damals im Stall drehte sich der Raum. Sie hatte nur die Hälfte von dem verstanden, was der

Henker gesagt hatte. Seine Worte waren an ihr abgeprallt. Was er auch immer sagen würde, sie würde es leugnen. Nichts würde sie hier gestehen. Sie musste durchhalten, irgendwo war noch ihr Leben.

Katharina schüttelte stumm den Kopf.

»Du bist gesehen worden. Eine Magd hat dich gekannt. Sie hat sogar mit dir gesprochen. Du warst dort. Die Frau wird es jederzeit bestätigen. Es hilft nichts, es zu leugnen. Du bist an dem Schadenszauber schuld und hast einen Pakt mit dem Teufel geschlossen. Bestimmt hast du mit ihm, genauso wie deine Mutter, auf dem Felde getanzt.«

Katharina schüttelte erneut den Kopf und antwortete mit erstaunlich fester Stimme: »Nein, habe ich nicht. Ich bin Gott und meiner Kirche treu ergeben.«

Der Henker sah sie erstaunt an. Katharina sah so zerbrechlich, erschöpft und müde aus, aber der erste Eindruck täuschte. Ihre Stimme klang leise, doch in ihren Augen lag eine unglaubliche Willenskraft. Er wich zurück. Es würde wohl doch nicht so einfach werden, wie er gedacht hatte.

»Das ist eine Lüge«, schrie er und wunderte sich selbst über seinen Ausbruch. Der Schreiber zuckte ein wenig zusammen. Er war es nicht gewohnt, dass der Henker bereits so früh laut wurde. Eigentlich war Meister Leonhard beim ersten Verhör immer die Ruhe in Person.

Eine seltsame Anspannung lag im Raum. Irgendetwas musste mit dieser jungen Frau nicht stimmen, dachte der Schreiber. Auch der Pfarrer hatte geschrien, aber anders, verzweifelt. In den Augen des Priesters hatte Mitleid gestanden. Aber der Henker war wütend, und in seinem Blick stand der blanke Hass.

»Du bist eine Hexenbrut, wegen dir sind all die Tiere gestorben. Bestimmt hat dich deine Mutter den Schadenszauber gelehrt. Gesteh es doch. Es ist alles vorbei. Du bist ganz allein auf der Welt. Niemand wird dich vermissen.«

Katharina schüttelte erneut schweigend den Kopf. Meister Leonhard atmete tief durch, trat langsam auf sie zu und ging neben ihr in die Hocke.

Seine Stimme klang schmeichelnd. Katharina zitterte. Sie konnte seinen Atem auf ihrer Haut spüren. Er roch nach Wein und Tabak. Angewidert drehte sie den Kopf weg.

»Ich weiß, wie es ist, allein zu sein. Ohne Eltern durch diese Welt zu gehen. Ich weiß, wie es ist, alles zu verlieren. Es ist schrecklich, grausam und unmenschlich. Ich kann dich verstehen. Ich würde mich an deiner Stelle vielleicht auch auf die Seite des Teufels schlagen. Jeder wird das verstehen. Du musst es gestehen, sonst werde ich dich foltern.« Und fast schon flüsternd setzte er hinzu: »Du weißt, dass ich das tun werde. Du hast deine Mutter gesehen, sie konnte damals kaum noch stehen, keinen Schritt mehr richtig laufen. Sie hat mir anfangs auch nicht geglaubt. Aber dann, als ich ihr alle Knochen gebrochen und ihr die Gelenke herausgerissen habe, hat sie doch alles zugegeben. Wer einmal hier ist, hat verloren. Du bist hier, es ist vorbei. Möchtest du wirklich in die Folterkammer gehen und in der Hölle um dein Leben winseln? Ich denke nicht. Lass es nicht dazu kommen. Gestehe hier und jetzt, und es ist vorbei. Dieses Leben hat dann endlich ein Ende, und du musst nicht mehr allein sein.«

Katharina fixierte einen kleinen schwarzen Fleck an der Wand.

»Nein«, sagte sie leise, »ich habe nichts getan. Ich bin eine

gute Christin und mit Gott und meiner Kirche verbunden.«
Der Henker erhob sich. Dieses kleine Biest. Wie sollte er ihr
nur beikommen. Der Schreiber wunderte sich, denn der
Henker schien tatsächlich sprachlos zu sein und sah sogar
fast ein wenig überfordert aus. Meister Leonhard stand mitten im Raum und suchte anscheinend nach Worten. Katharina hatte erneut ihren Kopf gesenkt und schien vollkommen ruhig zu sein. Ihre Kraft war zurückgekehrt. Diese
seltsame Art von Ausstrahlung, die er gefürchtet hatte. Er
wusste es: Vor ihm saß eine Hexe. Eine Frau des Teufels saß
hier am Tisch, und ihm waren die Hände gebunden.

Er schüttelte den Kopf, ging auf sie zu, stützte seine Arme
auf dem Tisch ab, hob erneut ihr Kinn an und sah ihr tief in
die Augen. Katharina erwiderte seinen Blick. Ihr Magen rebellierte, aber sie hielt seinem eiskalten Blick stand.

»Ich kriege dich, hörst du. Alle gestehen bei mir, und auch
du wirst es tun. Irgendwann stehst du auf meinem Schafott,
und dann habe ich gewonnen.«

Der Henker ließ sie los, und Katharina sank erleichtert in
sich zusammen. Ohne ein weiteres Wort verließ Meister
Leonhard den Raum. Er hatte den ersten Kampf verloren,
aber so schnell würde er nicht aufgeben.

Anna Maria Zahn blickte nicht mehr auf. Jeder Knochen im
Leib tat ihr weh. Sie trug ein dünnes Kleid, war durchnässt
und fror fürchterlich. Ihr graues Haar klebte an ihrem Gesicht. Sie hatte mit ihrem Leben abgeschlossen. Ihre Hand
pochte schmerzhaft, sie konnte kaum noch stehen, und ihr

Knie war dick und geschwollen. Niemand hatte ihr glauben wollen, und keiner wollte ihr zuhören. Sie war keine Hexe, aber sie hatte irgendwann gestanden, denn die Schmerzen waren unerträglich geworden. Niemals hätte der Henker damit aufgehört, sie zu quälen. Meister Leonhard stand direkt hinter ihr, und um sie herum grölte die Menge. Selbst der viele Regen hatte die Schaulustigen nicht davon abhalten können, zur Hinrichtung zu gehen. Der Platz war gut gefüllt, und alle warteten auf den großen Moment, auf den Augenblick, wenn der Henker ihr den Kopf abschlug. Mit geübtem Griff packte er sie am Hals und drückte ihren Kopf aufs Schafott. Sie wehrte sich nicht gegen ihn, sank auf die Knie und kniff ihre Augen fest zusammen. Gleich war es vorbei, es würde schnell gehen und bestimmt nur ganz kurz wehtun. Der Henker rieb sich die feuchten Hände an seiner Hose ab, hob sein Richtschwert und zielte auf ihre Halswirbel. Im Nachhinein konnte er sich nicht mehr erklären, was geschehen war. Genau in dem Moment, als er zuschlug, rutschte seine Hand vom Griff ab. Er verfehlte den Hals und schlug auf ihren Hinterkopf. Blut spritzte aus einer tiefen Wunde, und die alte Frau begann zu kreischen. Trotz des großen Lochs in ihrem Schädel war sie noch bei Bewusstsein und schrie fürchterlich. Es ging ihm durch Mark und Bein, und die Menschen in der Menge schrien laut durcheinander, einige wichen sogar zurück. Der Henker begann zu schwitzen. Die Frau hatte den Kopf gehoben und versuchte tatsächlich, aufzustehen. Das Blut rann ihr den Hals hinunter, und ihr beigefarbenes Leinenkleid färbte sich rot. Die Wachmänner, die unterhalb des Schafotts standen, erwachten aus ihrer Erstarrung, und zwei von ihnen sprangen eilig die Stufen nach oben, um die Frau festzuhalten. Doch als sie sie erreichten, sank Anna Maria bereits stöhnend auf die Knie. Der Henker trat erneut hinter sie. Es war noch nicht vorbei, seine Arbeit war noch nicht zu Ende.

Erneut hob er das Richtschwert und schlug zu. Die Menge jubelte, und der Kopf der Frau rollte endlich auf den Boden. Erleichtert atmete Leonhard Busch auf. So etwas war ihm noch nie passiert, noch nie hatte er danebengeschlagen.

In dem Karren saßen noch zwei weitere Frauen, die vor Verzweiflung weinten. Die Wachmänner führten die nächste Verurteilte aufs Schafott.

Die Menge grölte erneut: »Köpfen, köpfen, verbrennt sie, verbrennt die Hexen.«

Nur eine Frau grölte nicht und wich in eine der Gassen zurück. Maria war gekommen, um Katharina beizustehen. Für ihre Mutter war sie diesen Weg nicht gegangen, aber für Katharina war sie hier. Ihr würde sie beistehen, wenn es so weit war.

Angewidert wich sie in eine Gasse zurück. Eigentlich hatte sie gleich wieder gehen wollen, als sie erkannte, dass Katharina nicht im Karren saß. Doch dann hatte sie Mitleid mit den Angeklagten gehabt und war geblieben.

Sie war wie erstarrt. Es war so schrecklich, die arme Frau, die fürchterlichen Leute und der grausame Blick des Henkers. Sie stolperte über einen Haufen Essensreste und fiel rückwärts in den Matsch. Laut quietschend liefen zwei Ratten davon. Eilig erhob sie sich und fuhr sich über ihren schmutzigen und stinkenden Rock. Verzweifelt drehte sich Maria um und begann zu laufen. Sie rannte wie eine Verrückte die Gasse hinauf. Es war so schrecklich, so furchtbar.

Hinter ihr stieg Rauch auf, zog über die Häuser und hüllte sie ein. Maria wollte ihn nicht sehen, konnte das alles hier nicht mehr ertragen. Doch sie musste noch einmal wiederkommen, denn Katharina würde sie nicht alleinlassen. Für sie würde sie da sein und ihr auf ihrem letzten Weg beistehen. Denn sie war jetzt ihre Familie. Die einzige, die Katharina geblieben war.

Katharina saß in ihrer Zelle am Tisch. Die Wachmänner hatten ihr eine Suppe und ein Stück Brot gebracht, und sogar einen frischen Krug Wasser hatte man ihr hingestellt. Seltsamerweise freute sie sich darüber. Der Hunger war schrecklich gewesen, besonders in der letzten Nacht hatte sie deshalb kaum schlafen können. Es war nur eine einfache Graupensuppe, die nach nichts schmeckte, aber warm war. Es tat gut, die Wärme im Magen zu spüren und zu fühlen, wie sie sich langsam ausbreitete. Zum ersten Mal seit langer Zeit war ihr nicht kalt. Draußen war es sehr laut. Es war kein Markttag, das wusste sie. Markt war immer am ersten Samstag des Monats, und der konnte unmöglich heute sein. Jedenfalls dachte sie das. Irgendwie hatte sie jedes Zeitgefühl verloren. Wie viele Tage saß sie jetzt schon in der Kammer? Sie wusste es nicht mehr. Das Verhör mit dem Henker war bereits eine Weile her, und seitdem hatte niemand mehr sie geholt. Manchmal dachte sie, sie hätten sie vergessen. Aber das konnte nicht sein, denn sie bekam zu essen. Meistens altes Brot oder kalten Haferbrei. So etwas Gutes wie diese Suppe erhielt sie heute zum ersten Mal.

Die Leute grölten, jubelten und kreischten durcheinander. Katharina lief ein Schauer den Rücken hinunter. Es mussten Prozesse sein. Jetzt hatte bestimmt eine der armen Frauen gestanden. Seit Tagen regnete es mal mehr, mal weniger. Es war seltsam, aber sie genoss es, dem Regen zuzuhören, und zählte in der Nacht die Tropfen, die von der Dachrinne fielen.

Erneut grölte die Menge lauter, wieder hatte eine Frau gestanden.

Die Nächte waren hier besonders lang. Es war schrecklich, in die Dunkelheit zu starren und nicht zu wissen, was werden würde. Ab und an hatte sie die fremde Frau von unten weinen hören und empfand Mitleid für sie.

Katharina legte den Löffel weg, der Teller war leer. Weit entfernt hörte sie die Leute noch schreien. Der Hinrichtungsplatz lag außerhalb der Stadt, gleich hinter einem der Stadttore. Katharina stand auf, kroch auf das Strohlager, wickelte sich fest in ihren Umhang und die alte durchlöcherte Wolldecke.

Ihre Haut juckte, und sie kratzte sich am Arm, der von Flohbissen übersät war. Plötzlich hörte sie ein schrilles Kreischen, das ihr durch Mark und Bein ging. Der Schrei war furchtbar. Was war nur geschehen?

Sie erhob sich, tunkte ein Stück ihrer Schürze in den Krug mit Wasser und wischte sich damit über den Arm. Das kühle Nass tat gut, und das Jucken ließ ein wenig nach.

Erleichtert setzte sie sich wieder hin, und ihr Blick wanderte wie so oft in die Ecke hinter dem Tisch, wo einige Fliegen auf den Exkrementen saßen. Katharina roch den Gestank schon gar nicht mehr. Sie war bereits so lange hier, dass für sie der Geruch normal geworden war.

Plötzlich stieg ihr ein anderer Geruch in die Nase. Es roch nach verbranntem Holz. Die Scheiterhaufen waren entzündet worden, es war vorbei. Die Frauen hatten es endlich hinter sich. Eigentlich mochte sie den Duft von Holzrauch, aber dieser hier war anders. Katharina ging zu dem kleinen Fenster und spähte durch die Gitterstäbe nach draußen. Sie konnte nur einen kleinen Fleck vom Marktplatz sehen. Schwarze Rauchschwaden stiegen über dem Dach auf. Sie sah ihnen zu, wie sie über die Schindeln zogen und langsam nach unten sanken. Doch dann veränderte sich plötzlich der Geruch. Es war nicht mehr nur der Duft von verbranntem Holz, der in den Raum zog. Nein, es stank unfassbar schrecklich. Katharina hielt sich die Hand vor den Mund und wich vom Fenster zurück. Ihr wurde übel, ihr Magen rebellierte. Sie erkannte diesen Geruch, es war der Gestank von verbranntem Fleisch. Er drang ins Zimmer und breitete sich aus. Eilig rannte sie in die Ecke hinter dem Tisch und begann zu würgen. Ihr Hals brannte, als sie ihre Suppe und das Brot erbrach. Heiße Tränen rannen über ihre Wangen. Dieser schreckliche Geruch. Katharina sank erschöpft unter dem Fenster auf den Boden, atmete tief durch und lehnte ihren Kopf an die Wand. Sie versuchte, sich wieder zu beruhigen, doch sie konnte es nicht. Die Flammen, das schreckliche Feuer würde auch sie holen und sich auch in ihre Haut graben, ihr das Gesicht rauben und sie vernichten. Verzweifelt ließ sie ihren Kopf auf die Arme sinken und schluchzte laut.

Andreas lief durch eine der Gassen. Es hatte endlich zu regnen aufgehört, und sogar die Sonne blitzte ein wenig zwischen den Wolken hervor. Ein milder Wind wehte, und die unfreundliche, feuchte Kälte war verschwunden. Um ihn herum schien alles aufzuwachen. Die meisten Hoftore waren weit geöffnet, Frauen standen in den Einfahrten und schrubbten die Pflastersteine. Müll und Essensreste wurden auf große Wagen befördert, und in einem Hof waren zwei Männer damit beschäftigt, den Abort auszuräumen. Frauen klopften Teppiche aus und hängten auf den kleinen Balkonen der Fachwerkhäuser ihre Wäsche auf. Der Frühling zog ein, und die Leute waren nach dem langen Winter voller Tatendrang. Kinder liefen laut lachend an ihm vorbei und sprangen durch die Pfützen.

Alles hätte perfekt sein können. Die letzten Tage war er mit den Dingen beschäftigt gewesen, die ihm Freude machten. Für zwei Hochzeiten war das Aufgebot bestellt worden. Cäcilie und Michael waren vorgestern Abend bei ihm in der Kirche gewesen und hatten verlegen das Aufgebot bestellt. Cäcilie hatte blass ausgesehen und beschämt zu Boden geblickt. Michael hatte die ganze Zeit ihre Hand gehalten. Er war ihm für einen verliebten Bräutigam ein wenig zu ernst vorgekommen. Andreas freute sich für die beiden, konnte diese überstürzte Eheschließung aber nicht so ganz verstehen. Nie war die Rede davon gewesen, dass die beiden ein Paar seien, und eine Verlobungszeit hatte es anscheinend auch nicht gegeben. Die Hochzeit sollte nächste Woche im kleinen Kreis stattfinden. Sie hatten kaum Geld und konnten kein Fest ausrichten. Als die zwei gegangen waren, hatte sich Andreas gefragt, was wohl aus ihnen wurde. Immerhin waren sie jetzt ohne Herrin. Würden sie auf dem Hof bleiben? Vermutlich nicht. Dort hielt sie nichts mehr, bestimmt würden sie bald fortgehen.

Seufzend trat er auf den Marktplatz. Hier zeigte sich das gleiche Bild wie in den Gassen. Die Haustüren standen offen, Frauen polierten Fenster oder fegten die Straße. Fuhrwerke fuhren an, und Kinder liefen durcheinander. Es herrschte eine gute, fast schon fröhliche Stimmung.

Er atmete tief durch, straffte die Schultern und wandte sich zum Torbogengebäude, das friedlich im Sonnenlicht lag. Er seufzte. Wenn das nur so wäre. Aber hinter den dicken Mauern sah die Welt anders aus. Dort saßen die armen Frauen, die auf ihren Tod warteten. Dort saß Katharina. Sie alle hatten mal mehr, mal weniger begriffen, dass es zu Ende war und dass aus dieser Hölle kein Weg mehr hinausführte. Auch nicht für die Frau, die er liebte.

Vor der Eingangstür stand der alte Nepomuk. Er war ebenfalls damit beschäftigt, die Straße zu fegen. Lachend winkte der alte Mann Andreas zu.

»Guten Morgen, Herr Pfarrer. Es ist schön, Euch zu sehen«, nuschelte er. Nepomuk hatte keinen einzigen Zahn mehr, und seine Kleidung war schäbig, seine Hosenbeine waren am Saum zerschlissen, und löchrige Strümpfe hingen an seinen dünnen Beinen. Er trug ein beigefarbenes, schmutziges Hemd, darüber eine weite, graue Strickjacke. Nepomuk war ein armer Kerl und tat seine Arbeit für ein paar wenige Taler. Der alte Mann war die gute Seele des Torbogengebäudes und der Amtsstube. Er kümmerte sich um alles, hörte alles und wusste über jeden Bescheid und konnte die besten Geschichten erzählen. Andreas kannte ihn schon eine ganze Weile.

»Wie geht es Euch heute, Herr Pfarrer?«

Andreas dachte kurz nach. Sollte er Nepomuk die Wahrheit sagen oder ihn anlügen? Er entschied sich, ehrlich zu sein. Der Alte würde Unehrlichkeit bestimmt bemerken.

»Ach, es geht mir nicht so gut. Ich muss heute eine junge Frau befragen. Die Arbeit als Seelsorger ist grausam und liegt mir nicht.«

Der alte Mann sah Andreas mitleidig an und nickte. »Da kann ich Euch gut verstehen.« Er kam ein Stück näher und flüsterte. Andreas ekelte sich vor dem Fäulnisgeruch, gab sich aber Mühe, nicht zurückzuweichen.

»Mir würde es auch missfallen, die Frauen zu überreden, diese seltsamen Dinge zuzugeben. Ich bin ja nur ein armer alter Mann, aber glauben tu ich den Unsinn nicht. Hexen und der Teufel, von wegen! Einen dicken Floh hat der Henker dem Grafen da ins Ohr gesetzt, damit er noch reicher wird und noch mehr Macht bekommt. Mir muss man nichts vormachen. Ich kenne Meister Leonhard. Er behandelt den Grafen wie ein Spielzeug.«

Verwundert sah Andreas den alten Mann, der eifrig weiterflüsterte, an.

»Aber ich sage es Euch. Irgendwann treibt der Henker es zu weit. Der Tag wird kommen, und ich werde über seinen Fall bestimmt keine Träne vergießen. Wenn Ihr mich fragt, ist er der Teufel und nicht all die armen Frauen, die ich tagein, tagaus schreien höre.«

Andreas war erschüttert. So etwas hatte er Nepomuk niemals zugetraut. Der alte Mann musste sich in Acht nehmen. Solche Dinge sollte er besser für sich behalten.

»Tja, wir können es alle nicht ändern«, antwortete er, »es

ist nun einmal, wie es ist. Ich wollte kein Seelsorger sein. Aber seit der Superintendent tot ist, muss ich die Arbeit erledigen.« Bei dem Wort Superintendent blitzte es in den Augen des alten Mannes. »Ja, der arme Mann. Gott hab ihn selig. Da war er angeblich der Vertraute des Grafen und wurde behandelt wie ein billiger Handlanger. Er war ein kluger Mann, der aber leider, wie so viele andere auch, immer nur auf seinen eigenen Vorteil bedacht war. Doch seine wirklichen Ziele, die hat er niemals erreicht.«

Andreas war erneut erstaunt darüber, wie gut der alte Mann Bescheid wusste. An dem Gerede der Leute war offenbar etwas Wahres daran. Wenn man Neuigkeiten aus dem Schloss hören wollte, musste man zu Nepomuk gehen, hieß es immer. Andreas lächelte Nepomuk an, straffte die Schultern. Er musste jetzt weiter, war bereits spät dran. Katharina würde sicher schon im Verhörraum sitzen.

»Es ist immer wieder erstaunlich, was Ihr alles wisst, Nepomuk. Es hat gutgetan, mit Euch zu sprechen. Ihr habt es tatsächlich geschafft, mich ein wenig aufzuheitern.«

Nepomuk lächelte. Er mochte Andreas. Der junge Mann war nett und höflich zu ihm. Er war nicht wie all die anderen, die ihn ständig übersahen oder nur gängelten. Er kannte Mitleid und Rücksicht. Kopfschüttelnd fegte Nepomuk weiter. Andreas war nicht für diese Aufgabe gemacht, das fühlte er. Der junge Priester war nicht dafür geschaffen, Menschen in den Tod zu treiben.

Katharina saß bereits, den Rücken zur Tür gewandt, im Verhörraum, als Andreas eintrat. Er zitterte innerlich. Am liebsten hätte er sie am Arm genommen und aus dem

Raum geführt, hinaus auf die Straße, und wäre mit ihr geflohen.

Katharina saß ganz ruhig auf ihrem Stuhl, und ihre Hände lagen gefaltet auf dem Tisch. Sie verzog keine Miene und sah Andreas nicht an, als er ihr gegenüber Platz nahm.

Der junge Schreiber war ebenfalls wieder anwesend. Andreas fand es schrecklich, dass jedes Wort, das sie miteinander sprachen, aufgeschrieben wurde. Er konnte nicht normal mit ihr reden, ihr nicht sagen, was er dachte und fühlte.

Katharina sah ihn nicht an. Sie schien seit dem letzten Verhör noch dünner geworden zu sein und sah wie eine weiße Wachspuppe aus.

Andreas räusperte sich und versuchte, beim Sprechen normal zu klingen und seine Gefühle unter Kontrolle zu halten.

»Guten Morgen, Katharina. Du hattest eine Menge Zeit zum Nachdenken. Ich habe gehört, dein erstes Verhör mit Meister Leonhard ist vorbei, und du hast nichts gestanden. Warum denn nicht?«

Katharina hob den Kopf und blickte ihn an. In ihren Augen stand seltsamerweise Belustigung. Er stellte ihr so eine Frage? Wieso sollte sie gestehen? Etwas zugeben, was sie nicht getan hatte? Nur weil sie allein war und keine Familie mehr hatte? Oder weil sie die Tochter einer Hexe war, die sogar er verstoßen hatte?

»Warum sollte ich gestehen? Ich habe nichts getan.« Ihr Tonfall klang hochnäsig. Fast schon arrogant sah sie ihm ins Gesicht. Heute schien Katharina nicht traurig oder zurückhaltend zu sein, sie kam Andreas sogar ein wenig kampflustig vor. Er wich ein Stück zurück, ließ sich allerdings von ihrem Blick nicht beeindrucken. Er musste weitermachen. Es war so vorgeschrieben, war seine Aufgabe. Er erwiderte Katharinas Blick und war sich auf einmal seiner Sache nicht mehr sicher. »Katharina«, sagte er eindringlich und versuchte, nach ihren Händen zu greifen. Sie zog diese zurück und funkelte ihn wütend an. Sein Geruch stieg ihr in die Nase. Sie wollte es nicht zulassen – wollte ihre Zuneigung für ihn weit fortschieben.

»Es wird dir nichts helfen, die Anschuldigungen zu leugnen. Meister Leonhard und die anderen glauben, dass du schuldig bist. Er wird dich foltern und quälen, es ist schrecklich in der Folterkammer. Du kannst dir diese Hölle ersparen. Wenn du jetzt gestehst, dann ist es vorbei. Dann wird er dir nichts tun.«

Katharina lächelte und antwortete mit einem zynischen Unterton in der Stimme: »Ach ja, was soll denn dann vorbei sein? Die Folter wird mir erspart bleiben. Ich darf zurück in meine stinkende Kammer, und bei der nächsten Hinrichtung stehe ich auf dem Schafott. Was ist denn dann vorbei? Das hier vielleicht!« Sie wies in den Raum. »Keiner wird mich mehr befragen, und ich werde in Ruhe und ohne Schmerzen auf meine Hinrichtung warten. Meister Leonhard wird mich umbringen für etwas, das ich nicht getan habe. Nein, nichts wird vorbei sein. Ich habe nichts getan, und ich bin tief mit Gott verbunden und glaube an meine Kirche.«

Andreas sah Katharina verzweifelt an. Am liebsten würde er sie schütteln, umarmen und an sich drücken. Er wusste nicht mehr, was er tun sollte. Sie war so stur. Doch andererseits war er auch froh über ihren Starrsinn, denn er wollte nicht, dass sie gestand. Irgendwo ganz tief in sich hegte er noch die Hoffnung, dass sie vielleicht doch noch freikam und dass sie die Erste wäre, die es schaffen würde, dem Schafott zu entgehen. Er hatte von solchen Fällen gehört. Es gab Frauen, die standhaft geblieben waren, aber zu welchem Preis? Sie wurden geschändet, ihre Knochen wurden gebrochen, und zumeist wurden sie des Landes verwiesen oder an den Pranger gestellt. War das nicht ein zu hoher Preis für die Freiheit? Oder gab es dafür überhaupt einen Preis?

Er stand auf und ging zum Fenster. Der Schreiber blickte hoch. Er konnte spüren, wie die Luft vibrierte. Hier waren nicht nur eine Angeklagte und ihr Seelsorger anwesend. Hier standen zwei Menschen, die sich liebten, die einander zugetan waren und ihr Unglück kaum fassen konnten. Seufzend stützte er sein Kinn auf die Hand. War Liebe nicht wunderbar? Es war wie bei einem der Minnesänger, die ab und an auf dem Marktplatz sangen. Von den Liebenden, die sich niemals finden würden.

Andreas räusperte sich, der Schreiber zuckte zusammen und schlug vor Schreck mit der Hand gegen das Tintenfass. Verlegen hielt er es fest. Andreas sah den Mann missbilligend an, wandte sich dann wieder Katharina zu. Einen Anlauf wollte er noch machen. Einmal würde er noch versuchen, sie zu überreden.

»Warum bist du damals fortgelaufen? Es wäre doch nicht schlimm gewesen, dein Kleid zu verbrennen. Weshalb musstest du nur den Stall verlassen? Warum hast du das getan?«

Er stand direkt vor ihr, sah sie fragend an.

Katharina erwiderte seinen Blick. Sie sah so gleichgültig aus, ganz anders als beim letzten Mal. Woher nahm sie diese seltsame Gleichgültigkeit, dieses Selbstvertrauen, diesen unglaublichen Willen?

»Ich sagte es doch schon. Ich habe nichts getan. Ich mag vielleicht fortgelaufen sein, aber ansonsten habe ich nichts gemacht. Ich bin Gott treu ergeben und fest mit dem Glauben meiner Kirche verbunden.«

Andreas sah sie traurig an. Er erkannte, dass er nicht in der Lage sein würde, ein Geständnis aus ihr herauszuholen. Vielleicht ging es nicht, weil er es nicht wollte. Vielleicht war er für diese Aufgabe doch zu schwach.

Katharina sah ihn immer noch an. In ihrem Blick lag kein Hass, aber auch keine Zuneigung. Sie musterte sein Gesicht. Da stand der Mann, den sie liebte, vor ihr und hatte Angst, war verzweifelt. Sie erkannte es an der Art, wie er sich bewegte, an dem unsicheren Blick, den er dem Schreiber zuwarf. Er wollte das hier nicht. Sie verstand nicht, warum er es dann tat. Weshalb war er ihr Seelsorger?

Das Schweigen im Raum schien eine Ewigkeit zu dauern. Andreas und Katharina sahen sich an, keiner wandte den Blick von dem anderen ab. Sie waren wie in Trance.

Der Schreiber getraute sich fast gar nicht, zu atmen. Er kam sich überflüssig vor. Irgendwann hielt er es nicht mehr aus und räusperte sich.

»Ist das dann alles? Ich meine, Herr Pfarrer, ist das Verhör beendet?«

Andreas zuckte zusammen und blickte den Schreiber abwesend an. Er schien den Mann vollkommen vergessen zu haben.

»Ja, ich denke schon«, sagte er leise. »Ich denke, es ist vorbei.«

Der Schreiber nickte, rollte das Papier zusammen und verschloss das Tintenfass. Andreas sah von ihm zu Katharina, schüttelte den Kopf und verließ langsam den Raum.

Katharina sank erleichtert in sich zusammen. Es war geschafft, Andreas war fort. Der Wachmann führte sie aus dem Raum und brachte sie zurück in ihre Zelle. Erneut wurde sie achtlos hineingestoßen und landete unsanft auf dem Boden. Doch dann hob sie überrascht den Kopf. Irgendetwas war anders, verwundert sah sie sich um. Und da erkannte sie es, es stank nicht mehr. Die Exkremente hinter dem Tisch waren entfernt worden, und ein sauberer Holzeimer stand in der Ecke.

27

Maria saß mit Anna auf dem Schoß neben Luise und Markus. Anna war müde, lutschte am Daumen und hatte ihren Kopf an Marias Schulter gelehnt. Luise hatte den kleinen Sebastian auf dem Arm, der ebenfalls schlief. Sie saßen in der Dasbacher Kirche. Die Frühlingssonne schien durch die Fenster herein und tauchte den Raum in warmes Licht. Eine seltsame Stimmung lag in der Luft, die schwer zu beschreiben war. Gleich würde eine Hochzeit stattfinden. Eine Hochzeit, wie sie diese Kirche wohl noch nie gesehen hatte. Maria, Anna und Luise, Markus und Sebastian waren die einzigen Gäste, und Maria und Markus fungierten als Trauzeugen. Cäcilie und Michael heirateten heute, obwohl hier niemandem nach Feiern zumute war. Noch heute Nachmittag würden die beiden fortgehen, es würde kein Fest geben, kein Essen, keine Musik, nichts, was bei einer Hochzeit üblich war. Die meisten Leute im Dorf wussten nichts von der Eheschließung und davon, dass die beiden fortgehen würden. Alles sollte still und leise ablaufen, denn keiner von ihnen hatte den Schock über Katharinas Abholung verarbeitet. Diese Hochzeit fand nur statt, weil es sein musste, denn Cäcilies Ehre musste gerettet werden. Maria hatte sich trotzdem ein wenig Mühe gegeben, Cäcilie in eine Braut zu verwandeln, und wenn es auch nur für die Kirche war. Sie sollte hübsch aussehen.

Sie hatte der Magd ein rosafarbenes, aus feinem Samt genähtes Kleid und ein seidenes Schultertuch geliehen. Cäcilies dünnes Haar ließ sich nur schwer aufstecken, also hatte Maria ihr einfach einen Brautkranz aus bunten Bändern geflochten. Cäcilie hatte strahlend vor dem Spiegel gestanden. Sie war immer noch erschreckend dünn, von der Schwangerschaft war gottlob noch nichts zu erkennen. Niemand durfte vor der Hochzeit davon erfahren. Bei ihrer nächsten Arbeitsstelle würden die beiden als Ehepaar neu beginnen, und bestimmt würde keiner nach dem genauen Termin der Eheschließung fragen. Andreas betrat die Kirche. Er sah mitgenommen aus und legte mit zittriger Hand seine Bibel auf den Altar, bedeutete dem Organisten, der extra gekommen war und umsonst spielte, mit dem Gottesdienst zu beginnen.

Cäcilie und Michael traten ein. Der Bräutigam führte die junge Frau stolz am Arm. Das Mädchen lächelte Maria überglücklich an. Cäcilie sah nicht unscheinbar und schüchtern aus, in diesem Moment war sie wunderschön.

Andreas leitete die kurze Messe, Anna schlief irgendwann ein, und Sebastian war ebenfalls ins Land der Träume versunken. Nichts störte den festlichen Augenblick, den Moment des Jawortes.

Wenig später war alles vorbei, sie verließen gemeinsam die Kirche und stiegen auf den kleinen Wagen von Luise und Markus. Dieser war nicht geschmückt, keiner konnte das Fahrzeug als Brautwagen erkennen. Cäcilie nahm ihren Kranz ab. Die Trauung war zu Ende. Sie war nun verheiratet. Etwas wehmütig blickte sie auf die bunten Bänder. Maria nahm ihr den Kranz aus der Hand und setzte ihn ihr wieder auf den Kopf.

»Du sollst ihn noch tragen, Cäcilie. Wenigstens auf der Rückfahrt soll er noch dort oben bleiben. Du siehst so hübsch damit aus.«

Cäcilie lächelte schüchtern. Jetzt war sie wieder das Mädchen, das Maria kannte. Markus trieb das Maultier an, und der Wagen setzte sich in Bewegung.

Andreas ging seufzend zurück in die Kirche. Das war eine seltsame Hochzeit gewesen. Keiner war glücklich, niemand hatte sich wirklich gefreut. Gut, vielleicht die Brautleute ein wenig, aber auch ihre Freude war nur für einen kurzen Moment aufgeblitzt. Aber wie sollten sie auch glücklich sein? Er hatte Marias Blick und die Frage in ihren Augen gesehen.

Weißt du etwas?, hatte darin gestanden, doch sie hatte nichts gesagt. Beherrscht war sie aus der Kirche getreten und hatte ihn gegrüßt. Sie wollte den beiden Brautleuten ihren Tag nicht verderben.

Als sie in Niederseelbach ankamen, gingen Cäcilie und Michael Hand in Hand auf den Hof. Luise sah Maria traurig an. Sie stand auf der Straße neben dem Wagen, und die kleine Anna hing müde auf ihrem Arm.

»Jetzt gehen die beiden auch noch fort, es ist so schrecklich.« Luise nickte und fragte: »Wann ist denn die nächste Hinrichtung?«

»Nächste Woche am Donnerstag soll es wieder eine geben.«

Luise sah Markus stumm an, er nickte kurz.

»Dann werde ich dich begleiten«, sagte sie. »Du musst das nicht allein ertragen. Ich werde mit dir kommen, und sollte

Katharina dabei sein, werden wir beide für sie da sein und ihr mit unserer Anwesenheit Mut und Kraft geben.«

Dankbar sah Maria ihre Freundin an. Die ganze Zeit über hatte sie sich bereits gefragt, ob sie noch einmal dazu fähig sein würde, eine Hinrichtung mit anzusehen. Seit der Hinrichtung der armen Anna Maria Zahn plagten sie fürchterliche Alpträume, allein hätte sie diesen Anblick nicht noch einmal durchgestanden.

»Und was ist, wenn sie wieder nicht dabei ist?«

»Dann gehen wir zur nächsten und warten weiter«, antwortete Luise.

»Ja, dann warten wir weiter.« Maria seufzte. »Es ist schon seltsam, auf den grausamen Tod eines Menschen zu warten. Es ist so schrecklich, dass man es gar nicht aussprechen kann.«

In Marias Augen traten Tränen, und sie begann zu schluchzen. Luise strich ihr sanft über die Schulter. »Das musst du auch nicht. Lass uns nicht darüber sprechen. Wir sind für sie da. Wenn es schlimm wird, werden wir für sie beten und ihr beistehen. Mehr können wir nicht tun.«

Maria nickte. Anna war aufgewacht und zappelte unruhig herum. »Unter, unter«, nuschelte sie. Maria setzte ihre Tochter auf den Boden, und laut quietschend lief die Kleine sofort einer Ente hinterher, die beim Anblick des Kindes hastig Reißaus nahm. Maria lächelte.

»Du hast recht, lass uns nicht reden. Wir werden es einfach tun – hoffentlich ist es bald vorbei.«

Katharina saß auf ihrem Strohlager und beobachtete die Sonne, die auf den Dielenboden fiel. Jetzt um die Mittagszeit schienen tatsächlich ein paar Strahlen in ihre Kammer und malten helle Kreise auf den Boden. Es war schön, zu beobachten, wie sie herumtanzten und nie an derselben Stelle blieben. Seit Tagen saß sie nun schon wieder hier. Das letzte Gespräch mit Andreas lag mindestens eine Woche zurück, und seitdem war nichts mehr geschehen. Ein Mal am Tag brachte ein Wachmann ihr Essen, und ein kleiner, alter Mann leerte ab und an ihren Eimer. Aber ansonsten passierte nichts. Trotz der Sonnenstrahlen war es in dem Raum kalt. Es gab nur selten warme Suppe, meistens musste sie mit Brot oder kaltem Haferbrei vorliebnehmen. Es hatte wieder eine Hinrichtung gegeben, doch diesmal war der Rauch nicht in ihre Kammer gezogen.

Die Stimme unter ihr war verschwunden, schon seit Tagen hatte keiner mehr gejammert. Bestimmt war die Frau tot.

Plötzlich tauchte ein Schatten auf, durchbrach ganz kurz das Sonnenlicht, und Katharina blickte auf. Ein kleiner Vogel saß am Fenster. Erfreut sah sie ihn an, stand auf und ging zum Fenster. Der Spatz saß ganz still da und erwiderte ihren Blick. »Warum kommst du kleiner Kerl hierher? Hier gibt es doch nichts für dich. Ich kann dich nicht einmal hereinlassen.« Zum ersten Mal besah sich Katharina das Fenster näher und entdeckte am linken Rand einen Hebel. Sie zog daran, er ließ sich tatsächlich bewegen. Das Fenster quietschte in den Angeln, als sie es öffnete. Zutraulich hüpfte der kleine Spatz näher.

»Und jetzt? Was soll ich jetzt tun?« Er flog einfach in den

Raum, setzte sich auf den Tisch und begann, die Brotkrumen aufzupicken, die dort lagen.

»Ach, so ist das also«, sagte Katharina lachend. »Du bist hier gefüttert worden, deshalb kommst du.« Sie setzte sich neben den Vogel, griff nach dem Stück Brot, das noch von gestern Abend übrig war, und brach kleine Stücke ab.

»Du bist mir aber ein ganz schön Frecher. Kommst einfach hier herein. Weißt du nicht, dass ich eine Hexe bin? Ich könnte dich verzaubern.«

Sie lachte, obwohl es eigentlich nicht komisch war. Das Fenster war offen, und die warme Frühlingsluft wehte in den Raum. Endlich konnte sie frische Luft atmen, wie sehr hatte sie sich danach gesehnt.

Der Vogel pickte fleißig weiter und hüpfte emsig auf dem Tisch herum. Zu Hause auf dem Hof waren die Spatzen auch immer zutraulich gewesen, aber so einen wie diesen hier hatte sie noch nie erlebt.

Nachdenklich sah sie dem Vögelchen dabei zu, wie es nach den Krümeln pickte, zwitscherte und sogar die großen Brocken in Angriff nahm. Wer den Spatz wohl gefüttert hatte? Ob es ihre Vorgängerin gewesen war? Seufzend aß Katharina ein Stück Brot.

Plötzlich steckte jemand den Schlüssel ins Schloss, erschrocken sprang Katharina auf, der Vogel flog sofort weg. Eilig schob sie hinter ihm das Fenster zu. Ein Wachmann betrat den Raum und blickte sich misstrauisch um. Das Fenster ging quietschend wieder auf. Katharina hatte es nicht mehr geschafft, den Riegel vorzuschieben.

»Was hast du kleine Hexe am Fenster zu schaffen«, blaffte der Mann sie an. »Es bleibt geschlossen. Damit das klar ist.«

Katharina blickte zitternd zu Boden, war aber auch wütend. Was war denn schlimm daran, das Fenster zu öffnen? Es waren doch Gitterstäbe davor, und es war winzig klein. Sie würde niemals fliehen können.

Der Wachmann schob den Riegel vor und griff grob nach ihrem Arm. »Diese Flausen wird dir der Henker schon austreiben. Er wartet in der Folterkammer auf dich.«

Erschrocken sah Katharina ihn an.

»Ja, so ist es.« Der Mann grinste. »Mal sehen, ob du immer noch so stur bist, wenn du erst einmal siehst, was dir blüht, wenn du nicht redest.«

Er schubste sie vor sich den engen Flur hinunter. Katharina zitterte am ganzen Körper, ihr Puls raste, ihr Magen rumorte. Jetzt war es so weit, Meister Leonhard würde sie foltern und quälen, und wie ihre Mutter würde er sie mürbe machen. Doch trotz all ihrer Angst gewann erneut ihre Willenskraft die Oberhand. Was er ihr auch immer antun würde, sie würde auch jetzt nichts sagen. Das war sie ihrer Mutter und sich selbst schuldig. Sie würde nicht gestehen.

Es ging über den Hof. Ein Stallbursche und eine Magd, die einen Holzeimer trug, blieben neugierig stehen und musterten Katharina mit abfälligen Blicken.

Sie wurde durch eine Holztür eine Treppe nach unten geführt. Es war kalt und feucht, die Wände waren nicht getüncht und bestanden aus nacktem grauem Fels, ab und an brannte eine Fackel. Der Wachmann schubste sie vor sich her in einen großen Raum, der im Gegensatz zum Flur hell erleuchtet war. Katharina wich erschrocken zurück. Meister Leonhard und ein anderer junger Bursche erwarteten sie bereits. Der Henker lehnte an der Wand, hatte die Beine übereinandergeschlagen und grinste sie süffisant an.

Er hatte sich dieses Verhör genau überlegt – hatte lange darüber nachgedacht, ob er es machen sollte. Immerhin durfte er sie ja nicht foltern. Aber einschüchtern durfte er sie. Wie sollte er sie zu einem Geständnis bringen, wenn er sie immer nur im Verhörraum vor sich hatte? Sie musste fürchterliche Angst bekommen. Selbstverständlich würde er sie nicht foltern, aber er konnte ihr die Geräte zeigen, konnte mit den Daumenschrauben vor ihrem Gesicht herumwedeln. Er würde ihr genau erklären, was er ihrer Mutter angetan hatte. Sie wusste ja nicht, dass er sie nicht foltern durfte, und darauf baute er das heutige Verhör auf. Katharina Heinemann ging davon aus, dass sie bald in ihrer persönlichen Hölle sein würde, und diese Angst war es, die er nutzen wollte.

»Na, wen haben wir denn da? Die kleine Heinemann kommt uns besuchen. Sie sieht etwas verschreckt aus, findet ihr nicht?« Fragend sah Meister Leonhard seine Männer an. Der Henkersknecht und der Wachmann nickten. Katharina stand zitternd mitten im Raum und blickte zu Boden. Es war schrecklich kalt hier unten, und die vielen Fackeln rußten. Sie bekam kaum Luft.

Der Henker ging auf Katharina zu und machte eine weit ausholende Handbewegung.

»Sieh dich ruhig um. Sieh dir alles genau an. Eine Folterkammer ist ein schrecklicher Ort, niemand möchte ihn betreten, und alle sind froh, wenn sie wieder gehen dürfen. Hier habe ich deine Mutter gequält. Sie hat es auch nicht glauben wollen, hat gedacht, sie kann der Folter entgehen.

Am Ende hat sie dann doch alles gestanden. Siehst du die Streckbank dort vorn. Dort hat sie gelegen, hat laut gewinselt und darum gebettelt, dass ich endlich aufhöre.«

Er griff nach ihrem Arm. Katharina zuckte zusammen, und ihre Muskeln spannten sich an. Sein Griff war fest, grob zog er sie zur Streckbank hinüber. Mit weit aufgerissenen Augen starrte sie auf die Seilwinden, auf das unscheinbare Holzbrett. »Sieh es dir genau an. Sie war an Händen und Füßen gefesselt. Ihre Gelenke habe ich herausgerissen. Ganz langsam und genüsslich habe ich an dieser Kurbel gedreht.« Er drehte an einer Metallkurbel. Das Seil spannte sich an, und es knackte ein wenig im Gewinde. Katharina wandte den Blick ab. Sie konnte es nicht ertragen, konnte nicht sehen, was er ihrer Mutter angetan hatte. Meister Leonhard griff erneut nach ihrem Arm und führte sie in eine andere Ecke. Ein seltsames Metallding, das wie ein großer Schuh aussah, stand auf dem Boden.

»Siehst du das hier? Damit habe ich die alte Kathi dazu gebracht, alles zuzugeben. Es ist ganz einfach. Ich kann diesen Schuh immer enger zuziehen, und die Eisen drücken sich ganz langsam ins Fleisch, so lange, bis der Knochen bricht und der Fuß zerquetscht wird. Es sind höllische Schmerzen, schreckliche, unvorstellbare Qualen.«

Katharina starrte das unscheinbare Metallding an. Ihr Magen rebellierte. Der Geruch von Blut lag in der Luft. Es war schrecklich, die Luft schmeckte metallisch, und Schweißgestank hing im Raum. Katharina wandte ihren Blick ab, konnte den Anblick des Folterwerkzeuges nicht mehr ertragen.

Der Henker musterte sie verstohlen von der Seite. Katharina war blass, und in ihrem Blick lag Verzweiflung. Er drehte sie an den Schultern zu sich um und sah ihr in die Augen.

»Das alles kann dir erspart bleiben. Du musst nur gestehen, dass du eine Hexe bist und den Schadenszauber verursacht hast. Dann werde ich dich nicht foltern, und du wirst diesen Raum hier nie wieder sehen.« Seine Finger gruben sich in ihre Schultern. Sie konnte durch den Stoff seine Nägel spüren, und sein Atem stank nach Wein. Dieser Raum war schrecklich, machte ihr fürchterliche Angst. Aber sie würde auch jetzt nicht gestehen und würde auch weiterhin stark bleiben.

»Nein, ich habe nichts getan. Ich bin im Glauben fest mit Gott und meiner Kirche verbunden.«

Sie hörte ihre Stimme, ihre Worte waren in ihrem Kopf. Wie oft hatte sie diese bereits gesprochen. Sie glaubte an Gott, an ihre Kirche. Aber tat sie das wirklich? Glaubte sie noch an einen Gott, der sie hierhergebracht hatte? Der ihr ihre Eltern und ihr Zuhause genommen hatte und ihr nach dem Leben trachtete? Oder war es überhaupt Gottes Schuld?

Der Henker ließ sie los und sah sie wütend an. Katharina senkte den Kopf, stand zitternd, leichenblass, schmal und dünn vor ihm. Ihre Wangen waren eingefallen, tiefe Schatten lagen unter ihren Augen, ihr Haar war verfilzt, sie stank erbärmlich. Aber ihre Stimme war immer noch fest, ihr Wille war noch nicht gebrochen. Er seufzte. Ohne die Folter würde er ihn auch nicht brechen können, das wurde ihm in diesem Moment bewusst. Dieser Hexe war nur mit Gewalt beizukommen. Und genau das durfte er nicht. Er durfte sie nicht auf die Streckbank legen, durfte ihr nicht jeden Finger einzeln brechen und ihr die Füße zerschmettern. Er konnte sie nur befragen und musste sie bald wieder laufen lassen. Eine Hexe, eine richtige Hexenbrut würde unbehelligt gehen dürfen, nur weil sie zu jung war. Das konnte er nicht zulassen.

Er blickte zu seinem schulterzuckenden Henkersknecht hinüber. Katharinas Herz schlug ihr bis zum Hals. Das Schweigen des Henkers machte ihr Angst. Worüber dachte dieser grausame Mann nach? Sein Blick fiel auf die Daumenschrauben, die auf einem kleinen Tisch in der Ecke lagen. Einen letzten Versuch würde er noch unternehmen. Erneut griff er nach ihrem Arm und zog sie grob zu dem Tisch.

Katharina blickte auf die Schrauben hinunter, wusste nicht, was das war. Meister Leonhard nahm eine von ihnen in die Hand.

»Diese Daumenschrauben hat deine Mutter getragen. Sie sind ein wunderbares Folterwerkzeug. Jeden einzelnen Finger habe ich ihr damit gebrochen, und sie hat gewinselt, geschrien und gekotzt. Es ist schrecklich, ganz langsam werden die Schrauben immer mehr zugedreht, bis der Knochen bricht.«

Er beugte sich ganz nah zu ihr herab, flüsterte fast. Katharina spürte seinen Atem an ihrem Hals. Ihr Herz klopfte wie verrückt.

»Hast du schon einmal das Knacken eines Knochens gehört, wenn er bricht?« Katharina schüttelte den Kopf.

»Es ist ein schreckliches Geräusch, geht einem durch und durch. Ganz lange dauert es, ganz langsam wird der Finger immer mehr zusammengedrückt. Es sind höllische Schmerzen.«

Sie zitterte. Er war so nah bei ihr, sie spürte seine Wärme, und seine eiskalten Augen blickten sie an. Sie wich ein Stück zurück. Störrisch schob sie ihr Kinn vor.

»Ich habe nichts getan, weiß nicht, was das hier soll. Ich bin nur mit Gott und meiner Kirche verbunden.«

Der Henker richtete sich wieder auf und kochte jetzt regelrecht vor Wut, versuchte aber, sich zu beherrschen. Er wollte vor seinen Männern keine Schwäche zeigen. Der Henkersknecht wusste nicht, dass das Mädchen nicht gefoltert werden durfte. Er würde seinen Wutausbruch nicht verstehen.

»Nun gut.« Er atmete tief durch. »Dann eben anders.« Er winkte nach dem Wachmann.

»Führt sie ab und werft sie wieder in ihre Zelle. Gebt ihr Zeit zum Nachdenken. Vielleicht überlegt sie es sich ja doch noch.«

Der Wachmann packte Katharina grob an den Schultern. Sie stöhnte auf, als er ihr den Arm auf den Rücken drehte. Erst als sie den Raum verlassen hatten, ließ er sie wieder los und schubste sie vor sich her. Auf dem Hof blendete die Sonne Katharina, und sie hob schützend die Hand.

Frische Luft wehte ihr entgegen, dankbar atmete sie tief ein. Es war vorbei, sie war heute nicht gefoltert worden. Plötzlich sah sie Andreas. Er stand ein ganzes Stück von ihr entfernt neben dem alten Mann, der neulich ihren Eimer ausgeleert hatte, und starrte sie an. Er bewegte sich nicht, verzog keine Miene, während sie an ihm vorbeigeführt wurde.

Ihre Schritte wurden langsamer, der alte Mann sah sie mitleidig an.

Der Wachmann schubste sie grob weiter. »Trödel hier nicht herum, du kleine Hexe.«

Es ging die Treppe wieder hinauf, und krachend fiel die Tür ihrer Zelle ins Schloss. Erleichtert sank sie auf einen der Stühle, schlug die Hände vors Gesicht. Es war so schrecklich, so unvorstellbar schlimm. Wie sollte sie diese Folter nur überstehen?

Ein vertrautes Klopfen am Fenster.

Der kleine Spatz saß wieder auf der schmalen Fensterbank und sah sie erwartungsvoll an. Katharina lächelte, stand auf und öffnete das Fenster. Sofort flog der kleine Kerl herein und landete diesmal sogar auf ihrer Hand.

So ein Tier hatte sie noch nie erlebt. Der Vogel saß auf ihren Fingern und sah sie aus seinen Augen treuherzig an.

»Du bist ein seltsamer kleiner Kerl.« Sie wischte sich die Tränen vom Gesicht und ging mit dem Vögelchen zum Tisch, auf dem noch immer der Rest Brot und die Krümel lagen. Fröhlich zwitschernd hüpfte der Vogel auf den Tisch und pickte nach seiner Beute.

Katharina lächelte und atmete tief durch. Sie war wieder hier, fürs Erste hatte sie es überstanden. Sie brach noch ein Stück von dem Brot ab und warf es dem Spatz hin.

»Hast du eigentlich einen Namen? Ich kann dich ja nicht immer Vogel oder Spatz nennen.« Er sah kurz auf und pickte dann weiter.

»Ich weiß nicht, wie wollen wir dich denn nennen? Vielleicht ja Hansi oder Karli. Was meinst du?«

Der Vogel zwitscherte, als würde er ihre Worte verstehen.

»Karli ist gut. Du heißt ab heute Karli. Ich finde, das passt zu dir.«

28

Nepomuk schüttelte den Kopf, als hinter dem Wachmann die Tür ins Schloss fiel, und sah Andreas traurig an.

»Eine Schande ist das. Das arme Mädchen. So etwas hat sie nicht verdient.« Er stützte sich auf seinem Besen auf. »Das nächste Mal werden sie sie blutverschmiert heraufftragen. So wie sie es erst gestern mit einer alten Frau gemacht haben. Sie war schrecklich zugerichtet. Ihre ganze Hand war grün und blau, und zwei ihrer Finger waren zerdrückt, das blanke Fleisch hat rausgesehen. Der Henker und sein Knecht sind kurz danach gekommen. Meister Leonhard hat gegrinst und sich freudig die Hände gerieben, und er hat seinem Handlanger stolz auf die Schulter geschlagen. Dieser Bastard freut sich auch noch darüber, den Menschen Leid zuzufügen.«

Der alte Mann begann kopfschüttelnd zu fegen.

Andreas sah Nepomuk mit weit aufgerissenen Augen an. Er hatte die Frauen auf dem Richtplatz gesehen und bemerkt, wie sie zugerichtet waren. Aber genauer hatte er sich über die Folter noch keine Gedanken gemacht. Die Details und die grausamen Verletzungen hatte er stets zu ignorieren versucht. Sein Blick wanderte zur Holztür, und er begann zu zittern. Was sollte er nur tun? Er wollte nicht, dass Katharina in diese Hölle ging, wollte sie nicht leiden sehen. Es war schon schlimm genug, zu wissen, dass es für sie keine Rettung gab. Doch diese schreckliche Erniedrigung der Folter musste er ihr wenigstens irgendwie ersparen.

Der alte Nepomuk hielt im Fegen inne und musterte Andreas verstohlen von der Seite. Der junge Priester war heute irgendwie anders, still und nachdenklich, so kannte er ihn gar nicht. Grübelnd strich sich Nepomuk über seinen grauen Bart. Dieses Verhalten schien mit dem Mädchen zusammenzuhängen. Seitdem sie über den Platz geführt worden war, hatte er sich verändert. Der Priester schien die Kleine sehr gut zu kennen. In Andreas' Blick lag eine Sehnsucht, die Nepomuk durchaus verstand.

Langsam ging er zu Andreas hinüber und legte ihm väterlich die Hand auf die Schulter.

»Wenn Ihr sie liebt, dann muss sie es erfahren. Ihr müsst es ihr sagen. Sie ist vielleicht bald tot, sollte aber über Eure Gefühle Bescheid wissen.«

Verwundert sah Andreas den alten Mann an. Woher wusste er von seinen Gefühlen? War das denn so offensichtlich?

»Aber ich bin doch ihr Seelsorger, der Mann, der sie in den Tod treiben soll.«

»Warum solltet Ihr das denn tun?«

Andreas stand vor Verblüffung der Mund offen.

»Weil darin meine Aufgabe besteht. Bei mir muss sie gestehen, und wenn sie das nicht bald tut, dann wird sie in die Folter gehen. Du hast es doch gesagt, Nepomuk.«

Nepomuk zuckte mit den Schultern. »Keine Frau hat je bei ihrem Seelsorger gestanden. Alle sind in die Folter gegangen. Warum sollte sie also bei Euch alles zugeben? Warum hört Ihr nicht mit dem Unsinn auf und seid in den letzten Momenten, die Ihr beide noch habt, der Mann, den sie braucht?«

Andreas sah Nepomuk nachdenklich an. Von dieser Seite hatte er die Sache noch nicht betrachtet, doch er zweifelte noch immer. »Aber ich habe Pfarrer Wicht versprochen, dass ich die Sache gut machen werde.«

Nepomuk winkte ab. »Und gut machen bedeutet, sie in den Tod zu treiben? Der alte Pfarrer ist verbissen und sieht überall den Teufel, selbst seine eigene Frau ließ er töten, obwohl er tief in sich bestimmt wusste, dass sie unschuldig war. Warum soll richtig machen bedeuten, dass Ihr sie zum Geständnis bringen müsst?«

Andreas nickte zaghaft. Seit der Hinrichtung seiner Frau war Pfarrer Wicht kein Seelsorger mehr. Pfarrer Heymann aus Bad Schwalbach hatte seine Aufgaben übernommen. Der Mann war ein unsympathischer Zeitgenosse und sah an jeder Ecke die Sünde und den Teufel, ging mit den Angeklagten grob und unmenschlich um.

»Und was soll ich deiner Meinung nach tun?«

Nepomuk sah Andreas lächelnd an. »Das werdet Ihr doch selbst wissen. Ihr kennt sie besser als ich.«

Andreas lächelte nun ebenfalls.

»Ja, du hast recht. Schluss mit dem Gerede. Ich höre auf, sie zu quälen. Sie wird bei mir niemals gestehen.«

Nepomuk lächelte und klopfte ihm erneut auf die Schulter. »Seht Ihr, jetzt habt Ihr es begriffen. Geht doch hinauf zu ihr. Der Wachmann schließt Euch bestimmt auf, Ihr seid doch ihr Seelsorger. Er kann Euch nicht abweisen.«

Andreas sah von dem alten Mann zur Holztür.

»Das mache ich«, sagte er, straffte die Schultern, atmete tief durch und ging zu der geschlossenen Tür hinüber.

Im Türrahmen drehte er sich noch einmal zu dem alten Mann um.

»Danke, Nepomuk.«

»Wofür bedankt Ihr Euch? Mir muss niemand danken.«

Pfeifend ging Nepomuk davon und schüttelte leicht den Kopf. Die Liebe war wunderbar, doch heute tat sie weh, heute war sie voller Schmerz.

Katharina saß noch immer mit dem Vögelchen am Tisch. Sie hatte sich wieder gefangen, der kleine Karli hatte sie tatsächlich etwas aufgeheitert.

Im Raum war es dunkler geworden, denn die Sonne stand bereits im Westen. Das Fenster war noch immer geöffnet. Die Luft, die hereinwehte, wurde kühl. Doch Katharina fror nicht. Lächelnd sah sie dem kleinen Kerl beim Picken zu. Er war so gierig und hörte gar nicht auf. Er war ein besonderer Spatz. Früher waren die frechen Kerle immer zu ihnen in die Küche gekommen. Ihre Mutter hatte sie stets verscheucht. Katharina lächelte bei der Erinnerung daran.

»Also weißt du, Karli, früher wäre es dir bei uns nicht so gut ergangen. Meine Mutter hat nach euch Spatzen immer mit dem Besen geschlagen. Ihr wart aber auch zu frech. Einmal habt ihr sogar im Kuchen gesessen.« Sie seufzte. Ihre Mutter würde nie wieder einen Kuchen backen, nicht mehr über die frechen Vögel schimpfen, keine Wäsche mehr auf dem Hof aufhängen, und sie selbst würde auch nicht mehr nach Hause kommen.

Der Schlüssel wurde ins Schloss gesteckt. Erschrocken sprang Katharina auf, und die Krümel fielen von ihrem Rock auf den Boden. Der Vogel flog zum Fenster hinaus, sie schaffte es nicht mehr, dieses hinter ihm zu schließen, es quietschte leicht in den Angeln. Schuldbewusst blickte sie zu Boden. Bestimmt würde der Wachmann gleich wieder schimpfen oder Schlimmeres. Sie hatte schon wieder das Fenster geöffnet und war nicht folgsam gewesen.

Doch nichts dergleichen geschah. Sie hörte Schritte, die Tür schloss sich wieder, jemand atmete, und seltsamerweise hing der Duft von Lavendel im Raum. Katharina blickte auf, Andreas stand vor ihr und sah sie an.

Katharina schien verschreckt zu sein, Krümel lagen überall auf dem Boden und hingen an ihrem Rock. Ihr Haar war offen, verfilzt und zerzaust, und Flecken waren auf ihrem Kleid.

Wie sollte er sein Erscheinen erklären?

Katharina schob störrisch ihr Kinn vor. Sie wollte nicht mit Andreas reden, er sollte verschwinden. Sie versuchte, teilnahmslos zu wirken, was ihr aber nicht gelang. Ihre Hände zitterten vor Aufregung.

»Was willst du hier?«

Andreas zuckte zusammen, ihre Stimme klang hart.

»Ich wollte mit dir reden.«

»Ich gestehe nichts.«

»Das musst du auch gar nicht.«

Verwundert sah sie ihn an. Mit dieser Antwort hatte sie nicht gerechnet. »Warum muss ich das nicht? Das ist doch deine Aufgabe. Du bist mein Seelsorger.«

Andreas setzte sich seufzend an den Tisch und atmete tief

durch. Wie sollte er ihr nur klarmachen, dass er seine Rolle nicht mehr spielen wollte, dass er sie liebte und ihr helfen wollte. Er wollte sie nicht tot sehen, sondern wollte, dass sie lebte und glücklich war. Lieben wollte er sie, festhalten und nie mehr loslassen.

»Vielleicht will ich der nicht mehr sein«, flüsterte er. Katharina sah ihn fragend an und setzte sich langsam auf das Strohlager. »Ich kann dich nicht leiden sehen. Es ist zu schlimm. Ich schaffe das nicht. Ich vermisse dich, Katharina. Es tut mir leid, tut mir so unendlich leid.«

Er stand auf, kam auf sie zu und setzte sich neben sie. Vorsichtig griff er nach ihrer Hand, sie ließ es zu, zog diese nicht fort.

Er war nicht als ihr Seelsorger gekommen. Was hatte seine Meinung so plötzlich geändert? Warum war er jetzt wieder so nett zu ihr? Sie verstand ihn nicht und sah ihn misstrauisch von der Seite an.

»Aber du wolltest doch, dass ich gestehe. Du wolltest, dass ich zugebe, eine Hexe zu sein. Du willst, dass ich sterbe.«

Andreas sah sie verzweifelt an. »Das will ich nicht, aber ich kann es auch nicht aufhalten.« Er machte eine weitausholende Handbewegung.

»Niemand kann das hier aufhalten. Du warst doch heute in der Folterkammer und hast gesehen, was passieren wird. Ich wollte dir dieses Leid ersparen, wollte nicht, dass du gequält und gedemütigt wirst.«

In seinen Augen stand Verzweiflung. Katharina war hin- und hergerissen. Sie wollte ihn bei sich haben. Aber andererseits hatte er noch vor Kurzem kalt und abweisend mit ihr gesprochen. Sie konnte einfach nicht vergessen, dass er sie in den Tod treiben wollte.

»Ich weiß nicht«, flüsterte sie leise, »wir sind nicht mehr die, die wir waren, und sind auch nie etwas Richtiges gewesen. Du bist jetzt mein Seelsorger, und ich bin die Angeklagte, eine Frau, die in aller Augen eine Hexe ist. Was nützt das alles noch? Ich werde sterben – ob mit oder ohne Folter. Ich bin ganz allein, und nichts ist mir geblieben. Wie der Tod kommt, ist mir gleichgültig.«

Andreas sah Katharina wütend an, sprang auf, seine Stimme wurde laut: »Bitte sag so etwas nicht, versteh mich doch. Ich konnte es nicht ändern, ich hatte keine Wahl!«

Katharina sah ihn an. »Doch, die hattest du. Du hättest nicht mein Seelsorger werden müssen, hättest es ablehnen können. Ich hatte keine Wahl und meine Mutter auch nicht. All die anderen Frauen, die auf dem Schafott sterben, hatten keine. Ihnen hat niemand geglaubt, mir glaubt auch niemand.«

Sie verlor ihre Fassung, und Tränen rannen über ihre Wangen. Andreas atmete tief durch. Er ging ganz langsam vor ihr in die Hocke, wischte ihre Tränen ab und nahm ihre zittrigen Hände in die seinen.

»Ich glaube dir, hörst du? Ich glaube dir.«

All die Anspannung wich von ihr, und sie sank in seine Arme. Er strich ihr beruhigend über den Rücken. Sie schluchzte verzweifelt, ihr Körper bebte. Er hielt sie fest, drückte sie stumm an sich, sagte nichts.

Katharina hing wie eine Ertrinkende an ihm, genoss seine Wärme und atmete seinen Geruch ein. Er war da, war nicht mehr ihr Seelsorger, kümmerte sich endlich um sie, gab ihr

Halt und Trost. Andreas hörte endlich zu und glaubte ihr. Sie konnte es nicht fassen. Doch helfen würde ihr das auch nicht, denn ihre Hinrichtung rückte unaufhaltsam näher. Katharina atmete tief durch. Bestimmt würde sie nun die Kraft finden, länger durchzuhalten, denn jetzt war sie nicht mehr allein. Langsam löste sie sich aus seiner Umarmung und sah ihn traurig an. »Es wird trotzdem nichts helfen. Der Henker wird mich foltern und töten. Es war so schrecklich in der Kammer, so unsagbar schlimm.«

Andreas wusste, die Zeit arbeitete gegen sie.

»Ich weiß«, flüsterte er. »Es ist schlimm dort. Wenn ich es könnte, würde ich ihn aufhalten. Aber ich kann es nicht.«

Katharina erhob sich, ging zum Fenster, sah nach draußen und blickte in den blauen Himmel. Ein Vogel zog seine Kreise.

»Einmal nur frei sein«, sagte sie leise. »Wie der Vogel dort oben fortfliegen und nur noch ein einziges Mal die Strahlen der Sonne auf der Haut spüren, das Gras unter den nackten Füßen fühlen und den Wind in den Haaren. Es ist so seltsam. Früher habe ich all diesen Dingen nie besondere Aufmerksamkeit geschenkt. Aber jetzt fehlen sie mir. Ich will noch nicht gehen. Das kann doch noch nicht das Ende sein.«

Sie schluchzte, und wieder liefen Tränen über ihre Wangen. Andreas stand auf, trat hinter sie und legte seine Arme um sie. Ganz sanft begann er, sie zu wiegen, und summte die Melodie eines Kirchenliedes. Er wusste, er konnte ihr nicht ihre Freiheit geben oder ihr ermöglichen, barfuß über eine Wiese zu laufen. Aber er konnte jetzt für sie da sein, und das war es doch, was wichtig war. Endlich hatte er verstanden, was zählte. Und plötzlich drehte sie sich zu ihm um. Es war wie damals im Pfarrhaus, ihr Gesicht war ganz nah bei seinem. Erneut fanden sich ihre Lippen, und er schmeckte ihre Tränen. Er umarmte sie, drückte sie ganz fest an sich. Nur einen Moment lang vergessen und die Welt aus ihrem Leben ausschließen, das war alles, was jetzt zählte.

Meister Leonhard lief mit geballten Fäusten im Verhörraum auf und ab. Heute war der dritte Verhörtermin der kleinen Heinemann, und er war bereits jetzt wütend. Wie sollte er dieses Verhör überstehen, wie sollte er es schaffen, ihren Willen zu brechen. Immer wieder war er all seine Möglichkeiten durchgegangen, aber es war ihm nichts eingefallen. Er konnte ihr nur erneut drohen, ihre Mutter beleidigen und hoffen, dass das letzte Verhör in der Folterkammer Früchte getragen hatte. Der Schreiber war ebenfalls bereits anwesend. Der junge Mann war ganz blass. Abfällig hatte Meister Leonhard ihn gemustert. Seiner Meinung nach war der Schreiber ein windiger Lakai, ein Mann ohne Kraft und Ausstrahlung. Es war fast schon eine Zumutung, jemandem wie ihm diese wichtige Aufgabe zuzuteilen.

Auf dem Flur waren Schritte zu hören, er straffte die Schultern, das Mädchen kam.

Katharina wurde von einem Wachmann in den Raum geschubst und unsanft auf einen der beiden Stühle gedrückt. Sie sah wie immer aus. Ihr Gesicht war blass, und tiefe Schatten lagen unter ihren Augen. Ihr Kleid war voller Flecken und ihr Haar verfilzt. Ihre Hände waren gerötet und an vielen Stellen aufgekratzt, die Flöhe leisteten ganze Arbeit.

Meister Leonhard setzte sich nicht, er war viel zu unruhig, um still auf einem Stuhl sitzen zu können. Langsam ging er im Raum auf und ab, fixierte sie und versuchte, ihre Stimmung einzuschätzen.

Katharina hatte den Kopf gesenkt und blickte auf die Tischplatte, ihre Miene war ausdruckslos.

Katharina war erleichtert. Der Wachmann hatte sie nicht in die Folterkammer gebracht, sie war hierhergeführt worden, also wurde sie jetzt anscheinend nicht gequält, das nahm sie jedenfalls an.

Meister Leonhard blieb vor ihr stehen.

»Und, du kleine Hexe, hast du es dir überlegt? Wie haben dir die Folterwerkzeuge gefallen? Sie waren schrecklich, nicht wahr? Du möchtest doch bestimmt nicht, dass ich dir die Finger breche oder noch Schlimmeres mit dir anstelle. Du bist doch ein kluges Mädchen. Gestehe einfach, sag, dass du eine Hexe bist.«

Katharina hob nicht den Kopf, als sie antwortete:

»Nein, ich bin keine Hexe und bin nur mit Gott und meiner Kirche im Glauben verbunden.«

Der Henker sah sie wütend an. Damit hatte er gerechnet. Warum sollte sie jetzt gestehen? Keine Frau hatte ohne die Folter gestanden. Weshalb sollte ausgerechnet sie es tun. Doch dann grinste er süffisant.

Er setzte sich an den Tisch und versuchte, ihr in die Augen zu blicken.

»Deine Mutter hat fürchterlich geschrien und geheult, schrecklich hat sie ausgesehen. Auch sie hat alles geleugnet. Aber als ich ihr den Daumen zerquetscht habe und ihr die Gelenke herausriss, war sie geständig. Sie hat zugegeben, dass sie es mit dem Teufel hatte. Sie hat mit ihm auf den Feldern getanzt und hat seine Säfte getrunken. Stell dir vor, sie war ein Luder, ein leichtes Mädchen. Sie hat sich mit Gift eingerieben und Tiere verzaubert.« Seine Stimme klang gefährlich schmeichelnd.

Der Schreiber in der Ecke notierte Meister Leonhards Worte mit zittriger Hand. Er kannte diesen Tonfall des Henkers. Gleich würde er laut und richtig wütend werden. Der Blick des Mannes wanderte zu Katharina. Diese saß immer noch schweigend, fast schon gelassen, am Tisch. Leonhard Buschs Worte schienen das Mädchen kaum zu beeindrucken.

Der Henker sprach weiter.

»Gib es doch einfach zu, du kleine Hexenbrut. Du hast auch mit ihm getanzt. Deine Mutter hat dich gelehrt, Schadenszauber zu verbreiten, und bestimmt hast auch du die Säfte mit dem Teufel getauscht. Deine Mutter hat dich dabei beobachtet und zugesehen, wie du Unzucht getrieben hast mit dem Satan, mit der Ausgeburt der Hölle.«

Plötzlich hob Katharina den Kopf. Sie ertrug es nicht mehr, wie er ihre Mutter beleidigte. Sie zu erniedrigen, war die eine Sache, aber das Andenken ihrer geliebten Mutter zu beschmutzen, das war eine andere.

Ihre Angst war plötzlich verflogen und war einer unglaublichen Wut gewichen. Zum ersten Mal spürte sie keine Furcht in Leonhard Buschs Nähe. Sie funkelte ihn böse an, und ihre Stimme klang fest und war seltsam laut.

»Niemals hat sie das getan. Sie nicht und ich auch nicht. Es ist Unsinn.« Sie wies in den Raum. »Das alles hier ist Unsinn. Es ist nichts geschehen. Niemand hat so etwas getan, das sind doch alles nur Märchen.«

Verdutzt sah der Henker sie an, und der Schreiber duckte sich hinter sein Pult. Er wusste, dass der Henker jetzt explodieren würde. So respektlos hatte noch keine Angeklagte mit Leonhard Busch gesprochen.

Meister Leonhard stand mitten im Raum, sein Gesicht lief rot an, und er fuchtelte wild mit den Armen. Katharina, die über sich selbst erschrocken war, zog den Kopf ein. Sie wusste, sie war zu weit gegangen.

»Du kleine verdammte Hexe. Wie kannst du es wagen, Dinge, die ich sage, infrage zu stellen? Es steht dir nicht zu, gegen mich zu sprechen! Ich bin Meister Leonhard, der Henker des Grafen. Niemand spricht gegen mich. Wache!«, kreischte er.

Der Wachmann stand bereits im Türrahmen und hatte jedes Wort mit angehört. Eilig rannte er zu Katharina und stellte sich hinter sie. Vor lauter Aufregung war er puterrot im Gesicht.

»Schafft sie weg. Sie wird lernen, was es heißt, mich zu beleidigen. Schafft sie in die Dunkelkammer. Wir werden schon sehen, wer hier derjenige ist, der recht hat, schafft sie mir aus den Augen.«

Der Schreiber saß hinter dem Pult auf dem Boden, seine Feder zitterte in seiner Hand, und er war nicht imstande, diese schrecklichen Vorkommnisse zu notieren.

Katharina wurde von ihrem Platz hochgerissen. Der Wachmann bog ihr erneut grob den Arm nach hinten und führte sie zur Tür, während der Henker noch immer wild mit den Armen wedelte und seine Augen vor Wut funkelten. Hastig führte der Wachmann, der jetzt selbst Angst vor Meister Leonhard hatte, Katharina aus dem Raum, den Flur entlang, die Treppe nach unten und hinaus auf den Hof. Ein kühler Wind schlug Katharina ins Gesicht, es nieselte leicht, und die Sonne hatte sich hinter dicke Wolken verzogen. Der Wachmann brachte sie zu der Tür, die zur Folterkammer führte. Sie erzitterte. Es ging die Treppe nach unten. In dem kalten Gang herrschte dämmriges Licht, es brannten keine Fackeln. Vor einer unscheinbaren Holztür blieben sie stehen, und der Wachmann brauchte eine Weile, bis er den passenden Schlüssel gefunden hatte. Katharina schlang zitternd die Arme um ihren Körper. Es war kalt hier unten, und eine unangenehme Feuchtigkeit hing in der Luft und an den Wänden.

Der Wachmann atmete erleichtert auf, als er den richtigen Schlüssel gefunden hatte und die Tür sich quietschend öffnete. Er griff nach Katharina, schob sie in die dunkle, kleine Nische und schloss hinter ihr die Tür. Völlige Dunkelheit hüllte Katharina ein. Seine Schritte entfernten sich. Katharina tastete vorsichtig die Wände ab, es war eng, und der beißende Gestank nach Kot und Urin war kaum zu ertragen. Verzweifelt glitten ihre Hände immer wieder über die Wände, und Tränen stiegen ihr in die Augen. Warum hatte sie ihre Stimme erhoben? Warum war sie nur so frech gewesen? Das hatte sie nun davon, sie war in der Dunkelheit, eingesperrt in einem kalten, engen Loch. Sie hätte ruhig bleiben sollen. Sie ließ ihren Tränen freien Lauf. Wie sollte Andreas sie hier finden? Sie konnte in der Dunkelheit sterben, und keiner würde es bemerken, niemand würde es sehen. Der Henker folterte sie heute nicht. Doch das hier war fast genauso schlimm.

29

Sebastian Post saß im Büro des Amtsrats, der gerade zum Mittagessen nach Hause gegangen war und ihn gebeten hatte, seine Vertretung zu übernehmen. Der Landeshauptmann war darüber nicht besonders erfreut und verfluchte sich innerlich dafür, zur Mittagszeit am Büro des dicken Mannes vorbeigekommen zu sein. Der Amtsrat war ein fauler Bursche, der jede Gelegenheit nutzte, um sich aus dem Staub zu machen. Sebastian Post wollte eigentlich nach seinem Pferd sehen. Das Tier hatte sich gestern etwas eingetreten und lahmte jetzt. Doch dem Amtsrat eine Bitte abzuschlagen, war nicht einfach. Er hatte eine hohe Position inne, und es konnte von Vorteil sein, wenn man ihn auf seiner Seite hatte. Also war er mit einem aufgesetzt freundlichen Lächeln hereingekommen, saß nun hier und blickte nachdenklich aus dem Fenster. Es war ein grauer Tag, und es nieselte leicht. Vom Frühling war nicht viel zu sehen. Auf dem Tisch brannte eine Kerze, neben ihr stand ein halb leerer Becher Wein. Das lederne Schreibbuch und die ausgewaschene Feder lagen daneben, und das Tintenfass war fest verschlossen. Allzu viel Arbeit schien der Amtsrat heute noch nicht gehabt zu haben.

Gelangweilt stützte der Landeshauptmann die Ellbogen auf den Tisch. Es war totenstill. Nicht einmal die Vögel zwitscherten, keine Wagen fuhren draußen vorbei, und keine Mägde oder Knechte liefen über den Hof. Nichts, es geschah einfach gar nichts. Kein Wunder, dass sich der Amtsrat davongemacht hatte, an seiner Stelle wäre er auch lieber zum Mittagessen gegangen.

Griesgrämig blickte er aus dem Fenster. Die Häuser, der Brunnen, die kleinen Läden und Geschäfte, alles sah seltsam trostlos aus.

Doch dann lief plötzlich Meister Leonhard mit ernster Miene am Amtsbüro vorbei. Sebastian öffnete das Fenster und winkte ihm zu.

»Guten Tag, Leonhard, du siehst mitgenommen aus. Was ist denn passiert?«

Meister Leonhard funkelte seinen Freund wütend an.

»Das kann ich dir hier draußen nicht sagen. Bist du allein?«

Der Landeshauptmann nickte.

»Ja, bin ich. Der Amtsrat hält Mittagsruhe.«

Misstrauisch blickte sich der Henker um und betrat dann die Amtsstube. Er musste vorsichtig sein. Niemand außer den Wachmännern und Sebastian durfte wissen, dass die kleine Hexe in der Dunkelkammer saß, denn das war ja eigentlich eine Foltermethode. Er betrat den Raum und schloss die Tür hinter sich. Sebastian sah ihn mit besorgter Miene an.

»Was ist denn geschehen? So aufgelöst kenne ich dich ja gar nicht.«

Meister Leonhard ging im Raum auf und ab. »Ich habe die Beherrschung verloren. Ich, Meister Leonhard, konnte mich nicht im Zaum halten. So etwas ist mir noch nie passiert.

Nichts bringt mich aus der Ruhe, und niemand hat es bisher geschafft, mich zur Weißglut zu treiben.«

»Du redest von der kleinen Heinemann in der Dunkelkammer, oder?«

Verwundert sah der Henker ihn an.

»Woher weißt du davon?«

»Meine Männer sind mir treu ergeben. Ich werde über alles informiert. Ich habe doch gesagt, sie tun alles, was ich ihnen befehle. Die beiden stehen in meiner Schuld.«

»Hoffentlich sind sie dir auch zukünftig so ergeben. Ich weiß nicht, wie es jetzt weitergehen soll. Was ist, wenn der Graf die Kleine dort unten findet? Aber ich wusste mir nicht mehr anders zu helfen. Sie hat vor mir, dem Henker, den Respekt verloren. Das darf es einfach nicht geben!« Sebastian Post blieb ganz ruhig. Er verstand die Aufregung des Henkers nicht. Warum sollte der Graf davon erfahren? Er würde nicht reden und seine Männer auch nicht. Die Kleine wurde dort unten weich gekocht, und keiner würde diese Art der Folter erkennen. Katharina wurde nicht verletzt, saß nur in der Dunkelheit, sonst nichts. »Ich finde die Idee mit der Dunkelkammer gut.«

Sebastian versuchte, seinen Freund zu beruhigen.

»Niemand wird es bemerken. Wenn wir sie herausholen, wird sie ganz normal aussehen. Sie wird keine gebrochenen Knochen haben, du fügst ihr nicht mal einen Kratzer zu. Der Graf wird es nie erfahren. Und nach ein paar Tagen wird sie gestehen. Da bin ich mir ganz sicher.«

Der Henker wurde etwas ruhiger, setzte sich auf einen Stuhl vor das Schreibpult und schlug die Beine übereinander. In seinem Blick lag immer noch leichte Skepsis.

»Und was ist, wenn sie dann immer noch nicht redet? Dann muss ich sie laufen lassen. Dann läuft eine Hexe frei herum.«

Der Landeshauptmann fuhr sich nachdenklich über seinen Schnauzbart.

»Das wird nicht passieren. Alle, die bisher in der Kammer saßen, waren danach so verängstigt und eingeschüchtert, dass sie gestanden haben. Die Furcht vor der Stille und der Dunkelheit, die Kälte und der Gestank sind einfach zu groß.«

Der Henker nickte wieder selbstbewusst. Der Landeshauptmann hatte bestimmt recht. Seine Entscheidung war richtig gewesen.

Er erhob sich, ging um das Schreibpult herum und klopfte seinem alten Freund auf die Schulter.

»Du bist wirklich ein kluges Kerlchen. Was würde ich nur ohne dich tun? Das müssen wir begießen, kommst du mit zum Schwanenwirt?«

Der Landeshauptmann grinste.

»Gern, wenn der Amtsrat irgendwann mal vom Mittagessen zurückkommt.«

Der Henker lachte laut auf.

»Tja, das dauert bestimmt noch etwas länger. Wenn unser Freund erst mal zu essen begonnen hat, findet er kein Ende.«

Enttäuscht nickte Sebastian Post.

»Ja, das befürchte ich auch.«

Der alte Nepomuk stand ganz still. Der Besen, den er in der Hand hielt, zitterte ein wenig. Er atmete flach, und sein Herz schlug ihm vor Aufregung bis zum Hals. Er stand an die Hauswand gedrückt neben dem angelehnten Fenster des Amtsbüros.

Es war eine Sünde, zu lauschen, das wusste er. Aber wenn es für eine gute Sache war, würde Gott es nicht bestrafen.

Er hatte gleich erkannt, dass mit dem Henker etwas nicht stimmte. Leonhard Busch war anders gewesen als sonst. Er hatte verunsichert ausgesehen, und als er sich dann sogar noch einmal misstrauisch umgeblickt hatte, bevor er das Büro des Amtsrats betrat, da hatte Nepomuk es gewusst. Dieser Mann führte etwas im Schilde, tat etwas Unrechtes. Ganz langsam war er näher herangeschlichen und hatte wegen des angelehnten Fensters zu Gott ein Dankgebet geschickt. Er verstand jedes Wort, und seine Miene wurde immer ungläubiger, seine Augen immer größer. Der Henker widersetzte sich Befehlen, die der Graf erteilt hatte. Die Dunkelkammer war eine Foltermethode. Er kannte dieses schreckliche Ding genau. Oft genug hatte er sie schon sauber gemacht. Jedes Mal schüttelte es ihn, wenn er, sogar bei geöffneter Tür, in dem engen Raum stand. Es war unfassbar schrecklich dort unten, still, dunkel, dreckig und kalt. Es war nichts zu sehen und nichts zu hören. Man war mit sich und der Finsternis allein. Tage- manchmal sogar wochenlang saßen die armen Menschen dort unten und bekamen nur ab und an etwas Wasser und Brot. Danach hatte bisher jeder gestanden. Dahinsiechen und nicht zu wissen, ob man jemals wieder die Sonne und das Licht sehen würde, war einfach zu schrecklich. Sie alle waren von der Finsternis gezeichnet und gingen gebrochen in den Tod.

Vor seinem inneren Auge tauchte Katharina auf. Sie war

anders als die anderen Gefangenen, war jung und hübsch. Keine war so wie sie, und keine war so lange hier gewesen. Das Mädchen hatte tagelang in der Kammer gesessen und war bisher noch nicht gefoltert worden. Jetzt wusste er auch, warum: Der Henker durfte es nicht. Langsam schlich Nepomuk an der Hauswand entlang vom Fenster weg. Er hatte genug gehört. An der nächsten Ecke atmete er erleichtert auf. Gott sei Dank, der Henker hatte ihn nicht erwischt. Aber was sollte nun geschehen?

Die ganze Zeit hatte er auf so einen Moment gewartet, sich gewünscht, Meister Leonhard würde einen Fehler machen und irgendwann von seinem hohen Ross herunterfallen. Und jetzt, da er einen gemacht hatte, wusste Nepomuk nicht so recht, was er mit seinem Wissen anfangen sollte. Er selbst konnte nicht zum Grafen gehen, denn er war nur ein armer alter Mann, ein Niemand. Ihm würde der Graf niemals glauben. Es musste jemand anderes sein, jemand, dem etwas an der Sache lag. Nachdenklich griff er sich ans Kinn und begann plötzlich zu lächeln. Richtig, der junge Priester! Er war ein guter Mann und schien in das Mädchen verliebt zu sein. Wenn der Priester zum Grafen ging, würde ihn dieser sicher nicht fortschicken.

Doch wo konnte er Andreas Kastner finden? Er war nicht der Priester der Idsteiner Kirche. Das war Pfarrer Wicht. Allein bei dem Gedanken an den alten Griesgram lief ein Schauer Nepomuk über den Rücken. Ihm wollte er lieber nicht begegnen. Aber woher kam der junge Bursche? Welche Gemeinde betreute er?

Missmutig blickte er über den Marktplatz. Am Ende musste er warten, bis Andreas das nächste Mal im Torbogengebäude auftauchte, und das konnte noch Tage dauern. Bis dahin konnte es doch schon zu spät sein.

Doch dann kam ihm der Zufall zu Hilfe. Der Amtsrat kehrte vom Mittagstisch zurück. Der dickliche Mann hatte bei vielen einen schlechten Ruf, aber Nepomuk mochte ihn. Der Amtsrat grüßte ihn immer und blieb sogar hin und wieder auf ein Schwätzchen stehen.

Nepomuk ging ihm mutig entgegen.

»Guten Tag, Herr Amtsrat«, grüßte er freundlich. Der dicke Mann sah ihn verwundert an. So war Nepomuk noch nie auf ihn zugekommen.

»Was kann ich für dich tun, Nepomuk?«, fragte er lächelnd.

»Ich habe nur eine kleine Bitte, benötige eine Auskunft.«

Nepomuk hatte seinen Hut abgenommen. Er hatte kaum noch Haare auf dem Kopf, und die wenigen, die ihm noch geblieben waren, waren dünn und grau, und dicker roter Schorf, der ein wenig nässte, bedeckte seine Kopfhaut.

Angewidert wandte der Amtsrat den Blick ab.

»Um welche Auskunft geht es denn?«

»Wisst Ihr zufällig, wo ich den jungen Pfarrer Kastner finden kann? Ich würde gerne meine Beichte bei ihm ablegen.«

»Aber das kannst du doch bei Pfarrer Wicht tun.« Der Amtsrat deutete zur Kirche hinüber. »Ich glaube, er ist sogar in der Kirche.«

Nepomuk schüttelte den Kopf.

»Nein, das möchte ich nicht.« Er trat noch ein Stück näher heran, seine Stimme wurde leiser. »Mir gefällt der neue Priester besser. Er ist ein netter Mann. Bei ihm möchte ich lieber beichten.«

Der Amtsrat versuchte, die Fassung zu bewahren. Der alte Mann stank fürchterlich.

»Wenn dir das beliebt, Nepomuk. Dafür musst du allerdings nach Dasbach laufen, der junge Priester betreut dort die Kirche. Er ist nur an wenigen Tagen als Seelsorger hier tätig. In der letzten Zeit habe ich ihn selten gesehen. In den Papieren taucht immer öfter Pfarrer Heymann auf.«

Der Amtsrat biss sich auf die Lippen, mal wieder war er dem alten Mann gegenüber zu redselig gewesen. Amtsgeschäfte gingen Nepomuk nichts an. Dieser nickte dankbar und wich wieder ein Stück zurück.

»Habt Dank, Herr Amtsrat, besten Dank. Dann werde ich dorthin gehen, habt vielen Dank.«

Der Amtsrat nickte kurz und sah dem Putzmann misstrauisch hinterher, setzte dann aber seinen Weg fort und betrat kurz darauf die Amtsstube. Erleichtert erhob sich Sebastian Post.

Endlich konnte er zum Schwanenwirt hinübergehen, wo der Henker ihn erwartete.

Die Stille war seltsam. Diese seltsame Stille und diese unglaubliche Finsternis, die sie umgaben, waren unvorstellbar. Sie konnte sich kaum bewegen. Die Mauern, die sie umgaben, waren eiskalt und feucht, und es stank fürchterlich nach Urin und Kot. Sie hatte es schon vor einer Weile aufgegeben, ihre Notdurft einzuhalten. Irgendwann hatte sie ihr Wasser einfach laufen lassen, und der beißende Geruch ihres eigenen Urins war ihr in die Nase gezogen. Unter ihren Röcken war es warm und feucht geworden. Sie war einfach sitzen geblieben, hatte sich nicht die Mühe gemacht, die Röcke anzuheben. Sie saß bereits in dem Dreck ihrer Vorgänger, also war es gleichgültig. Wenigstens wurde es so ein wenig warm.

Sie ließ den Kopf auf ihre Arme sinken, schloss die Augen und summte ein Lied, dann begann sie zu singen. Es war ein fröhliches Lied. Sie und Maria hatten es früher oft gesungen. Ihre Stimme klang seltsam, aber sie sang trotzdem weiter. Wenigstens konnte sie sich selbst hören. Das Lied brach die Stille und nahm ihr ein wenig von der Angst vor der Dunkelheit. Als es zu Ende war, atmete sie tief durch, lehnte den Kopf nach hinten an die kalte und harte Wand. Sie hustete und kratzte sich am Arm. Selbst hier gab es Flöhe.

Katharina schloss die Augen. Ihre Kniegelenke schmerzten. Es war so eng, dass sie die Beine nicht ausstrecken konnte. Wie lange saß sie jetzt eigentlich schon hier drin? Waren es einige Stunden? War es eine ganze Nacht? Sie wusste es nicht. Keiner war gekommen. Niemand hatte nach ihr gesehen. Langsam stieg Panik in ihr auf. Was war, wenn sie sie vergessen würden? Wenn sie hier unten verhungern und verdursten musste?

Traurig dachte sie an Andreas und ihr letztes Gespräch. Seine Umarmung war so schön gewesen, seine Lippen warm und weich. Er war zu ihr gekommen, hatte ihr geglaubt und zugehört. Doch so ganz hatte sie seinen Sinneswandel nicht verstanden. Andreas war ihr Seelsorger gewesen, er war einer von ihnen. Vielleicht war sein Verhalten ja nur ein Trick, und er wollte sie in Wahrheit nur hereinlegen. Doch war er tatsächlich zu so etwas fähig? Sie seufzte und musste erneut

Wasser lassen. Ihr Po tat weh. Der Boden war hart, sie saß auf dem blanken Stein. Katharina lehnte ihre Stirn an die kalte Wand, hustete.

Wasser, was gäbe sie für einen Becher Wasser! Sie würde verdursten. Wenn sie nicht bald kamen, musste der Henker sie gar nicht mehr foltern, dann würde sie hier drinnen sterben. Dann hatte er eben doch gewonnen – und es wäre endlich vorbei.

Sie schloss die Augen und summte die Melodie des Kinderliedes. Es erzählte davon, wie alle durch die Sonne tanzten und bunte Blumen blühten. Langsam schlief sie ein, und ihr Summen wurde leiser, bis es irgendwann ganz verstummte.

Der alte Nepomuk stand schwer atmend vor der Dasbacher Kirche. Es wurde bereits dunkel, und immer noch hingen dunkle Wolken über den Tälern. Der Nieselregen, dieser kalte, feine Regen fraß sich ganz langsam durch die Kleidung und legte sich wie Nebel auf die Haut. Der Weg hierher war länger, als er gedacht hatte. Drüben in Dasbach, hatte der Amtsrat gesagt. Es hatte sich so nah angehört. Ihm tat alles weh, und seine Füße waren eiskalt und wund gescheuert. Für die Arbeit im Torbogen reichten seine alten Schuhe, aber für einen längeren Fußmarsch waren sie zu kaputt. Er fror und zog verzweifelt am Griff des Kirchentores. Der junge Priester war nicht in der Kirche. Nepomuk wusste nicht weiter. Wo wohnte der junge Mann? Verzweifelt sah er sich um. In der Dämmerung waren ein paar einfache Häuser zu sehen. Sämtliche Tore waren geschlossen, bei diesem ungemütlichen Wetter zog es niemanden nach draußen. Seufzend blickte er die Dorfstraße hinunter. Das arme Mädchen hatte bestimmt schreckliche Angst. Der Henker durfte sie nicht foltern und nicht einschließen. Er belog den Grafen.

Wie er Meister Leonhard hasste. Diesen überheblichen Menschen, der so voller Bosheit und Machtgier war. Und der Landeshauptmann schien ihm auch noch zu helfen. Dieser dumme, schamlose Tropf wollte doch nur etwas abhaben von der Größe des anderen. Aber Nepomuk würde ihnen einen Strich durch die Rechnung machen. Wütend ballte er seine Faust.

Er zog noch einmal am Kirchentor und rief Andreas' Namen. Doch nichts geschah. Langsam schlurfte er von dem kleinen Kirchhof weg und wandte sich wieder zur Stadt. Jetzt hatte er nur noch eine Hoffnung, dass der junge Priester bald im Torbogengebäude auftauchen würde. Noch einmal würde er diesen Weg zu Fuß nicht schaffen.

Andreas stand in Katharinas Kammer und sah sich hilflos um. Das Strohlager lag verlassen in der Ecke, auf dem Tisch stand kein Krug Wasser, lag kein Brot. Das Fenster war geschlossen, und die Krümel auf dem Boden waren anscheinend weggefegt worden. Er setzte sich auf einen der Stühle, stützte den Kopf in die Hände. In den letzten Tagen war er dreimal hier gewesen, und jedes Mal hatte es so ausgesehen. Niemand schien etwas zu wissen, und nicht einmal die Wachmänner sprachen mit ihm. Keiner wollte oder konnte ihm Auskunft geben. Das war doch seltsam. Wo steckte sie

nur? Was war, wenn sie tot war? Aber davon wäre doch gesprochen worden. Es musste etwas anderes sein.

Da hörte er plötzlich hinter sich ein Geräusch. Wie ertappt drehte er sich um. Der alte Nepomuk stand, den Besen
in der Hand, an der Tür. Seinen Eimer hatte er auf dem
Boden abgestellt.

»Ach, du bist es, Nepomuk.« Andreas' Stimme klang enttäuscht. »Wie geht es dir denn?«

Nepomuk wäre der Eimer fast aus der Hand gefallen, als
er den jungen Priester entdeckt hatte. Er zitterte vor Freude.
Endlich hatte er den Geistlichen gefunden.

»Mir geht es gut. Aber Ihr seht mitgenommen aus, Herr
Pfarrer.« Er sah sich im Flur um, betrat hastig den Raum und
schloss hinter sich die Tür. Erstaunt schaute Andreas ihn an.

»Was machst du denn, Nepomuk?«

Der Mann überhörte die Frage und sprach einfach weiter.
Er war so lebendig, so agil, wie Andreas ihn noch nie erlebt
hatte.

»Ihr sucht die junge Frau, nicht wahr? Ich weiß, wo sie ist.
Der Henker hat sie in die Dunkelkammer gesperrt. Bereits
seit über einer Woche sitzt sie dort unten, obwohl er sie nicht
foltern darf. Er darf sie nicht wegschließen und hat es doch
getan.«

Andreas stand der Mund offen. Er schluckte und brauchte
eine Minute, um das alles zu begreifen.

»Wo ist sie?«

»Na, in der Dunkelkammer im Keller. Das ist ein ganz kleines Verlies, es ist still, dunkel und dreckig dort. Sie kann dort
nur sitzen, es ist so eng, dass sie nicht liegen kann. Es gilt als
Folter, einen Menschen dort einzusperren.«

Andreas sah Nepomuk entgeistert an.

»Aber ich habe die Wachmänner gefragt. Sie müssten doch davon wissen. Keiner hat mir Auskunft gegeben.«

Nepomuk nickte.

»Sie stecken alle unter einer Decke. Der Henker, der Landeshauptmann und die Wachmänner. Der Graf hat befohlen, dass die junge Frau nicht gefoltert werden darf. Wenn sie nicht beim normalen Verhör gesteht, muss Meister Leonhard sie wieder laufen lassen. Der Henker foltert sie jetzt aber doch, und wenn das ans Licht kommt, bekommt Meister Leonhard große Probleme. Das kann so weit gehen, dass ihn der Graf aus seinen Diensten entlässt.«

Andreas konnte es kaum glauben. Die ganze Zeit hatte er versucht, sie zu einem Geständnis zu bringen, damit sie nicht leiden musste. Und jetzt erfuhr er, dass sie gar nicht gefoltert werden durfte. Warum wurde das bei ihr anders gehandhabt? Nepomuk erzählte hastig weiter: »Katharina ist nicht wie die anderen. Das ist mir schon lange aufgefallen. Alle Frauen sind alt, keine ist jünger als vierzig Jahre. Außer Katharina Heinemann. Sie ist kaum zwanzig, jung und hübsch und seit Wochen hier, und er hat sie bisher nicht gefoltert, und jetzt wissen wir auch, warum. Er darf sie nicht quälen und versucht nur, sie mürbe zu machen. Tagelang hat das Mädchen allein in ihrer Kammer gesessen und kaum etwas zu essen bekommen. Ihre Rationen waren immer kleiner als die der anderen, oft wurde ihre Mahlzeit sogar ganz weggelassen. Ich habe es gesehen. Einer der Wachmänner hat mehr als ein Mal ihren Teller Suppe grinsend weggeschüttet und sich dabei über sie lustig gemacht. Damals habe ich es nicht verstanden, aber heute verstehe ich es. Er hat sie anders gefoltert, wollte sie auf diese Weise quälen.«

Andreas sah Nepomuk neugierig an. Er hatte gewusst, dass der alte Mann überall seine Augen und Ohren hatte, aber dass er so viel mitbekam, war schon erstaunlich.

»Woher weißt du eigentlich, dass der Henker sie nicht foltern darf?«

Nepomuk druckste ein wenig herum. Lauschen war immerhin eine Sünde, und Andreas war Priester. Aber er würde sicher ein Auge zudrücken, immerhin ging es ja um die junge Frau, die er liebte.

»Weil ich es gehört habe. Neulich haben sich der Henker und der Landeshauptmann im Büro des Amtsrats unterhalten. Das Fenster war nur angelehnt.«

»Du hast gelauscht.«

»Vielleicht ein wenig. Aber es ist doch für eine gute Sache«, verteidigte er sich sofort.

Andreas strich dem alten Mann liebevoll über den Arm.

»Das stimmt, es ist sogar für eine sehr gute Sache. Aber was sollen wir jetzt tun? Ich meine, wir müssen doch etwas unternehmen, damit darf der Henker nicht durchkommen!«

Nepomuk nickte.

»Deshalb rede ich ja mit Euch. Ihr seid doch ein Teil der Obrigkeit, ein Priester. Wenn Ihr mit dem Grafen sprecht, dann wird er Euch Glauben schenken. Euch wird man zu ihm vorlassen, da bin ich mir sicher.«

Andreas blickte nachdenklich auf den Dielenboden.

Zum Grafen gehen, mit ihm sprechen. Ja, in diesem Fall könnte er dies tun. Aber was war, wenn der Henker herausbekam, dass er hinter dem Verrat steckte? Diesen Mann hätte er nur ungern zum Feind.

Nepomuk sah Andreas abwartend an. »Der Henker wird erfahren, dass ich ihn verraten habe«, sagte Andreas mehr zu sich selbst.

Nepomuk wich zurück. Daran hatte er in seinem Eifer nicht gedacht. Er wollte den jungen Mann doch nicht in Gefahr bringen. Erneut sah er seine Chancen schwinden. Er hatte auf den jungen Priester gesetzt und gehofft, dass dieser wie ein stolzer Ritter sofort zum Grafen eilen würde. Aber diesen Einwand verstand er. Wer wollte schon einen Henker zum Feind haben?

Andreas dachte weiter laut nach.

»Der Graf muss es trotzdem irgendwie erfahren – und wenn er vielleicht nur als Gerücht davon hörte, würde es ihn interessieren.«

Da kam auf einmal wieder Leben in Nepomuk. Er griff sich an den Kopf. Die ganze Zeit hatte er immer nur an Andreas gedacht. Eine andere Möglichkeit war ihm noch gar nicht in den Sinn gekommen. Natürlich, er musste es nur der alten Anni aus der Küche erzählen. Sie war eine schreckliche Tratschtante, wie ein Lauffeuer würde sich das Gerücht im Schloss verbreiten. Und eines wusste er genau: Der Graf würde es erfahren, bisher war noch jedes Gerücht bei ihm angekommen.

»Das ist es, so werde ich es machen.« Euphorisch sprang er vom Stuhl und schlug Andreas überschwänglich auf die Schulter.

»Ihr seid wirklich ein von Gott Gesandter. Warum bin ich nicht eher darauf gekommen?«

Der alte Mann rannte fast zur Tür. Andreas sah ihm verwundert nach.

Nepomuk trat in den Flur hinaus, griff nach seinem Besen, drehte sich dann aber noch einmal zu Andreas um und sagte eifrig: »Der Graf wird es bald erfahren. Verlasst Euch nur auf mich. Bald ist Eure Geliebte wieder frei.«

Er hob den Eimer hoch und lief davon. Andreas konnte seine Stimme im Treppenhaus hören. »Dass ich da nicht eher drauf gekommen bin. Wie konnte ich nur so dumm sein.«

Wie erstarrt saß Andreas danach auf dem Stuhl und blickte auf die graue Wand. So etwas hatte er noch nie erlebt. Der alte Mann war wie ausgewechselt. Seine Geliebte – er hatte Katharina seine Geliebte genannt. Damit lag er gar nicht so falsch. Der Alte war wirklich ein kluger Mann.

Hoffentlich würde er Erfolg haben.

Seine Gedanken wanderten zu Katharina, und eine kalte Hand griff nach ihm. Fröstelnd strich er sich über die Arme. Vielleicht würde sie an der Finsternis zerbrechen. Vielleicht würde er sie verlieren, obwohl er jetzt wusste, dass es noch Rettung geben konnte. Sie könnte es schaffen, dieser Hölle zu entfliehen und dem Henker zu entkommen.

Er ballte wütend die Faust. Meister Leonhard musste das Handwerk gelegt werden.

30

Katharina hustete, es rasselte in ihrer Brust. Sie rang nach Luft, und ihr war kalt und heiß gleichzeitig. Überall an ihrem Körper juckte es, an den Armen, den Beinen, ihrem Rücken und dem Kopf. Sie kratzte sich fast die Haut ab, und der metallene Geschmack von Blut hing an ihren Fingern. Katharina konnte sich kaum noch rühren, all ihre Glieder schmerzten. Ihre Knie waren taub, sie spürte ihre Beine kaum noch, und ihr Po schien wund zu sein. Sie getraute sich nicht, sich zu bewegen, denn dann brannte ihre Haut wie Feuer. Ihr Rücken fühlte sich ebenfalls wund an, und ein stechender Schmerz in ihrem Nacken, der inzwischen steif geworden war, sorgte dafür, dass sie kaum noch den Kopf drehen konnte.

Sie sang schon lange nicht mehr, sprach kein Wort mehr zu sich selbst.

Die Hoffnung darauf, dass diese Hölle irgendwann vorbei sein würde, war verflogen. Katharina fühlte nichts mehr und lebte nur noch für den nächsten Augenblick, von Hustenanfall zu Hustenanfall, von Wasserlassen zu Wasserlassen. Zweimal war bisher die Tür aufgegangen. Jedes Mal war es einer der Wachmänner gewesen und hatte ihr zu trinken gegeben. Gierig hatte sie von dem kühlen Nass getrunken, und bereits das dämmrige Licht des Ganges, das in ihre Nische fiel, hatte sie geblendet und ihr in den Augen wehgetan.

Stöhnend neigte sie den Kopf zur Seite. Bald würde sie sterben, sie fühlte es. Bald würden ihre letzten Kräfte auch noch weichen, und dann wäre es endlich vorbei. Vielleicht wäre sie dann glücklich und würde im Himmel ihre Eltern wiedersehen. An diesen Gedanken klammerte sie sich ganz fest. Wenn all das hier überstanden war, dann würden die beiden da sein. Sie würde die liebevollen Augen ihres Vaters sehen und die warme Umarmung ihrer Mutter spüren. Wie so oft schloss sie die Augen und malte sich diesen Moment ganz genau aus.

Schritte näherten sich und durchbrachen die Stille. Katharina zuckte zusammen, es kam jemand. Der Schlüssel wurde ins Schloss gesteckt. Das Geräusch war nicht laut, aber es erschreckte sie trotzdem, klang in ihren Ohren wie ein Donnerschlag. Die Tür öffnete sich knarrend, und dämmriges Licht drang in die enge Nische. Katharina kniff die Augen zusammen.

Der Wachmann packte ihren Arm und zog sie grob aus der Finsternis. Sie stöhnte auf. Ihre Gelenke rebellierten, ihre Haut brannte, und ein Hustenanfall schüttelte sie. Angewidert sah der Mann sie an.

»Bist krank geworden, davor kann dich dein Zauber also nicht behüten.« Er hielt ihr einen Becher mit Wasser an die Lippen. Katharina trank gierig. Das Wasser rann wunderbar kalt ihre trockene, wunde Kehle hinunter.

»Mein Gott, wie du stinkst«, sprach der Mann weiter, »das ist ja widerlich.« Sein Blick fiel auf ihren blutig gekratzten Arm. »Wenn ich das nächste Mal komme, haben dich wahrscheinlich die Läuse und Flöhe aufgefressen.« Katharina konzentrierte sich nur aufs Trinken und blendete seine Worte aus. Endlich war ihr Hals nicht mehr so trocken und rau. Das Schlucken tat schrecklich weh und trieb ihr die Tränen in die Augen, aber sie trank trotzdem.

»Ich kann euch Hexen nicht verstehen.« Der Mann sprach einfach weiter, sein Tonfall war seltsam normal, als würde er einfach nur ein wenig mit ihr plaudern.

»Wenn du gestehst, dann ist diese Hölle vorbei, und wir bringen dich zurück in deine Kammer. Es würde sogar ein Mädchen kommen und dich waschen, und es gäbe warme Suppe zum Essen.«

Der Becher war leer, er schob Katharina wieder in die Nische zurück.

Da plötzlich kam Leben in sie. Krampfhaft versuchte sie, sich an seinem Arm festzuhalten, und begann panisch zu betteln. »Bitte, nein. So habt doch Erbarmen, bitte, nicht wieder zurück in die Dunkelheit.«

Doch der Mann war unerbittlich und zerrte ihre Hände grob von seinem Arm. Katharina schlug hart mit dem Kopf gegen die Wand und sank in sich zusammen. Der Wachmann schloss schnell wieder die Tür und schimpfte laut.

»Du freche kleine Hexe! Du Geschöpf des Teufels! Niemand wird dich herausholen, hörst du? Keiner wird dich hier unten finden. Warum sollte ich Mitleid mit einer Hexe haben? Entweder du gestehst, oder du stirbst in der Finsternis. Hörst du? Du wirst sterben, und niemand wird es merken. Keiner wird es sehen.«

Katharina weinte, Tränen der Verzweiflung rannen über ihre Wangen. Ihr Kopf dröhnte, sie schluchzte laut. Es gab kein Entrinnen, keine Hoffnung mehr. Bald würde sie ihre Eltern wiedersehen.

Graf Johannes lag in seinem Bett. Die Morgensonne schien kaum durch die hohen Sprossenfenster herein, denn die weinroten Brokatvorhänge waren noch fast ganz zugezogen. Das Schlafgemach des Grafen war in gedeckten Farben gehalten, und sein großes Alkovenbett, das mit dunkelgrünen Samtvorhängen ausgestattet war, war aus fast schwarzem Holz gefertigt. Dem Bett gegenüber war ein großer Kamin, und eine Eisenplatte, die hinter der Feuerstelle an der Wand angebracht war, speicherte zusätzliche Wärme. Der Graf mochte nicht in der Kälte schlafen. Dieser Raum musste immer geheizt werden. Er vermied jede Art von Zugluft, und meist waren die Vorhänge des Bettes zugezogen. Neben dem Kamin war eine kleine Gebetsstätte eingerichtet worden. Auf einem wunderschönen Tisch, der kunstvoll aus Mahagoniholz gefertigt war, standen ein goldenes, mit roten Edelsteinen verziertes Kreuz und dazu passende Kerzenständer.

Im Raum herrschte geschäftiges Treiben. Zwei Diener brachten saubere Hemden, und ein weiterer Diener rollte einen kleinen Wagen mit einer Waschschüssel und frischen Leinentüchern darauf in das Zimmer.

Graf Johannes war blass, Schweiß stand auf seiner Stirn. Er hustete. Ein Mann mittleren Alters saß an seinem Bett und fühlte den Puls des Grafen am Handgelenk. Heinrich Johannsson hatte sich einen guten Ruf als Heiler erarbeitet.

Er stammte aus einer reichen, einflussreichen Kaufmanns-
familie, hatte aber mit Handelsgeschäften noch nie viel anfangen können. Von Kindesbeinen an galt sein Interesse der
Medizin, dem menschlichen Körper. Er lebte in Limburg
und kümmerte sich dort hauptsächlich um das Wohlerge-
hen der Bischöfe. Aber auch in Adelskreisen waren seine
Dienste beliebt, und er reiste bis nach Frankfurt, um der
besseren Gesellschaft zu helfen. Bei Graf Johannes weilte er
häufig. In der letzten Zeit kümmerte er sich aber eher um
dessen Tochter. Das arme Ding war schon seit Monaten leidend und sehr schwach. Sie siechte regelrecht dahin. Bald
würde auch er ihr keine Linderung mehr verschaffen können. Als er heute Morgen eingetroffen war, war er zum Grafen beordert worden. Dieser lag mit einer Erkältung danieder.

Der Medikus war edel gekleidet und trug ein weinrotes
Wams, das mit goldenen Fäden durchwirkt war, und dazu
passende Kniehosen aus feinstem Satin. Sein Hut lag neben
dem Bett auf einem gepolsterten Stuhl. Wie es der Mode ent-
sprach, trug er eine dunkle Perücke, hatte die Locken aber zu
einem Zopf zusammengebunden, was sein kantiges Gesicht
noch mehr zur Geltung brachte. Ein schwarzer Spitzbart
zierte sein Kinn. Nachdenklich fuhr er mit der Hand darüber und sah den Grafen ernst an.

»Ich fürchte, Herr Graf müssen mindestens eine Woche
das Bett hüten. Mit so einer Erkältung ist nicht zu spaßen.
Ihr habt Fieber, müsst Euch dringend schonen.«

Der Graf sah den Medikus ernst und ein wenig verzweifelt
an. »Grundgütiger, nein, das ist kaum machbar. Es gibt so
vieles zu erledigen. Die Prozesse sind zu betreuen. Wenn ich

nicht genau auf alles achte, dann machen meine Männer doch, was sie wollen.«

Der Medikus blieb hart.

»Eure Untertanen sind Euch gewiss treu ergeben. Wenn Ihr nicht im Bett bleibt, kann sogar eine solch harmlose Erkältung tödlich enden. Bedenkt doch, Ihr seid nicht mehr der Jüngste.«

Graf Johannes stöhnte. Er mochte es nicht, wenn ihn jemand an sein fortgeschrittenes Alter erinnerte. Dass er ein gebrechlicher Mann war, dessen Leben fast vorbei war, wusste er selbst. Nur der Medikus durfte so mit ihm sprechen.

»Das weiß ich«, sagte er und hustete erneut. »Aber bevor ich gehe, muss die Ordnung im Reich wiederhergestellt werden. Die Hexen und der Teufel müssen verjagt werden. Doch wenn ich nicht achtgebe, nicht mit strenger Hand regiere und Anweisungen erteile, dann gerät alles außer Kontrolle, und jeder wird tun, was er will. Und das kann ich nicht zulassen. Die Verfolgungen dürfen einfach nicht außer Kontrolle geraten.«

Seine Augen glänzten fiebrig, seine Hände zitterten, und ein erneuter Hustenanfall schüttelte seinen dünnen Körper. Heinrich Johannsson richtete ihn auf und klopfte ihm fürsorglich auf den Rücken. Der Graf beruhigte sich nur langsam wieder. Ein Diener eilte herbei und reichte dem Medikus einen Becher Wasser. Langsam flößte dieser dem Grafen das kühle Nass ein.

»Beruhigt Euch, Euer Gnaden. Eure Untertanen sind Euch treu ergeben. Ich bin mir sicher, dass es auch einige Tage ohne Euch funktionieren wird. Ihr regiert doch mit fes-

ter Hand, jeder weiß, was ihm blüht, sollte er Euch hintergehen.«

Der Graf sah ihn zweifelnd an. »Wenn dem nur so wäre.«

Er wurde durch eine junge Dienerin, die den Raum betrat,
unterbrochen. »Meister Leonhard wartet draußen.«

Der Graf nickte. »Nur herein mit ihm.«

Der Medikus sah den Grafen verwundert an. »Ihr emp-
fangt Untertanen am Krankenbett?«

»Das hier ist wichtig. Mir ist ein Gerücht zu Ohren gekommen, das geklärt werden muss. Ich habe bisher immer
gedacht, dass Meister Leonhard einer meiner treuesten Untertanen ist, aber in der letzten Zeit ist er anders geworden.
Die Prozesse verändern die Menschen, das habe ich doch
gesagt. Alles gerät außer Kontrolle, auch die Personen, die
damit zu tun haben.«

Der Medikus sah neugierig zur Tür und blieb auf dem Bett
sitzen. Es war mit Sicherheit gut, in der Nähe des Grafen zu
sein, falls dieser sich aufregte. Meister Leonhard betrat den
Raum. Seine Schritte waren selbstbewusst, und sein Blick
kam Heinrich arrogant und hochnäsig vor. Er hatte den
Henker des Grafen noch nie persönlich kennengelernt, allerdings war sein Ruf, besonders grausam zu sein, bis nach
Limburg vorgedrungen. Jetzt, wo er des Mannes ansichtig
wurde, verstand er, warum. Meister Leonhard hatte eine
harte, fast schon unmenschliche Ausstrahlung. Seine hohen Wangenknochen und die hellblauen, eiskalten Augen
ließen selbst ihn ein wenig erzittern. Der Henker war vollkommen in Schwarz gekleidet, und nur ein schmaler weißer Kragen am Hals hellte seine Erscheinung ein wenig
auf.

»Euer Gnaden haben mich rufen lassen.«

Meister Leonhard senkte sein Haupt, stand in der Mitte des Raumes und verzog keine Miene.

Graf Johannes winkte seinen Untertanen näher ans Bett.

»Guten Morgen, Meister Leonhard, wie laufen die Geschäfte?«

»Ich kann nicht klagen, Euer Gnaden. Wir haben zwei weitere Geständnisse, und der Amtsrat koordiniert bereits die nächsten Hinrichtungstermine.«

»Da wird er sich noch eine Weile gedulden müssen. Wie Ihr seht, bin ich leider erkrankt, und ich würde gerne den Prozessen beiwohnen.«

»Ich werde gleich mit dem Amtsrat sprechen. Er wird die Termine verlegen.«

Graf Johannes sah den Medikus an. Der Henker schwieg. Er bemerkte den Blick seines Herrn und rieb sich die Hände. Es war sonderbar, zu so früher Stunde bereits zum Grafen bestellt zu werden. Die Verlegung der Prozesse konnte doch nicht der wirkliche Grund dafür sein.

»Mir ist da ein Gerücht zu Ohren gekommen«, fuhr der Graf fort, »und ich wollte mich bei Euch erkundigen, ob dies der Wahrheit entspricht.«

In der Stimme des Grafen lag ein gefährlicher Unterton. Der Henker versuchte, sich seine Unruhe nicht anmerken zu lassen, und sah den Grafen an. Er ahnte bereits, um was es sich handelte. Es konnte nur um Katharina Heinemann gehen. Innerlich verfluchte er den Landeshauptmann jetzt schon.

»Um welches Gerücht handelt es sich denn?«

Seine Stimme klang ein wenig zu freundlich. Der Medikus

horchte verwundert auf, der schwarze Mann schien tatsächlich unruhig zu sein.

»Ihr sollt die junge Heinemann in die Dunkelkammer gesperrt haben. Seit mehr als zwei Wochen soll sie dort darben. Das ist eine Foltermethode. Ich habe Euch angewiesen, das Mädchen nicht zu foltern. Warum ist sie überhaupt noch in Gewahrsam? Sie sollte doch nur dreimal befragt werden. Es ist sowieso eine unerhörte Frechheit und Beleidigung gewesen, dass sie ohne mein Wissen eingeholt wurde. Aber jetzt treibt Ihr es noch einmal zu weit. Hintergeht Ihr mich erneut, Meister Leonhard?«

Der Henker sah dem Grafen ruhig ins Gesicht. Der Medikus schaute ihn erstaunt an. Die Unruhe des Mannes schien verschwunden zu sein. Doch er ließ sich von dem Schauspiel des Henkers nicht blenden, er hatte es vorhin genau gesehen. Auch wenn Meister Leonhard jetzt wieder Herr seiner Sinne war, dem Medikus war dessen Aufregung nicht entgangen.

»Wer hat nur solchen Unsinn erzählt? Ich versichere Euch, Euer Gnaden, das Mädchen ist nicht in der Dunkelkammer. Sie wird morgen zum letzten Mal befragt. Leider hatte ich so viele andere Dinge zu erledigen. Die Folterungen waren mir wichtiger als die einfachen Verhöre, deshalb hat sich das Ganze etwas in die Länge gezogen. Ich versichere Euch, es geschieht alles so, wie Ihr es befohlen habt.«

Der Graf sah den Henker misstrauisch an, und ein erneuter Hustenanfall schüttelte ihn. Der Medikus rieb ihm beruhigend über den Arm und sah den Henker vorwurfsvoll an.

»Ihr solltet jetzt besser gehen. Ihr seht doch, Euer Gnaden geht es nicht gut, Ihr regt ihn zu sehr auf.«

Der Henker sah Heinrich Johannsson herablassend an. Wer war dieser Mann überhaupt? So sprach niemand mit ihm. Er konnte sehr wohl einschätzen, wie es dem Grafen ging, schließlich war er in der Heilkunde bewandert. Graf Johannes mochte eine Erkältung und einen schlimmen Husten haben, aber er war durchaus noch in der Lage, ein Gespräch zu führen.

»Wann ich gehe, entscheidet Euer Gnaden«, fuhr er den Medikus an, der sofort zurückwich. Der plötzliche Hass in den Augen des Henkers erschreckte ihn. Doch lange ließ er sich nicht einschüchtern. Meister Leonhard mochte der treueste Untertan des Grafen sein und er mochte ihm als Henker gute Dienste leisten, aber Johannsson war jetzt und hier für die Gesundheit des Grafen zuständig.

»Nein«, erwiderte er, während er dem Grafen, der immer noch nach Luft rang, beruhigend über den Arm strich, »heute entscheide ich. Der Graf ist nicht in der Lage dazu. Ich bin sein Arzt und ich sage, er braucht absolute Ruhe. Es ist wohl besser, Ihr geht jetzt und kümmert Euch wieder um Eure Geschäfte.«

Meister Leonhard sah den Mann erstaunt an. Er war es nicht gewohnt, dass ihm widersprochen wurde. Der Graf nickte, Tränen standen in seinen Augen, erschöpft sank er zurück in die Kissen.

»Es ist besser, Ihr geht. Heinrich Johannsson hat recht. Wir sprechen ein andermal. Ich bin müde.«

Der Henker sah vom Grafen zum Medikus, funkelte diesen böse an, sog hörbar die Luft ein und wandte sich zum Gehen. »Wie Ihr befehlt, Euer Gnaden. Ich wünsche gute Genesung.«

Ein Diener öffnete ihm die Tür, und er trat in den vom Sonnenlicht durchfluteten Flur hinaus. Die Glassteine, die an den Kerzenleuchtern an der Wand hingen, funkelten in allen Farben und verliehen dem Flur ein ganz eigenes Licht. An den Wänden hingen einige Gemälde, die zumeist die Gärten des Grafen zeigten. Wasserspiele, Blumenpracht und Gartenbänke waren darauf zu sehen. Blühende Bäume, verliebt flanierende Pärchen und wunderbar angelegte Teiche hatten die Künstler zauberhaft festgehalten. Meister Leonhard hatte für all dies keinen Blick, wütend eilte er den Flur hinunter. Dieser kleine Wicht, dieser Niemand von einem Medikus hatte ihn zurechtgewiesen. Ihn, den Henker des Grafen! Was bildete sich dieser aufgeblasene Besserwisser ein?

Doch noch etwas machte ihn wütend. Jemand musste geredet haben. Und das konnte nur einer der Wachmänner gewesen sein. Die Kleine musste sofort aus dem Verlies geholt werden. Der Graf war misstrauisch, und bestimmt würde er, sobald es ihm wieder besser ging, nach ihr suchen lassen.

Sebastian Post stand mit ernster Miene vor seinem Pferd im Stall. Neben ihm hielt der Oberstallmeister, der ebenfalls besorgt aussah, den Huf des Pferdes hoch. Das Tier lahmte bereits seit einigen Tagen. Es war schwer zu erkennen, woran es lag, beide Männer sahen sich den Huf ganz genau an.

»Wir sollten das Hufeisen abnehmen. Vielleicht liegt es ja daran«, sagte der Oberstallmeister nachdenklich. Konstantin Bachmeier war seit seiner Kindheit in den Ställen des

Grafen tätig. Bereits sein Vater war Oberstallmeister gewesen.

Konstantin war hier derjenige, der sich um alles kümmerte und der über jedes Tier Bescheid wusste. Obwohl er eher klein und wenig kräftig gebaut war, strahlte er ein bemerkenswertes Selbstbewusstsein aus. Er war auch heute wieder mit einfachen Leinenhosen, einem schmutzigen Hemd und einer Lederschürze bekleidet und in seinem Gesicht wucherte ein brauner Vollbart, während die Haare auf seinem Kopf sich bereits lichteten. Von seinem Auftreten her hätte ihn jeder für einen einfachen Stallknecht gehalten, nur seine aufrechte Art zu gehen und seine klugen, wachen Augen zeigten jedem, der den Stall betrat, sofort, dass er hier derjenige war, der das Sagen hatte.

Der Landeshauptmann strich dem Tier beruhigend über den Hals.

»Gut, dann machen wir das. Hoffentlich ist es nichts Schlimmeres. Am Ende hat er noch eine Entzündung, das wäre ja schrecklich.«

Der Oberstallmeister ließ den Fuß des Tieres los.

»Das denke ich nicht. Dann wäre der Knöchel geschwollen. Wenn wir das Eisen entfernen, werden wir sehen, was passiert ist. Ich werde gleich einen der Knechte zum Hufschmied schicken. Ich kümmere mich darum. Ihr könnt Euch darauf verlassen.«

Der Landeshauptmann nickte und schlug dem Oberstallmeister dankbar auf die Schulter. »Was würden wir nur ohne Euch tun, getreuer Konstantin.« Dieser errötete. Er mochte es nicht sonderlich, gelobt zu werden. Es war nichts Besonderes, sich um den Huf eines Tieres zu kümmern.

»Ist schon gut«, wiegelte er ab, »das ist doch meine Arbeit. Ihr werdet sehen, bald springt Euer Hengst wieder herum.«

Der Landeshauptmann lachte, sah sich dann aber suchend im Stall um.

»Ich benötige ein Ersatzpferd. Könnt Ihr mir eines der Tiere empfehlen?«

Der Oberstallmeister musterte nachdenklich die Pferde.

Das Knarren der Stalltür ließ ihn aufblicken. Meister Leonhard betrat mit ernster Miene den Stall. Als der schwarze Mann den Landeshauptmann erblickte, kam er sofort auf ihn zugelaufen.

»Landeshauptmann, da seid Ihr ja. Guten Morgen, Stallmeister.« Er nickte Konstantin zu, dieser grüßte nur kurz zurück. Beleidigt nahm er zur Kenntnis, dass ihn der Henker wieder nur Stallmeister genannt hatte. Meister Leonhard war der Einzige im ganzen Schloss, der ihm nicht den gebührenden Respekt erwies.

Der Henker wandte sich an den Landeshauptmann.

»Ich habe etwas Wichtiges mit Euch zu besprechen.« Er sah sich kurz im Stall um. »Aber nicht hier, es ist nicht für aller Ohren bestimmt.«

Sebastian Post sah ihn fragend an, der Henker nickte ungeduldig zur Stalltür, und in seinen Augen blitzte es. Der Oberstallmeister bemerkte die Unsicherheit und Wut des Henkers, er schien abgehetzt zu sein, und seine Hände zitterten. Was heckte dieser schreckliche Mensch schon wieder aus?

Sebastian Post warf seinem Freund einen fragenden Blick zu. Dieser bedeutete ihm erneut mit den Augen, ihm zu folgen. Der Landeshauptmann nickte und drehte sich zum

Oberstallmeister um. Konstantin bemerkte nun auch dessen Unruhe. Sebastian Posts Hände zitterten.

»Sucht mir einfach eine gute Stute aus. Ich hole sie nachher ab.«

Konstantin nickte. Der Henker hatte den Stall bereits wieder verlassen und es nicht für nötig gehalten, sich von ihm zu verabschieden.

Als die Tür hinter den Männern ins Schloss fiel, atmete er erleichtert auf und wandte sich wieder dem verletzten Hengst zu.

Der Henker packte den Landeshauptmann grob am Arm und zog ihn hinter eine Hausecke. Wütend funkelte er seinen alten Freund an. »Einer deiner Männer hat nicht dichtgehalten. Der Graf weiß von dem Mädchen, irgendwie hat er von der Dunkelkammer erfahren.«

Verwundert sah der Landeshauptmann seinen Freund an.

»Das kann nicht sein, er muss es von jemand anderem erfahren haben.«

»Und von wem?«

»Keine Ahnung«, sagte Sebastian schulterzuckend, »der Kellergang ist nicht abgeschlossen, jeder kann dort hinunter. Viel wichtiger ist jetzt doch, was wir tun? War der Graf schon unten?«

»Nein, im Moment ist es noch ein Gerücht. Es ist ihm zugetragen worden. Ich habe ihm natürlich gesagt, dass an der Sache nichts dran ist und dass das Mädchen in seiner Kammer sitzt.«

»Du hast ihn auch noch angelogen? Ja, bist du denn von Sinnen?«

Der Landeshauptmann sah seinen Freund ungläubig an. Mit so viel Dreistigkeit hatte er nicht gerechnet.

Meister Leonhard zuckte nur mit den Schultern.

»Was hätte ich denn sonst tun sollen? Er ist krank, liegt mit einer Erkältung danieder. So schnell wird er die Sache nicht überprüfen können. Wir holen die Kleine noch heute heraus, deine Wachmänner sollen sie in ihre alte Kammer zurückschaffen.«

Der Landeshauptmann nickte. Diese Sache regte ihn furchtbar auf. Er hätte sich niemals darauf einlassen sollen. Sie würden noch in Teufels Küche kommen.

»Das Mädchen wird schlimm aussehen. Das tun sie alle, wenn sie dort herauskommen. Der Graf könnte misstrauisch werden, sollte er ihrer ansichtig werden.«

»Dann lassen wir sie eben waschen und zurechtmachen und sorgen dafür, dass sie ordentlich aussieht.«

»Und was machen wir dann? Was tun wir, wenn sie wieder in der Kammer ist? Immerhin ist sie ja eine Hexe.«

Der Henker grinste.

»Ich befrage sie noch einmal. Noch niemand ist nach der Dunkelkammer hart geblieben. Die letzten Tage waren die Hölle für die junge Frau. Sie wird bestimmt gestehen. Wenn ich ihr damit drohe, dass sie erneut dorthin kommt, wird sie alles zugeben und das sagen, was ich hören will. Da kannst du dir sicher sein. Es wird Zeit, dass diese schreckliche Hexenbrut endlich ausgerottet wird.«

Der Landeshauptmann nickte, und um seine Lippen spielte wieder ein Lächeln.

»Dann suche ich mal meine Männer. Sie werden sie sofort herausholen.«

Der Henker nickte und blickte zum Schloss hinauf.

»Und ich werde mich unter den Küchenmägden mal ein wenig umhören. Bestimmt wird sich eine finden, die einen Taler zusätzlich gebrauchen kann. Sie soll die kleine Hexe wieder zurechtmachen, damit sie halbwegs normal aussieht, wenn sie bald vor ihrem Richter steht.«

31

Katharina döste vor sich hin. An ruhigen Schlaf war hier unten nicht zu denken. Sie spürte ihre Beine nicht mehr, und ihr Nacken schmerzte so schrecklich, dass sie sich nicht mehr getraute, den Kopf zu heben. Die Dunkelheit und die Stille waren ein Teil von ihr geworden. Sie hatte sich aufgegeben. Immer wieder wurde sie von Hustenanfällen geplagt und würgte Schleim hoch. Ihre Haut juckte. Sie hatte es aufgegeben, zu kratzen, und ließ es zu, dass die Läuse und Flöhe auf ihr herumkrabbelten und sie malträtierten.

Schritte näherten sich, sie reagierte nicht darauf. Jegliche Hoffnung, aus dieser Hölle zu entkommen, war verschwunden. Vielleicht würde sie etwas Wasser bekommen. Doch meistens gingen die Leute an der Tür vorbei. Sie hatte es schon lange aufgegeben, zu klopfen oder zu rufen. Keiner blieb stehen, niemand wollte oder konnte sie hören.

Die Tür öffnete sich heute aber doch. Katharina zwickte die Augen zusammen und hob schützend die Hand vors Gesicht. Jemand griff sie am Arm und zog sie heraus.

»Hast du sie, Wilhelm?«

»Ja, sie ist draußen. Du kannst die Tür zumachen, Franz.«

Katharina zitterte am ganzen Körper. Ein kühler Luftzug wehte durch den kalten, dämmrigen Gang. Die Tür schloss sich knarrend hinter ihr. Sie war draußen, war nicht wieder hineingeschoben worden. Keiner hatte ihr einen Becher Wasser an die Lippen gehalten. Ob es tatsächlich vorbei war? Ein Hustenanfall schüttelte sie. Die Wachmänner packten sie an den Armen und schleiften sie in Richtung Treppe.

»O mein Gott, wie die stinkt. Das ist ja fürchterlich«, sagte Franz und wandte angewidert den Kopf ab. »Das Mädel wird es schwerhaben, sie wieder zurechtzumachen.«

Katharina hustete erneut. Die Gruppe trat auf den Hof hinaus, und das helle Sonnenlicht blendete sie, selbst durch die geschlossenen Augen bereitete es ihr unsagbare Schmerzen, Tränen rannen ihr über die Wangen.

»Krank ist sie auch noch«, sagte Franz. »Am Ende stirbt die Hexe in der Zelle. Dann bin ich aber gespannt, wie der Henker das dem Grafen erklären will. Die ganze Sache war mir von Anfang an nicht geheuer.«

»Sei still, Franz«, erwiderte Wilhelm, »das ist nicht unsere Angelegenheit. Wir tun nur, was der Landeshauptmann befiehlt. Wir bringen sie in die Kammer, und den Rest erledigt die kleine Magd.«

»Ich sage ja schon nichts mehr.«

Wilhelm stieß die Tür des Torbogengebäudes mit dem Fuß auf, und sie trugen Katharina die Treppe hinauf. Sie stöhnte leise. Die Hände der Männer brannten wie Feuer auf ihrer wunden Haut.

In ihrer Kammer wartete bereits eine Küchenmagd. Als die Männer Katharina hereinbrachten, erhob sie sich schüchtern und sah die vermeintliche Hexe an.

Lisbeth Obermeier war klein, hatte eine zierliche Figur und war im letzten Sommer achtzehn Jahre alt geworden. Ihr blondes Haar hatte sie mit einem beigefarbenen Leinentuch zurückgebunden. Sie trug ein einfaches, ebenfalls beiges Leinenkleid, das sie in der Mitte mit einem Strick zusammengebunden hatte, und ihre ledernen Schuhe wiesen Löcher auf. Strümpfe schien das Kind nicht zu besitzen, die blanken Zehen waren zu sehen.

Wilhelm musterte die Kleine interessiert. Sie war ganz niedlich. Er sollte sich öfter in der Küche blicken lassen, mit dem Mädel könnte man bestimmt eine Menge Spaß haben.

Auf dem Tisch stand eine dampfende Waschschüssel, und daneben lagen ein Stück Seife, einige Leinentücher und frische Kleidung. Katharina stöhnte laut auf, als die Männer sie auf das Strohlager sinken ließen. Franz sah Lisbeth mitleidig an. Er wusste, das zierliche Mädchen würde seine liebe Not damit haben, die Hexe wieder herzurichten.

»Sie gehört jetzt ganz dir, Kleines«, sagte Wilhelm drohend, »und du weißt, was Meister Leonhard gesagt hat: kein Wort zu niemandem.«

Lisbeth nickte und sah Wilhelm ängstlich an. Die beiden Männer verließen den Raum. Die Tür fiel hinter ihnen laut krachend ins Schloss.

Lisbeth zuckte zusammen, griff in ihre Tasche und fühlte die harte, feste Münze. Ein Taler, das war für sie eine Menge Geld. Davon konnten sie und ihre Familie eine Woche lang essen und trinken. Seit der Vater tot war, brauchten sie jeden Heller. Die Mutter kümmerte sich um den Hof und um ihre fünf kleinen Geschwister, und nur ab und an verkauften sie etwas Milch und Brot auf dem Markt. Das wenige Geld, das sie in der Küche verdiente, war die einzige Einnahmequelle, die die Familie hatte. Der Taler des Henkers war ein Segen für sie. Doch ein wenig misstrauisch war sie schon gewesen.

Diese Aufgabe war seltsam, noch nie war eine Magd für so etwas gebraucht worden. Der Henker hatte sie am Brunnen abgepasst und so geheimnisvoll gesprochen, und sie hatte bei dem Leben ihrer Mutter schwören müssen, nichts zu verraten. An der Sache war bestimmt etwas faul.

Sie musterte Katharina, die eigentlich gar nicht gefährlich aussah. Irgendwie hatte sie sich die Hexen anders vorgestellt. Diese junge Frau war nur schmutzig, krank und schluchzte leise vor sich hin, eine Gefahr schien nicht von ihr auszugehen.

Seufzend erhob sie sich und ging vor Katharina in die Hocke, berührte sie sanft am Arm. Dieser sah schrecklich aus, war blutig und wund. Die arme Frau hatte sich überall aufgekratzt.

»Guten Tag, ich heiße Lisbeth«, stellte sie sich vor. Wie sollte sie sonst beginnen? Erst jetzt wurde sie sich klar darüber, dass diese Aufgabe nicht so einfach war, wie sie es sich vorgestellt hatte.

Die junge Frau war um einiges größer als sie selbst. Sie war zwar abgemagert, ihre Wangen waren eingefallen, aber sie allein würde sie nicht hochheben können. Sie konnte nur hoffen, dass Katharina in der Lage sein würde, mitzuarbeiten.

»Ich kümmere mich jetzt um dich.«

Sie drehte den Kopf weg, holte tief Luft. Der Gestank, den Katharina verströmte, raubte ihr den Atem. Ihr wurde übel. Diese Mischung aus Urin-, Kot- und Blutgestank war einfach eklig.

Sie versuchte, sich zu beherrschen, und griff beherzt nach den Schnüren von Katharinas schmutzigem Kleid.

»Als Erstes müssen wir dich aus dem Kleid bekommen. Es ist so schrecklich schmutzig, es wird nicht mehr zu retten sein.«

Katharina hustete und rang nach Luft. Lisbeth ließ die Schnüre los.

»Wasser«, bettelte Katharina, »bitte, ein wenig Wasser.«

Lisbeth erhob sich, ging zum Tisch und schenkte einen Becher Wasser ein.

»Entschuldige, daran habe ich gar nicht gedacht. Du musst ja am Verdursten sein.«

Sie hielt Katharina den Becher an die Lippen und stützte ihren Kopf. Katharinas Nacken brannte, alle Muskeln rebellierten. Das kalte Wasser rann ihren wunden Hals hinunter. Sie trank so gierig, dass sie sich verschluckte. Lisbeth stellte den Becher nach einer Weile wieder weg.

»Jetzt ist es erst einmal gut. Ich muss weitermachen, schließlich habe ich heute noch mehr zu tun. Kannst du dich vielleicht hinsetzen? So bekomme ich das Kleid niemals auf.«

Ihre Worte drangen kaum zu Katharina durch. Das Trinken hatte sie erschöpft, selbst diese kleine Anstrengung war schon zu viel.

»Bitte«, bettelte Lisbeth, »setz dich doch auf. Ich helfe dir auch dabei. Wir müssen die Schnüre im Nacken lösen. Mit einem sauberen Kleid und frisch gewaschen wird es dir bestimmt gleich wieder viel besser gehen.«

Sie versuchte, ihre Stimme aufmunternd klingen zu lassen, was ihr misslang. Sie klang eher schüchtern und ängstlich. Der Henker würde sie bestrafen, wenn sie versagen würde. Bestimmt würde er sie schlagen und ihr das Geld wieder wegnehmen, den wunderbaren Taler, den sie doch so dringend brauchte.

In der Küche hielt ihr Marie den Rücken frei. Ihre Freundin war mit ihr gemeinsam am Brunnen gestanden und hatte ihr den Auftrag des Henkers überlassen. Sie hatte sie sogar ein Stück nach vorn geschoben, als der schwarze Mann erklärte, dass er gute Arbeit hätte. Marie wusste, wie es um Lisbeths Familie stand. Sie selbst brauchte das Geld nicht. Sie kam aus ganz guten Verhältnissen und arbeitete nur ab und an im Schloss.

Maries Erklärungen würden nur eine bestimmte Zeit vorhalten. Lisbeth musste in einer Stunde fertig sein. Wenn die Köchin ihr Fehlen bemerkte, würde sie in große Schwierigkeiten kommen.

Katharina wimmerte. Lisbeth zog an ihrem Hals. Sie kam einfach nicht an die Schnüre heran.

»Komm schon, ich helfe dir doch. Du musst dich aufsetzen. Allein schaffe ich es einfach nicht.« Verzweifelt sank die Magd auf die Knie. Katharina hatte die Augen noch immer geschlossen, presste sie fest zusammen.

Lisbeth seufzte. Die arme Frau war völlig erschöpft. Es würde eine Ewigkeit dauern, sie zurechtzumachen, und Marie würde bestimmt Ärger bekommen. Sie wollte sich gar nicht ausmalen, was passieren würde, wenn sie zurück in die Küche kam.

Sie beugte sich erneut zu Katharina hinunter und flüsterte ihr leise ins Ohr: »Es ist doch gut, wenn du das schmutzige Kleid ausziehst. Du wirst dich gewaschen und sauber bestimmt wohler fühlen. Wir waschen alles weg. Ich habe sogar eine Kräutersalbe dabei, damit können wir deine Wunden pflegen.« Marie hatte sie auf diese Idee gebracht. Sie wollte unbedingt wissen, was Lisbeth tun musste, und hatte sich genau angehört, was der Henker gesagt hatte. Lisbeth vertraute ihrer Freundin alles an, da sie niemals etwas ausplaudern würde.

Die Salbe roch ein wenig streng, aber schlimmer als der Gestank, den Katharina verströmte, konnte es nicht mehr werden.

Katharina versuchte zum ersten Mal, die Augen zu öffnen. Immer noch liefen ihr Tränen über die Wangen. Lisbeth sah sie mitleidig an.

»Langsam, ganz vorsichtig. Du warst so lange dort unten, das Licht wird dich blenden.«

Katharina nahm alles nur verschwommen wahr. Vorsichtig streckte sie die Hand nach Lisbeth aus. Diese griff danach und redete erneut auf Katharina ein.

»Komm, Katharina, bitte, du musst dich aufsetzen. Ich weiß, du siehst nichts und weißt nicht, wer ich bin. Aber ich helfe dir. Ich will dir nichts Böses. Ich bin nur hier, um dich zu waschen, und sogar ein frisches Kleid habe ich mitgebracht.«

Die junge Magd deutete zum Tisch, und Katharina wandte tatsächlich den Kopf. Doch sie konnte nicht einmal den Tisch erkennen. Stöhnend griff sie sich an die Augen.

»Es ist alles so verschwommen«, sagte Katharina leise. Ihre Stimme klang heiser, doch sie wurde endlich wieder gehört und verhallte nicht in der Stille, in der Dunkelheit.

Lisbeth nahm einen neuen Anlauf. Endlich schien in die junge Frau ein wenig Leben zu kommen.

»Kannst du dich jetzt doch aufsetzen? Ich öffne dann die Schnüre des Kleides.«

Katharina konnte die Magd immer noch nicht deutlich erkennen. Sie blinzelte und versuchte, sich zu konzentrieren. Ganz langsam richtete sie sich auf und hob den Kopf. Sofort fuhr ein schrecklicher Schmerz in ihren Nacken. Sie stöhnte laut auf und wollte sich zurückfallen lassen. Doch Lisbeth schob schnell ihre Hände unter Katharinas Rücken. Der Stoff von Katharinas Kleid war starr und eiskalt und fühlte sich klamm an. Katharinas Schweißgeruch stieg ihr in die Nase. Sie unterdrückte den Ekel und schaffte es tatsächlich, Katharina aufzurichten. Vornübergebeugt blieb Katharina sitzen, und endlich konnte Lisbeth die Schnürung des Kleides öffnen.

Danach ging alles schnell. Mit flinken Fingern zog Lisbeth Katharina das Oberteil aus und streifte ihr das Hemd über den Kopf. Katharina half nicht wirklich mit, wehrte sich aber auch nicht dagegen.

Angewidert warf Lisbeth Kleid und Hemd vor die Tür. Die Sachen würden im Abfall landen, da war nichts mehr zu retten.

Katharina lag nackt und zitternd vor ihr und sah erbarmungswürdig aus. Ihr Körper war von Flohbissen bedeckt und an vielen Stellen aufgekratzt. Besonders die Arme und Unterschenkel waren von tiefen, roten Kratzern übersät. Jede einzelne Rippe war zu erkennen, ihre Kniegelenke standen hervor, und ihr Po war wund. Katharina zitterte vor Kälte und wurde erneut von einem Hustenanfall geschüttelt.

Sie spürte die Luft auf ihrer nackten Haut, eigentlich müsste sie sich schämen, aber sie tat es seltsamerweise nicht. Sie fühlte sich befreit. Es tat gut, keine Kleider zu tragen, auch wenn sie fror. Die Luft, die Freiheit des Raumes, die

Möglichkeit, ihre Beine auszustrecken, ihre steifen Gelenke bewegen zu können, war wunderbar.

Lisbeth holte unterdessen die Waschschüssel, die Seife und die Leinentücher vom Tisch und begann schweigend damit, Katharina abzuwaschen. Diese stöhnte ab und an, besonders dann, wenn die Seife in die Wunden an ihren Armen oder den Beinen kam. Doch Lisbeth kannte keine Milde. Die Kratzer mussten genauso gesäubert werden wie der restliche Körper. Mühsam drehte sie Katharina auf den Bauch. Lisbeth war entsetzt, wie grausam der Henker gewesen war. Wie konnte er einem Menschen so etwas antun. Vielleicht war diese junge Frau eine Anhängerin des Teufels und eine Hexe, aber so sehr sollte niemand leiden müssen.

Katharina ließ alles über sich ergehen und konzentrierte sich auf ihre Augen, versuchte, während sie auf dem Bauch lag, einen Strohhalm scharf zu sehen. Sie schloss und öffnete die Augen, blinzelte, und Tränen rannen ihr über die Wangen. Doch nach und nach erkannte sie den Halm, immer mehr wurde der dünne Gegenstand zu dem, was er war.

»Geht es wieder mit dem Sehen?« Lisbeth stellte die Waschschüssel weg. Mit dem Reinigen des Körpers war sie fertig.

»Ja, es geht besser«, antwortete Katharina und setzte sich vorsichtig auf. Und zum ersten Mal sah Katharina ihre Wohltäterin einigermaßen deutlich.

»Danke, dass du mir hilfst«, sagte Katharina und fuhr sich mit der Hand durch ihre verfilzten Haare.

»Keine Ursache«, antwortete Lisbeth, die sich über die Besserung von Katharinas Zustand freute. Das würde ihr die Arbeit sehr erleichtern.

»Wir sollten dein Haar waschen. Es sieht schrecklich aus.«

Katharina nickte. »Es fühlt sich auch schrecklich an.«

»Dafür musst du aber zum Tisch kommen. Glaubst du, du schaffst es, aufzustehen?«

Katharina nickte.

»Ich versuche es.«

Kurze Zeit später saß Katharina, ein Leinentuch auf dem Kopf, am Tisch und trank gierig Wasser aus einem Becher.

Lisbeth wusch eines der Tücher in der Waschschüssel aus. Katharinas Blick fiel auf den Tiegel mit der Kräutercreme.

»Was ist das?«, fragte sie neugierig. Lisbeth blickte verwundert auf.

»Ach du meine Güte«, sagte sie und griff sich an den Kopf. »Das habe ich völlig vergessen. Es ist eine Salbe aus Kräutern, sie ist gut für die Wundheilung. Marie hat sie mir mitgegeben. Sie arbeitet auch in der Küche und hat gemeint, ich könnte die Salbe vielleicht gebrauchen.«

»Marie?«

»Das ist meine Freundin. Sie passt in der Küche auf mich auf und verteidigt mich immer, wenn andere ungerecht zu mir sind.« Beschämt blickte Lisbeth zu Boden. Sie plapperte schon wieder zu viel.

»Darf ich?« Katharina nahm die Salbe, Lisbeth nickte eifrig. »Dafür habe ich sie ja mitgebracht.«

Katharina öffnete den Tiegel, in dem eine bräunliche, stinkende Paste war. Katharina rümpfte die Nase.

»Das riecht aber streng.«

»Aber es hilft, sagt jedenfalls Marie.«

Katharina konnte zum ersten Mal seit Langem wieder lächeln. Das Mädchen war wunderbar. Sie wirkte so frisch und jung, seltsam schüchtern und doch bestimmend. Es war so schön, sich mit einem Menschen unterhalten zu können.

»Wenn sie es sagt, dann stimmt es sicher.«

Sie schmierte sich ein wenig von der Paste auf ihren zerkratzten Arm. Einige Wunden waren entzündet und nässten. Die Salbe schien wirklich gut zu sein. Katharina sah verwundert auf ihren Arm. Er war jetzt braun, aber das Brennen und Jucken hatte aufgehört.

Lisbeth sagte: »Komm, ich helfe dir, das Kleid anzuziehen. Ich muss wieder gehen. Bestimmt bekomme ich Ärger. Ich bin schon viel zu lange hier.«

Katharina nickte. Lisbeth griff nach der hellbeigen Leinenbluse, die sie mitgebracht hatte. Sie war aus grobem Leinen gearbeitet, sauber und ohne Löcher. Darüber zog Katharina ein graues, aus grobem Leinen gefertigtes Kleid. Die Magd band ihr einen einfachen Strickgürtel um die Hüften und reichte ihr zum Abschluss ein paar wollene Strümpfe. Katharinas Schuhe standen neben ihrem Strohlager. Lisbeth hatte sie mit dem Tuch abgewischt. Sie waren sauber, sahen allerdings etwas mitgenommen aus. Das weiche Naturleder war an vielen Stellen abgerieben, aber immerhin hatten die Schuhe keine Löcher.

Lisbeth packte ihre Sachen zusammen, Katharina sah ihr schweigend dabei zu. Sie wollte nicht, dass das Mädchen ging. Es war schön, mit ihr zu reden. Endlich gab es wieder jemanden, der mit ihr sprach und ihr zuhörte.

Sie erhob sich schwankend und hielt sich an der Stuhllehne fest. Lisbeth beobachtete sie besorgt.

»Es wird doch gehen, oder?«

Katharina seufzte: »Das muss es ja.«

Lisbeth sah Katharina überrascht an. Mit so einer Antwort hatte sie nicht gerechnet.

Katharina sagte lächelnd: »Du hältst mich auch für eine Hexe, nicht wahr?«

Das Mädchen blickte verlegen zu Boden und antwortete stotternd: »Ich weiß nicht, für was ich dich halte. Eigentlich siehst du nicht böse aus. Es ist schwer, an die Anschuldigungen zu glauben. Doch andererseits versteckt sich der Teufel auch gern. Er ist ein listiger Bursche, das hat Marie gesagt.«

»Und du glaubst alles, was Marie sagt.«

Katharina setzte sich wieder auf das Strohlager, denn der Raum begann, sich zu drehen. Schwarze Flecken tanzten vor ihren Augen, und sie griff sich stöhnend an den Kopf.

Lisbeth sah sie verwundert an. »Nein, alles auch nicht. Aber Marie kennt sich mit allem aus.«

Katharina antwortete nicht. Sie lag zusammengekauert auf dem Strohlager. In ihren Ohren hatte es zu rauschen begonnen, und der Schmerz im Nacken zog immer mehr in ihren Kopf. Lisbeth blieb noch eine Weile stehen und musterte Katharina stumm. Was sollte sie glauben? War diese arme Frau wirklich böse? Oder war das, was sie ihr antaten, das Böse? Seufzend schob sie ihre Gedanken fort und zuckte mit den Schultern. Das musste nicht sie entscheiden. Sie klopfte an die Tür, sie musste jetzt wirklich gehen. Draußen dämmerte es bereits. Mit der Waschschüssel im Arm eilte sie seufzend den dunklen Gang hinunter. Der Wachmann zog die Tür zu Katharinas Kammer zu und drehte wie immer den Schlüssel im Schloss um. Katharina hörte es nicht mehr. Sie war in einen tiefen, traumlosen Schlaf gefallen.

32

Andreas lief über den Marktplatz. Er war auf dem Weg in die Idsteiner Kirche. Eine Hochzeit stand an. Pfarrer Wicht lag krank danieder, und er musste ihn vertreten. Das Paar wollte den genauen Ablauf der Trauung mit ihm besprechen. Es war ein milder, sonniger Tag, deshalb trug Andreas keinen Umhang, und seine schwarze Pfarrerstracht war ihm heute fast schon ein wenig zu warm. Am Dorfbrunnen standen wie immer die Frauen und schwätzten miteinander. Kinder liefen lachend über den Platz, und in so manchem Blumenkasten blühten Krokusse und Narzissen. In den polierten Fenstern spiegelte sich die Märzsonne. Eigentlich mochte er den Frühling, liebte es, wenn die Sonne schien und ein milder Wind durch die Gassen zog, der den Gestank des Winters vertrieb. Die Frauen, die am Brunnen standen, winkten Andreas fröhlich zu. Er winkte lächelnd zurück.

Andreas war sehr beliebt und hatte sich bei den Menschen mit seiner ruhigen und herzlichen Art hohes Ansehen erworben. Viele, die früher zu Pfarrer Wicht zur Beichte gegangen waren, kamen nun zu ihm, und oft wurde er für eine Taufe bestellt oder sprach die Sterbesakramente.

Pfarrer Wicht bemerkte die Veränderungen und nahm sie seltsam gelassen hin. Seit dem Tod seiner Frau war er wie ausgewechselt. Der tatkräftige Priester, den Andreas gekannt hatte, war verschwunden. Sein Mentor zeigte sich kaum noch in der Öffentlichkeit und kam nur noch selten nach Idstein. Zumeist verkroch er sich in seinem Haus in Heftrich. Pfarrer Wicht hatte nichts gegen die Hinrichtung seiner Frau unternommen und hatte sie – und auch seinen Sohn – im Stich gelassen. Vielleicht sah er ja inzwischen seinen Fehler ein und verstand, dass sein Verhalten nicht richtig gewesen war. Aber seine Reue kam zu spät. Cäcilie Wicht lag auf dem Wolfsbacher Kirchhof begraben, und der Einzige, der immer noch kämpfte, war ihr Sohn. Peter Wicht rannte allen maßgeblichen Leuten die Türen ein und schrieb Bittbriefe an den Grafen, damit seine Mutter nach Heftrich auf den dortigen Kirchhof umgebettet werden konnte.

Andreas blickte seufzend zum Torbogengebäude hinüber. Ja, es war Frühling, und eigentlich mochte er es, wenn die Welt wieder zum Leben erwachte. Aber Katharina erwachte nicht. Sie konnte nicht die Sonne und den milden Wind genießen. Sie saß irgendwo dort unten, in dieser schrecklichen Finsternis und litt Höllenqualen. Er dachte nur an sie, hoffte und betete, dass sie bald aus der Dunkelheit geholt wurde.

Der alte Nepomuk war noch nicht gekommen, hatte noch nicht Bescheid gegeben. Es war nun über eine Woche her, dass sie miteinander gesprochen hatten, und nichts war geschehen. Andreas seufzte. Am Ende musste er wohl doch zum Grafen gehen und den Henker anschwärzen. Davor graute ihm. Er wollte nicht daran denken, wie es war, diesen gefährlichen, unberechenbaren Menschen zum Feind zu haben.

Andreas schlug den Weg zur Kirche ein. Das Pärchen

wartete bestimmt schon. Doch plötzlich drang, Nepomuks Stimme an sein Ohr.

»Herr Pfarrer, so wartet doch. Herr Pfarrer, so bleibt doch stehen.« Erfreut drehte sich Andreas um. Der alte Mann kam winkend über den Platz gelaufen und schien ganz aufgeregt zu sein. Außer Atem blieb er vor Andreas stehen.

»Ich suche Euch bereits überall« – Nepomuk rang nach Luft –, »wir haben es geschafft. Die junge Frau ist wieder in ihrer Kammer. Schon seit gestern ist sie dort. Der Henker hat sie holen lassen. Bestimmt hat er Ärger mit dem Grafen bekommen. Ich habe ihn und den Landeshauptmann tuscheln sehen.«

Lächelnd wischte sich Nepomuk den Schweiß von der Stirn. Andreas schloss die Augen und schickte ein kurzes Dankgebet zum Himmel.

»Da ist ja wunderbar, Nepomuk. Das hast du gut gemacht.« Er schlug dem alten Mann auf die Schulter.

»Auf die alte Anni ist doch immer noch Verlass«, sagte Nepomuk und lächelte verschmitzt. »Wenn ich nicht so ein armer Greis wäre, dann wäre die schon was. Sie ist eine bemerkenswerte Frau.«

Andreas lachte laut auf. »Aber Nepomuk, und das in deinem Alter!«

Er sah zum Torbogen hinüber. »Und sie ist wieder in ihrer alten Kammer?«

»Ja genau, seit gestern Mittag ist sie dort. Wie es ihr geht, weiß ich nicht. Ich habe sie nicht gesehen.«

Andreas nickte und sah freudig zu dem kleinen, vergitterten Fenster. Dort lag sie, und mit Sicherheit ging es ihr nicht gut. Er musste sofort zu ihr und ihr sagen, dass es Rettung gab, dass sie nicht gestehen sollte und wieder nach Hause konnte. Doch dann fiel ihm das Brautpaar ein. Missmutig blickte er zur Kirche hinüber. Er konnte das Pärchen sehen, das dort stand und wartete.

»Stimmt etwas nicht?« Nepomuk musterte Andreas neugierig. Andreas sah den alten Mann verwundert an, konnte Nepomuk etwa Gedanken lesen?

»Ich kann nicht gleich zu ihr. Vor der Kirche wartet ein Brautpaar auf mich. Aber was ist, wenn der Henker sie jetzt gleich holt? Jemand muss ihr doch sagen, dass sie nichts gestehen soll und dass er sie nicht mehr in die Dunkelheit sperren wird. Ich muss ihr sagen, dass sie wieder nach Hause kann.«

Nepomuk schaute zur Kirche, vor dem Eingang stand tatsächlich ein Pärchen.

»Ich kann doch mit den Leuten reden. Ich richte ihnen aus, dass sie morgen wiederkommen sollen. Ihr seid heute verhindert.«

»Das würdest du wirklich für mich tun?«

Nepomuk nickte. Eigentlich mochte er nicht mit Fremden sprechen. Aber heute war es wichtig. Der jungen Frau musste geholfen werden.

»Danke, Nepomuk. Sag ihnen bitte, dass wir uns morgen um die gleiche Zeit treffen.«

»Mache ich«, rief der alte Mann Andreas nach, der ihn schon nicht mehr hörte. Er war bereits hinter einem vorbeifahrenden Fuhrwerk verschwunden.

Der Wachmann schloss Andreas kurz darauf die Tür zu Katharinas Kammer auf. Andreas sog die Luft ein. In der Kammer stank es furchtbar. Eine Mischung von Schweiß, Urin, Kot und Kräutergeruch schlug ihm entgegen. Auf dem Tisch standen eine Schüssel Haferbrei und ein Krug Wasser mit einem Becher. Katharina schien den Brei kaum angerührt zu haben. Sie lag in der Ecke, ihre Augen waren geschlossen, und Schweiß bedeckte ihre Stirn. Ihre roten Locken schimmerten im Sonnenlicht. Sie trug eine beigefarbene Bluse und ein graues Kleid und war erschreckend abgemagert. Langsam ging Andreas auf sie zu, sank vor ihr in die Hocke und strich ihr beruhigend über den Rücken. Er fühlte sich schrecklich hilflos.

»Es ist ja gut. Es ist vorbei. Du hast es geschafft. Ich bin ja jetzt hier. Alles wird wieder gut.«

Katharina öffnete die Augen und sah ihn mit glasigem Blick an. Erst jetzt bemerkte er, dass sie glühend heiß war. Sie war krank, und wenn sie nicht bald hier herauskam, würde sie sterben. In ihren Augen zeigte sich bereits der Tod. Ihr Blick schien durch ihn hindurchzugehen.

Sie rückte auf dem Strohlager ein Stück nach hinten. Er verstand die Aufforderung und setzte sich neben sie.

»Es tut mir so leid«, flüsterte er. »Ich konnte es nicht verhindern.« Katharina lächelte.

»Du kannst nichts verhindern. Ich werde hier sterben. Bald wird er mich töten, und dann ist es vorbei.« Sie flüsterte so leise, dass er sie kaum verstehen konnte.

»Nein, du wirst nicht sterben. Der Henker darf dich nicht foltern. Hörst du? Er darf dich nicht quälen. Es ist bald alles vorbei. Er wird dich nicht mehr in die Dunkelheit sperren.

Das hätte er niemals tun dürfen, der Graf hatte es ihm sogar ausdrücklich verboten.«

Katharina lächelte erneut.

»Und du denkst, er hört jetzt auf den Grafen? Er macht, was er will.«

»Aber Graf Johannes hat es erfahren. Der Henker wird es nicht noch einmal tun, sonst verliert er alles, was er hat.« Katharina schüttelte den Kopf. »Er wird einen Weg finden, er ist Meister Leonhard.«

Andreas sah sie verzweifelt an. »Du darfst nicht gestehen, hörst du! Er wird dir nichts mehr antun. Du wirst wieder nach Hause kommen.«

»Nach Hause.« Katharinas Stimme klang sehnsuchtsvoll. Sie hustete, und es rasselte schrecklich in ihrer Brust. Andreas strich ihr beruhigend über den Arm. »Nach Hause gehen wäre schön. Aber was habe ich da noch? Er hat mir doch alles genommen.«

»Du hast Maria und die kleine Anna, sie warten auf dich, und« – seine Stimme stockte –, »und du hast mich.«

Katharina schüttelte leicht den Kopf.

»Maria geht bald nach Heftrich. Vielleicht ist sie ja schon fort. Und du? Was soll ich an dir schon haben. Du bist ein Priester und wolltest mich in den Tod treiben. Wir haben doch hier kein Leben.«

Sie hustete und drehte sich zur Wand. Was redete er nur – sie würde wieder nach Hause kommen, Maria würde warten, er würde da sein. Nichts von alldem würde geschehen. Nie mehr würde sie Niederseelbach sehen und niemals wieder zu Hause sein. Wenn der Henker sie nicht umbrachte, dann würde sie an dem verflixten Husten sterben. Dann hätte er sein Ziel erreicht und brauchte kein Schafott und keinen Scheiterhaufen mehr.

Andreas sprang verzweifelt auf. Der Vorwurf traf ihn schmerzhaft.

»Du kannst jetzt nicht aufgeben, hörst du! Ich liebe dich doch.« Jetzt war es heraus. Zum ersten Mal hatte er es ausgesprochen. Er atmete tief durch. Katharina drehte sich um und sah ihn mit großen Augen an.

»Ja, ich liebe dich«, wiederholte er. »Du darfst nicht aufgeben. Wenn das hier vorbei ist, dann werden wir einen Weg finden. Wir könnten fortgehen und lassen alles hinter uns, fangen in einer neuen Stadt, wo es keine Gerüchte und kein Gerede gibt, von vorn an.«

Katharina schüttelte den Kopf. »Sieh mich doch an. Wo soll ich denn noch hin? Ich kann nicht mehr. Ich werde nirgendwo mehr hingehen, versteh das doch.«

Verzweifelt kniete er sich vor sie und blickte ihr in die Augen. »Aber du liebst mich doch? Sag es mir, sag mir, dass du mich liebst.«

Katharina sah ihn an, und Tränen stiegen ihr in die Augen. Sie konnte es nicht sagen. Ihr Kopf dröhnte. Er war da, gestand ihr seine Liebe, doch sie konnte ihm nicht vertrauen, ihm nicht wirklich Glauben schenken. Sie wandte den Kopf ab.

Andreas hob erneut an: »Versteh doch, ich liebe dich, und du liebst mich auch. Ich kann es in deinen Augen sehen. Du musst durchhalten, hörst du! Bitte gib dich nicht auf. Ich verspreche es dir, du wirst wieder nach Hause gehen, und dort werde ich auf dich warten.«

Katharina schluchzte, hustete. Er setzte sich neben sie und

442

nahm sie ganz fest in seine Arme. Als sie sich beruhigt hatte, löste sie sich aus seiner Umarmung und sah ihm ins Gesicht. Tränen rannen über ihre Wangen.

»Es tut mir leid, aber ich kann das nicht. Ich schaffe es einfach nicht. Mir fehlt die Kraft. Geh, bitte geh weg, Andreas.«

Er streckte die Hand nach ihr aus, doch sie schob sie weg. »Geh weg, lass mich allein. Ich verstehe es nicht, kann es nicht begreifen«, sagte sie und blickte ihm in die Augen. »Warum wolltest du mich töten? Du hast mich alleingelassen. Ich war dort unten ganz allein. Es war so schrecklich, unsagbar dunkel und still. Geh fort, Andreas, komm nicht wieder. Es ist vorbei – bald ist endlich alles vorbei.«

Andreas wich zurück. Ihre Worte trafen ihn wie ein Blitz. Er stand auf und sagte ärgerlich:

»Du willst es einfach nicht begreifen! Ich wollte dir nur helfen. Ich wusste es doch auch nicht besser.« Verzweifelt sah er Katharina an, die mit geschlossenen Augen zusammengekauert auf dem Lager lag, und schüttelte den Kopf, dann ging er langsam zur Tür.

»Gestehe nichts, bitte. Er wird dich nicht mehr in die Dunkelheit schicken. Ich verspreche es. Du kommst wieder nach Hause, du musst es mir glauben.«

Er klopfte an die Tür, der Wachmann öffnete ihm und musterte ihn. Der Priester sah mitgenommen aus. Er blickte kurz in die Zelle, doch die Angeklagte lag wie immer auf dem Strohlager und schien zu schlafen.

Nach einer Weile öffnete Katharina die Augen und starrte auf die graue Wand. Er durfte sie nicht foltern, sie würde wieder nach Hause gehen. Verzweifelt schloss sie die Augen. Was würde es noch helfen. Sie würde sowieso sterben, ganz ohne Folter und Schafott.

Meister Leonhard lief unruhig im Verhörraum auf und ab. Er war allein, der Schreiber war nicht bestellt worden. Zeugen durfte es nicht geben, dieses Verhör war nicht für die Ohren des Grafen bestimmt. Wenn Katharina heute nicht gestand, dann musste er sie laufen lassen. Er konnte sie nicht mehr länger festhalten, denn der Graf war misstrauisch geworden.

Wütend ballte er die Faust. Der Graf war verbohrt und hing zu sehr an seinen Regeln, wollte alles kontrollieren. Dabei war ihm die Sache schon längst entglitten. Er ließ eine Hexe laufen, nur weil sie jung war.

Auf dem Flur waren Schritte zu hören. Sie kam.

Er straffte die Schultern und stellte sich, die Hände auf dem Rücken verschränkt, ans Fenster.

Katharina wurde in den Raum geführt. Die beiden Wachmänner schleiften sie eher, denn sie konnte sich kaum auf den Beinen halten. Sie setzten sie an den Tisch. Katharina hielt sich an der Tischplatte fest. Der Raum verschwamm vor ihren Augen, alles drehte sich, ihr Kopf schmerzte. Sie atmete flach und hektisch, schaute auf die Tischplatte und suchte nach einer Kerbe im Holz, um diese zu fixieren. In ihrem Kopf war nur ein Gedanke: Er durfte sie nicht foltern, sie musste nicht mehr zurück in die Dunkelheit. Daran hielt sie sich fest. Es war alles, was sie noch hatte.

Meister Leonhard drehte sich vom Fenster weg und begann, langsam im Raum auf und ab zu gehen, musterte Katharina von der Seite.

Sie sah mitgenommen aus, und er konnte das Rasseln in ihrer Brust hören. Ihre Wangen waren eingefallen, sie war blass und schwitzte. Ihr Haar hing ihr wirr ins Gesicht, und ihre Hände zitterten.

Er blieb kopfschüttelnd vor ihr stehen.

»Wen haben wir denn da? Die kleine Heinemann ist wieder hier. Wie war es denn in der Dunkelkammer?«

Katharina schwieg und starrte weiterhin auf die Tischplatte, fixierte die Kerbe.

Er griff ihr grob ins Haar, riss ihren Kopf nach hinten und sah ihr direkt in die fiebrig glänzenden Augen.

»Ich habe dich etwas gefragt und erwarte eine Antwort.«

Katharina schwieg, sah den Henker aber an.

Er ließ sie los. Erleichtert sank sie in sich zusammen.

Der Henker ging wieder im Raum auf und ab.

»Ich kann dir sagen, wie es dort ist. Es ist dunkel und still. Es ist eine fürchterliche, stille Finsternis. Es ist eng, es stinkt und ist bitterkalt. Du weißt, wie es ist, nicht wahr?«

Erneut blieb er vor ihr stehen und stützte seine Hände auf den Tisch, sah ihr in die Augen. »Dort möchtest du doch nicht mehr hin, oder?«

Katharina schüttelte fast unmerklich den Kopf. Sie klammerte sich an Andreas' Worte. Er kann dich nicht mehr dorthin bringen. Er darf es nicht.

»Dann solltest du besser gestehen.« Die Stimme des Henkers klang gefährlich ruhig.

»Sonst lasse ich dich wieder hinunterbringen – und diesmal wird dich niemand mehr herausholen. Diesmal werde ich dich dort sterben lassen, hörst du?« Er schlug mit der Faust auf den Tisch.

Katharina schwieg eisern weiter. Das Rauschen in den Ohren wurde schlimmer. Der Henker sah sie wütend an. Er wusste nicht mehr weiter. Sie war krank, todkrank, und würde das hier wahrscheinlich nicht überleben. Er drohte ihr mit der Hölle. Aber sie? Sie saß am Tisch und verzog keine Miene. Das brachte ihn zur Weißglut. Nur ein Wesen des Teufels konnte, wenn es so schwach war, noch so viel Stärke zeigen. Das war doch wieder ein Beweis, dass sie eine Hexe war.

Katharina blinzelte, schwarze Flecken tanzten um sie herum, und der Raum drehte sich. Gleich würde sie sich nicht mehr aufrecht halten können und vom Stuhl fallen.

Der Henker ging neben ihr in die Hocke und flüsterte: »Komm schon, Mädchen, du willst doch nicht mehr dorthin. Wenn du gestehst, dann werden wir uns um dich kümmern und dir deine letzten Tage schön machen. Keiner wird dich dann mehr quälen.«

Katharina starrte schweigend auf die Tischplatte und antwortete nicht. Ihr Brustkorb brannte, und sie versuchte, einen aufsteigenden Hustenanfall zu unterdrücken. Der Henker erhob sich, seine Stimme wurde laut, er begann die Beherrschung zu verlieren.

»Du dummes Ding«, herrschte er sie an. »Gestehe es doch endlich. Du bist doch sowieso allein. Deine Mutter ist eine gottverdammte Hexe, und dein Vater ist schon lange tot. Niemand will dich mehr haben. Ich werfe dich wieder in die Kammer, hörst du?«

Schwer atmend blieb er vor ihr stehen. Katharina hielt weiterhin den Kopf gesenkt und reagierte nicht. Er war so laut, er schrie sie an, doch ihr kam es vor, als stünde er weit weg, als wäre seine Stimme ganz leise.

»Du gottverdammtes Biest«, brüllte er, packte sie an den Armen und schüttelte sie.

Katharina wurde es schwarz vor Augen, und ihr Kopf sank nach hinten. Der Henker schien es in seiner Wut gar nicht zu bemerken.

»Gestehe es! Gestehe endlich! Ich bringe dich um, hörst du? Ich werde dich töten – und wenn es das Letzte ist, was ich tue!« Er holte aus, schlug ihr mitten ins Gesicht und ließ sie dann los. Katharina spürte den Schlag nicht und fühlte nicht den harten Boden, auf den sie fiel. Dunkelheit hüllte sie warm und sicher ein und nahm ihr alle Schmerzen.

Irgendetwas war anders. Sie wusste nur noch nicht, was. Es war kalt, aber es stank nicht. Mühsam drehte sie sich auf den Rücken. Es war nicht eng, nicht dunkel, und es roch gut nach frischer kalter Luft und nach Kies und Erde. Katharina öffnete langsam die Augen und erkannte verschwommen helle Punkte. Sie blinzelte und starrte die Punkte ungläubig an. Es waren die Sterne, sie konnte tatsächlich die Sterne sehen. Aber wie war das möglich? Sie war doch gefangen. In ihrer Kammer gab es keine Sterne. Sie musste verrückt geworden sein. Oder sie träumte.

Erneut schloss sie die Augen und öffnete sie vorsichtig wieder. Die hellen Lichter waren noch immer da. Sie strich mit der Hand über den Boden und ertastete harte Pflaster-steine. Sie war tatsächlich nicht in ihrer Kammer. Sie schien wirklich irgendwo draußen zu sein. Langsam richtete sie sich auf. Ihr Kopf schmerzte, und helle Blitze zuckten vor ihren Augen. Sie griff sich stöhnend an die Schläfen und versuchte, den Schwindel zu ignorieren.

Katharina sah sich um. Sie lag vor dem Torbogengebäude, ganz allein. Niemand war zu sehen. Verwundert drehte sie den Kopf: der Marktplatz, das sanfte Plätschern des Brun-nenwassers, ab und an zwitscherte ein Vogel, und im Osten begann sich der Himmel rot zu färben.

Zitternd stand sie auf. Sie war frei. Es war tatsächlich zu Ende, Andreas hatte recht gehabt. Der Henker hatte sie lau-fen lassen. Vorsichtig setzte sie ein Bein vor das andere. Ihre Knie fühlten sich weich an, sie schwankte, und kalter Schweiß brach ihr aus. Erschöpft hielt sie sich an der klei-nen Mauer fest, die den Weg zum Torbogengebäude ein-rahmte. Ein Hustenanfall schüttelte sie, ihre Brust brannte wie Feuer.

Langsam ging sie weiter, schlurfte über den Marktplatz und sank immer wieder hustend in sich zusammen. Schwer atmend blieb sie am Brunnen stehen, schöpfte mit ihrer Hand Wasser und trank gierig.

Im Osten wurde es immer heller. Bald würde der neue Tag anbrechen. Noch war es ruhig auf dem Marktplatz, aber bald würde sich dieser Ort mit Menschen füllen, mit Leuten, die sie verurteilten, die glaubten, dass sie eine Hexe war. Panik machte sich in ihr breit. Sie musste fort von hier, nach Hause. Doch wie sollte sie allein den langen Weg schaffen? Sie konnte nicht einmal aufrecht stehen.

Ihr Blick wanderte zum Torbogen zurück. Sie war dieser Hölle entkommen. Tapfer straffte sie sich. Sie musste es einfach schaffen. Sie hatte überlebt, also konnte sie auch nach Hause laufen.

Kurz darauf sank sie an einer Hausecke zusammen. Die Sonne war aufgegangen und blendete sie. Katharina hob schützend die Hand vors Gesicht und rappelte sich wieder auf. Auf dem Marktplatz wurden Türen geöffnet, und Frauen liefen mit ihren Krügen oder der Wäsche zum Brunnen. Der Bäcker öffnete seinen Laden, und ein Fuhrwerk fuhr an ihr vorbei.

Sie musste sich beeilen, keiner durfte sie sehen. Jeder würde sie sofort erkennen. Sie lief eine Gasse entlang, tastete sich an den Hauswänden vorwärts. Ein erneuter Hustenanfall zwang sie neben einem Haufen Essensreste in die Knie. Es stach so schrecklich in der Brust, tat so furchtbar weh. Katharina begann zu weinen.

»Ich schaffe es einfach nicht, niemals werde ich es schaffen.«

»Was werdet Ihr nicht schaffen?«

Katharina blickte auf. Ein Fuhrwerk stand vor ihr. Sie kannte die Stimme, konnte sie aber nicht gleich zuordnen.

Der Mann sah sie neugierig an, und dann riss er plötzlich die Augen auf. Er hatte Katharina erkannt.

»Ja, aber Katharina, Mädchen, was ist denn nur passiert?«

Jetzt erkannte Katharina ihn auch. Es war der Müller, der alte Bernhard war hier. Unter Tränen versuchte sie, ihm ihre Lage zu erklären, stammelte aber nur wirres Zeug.

»Ich schaffe es nicht. Ich kann nicht mehr. Es dreht sich alles, es ist so schlimm.«

Besorgt ging er vor ihr in die Knie, griff ihr an die Stirn und wich erschrocken zurück.

»Du bist ja glühend heiß. Was ist denn passiert?«

Der alte Mann bückte sich und hob sie vorsichtig hoch. Sie schlang ihre Arme um seinen Hals und kuschelte sich wie ein Kind an ihn.

»Ich kann es nicht. Niemals werde ich es schaffen.«

Behutsam legte er sie auf seinen Wagen und deckte das zitternde Bündel Mensch mit seinen leeren Mehlsäcken zu.

»Jetzt ist ja alles gut, du musst nichts mehr schaffen. Ich bin ja da.«

33

Andreas stand vor Katharinas Hof und atmete tief durch. Endlich hatte der Henker Katharina freigelassen. Die helle Mittagssonne schien ihm ins Gesicht. Die Straße war verlassen, und der Wind wirbelte den Staub auf. Es war ein schöner Tag. Für Anfang April fast ein wenig zu warm. Doch ihm war nicht warm, er fröstelte sogar ein wenig. Die leeren Fenster des Hauses machten ihm Angst, die seltsame Ruhe, die über dem Hof lag, verunsicherte ihn. Das Gebäude sah verlassen aus. Was, wenn Katharina doch nicht hier war?

Er hatte es kaum glauben können, als er ihre Kammer leer vorgefunden hatte. Schreckliche Angst hatte ihn befallen, und wie ein Verrückter war er aus dem Raum gelaufen, auf den Hof gestürzt und die Stufen zur Folterkammer hinuntergerannt. Noch nie war er dort gewesen, kannte nicht die Dämmerung und die Kälte, die in dem engen Flur herrschten. Aber jetzt hatte er einfach nachsehen müssen, ob sie hier irgendwo war. Vor Angst zitternd, hatte er sich in der verlassenen Folterkammer umgeblickt. Um ihn herum standen die schrecklichen Folterwerkzeuge, und der metallische Geruch von Blut hing in der Luft. Langsam war er durch den Raum gegangen. Die dunkle Kammer war schrecklich, sie war böse und doch irgendwie auch faszinierend.

Vorsichtig hatte er mit der Hand über das Holz der Streckbank gestrichen, und ein kalter Schauer war ihm beim Anblick der Beinschuhe über den Rücken gelaufen. Auf einem
kleinen Tisch hatten metallene Schienen mit Schrauben gelegen, an denen Blut klebte. Voll Ekel hatte er die Schienen
angesehen, und beim Anblick des getrockneten Blutes war
er aus dieser seltsamen Erstarrung aufgewacht und hatte
eilig den Raum verlassen. Nichts wie raus hier, fort von diesem schrecklichen Ort, an dem das Leid der Menschen zum
Greifen nah war und ihre Schreie und ihr Flehen noch immer in der Luft hingen.

Im Flur war ihm dann eine Holztür in der Wand aufgefallen. Neugierig war er davor stehen geblieben. War dies die
Dunkelkammer? War dies der schreckliche Ort, von dem
Nepomuk gesprochen hatte? Langsam hatte er die Tür geöffnet. Ein bestialischer Gestank hatte ihm entgegengeschla-
gen und ihm den Atem geraubt. Fassungslos hatte er in die
enge Nische gestarrt. Wie konnte jemand nur so grausam
sein und einen Menschen dort einsperren? Jetzt verstand er
erst, was Nepomuk gemeint hatte.

Eine seltsame Art von Beklemmung hatte ihn erfasst,
und voller Panik war er die Treppe nach oben gelaufen.
Nach Luft ringend, stand er auf dem Hof im hellen Sonnenlicht.

Aber Katharina hatte tage-, wochenlang dort unten aus-
harren müssen. Und das alles nur, weil der Henker sie hasste,
weil er es so gewollt hatte.

Wütend blickte er auf das verlassene Haus, ballte die Faust
und sog scharf die Luft ein. Wenn er es könnte, er würde

Katharina rächen und den Henker töten, für das, was er ihr angetan hatte.

Andreas versuchte, sich wieder zu beruhigen, öffnete das Hoftor und betrat den Innenhof des Anwesens. Auch hier empfing ihn diese seltsame Stille. Alles war verlassen. In seiner Erinnerung sah er Katharina vor sich, wie sie im Sonnenlicht gestanden hatte. Die Hühner waren gackernd um ihre Beine gelaufen, und sie hatte ihn freundlich angelächelt. Ihre Augen hatten gestrahlt, der ganze Hof schien in diesem Moment zu leuchten. Er hatte sich damals geborgen und aufgehoben gefühlt.

Doch jetzt war es anders. Der Hof war leer. Alles sah seltsam traurig aus. Andreas straffte die Schultern und öffnete die Haustür.

Doch dann zuckte er erschrocken zusammen.

»Andreas, was tust du denn hier?«

Er drehte sich um, Maria stand vor ihm und blickte ihn fragend an. Andreas beruhigte sich wieder. Ihre Stimme hatte die seltsame Stille, die hier herrschte, schroff durchbrochen und war ihm im ersten Augenblick fremd vorgekommen.

Er musterte Maria. Sie trug ein braunes Schultertuch mit langen Fransen, ihr Haar war zu einem Zopf geflochten, und ihr beigefarbenes einfaches Leinenkleid ließ sie ein wenig blass erscheinen.

»Guten Tag, Maria«, sagte Andreas schließlich erleichtert. »Du hast mich erschreckt. Ich suche Katharina, sie ist freigelassen worden. Ich dachte, ich könnte sie hier finden.«

Maria sah ihn fassungslos an.

»Sie ist freigelassen worden? Katharina wird nicht auf dem Schafott sterben?«

Sie konnte die Worte des Priesters kaum glauben. Noch niemand war je freigelassen worden, alle Angeklagten waren hingerichtet worden. Wer abgeholt wurde, starb auch, so war es doch immer. Eilig rannte sie an Andreas vorbei und öffnete die Tür.

»Sie ist bestimmt oben. Vielleicht schläft sie ja.«

Maria lief die Treppe hinauf. Andreas folgte ihr langsam, blieb dann aber unsicher im Flur stehen. Es war auch hier ruhig und ohne jedes Leben. Irgendwie wusste er schon, dass Katharina nicht hier war.

Maria lief von Zimmer zu Zimmer. Er konnte ihre Schritte poltern hören. Sie öffnete jede Tür und rief laut nach der geliebten Freundin. Doch niemand antwortete ihr.

Andreas ging in die Wohnstube. Auch hier bot sich ihm dasselbe Bild. Die Sonne schien durch die kleinen Sprossenfenster herein und tauchte die schwarzen Balken in warmes Licht. Auf dem Tisch stand ein Korb mit Nähsachen, an dessen Griff Spinnweben hingen. Der Ofen war kalt, ein leerer Topf stand darauf. Es war kühl, und der leichte Geruch von Pfefferminz hing in der Luft. Traurig sah er sich um. Hier war schon lange niemand mehr gewesen.

Maria kam die Treppe herunter in die Wohnstube. Verzweifelt sah sie sich um.

»Sie ist nicht hier. Ich habe überall nachgesehen. Aber wo kann sie denn nur sein? Sie konnte doch nur nach Hause gehen.«

Andreas stand schweigend vor ihr und dachte daran, wie sie bei ihrer letzten Begegnung ausgesehen hatte. Sie war sehr krank und schwach gewesen. Am Ende hatte sie allein versucht, nach Hause zu laufen, und hatte es nicht geschafft.

Er setzte sich auf die Fensterbank. Maria sah ihn verwundert an. In Andreas' Augen standen Tränen. Er sah erschöpft aus, und seine Hände zitterten. Langsam setzte sie sich neben ihn, und die Stille des verlassenen Hauses hüllte sie für einen Moment ein. Maria schaute nachdenklich zum Fenster hinaus. Es war unglaublich. Katharina war nicht hingerichtet worden. Sie war frei.

Andreas seufzte.

»Am Ende liegt sie irgendwo am Straßenrand, und niemand hilft ihr.«

»Warum soll sie am Straßenrand liegen? Was ist denn mit ihr?« Maria sah Andreas fragend an und bekam plötzlich Angst um die geliebte Freundin.

»Sie ist krank, sogar todkrank.«

Andreas blickte Maria ernst in die Augen, und diese zuckte ein wenig zurück. »Sie wurde gequält. Du kannst dir gar nicht vorstellen, wie schrecklich das für sie gewesen sein muss.«

Maria sah Andreas verwundert an, und ein kalter Schauer lief ihr über den Rücken. Sie hatte immer versucht, den Gedanken an Folter und Gefangenschaft fortzuschieben. Sie würde es nicht ertragen, darüber nachzudenken, was hinter den dicken Mauern des Torbogengebäudes passierte.

»Ohne den alten Nepomuk wäre sie da unten bestimmt gestorben«, fuhr Andreas leise fort.

»Der alte Nepomuk, wer ist das denn?«

»Er putzt dort und ist die gute Seele des Hauses. Und das ist er wirklich. Er hat ihr geholfen.« Andreas' Stimme stockte. »Er hat uns geholfen.«

Maria erhob sich.

»Wir müssen etwas tun. Ich meine, wenn sie frei ist, muss sie doch irgendwo sein.«

Andreas erhob sich ebenfalls.

»Du hast recht, Maria. Ich fahre gleich nach Idstein und höre mich ein wenig um. Vielleicht kann ich ja etwas in Erfahrung bringen.«

Maria nickte. »Und ich bleibe hier und beobachte das Haus, denn es könnte ja sein, dass sie doch noch kommt.«

Gemeinsam verließen sie die Wohnstube und liefen über den verlassenen Innenhof.

Andreas schloss das Hoftor, und Maria wandte sich zum Gehen.

»Ich muss zurück. Anna schläft zwar, aber sie wird sicher gleich aufwachen, und Großvater liegt heute im Bett, ihm geht es nicht so gut. Du wirst mir doch sagen, wenn du etwas Neues weißt?«

Andreas nickte. »Aber natürlich. Ich melde mich sofort, wenn ich etwas erfahre.«

Als Maria sich umdrehen wollte, hielt Andreas sie an der Schulter fest. Verwundert sah sie ihn an.

»Ich liebe Katharina.«

»Ich weiß«, antwortete Maria leise. »Und sie liebt dich.«

Erstaunt sah er sie an. Sie lächelte, zuckte mit den Schultern und drehte sich weg.

Die alte Dorothea wischte sich den Schweiß von der Stirn und schob sich eine Haarsträhne aus dem Gesicht. Sie streckte sich gähnend, ihr Rücken und ihre Schultern schmerzten. Neben ihr auf dem Tisch brannten zwei Talgkerzen, und im Ofen knisterte das Feuer.

Voller Sorge blickte Dorothea auf Katharina. Das Mädchen lag vor ihr auf dem Sofa und warf unruhig den Kopf hin und her, redete wirres Zeug. Das Tuch auf ihrer Stirn rutschte zur Seite. Dorothea nahm es weg und tunkte es in die Schüssel mit Wasser, die neben den Kerzen stand.

So ging es jetzt bereits seit drei Tagen. Seit Bernhard das Mädchen gefunden hatte, hatte sich ihr Zustand nicht gebessert. Sie glühte noch immer vor Fieber, und ihr Husten klang grauenvoll. Dorothea seufzte. Es war schrecklich. Was hatte man dem armen Kind nur angetan?

Beruhigend strich Dorothea Katharina über den Arm und redete mit sanfter Stimme auf sie ein.

»Es ist gut, niemand tut dir was. Hier bist du in Sicherheit. Alles wird wieder gut werden, du wirst bald wieder gesund.« Sie würde so gerne ihren eigenen Worten Glauben schenken und hoffte inständig, dass Gott ihre Gebete erhörte. Aber im Moment sah es eher so aus, als würden sie das Mädchen verlieren.

Sie legte ihr das Tuch auf die Stirn. Katharinas Augenlider flatterten unruhig, ihr schweißnasses Gesicht glänzte im Kerzenlicht, sie zitterte, und ihre Zähne schlugen aufeinander. Das Fieber sank einfach nicht.

Dorothea erhob sich kopfschüttelnd, griff nach einem Krug mit Wasser und schenkte sich etwas zu trinken ein. Sie war so unendlich müde, so schrecklich erschöpft. Am liebsten hätte sie sich hingelegt und drei Tage durchgeschlafen. Seufzend blickte sie aus dem Fenster in die schwarze Dunkelheit. In den Nächten war es am schlimmsten. Am Tag gab es immer etwas zu tun, es war hell, Bernhard half ihr, und in der Mühle wurde gearbeitet. Das gewohnte Geräusch der Mühlsteine hielt sie wach und gab ihr die Kraft, weiterzumachen.

Aber in der Nacht, wenn alles still war, dann war es schwer, wach zu bleiben.

Katharina redete im Schlaf.

»Bitte, nicht in die Dunkelheit, bitte, nicht.«

Dorothea ging zu Katharinas Krankenlager, das sie dem Mädchen direkt neben dem Ofen aufgebaut hatten. Liebevoll strich sie ihr über den Arm und sprach immer wieder dieselben Worte.

»Es ist gut. Du bist in Sicherheit. Niemand wird dich in die Dunkelheit schicken.«

Erneut rutschte das Tuch von Katharinas Stirn, seufzend nahm sie es vom Kissen, legte es zurück in die Waschschüssel und griff Katharina prüfend an die Stirn.

»Ist sie immer noch so heiß?«

Dorothea drehte sich erschrocken um.

Bernhard stand in seinem Schlafgewand vor ihr und musterte Katharina besorgt.

»Ja leider, wenn das Fieber nicht bald runtergeht, dann werden wir sie verlieren.«

Er nickte, trat noch ein Stück näher heran und legte seiner Frau liebevoll die Hände auf die Schultern.

»Du solltest schlafen. Du bist völlig erschöpft. Was hältst du denn davon, wenn ich ein wenig bei ihr bleibe?«

Dorothea sah ihren Mann dankbar an, doch dann schüttelte sie den Kopf. »Ich könnte nicht schlafen. Ich mache mir zu große Sorgen. Am Ende stirbt sie noch, wenn ich nicht da bin.«

Bernhard nickte. »Das hat mich auch hier heruntergetrieben. Die Sorge macht mich ganz verrückt. Wir müssen doch etwas tun können. Irgendwann muss das Fieber sinken.«

Dorothea sah ihn nachdenklich an. »Ich würde ihr ja Weidenrindentee geben. Aber sie trinkt so wenig, selbst Wasser behält sie kaum bei sich. Vielleicht sollten wir noch einmal Wadenwickel machen?«

Bernhard nickte. »Ich denke, das ist eine gute Idee. Irgendwas müssen wir ja tun. Ich gehe und hole die Tücher von der Leine.« Er lief aus dem Raum, und Dorothea schaute ihm zweifelnd hinterher. Sie machten Wadenwickel, stundenlang wechselten sie immer wieder die Tücher, doch es hatte bisher nichts gebracht. Trotzdem griff sie nach dem Wassereimer, der neben Katharinas Krankenlager stand, und folgte ihrem Mann auf den Hof hinaus.

Katharina blinzelte ins Sonnenlicht. Alles war verschwommen, und allmählich konnte sie ihre Umgebung schärfer sehen. Es roch gut, vertraut. Es duftete seltsamerweise nach Tabak und Mehl. Diesen Geruch gab es nur an einem Ort. In der alten Mühle. Aber dort konnte sie unmöglich sein. Sie kniff die Augen zusammen und öffnete sie erneut. In ihrer Erinnerung sah sie die Sterne. Das war das Letzte, was sie noch wusste, bevor die Dunkelheit sie umhüllt hatte. Die Sterne waren wunderschön gewesen, hatten zauberhaft geleuchtet.

Plötzlich strich ihr eine Hand über den Arm, und eine Stimme sprach beruhigend auf sie ein.

»Du musst keine Angst haben, ich bin es, Dorothea. Du bist in der Mühle, alles ist gut.«

Katharina öffnete die Augen. Also stimmte es, und ihre Nase spielte ihr keinen Streich. Sie war tatsächlich in der alten Mühle. Langsam gewöhnten sich ihre Augen an das Licht. Die Umrisse von Dorothea wurden deutlicher. Die alte Frau lächelte sanft.

»Na, wer ist denn da aufgewacht?«

Katharina lächelte ein wenig. Ihr Kopf dröhnte, sie griff sich mit der Hand an die Stirn und versuchte, sich aufzurichten. Doch Dorothea hielt sie zurück.

»Nicht, bleib ruhig liegen. Du bist noch zu schwach.«

Katharina gehorchte und ließ sich zurück aufs Kissen fallen. »Was ist denn geschehen? Warum bin ich hier?«

Ihre Stimme klang heiser, ihr Hals war ausgetrocknet, und das Schlucken tat ihr weh.

»Bernhard hat dich gefunden. Du hast in einer Gasse in Idstein gelegen. Was für ein Glück, dass er dich entdeckt hat. Wenn er dich nicht hergebracht hätte, wärst du bestimmt gestorben.«

Katharina dachte nach. In einer Gasse in Idstein. Sie wusste nichts von einer Gasse. In ihrer Erinnerung sah sie nur die Sterne, sonst nichts.

Dorothea schenkte Wasser in einen Becher und hielt ihr diesen fürsorglich an die Lippen. Katharina trank gierig, verschluckte sich und hustete. Dorothea strich ihr mitleidig über die Arme.

»Bald geht es besser. Das Fieber ist bereits gesunken, das war das Schlimmste. Der Husten wird auch noch weggehen. Du wirst schon sehen, bald geht es dir wieder gut.«

Katharina lächelte sie matt an. Sie war glücklich. Zum ersten Mal seit einer Ewigkeit fühlte sie sich geborgen. Diese Stube, der wunderbare Duft, das Knistern des Feuers, das alles war ihr so vertraut, es war so unsagbar schön. Endlich war es vorbei, und endlich war sie frei. Andreas hatte recht gehabt. Bei dem Gedanken an ihn wurde es ihr schwer ums Herz. Ob er sie suchen würde? Wusste er von ihrer Freilassung? Wusste überhaupt jemand, dass sie hier war?

Dorothea war aufgestanden und füllte, ein fröhliches Lied summend, Haferbrei in eine Schüssel. Sie hatte so gehofft, so gebetet. Die letzten Tage waren schrecklich gewesen und die Nächte noch viel schlimmer. Aber nun ging es endlich aufwärts. Das Fieber war gesunken, Katharina war wieder wach. Jetzt würde bestimmt alles wieder gut werden.

Sie setzte sich zu Katharina ans Bett, schob ihr noch ein Kissen unter den Kopf und begann, sie mit dem Brei zu füttern. Plötzlich waren Schritte zu hören, und die Tür zur Stube wurde geöffnet. Katharina blickte hoch.

Bernhard stand im Türrahmen und sah Katharina freudestrahlend an. Zwischen seinen Beinen huschte der alte Kater in den Raum. Mit hocherhobenem Schwanz tänzelte er auf Katharinas Krankenlager zu, sprang hinauf und kuschelte sich laut schnurrend an ihre Füße. Der Müller lachte laut auf. »Da seht euch mal den alten Mäusefänger an. So schön möchte ich es auch mal haben.«

Er ging zu Katharina und strich ihr liebevoll über die Wange. »Ist das schön, dich lächeln zu sehen, Katharina. Du hast uns einen ordentlichen Schrecken eingejagt. Gott sei Dank, dass ich dich in der Gasse gefunden habe.«

Katharina sah den alten Bernhard an. Sie konnte immer

noch nicht glauben, dass sie hier war. Sie hatte ihre Freiheit, ihr Leben wieder.

Der alte Mann strich dem Kater übers Fell und sah Katharina an, als wäre ein Wunder geschehen.

»Wir haben so gekämpft. Du warst in einem schrecklichen Zustand. Wir dachten, du würdest sterben.«

Dorothea drehte sich zu ihm um und sah ihn drohend an. Dann schob sie Katharina einen Löffel Brei in den Mund. Ihre Miene war fürsorglich, aber auch ernst.

»Das ist vorbei. Davon wollen wir nicht mehr reden. Katharina wird wieder gesund, das ist das Wichtigste.«

Der alte Bernhard nickte, seine Augen leuchteten. Er war so stolz und kam sich ein wenig wie ein Vater vor. Es war schön, so zu fühlen. Sie hatten nie Kinder gehabt, es hatte nicht sein sollen. Dorothea war einfach nicht schwanger geworden. Er wusste nicht, wie sich Vaterliebe anfühlte, aber wenn es ein wenig so war wie jetzt, war es etwas unglaublich Wunderbares.

Eine Woche später saß Katharina neben dem Müller auf der Bank vor dem Haus. Sie hatten schon oft gemeinsam hier gesessen, meistens, wenn sie Mehl geholt hatte. Die Bank war Bernhards Lieblingsplatz.

Die Sonne schien heute von einem blauen Himmel, und ein milder Wind wehte. Auf dem Hof liefen einige Hühner und Gänse herum, und der alte Kater lag dösend unter einem Leiterwagen in der Ecke. Das Mühlenrad klapperte, das gewohnte Rauschen des Wassers war zu hören, und es roch ein wenig nach feuchtem Schlamm.

Bernhard schwieg, zog nur hin und wieder an seiner Pfeife und blies den Rauch in die Luft. Katharina atmete den vertrauten Pfefferminzgeruch des Tabaks ein und genoss das leichte Kribbeln in der Nase. Sie sah nachdenklich den Hühnern zu. Was würde jetzt werden? Es ging ihr wieder besser, bald würde sie die Mühle verlassen können. Ihr Blick wanderte den Bach entlang. Weidenbäumchen säumten das Ufer.

Als sie den Weg das letzte Mal entlanggelaufen war, war es kalt und neblig, dunkel und grau gewesen, und sie hatte nicht gewusst, dass sie in ihr Unglück rannte.

Es war seltsam. Wenn sie diesen Weg bald wieder entlangging, würde sie auch jetzt nicht wissen, was sie erwartete. Bernhard folgte ihrem Blick.

»Du wirst uns bald verlassen?«, fragte er.

»Ja, ich denke schon«, antwortete Katharina und zuckte mit den Schultern.

»Ich weiß nur nicht, was werden soll. Der Hof ist für mich allein viel zu groß, und bestimmt sind unser Knecht und unsere Magd fort. Maria wird vielleicht schon in Heftrich sein, und alle Leute werden mich hassen und meiden. Sicher glauben sie daran, dass ich eine Hexe bin. Was soll ich denn noch in einem Zuhause, das mich nicht mehr will?«

Der alte Mann nickte.

»Das kann ich gut verstehen.«

»Vielleicht sollte ich fortgehen. Mich hält ja auch eigentlich nichts mehr in Niederseelbach.«

Katharina dachte an Andreas. Er wollte mit ihr fortgehen und ein neues Leben beginnen. Ein Teil von ihr sehnte sich nach ihm, wollte seine Nähe und Wärme spüren, ihn festhalten und nie mehr loslassen.

Doch ein anderer Teil von ihr wehrte sich dagegen. Andreas war ein Teil des Grauens gewesen. In seinem Gesicht würde immer die Erinnerung an die schlimmste Zeit ihres Lebens stehen.

»Und wenn du nach Frankfurt gehst?«, fragte Bernhard.

Verwundert sah Katharina ihn an. Sie wusste von Frankfurt, es war eine große Stadt.

Aber warum sollte sie dorthin gehen? Der Weg war bestimmt beschwerlich, und in einer großen Stadt war es für eine Frau allein sicher gefährlich.

»Ich weiß, es hört sich verrückt an«, fuhr der Müller fort, »aber für dich wäre es bestimmt nicht schlecht. Du könntest sicher gute Arbeit finden. Du kannst nähen und schneidern, solche Leute werden immer gebraucht. Ich habe in einer Frankfurter Zeitung gelesen, dass die Hexenverfolgungen in Idstein verurteilt werden. Sogar die Obrigkeit der Stadt hat dem Grafen geschrieben, dass er die Verfolgungen einstellen soll.«

Interessiert sah Katharina Bernhard an. Darüber, wohin sie gehen wollte, hatte sie noch nicht nachgedacht. Vielleicht war Frankfurt wirklich eine gute Wahl. Eine große Stadt mit vielen Menschen, das brachte bestimmt einige Vorteile mit sich. Der Müller sprang von der Bank auf. »Ich hole dir die Zeitung. Sie liegt in meinem Nachttisch.«

Katharina sah ihm schmunzelnd nach. Der alte Mann schien richtig aufgeregt zu sein.

Kurz darauf kam er mit einem Blatt Papier zurück. Katharina sah es neugierig an und begann zu lesen. Der Müller hatte recht, offenbar wurden in Frankfurt keine Menschen verfolgt, und in dem Artikel wurde der Graf aufs Schärfste verurteilt. Sie las den Namen am Ende des letzten Absatzes.

Balthasar Breitner. Dieser Mann getraute sich also, gegen den Grafen zu sprechen, und hatte sogar den Mut, seine Worte zu Papier zu bringen. Sie war beeindruckt.

Nachdenklich blickte sie auf den Bach und sah schweigend den Hühnern zu, die sich um ein Stück Brot zankten. Vielleicht hatte der Müller recht, fortzugehen war bestimmt der beste Weg, irgendwo in einer neuen Stadt von vorn zu beginnen und alles hinter sich zu lassen.

»Darf ich den Artikel behalten?«

»Aber natürlich. Ich bekomme ohnehin bald wieder einen neuen.«

Katharina schob das Papier in ihre Rocktasche.

»Woher bekommst du denn die Berichte?«

Der Müller lächelte.

»Das verrate ich nicht. Ein paar Geheimnisse braucht ein alter Mann ja auch noch.« Er sah Katharina neugierig an.

»Also willst du wirklich nach Frankfurt gehen?«

Katharina nickte.

»Ja, ich denke, das ist eine gute Idee. Bestimmt werde ich dort eine gute Anstellung als Näherin finden. Keiner kennt mich dort, und niemand hält mich für eine Hexe. Ich kann noch einmal neu beginnen, ohne Schimpf und Schande.«

Der Müller nickte.

»Das ist gut. Du wirst die Stadt lieben. Als ich jung war, war ich einmal dort. Frankfurt ist groß und weitläufig, dort pulsiert das Leben. Bald wirst du Niederseelbach vergessen haben, das verspreche ich dir.«

Liebevoll legte er Katharina den Arm um die Schultern.

Sie nickte zuversichtlich. Bald würde ein neues Leben beginnen, und irgendwann würde sie vielleicht wieder glücklich sein. Doch im Moment war sie noch hier und brauchte die Erholung. Sie schloss die Augen und reckte ihr Gesicht in die Sonne. Ihr neues Leben musste noch ein wenig warten.

»Und du hältst das wirklich für eine gute Idee?«, fragte Sebastian Post und sah Meister Leonhard zweifelnd an. Sie saßen in einem kleinen Raum, der oberhalb des Torbogens lag. Die Nachmittagssonne schien herein und tauchte das Zimmer in ein warmes Licht. Die Einrichtung war spartanisch, doch Sebastian mochte dieses Zimmer trotz seiner Einfachheit. Es war auf seine Art gemütlich und besonders um diese Zeit warm und freundlich.

Auf dem Tisch stand ein Krug mit Apfelwein. Die Becher der Männer waren bereits leer. Leonhard Busch war aufgewühlt. Er hatte die Sache mit Katharina Heinemann noch nicht überwunden, die Demütigung saß tief. Niemals konnte er es zulassen, dass sie mit heiler Haut davonkam. Sie war eine Hexe, eine Frau des Teufels. Sie mussten etwas unternehmen.

»Wenn wir ihren Hof anzünden, dann wird niemand Verdacht schöpfen. Sie war halb tot, als sie freigelassen wurde. Sicher liegt sie irgendwo und siecht vor sich hin. Es wäre ein Kinderspiel. Wir zünden das Haus an, und sie verbrennt darin. Ein tragisches Unglück, bei dem rein zufällig ein Geschöpf des Teufels ausgelöscht wird.«

Sebastian Post war noch immer nicht überzeugt. Er trug wie immer seine blaue Uniform, und sein Haar war streng nach hinten gekämmt. Ein Band hielt es im Nacken zusammen. Die Frisur betonte seine hohe Stirn und hob seine blauen Augen hervor. Obwohl er Vater von drei Söhnen war, war er dem Weibsvolk nicht abgeneigt. Von dem Gebot »Du sollst nicht begehren deines Nächsten Weib« schien er nicht viel zu halten. Gab es doch nichts Schöneres als die feuchten Schenkel eines lasterhaften Weibes. Er war sich seiner Schwächen durchaus bewusst, denn auch dem Alkohol war er sehr zugetan. Seine nächste Beichte würde wieder sehr lange ausfallen. Aber das, was der Henker plante, war etwas anderes. Sie hintergingen den Grafen – und zwar nicht zum ersten Mal. Er machte sich Gedanken darüber, ob ihm das die kleine Hexe wert war. Sollte sie doch davonkommen. Was würde sie denn noch anstellen können? Sie war mittellos und ganz allein auf der Welt. Von ihr ging wohl keine Gefahr mehr aus.

Er schenkte sich und dem Henker Wein nach und nahm nachdenklich einen Schluck.

»Ich weiß nicht. Was ist, wenn uns jemand dabei sieht? Der Hof ist zwar der letzte in einer Reihe, und wir könnten von hinten kommen. Aber du weißt ja, wie das ist, immer dann kommt jemand.«

Der Henker grinste.

»Du denkst doch nicht, dass wir einen ungewollten Zeugen laufen lassen würden.«

In seinen Augen blitzte es, und Sebastian wich ein Stück zurück. Sein Freund machte ihm Angst. Es war schlimm genug, die junge Frau zu verbrennen, aber einen Unschuldigen zu töten, nur weil er sie vielleicht beobachtet hatte, war unmöglich. Für diese Sünde würden sie ewig in der Hölle schmoren. »Das kann nicht dein Ernst sein, Leonhard. Das können wir doch nicht tun!«

»Um an die kleine Hexe heranzukommen, würde ich noch viel mehr tun.« Die Stimme des Henkers klang zynisch, er grinste süffisant.

»Sie ist eine Hexe. Eine Gefahr für ganz Nassau. Es ist unsere Pflicht, sie auszulöschen. Am Ende wird uns der Graf noch dankbar dafür sein, das wirst du schon sehen.« Der Henker trank von seinem Apfelwein und wischte sich über seinen Schnauzbart. »Und übrigens steckst du zu tief mit drin, mein lieber Sebastian. Wir bringen die Sache jetzt gemeinsam zu Ende.«

Der Landeshauptmann gab seufzend nach. Meister Leonhard hatte ja recht. Wie arm oder mittellos die Hexe auch war, zaubern und hexen konnte sie immer noch.

»Also gut, ich bin dabei. Wann wollen wir nach Niederseelbach reiten?«

Der Henker erhob sich und klopfte dem Landeshauptmann auf die Schulter.

»So ist es gut, alter Freund. Du wirst sehen, du wirst deine Entscheidung nicht bereuen. Am besten, wir reiten gleich los, solange es noch hell ist. Wir dürfen keine Zeit verlieren.«

34

Katinka stapfte durch den Wald. Die junge Zigeunerin schimpfte vor sich hin, denn ihr langes schwarzes Haar fiel ihr immer wieder ins Gesicht. Ungeduldig schob sie es hinter das Ohr. Sie trug das Haar offen. Das tat sie immer. Haarbänder, Zöpfe und Hauben waren ihr zutiefst zuwider. Ihr volles Haar fiel bis auf die Taille herab wie ein schwarzer Schleier, der geheimnisvoll und bezaubernd schimmerte. Ihre Haut war weiß wie Schnee, und ihre Gesichtszüge waren fein und ebenmäßig. Kein Muttermal, keine Unreinheiten verunzierten ihre Haut. Große hellblaue Augen bildeten einen seltsamen Kontrast zu ihren schwarzen Haaren. Sie war nicht besonders groß, war schmal und zierlich. Ein dunkelrotes, an der Taille eng anliegendes Kleid schmiegte sich um ihren Körper. Sie wusste, dass sie hübsch war, und zeigte gerne ihre Schönheit. Doch sie wirkte nicht nur katzenhaft, sondern sie war auch wie eine Katze, die bereitwillig und oft ihre Krallen ausfuhr. Jedenfalls sagte Piotr das. Bei dem Gedanken an den alten Zigeuner mit der dicken Knollennase im Gesicht musste sie lächeln, und ihre Wut verrauchte ein wenig. Eigentlich freute sie sich darüber, wenn sie das Lager allein verlassen durfte. Es war schön, eine neue Gegend zu erkunden.

Doch dass sie betteln gehen musste, das missfiel ihr. Sie

hasste es, bei fremden Leuten um etwas Brot oder Eier zu bitten. Dies war eine Notwendigkeit ihres neuen Zigeunerlebens, die sie am wenigsten leiden konnte.

Ihres neuen Zigeunerlebens. Eigentlich war es gar nicht mehr so neu. Seit zwei Jahren war sie nun schon bei der kleinen Gruppe und zog mit den Zigeunern von Markt zu Markt, von Stadt zu Stadt. Katinka war in der ganzen Zeit immer mehr zur Zigeunerin geworden. Aus dem russischen Mädchen, das irgendwann in einem anderen Leben aus einem kleinen Dorf fortgelaufen war, war ein anderer Mensch geworden. Das naive Mädchen, das in Posen nur knapp dem Feuertod entgangen war, hatte sich zu einer selbstbewussten Frau entwickelt.

Bei der Erinnerung an diese Zeit lief ihr ein kalter Schauer über den Rücken. Sie hatte der alten Olga geglaubt, dass sie ihr helfen würde. Dass diese sie zur Hure machen würde, hätte sie, so jung und naiv, wie sie war, niemals gedacht.

Ja, Katinka war eines von Olgas Mädchen gewesen, die gedacht hatten, in der Stadt gäbe es eine Zukunft.

Wehmütig dachte sie an die anderen Mädchen zurück. Sie hatte damals keine mehr retten können. Alle waren den Feuertod gestorben. In jener schrecklichen Nacht hatte sich ihr Leben von Grund auf verändert. Damals hatte Gott ihre Gebete endlich erhört und ihr eine Mutter geschickt, einen Engel, den sie zuerst nicht erkennen wollte. Nicht erkennen konnte.

Sie war den Zigeunern irgendwann in einer kalten, verregneten Nacht in einem Waldstück nahe der russischen Grenze in die Arme gelaufen. Katinka konnte sich noch genau daran erinnern, wie sie all die Menschen, die sie inzwischen so sehr ins Herz geschlossen hatte, misstrauisch angesehen hatte. Ihre Gastfreundschaft hatte Katinka damals nur zögernd angenommen. Argwöhnisch war sie gewesen und hatte niemandem wirklich vertraut. Die alte Frau, die sich ihr als Babuschka vorgestellt hatte, war zwar nett gewesen, aber auch seltsam und abweisend. Der Rest der Truppe bestand bis auf eine weitere Frau nur aus Männern. Das war für Zigeuner, die eigentlich immer mit ihren Familien reisten, sehr ungewöhnlich. Katinka war in dieser Nacht geblieben und hatte ihre Gastfreundschaft gerne angenommen. Doch im Morgengrauen hatte sie sich fortgeschlichen, war ohne Gruß gegangen. Dass ihr genau diese seltsame Gruppe von Menschen, und besonders die komische alte Frau, eines Tages das Leben retten würden, hätte sie nicht gedacht.

Katinka erreichte den Waldrand. Gänseblümchen blühten zwischen gelbem Hahnenfuß und Vergissmeinnicht im hohen Gras. Katinka sah die bezaubernden Blumen an und atmete die warme Frühlingsluft tief ein. Endlich war der lange Winter vorbei. Endlich war es wieder warm. Ein Lagerfeuer wärmte nur wenig in einer verschneiten Winternacht, auch hatte sie in den letzten Monaten gelernt, was es bedeutete, zu hungern.

Vor ihr lagen einige verschlafen aussehende Bauernhöfe im Wiesengrund. Obstbäume standen auf den Wiesen, und Ziegen und Maultiere grasten auf abgezäunten Feldern. Katinkas schlechte Stimmung war verflogen. Langsam schlenderte sie über die Wiese und ließ ihre Finger durch die Grashalme gleiten. Bestimmt würde sie hier ein paar Eier bekommen. Heute war so ein schöner Tag, keiner würde sie wegschicken. Das lehrte sie die Erfahrung, die sie schon bei einigen Bettelzügen gemacht hatte.

Langsam näherte sie sich einem kleineren Hof. Zwei Männer mit brennenden Fackeln in den Händen standen davor. Katinka duckte sich hinter einen großen gelb blühenden Ginsterbusch. Die beiden sahen seltsam aus. Was machten sie mit den brennenden Fackeln? Ein kalter Schauer lief ihr über den Rücken. An der Sache war etwas faul, das fühlte sie.

Der schwarz gekleidete Mann warf seine Fackel auf das Dach des Hauses. Der andere entzündete noch zwei weitere und warf eine davon in die Stallungen, die neben dem Haupthaus lagen.

Katinkas Magen rebellierte. Eigentlich sollte sie fortlaufen. Hier war etwas Übles im Gange. Jeder Zigeuner rannte sofort weg, sobald es Schwierigkeiten gab. Aber bei ihr überwog die Neugierde. Sie ignorierte die Warnungen von Babuschka. Die Belehrungen der alten Frau waren ihr ohnehin zuwider. Der erhobene Finger und die missbilligenden Blicke, wenn sie mal wieder zu freizügig tanzte.

Langsam schlich sie ein Stück näher heran und duckte sich hinter einen kleinen Grashügel. Jetzt konnte sie die Männer hören.

»Und du denkst wirklich, sie schläft dort irgendwo? Das Haus sieht so leer aus.«

Der blonde Mann, der eine blaue Uniform trug, sah skeptisch zu einem der oberen Fenster. Der Stall stand bereits lichterloh in Flammen. Das trockene Holz brannte wie Zunder.

Der in Schwarz gekleidete Mann nickte.

»Bestimmt ist sie hier. Die kleine Hexe schläft dort oben. Und bis sie bemerkt, was los ist, ist es für sie zu spät.«

Er warf eine weitere Fackel in eines der unteren Fenster, klirrend ging die Scheibe zu Bruch, und Katinka zuckte erschrocken zusammen. Der schwarze Mann machte ihr Angst. Seine Stimme ging ihr durch und durch, sie klang eiskalt und berechnend, kein Funken Mitgefühl und Menschlichkeit lag darin.

Sie sah zu einem der oberen Fenster. Das Sonnenlicht spiegelte sich in der Scheibe, schwarzer Rauch quoll an den Wänden nach oben. Flammen loderten aus den zerbrochenen Fenstern, und der Geruch von verbranntem Holz stieg ihr in die Nase.

Eine Hexe, er hatte von einer Hexe gesprochen. Dort oben saß irgendwo eine junge Frau, ein Mädchen, das vielleicht so alt war wie sie. Eine Frau, die den Flammentod sterben sollte für etwas, was der reinste Unsinn war. Verzweiflung breitete sich in Katinka aus, und seltsamerweise stiegen ihr Tränen in die Augen. Diesem armen Geschöpf konnte niemand helfen. Katinka schüttelte den Kopf, wischte ihre Tränen ab und versuchte, sich zu beruhigen.

Die Flammen stiegen immer höher, und die beiden Männer schlugen einander lachend auf den Rücken.

»Jetzt ist es endgültig vorbei mit der Hexenbrut«, sagte der blonde Mann, der Katinka gar nicht so gefährlich vorkam. Sie konnte seine Gesichtszüge erkennen. Er trug sein blondes Haar zu einem Zopf gebunden, hatte große blaue Augen und wirkte gepflegt und ordentlich.

Der andere Mann stand einfach nur ruhig da und blickte

in die Flammen. »Ja, das Haus brennt gut. Bestimmt ist sie bereits erstickt. Obwohl ich es ihr so sehr wünsche, dass sie spürt, wie sich die Flammen in ihre Haut fressen, wie sie ihr die Gedärme verbrennen und sie sich nach und nach in Asche verwandelt. Damit sie begreift, dass man mich, den Henker, nicht zum Narren hält!«

Der schwarze Mann drehte sich um. Als Katinka in sein Antlitz blickte, erstarrte sie erneut. Seine hohen Wangenknochen, seine eiskalten Augen und der grausame Ausdruck, der in seinen Zügen lag, erschreckten sie.

Er ließ seinen Blick über die Wiese schweifen. Ängstlich duckte Katinka sich hinter den kleinen Hügel, das Herz schlug ihr bis zum Hals. Nur nicht entdeckt werden! Sie wusste genau, hier ging etwas nicht mit rechten Dingen zu. Es war verboten, was die beiden taten, und Zeugen waren sicher nicht erwünscht.

Die Männer wandten sich vom Haus ab. Erst jetzt bemerkte Katinka die beiden Pferde, die auf der Straße an den Zaun gebunden waren. Die Männer banden sie los. Als eines der Pferde sich nicht beruhigen wollte, versetzte der schwarze Mann ihm einen Hieb mit der Reitgerte.

»Wirst du wohl stillhalten.«

Der andere Mann war besonnener und führte sein Pferd vom Zaun weg.

Er wandte den Kopf. Seine Worte waren kaum zu verstehen. Das Prasseln des Feuers und das laute Bersten der Holzbalken übertönte sie.

»Du musst es vom Feuer wegführen, Leonhard. Es hat Angst.«

Der schwarze Mann senkte die Gerte und nahm die Zügel.

Die Männer gingen die Straße hinunter. Katinka blickte ihnen schweigend nach. Als sie den Hügel erreichten, schienen sich die Pferde etwas beruhigt zu haben, und die beiden Männer schwangen sich in ihre Sättel und ritten davon.

Katinka stürzte aus ihrem Versteck und rannte auf das Haus zu. Schwarzer Rauch hüllte sie ein, und die Flammen schlugen ihr entgegen. Sie hob schützend die Hände vors Gesicht und wich zurück. Wer auch immer in dem Haus war, musste tot sein. Die seltsamen Männer hatten gewonnen.

Maria war auf dem Heimweg. Sie hatte ihren zukünftigen Gatten besucht, was sie neuerdings immer öfter tat. Sie freute sich auf ihr neues Leben. Heftrich war ein großes Dorf, lag idyllisch in einem Wiesengrund. Es gab viele Häuser, eine kleine Dorfschule und sogar eine eigene Kirche. Das Anwesen von Ludwig war groß und weitläufig. Er besaß Kühe, Ziegen, Schweine und Pferde, bewirtschaftete viele Hektar Land und baute Mais und Korn an. Mehrere Mägde und Knechte lebten auf seinem Hof. Ludwig war fast schon so etwas wie ein richtiger Gutsherr. Bei ihm würde es ihnen richtig gut gehen.

Sie summte eine fröhliche Melodie. Für den Besuch bei ihrem Verlobten hatte sie sich extra herausgeputzt. Ihr blondes Haar hatte sie ordentlich nach hinten gesteckt und unter eine bunt bestickte Haube geschoben. Sie trug ein hellrosafarbenes Leinenkleid und eine weiße Schürze. Eigentlich war es für den Anlass ein wenig zu fein.

Sie hatte es eigentlich nicht anziehen wollen, doch als sie es heute Morgen im Schrank hängen sah, hatte sie voller Wehmut an Katharina gedacht. Die Freundin hatte es genäht. Es war eines der ersten Kleider, die sie selbst genäht hatte. Stundenlang hatte sie Maß genommen, und Maria hatte so manchen Nachmittag in der Wohnstube der Heinemanns verbracht. Es war schön geworden, einzigartig.

Traurig hatte Maria das Kleid angesehen. Andreas hatte sich noch nicht gemeldet. Sie wusste noch immer nicht, was mit Katharina passiert war und ob sie überhaupt noch lebte. Maria beobachtete das Haus, achtete auf jede kleinste Bewegung, auf jede Veränderung. Doch nichts geschah. Keiner kam und öffnete das Hoftor, und die Fenster waren noch immer fest geschlossen. Seufzend hatte sie das Kleid dann doch aus dem Schrank geholt und es angezogen. Für sich selbst und für Ludwig – und ein wenig auch für Katharina.

Die Sonne stand schon tief. Es war schön, durch den Wald zu laufen. Es roch nach Tannennadeln, Erde und Blumen. Die Vögel sangen, und ein Reh stand im Unterholz und sah sie an. Es wehte ein leichter Wind, so dass es im Schatten kühl war. Maria zog ihren Umhang etwas enger um sich.

Es war ein schöner Tag gewesen. Ludwig war ein höflicher und netter Mann. Er hatte sich über ihren Besuch gefreut. Sie hatten zusammen gegessen. Seine Mutter hatte gekocht und hatte sogar Fleisch aufgetischt. Sie war eine warmherzige und liebevolle Frau, Maria hatte sie sofort ins Herz geschlossen.

Sie erreichte den Waldrand, Dasbach lag vor ihr. Sanft schmiegten sich die wenigen Häuser und Höfe in die Hügel.

Das Gras wiegte sich im Wind, und das Licht der Abend-
sonne wärmte die Welt. Der Anblick war unfassbar schön.
Langsam schlenderte sie den Weg hinunter, ging an Dasbach vorbei und wandte sich nach Hause. Die Kirchturmglocke schlug, ihr Läuten durchbrach die abendliche Ruhe.
Ihr Blick wanderte im Vorbeigehen zu der kleinen Kirche
hinüber.

Ob Andreas jetzt dort war? Vielleicht sollte sie zu ihm
gehen. Am Ende wusste er etwas und wollte es ihr nur nicht
sagen. Doch sie überlegte es sich anders. Es war bereits spät,
und die Magd, die heute auf Anna aufpasste, ging bald nach
Hause. Dem Großvater ging es leider noch immer nicht
besser. Maria hatte das Gefühl, dass er sich wohl nie mehr
richtig erholen würde. Allmählich schien für ihn die Zeit
gekommen zu sein. Sie beschleunigte ihre Schritte, und
kurze Zeit später kam Niederseelbach in Sicht. Doch es lag
nicht friedlich im Wiesengrund, denn über dem Dorf hing
schwarzer Rauch. Sie suchte die Häuser ab und rannte aufgeregt den Hügel hinunter und die Dorfstraße entlang.
Schaulustige standen an den Zäunen, und einige Leute waren auf der Straße. Keuchend erreichte sie ihr Haus. Der Hof
war unversehrt. Doch dann stockte ihr der Atem. Es war der
Hof der Heinemanns, der lichterloh in Flammen stand.

Katinka zitterte, als sie erschöpft das Lager erreichte. Die
Wagen der kleinen Zigeunergruppe standen im Kreis, und
in der Mitte brannte ein Lagerfeuer. Es gab fünf Wagen: zwei
hölzerne Wohnwagen, zwei etwas kleinere Planwagen und

einen hölzernen Karren. Die hölzernen Wohnwagen sahen bereits leicht schäbig aus und waren an mehreren Stellen notdürftig mit Brettern geflickt worden. Die Planwagen waren mit bunten, zerschlissenen Tüchern zugehängt.

Katinka setzte sich auf einen umgefallenen Baumstamm und versuchte, sich zu beruhigen. Es war vorbei, sie war in Sicherheit. Der armen Frau hätte niemand mehr helfen können.

»Du kommst spät.« Irina stand vor ihr und sah sie missbilligend an. »Wo sind denn meine Eier? Und warum bist du so schwarz im Gesicht?«

Katinka wusste nicht, was sie antworten sollte. An die Eier für Irina hatte sie gar nicht mehr gedacht. Die Zigeunerin, die mit Andrej einen der Holzwohnwagen bewohnte, war eigentlich eher still und zurückhaltend. Sie schlichtete oft Streitigkeiten und kümmerte sich um das leibliche Wohl der Gruppe. Irina konnte von nichts und niemandem so schnell durcheinandergebracht werden. Katinka mochte die Frau, die nicht wie eine typische Zigeunerin aussah. Irina hatte grüne Augen, und ihr aschblondes Haar hatte sie meist mit einem Tuch zurückgebunden. Sie war klein, schmal gebaut und erschien schwächer, als sie tatsächlich war.

Irina und Andrej waren verheiratet. Katinka bewunderte die hingebungsvolle Art, in der Andrej seine Frau behandelte. Der unscheinbare Mann mit dem Schnauzbart las ihr jeden Wunsch von den Augen ab, war aufmerksam und liebevoll.

Irina blickte Katinka, die hilflos mit den Schultern zuckte, an. »Entschuldige, aber es ist mir etwas Schreckliches passiert. Es war fürchterlich.«

»Was war fürchterlich?«

Die alte Babuschka lief vorbei. Sie hatte die letzten Worte von Katinka aufgeschnappt und kam neugierig näher.

»Du bist ja ganz blass, und warum ist denn dein Gesicht rußverschmiert? Was ist denn geschehen?«

Katinka atmete tief durch. Irina setzte sich neben sie. Auch sie hatte die Eier völlig vergessen. Sie bemerkte, dass Katinka zitterte.

»Es war seltsam. Als ich aus dem Wald kam, lag ein kleinerer Hof vor mir, zwei Männer standen mit brennenden Fackeln in den Händen davor, lachten laut und warfen die Fackeln auf das Haus.« Sie sah die alte Babuschka an, die die Augenbrauen hochzog, »Ich weiß, ich hätte sofort weglaufen sollen, aber ich bin näher herangeschlichen. Sie waren böse. Besonders der eine. Er war in Schwarz gekleidet, und seine Stimme klang hasserfüllt. Er sprach von einer Hexe, die wohl irgendwo im Haus krank darniederlag und schlief. Sie sollte verbrennen. Immer mehr brennende Fackeln warfen sie ins Haus, und das Feuer loderte durchs Dach, der beißende Qualm breitete sich rasch aus.«

Mitleidig sah Irina Katinka an. Sie wusste von den Alpträumen des Mädchens, kannte ihre Erinnerungen, die sie immer noch verfolgten, hörte oft Katinkas Schreie in der Nacht.

Irina wusste genau, dass Katinka deshalb oft so hart und abweisend war.

»Und was haben sie dann gemacht?«, fragte die alte Babuschka, Sorgenfalten auf der Stirn. Hier in der Gegend wurde anscheinend der Teufel ausgetrieben. Das war nicht gut für Zigeuner.

»Sie sind lachend fortgeritten. Sie haben sie verbrannt, einfach so haben sie eine Frau umgebracht. Warum tun sie so etwas?« Tränen stiegen Katinka in die Augen, und sie schluchzte laut auf. Die alte Babuschka setzte sich neben sie und nahm sie in die Arme.

»Ich weiß, ich weiß, es ist schlimm. Doch es ist vorbei. Du musst es nicht mehr sehen. Die junge Frau ist jetzt bestimmt im Himmel, und sicher geht es ihr dort besser.«

Katinka genoss Babuschkas tröstende Wärme und Nähe. Nach einer Weile hob sie den Kopf und wischte sich die Tränen von den Wangen.

»Es ist schon wieder gut. Sie hat mir nur so leidgetan.«

»Das hätte sie mir auch«, sagte Irina leise und war ebenfalls blass geworden. Immer wenn sie in einer Gegend waren, in der Hexen verfolgt wurden, bekam sie Angst. Sie waren Zigeuner, die Menschen verstanden sie nicht und mieden sie. Nur auf den Märkten waren sie geduldet, da durften sie ein wenig tanzen und Kessel flicken, aber ansonsten war es besser, sie fielen nicht auf.

Die alte Babuschka dachte in diesem Moment anscheinend genau das Gleiche und sah sich unsicher um. Die Sonne versank am Horizont.

»Wir warten den Markttag in Idstein noch ab, und dann sehen wir zu, dass wir verschwinden. Dieser Ort macht mir Angst.« Katinkas Blick wanderte zum Waldrand. Doch ihre Gedanken drehten sich um ein anderes Problem. Sie würde noch einmal zurück in das Dorf gehen. Sie musste es einfach wissen, ob die Frau wirklich in dem Haus gewesen war.

35

Katharina saß allein auf der Bank vor der Mühle. Die Morgennebel hatten sich verzogen, und die Mittagssonne spiegelte sich im Wasser des Baches. Das Mühlenrad klapperte. Sie hatte sich an das Geräusch gewöhnt. In den letzten Tagen war es ihr so vertraut geworden, als wäre sie schon immer hier gewesen. Es gab ihr ein Gefühl von Beständigkeit.

Sie seufzte. Heute wollte sie gehen. Eigentlich hätte sie schon längst aufbrechen müssen. Aber was erwartete sie? Wer wollte da draußen schon eine Hexe haben.

»Na, mein Mädchen, woran denkst du?«

Bernhard saß plötzlich neben ihr, sie sah ihn überrascht an. Sie hatte ihn gar nicht kommen hören.

»Ich weiß nicht. Ich sollte eigentlich gehen.«

»Eigentlich? Heute ist dein Abreisetag. Aber wenn du noch bleiben möchtest, haben Dorothea und ich nichts dagegen. Du weißt, dass du so lange hier sein kannst, wie du möchtest. Wenn es nach meiner Müllerin ginge, dann könntest du für immer bleiben. Sie hat dich sehr gern, genießt deine Nähe und freut sich, dass sie so eine gute Hilfe hat.«

Katharina lächelte.

»Ach, was würde ich dafür geben, hierbleiben zu können. Einfach die Welt dort draußen vergessen und bei euch in der Mühle sein. Jeden Tag dieses bezaubernde Tal sehen, das

Klappern des Mühlenrads und das Mahlen des Mühlsteins hören. Aber ich glaube nicht, dass ich auf Dauer hier glücklich sein könnte.«

Der alte Mann nickte.

»Ja, und deshalb denke ich, solltest du heute wirklich gehen, auch wenn es schwerfällt. Es ist nie einfach, etwas Neues zu beginnen.«

»Und du glaubst tatsächlich, dass Frankfurt eine gute Idee ist?«

»Ja, das denke ich.« Bernhard zwinkerte Katharina aufmunternd zu. »Es ist sogar eine sehr gute Idee. Du wirst sehen, diese Stadt ist überwältigend. Es gibt dort für junge Frauen so viele Möglichkeiten, sie gehen dort richtigen Berufen nach. Viele Frauen sind alleinstehend und von Männern unabhängig. Oft sind sie nicht einmal verheiratet.«

Heiraten, dachte Katharina. Ja, das hatte sie sich auch einmal gewünscht. In einem anderen Leben, in einer anderen Zeit hatte sie verheiratet sein wollen. Ihr größter Wunsch war es damals gewesen, an Andreas' Seite zu stehen. Bei dem Gedanken an ihn schlug ihr Herz schneller. Sie vermisste ihn so sehr, dass es wehtat.

Der Müller musterte Katharina nachdenklich und erkannte die Sehnsucht in ihren Augen, den Kummer darüber, die Liebe verloren zu haben.

»Es gibt noch andere«, sagte er leise. Katharina sah ihn verwundert an. Nicht ein einziges Mal hatte sie Andreas erwähnt, hatte nie von ihm gesprochen. Manchmal kam es ihr so vor, als könnte Bernhard tatsächlich Gedanken lesen.

»Ja, vielleicht«, antwortete sie und nickte. »Denn heiraten wäre schon schön, irgendwann einmal.«

»Aber sicher wirst du heiraten. Warum denn nicht? So ein hübsches Mädchen wie du. Das wäre doch gelacht, wenn sich da kein Mann finden würde.«

Dorothea tauchte in der Tür auf, ein Bündel im Arm.

»Ich habe dir deine Sachen gepackt.« Ihre Stimme klang wehmütig.

Katharina lächelte. Manchmal kam ihr die alte Frau wie ihre Mutter vor. Sie umsorgte sie, kümmerte sich um ihre Sachen und hörte ihr zu. Sie erhob sich von der Bank und nahm Dorothea dankbar das Bündel ab.

Der Müller kramte in seinen Taschen, zauberte zwei Silberstücke hervor und hielt sie Katharina hin.

»Das ist für dich. Mit dem Geld kannst du ein Fuhrwerk bezahlen, und es reicht auch noch für eine Kammer in Frankfurt, damit du erst einmal eine Bleibe hast.«

Katharina sah ihn verlegen an und wusste nicht, was sie sagen sollte. »Aber das kann ich doch nicht annehmen.«

»Doch, du kannst es annehmen.« Er griff nach ihrer Hand, öffnete diese und legte das Geld hinein. »Es ist wichtig. Du kannst ja nicht einfach allein durch den Wald nach Frankfurt laufen, das ist für eine junge Frau viel zu gefährlich.«

Katharina schob das Geld in ihre Rocktasche und fiel Bernhard dankbar um den Hals.

»Danke, vielen Dank für alles. Ohne euch hätte ich es niemals geschafft«, sagte sie, Tränen in den Augen.

Der Müller blinzelte jetzt ebenfalls, und Dorothea hielt sich ihr Taschentuch an die Nase. Sie mochte Abschiede nicht. Wenn es nach ihr gehen würde, würde Katharina einfach hierbleiben. Aber sie wusste, dass es vernünftiger war, sie ziehen zu lassen. Sie war eine junge Frau, die eine gute Zukunft hatte. Hier in der Mühle waren nur sie und der alte Bernhard. Und wer wusste schon, wie lange es sie beide noch gab? Die Zukunft fing woanders an.

Katharina löste sich aus Bernhards Armen und umarmte auch Dorothea.

»Du warst wie eine Mutter für mich. Es war so schön, mit dir zu reden, einfach bei dir zu sein. Ich werde dich schrecklich vermissen.«

Dorothea rannen nun doch Tränen über die Wangen. Sie drückte das Mädchen ganz fest an sich und bemerkte wieder, wie erschreckend dünn Katharina noch war.

»Ich wünsche dir alles Glück der Welt«, flüsterte sie. Katharina löste sich aus ihrer Umarmung, und Dorothea wischte sich lächelnd die Tränen aus dem Gesicht und blickte leicht beschämt zu Boden. »Ich bin eine dumme Heulsuse, eigentlich sollte ich lachen und fröhlich sein, denn es geht dir wieder gut und du bist endlich wieder gesund.«

Bernhard nahm seine Frau in den Arm und strich ihr liebevoll über die Schulter. Katharina griff nach ihrem kleinen Bündel Kleider, stand verlegen vor den beiden und blickte sich unsicher um. Dort lag der Weg zurück in ihr Leben, von dem sie nicht wusste, wie es aussehen würde.

»Dann gehe ich mal«, sagte sie leise.

»Du schaffst das. Wir drücken dir fest die Daumen. Du wirst sehen, es wird alles wunderbar werden. Du wirst noch an meine Worte denken.«

Die Stimme des Müllers klang aufmunternd.

Katharina straffte die Schultern und ging. Als sie sich noch einmal umdrehte, standen Dorothea und Bernhard

Arm in Arm vor ihrer Mühle und sahen wie gemalt aus. Kein Maler hätte dieses Bild besser einfangen können.

So wollte Katharina die Mühle für immer in Erinnerung behalten, diesen friedlichen Ort, der ihr wie verzaubert vorkam und an dem die Welt ein wenig besser war.

Niederseelbach sah aus wie immer. Katharina lief die Dorfstraße hinunter. Die Nachmittagssonne schien ihr ins Gesicht. Auf der Straße war niemand zu sehen. Auf den kleinen Weiden und Obstwiesen, die vor den Häusern und Höfen lagen, grasten einige Kühe, Ziegen und Maultiere, und ab und an lief eine Ente oder ein Huhn über den Weg. In den Gärten blühten Blumen, und auch die Obstbäume standen in voller Blüte. Hier war alles genau wie immer, sah friedlich aus, als wäre nie etwas geschehen.

Auf dem Weg hierher hatte Katharina sich Gedanken gemacht, und viele Dinge waren ihr durch den Kopf gegangen. Ob Maria bereits fort war und wie es wohl sein würde, wieder den Hof zu betreten. Sie freute sich darauf, heimzukommen, fürchtete sich aber auch ein wenig davor. Die Stille des Hofes und die vielen Erinnerungen jagten ihr Angst ein. Ihr Zuhause war nicht mehr der Platz, an dem sie sich geborgen fühlte. Sogar diese Sicherheit hatten sie ihr genommen. Der Hof erinnerte sie nur daran, was geschehen war.

Sie wich einer Schar Gänse aus, die schnatternd an ihr vorbeilief, und ging um die letzte Biegung. Erschrocken blieb sie stehen, ihr Bündel fiel zu Boden. Da war kein Hof mehr. Es gab nur noch schwarze Balken und rußige Mauern.

Ungläubig starrte sie auf das Bild, das sich ihr bot, blinzelte, schloss die Augen und öffnete sie wieder. Aber es veränderte sich nichts, der Hof war tatsächlich verbrannt.

Langsam ging sie darauf zu, und der Geruch von verbranntem Holz stieg ihr in die Nase. Sie ging mitten durch die Trümmer und blieb im ehemaligen Innenhof stehen. Von der Scheune war nichts mehr übrig, nur noch ein paar verbrannte Balken lagen herum, auch der Leiterwagen war kaum noch zu erkennen. Vorsichtig ging sie weiter und betrat das Wohnhaus. Das Dach des Hauses war eingestürzt, und überall auf dem Boden lagen Ziegel und schwarze und verkohlte Balken. Mitten in dem Chaos konnte sie ihren alten Spülstein erkennen, vor dem die alte Tonkanne zerbrochen auf dem Boden lag. Auch ihr Ofen war schwarz. Traurig ging sie zu ihm hinüber, hob eine rußverschmierte Suppenkelle vom Boden auf und legte sie auf die Ofenplatte.

Sie hatte das Haus ohnehin verlassen wollen und geglaubt, nicht mehr daran zu hängen. Aber es war ihr Zuhause, der Platz, an dem sie aufgewachsen war. Traurig sah sie sich weiter um. Von der Holztreppe waren nur noch drei halbe Stufen erhalten. Das Haus war fast bis auf die Grundmauern abgebrannt. Es gab kein Dach mehr, keinen ersten Stock. Alles war zerstört.

Sie hatte ihre wenigen Besitztümer auch noch verloren.

Ihr Blick wanderte zur Obstwiese. Die Apfelbäume blühten, und die Wiese war von weißen Blütenblättern übersät. Sie sah aus wie immer. Der Hof der Häusers hatte sich kein bisschen verändert. Ob Maria noch dort war?

Die Tür des Hauses wurde geöffnet, und Katharina sah, wie Maria auf den Hof hinaustrat.

Maria schien die Freundin gesehen zu haben, denn sie rannte über die Obstwiese. Katharina lief Maria entgegen. In der Mitte der Wiese trafen sie sich und fielen sich überglücklich in die Arme. Maria war völlig außer Atem. Katharina konnte ihren Herzschlag spüren, fühlte ihren Atem auf der Haut und atmete den vertrauten Kamillenduft der Freundin ein. Beide sanken auf die Knie ins weiche Gras und umarmten einander ganz fest. Keine von beiden hatte geglaubt, die andere jemals wiederzusehen. Maria konnte es nicht fassen. Nach all den Sorgen, dem Hoffen und Bangen der letzten Wochen war die totgeglaubte Freundin auf einmal wieder da. Tränen der Freude rannen über ihre Wangen.

Nach einer langen Weile ließen sie einander endlich los. Maria wischte sich verlegen die Tränen ab und musterte Katharina verstohlen von der Seite. Ihre geliebte Freundin war schrecklich dünn. Bei der Umarmung hatte sie jede einzelne von Katharinas Rippen gespürt.

Was hatten sie Katharina nur angetan? Der Schmerz und das Leid waren tief in ihr Antlitz eingegraben. Auch ihr Lächeln konnte Maria nicht täuschen.

Katharina fing sich als Erste wieder. Die ganze Zeit über hatte sie geglaubt, Maria sei bereits fort. Sie hatte gedacht, sie würde sie niemals wiedersehen und könnte ihr nicht Lebewohl sagen. Aber jetzt saß die geliebte Freundin vor ihr und sah wie ein zauberhafter Engel aus.

Marias Zopf hatte sich gelöst, ihr blondes Haar wellte sich über ihren Rücken, und einige Haarsträhnen fielen in ihr bezauberndes Gesicht. Marias Augen leuchteten hell vor Freude.

Katharina deutete zum Hof hinüber. »Was ist denn nur geschehen?«

Maria zuckte mit den Schultern. »Ich kann es dir nicht sagen. Ich war an dem Tag in Heftrich bei Ludwig. Als ich nach Hause kam, brannte der Hof bereits lichterloh.«

Katharina überlegte und fragte dann: »Waren es vielleicht Cäcilie und Michael? Am Ende ist ihnen ein Missgeschick geschehen.«

Maria schüttelte den Kopf.

»Sie sind schon eine Weile fort. Die beiden sind in die Nähe von Wiesbaden gezogen. Michael hat gehört, dass dort ein großes Hofgut Leute sucht, und so sind sie nach ihrer Hochzeit dorthin gegangen.«

Katharina seufzte erleichtert.

»Also hat er sie doch geheiratet.«

»Ja, es ist alles gut ausgegangen.«

»Hoffentlich geht es ihnen gut. Ich könnte es nicht ertragen, wenn jemand Cäcilie schlecht behandelt. Sie ist ein liebes Mädchen und hat ihr Schicksal so tapfer angenommen.«

Maria sah Katharina verwundert an. Wie konnte die Freundin jetzt von dem Schicksal anderer sprechen? Sie hatte doch selbst Schreckliches hinter sich.

Maria zuckte mit den Schultern.

»Ich weiß es nicht, ob sie dort gut behandelt wird. Aber Michael wird schon auf sie aufpassen.«

Katharina nickte und blickte erneut auf die Trümmer ihres Hofes.

»Aber was ist denn dann passiert?«

»Ja, das weiß niemand so genau. Im Ort gibt es viele Gerüchte. Einige davon willst du gar nicht hören.«

Katharina sah Maria missmutig an.

»Alle glauben, dass ich eine Hexe bin, und denken bestimmt, dass es Schicksal war, dass der Hof abgebrannt ist. Einem Hexenhof gebührt ja auch nichts anderes.«

Maria wollte antworten, aber sie wurde von einer quietschenden Kinderstimme unterbrochen.

Die kleine Anna kam über die Obstwiese gelaufen. Das Kind war barfuß und trug nur ein einfaches Hemdchen, das rot verschmiert war. Ihre blonden Locken ringelten sich um das kleine Köpfchen. Sie strahlte über das ganze Gesicht, hielt ihre klebrigen Fingerchen in die Höhe und wackelte auf Katharina zu.

»Ina da«, rief sie. »Ina wieder da.«

Katharina hob die Kleine lachend hoch und schloss sie überglücklich in die Arme. Anna duftete süß nach Erdbeeren, ihr Haar war weich, und die kleinen Löckchen kitzelten Katharina an der Wange.

Das Mädchen begann zu zappeln, und Katharina setzte es vorsichtig ins Gras.

Maria sah ihre kleine Tochter mit einem leicht missbilligenden Lächeln an. Die Kleine schien die Abwesenheit ihrer Mutter ausgenutzt zu haben.

»Kann das sein, dass da eine junge Dame am Marmeladenglas war?«

Anna sah ihre Mutter an, verzog ihren roten Erdbeermund und hielt ihrer Mutter ihre verschmierten Händchen hin.

Die beiden Frauen lachten, und Maria hob ihre Tochter hoch. »Na, dann kommt, lasst uns ins Haus gehen. Ich denke, da benötigt eine junge Dame ein Bad.«

Katharina lief schmunzelnd hinter den beiden her und wischte sich die Marmeladenreste von der Wange.

»Also, ich glaube, ich könnte jetzt auch ein feuchtes Tuch gebrauchen«, sagte sie und zwinkerte Anna lachend zu. Die Kleine winkte strahlend zurück.

36

Katinka rannte übers Feld. Sie hatte ihre Röcke gerafft, die langen Gräser kitzelten sie an den Beinen. Sie war überglücklich. Die junge Frau war nicht tot, es ging ihr gut, sie war nicht in dem Feuer umgekommen.

Außer Atem blieb sie am Waldrand stehen, hielt sich an dem Stamm einer dicken Eiche fest und rang nach Luft. Mehrfach hatte sie sich in den letzten Tagen nach Niederseelbach geschlichen und hatte traurig auf die schwarzen Trümmer geblickt. Sie wusste nicht, warum sie das tat. Es ging sie eigentlich gar nichts an. Sie kannte die Frau nicht und wusste nicht einmal, was passiert war. Nun hatte sie endlich Gewissheit: In dem Haus war niemand gewesen, es war leer abgebrannt. Die Männer hatten nicht gewonnen.

Erleichtert war Katinka ein wenig näher herangeschlichen und hatte die beiden Frauen bei ihrem Wiedersehen beobachtet. Es war schön, die fremde Frau gesund und strahlend zu sehen, am liebsten wäre sie hingerannt und hätte sie ebenfalls umarmt.

Die Unbekannte, die ihr seltsamerweise vertraut vorkam, hatte hübsch ausgesehen. Sie hatte kupferrotes Haar, ihr Teint sah wie Porzellan aus, doch Sommersprossen nahmen ihm die Strenge. Sie war sehr groß und überragte Katinka bestimmt um einen halben Kopf. Ihr Lachen hatte Katinka Tränen der Freude in die Augen getrieben.

Seufzend schlenderte sie durch den Wald. Sie war schon lange nicht mehr so glücklich gewesen. Warum war das so?

Die Sonne schien durch die Bäume, und der Waldboden war von einem dichten Teppich von Immergrün und Buschwindröschen bedeckt. Er sah wunderschön aus. Die weißen und lilafarbenen Blüten verwandelten den Waldboden in ein farbenprächtiges Blütenmeer.

Katinka war überglücklich, so fröhlich, watete barfuß durch den Bach, setzte sich auf einen Stein am Ufer und sah verträumt lächelnd dem Wasser dabei zu, wie es sich seinen Weg über die Steine bahnte.

Plötzlich durchbrachen Schritte die Stille. Erschrocken blickte sie auf, doch es war nur der alte Piotr, der hinter ein paar jungen Fichten hervortrat.

»Katinka, da bist du ja. Ich suche dich schon überall. Babuschka macht sich Sorgen um dich.«

Katinka verdrehte die Augen. »Immer macht sie sich Sorgen. Mir geht es gut, sogar sehr gut.«

Piotr setzte sich ihr gegenüber ans Ufer.

»Du kennst sie doch. Sie ist eben sehr ängstlich. Überall wittert sie Gefahr, und oft liegt sie damit gar nicht so falsch. Ohne sie wärst du wahrscheinlich nicht mehr am Leben. Ich wäre damals sicher nicht den tobenden Menschen nachgelaufen, die dich und die anderen Mädchen aus dem Haus gezerrt haben. Aber unsere Babuschka, die hat es getan. Sie hat so ein Gefühl, hat sie gesagt. Und inzwischen weißt du ja, dass sie mit ihren Gefühlen oft richtigliegt.«

Katinka seufzte. »Ja, du hast recht. Aber das hier ist doch nicht Posen, und hier verfolgt mich auch keiner. Die Geschichte ist jetzt zwei Jahre her. Es geht mir gut – und stell dir vor, ihr geht es auch gut.«

»Wem geht es gut?« Piotr sah Katinka erstaunt an.

»Na, der jungen Frau aus dem Haus. Sie ist gar nicht verbrannt. Ich habe sie gerade gesehen. Sie ist wieder da. Sie sah glücklich aus und hat sogar gelacht.«

Piotr zog die Augenbrauen hoch. »Du solltest doch nicht wieder in das Dorf gehen. Der Platz ist gefährlich, und die Menschen dort sind es auch. Was ist, wenn sie dich entdecken?«

Katinka verdrehte die Augen, und Piotr fuhr fort:

»Du weißt doch, wie Babuschka ist. Sie traut sich kaum noch aus ihrem Wagen. Die Gegend macht ihr Angst. Seitdem du von dem Feuer berichtet hast, ist sie wie ausgewechselt. Wir warten den morgigen Markttag noch ab, und danach brechen wir auf. Es ist besser für uns alle.«

Katinka nickte. Piotr hatte recht. Wenn Babuschka etwas sagte, stimmte es meistens. Sie lief am Ufer entlang zurück und holte ihre Schuhe.

»Na, dann lass uns lieber zurückgehen. Jetzt weiß ich ja immerhin, dass es ihr gutgeht.«

»Erzähl das aber nicht Babuschka. Sie wird es nicht hören wollen.«

»Gut, ich verspreche es. Ich werde kein Wort sagen«, antwortete Katinka und schlüpfte in ihre Schuhe.

Katharina stand am Fenster der kleinen Kammer und blickte über die Obstwiese auf die Trümmer ihres Hauses. Es tat weh, es so zerstört und trostlos zu sehen und machte ihr Weggehen so endgültig. Hier konnte sie auf keinen Fall bleiben. Maria hatte in den letzten zwei Tagen alles versucht, um sie dazu zu überreden, mit ihr nach Heftrich zu gehen. Die Idee von Frankfurt hatte ihr gar nicht gefallen. Für sie waren das dumme Flausen. Was Katharina allein in der Stadt wolle? Sie kannte dort doch niemanden. Es wäre bestimmt sehr schwer, zurechtzukommen. Marias Einwände waren richtig gewesen, aber Katharina war davon überzeugt, dass das Schicksal es so wollte. Sie sollte nach Frankfurt gehen. Das alles hier, Idstein und Heftrich, gehörte zu ihrer Vergangenheit. Die Leute würden immer reden und niemals damit aufhören. In Frankfurt kannte keiner sie, dort konnte sie unbehelligt über die Straßen gehen. Es würde sicher alles gut werden.

Seufzend drehte sie sich vom Fenster weg und ging zu der kleinen Kommode hinüber, die gegenüber ihrem Bett an der Wand stand. Das Dach war schräg, und sie musste den Kopf einziehen. Eine Waschschüssel aus weißem Porzellan stand auf der Kommode, und ein kleiner Spiegel hing an der Wand. Prüfend blickte sie hinein und verzog das Gesicht. Es gefiel ihr nicht, was sie sah. Ihre Blässe, ihre hohlen Wangen und die verhassten Sommersprossen.

Sie goss ein wenig Wasser aus einem Krug in die Schüssel und spritzte es sich ins Gesicht.

Es klopfte an der Tür. Sie blickte auf. »Katharina, bist du schon wach?«

Es war Maria. Was sie wohl so früh am Morgen von ihr wollte?

»Ja, ich bin wach. Komm ruhig herein.«

Maria betrat den Raum und schloss leise die Tür hinter sich. Sie hatte sich ordentlich zurechtgemacht. Ihr blondes Haar war zu einem Zopf geflochten, und sie trug ein dunkelblaues Leinenkleid mit einer weißen Bluse darunter. Nur ihre beigefarbene Schürze wies ein paar kleine Flecken auf.

»Guten Morgen, Katharina«, sagte sie und trat näher. Katharina war noch nicht angekleidet. Ihr Kleid lag auf dem ungemachten Bett. Maria nestelte am Band ihrer Schürze herum. Am Tag zuvor hatte Katharina klargestellt, dass sie nicht mit nach Heftrich kommen würde und allein nach Frankfurt laufen wollte. Sogar die Fahrt mit einem Fuhrwerk zog sie nicht in Erwägung. Katharina hatte Maria die Silbermünzen gezeigt, die für ihr Auskommen in Frankfurt reichen mussten. Wenn sie eine davon für die Fahrt verschwenden würde, dann hätte sie in Frankfurt bald kein Geld mehr. Sie musste sparsam mit ihrer Barschaft umgehen. Maria hatte über so viel Unvernunft den Kopf geschüttelt. Am liebsten hätte sie ihr auch Geld gegeben, aber sie hatte keines. Sie kam gerade so über die Runden. Die Hochzeit mit Ludwig stand kurz bevor, und danach würde er sich um sie, die kleine Anna und den Großvater kümmern.

Sie wusste, wenn sich Katharina etwas in den Kopf gesetzt hatte, war sie nur schwer umzustimmen. Stur war sie ja schon immer gewesen. Aber sie hatte die Hoffnung noch nicht aufgegeben. Ludwig konnte bestimmt eine Stallmagd gebrauchen, und Katharina könnte auf dem Hof sogar ihre geliebten Pferde versorgen. Das wäre für alle die beste Lösung. Das Gerede der Leute würde bestimmt irgendwann verstummen.

Katharina sah Maria neugierig an. »Was ist denn?«

»Nichts«, antwortete Maria und setzte sich mit argloser Miene aufs Bett. »Ich wollte nur sehen, ob du schon wach bist.«

Sie fuhr mit den Fingern über die Bettdecke und strich eine Falte glatt. Katharina musterte Maria. Sie war unruhig und wirkte traurig. Sie setzte sich neben sie und legte ihre Hand auf die der Freundin.

»Es ist auch für mich nicht leicht. Es ist schön, dich wiederzuhaben, und mit dir zu gehen, das klingt sehr verlockend. Es hört sich so einfach an. Ich hätte wieder Pferde um mich, und du wärst in meiner Nähe. Aber so leicht, wie es dir erscheint, ist es nicht. Ich wäre dann eine einfache Stallmagd, und du wärst meine Herrin.«

»So würde ich dich aber nicht behandeln. Du bist doch meine Freundin.«

»Du nicht, aber was ist mit Ludwig oder mit Agathe, deiner Schwiegermutter? Wäre ich für sie nicht doch nur eine einfache Magd?«

»Darüber habe ich noch gar nicht nachgedacht.«

»Siehst du.«

Maria seufzte. »Ich will dich eben nicht gehen lassen, da ich dich doch gerade erst wiedergefunden habe.«

Katharina stand auf und zog das Hemd aus, das ihr Maria zum Schlafen hingelegt hatte, und schlüpfte in ihre beigefarbene Bluse.

»Bindest du mir das Band zu?«, fragte sie und drehte sich um. Maria griff nach den Bändern.

»Kannst du nicht noch ein wenig länger bleiben? Bis zur Hochzeit dauert es nicht mehr lange. Es wäre schön, dich eine Weile hier zu haben.«

Katharina schüttelte den Kopf und schob ihr Haar nach hinten.

»Nein, es tut mir leid. Hier sehe ich nur die Trümmer meines Lebens«, sagte sie und deutete aus dem Fenster. »Es ist besser, wenn ich gehe. Besser für uns alle. Je länger ich bleibe, desto schlimmer wird es. Ich breche noch heute auf. Wenn ich mich beeile, erreiche ich Frankfurt schon Ende der Woche.«

Maria erhob sich, trat ans Fenster und blickte zu der verkohlten Ruine hinüber.

Aus dem Augenwinkel nahm sie eine Bewegung auf der Straße wahr. Andreas fuhr mit seinem Wagen vor.

»Andreas kommt.«

Katharina zuckte zusammen, trat neben Maria und blickte neugierig auf die Straße, auf der tatsächlich Andreas' kleiner Wagen stand. In ihrem Magen begann es zu kribbeln, ihre Hände zitterten und ihr wurde warm. Er durfte sie nicht finden. Sie wollte nicht mit ihm reden. Sie würde es bestimmt nicht ertragen, in seine Augen zu blicken.

Fast schon panisch griff sie nach Marias Arm.

»Er darf nicht wissen, dass ich hier bin. Ich will nicht mit ihm reden. Du musst ihn wegschicken!«

Verwundert sah Maria ihre Freundin an.

»Das kannst du nicht machen, Katharina. Er sucht dich seit Wochen und macht sich schreckliche Sorgen. Er hat überall nach dir gefragt, ist alle Wege mehrfach abgelaufen. Du musst mit ihm reden. Er hat es verdient, dass er sich von dir verabschieden darf.«

Sie legte ihre Hand auf die von Katharina. »Er liebt dich, er hat es mir gesagt. Und du liebst ihn auch. Das sehe ich doch. Ihr müsst miteinander reden. So darf es nicht enden.«

Katharina zog ihre Hand zurück und wandte den Blick ab. »Du verstehst das nicht. Er war in der Zelle mein Seelsorger und wollte, dass ich alles gestehe. Obwohl er mich liebt, wollte er mich in den Tod treiben. Ich kann doch nicht mit einem Menschen reden, der mich töten wollte. Auch wenn er mich liebt, auch wenn ich noch Gefühle für ihn habe. Es ist besser, ich gehe ohne Gruß, bitte sag ihm nichts.«

Maria sah Katharina ungläubig an. »Er war in der Zelle bei dir? Davon hat er nie etwas gesagt.«

»Siehst du, er hat ein schlechtes Gewissen.« Maria musterte Katharina schweigend. Sie schien auf den ersten Blick stur und abweisend zu sein, aber in ihren Augen lag eine tiefe Sehnsucht.

Maria wandte sich ab und ging zur Tür. Katharina blieb am Fenster stehen und starrte wie gebannt auf die Straße hinunter. Sie hörte, dass Maria die Tür öffnete.

»Sag ihm bitte nichts. Es ist besser so. Für uns beide.«

Maria verließ den Raum und atmete tief durch. Unten hörte sie Linas Stimme, die Magd rief nach ihr. Sie straffte die Schultern und ging die Treppe hinunter. Sie würde Katharinas Wunsch nicht erfüllen. Die Freundin würde es für den Rest ihres Lebens bereuen, wenn sie sich nicht von dem Mann, den sie liebte, verabschiedete.

Maria betrat die Wohnstube. Andreas wartete bereits auf sie. Er sah müde aus und wirkte abgespannt. Er tat ihr leid. »Guten Morgen, Maria. Entschuldige, dass ich dich schon so früh störe.«

Sie ging auf ihn zu, reichte ihm die Hand und sah ihn aufmunternd an. »Es ist gut. Wir sind schon lang wach.«

Ein lautes Kreischen drang durchs Treppenhaus. Die kleine Anna schien aus ihrem Bett gekrochen zu sein. Maria sah Lina an, und diese verließ daraufhin stumm nickend den Raum, ging die Treppe nach oben.

Andreas setzte sich seufzend auf die Fensterbank.

»Ich habe die ganze Nacht kein Auge zugetan. Mich plagen so schreckliche Alpträume. Was ist, wenn sie irgendwo liegt? Wenn es ihr schlecht geht? Das werde ich mir nie verzeihen. Ich hätte sie niemals allein lassen dürfen.«

Maria seufzte. Sie dachte an Katharinas Worte. Aber Andreas war ein lieber Mann und konnte niemals ernsthaft Katharinas Tod gewollt haben. Da war sie sich sicher.

»Katharina ist hier«, sagte sie leise.

Andreas reagierte nicht. Er saß auf der Fensterbank und blickte gedankenverloren zu den Trümmern des Heinemannhofes hinüber.

»Katharina ist hier«, wiederholte Maria ihre Worte etwas lauter.

Er sah sie erstaunt an. »Wie, sie ist hier?«

»Sie ist oben in der Dachkammer, vorgestern ist sie gekommen.«

»Ja, das ist ja wunderbar! Geht es ihr gut? Sie ist wieder da, ich muss sofort zu ihr.«

Er rannte aus dem Raum und polterte die Treppe nach oben. Maria sank mit klopfendem Herzen auf die Ofenbank. Katharina würde sie verfluchen und nachher bestimmt mit ihr schimpfen, aber das war ihr gleichgültig.

Katharina schnürte ihr Kleid zu und band mit zittrigen Händen ihr Haar im Nacken zusammen. Andreas war im selben

Haus. Hoffentlich würde Maria ihm nichts sagen. Bestimmt würde er bald wieder wegfahren. Maria war ihre Freundin, sie würde zu ihr halten.

Sie hörte Stimmen auf dem Flur. Lina sprach mit der kleinen Anna, und das Kind antwortete mit heller Stimme. Katharina lächelte. Die Kleine war entzückend, sie würde sie sehr vermissen.

Plötzlich klopfte es an ihrer Tür. Katharina zuckte zusammen, antwortete aber nicht. Es war still, sie lauschte, und ihr Herz schlug ihr bis zum Hals. Es klopfte erneut, diesmal ein wenig lauter. Sie war wie erstarrt, sah ihr Gesicht im Spiegel vor sich, konnte ihren eigenen Blick nicht ertragen und blickte zu Boden. Die Türklinke wurde langsam nach unten gedrückt. Sie hatte sich noch immer nicht umgedreht, hatte die Person, die jetzt den Raum betrat, noch nicht angesehen. Aber sie wusste, dass es Andreas war.

Sie atmete tief durch und drehte sich um. Andreas sah sie ungläubig an. Er war fassungslos.

Lange Zeit standen sie sich schweigend gegenüber, keiner getraute sich, etwas zu sagen. Ihre letzte Begegnung schien weit zurückzuliegen. Es kam ihr vor, als hätte sie ihn seit vielen Jahren nicht gesehen. Die Zelle, die Tage der Dunkelheit, die Verhöre und das Grauen des Torbogengebäudes waren weit fort und gehörten in ein anderes Leben, so wie er auch.

»Was tust du hier?«, fragte sie mit leiser Stimme.

»Ich habe dich gesucht, wir haben dich vermisst.«

»Wer ist wir?«

»Na, Maria und ich. Wir haben tagelang nach dir Ausschau gehalten, und ich habe überall herumgefragt. Was ist denn geschehen? Wo warst du nur?«

Katharina funkelte ihn wütend an. Er musste wissen, was passiert war. Er war doch ein Teil der Obrigkeit. Er musste darüber informiert gewesen sein, dass sie halb tot vors Tor geworfen worden war.

»Das weißt du doch. Sie haben mich rausgeworfen, und ich bin irgendwann frühmorgens auf dem Pflaster aufgewacht. Sie haben mich einfach meinem Schicksal überlassen. Du hast mich meinem Schicksal überlassen.«

Andreas sah sie ungläubig an. »Ich habe nichts davon gewusst, das musst du mir glauben. Ich habe dich in deiner Zelle gesucht, habe Nepomuk und die Wachmänner gefragt, aber keiner wusste etwas. Du musst mir glauben, ich wusste es nicht.«

Katharina sah ihn forschend an. Andreas' Erklärung schien zu stimmen. Er sah ihr offen ins Gesicht und wich ihrem Blick nicht aus. Sie atmete tief durch und setzte sich aufs Bett. »Der Müller hat mich in einer Gasse gefunden. Ich war die ganze Zeit bei ihm in der Mühle. Ohne ihn und Dorothea wäre ich jetzt bestimmt tot.«

Andreas setzte sich neben sie. Sein Geruch stieg ihr in die Nase, der Duft von Lavendel schien auf einmal den ganzen Raum zu erfüllen. Sie sah ihm in die Augen.

Andreas versuchte, nach ihrer Hand zu greifen. Er konnte es noch immer nicht glauben. Sie war wieder hier, war nicht tot. Katharina saß neben ihm. Jetzt würde bestimmt alles wieder gut werden – jetzt würde er sie nie mehr loslassen.

Katharina zog ihre Hand zurück, stand hastig auf und ging zum Fenster. Andreas fragte:

»Was ist los? Wieso bist du so abweisend?«

»Weil ich es nicht kann«, antwortete Katharina.

»Was kannst du nicht?«

»Ich kann nicht bei dir bleiben.«

Ihre Antwort traf ihn wie ein Blitz. Er erhob sich, ging zu ihr hinüber, stellte sich neben sie und versuchte, ruhig zu bleiben. »Wieso kannst du das nicht? Ich habe es dir doch versprochen. Wir gehen fort von hier. Ich tue alles, was du möchtest. Jeden Wunsch werde ich dir von den Augen ablesen.«

Katharina drehte sich um und sah ihm in die Augen. In ihrem Blick lag eine Entschlossenheit, die er noch nie bei ihr gesehen hatte. Er wich ein Stück zurück.

»Ich gehe nicht mit dir fort. Du sollst mich in Ruhe lassen. Das ist der einzige Wunsch, den ich habe. Das ist alles, was du für mich tun kannst.«

Sie erschrak vor ihren eigenen Worten, ihre Stimme klang eiskalt.

»Ja, aber warum denn?«, stammelte Andreas verwirrt.

»Weil du ein Teil des Ganzen bist, ein Teil meiner Erinnerung. Du warst im Torbogengebäude und wolltest mich in den Tod treiben. Das kann ich nicht vergessen.«

»Ich habe es dir doch erklärt. Ich wollte dich nur vor der Folter bewahren. Ich liebe dich. Bitte, du kannst mich doch nicht alleinlassen.« Er fuhr sich verzweifelt durchs Haar und sah sie bittend an.

Katharina schüttelte den Kopf und wich noch ein Stück vor ihm zurück. Sie hätte es nicht ertragen, in seinen Armen zu liegen.

»Mein Gott«, schrie sie fast, »versteh es doch, du musst es begreifen. Das hier ist unser Schicksal. Wir können nicht zusammen sein. Das alles hier hat uns unser Glück genommen.

Wir müssen auseinandergehen, es ist besser so. Du wirst hierbleiben, und ich beginne in Frankfurt ein neues Leben. Wir müssen lernen, zu vergessen. Hörst du – du musst mich vergessen.«

»Du willst nach Frankfurt gehen?« Andreas sah sie ungläubig an. Er verstand die Welt nicht mehr – verstand Katharina nicht.

»Ja, noch heute gehe ich los. Dort liegt eine neue Zukunft für mich. Niemand kennt mich, keiner hält mich für eine Hexe, es wird ein gutes Leben.« Katharina hob störrisch den Kopf.

»Frankfurt ist eine große Stadt. Du wirst dort ganz allein sein. Was ist, wenn dir etwas passiert, wenn du krank wirst? Wer wird dir helfen?«

»Hier hat mir auch niemand geholfen. Fast umgebracht haben sie mich. Meine Mutter ist mir genommen worden, und mein Zuhause ist abgebrannt. Die Hügel, die Dörfer, Idstein, alles ist voller schmerzlicher Erinnerungen. Was in Frankfurt auch immer sein wird, schlimmer kann es nicht mehr kommen.«

Sie verschränkte die Arme vor der Brust, trat vom Fenster weg und begann hektisch damit, ihre Wäsche zusammenzurollen und in einen grünen Stoffbeutel zu stopfen.

»Also steht dein Entschluss fest.«

»Ja«, flüsterte sie, »und du kannst mich nicht aufhalten.«

Er schwieg. Was sollte er noch sagen? Er würde sie nicht umstimmen können.

Traurig sah er ihr dabei zu, wie sie ihre Sachen zusammenpackte. Ihr rotes Haar schimmerte im Sonnenlicht. Sie war erschreckend abgemagert, doch auf ihren Wangen lag ein Hauch von Farbe, und in ihre Augen war fast der alte Glanz zurückgekehrt.

Die Gewissheit darüber, dass er sie endgültig verloren hatte, tat weh. Die ganze Zeit über hatte er gehofft und sich vorgestellt, wie es wäre, sie wiederzuhaben. Aber jetzt war es vorbei. Sie war hier, es ging ihr gut. Aber er würde sie nicht zurückbekommen. Zu ihm wollte oder konnte sie einfach nicht gehören. Er hatte alles falsch gemacht und hätte nie ihr Seelsorger werden dürfen.

Er legte seine Hand auf ihre Schulter. Sie hielt inne.

»Darf ich dich zum Abschied in den Arm nehmen?« Katharina blickte ihm in die Augen und sah die Bitte, die darin stand.

»Ich weiß nicht, ob ich es ertragen könnte«, antwortete sie ehrlich. »Vielleicht ist es besser, wenn wir einfach so auseinandergehen, das macht es leichter.«

»Macht es das wirklich?«, fragte er.

Sie zuckte mit den Schultern. »Irgendwie schon.«

»Gut, dann gehe ich. Wenn du es so möchtest.«

Er wandte sich zur Tür, und Katharina stiegen Tränen in die Augen. Ein Teil von ihr wollte ihn aufhalten, mit ihm fortgehen und ihn auf ewig lieben. Doch ein anderer Teil wehrte sich dagegen. Es war nicht mehr zu ändern. Er gehörte zu den schrecklichsten Erinnerungen ihres Lebens, und das konnte sie nicht einfach vergessen.

37

Katharina lief bald darauf allein durch den Wald. Sie war aufgeregt und hatte sogar Angst. Sie hatte sich alles so schön ausgemalt. Nach Frankfurt laufen, das konnte doch nicht so schwer sein. Doch jetzt war sie sich ihrer Sache nicht mehr so sicher. Die Nacht war hereingebrochen, und im Wald war es stockdunkel. Der Wind rauschte in den Bäumen, ab und an hörte sie ein Käuzchen rufen, und um sie herum knackte es im Unterholz. Immer wieder blieb sie stehen und blickte sich um. Warum war sie nicht einfach noch einen Tag länger geblieben? Am nächsten Morgen wäre es sicher einfacher gewesen.

Sie war zu spät weggekommen. Maria hatte sie aufgehalten, denn der Abschied war ihnen beiden nicht leichtgefallen. Maria hatte geweint, aber nicht mehr versucht, sie umzustimmen. Die kleine Anna hatte nicht begriffen, dass Katharina für immer gehen und dass sie sie nie mehr wiedersehen würde. Sie hatte Katharina lachend einen dicken Kuss gegeben. Für das Kind war alles wie ein lustiges Spiel gewesen.

Maria hatte am Ende tapfer ihre Tränen weggewischt und sogar ein wenig zu lächeln versucht. Katharina hatte seltsamerweise nicht geweint. Sie war traurig gewesen, aber geweint hatte sie nicht.

Der Weg machte eine Biegung, und sie atmete erleichtert auf. Endlich lag der alte verlassene Hof vor ihr, den sie aus Kindertagen kannte und den sie für ihre erste Nacht zum Schlafen ins Auge gefasst hatte. Sie waren früher sehr oft bis hierher gelaufen und hatten in der Ruine Verstecken gespielt oder bei Regen darin Schutz gesucht.

Die alten, verfallenen Mauern kamen ihr in der Dunkelheit nicht mehr wie der vertraute Spielplatz ihrer Kindheit vor. Heute hatte der Platz zum ersten Mal etwas Trostloses an sich. Das Haupthaus war noch mehr verfallen, als sie es in Erinnerung hatte. Der Balken über der Eingangstür war zusammengebrochen, und Efeu rankte an den Wänden in die Höhe. Das Dach war eingestürzt, und einige Büsche wuchsen zwischen den dicken Holzbalken, die auf dem Boden lagen. Es knackte im Unterholz, und laut grunzend rannte eine Horde Wildschweine durchs Gebüsch. Katharina, die erschrocken zurückgewichen war, konnte in der Dunkelheit nur schemenhaft ihre grauen Körper erkennen. Der Stall war noch erhalten, die Tür bewegte sich quietschend in den Angeln.

Katharina schob die Tür auf und lugte vorsichtig in die Dunkelheit. Zögerlich betrat sie den dämmrigen Stall. Durch das einzige Fenster fiel fahles Mondlicht herein. Sie kniff ihre Augen zusammen und versuchte, sich an das wenige Licht zu gewöhnen. Unter ihren Füßen knirschten Scherben, die Fensterscheibe war zerbrochen, und einige Spinnweben hingen in dem alten Fensterrahmen. Es gab zwei große Pferche aus Holz, in einer von ihnen hatte früher immer trockenes Stroh gelegen, und Katharina hoffte, dass es noch so war, denn der Pferch wäre der perfekte Schlafplatz für die Nacht. Hoffnungsvoll spähte sie hinein – und tatsächlich, es war alles noch genauso wie damals. Sie atmete erleichtert aus, und die Anspannung und Unruhe fielen von ihr ab.

Erschöpft ließ sie sich auf den Strohhaufen fallen und löste das Band ihres Umhangs. Es war ein langer, ereignisreicher Tag gewesen. Sie kramte in ihrem Beutel, zog einen Trinkschlauch mit Wasser, ein Stück Brot und etwas Käse heraus. Gierig trank sie von dem kühlen Nass und biss in das Brot. Ihr Magen hatte bereits die ganze Zeit über laut geknurrt.

Sie dachte nach. Es waren bestimmt noch drei Tage Fußmarsch bis nach Frankfurt. Sie wusste ungefähr, wie man dorthin kam. Hoffentlich würde sie sich nicht verlaufen. Vielleicht konnte sie unterwegs jemanden nach dem Weg fragen. Bei dem Gedanken an die große Stadt wurde ihr doch mulmig. Was sie dort wohl erwartete?

Seufzend packte sie das Brot ein und stopfte den Trinkschlauch zurück in den Beutel. Sie legte sich auf den Rücken und deckte sich mit ihrem Umhang zu. Es war keine besonders kalte Nacht, sie fror nicht. Draußen hörte sie die Grillen zirpen. Es war schön, ihnen zu lauschen. Sie waren ein Zeichen dafür, dass der Sommer nicht mehr weit war. Sie gähnte, drehte sich auf die Seite, schloss die Augen und fiel in einen tiefen, traumlosen Schlaf.

Nur wenig später wurde sie jäh geweckt. Jemand hielt ihre Hände fest. Eine schwere Gestalt lag auf ihr und versuchte, ihre Beine auseinanderzudrücken. Der Gestank von Fäulnis und Alkohol stieg ihr in die Nase.

Im ersten Moment wusste sie nicht, wie ihr geschah. Sie riss erschrocken die Augen auf.

Sie war wie erstarrt. Irgendein Kerl lag auf ihr, und seine Hände wühlten in ihren Röcken. Er stöhnte und sprach leise vor sich hin.

»Na komm schon, immer diese vielen Röcke. Was bist du aber auch für ein hübsches Ding und so allein im Wald.«

Sein Speichel tropfte ihr ins Gesicht.

Angewidert drehte sie den Kopf zur Seite und schrie: »Verschwinde, du Schwein! Du versündigst dich.«

Der Mann lachte laut auf. »Da, sieh dir mal die Kleine an. Auf einmal will sie doch noch kratzbürstig werden. Eine Sünde ist es also?« Er grinste und zeigte seine verfaulten Zähne. Katharina wehte Fäulnisgeruch ins Gesicht, ihr wurde übel, und ihr Magen begann zu rebellieren. Sie wehrte sich mit all ihrer Kraft. Er hielt sie lachend fest. Sein Körper nahm ihr die Luft zum Atmen. Immer wieder versuchte er, ihre Beine auseinanderzudrücken. »Komm schon, Kleines, wenn du stillhältst, dann ist es gleich vorbei, dann tue ich dir auch nicht weh.«

Katharina warf ihren Kopf hin und her, um seinen Lippen auszuweichen. Er versuchte, sie zu küssen. Gleich würde sie sich übergeben müssen. Ihre Arme taten weh, und sie bemerkte, dass ihre Kräfte nachließen. Er hielt kurz inne und blickte sie hämisch grinsend an. »Na, gibst du auf? Du wirst ja schon müde. Bisher hat jede aufgegeben.«

Katharina unternahm noch einen letzten Versuch. Sie spannte ihre Armmuskeln an und versuchte, ihn wegzudrücken, doch sie hatte keine Chance. Erschöpft gab sie auf, ihre Ellbogen sanken ins Stroh, sie keuchte. Tränen der Verzweiflung stiegen ihr in die Augen, und sie verfluchte sich selbst. Wie hatte sie nur auf diese dumme Idee kommen können. Der Müller hatte sie gewarnt, das hatte sie nun davon.

Der Mann lachte laut auf. »Siehst du, habe ich es doch gesagt, ich gewinne immer.«

»Aber heute nicht.«

Es gab einen dumpfen Schlag, Tonscherben fielen Katharina ins Gesicht, und der Mann sank leblos auf ihr zusammen.

Wie erstarrt blieb Katharina liegen.

Sie hörte jemanden atmen und eine seltsam fremd klingende Stimme drang an ihr Ohr. Es schien eine Frau zu sein. Katharina konnte hören, wie die Fremde nach Luft schnappte.

»Es tut mir leid. Ich bin eingeschlafen, fast wäre ich zu spät gekommen.«

Der Mann erdrückte Katharina fast, sein Kopf lag leblos auf ihren Brüsten. Sie begann laut zu kreischen: »Nimm ihn weg, bitte, wer du auch immer bist, du musst ihn wegnehmen.«

»Ja, ja«, drang erneut die seltsame Stimme an ihr Ohr. »Er kommt ja weg. Aber allein schaffe ich es nicht. Er ist mir zu schwer. Du musst mir helfen.«

Katharina gehorchte. Die fremde Frau zog an den Beinen des leblosen Mannes und versuchte, ihn hochzudrücken. Er atmete noch. Sie spürte, wie sich sein Brustkorb hob und senkte. Schließlich konnte sie unter ihm hervorkriechen. Erleichtert strich sie sich die Haare aus dem Gesicht und betrachtete neugierig ihre Retterin, die im Dämmerlicht vor ihr stand.

Die Frau war etwas kleiner als sie. Ihr Gesicht konnte sie nicht erkennen, aber sie schien dunkles Haar zu haben, das ihr anscheinend bis auf die Taille herabfiel.

»Ich heiße Katinka«, stellte sie sich vor.

Katharina hob ihren Umhang vom Boden auf und suchte im Stroh nach ihrem Beutel.

»Mein Name ist Katharina. Wer bist du? Was machst du hier? Und warum bist du zu spät gekommen?«

Die Frau schob sich eine Haarsträhne aus dem Gesicht. »Kann ich das nachher erklären? Wir sollten besser gehen.« Sie zeigte auf den Mann. »Er ist nur bewusstlos und wird bestimmt jeden Moment wieder aufwachen.«

Als hätte der Mann ihre Worte verstanden, stöhnte er kurz. Erschrocken sahen ihn die Frauen an und rannten aus dem Stall und über den Hof. Ein Stück entfernt blieben sie auf einer kleinen Lichtung stehen, und Katharina hielt sich nach Luft japsend die Seite.

»Also, was bedeutet, dass du zu spät gekommen bist?«

Katinka verfluchte sich selbst. Warum war ihr diese Bemerkung herausgerutscht?

»Ich beobachte dich schon seit einer ganzen Weile. Wir haben hier in der Nähe unser Lager.«

»Lager? Welches Lager?«

Katharina sah die junge Frau erstaunt an. Wer war sie? Warum verfolgte sie sie? Sie wurde misstrauisch.

»Wir sind Zigeuner. Wir haben auf dem Markt getanzt. Vor ein paar Tagen sind wir aus Limburg gekommen und wollen jetzt weiter nach Frankfurt.«

»Und was hat das mit mir zu tun?« Katharina verstand die Frau nicht. Was hatte sie denn mit Zigeunern zu tun?

Katinka druckste ein wenig herum.

»Das ist gar nicht so leicht zu erklären.«

Katharina wurde noch argwöhnischer. Gut, die junge Frau hatte sie gerade gerettet, aber allmählich machte sie ihr Angst. Sie hob ihr Bündel vom Boden auf und sagte:

»Ich glaube, ich will es gar nicht wissen. Ich denke, ich sollte jetzt weitergehen. Danke für deine Hilfe.«

Katharina ging los, Katinka verdrehte die Augen, lief an ihre Seite und begann zu erklären.

»Ich habe dich gesehen, als du zurückgekommen bist. Du und die blonde Frau, ihr habt euch so fröhlich begrüßt und so glücklich ausgesehen.«

Katharina blieb stehen. »Du hast uns beobachtet?«

Katinka seufzte. »Ich weiß nicht, warum ich immer wieder gekommen bin. Nachdem die Männer das Haus angezündet haben, habe ich gehofft, du würdest noch leben.«

Katharina zog die Augenbrauen hoch. »Welche Männer haben mein Haus angezündet?« Jetzt wurde es interessant. Der Hof war also nicht durch ein Unglück abgebrannt. Eine kalte Hand griff nach ihr. Es fiel ihr nur ein Mann ein, der dafür verantwortlich sein konnte.

Katinkas Antwort bestätigte ihre Vermutung. »Sie waren zu zweit. Der eine war ganz in Schwarz gekleidet. Er war ein schrecklicher Mensch, selbst seine Stimme hat mir Angst gemacht. Der andere trug eine blaue Uniform und sah auf den ersten Blick gar nicht so gefährlich aus. Sie haben gedacht, du schläfst irgendwo im Haus. Ständig haben sie von einer Hexe gesprochen und dass sie jetzt endlich vernichtet ist.«

Katharina wurde flau im Magen, sie sank auf die Knie,

und der dunkle Wald begann sich vor ihren Augen zu drehen.

»Er wird niemals aufhören. Niemals wird er mich in Ruhe lassen. Er hasst mich«, stammelte sie. »Was soll ich denn jetzt nur tun?«

Katinka ging neben ihr in die Hocke und fuhr Katharina mitleidig übers Haar.

»Was wolltest du denn tun?«

Katharina antwortete leise: »Ich wollte nach Frankfurt gehen. Ich meine, das will ich immer noch.«

Katinka sah sie verwundert an. »Dann ist es doch ganz einfach. Du kommst mit mir. Wir nehmen dich mit. Bei uns bist du nicht allein. Wir passen auf dich auf. In Frankfurt ist bald ein großer Markt, da wollen wir auftreten. Wir fahren sowieso dorthin.«

Katharina schniefte. »Und das geht wirklich?«

Katinka dachte kurz an Babuschka, die nicht begeistert sein würde. Sie würde sowieso schon eine Menge Ärger bekommen. Eigentlich musste sie bei Einbruch der Dunkelheit im Lager sein. Aber das hier war eine Notsituation. Da würde die alte Frau bestimmt eine Ausnahme machen. Babuschka und die anderen hatten ein gutes Herz und würden Katinka die Bitte bestimmt nicht abschlagen. Es war ja nicht für lange, dass Katharina mit ihnen reisen würde.

Katharina beruhigte sich und sah sich im Wald um. »Wo ist denn euer Lager?«

»Ach, das ist nicht weit von hier«, antwortete Katinka und half ihr auf die Beine.

Das Lagerfeuer brannte knisternd. Piotr stand auf und legte noch etwas Reisig nach. Die alte Babuschka sah ihm dabei zu und spielte an ihrem Schultertuch herum. Es war nun schon lange dunkel, und Katinka war noch immer nicht da. Sie war doch sonst nicht so unzuverlässig. Piotr musterte seine alte Freundin besorgt von der Seite. Er verfluchte Katinka. Sie war bestimmt wieder zu dem abgebrannten Haus gelaufen. Was sie dort nur immer wollte? Der jungen Frau ging es doch gut.

Der Duft von gebratenem Fleisch hing in der Luft. Jegor und Stanislav hatten am Mittag ein Wildschwein erlegt und waren stolz mit ihrer Beute ins Lager zurückgekehrt. Ein Teil des Tieres hing nun über dem Feuer. Irina stand neben dem Braten und achtete mit Argusaugen darauf, dass das Fleisch nicht verbrannte.

Piotr war nicht nach Essen zumute. Eigentlich sollte er Hunger haben, denn er hatte seit dem Morgen nichts mehr gegessen. Ihm war flau im Magen. Hoffentlich war Katinka nichts zugestoßen. Besorgt wanderte sein Blick zum Waldrand. Er hätte sie nicht gehen lassen dürfen. Babuschka hatte recht. Die Gegend war nicht sicher. Überall lag Gefahr in der Luft. Sogar gestern auf dem Markt hatte er die Anspannung der Menschen gespürt. Katinka wurden abfällige Blicke zugeworfen, und sie hatten kaum Taler eingenommen. Zigeuner waren hier anscheinend nicht erwünscht.

Er seufzte. Es wurde wirklich Zeit, dass sie aufbrachen. In Frankfurt würde es sicherlich besser sein.

Langsam ging er zu Babuschka hinüber, setzte sich neben sie und strich ihr beruhigend über den Arm.

»Sie kommt bestimmt bald.«

Die alte Frau nickte. »Ja, hoffentlich. Sie bringt mich irgendwann noch um. Nichts als Sorgen hat man mit ihr.«

Piotr blickte betreten zu Boden. Er kam sich schäbig vor. Eigentlich hinterging er die alte Frau nie, aber Katinka konnte er nur selten einen Wunsch abschlagen.

Ein Knacken hinter ihnen ließ ihn aufblicken. Er drehte sich um. Katinka trat, gemeinsam mit einer anderen Frau, aus dem Unterholz. Auch Babuschka drehte sich um, und Piotr hörte sie erleichtert ausatmen.

Die beiden Frauen kamen näher, und Piotr ahnte, wer die fremde Frau war, die vor ihm stand. Babuschka sah Katharina überrascht an.

Katinka versuchte, die Situation zu erklären: »Das ist Katharina. Sie ist die Frau aus dem Dorf. Sie möchte nach Frankfurt. Ich habe sie eben gerettet. Beinahe wäre sie Opfer eines Überfalls geworden.« Katharina blickte verlegen zu Boden. Piotr musterte Katharina neugierig. Sie war groß für eine Frau, aber gefährlich schien sie nicht zu sein. Sie wirkte eher verängstigt und schüchtern.

Die alte Babuschka zog Katinka zur Seite und verschwand mit ihr hinter einem der Wohnwagen. Katharina sah Piotr fragend an, doch dieser zuckte nur mit den Schultern und setzte eine unschuldige Miene auf.

Katinka schaute Babuschka erstaunt an. So ernst hatte sie die alte Frau schon lange nicht mehr erlebt. »Warum bringst du das Mädchen hierher? Sie ist vielleicht eine Gefahr.« Die alte Frau zog ihr Tuch enger um ihre Schultern. »Alles hier ist eine Gefahr. Am Ende macht sie uns noch Ärger.«

»Sie war in Not. Ich musste ihr doch helfen«, begann Katinka sich zu rechtfertigen. »Der Kerl wollte ihr unter den Rock, er war widerlich.«

Babuschka überhörte Katinkas Worte, schimpfte einfach weiter.

»Wieso warst du überhaupt dort? Ich habe dir doch gesagt, wir sollen uns ruhig verhalten. Hier werden Hexen gejagt, wir Zigeuner gehören zu den Gejagten. Vielleicht hängt der Ärger ja an dieser Frau, wenn sie schon ihr Haus anzünden.«

Katinka blickte betreten zu Boden. »Entschuldige, Babuschka. Ich wollte uns nicht in Gefahr bringen«, sagte sie kleinlaut.

Die alte Frau nickte. »Das hast du aber.«

»Und was machen wir jetzt mit ihr?« Katinka sah Babuschka fragend an. »Sie will nach Frankfurt. Ich habe ihr versprochen, dass sie mit uns reisen kann. Bei uns wäre sie in Sicherheit. Für eine Frau ist so eine Reise doch viel zu gefährlich.«

Die alte Frau seufzte. »Ich weiß nicht, ob wir sie mitnehmen können. Ich muss erst einmal mit Piotr und den anderen sprechen, es muss darüber abgestimmt werden. Das machen wir am besten morgen früh, so lange kann sie bleiben.«

Babuschkas Stimme klang nun wieder etwas milder, sie strich Katinka liebevoll über den Arm. »Es ist schön, dass du ihr helfen willst. Aber du musst immer als Erstes an die Gruppe denken, verstanden?«

Katinka entspannte sich. Die alte Frau schien sich wieder beruhigt zu haben.

»Versprochen«, antwortete sie leise.

Katinka trat erleichtert hinter dem Wohnwagen hervor

und suchte den Platz ab. Katharina saß, in eine bunte Flickendecke gehüllt, am Feuer und aß ein Stück Fleisch. Lächelnd ging sie zu ihr hinüber und setzte sich neben sie.

Katharina fragte: »Hast du Ärger bekommen?«

»Ein wenig.«

»Und, darf ich mit?«

»Heute Nacht darfst du erst einmal bleiben. Den Rest entscheiden sie morgen.«

Katharina sah ihr in die Augen.

Katinka klopfte ihr beruhigend auf die Schulter.

»Du wirst sehen, es klappt schon. Ich habe es doch versprochen. Wir nehmen dich mit nach Frankfurt, ganz bestimmt.«

38

In der Gaststube waren die Kerzen auf den Tischen weit heruntergebrannt. Und nur der Landeshauptmann, einige seiner Männer und ein fremder Söldner saßen noch da.

Die Soldaten feierten ausgelassen, denn der Landeshauptmann war Vater eines gesunden Jungen geworden.

Die Wirtstochter wischte bereits die freien Tische ab. Das Mädchen war kaum zwanzig Jahre alt, nicht besonders groß und untersetzt. Mutter Natur hatte sie mit relativ großen Brüsten und ausladenden Hüften gesegnet. Ihre hellblonden Locken trug sie im Nacken zusammengebunden. Einige Löckchen fielen in ihr rundes, hübsches Gesicht, und ihre großen grünen Augen gaben ihr eine fast schon sinnliche Ausstrahlung.

Beim Landeshauptmann und seinen Männern war das Mädchen sehr beliebt, und als sie an den Männern vorbeiging, griff ihr Sebastian Post an den Hintern.

»Also dir könnte ich heute Nacht auch noch ein Kind machen, meine Hübsche«, grölte er laut und hob seinen Becher so schwungvoll in die Höhe, dass Bier auf den Boden spritzte. Seine Männer lachten laut und hoben ebenfalls ihre Becher.

»Auf den Landeshauptmann, den stolzen Mann und Vater. Auf unseren Anführer.«

Isabell flüchtete sich zu ihrem Vater hinter den Tresen, der beschützend den Arm um sie legte. Um diese Zeit konnte er das Mädchen kaum noch bedienen lassen. Besonders der Landeshauptmann war ein unsagbarer Flegel. Wie ein so ehrbarer Mann, der in den Diensten des Grafen stand, so schlechte Manieren haben konnte, war ihm ein Rätsel.

Die Männer waren wieder ein wenig ruhiger geworden.

»Ach«, stöhnte ein junger Bursche, kaum zwanzig Jahre alt, »ich hätte auch gerne eine Frau. Langsam wird es auch für mich Zeit, einen Hausstand zu gründen. Wenn man Euch so betrachtet, Hauptmann, scheint Euch die Vaterschaft gut zu bekommen. Ihr strotzt vor Energie und Kraft.«

»Das kann man wohl sagen.« Der Landeshauptmann rülpste laut. »Meine Frau ist eine treue Seele. Manchmal etwas einfältig, aber sie führt den Haushalt ordentlich. Ich hoffe nur, dass sie alles gut übersteht und nicht im Kindbett stirbt. Das ist neulich meinem Nachbarn passiert, er hat jetzt drei Bälger am Hals und muss sie alle selbst versorgen. Händeringend sucht er nach einer neuen Gattin, die sich um die Kinder kümmert.«

»Nur um die Kinder?«

Der Landeshauptmann grinste süffisant.

»Und um ihn natürlich auch, obwohl ich weiß, dass er nicht sehr sittsam ist. Wir ähneln einander. Von Treue hält er auch nicht viel.«

»Lasst das aber nicht den Pfarrer hören. Der vermutet doch überall den Teufel und wird von der Art, wie Ihr mit der ehelichen Treue umgeht, bestimmt nicht begeistert sein.«

»Ach« – der Landeshauptmann winkte ab –, »der Alte soll nicht so streng sein. Ich bin doch jeden Sonntag in der Kirche und spende regelmäßig einige Taler für die Notleiden-den, das muss reichen. Meine Art von Treue geht ihn nichts an.«

Lachend zog er die Wirtstochter, die gerade vorbeilief, auf seinen Schoß und griff frech an ihre Brüste.

Das Mädchen schrie laut auf und schlug um sich.

Er ließ sie laut lachend los. Hastig rannte das Mädchen zu seinem Vater, der drohend die Hand hob.

»Ich warne Euch, Landeshauptmann, lasst die Finger von meiner Isabell. Sie ist ein sittsames Mädchen, wehe, Ihr bringt Schande über sie.«

»Hab dich nicht so, Willi. Ich tu ihr doch nichts. Sie ist aber auch zu hübsch. Pass auf, dass ihr nicht doch bald ir-gendein Bursche ihre Tugend raubt.« Die Männer am Tisch lachten, prosteten sich laut zu und füllten erneut ihre Becher aus den großen Tonkrügen, die auf dem Tisch standen.

»Weiber, immer nur Weiber. Habt ihr denn kein anderes Thema? Kleine Biester habt ihr hier, nichts als kleine rot-haarige Luder.«

Sebastian Post drehte sich um und blickte verwundert auf einen alten Söldner, der in einer der hinteren Ecken saß. Den heruntergekommen wirkenden Mann hatte er bisher nicht bemerkt.

»Was meint Ihr mit ›rothaarige Biester‹?«

Er griff nach seinem Becher, ging zu dem Mann hinüber und setzte sich zu ihm an den Tisch.

»Eins über den Schädel hat mir eine gezogen. Das war letzte Nacht, nicht weit von hier in der Nähe von einem klei-nen Dorf. Ich hab da so eine kleine Rothaarige allein durch den Wald laufen sehen. Ein hübsches Ding, kaum zwanzig.

Ich bin ihr gefolgt. War schon etwas seltsam, die Kleine. In einer alten verfallenen Scheune hat sie sich für die Nacht verkrochen. Das ist doch eine tolle Einladung für einen Mann wie mich.«

Der Landeshauptmann nickte. Er konnte es kaum glauben. Die Beschreibung des Söldners passte genau auf Katharina Heinemann. Aber das konnte nicht sein. Sie war doch in ihrem Haus verbrannt.

Er sah den Hof vor sich, wie er nach und nach in Flammen aufgegangen war. Vielleicht war sie ja doch nicht dort gewesen?

»Und warum ist sie dann ein Biest? Ihr wollt mir doch nicht erzählen wollen, dass Ihr Euer einer schwachen Frau nicht Herr werdet.« Der Landeshauptmann nahm einen Schluck, während der Söldner beleidigt sein Gesicht verzog.

»Natürlich werde ich mit so einem kleinen Mädchen fertig. Das ist doch ein Kinderspiel. Ich hatte sie schon fast so weit. Wehren tun sie sich ja alle, sie spucken, kratzen, manche beißen auch. Aber irgendwann gibt jedes Kätzchen auf und macht die Beine breit. Doch letzte Nacht war plötzlich noch jemand da. Ich kann es nicht ganz sicher sagen, aber ich glaube, es war auch eine Frau. Sie hat mir einen Tontopf über den Schädel gezogen.« Er griff sich an den Kopf »Und dann gingen alle Lichter aus. Als ich wieder zu mir kam, waren die Weiber natürlich fort.«

Der Söldner trank von seinem Bier und schüttelte den Kopf. »Sie sind eben Biester, alles nur kleine Biester. Aber ich sage Euch, die Nächste, die ich erwische, die kommt mir nicht so leicht davon.«

Sebastian Post sah den Mann angewidert an. Er selbst war

ein Frauenheld und nahm es mit der Treue nicht so genau, aber bisher hatten sich ihm alle Frauen freiwillig hingegeben. Niemals würde er auf die Idee kommen, eine Frau mit Gewalt zu nehmen. Das war nicht seine Art. Frauen waren ein Geschenk Gottes, das man genießen sollte.

Sebastian Post erhob sich. Er hatte erfahren, was er wissen wollte. Gleich morgen musste er mit Meister Leonhard reden. Sein Freund würde nicht begeistert sein, zu erfahren, dass die kleine Hexe noch am Leben war.

»He« – der Söldner hielt ihn zurück –, »Ihr seid doch hier der Anführer, oder?« Sebastian Post drehte sich zu dem Mann um und nickte.

»Dann könnt Ihr mir doch bestimmt Arbeit besorgen. Ich bin ein zuverlässiger Mann und erledige alle Aufgaben.« Seine Stimme wurde etwas leiser. »Auch die unangenehmen.«

Sebastian Post dachte kurz nach. Sollte er gleich ablehnen? Vielleicht war der Kerl ja noch für etwas zu gebrauchen. Am Ende gab es ja bald eine unangenehme Aufgabe.

»Bleibt Ihr noch eine Weile in Idstein?«, fragte er.

Der Söldner nickte. »Kann schon sein, wenn ich hier eine Beschäftigung finde.«

»Gut, ich überlege mir etwas«, antwortete Sebastian und wandte sich wieder seinen Männern zu.

Leonhard Busch lief fröhlich pfeifend durch den Garten des Grafen. Es war ein sonniger Morgen, leichter Nebel hing über der Stadt, und Tau funkelte an den Gräsern. Selbst zu dieser frühen Stunde waren bereits einige Gärtner unterwegs. Es war immer wieder interessant, zu sehen, wie sich dieses kleine Stück Land unter ihren Händen verwandelte. Dieses Jahr legte der Graf anscheinend Wert auf Wasserspiele, verwinkelte Grotten und große Teiche. Zwei Männer waren gerade damit beschäftigt, eine der Grotten zu bauen, und diskutierten lautstark darüber, welcher Stein wohin gesetzt werden musste.

Er mochte es, wenn bereits am Morgen so viel Leben herrschte. Inzwischen machte er sich immer öfter Gedanken darüber, sein Elternhaus in Neuhof aufzugeben und nach Idstein zu ziehen. Die Stille und die Gemächlichkeit der Dorfbewohner konnte er kaum noch ertragen.

Das war auch der Grund dafür, warum er häufig in einer Kammer des Torbogengebäudes nächtigte, obwohl er zugeben musste, dass sich bei der vielen Arbeit, die er im Moment hatte, ein Heimritt nicht lohnen würde.

Er schlenderte weiter. Blühende Fliederbüsche verströmten ihren süßen Duft, und ein Gärtner beschäftigte sich damit, die Rosenstöcke zu beschneiden. Am Ende des Gartens war ein schmiedeeisernes Tor, um dessen oberen Bogen sich Efeu und Kletterrosen rankten. Der Winter hatte dem Eisen allerdings schwer zugesetzt, es rostete, und die Tür quietschte in den Angeln, als er sie öffnete.

Der Landeshauptmann kam durchs Torbogengebäude gelaufen und winkte ihm schon von Weitem zu. Der Henker sah seinen alten Freund verwundert an. Es lag nicht in Sebastians Natur, zu so früher Stunde bereits unterwegs zu sein. »Guten Morgen, Sebastian. Heute bist du aber früh unterwegs.«

Der Landeshauptmann blieb keuchend vor dem Henker stehen. Sein Kopf dröhnte von dem Saufgelage des gestrigen Abends.

»Guten Morgen, Leonhard«, japste er, »ich wollte dich noch erwischen, bevor du in der Folterkammer verschwindest.«

»Was gibt es denn so Wichtiges?«

»Ich denke, dass die kleine Hexe doch nicht im Haus verbrannt ist«, sagte der Landeshauptmann.

Der Henker sah sich um und zog seinen Freund ein Stück zur Seite. »Bist du verrückt geworden, so laut zu sprechen. Die Leute haben ihre Ohren überall.«

»Entschuldige.« Der Landeshauptmann schaute sich ebenfalls um. Wie hatte er nur so unvorsichtig sein können. Sogar der Graf persönlich war hier morgens zuweilen anzutreffen. Besonders jetzt, wo der Garten umgebaut wurde, war er oft hier und beobachtete die Arbeiten.

»Woher weißt du denn, dass sie nicht im Haus war?«

Die Stimme des Henkers klang unfreundlich. Für ihn war die Angelegenheit erledigt gewesen.

»Sie ist einem Söldner im Wald begegnet. Seine Beschreibung von ihr passt genau auf Katharina Heinemann. Er hat sie in einem verfallenen Stall überrascht.«

Dem Henker stand vor Verblüffung der Mund offen, er war fassungslos.

»Es muss noch eine Frau bei ihr gewesen sein.«

Der Gesichtsausdruck des Henkers wurde immer ungläubiger.

»Noch eine Frau? Aber was wollte die kleine Hexe überhaupt im Wald?«

Der Landeshauptmann zuckte mit den Schultern. »Das weiß ich nicht«, erwiderte er ungeduldig. So begriffsstutzig hatte er seinen alten Freund schon lange nicht mehr erlebt.

»Es ist ja auch gleichgültig, was sie da wollte. Versteh doch, sie lebt noch. Die kleine Hexe läuft noch frei herum. Mein Gott, sie wird das Unheil über uns bringen. Du hast es ja gesagt, wir müssen sie aufhalten.«

Leonhard Busch blickte sich unruhig um. Das hier war kein Thema, das man auf dem Schlosshof besprechen sollte. Er zog seinen Freund in eine kleine Nische in der Gartenmauer und strich sich nachdenklich über seinen Bart. Sie war also noch am Leben. Wohin wollte sie? Wollte sie an einem anderen Ort ihre Hexenkunst betreiben? Das mussten sie verhindern. Doch sie konnten ja schlecht den ganzen Wald nach ihr absuchen. Er sah seinen Freund ernst an.

»Wenn wir die Richtung kennen würden, könnten wir ihr irgendwo am Wegesrand auflauern. Aber so werden wir sie wohl kaum finden.«

Der Landeshauptmann nickte. »Ja, der Söldner hat von einem verlassenen Stall im Wald gesprochen, und davon gibt es viele. Wo genau er lag, hat er nicht gesagt.«

»Wir benötigen einen Anhaltspunkt, vielleicht jemanden, der mitbekommen hat, wo sie hingegangen ist. Sie muss ja noch einmal nach Hause gekommen sein. Vielleicht hat sie dort Hilfe bekommen, ist bei jemandem untergeschlüpft.«

Der Landeshauptmann schlug sich mit der Hand an die Stirn. »Als ich bei ihr war, um sie abzuholen, saß die Tochter der Häuserin bei ihr in der Wohnstube. Die beiden Frauen sind anscheinend befreundet. Sicher ist sie dort gewesen.«

Der Henker schlug seinem Freund erfreut auf den Rücken. »Siehst du, da ist doch schon unser Anhaltspunkt. Die müssen wir befragen. Wenn du das Mädchen ein wenig einschüchterst, wird sie bestimmt reden, da bin ich mir sicher.«

Der Landeshauptmann zögerte. Er war nicht ganz so überschwänglich wie sein Freund.

»Und wie soll ich das machen? Immerhin liegt ja nichts gegen sie vor.«

Der Henker seufzte. »Da fällt dir bestimmt etwas ein.«

Die Kirchturmuhr schlug, Leonhard blickte auf. »Es ist spät, ich habe eine Verabredung mit meinem Knecht. Er wird sicher bereits warten. Du sagst mir Bescheid, wenn du etwas herausgefunden hast?«

Leonhard Busch trat aus der Nische. Der Landeshauptmann nickte stumm. Er war verärgert. Etwas mehr Unterstützung hatte er sich von seinem Freund schon erwartet. Nachdenklich ging er über den Hof zu den Stallungen hinüber, während der Henker den Weg zur Folterkammer einschlug.

Graf Johannes stand an seinem Fenster. Er war noch nicht angekleidet, und seine Perücke hing achtlos über einer Stuhllehne. Sein Diener war noch nicht gekommen. Er fror ein wenig, obwohl das Feuer im Kamin brannte. Die Tür hinter ihm wurde geöffnet. Sein Kammerdiener betrat den Raum. Casper war ein zuverlässiger Mann und absolut vertrauenswürdig. Der Graf schätzte ihn sehr. Manchmal fragte er sich, was er ohne den Mann, der nur wenig jünger war als er selbst, tun sollte.

Er hörte die vertrauten Geräusche hinter sich. Casper war leise und diskret, niemals würde er seinen Herrn laut ansprechen oder stören.

Der Diener wunderte sich darüber, dass der Graf bereits aufgestanden war. Schweigend stellte er einen Krug Wasser auf den Toilettentisch des Grafen und füllte etwas davon in die Waschschüssel, legte frische Leinentücher und eine Bürste daneben. Danach ging er leise in das Ankleidezimmer des Grafen, um dessen Garderobe für den heutigen Tag zurechtzumachen.

Graf Johannes liebte diese Geräusche. Die ruhige Anwesenheit des Mannes war ihm so vertraut, die Beständigkeit gab ihm das Gefühl, dass alles seine Ordnung hatte.

Er ließ seinen Blick über den Garten schweifen. Seine Gärtner waren bereits bei der Arbeit. Es war wunderbar, ihnen dabei zuzusehen. Später musste er unbedingt ihre Fortschritte bewundern. Auch in diesem Jahr würde sein Burggarten wieder einzigartig werden.

Plötzlich sah er den Henker mit dem Landeshauptmann über den Hof laufen. Er beobachtete die beiden Männer neugierig. Der Landeshauptmann kam ihm etwas abgehetzt vor und gestikulierte ungewohnt heftig. Meister Leonhard blickte sich um, zog den Landeshauptmann dann zur Seite und sprach aufgeregt auf ihn ein.

Der Graf war verwundert. Was besprachen die beiden Männer? So kannte er den Henker gar nicht, der eigentlich vor Selbstvertrauen strotzte und sich nur selten aus der Ruhe bringen ließ. Aber jetzt konnte der Graf sogar von hier oben erkennen, dass Leonhard Busch aufgeregt war.

Er kniff die Augen zusammen. Die beiden heckten doch

irgendetwas aus. Er erinnerte sich an den Fall mit dem jungen Mädchen, da hatten sie ihn auch schon mal hintergangen. Was auch immer sie besprachen, es sah so aus, als führten sie wieder etwas im Schilde.

Fieberhaft begann er zu überlegen, wie er dahinterkommen könnte, was da ausgeheckt wurde. Die zwei Männer standen jetzt in einer Nische in der Gartenmauer und sprachen noch immer aufgeregt miteinander. Der Graf mochte es nicht, wenn er hintergangen wurde. Alle seine Männer waren ihm gegenüber zur Ehrlichkeit verpflichtet. Er wandte sich vom Fenster ab und ging schnellen Schrittes in sein Ankleidezimmer.

»Schnell, Casper, ich muss mich beeilen«, rief der Graf herrisch, was der Diener an ihm nicht kannte. »Ich muss eiligst ins Amtsbüro gehen, es gibt wichtige Dinge zu besprechen.« Der Diener nickte, ging auf seinen Herrn zu und zog ihm das Hemd über den Kopf.

»Na wartet«, schimpfte Graf Johannes, »ich werde schon herausbekommen, was ihr im Schilde führt. Vor mir hat niemand Geheimnisse, auch wenn er Leonhard Busch heißt.«

39

Die alte Babuschka war bereits seit dem Morgengrauen wach, saß nachdenklich auf einem Baumstumpf und betrachtete die schlafende Katharina.

Babuschka wachte in der letzten Zeit oft früh auf und genoss es, den Sonnenaufgang zu erleben. Wie sich das Licht langsam im Osten zeigte, der Himmel immer heller wurde und die Sterne am Horizont verblassten.

Das Mädchen sah harmlos aus, wirkte eher mitgenommen. Ihre Wangen waren eingefallen, und ihre Haut schimmerte blass, ihr Gesicht war von Sommersprossen übersät. Sie schlief unruhig, ihr Mund war geöffnet, und ihre Augenlider flatterten.

»Woran denkst du?«

Die alte Frau zuckte leicht zusammen. Irina stand plötzlich hinter ihr. Die junge Zigeunerin hatte eine ganz eigene Art, sich anzuschleichen.

»Ich frage mich, ob wir sie mitnehmen sollen«, flüsterte Babuschka.

»Wohin denn mitnehmen?«

»Nach Frankfurt, das Mädchen möchte dorthin.« Babuschka seufzte. »Katinka hat es ihr versprochen. Aber am Ende ist sie eine Gefahr für uns, immerhin wurde ihr Haus von zwei bösen Männern abgebrannt, die sie für eine Hexe halten. Was ist, wenn sie sie verfolgen und dann auch uns angreifen?«

Irina blickte auf Katharina, lächelte sanft und setzte sich neben Babuschka auf den alten Baumstamm.

»Aber Katinka haben wir doch auch gerettet. Wir sind aus Posen geflohen, und damals war es noch viel gefährlicher. Die Männer denken doch, dass sie in dem Haus verbrannt ist. Ich glaube nicht, dass sie eine Gefahr darstellt. Katinka hat sie gerettet und fühlt sich jetzt für sie verantwortlich. Ich kann verstehen, dass sie dem Mädchen helfen will. Sie ist doch ein wenig wie sie selbst.«

»Also bist du dafür, dass wir sie mitnehmen?«

»Ja, das bin ich. Sie tut mir leid. Es ist bestimmt hart für sie gewesen. Sieh dir doch an, wie sie schläft. Das Mädchen wirkt nicht entspannt und ruhig, Träume quälen sie. Sie ist dünn und blass. Wer weiß, was sie hinter sich hat. Sie braucht Hilfe. Wir müssen sie mitnehmen.«

Die alte Babuschka seufzte. »Du hast ja recht. Aber Katinka muss trotzdem eine Lektion erteilt werden. Piotr und ich, wir werden nachher mit ihr reden. Sie darf nicht etwas versprechen, was sie nicht entscheiden kann.«

Irina nickte. »Aber sei nicht zu streng mit ihr. Sie meint es doch nur gut.«

Seufzend erhob sich die alte Babuschka und wickelte sich in ihr Schultertuch. Morgens war es noch kühl.

»Aber wenn es nur den geringsten Ärger gibt, dann muss die Kleine gehen.«

Die alte Frau drehte sich um und stapfte zu ihrem Wagen. Irina sah ihr lächelnd nach, wandte ihren Blick wieder Katharina zu und flüsterte leise: »Sie ist gar nicht so übel, wenn man sie mal näher kennt. Sie ist vorsichtig, und das muss sie ja auch sein. Babuschka hat ein gutes Herz. Sie hätte dich niemals fortgeschickt.«

Katinka saß in dem alten Wohnwagen ihrer geliebten Babuschka und blickte betreten zu Boden. Sie hatte sich auf das Bett der alten Frau gesetzt und ihre Beine hochgezogen. Piotr saß neben ihr. Der alte Zigeuner hielt seine Geige in der Hand. Er hatte sie immer und überall dabei, Piotr gab es nicht ohne seine Geige. Katinka konnte sich nicht daran erinnern, den Zigeuner jemals ohne sein Instrument gesehen zu haben. Sogar wenn er sich im Bach wusch oder aß, die Geige lag immer in seiner Nähe.

Piotrs Miene war ernst, genau wie die der alten Babuschka. Diese saß Katinka gegenüber auf einer kleinen Holzbank, die unter dem Fenster stand, und hatte ein dickes, bunt geflicktes Kissen im Rücken.

»Du hast uns in Gefahr gebracht, Katinka«, sagte sie vorwurfsvoll. Ihr Blick wanderte kurz zu Piotr, der bestätigend nickte. Die alte Frau sprach weiter: »Ich habe dir gesagt, du sollst dort nicht hingehen. Es ist gefährlich für uns. Wir sind Außenseiter und dürfen uns keine Fehler erlauben.«

Katinka fühlte sich missverstanden. Was war denn schon dabei, jemanden zu beobachten?

»Aber ich habe doch nichts Schlimmes getan«, verteidigte sie sich. »Und wenn einer von euch Katharina so gefunden hätte, hättet ihr sie auch gerettet.«

Die Stimme der alten Babuschka wurde lauter.

»Du hast nichts Schlimmes getan? Du bist einfach dorthin gegangen, ohne dass wir davon wussten.« Katinka sah Piotr hilflos an. Er verdrehte die Augen.

»Das stimmt nicht ganz«, fiel er Babuschka ins Wort, »ich habe davon gewusst.«

Babuschka schnappte nach Luft. »Wie, du hast davon gewusst? Und du hast mir nichts gesagt?«

Der alte Mann sah zu Katinka, die seinen Blick dankbar erwiderte.

»Ich wollte dich nicht aufregen. Du hast dich ja kaum noch aus deinem Wagen getraut. Katinka hat ja auch wirklich nur geguckt, niemand hat sie gesehen.«

Babuschka seufzte und blickte die beiden missbilligend an.

»Also kann ich jetzt ja wohl nicht mehr Nein sagen.«

Katinka sprang auf, fiel der alten Frau um den Hals und küsste sie überschwänglich auf die Wange. »Ach, Babuschka, du bist die Beste. Ich verspreche dir, es wird bestimmt alles gut gehen.«

Die alte Frau erwiderte lächelnd die Umarmung des Mädchens.

»Das will ich auch hoffen. Sollte es nämlich doch irgendwelchen Ärger mit ihr geben, verschwindet sie, hast du mich verstanden?«

Katinka überhörte diesen Satz. Sie war einfach zu glücklich.

»Ich werde es Katharina gleich sagen, sie wird sehr froh sein.«

Die Tür fiel krachend hinter ihr ins Schloss. Babuschka sah Piotr immer noch missbilligend an. Katinka hatte es tatsächlich wieder einmal geschafft, ihn einzuwickeln.

Sie hob drohend ihren Zeigefinger und schimpfte lachend:

»Und du bist ganz ruhig. Du hast uns die Suppe ebenfalls eingebrockt. Wer weiß, zu was das alles hier noch führen wird, ihr seid einfach zu gutherzig.«

Der alte Mann stand auf und nahm seine Freundin lachend in den Arm. »Aber du doch auch.«

»Ja, und es wird uns alle irgendwann noch umbringen.« Die alte Frau seufzte und blickte durch das kleine Fenster auf die Lichtung hinaus.

Andreas saß bei Maria in der Wohnstube. Die letzten Einzelheiten für die in zwei Wochen stattfindende Trauung mussten besprochen werden. Er war müde, schaute stumm zum Fenster hinaus und hing seinen Gedanken nach, während Maria Tee kochte.

Die Schatten der letzten Nacht waren noch nicht verflogen. Er war zu einem Sterbefall gerufen worden. Es war schlimm gewesen. In Oberseelbach war die junge Anni Hager im Kindbett gestorben. Als er den Raum betreten hatte, war sie bereits ganz still gewesen, ihr Gesicht schmerzverzerrt. Ihr voller Leib krampfte sich noch immer zusammen. Sie hatte auf der Seite gelegen, eine blutige Decke über ihren Beinen. Ihr Wimmern war ihm durch und durch gegangen. Wie lange sie wohl schon gekämpft hatte? Es mussten Tage sein.

Die alte Hagerin hatte hilflos und verzweifelt weinend neben dem Bett gestanden.

Kopfschüttelnd hatte sie eine Erklärung für den Priester gemurmelt.

»Es will einfach nicht kommen. Die Füße sind da. Aber der Rest steckt fest. Wir haben alles versucht.«

Immer wieder hörte er diesen Satz.

Die Füße sind da, aber der Rest steckt fest.

Maria riss ihn aus seinen Gedanken. »Andreas, ist alles in Ordnung?« Sie stellte die Tassen auf den Tisch.

Der junge Pfarrer zuckte zusammen.

»Ja, mir geht es gut. Ich bin müde, letzte Nacht war ich bei einem Sterbefall.«

Maria seufzte. »Bei der Anni, nicht wahr?«

Er sah sie erstaunt an. Es war erst neun Uhr morgens, woher wusste sie davon?

Sie erriet seine Gedanken.

»Lina hat es erzählt. Sie stammt doch aus Oberseelbach. Heute Morgen, als sie gekommen ist, hat sie es mir gesagt. Es hat alle sehr mitgenommen, das Kind hat wohl falsch gelegen.«

Andreas nickte. Es war seltsam, jetzt, wo er mit Maria darüber reden konnte, ging es ihm wieder besser, und die Schatten der Nacht verzogen sich ein wenig.

Er lehnte sich zurück. Die Morgensonne schien ihm auf den Rücken, ihre Wärme tat ihm gut und spendete ihm Trost.

Er ließ seinen Blick durch die Stube wandern. Es war schön hier. Neben dem Ofen stand ein kleines Sofa, darauf saß die kleine Anna und spielte mit einem Stoffhasen. Sie schien vollkommen in ihre Phantasiewelt vertieft zu sein. Die Sonne tauchte die schwarzen Balken in das warme Licht des Morgens, und auf der Fensterbank stand ein Strauß Vergissmeinnicht.

Maria trank schweigend ihren Tee und ließ ihm Zeit. Andreas' Blick fiel auf seine Tasche. Darin waren seine Bibel, sein Gesangbuch und seine Schreibutensilien.

»Na gut«, sagte er seufzend, »dann lass uns anfangen. Wir haben ja schließlich ein freudiges Ereignis zu planen.«

Maria nickte.

»Ludwig wäre auch gerne dabei gewesen. Aber er hat auf dem Hof so viele Dinge zu erledigen. Er lässt sich entschuldigen.«

»Das ist nicht schlimm. Die Vorauswahl der Lieder und den Ablauf bespreche ich meistens mit der Braut allein. Wenn er nur nächste Woche beim offiziellen Traugespräch dabei ist.«

»Ja, ganz bestimmt.«

Andreas schlug das Gesangbuch auf und blickte Maria fragend an. »An welche Lieder hattet ihr denn gedacht?«

Maria ging mit ihm die Seiten durch, und sie besprachen die Bibeltexte und den allgemeinen Ablauf, die Anzahl der Gäste wurde festgelegt und wie die Feier nach der Kirche weitergehen sollte.

Nach dem Gottesdienst sollten alle nach Heftrich fahren, und auf dem Hof würde es ein großes Fest mit Musik und Tanz geben. Ludwig plante, Schweine- und Ochsenbraten anzubieten, und hatte Unmengen Wein und Bier beim Schwanenwirt bestellt. Das ganze Dorf und natürlich auch halb Niederseelbach waren bereits eingeladen worden. Es würde eine der größten Hochzeiten des Jahres werden. Maria war schon sehr aufgeregt, aber auch ein wenig wehmütig.

Eine würde fehlen: Katharina würde nicht dabei sein. Sie

machte sich große Sorgen um sie, hoffentlich würde die geliebte Freundin sicher in Frankfurt ankommen.

Andreas erriet ihre Gedanken und legte ihr liebevoll seine Hand auf den Arm. Auch er war in Gedanken oft bei Katharina. Sie hatte ihn zurückgestoßen, wollte ihn vergessen. Aber sein Herz konnte einfach nicht loslassen, sosehr er sich das auch wünschte. Es gab nur wenige Augenblicke, in denen er nicht an sie dachte.

»Sie schafft es. Bestimmt ist sie schon bald in Frankfurt.«

Maria lächelte Andreas dankbar an.

»Sie fehlt mir. Es war so schön, sie wiederzusehen, und jetzt ist sie für immer fort. Ich hätte mir so sehr gewünscht, dass sie mit nach Heftrich kommt. Aber vielleicht hat sie ja auch recht. Ich wäre dann ihre Herrin gewesen, und das wäre bestimmt nicht gut gegangen.«

Andreas blickte traurig auf den Tisch und antwortete Maria nicht. Sie sah ihn betroffen an. Er hatte sich etwas anderes gewünscht. Mitfühlend strich sie ihm über den Arm.

Plötzlich ertönte ein lautes Klopfen an der Tür. Maria zuckte erschrocken zusammen, und Andreas blickte auf. Die Tür wurde, ohne zu zögern, geöffnet, und der Landeshauptmann betrat mit zwei Soldaten den Raum. Die kleine Anna begann erschrocken zu weinen.

Maria erhob sich, rannte eilig zu ihrer kleinen Tochter hinüber und nahm das Kind auf den Arm. Sebastian Post starrte Andreas überrascht an. Er hatte nicht damit gerechnet, den Priester hier anzutreffen. Seine Anwesenheit durchkreuzte seine Pläne, denn jetzt würde es bestimmt nicht mehr so leicht sein, die junge Frau einzuschüchtern.

»Maria Häuser?«

Maria nickte. Sie rechnete mit dem Schlimmsten, Andreas ging zu den beiden hinüber und stellte sich schützend vor sie. »Was wollt Ihr?«, fragte er herausfordernd. Er würde nicht zulassen, dass der Landeshauptmann Maria etwas antat oder sie am Ende noch einholte. Maria war eine tugendhafte junge Frau, der niemand etwas vorzuwerfen hatte.

»Ich bin auf der Suche nach Katharina Heinemann. Sie hat im Wald einen Söldner des Grafen angegriffen und verletzt und wird nun gesucht. Ist sie hier im Haus?«

Er sah Maria ernst an. Doch Andreas ließ sich von der Fassade des Mannes nicht täuschen. Der Landeshauptmann war verunsichert, und seine Hände zitterten. Irgendetwas stimmte nicht.

»Sie ist nicht hier.«

»Das werden wir ja sehen. Männer!« Er bedeutete seinen Männern, nach oben zu gehen. Maria erhob sich entrüstet. »Was fällt Euch ein, glaubt Ihr etwa, dass ich lüge?«

Der Landeshauptmann machte ein paar Schritte auf sie zu, und Maria zuckte zurück und suchte erneut hinter Andreas Schutz.

»Maria Häuser sagt die Wahrheit. Katharina Heinemann ist nicht hier. Seit ihrer Freilassung hat sie im Ort niemand mehr gesehen, keiner weiß, wo sie ist.«

Er warf Maria einen langen Blick zu, der dem Landeshauptmann nicht entging. Die beiden wussten mehr, als sie zugaben. Die Männer kamen laut polternd wieder die Treppe herunter, betraten die Wohnstube und schüttelten ihre Köpfe.

»Oben ist nur ein alter, kranker Mann, sonst niemand.«
Sebastian Post sah sich in der Wohnstube um. Die kleine

Anna hatte ihr Köpfchen an der Schulter ihrer Mutter vergraben, die noch immer hinter dem Priester stand.

Warum musste der Geistliche auch ausgerechnet jetzt da sein? Wenn er die Frau allein angetroffen hätte, hätte er sicherlich mehr aus ihr herausgebracht.

Er machte noch einmal einen Schritt auf die beiden zu und hob drohend die Hand.

»Wenn Ihr gelogen habt, dann wird es Euch teuer zu stehen kommen. Niemand belügt die Männer des Grafen. Die Frau ist straffällig geworden und muss dafür verurteilt werden. Der Söldner wäre bei ihrem Angriff beinahe gestorben.«

Vor Marias innerem Augen tauchte Katharina auf. Sie war so schmal und dünn, ihre Arme waren kaum dicker als ihre eigenen Handgelenke. Wo sollte sie die Kraft hernehmen, um einem Söldner so wehzutun?

»Wie gesagt«, wiederholte Andreas seine Worte, »hier ist sie nicht, und wir wissen auch nicht, wo sie ist.«

Der Landeshauptmann funkelte ihn böse an und wandte sich zur Tür. Dort angekommen, drehte er sich noch einmal um.

»Ich hoffe für Euch, dass Ihr die Wahrheit sagt. Ihr seid ein Priester, ein Mann Gottes, Ihr dürft nicht lügen. Sollte ich erfahren, dass Ihr doch wisst, wo sie ist, werde ich Euch beim Grafen melden – und Ihr könnt sicher sein, dass dieser gewiss nicht zimperlich mit Euch verfahren wird.«

Er verließ den Raum, und seine beiden Wachmänner liefen ihm eilig hinterher. Maria hörte die Haustür zufallen und sank aufs Sofa.

»Meine Güte, was war denn das?«

»Ja, das wüsste ich auch gern.« Andreas ging zum Fenster und blickte dem Landeshauptmann nach.

»Da ist etwas faul. Hast du gesehen, wie seine Hände gezittert haben? Ich bin mir sicher, dass der Graf keine Ahnung davon hat, dass er Katharina sucht. Einen Söldner verletzt, dass ich nicht lache. Sie ist viel zu schwach, um irgendjemandem etwas zu tun.«

Maria erhob sich und trat zu Andreas ans Fenster. Die kleine Anna hatte sich ein wenig beruhigt und saugte an ihrem Daumen.

»Und was ist, wenn er sie im Wald sucht? Ich meine, es könnte doch möglich sein, dass sie die Straßen kontrollieren. Was ist, wenn er sie findet?«

Andreas sah Maria verzweifelt an.

»Daran habe ich noch gar nicht gedacht. Es kann gut möglich sein, dass seine Männer die Gegend absuchen. Wenn er sie findet, wird er nicht lange fackeln. Ich könnte mir gut vorstellen, dass er sie gleich an Ort und Stelle tötet. Hast du auch den Hass in seinen Augen gesehen?«

Maria nickte. »Und was machen wir jetzt? Wir können Katharina doch nicht ihrem Schicksal überlassen!«

Andreas antwortete nicht gleich, blickte nachdenklich auf den Hof hinaus. Maria hatte recht, sie mussten etwas unternehmen, Katharina musste gewarnt werden.

»Ich fahre ihr nach. Irgendwo werde ich sie schon finden, so weit kann sie ja noch nicht gekommen sein. Wenn es sein muss, bringe ich sie persönlich nach Frankfurt. Dort ist sie bestimmt in Sicherheit. In der Stadt hat der Landeshauptmann keinen Einfluss.«

»Ich komme mit.«

Andreas sah Maria überrascht an. »Aber das geht doch nicht. Du bist eine Frau, so etwas schickt sich nicht, was sollen denn die Leute denken? Und was wird aus der kleinen Anna? Dir könnte etwas passieren, und womöglich kommst du nicht mehr nach Hause.«

Maria sah ihn stur an.

»Anna kann bei Lina bleiben. Sie hat früher auch oft hier geschlafen, und was die Leute denken, ist mir gleichgültig, ich kann gut auf mich selbst achten. Ich komme mit, das bin ich Katharina schuldig.«

Andreas seufzte. Die junge Frau hatte eindeutig die Sturheit ihrer Mutter geerbt.

»Na gut, dann kommst du eben mit. Am besten brechen wir sofort auf.«

Maria lief mit Anna aus dem Raum und rief laut nach ihrer Magd, während Andreas seine Unterlagen wieder in die Tasche packte.

Kurz darauf fuhren sie vom Hof und schlugen den Weg ein, der nach Frankfurt führte. Sie bemerkten nicht, dass sie beobachtet wurden und ihnen jemand folgte.

40

Katharina schaute die Zigeuner an, die in einem großen Kreis gemütlich beisammensaßen.

Es war bereits früher Nachmittag, bisher war nur hin und wieder ein Zigeuner an ihr vorbeigelaufen. Katinka hatte ihr heute Morgen gesagt, dass sie sie mit nach Frankfurt nehmen würden. Katharina war ein Stein vom Herzen gefallen. Noch so eine einsame Nacht in irgendeinem verlassenen Stall hätte sie wahrscheinlich nicht durchgehalten.

Andrej, der Mann von Irina, hatte sich ihr höflich vorgestellt. Er hatte ein wenig so ausgesehen, als wäre er dazu genötigt worden. Katharina sah lächelnd zu dem Mann mit dem schwarzen Schnauzbart hinüber. Er winkte ihr fröhlich zu, wandte dann aber seine Aufmerksamkeit wieder seiner Frau zu, die ihm irgendetwas erzählte.

Irina war gestern Abend bereits sehr nett zu Katharina gewesen. Die blonde Frau, die auf den ersten Blick schüchtern und zurückhaltend wirkte, hatte sich in ein hilfsbereites und einfühlsames Wesen verwandelt, das anscheinend genau zu wissen schien, was ein Mensch brauchte. Gestern Abend war es eine warme Decke und etwas zu essen gewesen, ein wenig Ruhe und Entspannung. All das hatte Irina ihr gegeben. Heute Morgen waren es Ermutigung und ein warmer Tee gewesen. Irina hatte sie sanft geweckt und ihr einen dampfenden Becher gereicht. Katharina fühlte sich sofort sicher und geborgen und hatte die Frau dankbar angelächelt. In diesem Moment hatte sie geglaubt, zum ersten Mal in ihrem Leben einem übersinnlichen Wesen begegnet zu sein, das in der Lage war, Gefühle, Gedanken und Wünsche zu erkennen, noch bevor sie der andere ausgesprochen hatte.

Irina lachte über etwas, was ihr Gatte ihr sagte. Sie sah dabei nicht sehr fröhlich aus, aber bei näherem Hinsehen konnte man ein besonderes Strahlen in ihren Augen erkennen – und das war es, was diese unscheinbare Frau zu etwas Besonderem machte.

Katharinas Blick wanderte weiter und blieb an Stanislav hängen. Er war ein untypischer Zigeuner und sah auch überhaupt nicht wie einer aus. Er war blond und groß, hatte muskulöse Oberarme und war durchtrainiert. Hohe Wangenknochen gaben seinem Gesicht etwas Maskulines. Sein Teint war leicht braun und ebenmäßig, und seine Augen strahlten in einem hellen Blau. Er war ausgesprochen attraktiv. Er saß mit zwei anderen Männern zusammen, die sich laut in einer Sprache unterhielten, die Katharina nicht kannte. Es war vielleicht Russisch. Irina hatte ihr erzählt, dass sie alle aus Russland stammten. Die beiden anderen Männer hießen Jegor und Wladimir. Sie hatten sich ihr noch nicht persönlich vorgestellt, hatten ihr nur kurz zugenickt. Das war wohl alles, was Katharina von den Brüdern erwarten konnte.

Wladimir war der ältere der beiden und hatte bereits graue Schläfen. Jegor war ein wenig kleiner als sein Bruder. Dies waren aber auch die einzigen Unterschiede, die Katharina feststellen konnte. Ansonsten ähnelten sie sich wie Zwillinge.

Groß und stämmig, konnten sie einen fast ein wenig das Fürchten lehren. Sie trugen beide dunkelblaue Leinenhemden und dazu passende Hosen, die von schäbigen Hosenträgern gehalten wurden. Alle Männer wirkten ungepflegt, ob es nun Andrej mit seinem verschmutzten weißen Hemd war oder Stanislav mit seiner zerschlissenen Hose, die beiden Brüder mit den schlabbrigen Hemden und den zusammengeknoteten Hosenträgern, oder Piotr, der Löcher in seiner Hose und seinen Schuhen hatte.

Die Frauen achteten mehr auf sich. Irinas Kleid war an vielen Stellen geflickt, aber es sah ordentlich aus. Sie trug sogar eine Schürze. Babuschka war in ein dunkelblaues langärmeliges Leinenkleid gehüllt und trug dazu ein wollenes rotes Schultertuch. Sie schien mehrere Kleider zu besitzen, Katharina konnte sich erinnern, dass die alte Frau am Tag zuvor ein andersfarbiges Kleid angehabt hatte.

Katinka, die neben ihr saß und ihren Gedanken nachhing, trug noch immer ihr enges rotes Kleid, das ihre schlanke Figur betonte und ihre Rundungen fast schon in sündhafter Weise hervorhob. Ihr Haar trug sie auch heute offen, es fiel bis auf ihre Taille herab und schimmerte geheimnisvoll im Licht der Sonne. Ihre Schönheit war überwältigend.

Katharina sah zur alten Babuschka hinüber, die auf dem Waldboden kniete. Sie war klein und untersetzt. Ihr graues Haar hatte sie zu einem Zopf geflochten und hochgesteckt, darüber trug sie ein buntes Tuch. Sie hatte braune kleine Knopfaugen und ein rundes Gesicht. Die Frau war schwer einzuschätzen. Sie hatte mehrfach zu ihr herübergesehen, doch in ihren Augen lag keine Herzlichkeit. Nichts deutete darauf hin, dass sie sie gerne aufnahm oder ihr Gastfreundschaft entgegenbrachte. Sie hatte auch noch kein Wort mit ihr gesprochen. Katinka gegenüber war sie sehr herzlich. Sie hatte erlaubt, dass Katharina mit ihnen fahren durfte, aber so richtig zufrieden schien sie damit nicht zu sein.

Neben Babuschka saß der alte Piotr. Er sah lustig aus, hatte eine dicke Knollennase und ebenfalls kleine braune Knopfaugen. Sein Haar war braun und lichtete sich bereits. Er war etwas größer als Katharina und hatte einen leichten Bauchansatz. Eine Geige lag in seinem Arm. Er zupfte gedankenverloren darauf herum, während Babuschka auf ihn einredete.

Piotr hatte auch noch nicht mit ihr gesprochen. Sie war ihm aber auch noch nicht begegnet.

Katinka, die ein paar Steinchen durch ihre Finger gleiten ließ, folgte Katharinas Blick.

»Sie sind nicht abweisend, es ist ihre Art. Wenn du die beiden näher kennst, wirst du es verstehen.«

Katharina sah Katinka verwundert an.

»Bei mir war es am Anfang auch so. Als ich hierherkam, da sprachen sie auch mit mir kein Wort, nur Irina und Stanislav haben sich um mich gekümmert.«

»Ach, warst du nicht schon immer eine Zigeunerin?«

»Nein, früher nicht. Aber jetzt bin ich eine, ich meine, ich nehme es jedenfalls an. Obwohl ich manche Dinge immer noch falsch mache.«

Katharina sah sie neugierig an. »Welche Dinge denn?«

Katinka stand auf und warf die Steinchen auf den Boden. Ihr Gesichtsausdruck wurde verschlossen, die Plauderstunde schien beendet zu sein.

»Das ist nicht so wichtig«, sagte sie in einem fast abweisenden Tonfall. Katharina erschrak. Was war denn jetzt plötzlich los? Katinka ließ Katharina allein, ging zu ihrem Wagen hinüber, kletterte hinein und kam mit zwei Hemden über dem Arm wieder heraus. Sie ging damit zu dem kleinen Bach hinüber, der am Rand des Lagers entlanglief.

Katharina war neugierig. Sie stand auf, klopfte sich den Staub vom Kleid und schlenderte ebenfalls zum Bach.

Katinka hatte damit begonnen, eines der Hemden auszuwaschen.

Katharina setzte sich neben sie und sah eine Weile schweigend ins Wasser. Der Bach war hier nicht besonders tief. Blätter und kleine Äste trieben im Wasser.

Katinka sah Katharina nicht an, wusch das Hemd und spülte es im Wasser aus. Katharina musterte sie von der Seite. Eine seltsame Anspannung lag in der Luft.

»Habe ich etwas falsch gemacht?«, fragte Katharina leise.

Katinka wandte den Kopf und sah sie an.

»Nein, du nicht. Ich habe es falsch gemacht.«

»Aber was denn?«

»Ich hätte dich nicht beobachten sollen, es war ein Fehler. Ich habe die Zigeuner in Gefahr gebracht.«

Katharina zuckte zusammen. Das war es also. Aber warum hatte sie sie dann mitgenommen?

»Und warum hast du es getan?«, fragte Katharina neugierig.

Katinka seufzte. »Weil wir ein wenig gleich sind. Vielleicht, weil du mir leidgetan hast. Diese Männer waren böse – so böse wie die Menschen damals in Posen. Ich wollte dir helfen, dich beschützen – obwohl ich dich nicht kannte.«

Katharina sah Katinka verwirrt an.

»Wir beide – gleich? Was war in Posen? Ist das eine Stadt?«

Katinka atmete tief durch und legte das Hemd zur Seite, sah Katharina aber noch immer nicht an.

»Posen ist eine Stadt in Polen, dort habe ich eine Weile lang gelebt. Es war schrecklich, denn ich bin Olga in die Hände gefallen. Wer einmal bei Olga war, kam dort nie wieder fort.«

»Wer war diese Olga?«

Katinka seufzte. »Irgendwann wirst du es ja doch erfahren. Ich war ein leichtes Mädchen. Jedenfalls hat mich Olga dazu gezwungen, eines zu sein. Sie hat mich damals, als ich in Posen ankam, angesprochen und gesagt, sie würde mir Arbeit und ein Zimmer geben. Ich war so leichtgläubig und bin mit ihr gegangen. Das Jahr bei ihr war die Hölle.«

Katharina sah Katinka ungläubig an. In Idstein gab es auch leichte Mädchen – Frauen, die von einem Mann zum nächsten tingelten, aber gezwungen wurden sie zu nichts.

Katinka erzählte weiter: »Eines Abends standen Leute vor unserer Tür. Sie haben uns alle herausgeholt und laut angebrüllt. Wir wären alle Hexen, und sie würden uns verbrennen. Wir wurden in einem großen Turm eingeschlossen. Die Einzige, die in einer Kammer eingeschlossen wurde, die zur Straße hinausführte, war ich. Die Zigeuner haben mich herausgeholt, ohne sie wäre ich am nächsten Morgen in Posen auf dem Scheiterhaufen gestorben, so wie all die anderen Frauen.«

In Katinkas Augen standen Tränen. »Verstehst du es jetzt? Ihnen konnte ich nicht helfen. Sie sind alle gestorben, und ich konnte nichts dagegen tun. Aber dir konnte ich helfen. Als ich bemerkt habe, dass es dir gut geht, dass du nicht in dem brennenden Haus warst, da habe ich mich unendlich gefreut – am liebsten hätte ich dich auch umarmt, obwohl ich dich gar nicht kannte.«

Katharina war gerührt. Sie würde bald ein neues Leben beginnen, und das auch dank dieser jungen Frau, die ihr geholfen hatte – die ihr immer noch half.

»Danke«, flüsterte sie leise.

Katinkas Gesicht wurde wieder ausdruckslos.

»Ach, das war doch nichts.« Sie winkte ab. »Der Kerl war einfach widerlich.« Sie lächelte verschmitzt.

»Er war schrecklich«, sagte Katharina und grinste.

Plötzlich rannte Piotr mit einem Stock in der Hand an ihnen vorbei. Katinka sprang auf, und Katharina erhob sich ebenfalls, verwundert sahen die beiden dem alten Mann nach.

»Da ist doch etwas, ich habe ein Geräusch gehört«, rief er und rannte auf den Waldrand zu. Stanislav, der vor seinem Planwagen saß, lachte laut: »Ach, Piotr, willst du wieder Wildschweine fangen? Mit dem Stock wirst du denen aber nicht beikommen.«

Doch dann erstarrte Katharina. Das war kein Wildschwein, was da kam. Andreas' Wagen rollte auf die Lichtung und blieb vor dem alten Zigeuner stehen. Maria saß neben Andreas, der beruhigend die Hände hob.

»Ja aber«, stammelte Katharina, »das sind ja Andreas und Maria.« Sie rannte los, Katinka sah erstaunt hinter ihr her. Katharina raffte ihre Röcke und flog regelrecht über die Lichtung. Außer Atem blieb sie vor dem Wagen stehen.

»Andreas, Maria, was tut ihr denn hier?«, japste sie.

Piotr sah sie verwundert an. »Das sind Freunde von dir?«

»Ja, das sind sie. Ich kenne die beiden, sie tun uns nichts.«

Piotr war immer noch misstrauisch, doch er ließ den Stock sinken.

Inzwischen waren auch die anderen Zigeuner näher gekommen und musterten die Neuankömmlinge neugierig.

Maria sprang vom Wagen.

Katharina schloss die geliebte Freundin in die Arme. Warum waren die beiden gekommen? Was wollten sie hier?

Andreas war ebenfalls vom Wagen geklettert. Seine Miene war ernst, und erst jetzt bemerkte Katharina, dass auch Maria besorgt zu sein schien.

»Warum seid ihr denn hier?«, fragte Katharina misstrauisch. Katinka sah die beiden ebenfalls skeptisch an. Bei der Umarmung der beiden Frauen hatte es ihr einen kleinen Stich ins Herz gegeben. Diese Frau war Katharinas Freundin.

»Der Landeshauptmann sucht dich«, erklärte Maria.

»Er sucht mich? Er denkt doch, dass ich tot bin.«

Maria sah Katharina verblüfft an.

Katharina schaute zu Katinka, diese nickte.

»Er und der Henker sind daran schuld, dass der Hof abgebrannt ist. Die beiden haben das Feuer gelegt.«

Andreas sah Katharina erstaunt an, Maria war fassungslos, ihr fehlten die Worte.

»Sie dachten, ich würde im Haus schlafen, und wollten mich als Hexe verbrennen. Katinka hat sie beobachtet.«

Marias Blick wanderte zu Katinka hinüber. Sie sah die junge Zigeunerin erstaunt an. So einer wunderschönen Frau war sie noch nie begegnet, dieses schwarze Haar, das die

Frau wie selbstverständlich offen trug, und die schönen hellblauen Augen verzauberten sie sofort.

Niemand auf der Lichtung sagte ein Wort. Betretene Stille breitete sich aus. Alle waren von Katharinas Worten peinlich berührt.

Irgendwann brach Babuschka das Schweigen.

»Wollen wir uns nicht am Feuer weiter unterhalten? Wir haben Gäste, lasst uns nicht unhöflich sein.«

Kurze Zeit später saßen sie alle gemeinsam am Feuer. Die alte Babuschka sah Katinka streng an, diese zuckte leicht mit den Schultern und blickte schuldbewusst zu Boden. Maria und Andreas saßen nebeneinander. Die Zigeuner gaben ihnen nicht das Gefühl, willkommen zu sein. Die Einzige, die sich um sie kümmerte, war eine blonde, farblos wirkende Frau, die ihnen etwas zu trinken anbot.

Katharina fragte nach einer Weile neugierig:

»Was ist geschehen, Maria?«

Maria stellte ihren Becher neben sich und berichtete, was vorgefallen war.

»Der Landeshauptmann sucht dich überall. Er war bei uns und hat das Haus auf den Kopf gestellt. Er behauptet, du hättest einen Söldner des Grafen schwer verletzt.«

Katinka lachte laut auf. »Das war nicht Katharina, das war ich. Ich habe ihm einen Tontopf über den Kopf geschlagen. Der Kerl wollte ihr unter den Rock.«

Maria wandte sich erleichtert an Andreas. »Siehst du, ich habe doch gleich gewusst, dass an den Vorwürfen nichts dran ist.«

Doch dessen Miene blieb ernst. »Das wird ihr der Landeshauptmann aber nicht glauben.«

»Da könntet Ihr recht haben.«

Alle Anwesenden zuckten zusammen, denn hinter ihnen trat plötzlich Sebastian Post aus dem Gebüsch.

Katharina erschrak und kroch hinter Stanislav – der sie verwundert ansah –, dann aber beschützend den Arm um sie legte.

»Ich werde ihr das auch nicht glauben, denn ich habe die Aussage eines ehrenwerten Söldners. Sie hat ihn tätlich angegriffen, und dafür muss sie zur Rechenschaft gezogen werden.«

Katinka lachte zynisch, erhob sich und stellte sich schützend vor Stanislav und Katharina.

»Einen ehrenwerten Söldner nennt Ihr diesen Lump? Er wollte ihr Gewalt antun. Wenn das die Söldner des Grafen sind, dann sollte er sich schämen. Wenn ich ihm nicht den Tontopf über den Kopf gezogen hätte, hätte er sie am Ende noch getötet. Seht sie Euch doch an – so dünn und schwach, wie sie ist. Sie hat unter ihm gelegen – niemals hätte sie ihn verletzen können.«

Katinka war wütend und funkelte den Landeshauptmann böse an.

Katharina zitterte, und ihr Herz schlug ihr vor Aufregung bis zum Hals. Stanislav spürte ihre Angst und strich ihr beruhigend über den Arm. Er fühlte sich ein wenig geschmeichelt, dass die junge Frau ausgerechnet bei ihm Schutz suchte – war sich aber auch der Tatsache bewusst, dass das wahrscheinlich nur der Fall war, weil er zufällig neben ihr saß.

Der Landeshauptmann machte ein paar Schritte auf Katharina zu. »Das alles wird der Graf klären. Sie wird jetzt mit

mir kommen. Es ist so befohlen, den Anweisungen des Grafen darf sich niemand widersetzen.«

Andreas erhob sich und stellte sich neben Katinka. »Ihr
habt die junge Zigeunerin gehört. Katharina Heinemann hat
nur ihre Unschuld verteidigt. Sie hat den Söldner nicht verletzt. Das könnt Ihr dem Grafen mitteilen. Und übrigens
dachte ich immer, dass alle Soldaten des Grafen in festen
Diensten stehen. Seit wann hat der Graf denn bezahlte Söldner?«

Der Landeshauptmann merkte, wie ihm die Felle davon-
schwammen. Er war allein, hatte keine Soldaten zur Unterstützung dabei. Er verfluchte sich, Wilhelm und Franz nicht
mitgenommen zu haben.

Wütend funkelte er Andreas an, wusste aber nicht, was er
sagen sollte.

Die alte Babuschka hatte die ganze Zeit über schweigend
zugehört. Jetzt erhob sie sich stöhnend und durchbrach
damit die gefährliche Spannung, die in der Luft lag.

»Ihr habt es gehört, die junge Frau hat nur ihre Tugend
verteidigt. Es ist wohl besser, wenn Ihr jetzt geht.« Sie sah
den Landeshauptmann an und wich seinem ungläubigen
Blick nicht aus.

Katharina hörte auf zu zittern. Ihr stand vor Verblüffung
der Mund offen. Sie hatte nicht damit gerechnet, dass die
abweisend wirkende alte Frau sie verteidigen würde.

Der Landeshauptmann machte ein paar Schritte auf Babuschka zu. Doch Jegor und Wladimir waren sofort zur
Stelle, und sie schoben die alte Frau hinter sich.

»Sie sagte, du sollst verschwinden«, sagte Wladimir mit
einem gefährlichen Unterton in der Stimme.

Sebastian Post machte einige Schritte zurück. Wladimir und Jegor waren beide einen guten Kopf größer und doppelt so breit wie er. Er warf Katharina einen wütenden Blick zu und wich zum Waldrand zurück.

»Ich werde wiederkommen. Das letzte Wort ist hier noch nicht gesprochen – und beim nächsten Mal wird sie mit mir kommen. Der Graf wird wütend sein.«

Er drehte sich um und stolperte zurück in das Gebüsch, aus dem er gekommen war.

Katharina atmete tief durch und kam hinter Stanislav hervor. Sie stand genau vor Andreas und blickte ihm dankbar in die Augen.

»Danke«, flüsterte sie leise.

»Gern geschehen«, antwortete er und strich ihr sanft über den Arm.

Sie wich ein kleines Stück zurück.

Katinka musterte die beiden verstohlen von der Seite und seufzte ein wenig. Sie erkannte die Liebe in ihren Augen. Warum wich Katharina vor ihm zurück?

Die alte Babuschka sah Piotr vielsagend an und nickte zum Wohnwagen hinüber. Er erhob sich und folgte ihr. Katinka sah die beiden aus dem Augenwinkel und folgte ihnen ebenfalls. Sie wollte wissen, was sie zu besprechen hatten.

Irina ging zu Katharina hinüber und lächelte sie erleichtert an. »Gott sei Dank, dass er weg ist. Der Mann ist schrecklich. Ich hatte fürchterliche Angst.«

Mit diesen Worten riss sie Andreas und Katharina aus ihrer Erstarrung. Katharina sah sie abwesend an, nickte dann aber doch.

»Ja, ich hatte auch Angst. Gott sei Dank war ich nicht allein.« Sie sah sich dankbar um und bemerkte erst jetzt das Fehlen von Katinka, Piotr und Babuschka.

Wohin waren die drei verschwunden?

Andreas' Angst verschwand langsam, und Wut machte sich in ihm breit. Warum hatte sie nicht auf ihn gehört und war allein durch den Wald gelaufen? Er griff nach ihrem Arm und zog sie ein Stück auf die Seite. Er war fast ein wenig grob, seine Miene war vorwurfsvoll.

»Wer sind diese Leute? Was willst du denn hier? Ich habe es doch gleich gesagt, es ist keine gute Idee, allein nach Frankfurt zu laufen.« Katharina sah ihn verwundert an. So hatte er noch nie mit ihr gesprochen. Sie verschränkte beleidigt die Arme vor der Brust.

»Sie sind nicht irgendwelche Leute, sie sind Zigeuner. Du hast es doch gehört, Katinka hat mich gerettet. Ich werde mit ihnen nach Frankfurt fahren. Sie haben mir versprochen, dass sie mich mitnehmen.«

Andreas schüttelte den Kopf. »Du kennst diese Menschen doch gar nicht. Was ist, wenn sie nicht so nett sind, wie du denkst?«

Katharina blickte ihm in die Augen, als sie antwortete:

»Ach ja, und was ist mit dir? Bei dir dachte ich auch mal, ich würde dich kennen.«

Andreas wich ein Stück zurück, Katharina funkelte ihn wütend an. Maria und Irina standen nicht weit von den beiden Streithähnen entfernt. Irina zog die Augenbrauen hoch.

»Reden die zwei immer so miteinander? Ich dachte, sie wären Freunde.«

Maria seufzte. »Ja, das sind sie eigentlich auch – sogar mehr als das. In einem anderen Leben wollten sie mal heiraten.«

Irina musterte die beiden ein wenig genauer und nickte bestätigend.

»Das sieht man. So wie die beiden miteinander streiten, kann es nur Liebe sein. Diese Leidenschaft, die in ihren Augen steht! Ist es nicht wunderbar?« Irina seufzte.

Maria sah die Zigeunerin verwundert an.

»Was ist daran wunderbar? Sie streiten miteinander und werden sich nie wiedersehen. Katharina hat ihn für immer weggeschickt.«

»Das glaubt sie«, antwortete Irina, »aber schau dir nur mal an, wie sie ihn ansieht, ihre Gesten, ihre Mimik. Sie kann ihn nicht fortschicken – auch wenn sie es noch so gern will. Ihr Herz wird den Mann niemals loslassen.«

Maria wurde die Streiterei zu bunt, und die seltsamen Zigeunermärchen von Irina wollte sie auch nicht mehr hören. Das Gerede ging ihr auf die Nerven. Leidenschaft, Mimik – so ein Unsinn.

»Bitte« – sie trat zwischen Andreas und Katharina – »hört doch auf zu streiten. Wir sollten uns lieber überlegen, wie es jetzt weitergeht. Immerhin kann es sein, dass der Landeshauptmann wiederkommt.«

Katharina holte tief Luft, und Andreas schluckte die nächste Anschuldigung hinunter. Maria hatte recht, jetzt war nicht der richtige Zeitpunkt, um sich anzuschreien. Katharina musste so schnell es ging von hier weg. Erst in Frankfurt war sie wirklich sicher.

Katinka saß bei Babuschka im Wohnwagen und blickte betreten zu Boden. Jetzt war genau das eingetroffen, was die alte Frau befürchtet hatte. Sie hatte alle in Gefahr gebracht. Es war sogar richtig schlimm. Am Ende schickte dieser Mann ihnen Soldaten hinterher – und das alles nur, weil sie zu neugierig und unvorsichtig gewesen war. Die alte Babuschka funkelte sie wütend an.

»Da haben wir den Ärger. Ich habe es dir doch gleich gesagt, sie macht Probleme. Aber auf mich will ja mal wieder keiner hören.« Sie reckte die Arme theatralisch in die Höhe, und der alte Piotr zog den Kopf ein. Er und Katinka sahen sich schuldbewusst an. »Das Mädchen muss noch heute aus dem Lager verschwinden. Sie hat ja jetzt wieder Freunde, die auf sie aufpassen. Wir müssen sofort alles abbrechen und weiterziehen, damit uns der Mann auf keinen Fall mehr hier findet.«

Katinka konnte es nicht fassen. Babuschka wollte Katharina wieder zurückschicken – in die Nähe dieses Mannes, jetzt, obwohl sie ihr versprochen hatten, dass sie sie mitnehmen würden. »Aber das können wir nicht machen. In Idstein wird Katharina diesem Mann ausgeliefert sein, dort hat er Macht und Einfluss. Wir dürfen sie nicht zurückschicken.«

Sie sah die alte Babuschka bittend an.

»Bitte, ich kann doch mein Versprechen nicht brechen. Bis Frankfurt ist es nicht mehr weit.«

Piotr atmete hörbar aus. Er war mit der Situation überfordert. Einerseits gab er Babuschka recht, dass die Kleine sie alle ins Unglück stürzen konnte. Andererseits verstand er auch Katinkas Einwand. Wenn sie sie zurückschicken würden, dann könnte der böse Mann sie doch noch erwischen. Und eines spürte er – dieser seltsame Bursche führte etwas ganz anderes im Schilde, als Katharina zum Grafen zu bringen.

Er seufzte. Zum ersten Mal seit langer Zeit würde er Babuschka widersprechen.

»Ich finde, dass Katinka recht hat«, sagte er vorsichtig und duckte sich ein wenig.

»Wir können sie nicht dorthin zurückschicken. Er wird sie umbringen.«

Babuschka sah ihren alten Freund fassungslos an. Sie konnte nicht glauben, was sie da hörte. Er wollte lieber einer fremden Frau helfen, als die Familie zu beschützen.

Katinka fiel Piotr freudestrahlend um den Hals. Mit seiner Fürsprache hatte sie nicht gerechnet.

»Lieber Piotr, du bist ein guter Mensch. Bestimmt wird alles gut gehen. Wenn wir gleich aufbrechen, wie es Babuschka gesagt hat, dann kann er uns nicht mehr finden.«

Wütend stampfte die alte Frau mit dem Fuß auf und sah die beiden Übeltäter mit funkelnden Augen an. Aber allzu lang konnte sie ihren bittenden Blicken nicht standhalten, und ihre Wut verflog.

»Also gut, bis Frankfurt kommt sie mit. Aber dann ist Schluss.«

Katinka fiel der alten Frau nun ebenfalls um den Hals und gab ihr einen Kuss auf die Wange.

»Danke, liebe, gute Babuschka. Ich verspreche dir, du wirst es nicht bereuen.«

Die alte Frau erwiderte Katinkas Umarmung, sah Piotr aber warnend an.

»Das hoffe ich für euch«, flüsterte sie ihm zu, und der alte Mann duckte sich erneut schuldbewusst.

Wenig später standen Katharina, Andreas und Maria vor Andreas' kleinem Wagen. Katharina strich dem Maultier liebevoll über die Nüstern und versuchte, sich ein wenig zu beruhigen.

Sie war schrecklich traurig. Als sie aus Niederseelbach fortgegangen war, war es erträglich gewesen. Auch der Abschied von Andreas in der Dachkammer war einfacher gewesen als das hier. Sie wusste nicht, was sie noch sagen sollte. Maria schien es ebenso zu gehen, denn sie spielte zerstreut an ihrem Schürzenband herum.

Katharina griff nach ihrer Hand und hielt sie fest.

»Ich werde dich vermissen«, sagte sie leise.

»Alles an dir wird mir fehlen – und wenn es nur die Art ist, wie du an deiner Schürze herumspielst.«

Maria nickte, Tränen in den Augen. Sie blickte kurz über die Lichtung, auf der die Zigeuner mit Packen beschäftigt waren. »Und du denkst, dass sie gut auf dich aufpassen werden?«

»Ja, das denke ich. Immerhin hat mir Katinka das Leben gerettet.«

»Stimmt«, sagte Maria. »Am Ende ist sie dein Schutzengel, und du weißt es nicht.«

Katharina wischte ihr lächelnd eine Träne von der Wange. »Dann ist es doch gut. Wenn ich jetzt meinen eigenen Schutzengel dabeihabe.«

Maria wischte sich die Tränen aus dem Gesicht, umarmte Katharina und drückte sie fest an sich.

»Und denk manchmal an mich, hörst du! Nicht, dass du mich in der großen Stadt vergisst.«

Katharina erwiderte die Umarmung und atmete zum letzten Mal den zarten Duft von Kamille ein, der in Marias Haaren lag.

»Ich verspreche es. Jeden Tag werde ich an dich denken und dafür beten, dass es dir gut geht.«

Maria wich zurück und kletterte mit Andreas' Hilfe auf den Wagen. Andreas blieb verlegen vor Katharina stehen. Zwischen ihnen war eigentlich alles gesagt. Es gab nichts mehr, was Katharina aufhalten konnte.

Er sah sie an, sah ihre wunderschönen blauen Augen, musterte ihr blasses Gesicht, dem die Sommersprossen seine Strenge nahmen. Ihre roten Locken fielen ihr mal wieder ins Gesicht. Sie war so besonders, so einzigartig, und er hatte sie verloren. Seufzend streckte er ihr die Hand hin, doch sie fiel ihm um den Hals und presste sich wie eine Ertrinkende an ihn. Ein Mal noch wollte sie seine Wärme spüren und seinen Geruch einatmen. Nur noch ein letztes Mal um ein wenig davon als Erinnerung mitnehmen und festhalten.

Er hielt sie fest. Minutenlang standen sie so da und hatten alles um sich herum vergessen. Selbst die Zigeuner hatten innegehalten und blickten auf das junge Paar. Katinka standen vor Rührung Tränen in den Augen, und sie schüttelte den Kopf. Sie hatte noch immer nicht verstanden, warum Katharina den Mann, den sie so sehr liebte, wegschickte. Was hatte er ihr angetan?

Nach einer unendlich langen Zeit lösten sich die beiden aus ihrer Umarmung, und sofort fingen alle um sie herum wieder damit an, sich zu beschäftigen, oder blickten beschämt in eine andere Richtung.

»Auf Wiedersehen«, flüsterte Andreas leise. Doch Katharina widersprach ihm.

»Nein, lebe wohl.«

»Stimmt«, sagte er und stupste ihr liebevoll auf die Nase.

Andreas stieg auf den Wagen und setzte sich neben Maria. Der Wagen fuhr an und holperte über die Lichtung. Maria winkte Katharina so lange nach, bis sie außer Sicht war – wünschte ihr laut rufend viel Glück.

Aber Andreas konnte das nicht. Er konnte nicht zurückschauen und sie dort allein stehen sehen.

41

Sebastian Post band sein Pferd an den kleinen Gartenzaun vor dem Haus des Henkers. Die Sonne schien von einem blauen Himmel, und ein warmer Wind wehte über die Felder. Auf dem Innenhof rannten ein paar Hühner herum, im Stall war das Scharren von Hufen zu hören. Das kleine Fachwerkhaus lag friedlich im Licht der Mittagssonne. Alle Fenster waren geschlossen, und die Scheiben glänzten im Licht der Sonne.

Auf dem Weg hierher hatte sich seine Laune ein wenig gebessert. Er hatte gehofft, seinen Freund im Torbogengebäude anzutreffen, da er den weiten Ritt nach Neuhof vermeiden wollte.

Er öffnete das quietschende Gartentor und lief an Fliederbüschen und Kletterrosen vorbei, die sich neben der Eingangstür an einem Holzgitter hinaufrankten.

Im Hausflur herrschte dämmriges Licht. Es stank wie so oft nach Schwefel und verbranntem Holz. Im Flur war es um einiges kühler als draußen, und Sebastian rieb sich fröstelnd die Arme.

Zielsicher ging er auf die hinterste Tür im Flur zu. In der Regel war sein Freund in seiner Kräuterküche anzutreffen. Er öffnete vorsichtig die Tür und steckte seinen Kopf in den Raum.

Meister Leonhard stand, in einem Metalltopf rührend, an der offenen Kochstelle. Er drehte sich überrascht um, als Sebastian Post ihn begrüßte.

»Guten Tag, Leonhard.«

»Guten Tag, Sebastian, ich habe dich gar nicht kommen sehen«, sagte er und blickte aus dem Fenster, von dem aus er einen guten Blick auf den Weg hatte. »Was verschafft mir die Ehre?«

Sebastian Post betrat den Raum und rümpfte die Nase. Der Geruch von Schwefel und verbranntem Fett hing in der Luft und vermischte sich mit den Düften der verschiedenen Kräuter, die von der Decke herabhingen. Der Landeshauptmann wühlte in seiner Hosentasche, zog ein Taschentuch heraus und drückte es sich auf die Nase.

»Ich bringe keine guten Nachrichten.« Seine Stimme klang ernst. Der Henker blickte interessiert auf. Er hatte bereits beim Eintreten seines Freundes geahnt, dass etwas geschehen sein musste. Sebastian Post ritt nicht besonders gerne zu ihm heraus. Es musste also etwas Wichtiges sein, da er zu ihm gekommen war.

»Was ist denn passiert?«, fragte er und sah den Landeshauptmann neugierig an.

»Ich habe gestern die kleine Heinemann gefunden.«

»Aber das ist doch gut. Wo hast du sie denn hingebracht?«

»Ich habe sie nicht eingeholt. Sie hatte zu viel Hilfe. Eine ganze Gruppe Zigeuner begleitet sie.«

Der Henker sah ihn ungläubig an.

»Eine Gruppe Zigeuner? Wie ist sie denn an die gekommen?«

Der Landeshauptmann zuckte mit den Schultern.

»Eine junge Frau von denen scheint dem Söldner den Krug über den Kopf gezogen zu haben. Die Frau war ein schreckliches, vorlautes Biest und sah aus wie die Sünde selbst. Wenn der Teufel nicht in ihr steckt, dann fresse ich einen Besen.«

Der Henker grinste süffisant.

»Hübsch?«

»Ungewöhnlich hübsch. So eine Frau habe ich überhaupt noch nicht gesehen. Und kratzbürstig wie eine Katze. Am liebsten würde ich ihr für ihre Frechheiten eine Lektion erteilen.«

Der Henker wandte sich um, schüttete eine gelbliche Flüssigkeit in den Metalltopf, der über dem Feuer hing, und sofort versank der ganze Raum in gelbem, stinkendem Rauch. Sebastian Post fing zu husten an, und seine Augen begannen zu tränen. Der Henker öffnete das Fenster, und langsam zog der Rauch nach draußen.

Der Landeshauptmann wedelte mit der Hand vor seinem Gesicht herum.

»Lieber Gott, was braust du da nur wieder zusammen? Das ist ja widerlich.«

»Das wird eine Salbe für den Grafen. Ihn plagt die Gicht in den Händen. Sie wird ihm Linderung verschaffen und vielleicht sogar dafür sorgen, dass sein Leiden verschwindet.«

»Also wenn die Salbe so riecht, dann wird der Graf sie bestimmt nicht benutzen.«

Der Henker sah seinen Freund nachsichtig an.

»Wenn er die Salbe bekommt, wird diese lieblich nach Veilchen duften, dafür werde ich schon noch sorgen. Er wird sie mit großer Freude auftragen.«

Sebastian Post wedelte immer noch mit der Hand herum. »Na, dann wollen wir hoffen, dass dieses Zeug tatsächlich auch so gut wirkt, wie es dann duften wird.«

»Das lass nur meine Sorge sein, meine Salben haben noch nie ihre Wirkung verfehlt, und sollte etwas mal nicht helfen, dann muss eben ein Schadenszauber vorliegen, und dagegen bin ich leider völlig machtlos.«

Sebastian Post trat ein Stück näher zu dem geöffneten Fenster und kam auf sein eigentliches Anliegen zurück.

»Und was machen wir jetzt mit der kleinen Heinemann, wir können die Hexe doch nicht einfach laufen lassen?«

Der Henker kratzte seine Salbe aus dem Topf, füllte diese in eine grobe Tonschüssel um und suchte in dem Durcheinander von Kräutern, Schüsseln, Löffeln und Glasflaschen auf dem Tisch herum.

»Wir müssen sie natürlich aufhalten«, murmelte er. »Wo habe ich nur die getrockneten Veilchen hingelegt?«

»Und was schlägst du vor?«, fragte der Landeshauptmann und blickte sich ebenfalls suchend um. Wie Veilchen aussahen, das wusste sogar er, der von Kräutern kaum eine Ahnung hatte. Der Henker griff sich nachdenklich ans Kinn.

»Sie ist also nicht allein? Sind es viele?«

»Nein, es sind erstaunlich wenige für eine Zigeunergruppe. Darüber habe ich mich auch gewundert.«

»Wir könnten ihr auflauern und sie entführen. Mit Sicherheit wird nicht immer jemand in ihrer Nähe sein. Sie wird mal irgendwo allein hingehen, und dann schnappen wir einfach zu.«

»Und wer soll das machen?«

Sebastian Post sah den Henker skeptisch an.

»Es würde auffallen, wenn ich so lange weg bin. Es könnte doch Tage dauern.«

»Ich dachte, du hättest treue Männer, die alles für dich tun würden?«

Der Landeshauptmann griff sich an den Kopf. An Wilhelm und Franz hatte er noch gar nicht gedacht. Sie waren wie geschaffen für diesen Auftrag.

»Ich kann noch heute Wilhelm und Franz mit dieser Aufgabe betrauen. Das ist kein Problem. Sie sind mir treu ergeben und würden niemals unsere Pläne verraten. Wenn es sein muss, entführen sie auch noch die andere Frau.«

Bei diesen Worten blitzten seine Augen auf. Eine gute Idee. In diesem dunkelhaarigen, schamlosen Luder musste der Teufel stecken, da war er sich sicher. Warum nicht zwei Fliegen mit einer Klappe schlagen und sie auch umbringen? So wie sie mit ihm gesprochen hatte, hatte sie nichts anderes verdient. Er war immer noch wütend, wenn er an ihre frechen Worte dachte. Ihre Beleidigung konnte er nicht auf sich sitzen lassen. Der Henker hob freudig den Bund getrockneter Veilchen, der unter den Tisch gefallen war, in die Höhe und begann damit, einige Blätter abzuzupfen, dann zerrieb er sie zwischen seinen Fingern und warf sie in die Schüssel mit der Salbe.

»Die Männer sollen die Frauen hierherbringen. Wenn dir so viel daran liegt, dann töten wir die andere Hexe eben auch noch. Sie hat dich beleidigt und verhöhnt. Das steht einem Weibsbild nicht zu. Ich kann dich verstehen.«

Der Landeshauptmann sah den Henker verwundert an.

»Du willst sie hierherbringen lassen?«

Der Henker verdrehte seufzend die Augen.

»Ins Torbogengebäude können wir sie ja wohl schlecht bringen lassen, oder? Sie müssen die Frauen hierherbringen, anders geht es nicht.«

Er zeigte auf eine Klappe im Boden.

»Dort unten können sie die beiden einschließen, bis ich mein ganz persönliches Freudenfeuer anzünde und höchstpersönlich dafür sorge, dass Katharina Heinemann bei lebendigem Leib verbrannt wird – und du kannst dir sicher sein, bei mir wird es keinen Gnadenschlag geben.«

Der Landeshauptmann sah seinen Freund erstaunt an.

»Du willst sie hier draußen verbrennen? Ist das nicht zu auffällig? Würde es nicht genügen, sie einfach zu töten?«

Erneut verdrehte der Henker die Augen. So viel Dummheit hatte er dem Landeshauptmann nicht zugetraut.

»Aber sie sind doch Hexen«, erklärte er geduldig, »und können nur durch Feuer vom Teufel befreit werden.«

Der Landeshauptmann kam sich nun doch etwas veräppelt vor.

»Das weiß ich auch. Ich dachte nur, dass ein Feuer vielleicht zu auffällig wäre, und die Schreie der Frauen müssen wir auch noch bedenken. Immerhin wohnst du hier ja nicht allein. Was ist, wenn die Leute den Vorfall dem Grafen melden?«

»Das lass mal meine Sorge sein«, antwortete der Henker. »Ich kenne eine große einsame Lichtung im Wald, dort wird sie niemand schreien hören.«

Hätte er doch am Vorabend nicht so viel Wein getrunken, dachte sich der ehrenwerte Herr Amtsrat, als er es sich an diesem nebligen Morgen in seiner Amtsstube gemütlich machte. Er hatte den gestrigen Abend mal wieder in geselliger Runde beim Schwanenwirt verbracht. Seine Frau hatte ihn am Morgen deshalb ausgeschimpft. Wenn der Pfarrer ihn sehen könnte, hatte sie gesagt. Es ist eine Sünde. Er selbst sah das etwas anders. Wozu hatte Gott den Wein geschaffen, wenn man ihn nicht trinken durfte?

Mit geübtem Griff entzündete er die wenigen Kerzen, die auf dem Fensterbrett und auf seinem Pult standen, richtete sein Kissen, das er sich auf den harten Holzstuhl gelegt hatte, und setzte sich ächzend. Sein Wams spannte gefährlich, und er öffnete den oberen Knopf. Wenn er allein war, nahm er es nicht so genau mit der Garderobe. Heute hatte er nur einige Schreibarbeiten zu erledigen. Es waren keine Einholungen geplant, und es würde ein ruhiger Tag werden. Da konnte er auch den oberen Knopf seines Wamses öffnen.

Er mochte seine Arbeit, auch wenn ihm manchmal die vielen Angeklagten auf die Nerven gingen. Ach, was waren das vor den Hexenprozessen für ruhige Zeiten gewesen, dachte er bei sich und öffnete sein Tintenfass. Da war mal hier und da ein Fall von Diebstahl, oder jemand konnte seine Abgaben nicht bezahlen. Alles keine großen Sachen, aber diese Hexenprozesse, die waren anstrengend.

Jede Woche wurden neue Leute gebracht. Die alten Weiber waren verschreckt – schienen alle das Sprechen verlernt zu haben. Jedes Wort musste er ihnen aus der Nase ziehen und alles peinlichst genau notieren. Das konnte so einen alten Mann wie ihn schon ermüden.

Er streckte sich gähnend und öffnete seine Schreibmappe. Die Einholungspapiere, die darin lagen, mussten heute noch ins Reine geschrieben werden. Der Graf erwartete sie zur Durchsicht.

»Nun denn«, murmelte er leise und griff nach seiner Schreibfeder.

Konzentriert fing er zu schreiben an.

»Guten Morgen, Amtsrat.«

Der Graf höchstpersönlich betrat den Raum. Vor lauter Schreck machte der Amtsrat einen großen Tintenklecks aufs Papier, schien das Malheur aber gar nicht zu bemerken. Aufgeschreckt steckte er die Feder zurück ins Tintenfass und erhob sich von seinem Stuhl.

»Guten Morgen, Euer Gnaden.« Er senkte ehrerbietig sein Haupt und fragte sich, ob der Graf schon jemals in der Amtsstube gewesen war.

Der Graf wanderte in dem kleinen Raum auf und ab und blickte sich interessiert um. Er trug ein dunkelblaues Wams und dazu passende Kniehosen. Seine Füße steckten in Absatzschuhen mit Schleifen. Wie immer war seine schwarze Perücke ordentlich frisiert, und die Locken fielen auf seine Schultern.

»Nun, Amtsrat«, fragte der Graf, »wie laufen die Geschäfte?«

»Oh, Euer Gnaden, ich kann mich nicht beschweren. Mit den Prozessen gibt es hier immer einiges zu tun. Es muss ja alles ordentlich notiert und festgehalten werden.«

»Das kann ich mir vorstellen«, erwiderte der Graf. »Die Schriften, die Ihr zu mir sendet, sind alle einwandfrei. Ihr habt, wenn ich das sagen darf, einen ausgezeichneten Schreibstil.«

»Oh, Euer Gnaden schmeicheln mir.« Der Amtsrat errötete. »Jeder andere würde für Euer Gnaden dieselbe gute Arbeit leisten, da bin ich mir sicher.«

Während er antwortete, machte sich der Amtsrat Gedanken darüber, weshalb der Graf zu ihm in die Amtsstube kam. Ein Lob konnte nicht der Grund dafür sein.

»Nun gut.« Graf Johannes rückte langsam mit der Sprache heraus. »Ich wollte mich bei Euch nach etwas erkundigen.«

»Gerne, wenn ich Euch behilflich sein kann, Euer Gnaden.« Der Amtsrat sah den Grafen neugierig an.

»Mir kommt das Verhalten des Landeshauptmanns in der letzten Zeit etwas seltsam vor. Es gibt Gerüchte, die besagen, er wäre viel allein zu Pferd unterwegs. Auch beim Henker in Neuhof soll er sich oft stundenlang aufhalten. Die beiden stecken sehr oft die Köpfe zusammen, habt Ihr davon gehört?« Der Amtsrat nickte bestätigend. Ihm waren tatsächlich ein paar merkwürdige Dinge zugetragen worden.

»Der Oberstallmeister hat mir erst gestern etwas erzählt. Der Landeshauptmann hätte gestern früh zwei Pferde bestellt. Die Tiere würden für längere Zeit nicht in den Stall zurückgebracht. Warum, das erklärte er nicht. Und letztens ist er erst sehr spät in der Nacht von einem Ausritt zurückgekommen und schien sich schrecklich über irgendwas geärgert zu haben.«

»Über was wusste der Oberstallmeister nicht?«, fragte der Graf.

»Nein, er war damals auch nur durch Zufall in den Ställen. Er hatte gedacht, dass eines der Pferde sein Fohlen bekommen könnte.«

»Was haltet Ihr von dem Verhalten?«

»Tja«, antwortete der Amtsrat vorsichtig. Viel wusste er ja auch nicht. Es waren nur Gerüchte, die ihm zugetragen wurden, in denen aber meist ein Funken Wahrheit steckte.

»Wenn Ihr mich fragt, hecken der Landeshauptmann und der Henker etwas aus. Aber was genau, das weiß ich leider auch nicht.«

Schweigend lief der Graf erneut im Raum auf und ab. Nach einer Weile sagte er: »Ich sollte mit den beiden reden, am Ende gibt es eine einfache Erklärung für all diese Vorgänge. Ich mag es nicht, wenn etwas hinter meinem Rücken passiert.«

»Und Ihr denkt, sie werden Euch die Wahrheit sagen?«, fragte der Amtsrat vorsichtig.

Entrüstet erwiderte der Graf:

»Das sollen sie nur wagen, mich, den Grafen, anzulügen! Dann ist es mir gleichgültig, ob der eine Landeshauptmann und der andere Henker ist. Jeder ist ersetzbar. Ich allein entscheide über alles und jeden. Wehe dem, der mir offen ins Gesicht lügt, der soll meinen Zorn zu spüren bekommen.«

Der Amtsrat, der vor lauter Schreck zusammengezuckt war, duckte sich hinter sein Schreibpult. Die Augen des Grafen funkelten, sein Atem ging schneller, Schweiß stand ihm auf der Stirn.

»Sollte einer von beiden hier auftauchen, so möchte er sofort zu mir kommen, am besten natürlich beide zusammen. Ich werde schon herausfinden, was sie vor mir verbergen. Gott möge ihnen beistehen, wenn sie mich belogen haben.«

»Ich werde Eure Anweisung sofort weitergeben«, antwortete der Amtsrat mit zittriger Stimme. Er war blass geworden und kauerte auf seinem Stuhl.

Der Graf beruhigte sich so schnell wieder, wie er laut geworden war, und strich sich über seine Locken.

»Habt Dank, Amtsrat. Was würde ich nur ohne Euch tun.«

»Aber nein, Euer Gnaden, ich habe zu danken.« Der Amtsrat sprang vom Stuhl hoch, und ein stechender Schmerz schoss ihm in den Rücken. Er lächelte gezwungen.

Graf Johannes verließ den Raum genauso lautlos, wie er gekommen war. Laut seufzend sank der Amtsrat auf seinen Stuhl und griff sich an den schmerzenden Rücken. So viel Aufregung, und das schon am frühen Morgen. Das war er nicht gewohnt.

Katharina saß bei Piotr und Stanislav auf dem Wagen. Keiner sagte ein Wort. Katharina war das Schweigen der beiden fast schon ein wenig unheimlich, besonders Piotr hatte eine unfreundliche Miene aufgesetzt und starrte vor sich hin. Er hielt die Lederpeitsche in seiner von Schwielen bedeckten Hand. Neben ihm lag wie immer seine Geige. Er schenkte der jungen Frau hinter ihm keine Beachtung. Er fühlte sich unwohl. Babuschkas ernstes Gesicht ging ihm nicht aus dem Kopf. Die alte Frau mochte ein wenig verrückt sein, aber für Gefahr hatte sie ein gutes Gespür. Er seufzte und trieb das Maultier, das langsamer geworden war, mit der Peitsche an. Hoffentlich würden sie alle sicher und wohlbehalten in Frankfurt ankommen, damit diese dumme Geschichte bald ein Ende fand.

Katharina fühlte sich schuldig. Sie hatte die Zigeuner in Gefahr gebracht. Katinka wollte es nicht zugeben – keiner hatte offen mit ihr gesprochen –, aber bestimmt hätten sie es lieber gesehen, wenn sie mit Andreas und Maria zurückgefahren wäre.

Stanislav, der neben Piotr saß, drehte sich zu ihr um und lächelte sie aufmunternd an. Katharina lächelte schüchtern zurück.

Der blonde Mann war nett zu ihr. Er und auch Irina und Andrej waren die Einzigen, die mehr als zwei Wörter mit ihr gesprochen hatten – und natürlich Katinka. Katharina konnte die junge Frau noch immer nicht einschätzen. Sie wirkte launisch und unberechenbar. In dem einen Moment war sie fröhlich und redselig, und im nächsten Augenblick wurde sie schroff und unnahbar.

»Halt, so haltet doch mal an.«

Andrejs Stimme schallte nach vorn, und Piotr zog die Zügel an. Er fluchte. Es war nicht das erste Mal, dass sie anhalten mussten. Das Maultier von Irina und Andrej war ein kraftvolles Tier und konnte, wenn es wollte, drei Wagen ziehen, aber es hatte leider den Dickkopf eines alten Esels. Wenn es nicht mehr weitergehen wollte, war es schwer, das Tier in Bewegung zu setzen.

Fluchend sprang Piotr vom Wagen herunter und lief nach hinten. Stanislav zwinkerte Katharina fröhlich zu.

»Es ist bestimmt wieder das störrische Vieh. Wenn das so weitergeht, wird es bald im Kochtopf landen.«

Katharina sah ihn erschrocken an.

»Nein, nein«, sagte er beruhigend, »das war nur ein Scherz. Niemand wird das Tier kochen. Wir brauchen den störrischen Kerl ja noch.«

»Stanislav«, rief Piotr, »kommst du mal.«

»Es scheint wohl nicht am Maultier zu liegen«, sagte Stanislav und sprang vom Wagen herunter. Katharina war neugierig und folgte ihm.

Die Zigeuner standen mit besorgten Mienen um Andrejs
und Irinas Wagen, an dem die Speichen des Hinterrades gebrochen waren.

»Was ist denn passiert?«, fragte Katharina die junge Zigeunerin.

Katinka verdrehte die Augen.

»Das siehst du doch. Das Rad ist kaputt, und wir können
es nicht reparieren. Andrej fehlt das passende Werkzeug.«

»Ach du meine Güte. Aber wie ist das denn passiert?«

Katinka fuhr Katharina ungehalten an:

»Wie so etwas eben passiert. Siehst du den großen Stein
dort? Andrej ist darübergefahren.«

Katharina verzog leicht beleidigt das Gesicht. Sie wollte
doch nur höflich sein.

Andrej blickte betreten zu Boden. Er schämte sich dafür,
dass er nicht aufgepasst hatte. Er hätte den Felsen sehen
müssen wie alle anderen auch. Irina strich ihm beruhigend
über die Schulter.

Keiner wusste, wie es jetzt weitergehen sollte.

Die alte Babuschka sah sich hilflos um. Ihr Blick blieb an
Katharina hängen. Sie seufzte. Sie mussten schnell fort von
hier, denn der Mann könnte jederzeit nach ihnen suchen.
Hätten sie das junge Ding doch niemals aufgenommen, sie
brachte nur Unglück.

Katharina blickte sich ebenfalls um. Im Tal vor ihnen lag
ein einsamer Bauernhof. Sie kannte die Leute, die dort

wohnten: Herbert Blickner und seine Familie. Sie lebten zurückgezogen und kamen selten nach Niederseelbach oder Idstein.

Die Zigeuner schwiegen, keiner wusste so recht, was sie jetzt tun sollten. Piotr kratzte sich nachdenklich am Kopf, und Wladimir und Jegor begutachteten das Rad. Die Speichen waren gebrochen, also konnten sie nicht weiterfahren.

Katharinas Blick hing an dem Hof. Herbert Blickner war ein hilfsbereiter Mann, und er kannte sie. Wenn sie hinunterlaufen würde und ihm alles erklärte, dann würde er sicherlich helfen.

»Ich kenne die Leute, die auf dem Hof dort unten wohnen.«

Die Zigeuner sahen Katharina verwundert an. Sie schien sie mit ihrem Vorschlag aus einer seltsamen Erstarrung geweckt zu haben. Alle blickten zu dem Bauernhof ins Tal, den keiner von ihnen bisher bemerkt hatte.

»Dort wohnt Herbert Blickner mit seiner Familie. Er kann uns bestimmt helfen. Er kennt mich. Meine Mutter und ich, wir haben Näharbeiten für die Familie erledigt. Bestimmt wird er nicht Nein sagen.«

Die alte Babuschka sagte zu Katharina:

»Und du denkst wirklich, er wird ein paar Zigeunern helfen?«

»Er ist ein netter Mann, und wenn ich ihn darum bitte, kann es schon sein, dass er hilft.«

Babuschkas Blick blieb skeptisch.

Katharina zuckte mit den Schultern.

»Mehr als Nein sagen kann er nicht. Eine bessere Idee habt ihr doch auch nicht.«

»Das stimmt«, bestätigte Katinka. »Wir haben wirklich keine bessere Lösung. Katharina sollte dort hinuntergehen.«

Alle nickten.

»Aber sie wird nicht allein gehen«, sagte Babuschka und hob mahnend den Zeigefinger, »nicht, dass ihr noch mal etwas passiert. Ich werde sie begleiten.«

Katharina sah die alte Frau überrascht an. Dass sie so fürsorglich sein würde, hatte sie nicht gedacht.

»Dann komme ich aber auch mit«, sagte Katinka und verschränkte störrisch die Arme vor der Brust.

»Und ich muss auch mit«, meldete sich Andrej.

»Einer muss ja erklären, was passiert ist. Das könnt ihr Frauen doch gar nicht richtig.«

Piotr stellte sich an Babuschkas Seite.

»Und ohne mich geht ihr sowieso nirgendwo hin«, brummelte er und zwinkerte Katinka lächelnd zu.

»Das reicht jetzt«, sagte die alte Babuschka und sah den Rest der Truppe an.

»Ihr wartet hier und passt auf die Wagen auf. Es wird bestimmt nicht lange dauern.«

Irina und die anderen nickten. Die kleine Gruppe drehte sich um, ging den Weg ein Stück zurück und lief dann in den Wiesengrund hinunter. Sorgenvoll blickte die alte Babuschka auf das große Anwesen. Wenn dort eine ganze Familie lebte, warum war es dann so still? Und weshalb stieg kein Rauch aus dem Kamin auf?

Kurz darauf betraten sie den Hof. Auch hier war es ungewöhnlich ruhig.

Neben der alten Scheune stand ein hölzerner Leiterwagen, unter den sich zwei Katzen verkrochen hatten. Im Stall hörte man eine Kuh und auch eine Ziege. Die Gruppe betrat den Innenhof. Zwei Hühner saßen auf dem Rand eines steinernen Brunnens. Das Federvieh kam zutraulich auf sie zugelaufen.

»Habt ihr schon einmal so zutrauliches Federvieh gesehen?«, fragte Katinka erstaunt und sah eines der Hühner verwundert an.

»Nein«, antwortete Piotr misstrauisch, »irgendwas stimmt hier nicht.«

Katharina klopfte unterdessen an die Tür, die nur angelehnt war und sich knarrend öffnete.

Verwundert sah sie in den engen dunklen Hausflur. Ein seltsam süßlicher Geruch schlug ihr entgegen. Sie hielt sich die Hand vor den Mund.

»Du hast recht, Piotr«, sagte sie, »irgendwas stimmt hier tatsächlich nicht.«

Eilig zog sie ein Taschentuch aus ihrer Rocktasche, drückte es sich auf die Nase und betrat das Haus. Die alte Babuschka erkannte sofort, was hier so schrecklich stank. Sie wollte Katharina zurückhalten, kam aber zu spät.

»Ihr wartet hier«, sagte sie zu den anderen, die sie verdutzt ansahen. Eilig zog auch sie ein Stück Stoff aus ihrer Rocktasche und drückte es sich auf Nase und Mund und folgte Katharina ins Halbdunkel des Hauses.

Diese stand bereits in der Wohnstube. Der Raum war von dämmrigem Licht erfüllt, und es war kalt. Katharina fröstelte. Es stank fürchterlich. Vor ihr auf dem Boden lag Herbert Blickner. Seine Haut war fahl und gelb, und in seinem Mundwinkel klebten Reste von Erbrochenem. Seine Augen waren geöffnet und starrten leer an die Decke. Er trug nur ein Hemd und eine kurze Hose, beides war mit Erbrochenem beschmutzt. Überall auf dem Fußboden waren Exkremente und Scherben verteilt. Katharina sah sich ungläubig um. Was war hier geschehen?

Hinter ihr betrat die alte Babuschka den Raum und nickte. »Habe ich es mir doch gedacht. Ich kenne diesen Geruch.«

»Warum hat ihm denn niemand geholfen? Und wo sind all die anderen? Er hatte eine Frau und fünf Kinder.«

»Vielleicht sind sie fortgegangen?«

»Nein, das glaube ich nicht«, antwortete Katharina. Doch dann glaubte sie, etwas zu hören.

»Hörst du das?«

»Was?«

»Na dieses Geräusch!«

Beide waren sie für einen Augenblick still.

»Da, da ist es wieder. Es kommt von oben.«

Katharina ging langsam die Treppe hinauf.

Als sie im oberen Flur ankam, fand sie Marianne Blickner. Sie hatte dieselbe Gesichtsfarbe wie ihr Mann, ihre Augen blickten ebenfalls ins Leere, und auch an ihrem Mund klebte noch Erbrochenes. Sie lag, nur mit einem Hemd bekleidet, die nackten Beine angewinkelt, barfuß vor ihr. Katharina seufzte traurig. Wie schlecht musste es der armen Frau gegangen sein. Wie hart war wohl ihr Todeskampf gewesen.

Sie wandte ihren Blick ab.

Dann drang wieder das Geräusch an ihr Ohr. Sie öffnete eine der Türen im Flur, und da sah sie das kleine Mädchen. Es war Elisabeth. Sie hatte bereits dieselbe gelbe Gesichtsfarbe wie ihre Eltern, war aber noch am Leben und blickte Katharina hoffnungsvoll an.

»Babuschka«, rief Katharina, »komm schnell, hier lebt noch jemand.«

Die alte Frau lief eilig die Treppe hinauf. Doch sie wusste, was sie zu tun hatten – wusste, dass sie schnell fort von hier mussten. Als sie das kleine Zimmer betrat, saß Katharina auf dem Bett und streichelte einem kleinen Mädchen beruhigend übers Haar. Die alte Frau hielt für einen Moment inne. Es war nicht das erste Mal, dass sie auf so arme Menschen trafen, die sich gegen diese schreckliche Krankheit nicht wehren konnten. Sie hatte sofort erkannt, dass hier das Antoniusfeuer gewütet hatte, diese seltsame Krankheit, die aus dem Nichts zu kommen schien und unweigerlich den Tod brachte.

Sie blickte auf die junge Frau, die dem sterbenden Kind über die Haare strich und ihm ein wenig Hoffnung im Angesicht des Todes schenkte, und zum ersten Mal seit langer Zeit stiegen ihr Tränen in die Augen.

Langsam ging sie in den Raum, sank vor der Kleinen in die Hocke und sah ihr liebevoll in die Augen.

»Na, Kleines, du siehst müde aus. Willst du nicht schlafen? Es wird Zeit, einzuschlafen.«

Katharina sah Babuschka entgeistert an. »Wieso soll sie denn schlafen? Wir müssen sie mitnehmen und wieder gesund pflegen.«

»Nein, Katharina«, antwortete die alte Frau. »Wir können

sie nicht mitnehmen, denn sie hat das Antoniusfeuer. Sieh dir die Kleine an, in ihren Augen liegt bereits der Tod. Ich habe diese Krankheit schon so oft gesehen. Es ist zu spät: Wir können sie nicht mehr retten.«

»Aber wir können sie doch nicht einfach so hierlassen.«

»Doch, das können wir.«

»Aber sie stirbt. Wir können sie doch nicht allein sterben lassen.«

»Doch, das können wir. Am Ende stirbt jeder von uns allein.«

»Sie ist ein Kind.«

»Ich weiß«, antwortete die alte Babuschka flüsternd, »aber die üblen Dünste der Krankheit liegen hier überall in der Luft, und sie wird uns alle umbringen, wenn wir nicht fortgehen.«

»Babuschka, Katharina«, hörten sie plötzlich Katinka von unten rufen. »Wo bleibt ihr denn? Was ist hier los?«

»Hörst du, das Leben wartet auf uns, hier ist nur der Tod.«

Katharinas blickte wieder auf das kleine Mädchen. Es hatte nun die Augen geschlossen und atmete nur noch flach.

»Es ist so grausam.«

»Ja, ich weiß«, sagte Babuschka. Sie sah das sterbende Kind mitleidig an und wünschte sich, sie müsste nicht so hart sein. Katharina sprach beruhigend auf das Kind ein. Die alte Frau machte sich Gedanken darüber, wie viele Menschen Katharina bereits hatte sterben sehen. Als wäre es Gedankenübertragung, begann Katharina auf einmal leise zu erzählen:

»Mein Bruder ist auch so ähnlich gestorben. Er war noch ein Baby, winzig klein. An diesem Tag hat er nur erbrochen und geschrien, doch irgendwann in der Nacht hat er dann aufgehört. Seine Augen waren genauso wie ihre. In ihnen lag irgendwie dieselbe Hoffnung, dieselbe Art von Schmerz. Mutter hat tagelang geweint.«

»Hattest du noch mehr Geschwister?«

»Nein, Vater wurde kurz darauf sehr krank. Eigentlich kannte ich ihn immer nur krank. Er starb, als ich zehn Jahre alt war. Meine Mutter hat nie mehr geheiratet.«

Die alte Frau sah den Schmerz in Katharinas Augen, doch sie spürte in diesem Moment auch die Stärke Katharinas, diesen unglaublichen Willen, an das Leben zu glauben und dafür zu kämpfen.

Langsam wanderte ihr Blick wieder zu dem Gesicht des kleinen Mädchens. Sie atmete erleichtert auf.

»Sieh nur, sie hat es geschafft. Siehst du die Veränderung in ihrem Gesicht.«

Katharina sah verwundert von der alten Frau zu dem kleinen Mädchen, und tatsächlich, die Kleine hatte aufgehört zu atmen.

»Also musste sie nicht allein sterben.«

»Nein, das musste sie nicht«, antwortete Babuschka. »Heute waren wir für sie da und haben ihr ein wenig Liebe und Hoffnung gegeben.«

»Und wir mussten nicht grausam sein.«

»Nein«, antwortete die alte Frau und wandte sich zur Tür. »Heute hast du dem Kind Hoffnung geschenkt, Hoffnung und ein wenig Glück.«

Schweigend gingen sie die Treppe nach unten und traten auf den Hof hinaus.

Dort wurden sie von einer sehr ungeduldigen Katinka erwartet. »Und was ist nun? Wieso hat das denn so lange gedauert?«

»Sie sind alle tot«, antwortete Babuschka, und Katharina blickte traurig zu Boden.

»Ach du meine Güte. Woran sind sie denn gestorben?«

»Sie hatten das Antoniusfeuer«, flüsterte Katharina.

»Dann lasst uns aber lieber ganz schnell von hier verschwinden«, sagte der alte Piotr und kratzte sich am Kopf.

»Ich hatte ja von Anfang an ein ungutes Gefühl.«

»Und was ist jetzt mit dem Rad?«, fragte Katinka.

»Ach, ja richtig, das Rad.« Andrej schlug sich an die Stirn. »Das hätte ich fast vergessen. Na, wenn sie alle tot sind, dann wird es sicher niemandem etwas ausmachen, wenn ich mich im Schuppen ein wenig umsehe.«

Er wandte sich dem Stall zu, und Katharina sah ihm entsetzt nach.

»Ihr wollt den Toten ihren Besitz stehlen?«

»Sicher«, antwortete ihr Katinka mit einem Schulterzucken, »oder denkst du, sie werden das Werkzeug noch brauchen?«

»Nein, aber ich finde es unangebracht. Immerhin sind es doch nicht unsere Sachen. Ist es dann nicht irgendwie Diebstahl?«

»Aber sie sind doch tot. Die Sachen verkommen hier nur«, erwiderte die Zigeunerin. Katharina gab es auf. Allmählich begriff sie, dass die Zigeuner eine andere Weltanschauung hatten als sie selbst.

Unterdessen rollte Andrej ein großes Holzrad aus dem Schuppen. »Seht nur, was ich gefunden habe«, rief er stolz. »Wenn es dieselbe Größe ist, dann müssen wir das kaputte

Rad nur austauschen. Es ist auch noch eine Menge gutes Werkzeug da. Ich habe alles, was wir gebrauchen können, auf den Tisch an der Wand gelegt. Könnt ihr zwei Mädchen es schnell holen?«

»Aber natürlich«, antwortete ihm Katinka und zog Katharina, die den Zigeuner verdutzt ansah, hinter sich her in den Stall.

Die alte Babuschka hatte unterdessen die beiden Hühner eingefangen.

»Was meinst du, Piotr, besonders fett sind sie nicht mehr, aber für ein Abendbrot wird es noch reichen, oder?«

Als die Gruppe wenig später voll beladen bei den anderen eintraf, staunte Stanislav nicht schlecht.

»Na, das waren aber freigiebige Leute.«

Doch Irina genügte ein kurzer Blick in Babuschkas Gesicht, und sie wusste, was passiert war.

»Der Herrgott im Himmel möge ihren Seelen gnädig sein«, murmelte sie leise.

42

Sebastian Post lief den Flur des Schlosses entlang, seine Schritte wurden von dem dicken, prachtvoll gewebten, roten Teppich gedämpft.

Die Sonne schien durch die großen Fenster herein. Es war warm, er schwitzte, seine Hände waren feucht. Schon lange war er nicht mehr zum Grafen gerufen worden. Warum er jetzt erscheinen sollte, wie es ihm der Amtsrat ausgerichtet hatte, wusste er nicht.

Der Amtsrat war sehr ernst gewesen und hatte kein freundliches Lächeln für ihn übrig gehabt. So kannte er den Mann, mit dem er oft beim Schwanenwirt ein Glas Wein trank, gar nicht.

Irgendetwas musste passiert sein.

Der Graf saß an seinem Schreibtisch und war in eine Schriftrolle vertieft, als Sebastian Post dessen Arbeitszimmer betrat. Er winkte ihn, ohne aufzublicken, näher heran.

In dem geräumigen Zimmer herrschte eine drückende Hitze, denn trotz des warmen Tages brannte im Kamin ein Feuer. Auf dem Schreibtisch des Grafen lagen Schriftrollen und Bücher durcheinander, und sogar auf dem Boden lag zerknülltes Papier. Verunsichert stand der Landeshauptmann da und zog an seinem Halstuch.

Er blickte sich um und musterte mal wieder das Bild von

Gräfin Sybilla, das über dem Kamin hing. Sie war wahrlich keine Schönheit gewesen, aber der Künstler hatte ihre klugen und warmherzigen Augen sehr gut getroffen und dadurch ihre ganz eigene Art von Schönheit eingefangen.

Der Graf räusperte sich.

»Guten Morgen, Landeshauptmann«, sagte er und griff nach seiner Glocke, um einer Dienerin zu läuten.

Die Tür öffnete sich, und ein junges Mädchen erschien. Sebastian Post zuckte zusammen. Er erkannte die Kleine. Sie war die Küchenmagd, die die Heinemann damals in der Zelle wieder zurechtgemacht hatte. Was tat das Mädchen denn beim Grafen?

Sie sah ihn kurz an, und er erwiderte ihren Blick.

»Euer Gnaden haben geläutet«, sagte sie und knickste vor dem Grafen.

»Bring etwas Gebäck und einen Krug Wein.«

Das Mädchen nickte, ging zur Tür und verließ den Raum. Der Graf wies auf die kleine Sitzgruppe, die in der Fensternische stand.

»Lasst uns dort Platz nehmen, Landeshauptmann. Ich habe etwas Wichtiges mit Euch zu besprechen.«

Sebastian Post nickte und folgte dem Grafen in die Nische. Die Sonne blendete ihn, und er kniff die Augen zusammen. Hier war es noch wärmer – er fühlte, wie ihm der Schweiß den Nacken hinunterlief.

Der Blick über die Stadt war überwältigend. Der Graf schaute lächelnd über seinen Burggarten und die Dächer.

Der Landeshauptmann beobachtete ihn schweigend. Graf Johannes war, besonders in den letzten Monaten, sichtbar gealtert. Tiefe Falten hatten sich in sein blasses Gesicht gegraben, und seine Augen schienen glanzlos zu sein. Weiße Flecken bedeckten seine faltige Haut. Selbst die Perücke und die prachtvolle Kleidung, die er heute trug, konnten über den körperlichen Verfall nicht mehr hinwegtäuschen. Graf Johannes würde mit Sicherheit nicht mehr lange leben.

Der Graf wandte sich mit ernster Miene an seinen Landeshauptmann.

»Ich habe Euch rufen lassen, weil mir zu Ohren gekommen ist, dass Ihr Euch seltsam verhaltet. Besonders in der letzten Zeit sollt Ihr sehr oft lange Gespräche mit Meister Leonhard führen, was sonst nicht Eure Art ist. Selbst ich habe Euch bereits dabei beobachtet. Ihr reitet sehr häufig allein aus, zwei Pferde sind dauerhaft für Eure Männer reserviert. Was hat es damit auf sich?«

Genau in dem Moment, als der Landeshauptmann antworten wollte, öffnete sich die Tür, und die junge Dienerin betrat, ein Tablett in der Hand, den Raum. Ein Krug mit Wein, zwei Becher und ein Teller mit Hefegebäck standen darauf. Sie ging vorsichtig auf den Tisch zu, stellte das Tablett ab, verteilte Becher und kleine Teller auf dem Tisch und schenkte Wein ein. Sebastian Post überlegte fieberhaft. Was war, wenn das Mädchen doch noch redete? Immerhin arbeitete sie beim Grafen. Er wusste, der Henker hatte sie eingeschüchtert, und auch er selbst hatte noch einmal mit ihr gesprochen. Aber sie war eine unnötige Zeugin.

»Nun, was sagt Ihr zu den Anschuldigungen?«, fragte der Graf ungeduldig.

Die Magd ging zur Tür. Als sich diese hinter ihr schloss, sank Sebastian Post erleichtert in sich zusammen. Der Graf klopfte mit den Fingern ungeduldig auf die Tischplatte.

»Was ist denn mit Euch, Landeshauptmann, habt Ihr meine Frage nicht verstanden?«

Sebastian Post zuckte zusammen. Das Mädchen hatte ihn so sehr abgelenkt, dass er vergessen hatte, zu antworten. Fieberhaft begann er, nach einer glaubhaften Ausrede zu suchen.

»Landstreicher«, sagte er plötzlich.

»Landstreicher«, wiederholte der Graf.

»Ja genau, wir jagen sie bereits eine ganze Weile. Ich habe mich deswegen öfter mit meinem Freund Leonhard Busch unterhalten. Wir haben uns im Laufe der Prozesse immer mehr angefreundet. Er hilft mir sehr mit seinem Rat.«

»Also von Landstreichern habe ich noch nie etwas gehört. Warum bin ich nicht informiert worden?«

Der Graf griff nach einem Stück Gebäck und biss vorsichtig hinein.

»Ich wollte Euch mit der Angelegenheit nicht behelligen. Ihr seid doch mit den Prozessen ausgelastet. Anfangs sah es ja auch so aus, als könnte sich das Thema schnell wieder erledigen, aber die Kerle sind hartnäckiger, als wir dachten. Erst letzte Nacht haben sie einen Hof in Heftrich überfallen.«

Der Graf sah ihn skeptisch an. Sebastian Post rieb sich unter dem Tisch seine schweißnassen Hände. Hoffentlich würde ihm Graf Johannes diese Lüge abkaufen. Er schämte sich in Grund und Boden. Er belog seinen Herrn, den Mann, dem er treu ergeben sein sollte. Er hatte einst geschworen, ihm immer die Wahrheit zu sagen und ihn mit seinem Leben zu verteidigen.

»Und dafür habt Ihr also die Männer und die Pferde abgestellt.«

»Richtig«, bestätigte er die Worte des Grafen, »sie sollen die Straßen überwachen und mir täglich Meldung machen. Irgendwann müssen diese Verbrecher ja mal einen Fehler machen, und dann können wir gleich zuschlagen.«

Der Graf griff sich ans Kinn und musterte den Landeshauptmann nachdenklich. Sebastian Post nahm einen Schluck Wein und griff nach einem Stück Gebäck. Seine Geschichte klang glaubhaft, doch Graf Johannes war nicht dumm, er bemerkte durchaus, dass die Hände seines Gegenübers zitterten.

Er leerte seinen Becher in einem Zug, stellte diesen auf den Tisch und erhob sich. Langsam schlenderte er zu seinem Schreibtisch zurück. Der Landeshauptmann sagte nicht die Wahrheit, er war aufgeregt. Was er auch immer verbarg, so leicht würde er es nicht aus ihm herausbringen.

Graf Johannes setzte sich wieder an seinen Schreibtisch.

»Und Ihr habt Euch also mit dem Henker angefreundet?«, fragte er neugierig. Vielleicht bekam er ja auf diese Weise etwas heraus.

Sebastian Post stellte seinen Becher ab, erhob sich ebenfalls und setzte sich in einen bequemen Lehnstuhl, der direkt vor dem Schreibtisch des Grafen stand.

»Ja, wir haben im Moment viel zu tun. Während der Prozesse sind wir häufig ins Gespräch gekommen. Er ist jetzt öfter in Idstein und übernachtet meistens im Torbogengebäude. Wir sind oft beim Schwanenwirt, Meister Leonhard ist ein angenehmer Gesprächspartner.«

»Das ist er«, sagte der Graf und musterte Sebastian Post neugierig. Die Hände des Landeshauptmanns lagen ruhig in seinem Schoß. Er sah seinem Herrn offen ins Gesicht. Graf

Johannes wurde skeptisch. Vielleicht sah er ja schon Gespenster. Warum sollten ihn seine getreuesten Untertanen hintergehen? Am Ende war alles so, wie der Landeshauptmann sagte.

Er blickte auf die aufgerollte Schriftrolle, die vor ihm lag. Es gab noch eine Menge Dinge zu erledigen, die leider keinen Aufschub duldeten.

»Nun gut«, sagte er und zog seine Schreibfeder aus dem goldenen Tintenfass, das im Licht der Sonne schimmerte.

»Dann werde ich Euch Eure Geschichte glauben.« Er blickte auf, hob dann aber mahnend den Zeigefinger.

»Aber beim nächsten Mal möchte ich früher informiert werden, damit solche Missverständnisse nicht mehr passieren.«

Der Landeshauptmann erhob sich und verneigte sich vor dem Grafen. »Natürlich Euer Gnaden«, sagte er ehrerbietig. Erleichtert trat er hinter den Stuhl und wich langsam zurück zur Tür. Der Graf blickte nicht mehr auf. Er war bereits wieder in seine Unterlagen vertieft. Für ihn war das Gespräch beendet.

Meister Leonhard betrat das kleine Turmzimmer. Er mochte es nicht, während eines Verhörs gestört zu werden. Es war früher Abend, und im Raum herrschte dämmriges Licht.

Er trug seine schwarze Lederschürze, die seine Kleidung beim peinlichen Verhör vor Blutspritzern schützte. Die alte Frau war gleich so weit. Alle Finger hatten sie ihr bereits gebrochen, und sein Knecht würde sie während der Abwesenheit des Henkers mit den Beinschuhen bearbeiten. Wahrscheinlich würde das Verhör bei seiner Rückkehr schon beendet sein.

Sebastian Post saß in der Fensternische, klopfte mit den Fingern auf den Tisch und erhob sich, als der Henker näher kam. Meister Leonhard zog überrascht die Augenbrauen hoch. Sein Freund sah mitgenommen aus. Er war blass, seine Hände zitterten, Schweiß stand ihm auf der Stirn. Sebastian setzte sich wieder, rutschte aber unruhig auf seinem Platz herum.

Der Henker nahm ihm gegenüber Platz und sah ihn neugierig an.

»Was gibt es denn so Wichtiges, dass es nicht bis nach meinem Verhör Zeit hat. Du weißt genau, dass ich nicht gerne gestört werde.«

Sebastian Post sah auf, Panik lag in seinen Augen.

»Ich war gerade beim Grafen. Er ahnt, dass etwas nicht stimmt. Er hat mich gefragt, warum ich so spät noch allein ausreite und weshalb zwei meiner Männer zwei Pferde in Beschlag genommen haben. Er muss uns beobachtet haben – und er hat gefragt, warum wir so viel Zeit miteinander verbringen.«

Meister Leonhard sah den Landeshauptmann verwundert an. Mit so viel Argwohn des Grafen hatte er nicht gerechnet. Sie waren wohl doch zu sorglos gewesen, sie mussten vorsichtiger sein.

»Was hast du ihm denn erzählt?«, fragte er.

»Dass es Landstreicher sind – und dass wir sie jagen und ausschalten wollen.«

»Landstreicher?« Der Henker sah seinen Freund entsetzt an. »Und das hat er dir geglaubt?«

»Ich denke schon. Jedenfalls hat er es gesagt. Was in seinem Kopf vorgeht, kann ich natürlich nicht wissen.«

Der Henker schwieg. Eine Weile sagte keiner etwas, jeder hing seinen Gedanken nach.

Sebastian Post verfluchte sich immer mehr dafür, dass er sich damals überhaupt auf die Sache eingelassen hatte. Er sah die Szene vor sich, wie er im Büro des Amtsrats gesessen hatte und das Für und Wider abgewogen hatte. Er hätte dem Henker schon damals sagen sollen, dass sie sich an die Regeln halten mussten. Jetzt steckten sie beide zu tief drin. Meister Leonhard war nicht mehr aufzuhalten. Und ganz nebenbei wollte auch er endlich alles beenden – er wollte die kleine Hexe tot sehen.

»Wir müssen uns beeilen«, sagte der Henker nachdenklich. »Hast du schon was von deinen Männern gehört?«

»Nein.« Der Landeshauptmann schüttelte den Kopf.

»Aber sie sind ja erst seit zwei Tagen fort. So schnell wird es nicht gehen. Sie müssen den richtigen Moment abpassen, um zuzuschlagen, das wird sicher noch eine Weile dauern.«

Der Henker seufzte.

»Dann bleibt uns nichts anderes übrig, als abzuwarten. Wir sollten uns in den nächsten Tagen nicht mehr treffen. Schicke einen deiner Männer zu mir, wenn sie ihre Aufgabe erledigt haben. Wir müssen jetzt klug vorgehen und uns möglichst ruhig verhalten. Bald ist es vorbei, und dann geht alles wieder seinen gewohnten Gang.«

Der Landeshauptmann nickte.

Der Henker erhob sich und wandte sich zur Tür. In seinen Augen war das Gespräch beendet.

»Ich muss jetzt wieder zurück«, sagte er, »wahrscheinlich ist das Verhör bereits zu Ende, aber ich sollte noch einmal nachsehen. Ich muss den Knecht fragen, ob sie gestanden hat.«

Der Landeshauptmann hielt ihn zurück.

»Da ist noch etwas.«

»Was denn noch?«

Der Henker drehte sich um.

»Es ist vielleicht unwichtig, am Ende sehe ich schon Gespenster.«

Der Henker verdrehte die Augen.

»Nun sag schon, was ist es denn?«

»Die Kleine aus der Küche, die damals die Hexe nach der Dunkelkammer wieder zurechtgemacht hat, ist in höhere Dienste aufgestiegen. Sie hat den Grafen und mich bedient und mir so einen seltsamen Blick zugeworfen. Wir haben sie eingeschüchtert, du hast mit ihr gesprochen, aber man weiß ja nie – am Ende plaudert sie doch.«

»Und was soll ich jetzt machen?« Meister Leonhard sah den Landeshauptmann fragend an.

»Ich weiß nicht«, antwortete dieser.

»Ich wollte nur hören, was du von der Sache hältst und ob wir vielleicht lieber auf Nummer sicher gehen sollten. Unerwünschte Zeugen können wir nicht gebrauchen.«

»Dann räum sie doch aus dem Weg. Sie ist eine kleine Dienerin. Ihr Fehlen wird niemandem auffallen.«

Der Landeshauptmann überlegte kurz. Daran, sie zu töten, hatte er noch gar nicht gedacht. Es war der einfachste Weg. Plötzlich fiel ihm der alte Söldner wieder ein.

Auch für die unangenehmen Aufgaben, hatte er gesagt.

»Ich glaube, du hast recht«, sagte er mit einem gefährlichen Unterton in der Stimme. »Am besten ist es, wir schaffen sie aus dem Weg. Dann kann sie ganz sicher nicht mehr reden. Und ich weiß auch schon, wer diese Aufgabe erledigen wird.«

»Soll ich dich noch ein Stück begleiten, Lisbeth?«

»Nein, nein, Marie, geh du nur in deine Richtung weiter«, antwortete die junge Dienstmagd ihrer Freundin lachend.

»Es sind zwei Gassen. Was soll denn schon passieren?«

»Pass aber auf dich auf«, ermahnte Marie Lisbeth und umarmte sie liebevoll zum Abschied. Lisbeth erwiderte die Umarmung. Sie hatte Marie ins Herz geschlossen und freute sich jeden Tag darauf, die Freundin zu sehen, um gemeinsam mit ihr den oft recht langen und anstrengenden Tag zu verbringen. Mit Marie war alles etwas leichter.

Die Freundin winkte ihr zum Abschied noch einmal zu und verschwand dann in einer anderen Gasse.

»Dann sehen wir uns also morgen«, hörte Lisbeth sie noch rufen. »Ja, bis morgen«, erwiderte sie und fragte sich, ob Marie sie gehört hatte.

Lisbeth wandte sich um und ging die steile Gasse hinauf. Es war heute Abend etwas später geworden und bereits dunkel. Sie hatte bestimmt das Abendbrot verpasst. Aber vielleicht hatte ihr die Mutter etwas aufgehoben.

Sie mochte die Arbeit im Schloss, seit sie nun auch ab und an dem Grafen etwas bringen durfte, war diese noch aufregender geworden.

Ihr Vater war vor einem Jahr an einer Lungenentzündung gestorben. Sie waren auf das wenige Geld, das sie verdiente, angewiesen. Sie war stolz darauf, ihre Familie unterstützen zu können. Die Mutter erzählte jedermann überglücklich von der guten Arbeit ihrer Tochter. Lisbeth freute sich auf ihre drei kleinen Geschwister und beschleunigte ihre Schritte.

Leise summend lief sie durch die dunkle Gasse, die ihr kein bisschen unheimlich vorkam. Sie war hier schon oft bei Tag und Nacht gelaufen und kannte alle Leute, die hier wohnten, also warum sollte sie sich fürchten?

Aber an diesem Tag befiel sie doch ein merkwürdiges Gefühl. Als sie um die Ecke bog, sah sie sich um.

»Ach«, schalt sie sich selbst, »da ist nichts. Was soll denn schon sein?«

Doch genau in diesem Moment legte sich eine Hand auf ihren Mund, und sie wurde in eine Nische zwischen zwei Häuser gezogen.

»Genau, Mädchen«, drang eine gehässige Männerstimme an ihr Ohr, und der Geruch von Schweiß und Fäulnis zog ihr in die Nase, »was soll schon passieren!«

Mit einer Hand drückte der Mann die vor Schreck starre Lisbeth auf den Boden und legte sich sofort auf sie.

»Aber heute«, sagte er grinsend, »heute ist doch mal was passiert.« Er schob ihr die Beine auseinander und zerrte an ihren Röcken.

»Wehe, du schreist. Dann bringe ich dich auf der Stelle um, hast du verstanden?«

Das Mädchen nickte panisch. Sie sah ihren Peiniger mit weit aufgerissenen Augen an. Dieser nahm seine Hand von ihrem Mund und grinste ihr gehässig ins Gesicht. Speichel tropfte auf sie herab, und sie erkannte, dass er keinen einzigen Zahn mehr im Mund hatte. Angeekelt versuchte sie, den Kopf wegzudrehen.

Lisbeth, die am ganzen Körper zitterte, wehrte sich nicht. Sie hatte solche Angst, er könnte sie töten, dass sie ihn einfach gewähren ließ. Als er in sie eindrang, durchfuhr sie ein fürchterlicher Schmerz. Er bewegte sich in ihr und stöhnte laut in ihr Ohr.

Tränen der Verzweiflung rannen über ihr Gesicht, aber sie hielt still, schrie nicht und presste die Lippen fest aufeinander. Nach einer langen Weile brach er laut stöhnend auf ihr zusammen, sein Glied erschlaffte, und der Schmerz ließ ein wenig nach.

Sie hatte es geschafft, es war wohl vorbei. Jetzt würde er sie gehen lassen, sie könnte nach Hause.

Doch dann hob der Mann den Kopf und sah ihr mitleidig in die Augen.

»Eigentlich ein Jammer, denn dich hätte ich gerne noch öfter genommen. Aber ich habe es versprochen. Es tut mir leid, Kleine.« Mit diesen Worten umschlangen seine Hände Lisbeths Hals. Das Letzte, was sie sah, waren die Augen ihres Mörders – bevor es für immer dunkel wurde.

43

Katinka konnte nicht schlafen. Regen trommelte auf das Dach des Planwagens, das Rauschen und die Geräusche des Waldes hielten sie wach. Das war seltsam, denn der Wald war ihr vertraut geworden – das Knacken im Unterholz oder der Ruf einer Eule –, niemals hatte sie das am Schlafen gehindert. Aber jetzt ließ jedes Geräusch sie aufhorchen.

Sie lag auf dem Rücken und hatte die Beine ausgestreckt. Für Mai war es eine kühle Nacht, und sie hatte sich fest in eine weiche Flickendecke gehüllt. Die Arme hinter dem Kopf verschränkt, lauschte sie Katharinas Atemzügen. Katharina lag in eine Decke gewickelt neben ihr und schlief. Allerdings sprach sie im Schlaf, manchmal warf sie unruhig den Kopf hin und her. Was diese Männer ihr auch immer angetan hatten, es musste schrecklich gewesen sein.

Der Regen ließ ein wenig nach und schien sogar ganz aufzuhören. Katinka gähnte. Es war ein langer, ereignisreicher Tag gewesen. Sie drehte sich auf die Seite, blendete die Geräusche der Nacht aus und schlief ein.

»Nein, nein bitte, nicht wieder in die Dunkelheit, bitte, das könnt Ihr nicht tun, bitte!«

Katinka schreckte hoch. Eine Hand traf sie schmerzhaft an der Nase, und sie wich ein Stück zurück. Sie brauchte eine Weile, um in die Realität zu finden.

Katharina schlug wild um sich, schrie und schien sich anscheinend mit aller Kraft gegen irgendjemanden zu wehren.

»Bitte«, jammerte sie, »bitte, nicht wieder in die Kammer, bitte nicht!«

Katinka sah Katharina erschrocken an. Katharina brabbelte unverständliches Zeug vor sich hin und bewegte sich nicht mehr.

Katinka atmete tief durch, kroch vorsichtig zu ihr hinüber und rüttelte sie sanft am Arm. Katharina sollte aufwachen, dieser schreckliche Traum musste ein Ende haben.

Mit sanfter Stimme sagte sie:

»Katharina wach auf, du träumst nur. Wach doch auf.«

Katharina schreckte hoch, sah Katinka erschrocken an und hob schützend ihre Hände vors Gesicht.

»Bitte, tu mir nichts, bitte, ich will nicht mehr in die Dunkelheit, bitte, bring mich nicht dorthin.«

Katinka kroch zu Katharina hinüber, strich ihr sanft über die Hände und sprach erneut mit ruhiger Stimme auf sie ein.

Katharina zuckte bei ihrer Berührung zusammen, ließ dann aber doch ihre Hände sinken.

»So ist es gut«, lobte Katinka sie, »ich bin es, Katinka. Wir sind im Wald, im Planwagen. Du hast alles nur geträumt.«

Katharina atmete tief durch, und Katinka merkte, wie sie sich entspannte. Es schien vorbei zu sein, Katharina war endlich aufgewacht.

»Entschuldige«, sagte Katharina leise, »ich wollte dich nicht wecken, die Träume kommen immer wieder – die Erinnerungen, sie wollen mich einfach nicht loslassen. Jede Nacht sind sie wieder da.«

Katinka strich Katharina sanft über die Arme.

»An deiner Stelle hätte ich auch Alpträume. Ich weiß zwar nicht genau, was sie mit dir gemacht haben, aber es muss schrecklich gewesen sein.«

Katharina kroch langsam aus ihrer Ecke, zog die Nase hoch und schlüpfte wieder unter ihre Decke. Katinka legte sich neben sie. Der Regen hatte erneut eingesetzt, und sein Rauschen übertönte jetzt all die anderen Geräusche der Nacht. Schweigend lagen sie eine Weile nebeneinander und hingen ihren Gedanken nach, bis Katharina zu erzählen begann.

»Sie haben mich in eine enge dunkle Kammer im Verlies gesperrt. Viele Tage saß ich dort unten – vielleicht auch Wochen. Ich weiß es nicht mehr. Es war so eng, dass ich nur sitzen konnte. Es gab nichts zu essen, und nur alle paar Tage bekam ich etwas zu trinken. Ich saß in meinem eigenen Dreck und in dem meiner Vorgänger. Doch das alles war nichts gegen die Dunkelheit und die Stille. Das war so schrecklich, die Stille und die Dunkelheit verfolgen mich. Jede Nacht sind sie wieder da, machen mir fürchterliche Angst.«

Katinka hörte schweigend zu. Katharina sprach weiter, als wäre ein Knoten geplatzt. Sie erzählte von der Abholung der Mutter, von ihrer Hinrichtung, von der Zeit in der Zelle und von Andreas. Sie redete und redete.

Katinka unterbrach sie nicht ein Mal, hörte ihr einfach zu. Als Katharina nach einer halben Ewigkeit geendet hatte, sagte Katinka nichts. Katharina würde von ihr auch keine Antwort hören wollen, das wusste sie. Sie brauchte niemanden, der ihr einen Rat gab oder sie tröstete. Katharina hatte nur jemanden zum Zuhören gebraucht, sonst nichts.

Beide Frauen schwiegen und hörten dem Regen zu, der auf die Plane prasselte.

»Es ist schön, wenn der Regen rauscht«, sagte Katinka irgendwann leise und gähnte. »Er beruhigt mich.« Sie drehte sich auf die Seite und schloss die Augen. Katharina nickte.

»Ja, mich beruhigt er auch. Es ist schön, dass er da ist.« Sie seufzte und schloss wieder die Augen, und diesmal fiel sie in einen tiefen und traumlosen Schlaf, in dem es keine Dunkelheit gab, die sie gefangen hielt.

Franz rollte seine Decke zusammen und kroch unter der großen Tanne heraus, unter der sie in dieser regnerischen Nacht Schutz gesucht hatten.

»Alles ist feucht, langsam habe ich es satt, dieser kleinen Hexe hinterherzujagen. Am liebsten würde ich sie laufen lassen, dann würde alles wieder seinen gewohnten Gang gehen.«

Wilhelm sah seinen Kameraden stirnrunzelnd an.

»Das geht doch nicht. Es ist unsere Aufgabe, die beiden Frauen einzufangen, der Landeshauptmann hat es befohlen.«

»Ja, und wir tun ja immer alles, was er sagt«, antwortete Franz aufsässig und band seine Decke am Sattel seines Pferdes fest. »Mir wird die Sache langsam zu heiß. Der Graf hat das Mädchen doch laufen lassen und wird nicht besonders begeistert sein, wenn er von der Sache erfährt.«

Wilhelm rollte ebenfalls seine Decke zusammen.

»Von wem soll er denn etwas erfahren? Von uns sicher

nicht. Wir schaffen die Frauen nach Neuhof, wie es der Landeshauptmann gesagt hat, und danach ist die Sache sowieso vorbei.«

»Das denkst du, aber was werden sie in Neuhof mit ihnen machen? Er kann sie nicht einfach so umbringen. Eine Hexe muss er verbrennen. Dafür werden sie sicher wieder Hilfe brauchen – und wer wird dafür herhalten müssen?«

Wilhelm rieb sich fröstelnd die Hände und sah sich missmutig auf der kleinen Lichtung um. Dichter Nebel hing über den Tannenbäumen, und der Waldboden war triefend nass. Ab und an zwitscherte ein Vogel, oder es raschelte im Unterholz, aber ansonsten war es still.

Die Zigeuner kampierten auf einer Lichtung in der Nähe, dort schien noch alles ruhig zu sein.

Wilhelm schob störrisch sein Kinn vor.

»Ich verdanke dem Landeshauptmann mein Leben. Ohne ihn wäre ich im Kampf gefallen. Wenn er einen Scheiterhaufen will, dann wird er von mir einen bekommen. Ich bin ihm mehr als das hier schuldig.«

Franz seufzte. Er dachte an seine geliebte Annemarie, die mit seinem kleinen Sohn zu Hause saß und auf ihn wartete. Ohne den Landeshauptmann hätte er die Tochter des Amtsrats niemals zur Frau nehmen dürfen. Für einen jungen Soldaten, der noch wenig Sold verdiente, war so eine angesehene Frau eigentlich unerreichbar. Doch der Landeshauptmann hatte ihm geholfen. Er hatte beim Amtsrat ein gutes Wort für ihn eingelegt und ihn im Lauf des Jahres sogar befördert.

Er hatte Sebastian Post sein Glück zu verdanken und stand ebenfalls in seiner Schuld.

»Gut«, seufzte Franz, »du hast ja recht. Wir bringen die Sache zu Ende. Es ist eben heute eine schreckliche Nacht gewesen. Ich finde, dass es nichts Schlimmeres gibt als feuchte Kälte, die irgendwann alles durchdringt.«

Wilhelm schlug seinem Kameraden auf die Schulter.

»Du wirst sehen, bald wird sie unvorsichtig, und dann schnappen wir zu.«

»Aber wir sollen doch beide Frauen holen.«

Wilhelm nickte seufzend.

»Ich weiß, aber wenn das nicht möglich ist, dann nehmen wir nur die Rothaarige mit. Der Landeshauptmann wird darüber sicher nicht erfreut sein, aber immerhin haben wir dann wenigstens die kleine Hexe erwischt. Um sie ging es ja eigentlich von Anfang an.«

Franz nickte.

»Na, dann wollen wir mal hoffen, dass die beiden dann zufrieden sind. Ich will endlich wieder nach Hause zu meiner Frau.«

Wilhelm schlug ihm erneut auf die Schulter.

»Das kann ich verstehen. Bei so einer hübschen jungen Gattin, wie du sie hast, wollte ich auch lieber nach Hause, anstatt irgendwo im kalten Wald herumzulaufen und Hexen zu jagen.«

Katharina und Katinka saßen zusammen mit Stanislav auf einem Wagen. Sie fuhren durch den dichten Nebel, der um sie herum die Bäume, Sträucher, ja, den gesamten Wald verschluckte. Es herrschte eine seltsame Stille, und nur das Rauschen des Baches am Wegesrand und das Rattern der Räder waren zu hören. Sie fuhren durch ein schmales Tal, um sie herum ragten steile Felsen in die Höhe. Der Weg war holperig, es ging nur langsam voran. Alle hingen schweigend ihren Gedanken nach, keiner war in der Stimmung, sich zu unterhalten.

Katinka dachte an die letzte Nacht, an die schrecklichen Dinge, die Katharina erzählt hatte. Nur eines hatte sie nicht verstanden. Warum Katharina den Mann, den sie doch eigentlich liebte, verstieß und ihm nicht verzeihen konnte?

Er hatte einen Fehler gemacht, eine schreckliche Dummheit. Sie wusste zwar nicht, wie sie selbst reagieren würde, aber sie fühlte, dass Katharina falsch reagierte. Sie liebte diesen Mann, und wer liebte, konnte auch verzeihen.

Vor ihnen öffnete sich das Tal, und eine etwas breitere, belebte Straße kreuzte ihren Weg. Ein Mann trieb eine kleine Ziegenherde vor sich her, und ein großer Wagen mit Lederwaren fuhr an ihnen vorbei, Gänse liefen schnatternd umher.

Sie reihten sich ein, Katinka sah sich verwundert um. »Was ist denn hier los? Wo wollen die Leute denn alle hin?«

Katharina deutete nach vorn.

»Nach Eppstein. Anscheinend ist dort heute Markttag.«

Tatsächlich, vor ihnen lag eine Stadt, die im Nebel nur schwer zu erkennen war. Die Menschen hasteten eilig Richtung Stadt. Alte Frauen mit Körben und Frauen mit schreienden Kindern an der Hand liefen an ihnen vorbei. Sogar eine Kuhherde wurde an ihren Wagen vorbeigetrieben. Kurz bevor sie die Stadt erreichten, wich der erste Wagen ihrer Gruppe seitlich von der Straße ab, die anderen folgten ihm.

Auf einer kleinen Lichtung unterhalb der mächtigen, mit Moos und Sträuchern bewachsenen Stadtmauer blieben sie stehen.

Katharina sah Katinka verwundert an.

»Warum bleiben wir stehen?«

Katinka deutete auf die Straße.

»Hier ist Markttag, das ist ein Glück für uns. Bestimmt wollen Jegor und Wladimir Kessel flicken gehen. Und Piotr kann Geige spielen. Vielleicht tanze ich sogar. Uns geht das Essen aus, das hier ist ein großes Glück für uns alle.«

Katinka lief zu den anderen hinüber, und Katharina folgte ihr. Ihr war nicht nach Markt und vielen Menschen zumute. Sie wollte nur schnell fort von hier, wollte endlich nach Frankfurt.

Babuschka und die anderen waren von ihren Wagen heruntergeklettert und standen beisammen.

»Auf jeden Fall gehen wir auf den Markt«, hörte Katharina schon von Weitem Jegors Stimme. »Wir brauchen das Geld. Wer weiß, ob wir Frankfurt rechtzeitig erreichen. Es ist eine gute Gelegenheit.« Irina nickte bestätigend. »Unsere Lebensmittel reichen nicht mehr lange. Vielleicht noch drei Tage. Das Mehl für das Brot ist fast zu Ende, und Eier habe ich gar keine mehr. Wir sollten wenigstens ein paar Stunden unser Glück versuchen.«

Babuschka nickte und sah Katharina fast schon entschuldigend an. »Es geht nicht anders. Wir können so eine Gelegenheit nicht verstreichen lassen.«

Katharina nickte. Sie verstand die Zigeuner, und immerhin war sie abhängig von ihrer Gastfreundschaft.

»Der Markt ist schön und sehr groß. Bestimmt werden

wir dort gutes Geld verdienen«, sagte sie und versuchte, ihre aufsteigenden Angst zu ignorieren.

Babuschka lächelte über das Wörtchen »wir«. »Nun gut, dann lasst uns keine Zeit verschwenden«, sagte sie und klatschte in die Hände. »Wenn wir bis heute Mittag gut arbeiten, dann können wir am Nachmittag weiterfahren.«

Alle nickten zustimmend und setzten sich sofort in Bewegung. Jegor und Wladimir gingen zu ihrem Wagen, wühlten eine Weile darin herum und kamen mit ihrem Werkzeug zum Kesselflicken zurück.

Piotr hatte seine Geige unter den Arm geklemmt, und Katinka rannte hastig zu Babuschkas Wagen.

»Komm, Katharina«, rief sie über die Schulter.

Katharina folgte ihr verwundert. Die Aufregung der Zigeuner war ihr neu. Bisher hatte sich die Truppe ruhig und gemächlich verhalten, dass es auch anders ging, faszinierte sie.

In Babuschkas Wohnwagen duftete es nach Rosenwasser. Katinka rieb sich gerade damit ein, als Katharina eintrat.

»Möchtest du auch?«, fragte Katinka und hielt ihr das Fläschchen hin. Katharina hob abwehrend die Hände.

»Nein, nein, ich möchte nicht.«

Katinka griff nach einer Bürste und fuhr sich damit durch ihr langes Haar. Katharina beobachtete sie neugierig.

»Was machst du da, Katinka?«

»Ich mache mich ein wenig zurecht, denn ich werde auf dem Markt zu Piotrs Geigenmusik tanzen. Dafür muss ich doch hübsch sein.«

Katharinas Blick fiel missbilligend auf Katinkas offenes Haar. »Du solltest das Haar zusammenbinden. Es schickt sich nicht, es offen zu tragen. Die Leute werden es nicht gerne sehen. Frauen tragen immer Hauben oder wenigstens einen Zopf.«

Katinka legte die Bürste weg und fuhr sich durch ihre schwarze Mähne.

»Wieso? Warum sollte ich es verstecken? Gefällt es dir etwa nicht?«

Katharina seufzte.

»Doch, es ist sehr schön. Aber darum geht es nicht«, erwiderte Katharina streng und kam sich ein wenig wie Katinkas Mutter vor.

»Ich will es nicht verstecken«, antwortete Katinka lächelnd. »Ich bin eine Zigeunerin, ich bin anders als all die anderen, anders als du. Wenn ich mein Haar offen trage, werden sie es bewundern, und niemand wird nach einer Haube oder einem Haarband fragen.«

Katinka strich noch einmal prüfend über ihr Kleid, legte sich ein wollenes Tuch über die Schultern und ging an Katharina vorbei zur Tür.

»Komm, wir müssen los.« Katinka streckte ihr die Hand hin. »Du wirst gleich sehen, was ich meine.«

Katharina ergriff Katinkas Hand und ließ sich aus dem Wagen ziehen. Draußen warteten bereits die anderen. Gemeinsam gingen sie auf die Straße zurück und kamen kurz darauf an dem belebten Marktplatz an.

Katharina fühlte sich beim Anblick der vielen Stände schmerzlich an Idstein erinnert. Sie sah ihre Mutter vor sich, wie diese stolz ihre Kleider aufhängte, auf ihrem Brett die Blusen und Hemden auslegte und mit der alten Agnes lachte und Geschäfte machte.

Die vertrauten Gerüche von gebratenem Fleisch und frisch gebackenem Brot hingen in der Luft. Der Marktplatz war ein wenig größer als der in Idstein. Um ihn herum standen Fachwerkhäuser, die für den heutigen Tag anscheinend extra herausgeputzt worden waren. Bunte Bänder hingen in dem einen oder anderen Fenster, und Blumen blühten auf den Fensterbrettern. Am oberen Ende des Platzes ging es zur Burg hinauf. Der Turm steckte immer noch im Nebel.

Die Stände standen dicht an dicht: Seifenmacher, Gerberei, Bürstenmacher, Blumen- und Gewürzhändler. Bunte Tücher flatterten im Wind. Ziegen und Kühe standen dicht gedrängt in provisorischen Pferchen, Hühner und Gänse gackerten und schnatterten durcheinander. Katharina stand neben Katinka, die nach einer freien Stelle Ausschau hielt. Piotr deutete auf eine Stelle vor der Stadtmauer.

»Was haltet ihr davon? Das ist ein guter Platz, dort können uns viele Leute sehen.« Katinkas Blick folgte seinem Finger, und auch Katharina wandte den Kopf.

»Das ist eine gute Stelle, Piotr«, bestätigte Katinka. »Lass uns schnell hingehen, bevor jemand anders kommt.«

Während die anderen dort hinliefen, ließ Katharina ihren Blick über die Stände schweifen – und plötzlich erstarrte sie. Da war sie. Agnes stand an ihrem Tuchstand, und um sie herum lagen ihre Stoffbahnen. Sie beriet gerade eine Kundin und hielt der Dame einen grünen Stoff an die Hüfte. Wie hypnotisiert ging Katharina auf sie zu.

Katinka rief ihr etwas zu, doch sie hörte es nicht.

Als Katharina den Stand erreichte, war die Kundin gerade gegangen, und Agnes rollte ihre Stoffbahn wieder zusammen. Sie blickte nicht auf, war ganz in ihre Arbeit vertieft.

»Guten Tag, Agnes«, sagte Katharina leise. Gerade eben noch hatte sie sich gefreut, die Tuchverkäuferin wiederzusehen, doch jetzt war sie unsicher. Was war, wenn Agnes nichts mehr mit ihr zu tun haben wollte?

Doch ihre Ängste waren unbegründet. Agnes blickte überrascht auf, breitete sofort die Arme aus und umarmte Katharina überschwänglich.

»Katharina, Kind! Was tust du denn hier? Ist das schön, dich zu sehen. Wie geht es dir denn?«

Katharina erwiderte lächelnd die Umarmung. Agnes war nicht böse zu ihr, sondern musterte sie neugierig von oben bis unten.

»Lass dich ansehen, Kind. Du bist dünner geworden. Es steht dir aber gut. Was tust du denn hier? Und wo ist deine Mutter? Ich habe euch beide beim letzten Markt in Idstein vermisst.« Katharina stand vor Überraschung der Mund offen. Agnes wusste nicht, dass die Mutter tot war.

»Aber die Mutter ist tot«, stammelte sie. »Sie haben sie hingerichtet, das musst du doch wissen.«

Agnes wich erschrocken ein Stück zurück. »Wie, tot und hingerichtet? Aber das können sie doch nicht machen. Deine Mutter ist eine gottesfürchtige Frau.«

Katharina wusste nicht, was sie antworten sollte. Agnes strich ihr mitleidig über den Arm. »Du armes Ding, kein Wunder, dass du so schmal geworden bist. Es muss dich schrecklich mitgenommen haben.«

Katharina stiegen Tränen in die Augen. Sie nickte.

»Ja, es war sehr schlimm. Aber jetzt ist sie bestimmt im Himmel bei meinem Vater.«

Agnes nickte, und eine Weile sagte keiner etwas. Katharina strich verlegen mit der Hand über einen weichen Seidenstoff. »Und was treibt dich nach Eppstein?«, fragte Agnes plötzlich neugierig.

»Ich bin nur auf der Durchreise«, antwortete Katharina.

»Ich will nach Frankfurt. Der Müller hat gesagt, dass dort Näherinnen gebraucht werden.«

Agnes sah sie verständnisvoll an. An ihrer Stelle würde sie bestimmt auch weggehen. Sie bewunderte das Mädchen für ihren Mut. Als Frau allein nach Frankfurt zu gehen, um dort ein neues Leben zu beginnen, war keine leichte Entscheidung. »Das ist gut«, antwortete sie ihr. »Der Müller hat recht. In Frankfurt gibt es für eine gute Näherin immer Arbeit. Du wirst schnell eine Anstellung finden – und vielleicht sehen wir uns dort wieder. Ab und an bin ich auch dort auf dem Markt. Ich habe sogar feste Kundschaft in guten Bürgerhäusern, die mir bei Hausbesuchen die Stoffe abkaufen. Manchmal bin ich wochenlang in der Stadt.«

»Ach, das wäre schön. Am Ende arbeite ich ja bald in einem dieser Häuser und werde deine beste Kundin«, antwortete ihr Katharina lachend.

Die ruhige und fröhliche Art von Agnes hatte ihr schon immer gutgetan. Die alte Frau hatte es geschafft, ihre letzten Zweifel zu zerstreuen, bestimmt würde in Frankfurt alles gut werden.

Agnes drehte sich unterdessen um, eine neue Kundin näherte sich dem Stand. Sie zuckte entschuldigend mit den Schultern, Katharina nickte verständnisvoll, winkte der alten Frau zum Abschied noch einmal zu und rief:

»Dann hoffentlich auf bald in Frankfurt.«

Agens zog bereits einen dunkelblauen Stoff heraus und faltete diesen auseinander.

Jetzt erst hörte Katharina die wunderbare Geigenmusik und sah die vielen Leute, die sich versammelt hatten. Langsam schob sie sich durch die Menge und eroberte sich einen guten Platz. Erstaunt blickte sie auf das Bild, das sich ihr bot.

Piotr stand mit seiner Geige vor der Stadtmauer und klopfte den Takt der Musik mit dem Fuß mit. Neben ihm stand Stanislav mit zwei Holzklötzchen in der Hand und klopfte ebenfalls den Takt.

Katinka tanzte. Sie war barfuß, und ihr Kleid schwang um ihren Körper, ihr Haar wehte um ihren Kopf. Sie hatte Schellen in den Händen, reckte ihre Arme in die Höhe und drehte sich lachend im Kreis. Sie sah unglaublich schön aus. Ihre Art, sich zu bewegen, war atemberaubend. Alle Umstehenden klatschten fröhlich, und bewundernde Blicke ruhten auf der wunderschönen Tänzerin, die alle in ihren Bann zog und sie für einen Moment den Alltag vergessen ließ.

Katharina begann lachend, den Takt zu klatschen. Sie winkte Katinka zu, als diese in ihre Richtung blickte.

Sie hatte begriffen, was die Freundin im Wohnwagen gemeint hatte. Bei ihr fanden die Leute das hübsch, was bei anderen schamlos gewesen wäre, denn sie war eine Zigeunerin, und sie war anders.

44

Später am Tag zog die kleine Gruppe weiter durch den Wald. Der Nebel lichtete sich ein wenig – ab und an war sogar blauer Himmel zu sehen, und die Sonne spitzte durch das heller werdende Grau. Hinter Eppstein öffnete sich das Tal.

Sie fuhren an einer großen, prächtigen Mühle vorbei. Das Wohnhaus war weiß getüncht, und die Balken des Fachwerks waren abgeschliffen und poliert. Eine große Wiese, auf der ein Maultier und einige Kühe unter Obstbäumen friedlich grasten, umgab das Anwesen. Das Mühlrad klapperte. Das Geräusch erinnerte Katharina an ihre Tage bei Dorothea und Bernhard. Das Klappern des Mühlenrades und das Rauschen des Wassers waren dort ständige Begleiter des Alltags. Wehmütig dachte sie an die beiden, die sie wahrscheinlich nie wiedersehen würde.

Der Weg machte nach der Mühle eine Biegung und führte in einen Wald hinein. Die Bäume trugen hier dichteres Laub, und im Schatten war es kühl. Katharina rieb sich fröstelnd die Arme.

Sie war guter Dinge. Der Eppsteiner Markt hatte ihr gutgetan. Es war schön gewesen, mit Agnes zu sprechen, an dem vertrauten Stand zu stehen und die einzigartigen Stoffe zu betrachten. Hoffentlich würde sie die Frau in Frankfurt wiedersehen – es wäre wunderbar, ihr dort zu begegnen.

Sie fuhren durch den Wald. Stanislav saß neben Katharina, der auffiel, dass er außergewöhnlich schweigsam war.

Katharina musterte ihn neugierig.

»Ist alles in Ordnung, Stanislav?«

Er zuckte leicht zusammen und sah sie gedankenverloren an. »Entschuldige, was hast du gesagt?«, fragte er.

»Ich wollte wissen, ob alles in Ordnung ist?«

»Ach so, ja, ja, es ist alles gut.« Er seufzte.

»Das hört sich aber nicht so an.«

»Das ist es aber«, antwortete er, »ich bin nur müde, das ist alles.«

Irgendetwas stimmte nicht mit Stanislav. Schweigend beobachtete Katharina ihn eine Weile, und dann fiel es ihr auf.

Sein Blick war die ganze Zeit auf Katinka gerichtet. Die junge Zigeunerin saß bei Babuschka auf dem Wagen, hatte ihren Kopf seitlich an das Holz gelehnt und ließ ihre Füße baumeln.

Katharina schmunzelte.

»Du hast sie gern, oder?«

Stanislav sah sie verwundert an.

»Wen soll ich gernhaben?«

»Na, Katinka, ich sehe es doch, du starrst sie die ganze Zeit an.«

Er errötete und blickte beschämt zu Boden.

»Vielleicht ein wenig.«

»Weiß sie es?«

»Nein, und du darfst es ihr auch nicht sagen. Sie soll es nicht wissen. Sie würde es sowieso nicht verstehen. Sie hat es nicht so mit Männern.«

Katharina schaute zu Katinka hinüber, die die Augen geschlossen hatte und verträumt lächelte.

»Glaubst du denn wirklich, dass sie dich wegschicken würde?«

»Ja, das denke ich. Sie ist immer so abweisend, kann sehr ruppig sein und spricht nur selten mit mir. Manchmal habe ich sogar das Gefühl, sie geht mir aus dem Weg. Es ist besser, es bleibt, wie es ist.«

Katharina schwieg. Die Privatangelegenheiten der Zigeuner gingen sie nichts an und das Liebesleben von Katinka noch viel weniger. Stanislav musste selbst sehen, wie er zurechtkam. Seufzend dachte sie an Andreas. In Liebesdingen war sie nicht wirklich eine gute Ratgeberin.

Wenig später erreichten sie den Waldrand. Die Sonne stand bereits tief im Westen, und der Himmel verfärbte sich rot. Große, freie Felder mit Obstbäumen lagen vor ihnen, und in der Ferne waren Umrisse von Häusern zu erkennen. Katharina sah sich fasziniert um. So etwas hatte sie noch nie gesehen. Die Bäume standen in Reih und Glied, ganz anders als zu Hause.

Die Wagen hielten an, und Babuschka kletterte von ihrem Wohnwagen herunter und rief laut:

»Hier schlagen wir unser Nachtlager auf.«

Sie blieb stehen und wies die Wagen ein, die sich um sie herum im Kreis aufstellten.

Katinka sprang vom Wagen herunter, immer noch barfuß, und kam strahlend zu Katharina herübergelaufen.

»Ist es nicht schön hier? Sieh dir nur die Bäume an, Katharina, hast du so etwas schon einmal gesehen?«

Katharina schüttelte den Kopf.

»Nein, ich habe mich auch schon gewundert. Was es wohl mit der Anordnung der Bäume auf sich hat?«

»Ja, das würde ich auch gerne wissen«, sagte Katinka lachend und machte übermütig ein paar Tanzschritte, packte Katharina an den Händen und zog sie mit sich.

»Komm, tanz mit mir. Ich zeige dir, wie es geht.«

Katharina zog lachend ihre Hände zurück.

»Gleich, ich glaube, ich habe einen Stein im Schuh. Ich muss mal nachsehen.«

Sie ging zu einem großen Felsen, der unter einer Eiche lag, setzte sich, zog ihren Schuh aus und drehte ihn um – tatsächlich, ein kleiner Kieselstein fiel ins Gras.

»Hab ich dich.«

Plötzlich schlangen sich von hinten Arme um Katharina.

Vor lauter Schreck ließ sie den Schuh fallen, begann aber sofort, laut zu schreien und wild um sich zu schlagen.

»Hilfe, da ist jemand! Piotr, Stanislav, Hilfe, so helft mir doch!«

Sie wehrte sich mit aller Kraft und kratzte und biss den Mann in die Hände. Laut fluchend ließ ihr Angreifer sie los.

Katharina rannte weg, direkt in die Arme von Piotr und Stanislav, die eilig herbeigerannt kamen.

Sie zitterte am ganzen Körper.

»Dort, dort hinten, da ist ein Mann. Er wollte mich packen.«

Die anderen kamen jetzt ebenfalls neugierig angerannt, und die alte Babuschka bekam Sorgenfalten auf die Stirn, als sie hörte, was geschehen war.

Die Männer warfen sich kurz Blicke zu, nickten und folgten dem fremden Mann in den Wald. Vielleicht konnten sie ihn finden und zur Rede stellen.

Katinka und Irina beruhigten unterdessen Katharina, die leichenblass war.

»Ist alles gut?«, fragte die blonde Zigeunerin und legte ihr den Arm um die Taille.

»Ja«, antwortete Katharina mit zittriger Stimme, »ich denke schon. Ihr wart ja Gott sei Dank alle sehr schnell da.«

Katinka strich Katharina beruhigend über den Arm und hob wütend die Hand. »Den Kerl, wenn ich den erwische, der kann was erleben.«

Die Männer blieben eine ganze Weile fort. Babuschka, Irina, Katharina und Katinka gingen hinüber zu Irinas Wohnwagen und bereiteten stumm das Abendessen vor. Auf dem Markt hatten sie gut verdient. Beim Tanzen und Kesselflicken war es ebenfalls gut gelaufen, und sie hatten eine Menge Lebensmittel kaufen können. In Irinas Wagen sah es aus wie in einem Kaufladen einer Kleinstadt.

Zwei geschlachtete Hühner hingen von der Decke, gut zwanzig Eier lagen in einem Korb, und daneben stapelten sich frisches Brot und gesalzenes Fleisch. Zwei neue Säcke Mehl hatten sie ebenfalls erworben, und sogar für ein kleines Fass Wein war noch Geld übrig gewesen.

Katharina blickte missmutig auf die Sachen. Eigentlich hatten sie heute Abend den erfolgreichen Markttag feiern wollen, aber jetzt war ihr nicht mehr danach zumute. Die Gefahr war noch nicht gebannt. Sie hatte die Möglichkeit, dass die Männer des Landeshauptmannes sie verfolgen würden, nicht wahrhaben wollen. Aber jetzt ergriff die Furcht erneut von ihr Besitz und ließ sie erzittern.

Nach einer Weile kamen die Männer wieder zurück. Sie hatten den Mann nicht aufgestöbert, er war wie vom Erdboden verschluckt.

Piotr setzte sich neben Babuschkas Wohnwagen und schlug wütend mit der Hand auf sein Knie.

»So ein Mist aber auch. Der Kerl war weg, als hätte ihn der Erdboden verschluckt. Wir haben alles abgesucht.«

Babuschka saß auf der kleinen Holztreppe, die in ihren Wagen führte, ihr Kinn auf ihre Hände gestützt, und erwiderte nachdenklich: »Wir hätten sie nicht mitnehmen sollen. Ich habe es gleich gesagt. Sie bringt nur Ärger. Aber selbst du wolltest nicht auf mich hören.«

Schuldbewusst blickte der alte Mann zu Boden.

»Ich weiß, du hattest recht, aber ich konnte Katinka ihren Wunsch einfach nicht abschlagen.«

»Wer konnte mir was nicht abschlagen?« Katinka kam um die Ecke. Sie hatte zwei Eier in der Hand und musterte die beiden neugierig. Ihr fielen die betretenen Mienen von Piotr und Babuschka auf, langsam sank sie auf einen Baumstumpf.

»Was ist denn los?«

»Was soll schon los sein?«, erwiderte Babuschka ernst.

»Es geht um Katharina. Wir hätten sie nicht mitnehmen sollen. Die Männer verfolgen uns – am Ende greifen sie heute Nacht noch das Lager an.«

Katinka blickte von Babuschka zu Piotr, der zustimmend nickte. »Babuschka hat recht, sie bringt uns alle in Teufels Küche.«

Hinter Katinka knackte etwas, und sie schaute sich um. Katharina stand ein kleines Stück von ihr entfernt und sah Katinka und die anderen ungläubig an. Das Huhn, das sie in der Hand hielt, fiel zu Boden.

»So ist das also. Ihr wolltet mir gar nicht helfen. Wie habe ich nur glauben können, dass mir jemand hilft, dass ich jemandem vertrauen kann? Wer hilft schon einer Hexe …«

Tränen stiegen ihr in die Augen. Sie wischte sie wütend weg, machte auf dem Absatz kehrt und rannte davon.

Katinka sprang auf. »Das habt ihr nun von eurem ewigen Misstrauen«, rief sie wütend, »ihr habt ihr wehgetan. Ich kann euch nicht verstehen, mich habt ihr doch auch gerettet, bei mir hattet ihr auch keine Angst.«

Sie drehte sich herum und rannte hinter Katharina her. Zielstrebig lief diese auf den Waldrand zu und verschwand zwischen den Bäumen. Fluchend folgte Katinka ihr. Sie musste sie aufhalten, beruhigen und zurückholen. Bestimmt hatten es Babuschka und Piotr nicht so gemeint.

Katharina rannte durch den dämmrigen Wald. Sie war wütend und verletzt, und heiße Tränen rannen über ihre Wangen. Sie stolperte über Wurzeln und Äste. Hinter ihr war Katinkas Stimme zu hören. Sie versuchte, noch schneller zu rennen, sie wollte die Freundin nicht sehen. Wie hatte sie nur so dumm sein können. Sie hatte tatsächlich geglaubt, dass sie bei den Zigeunern willkommen war. Doch in Wahrheit wollte ihr niemand helfen. Sie war eine Gefahr.

Sie erreichte den Bach, blieb keuchend stehen und blickte sich um. Wohin sollte sie jetzt laufen? Katinka kam näher, ihre Rufe wurden immer lauter. Katharina ging zum Ufer des Baches, der an dieser Stelle ziemlich breit und tief war.

Hindurchzuwaten, könnte gefährlich werden. Plötzlich hörte sie Schritte hinter sich und drehte sich um. Katinka stand nach Luft japsend hinter ihr. Katharina setzte einen Fuß ins Wasser. »Tu es nicht, Katharina, bitte komm mit mir zurück. Babuschka hat es nicht so gemeint und Piotr auch nicht. Wir können bestimmt mit den beiden reden. Wo willst du denn allein im Dunkeln hin? Im Wald ist es doch viel zu gefährlich.«

Katharina funkelte Katinka wütend an.

»Mit ihnen reden? Sie hassen mich doch, keiner will etwas mit mir zu tun haben. Ich bin eine Hexe. Ich bringe euch in Gefahr. Piotr hat schon recht, mit mir kommt ihr noch in Teufels Küche.«

Katinka trat ein paar Schritte auf sie zu. In ihrer Stimme schwang Panik mit. »So ist doch niemandem geholfen. Komm mit zurück ins Lager. Keiner hält dich für eine Hexe.«

Katharina atmete tief durch und sah Katinka, die sie bittend anblickte, ins Gesicht.

Ihre Wut verrauchte. Vielleicht hatte die Freundin ja recht, sie alle waren wegen des Angriffs erschrocken, und wahrscheinlich hatten es Babuschka und Piotr wirklich nicht so gemeint.

Doch dann schrak sie zusammen. Hinter Katinka tauchte ein großer Mann mit einem Stock in der Hand auf.

»Katinka, hinter dir!«, rief Katharina und sah noch, wie sich die Freundin umdrehte, bevor sie selbst von einem harten Schlag auf den Kopf getroffen wurde und alles um sie herum in Dunkelheit versank.

Im Lager lief die alte Babuschka aufgeregt auf und ab. Das hatte sie nicht gewollt. Sie hatte dem Mädchen doch nicht wehtun wollen. In ihrem Kopf hingen noch immer Katinkas Worte.

Katinka hatte recht. Bei ihr war es sogar noch viel gefährlicher gewesen. Eine ganze Stadt war hinter Katinka her gewesen. Nur durch Glück war ihnen damals keiner gefolgt, hatte niemand sie gesehen. Sie verstand sich selbst nicht. Es war doch nur ein Mann gewesen, und sie hatten ihn in die Flucht geschlagen. In zwei Tagen würden sie in Frankfurt sein, und dann wäre alles vorbei.

Piotr saß neben ihr und zupfte auf seiner Geige. Er schämte sich. Sie hatten beschlossen, das Mädchen mitzunehmen, und hätten sie trösten müssen. Stattdessen waren sie misstrauisch und jammerten herum. Es war von vornherein klar gewesen, dass es gefährlich war und dass sie verfolgt werden würde.

Irina, Andrej und die anderen saßen mit betretenen Mienen am Lagerfeuer. Inzwischen war es fast dunkel, und Katharina und Katinka waren noch immer nicht aufgetaucht.

»Vielleicht sollten wir sie suchen?«, sagte Stanislav in die gespenstische Stille hinein.

»Ich meine, immerhin treibt sich der Mann hier noch irgendwo herum, vielleicht ist er auch gar nicht allein gewesen?«

Piotr sprang auf.

»Du hast recht, Stani, wir suchen sie.«

Alle erwachten aus ihrer Erstarrung, und Jegor und Wladimir waren sichtlich froh darüber, dass sie irgendetwas tun konnten. Sie hatten die ganze Aufregung sowieso nicht verstanden. Für sie war immer klar gewesen, dass sie das Mädchen beschützen würden.

Die Männer rannten hastig in den Wald und begannen, laut nach den Mädchen zu rufen: »Katharina, Katinka, wo seid ihr?«

Doch es kam keine Antwort.

»Katinka, Katharina, so meldet euch doch!« Stanislav stolperte verzweifelt über Wurzeln und Äste, und Piotr hatte Mühe, mit ihm mitzuhalten.

»Stanislav, nicht so schnell. Es hat doch keinen Sinn.«

»Doch, den hat es. Sie müssen hier sein, irgendwo hier müssen sie doch sein.«

Wladimir und Jegor waren schon eine ganze Weile außer Sicht, und Piotr glaubte, dass sich die Brüder bereits auf den Rückweg gemacht hatten. Doch dann brachen sie durch ein Dickicht, Stanislav blieb abrupt stehen.

»Und, habt ihr was gefunden?«

»Nur das hier«, antwortete Jegor und hielt Katharinas blaues Haarband in die Höhe. »Es lag dort hinten am Ufer eines Baches. Aber von den Frauen ist weit und breit nichts zu sehen.«

»Wir müssen dorthin, schnell!«, rief Stanislav und wollte sich wieder in Bewegung setzen, doch Jegor hielt ihn zurück.

»Es hat keinen Sinn, Stanislav. Wir haben alles abgesucht, sie sind nicht dort. Aber im weichen Matsch am Ufer haben wir Hufabdrücke gefunden.«

»Dann hat er sie«, sagte Piotr, »ganz sicher, der Mann hat sie geholt.«

Es traf ihn wie ein Blitz. Irgendjemand hatte die beiden

überwältigt und fortgebracht, und das nur, weil er und Babuschka keine Ruhe geben konnten.

»Nein, das kann doch nicht sein!«, rief Stanislav.

»Wir sind schuld. Wir haben sie allein gelassen! Warum haben wir nicht besser aufgepasst?«

»Und was machen wir jetzt?«, fragte Jegor und sah Piotr an.

»Jetzt gehen wir erst einmal ins Lager zurück«, antwortete Piotr, »und informieren die anderen.«

Eine seltsame Hoffnungslosigkeit breitete sich aus.

»Piotr hat recht«, sagte Wladimir und schob Katharinas Haarband in seine Westentasche.

»Wir sollten ins Lager gehen, dort wird man sich bestimmt schon Sorgen machen.«

»Ja«, antwortete Jegor, »und dann können wir besprechen, wie es weitergehen soll. Irgendwas müssen wir tun.«

Alle setzten sich in Bewegung, und Stanislav blickte ein letztes Mal seufzend in die Richtung, aus der Jegor und Wladimir gekommen waren. Er dachte an das Gespräch mit Katharina. Am Ende hatte er Katinka schon verloren, bevor er sie richtig kennenlernen durfte.

45

Blitze zuckten vor Katharinas Augen, ein hämmernder Schmerz pochte in ihrem Kopf, und sie hatte den metallischen Geschmack von Blut auf der Zunge. Sie versuchte, den Kopf zu heben, was sofort einen stechenden Schmerz auslöste. Stöhnend sank sie wieder in sich zusammen, öffnete vorsichtig die Augen, konnte allerdings nur wenig erkennen. Es schien dunkel zu sein, und grauer Steinboden verschwamm vor ihren Augen. Sie schloss die Augen und versuchte, ruhig durchzuatmen. Sie lag mit dem Gesicht auf dem Boden, ihre Wange glühte.

Ihre Erinnerungen daran, was in den letzten Stunden passiert war, waren vage. Sie hatte im Wald am Bach gestanden. Was war geschehen, und wie war sie hierhergekommen? Sie konnte sich nicht daran erinnern. In ihren Ohren begann es zu rauschen, und der stechende Schmerz in ihrem Kopf drückte auf ihre Augen.

Plötzlich drang Katinkas Stimme an ihr Ohr.

»Katharina, bist du wach?«

Katinka war also auch hier, ihr schien es besser zu gehen. Katharina spürte eine Hand auf ihrem Rücken und fühlte Katinkas Atem im Gesicht – das Haar der Freundin kitzelte sie an der Wange.

Katinka schien sich über sie zu beugen.

»Ja«, murmelte sie leise, »schon, glaube ich.«

»Ach, bin ich froh«, sagte Katinka. Es kam Katharina vor, als würde Katinka wie durch eine Wand zu ihr sprechen. Sie öffnete stöhnend die Augen und konnte Katinkas Gesichtszüge erkennen.

»Was ist denn los?«, fragte Katharina leise.

Katinka sah sie verwundert an.

»Du weißt nicht, was los ist? Wir sind überfallen worden. Zwei Männer haben uns niedergeschlagen, gefesselt und hierhergebracht. Hast du denn überhaupt nichts mitbekommen?«

»Sollte ich das?«

Katinka strich ihr sanft über die Wange.

»Nein, solltest du nicht. Es war wahrscheinlich besser, dass du es nicht mitbekommen hast.« Ihre Stimme klang seltsam trostlos, Katharina versuchte, Katinka ins Gesicht zu blicken. »Es tut mir leid«, flüsterte sie leise.

Katinka sah sie verwundert an. »Für was entschuldigst du dich?«

»Na, für das, was passiert ist. Sicher bin wieder ich daran schuld. Wo sind wir eigentlich?«

»Wir sind im Keller eines Hauses. Über uns ist ein fürchterliches Zimmer, in dem es grauenvoll gestunken hat und überall Gläser mit Körperteilen und anderen ekligen Dingen in hohen Regalen standen. Die Männer sind sehr grob mit uns umgegangen.« Katinka rieb sich ihr Handgelenk.

»Sie haben mich einfach hier heruntergestoßen. Ich bin auf die Hand gefallen. Mein Handgelenk tut mir so furchtbar weh. Ich kann es nicht mehr bewegen, vielleicht ist es gebrochen.«

Katharina wurde es plötzlich übel, und der Raum begann, sich zu drehen, ihr Magen rebellierte.

»Katinka«, flüsterte sie, »es geht mir gerade nicht so gut. Ich glaube …«

Weiter kam sie nicht, sie begann zu würgen. Ihr Hals brannte, und ihre Augen tränten. Das Erbrochene lief ihr über die Wange, und der säuerliche Geruch von Magensäure stieg ihr in die Nase. Tränen rannen über ihr Gesicht und tropften auf den Boden.

Katinka hielt Katharinas Kopf, strich ihr das Haar aus dem Gesicht und redete beruhigend auf sie ein. »Es ist gut, lass es raus. Gleich ist es vorbei. Ich bin da, alles ist gut.«

Katinka schüttelte seufzend den Kopf. Sie glaubte ihren eigenen Worten nicht. Was war schon gut? Nichts war in Ordnung und würde nie wieder gut werden. Sie saßen hier in einem Kellerloch und warteten auf den Tod – und niemand würde sie finden, keiner würde sie hören.

Liebevoll strich sie Katharina übers Haar. Und plötzlich hatte sie Babuschkas Worte im Kopf und begriff, was die alte Frau gemeint hatte. Unser gutes Herz wird uns irgendwann noch einmal umbringen.

Der Oberstallmeister saß im hinteren Teil des Stalles und besserte einen Pferch aus. Ein Brett war lose und musste wieder neu befestigt werden. Er liebte die Ruhe, die am späten Nachmittag im Stall herrschte. Das sanfte Schnauben der Tiere, der Geruch des Heus und das warme Licht, das typisch für diese Tageszeit war. Mit geübtem Griff nagelte er das Brett fest. Gerade als er nach einem weiteren Nagel greifen wollte, hörte er jemanden. Zwei Männer betraten mit ihren Pferden den Stall, und er erkannte an ihren Stimmen, dass es Franz und Wilhelm waren.

Normalerweise wäre er aus dem Pferch getreten und hätte die Männer begrüßt, denn er mochte sie. Aber der Amtsrat hatte ihn gebeten, Augen und Ohren offen zu halten und auf seltsame Vorkommnisse zu achten. Warum er dies tun sollte, hatte der Amtsrat nicht gesagt, es schien aber wichtig zu sein. Also trat er jetzt nicht aus dem Pferch, sondern sank noch ein wenig weiter nach unten und belauschte das Gespräch der Männer.

»Wollen wir uns nachher noch beim Schwanenwirt treffen, Franz?«, hörte er Wilhelm sagen.

»Ja, das ist eine gute Idee. Ich werde nur noch kurz nach Annemarie und meinem Jungen sehen. Dann komme ich auch hinüber. Bestimmt ist der Kleine schon wieder gewachsen.« Wilhelm schmunzelte. »Denkst du nicht, dass du es mit dem Kind etwas übertreibst? Ich dachte immer, Säuglinge wären Weiberkram.«

Franz verzog beleidigt das Gesicht. »Immerhin ist der Kleine mein Erstgeborener. Er wird mein Erbe sein. Da muss ich mich doch kümmern. Und ganz nebenbei will ich nicht so ein schlechter Vater und Ehemann wie Sebastian Post werden. Als Landeshauptmann mag er sehr gut sein, aber als Ehemann und Vater ist er kaum zu ertragen. Wie es seine arme Frau nur mit ihm aushält, kann ich nicht begreifen. Er betrügt und belügt sie die ganze Zeit. Ständig geht er der Hurerei nach, hat einen schlimmeren Ruf in der Stadt als alle Dirnen zusammen. Mein Sohn soll einmal stolz von seinem Vater sprechen und ihn auch kennen, das ist mir wichtig.«

Wilhelm hob beschwichtigend die Hände.

»Ist ja schon gut, so war es doch nicht gemeint.«

Wilhelm hatte noch keine Familie, obwohl er bereits weit über vierzig Jahre alt war. Bisher hatte er sich darüber noch keine ernsthaften Gedanken gemacht. Aber wenn er Franz jetzt so von einem Erben reden hörte, wurde er doch nachdenklich. Einen Mann, der seine Linie fortführen würde, gab es nicht. Vielleicht sollte er endlich mal sesshaft werden und heiraten. Ob er es dann allerdings mit der Treue so genau nehmen würde wie Franz, wagte er zu bezweifeln. Er vertrat da eher die Meinung des Landeshauptmannes. Warum nicht ab und an ein wenig Spaß haben? Tugendhaft und sittsam konnten andere sein.

»Der Landeshauptmann wird bestimmt auch beim Wirt sein, abends ist er doch meistens dort anzutreffen. Vielleicht wird er uns einen ausgeben, immerhin haben wir die beiden Hexen jetzt endlich gefangen.«

Wilhelm sah sich im Stall um.

»Sag das nicht so laut. Der Graf darf nichts davon erfahren. Wir müssen vorsichtig sein.«

Franz winkte übermütig ab. Die Tatsache, dass er endlich aus dem Wald herausgekommen war, ließ ihn jede Vorsicht vergessen.

»Ach komm schon, Wilhelm, hier ist doch niemand. Du gehst jetzt gleich zum Henker hinüber und erstattest Bericht. Er wird erfreut sein. Bestimmt werden wir jetzt hoch in seiner Gunst stehen. Einen Mann wie Meister Leonhard zum Freund zu haben, ist sicherlich ein Vorteil.«

Wilhelm sah seinen Kameraden skeptisch an. »Also, ich weiß nicht, ob ich darauf wirklich Wert lege. Er ist mir ein wenig zu unnahbar. Seine grausame Art, mit den Menschen umzugehen, liegt mir nicht. Auf seine Freundschaft kann ich gerne verzichten. Ich erledige diese Aufgabe nicht für den Henker, sondern für den Landeshauptmann. Ihm verdanke ich mein Leben, nicht dem alten Giftmischer.«

Jetzt war es Franz, der sich umblickte.

»Das solltest du nicht zu laut sagen. Der Henker ist im Schloss ein angesehener Mann.«

»Aber nur, weil alle vor ihm Angst haben«, konterte Wilhelm.

Franz nahm Heu und warf es seinem Pferd hin. Er hatte dem Tier bereits den Sattel abgenommen. Wilhelm hängte seinen Sattel neben die anderen auf eine Stange an der Wand.

»Was denkst du, werden sie jetzt mit den Frauen machen?«, fragte Wilhelm und warf seinem Pferd ebenfalls etwas Heu hin.

»Der Landeshauptmann hat doch schon angedeutet, dass sie sie wohl verbrennen wollen. Der Henker plant einen Scheiterhaufen im Wald.«

Wilhelm sah Franz skeptisch an.

»Aber ist das nicht zu auffällig? Immerhin wohnen in Neuhof Leute, und in der Umgebung sind viele Bauernhöfe.«

Franz zuckte mit den Schultern und wandte sich dem Ausgang zu.

»Mir gleichgültig, ich habe meine Pflicht und Schuldigkeit erst einmal erfüllt. Wenn es noch mehr zu tun gibt, wird sich Sebastian Post schon bei uns melden.«

Wilhelm nickte, lief seinem Freund voraus und öffnete ihm das Stalltor. »Klug gesprochen, mein Freund – darauf sollten wir anstoßen. Wir haben unsere Pflicht erfüllt, sind unserem Herrn treu ergeben und endlich wieder zu Hause.«

Die Stalltür fiel krachend hinter den beiden ins Schloss, und ganz vorsichtig kam der Oberstallmeister, der noch immer seinen Hammer in der Hand hielt, hinter der Seitenwand des Pferchs hervor. Er war fassungslos. Wilhelm und Franz waren in seinen Augen immer ehrliche und dem Grafen treu ergebene Männer gewesen. Dass sie diesen nun so schamlos hintergingen, konnte er kaum fassen. Er hatte dem Amtsrat das Gerede von Betrug nicht glauben wollen und hatte eher daran gedacht, dass der Graf und er Gespenster sahen, aber jetzt, nachdem er dieses Gespräch gehört hatte, war er davon überzeugt, dass hier hinterhältige Machenschaften im Gange waren. Der Henker und der Landeshauptmann mussten aufgehalten werden. Wer diese armen Frauen auch immer waren, ihnen musste sofort geholfen werden. Damit durfte Leonhard Busch niemals durchkommen.

Die alte Babuschka blickte missmutig ins Feuer. Sie machte sich große Vorwürfe. Warum war sie nur so argwöhnisch gewesen? Katharina konnte nichts dafür. Sie allein war daran schuld, dass die beiden Frauen in ihr Unglück gelaufen waren. Hätte sie doch nur ihren Mund gehalten, dann wäre sicher alles in Ordnung und Katinka und Katharina würden jetzt fröhlich lachend neben ihr sitzen.

Piotr saß neben ihr. Seine Geige vor seinen Füßen. Er war ganz still und sah ein wenig wie eine traurige Statue aus. Ihn plagten schreckliche Schuldgefühle.

Auch er hatte schlecht über Katharina gesprochen und Babuschka nicht beruhigt, hatte sich von ihrer Unruhe und ihrem Misstrauen anstecken lassen. Er hätte zu den Mädchen halten sollen und sie verteidigen müssen. Katinka mochte manchmal etwas übermütig sein und kam ihm oft stur und unnahbar vor, aber sie hatte ein gutes Herz und zeigte Mitgefühl für andere. Anfangs war auch er skeptisch gewesen und hatte nicht viel von Katinkas seltsamem Interesse an der fremden Frau gehalten. Doch inzwischen hatte er Katharina ins Herz geschlossen und verstand, warum Katinka das scheue Mädchen mit den roten Locken mochte und sie beschützen wollte.

Sein Blick wanderte zum Waldrand. Er konnte das alles nicht fassen, nicht verstehen. Sie waren fort, einfach so hatten die Männer sie mitgenommen und irgendwohin verschleppt.

Keiner von ihnen hatte eine Ahnung, wie sie den beiden Mädchen helfen sollten. Seit Stunden sprach niemand ein Wort. Und nur ab und an stand Wladimir auf und warf Holz in die Flammen. Niemand weinte oder zeigte auf andere Weise seine Gefühle, eine seltsame Stille umgab alle. Stanislav war nicht nur enttäuscht, er war auch wütend. Was auch immer zwischen Babuschka, Piotr und Katinka gesprochen worden war, es musste der Auslöser für Katharinas Verhalten gewesen sein.

Er ballte die Fäuste, tat sich schwer damit, tatenlos herumzusitzen. Aber sie hatten ja nicht einmal den Hauch einer Ahnung, wohin die Männer die Mädchen gebracht hatten und ob sie überhaupt noch am Leben waren.

Das Feuer knisterte und spie Funken in den Nachthimmel. Auch Irina hing düsteren Gedanken nach. Niemals wieder würde Katinka hier sitzen und den Anblick des Feuers genießen können. Während sie grübelten, war sie vielleicht schon tot, genauso wie Katharina. Sie hatte das ruhige Mädchen vom ersten Augenblick an gemocht und Babuschkas Misstrauen nicht verstanden. Katharina wollte doch nicht für immer bleiben und hatte nur ein wenig Schutz, Geborgenheit und eine Zuflucht gesucht. Aber Babuschka hatte mit ihrem Misstrauen alles zerstört. Katinkas alte Freundin hatte sich sehr verändert.

Irina blickte seufzend zu der alten Frau hinüber. Babuschka starrte nachdenklich ins Leere. Irina bemerkte, dass sie Tränen in den Augen hatte.

Vielleicht lag die alte Frau mit ihren Ängsten gar nicht so falsch. Womöglich tat sie ihr unrecht, immerhin waren sie ja wirklich in Gefahr geraten. Wenn es Katharina nicht gegeben hätte, wären sie niemals in dieser misslichen Lage, dann wäre Katinka jetzt noch hier, und alles wäre in Ordnung.

»Ich mag es nicht, tatenlos herumzusitzen«, murmelte Wladimir und durchbrach damit endlich das lastende Schweigen. »Können wir nicht doch noch etwas tun? Vielleicht könnten wir ihnen folgen – irgendwie rausbekommen, wo sie sind.«

»Aber wie denn?«, fragte Irina.

»Wir haben ja nicht einmal eine Spur, keinen Hinweis, nichts.«

»Das stimmt, wir wissen nur, dass es der blonde Mann gewesen sein muss«, antwortete Stanislav leise. »Niemand sonst kann dafür verantwortlich sein.«

»Aber«, sagte Andrej, »die junge Maria, sie wohnt doch in dem Dorf, neben dem wir am Anfang unser Lager aufgeschlagen haben. Vielleicht können wir sie finden – vielleicht ja auch den Priester. Bestimmt wissen die beiden, wo wir suchen sollen. Sie kannten doch den blonden Mann.«

»Das könnte sein«, sagte Babuschka und erwachte aus ihrer Erstarrung. »Sie hat ja noch versucht, Katharina zu warnen. Vielleicht kann sie uns tatsächlich weiterhelfen.«

»Dann lasst uns umkehren«, sagte Andrej.

»Und was ist, wenn wir zu spät kommen?«, fragte Stanislav, eine seltsame Hoffnungslosigkeit in der Stimme, die allen anderen Angst einjagte.

»Tja, es kann schon sein, dass wir zu spät kommen«, antwortete die alte Babuschka, »aber es könnte auch sein, dass wir es schaffen und sie retten. Deshalb sollten wir es auf jeden Fall versuchen, denn wer weiß, vielleicht sind Katinka und Katharina irgendwo eingesperrt und hoffen, dass wir kommen und ihnen helfen.«

Betretene Stille trat wieder ein. Niemand wollte an die andere Möglichkeit denken, geschweige denn, sie aussprechen.

Der alte Piotr erhob sich, klemmte seine Geige unter den Arm und sah die anderen auffordernd an.

»Wir sollten keine Zeit verlieren und gleich losfahren. Wir

kennen ja den Weg und werden auch in der Dunkelheit zurechtkommen.«

»Ja, lasst uns losfahren«, riefen nun auch Wladimir und Jegor – und besonders Wladimir war froh, dass er nun nicht mehr tatenlos herumsitzen musste, sondern dass sie endlich etwas unternahmen.

Franz und Wilhelm standen bei Graf Johannes im Arbeitszimmer und blickten beschämt zu Boden. Der Graf lief wütend, die Hände auf dem Rücken verschränkt, vor ihnen auf und ab. Er kochte vor Wut. Der ehrwürdige Herr Amtsrat hatte ihm vor einer halben Stunde die unglaubliche Mitteilung des Verrats überbracht. Er fühlte sich hintergangen und hatte sofort nach den beiden Männern schicken lassen. Ihr Leben war eigentlich verwirkt, denn auf Hochverrat stand in seinem Reich die Todesstrafe. Doch er wollte sich erst einmal anhören, was sie zu sagen hatten, und würde dann sein Urteil fällen.

Er blieb vor den Männern stehen.

»Nun, ihr Verräter, wie könnt ihr es nur wagen, mich, euren Herrn, zu hintergehen? Und es ist mir gleichgültig, was euch der Landeshauptmann befohlen hat. Ich bin euer Herr, und was ich sage, ist Gesetz, und daran wird sich gehalten. Ich möchte jetzt genau wissen, was der Henker und Sebastian Post vorhaben.«

Franz hob als Erster den Kopf. Er war puterrot im Gesicht, die nackte Angst stand ihm in den Augen. Das Schlimmste, was passieren konnte, war eingetroffen, der Graf hatte von der Sache Wind bekommen. Niemand konnte ihnen jetzt noch helfen.

»Sie wollen Katharina Heinemann und eine junge Zigeunerin in Neuhof hinrichten. Der Henker behauptet, sie sei auch eine Hexe.«

Der Graf sah den Wachmann überrascht an. Er erinnerte sich an den Namen. Es ging Leonhard Busch also immer noch um das junge Mädchen von damals. Er hatte es nicht akzeptieren können, dass er sie laufen lassen musste, er hatte die Schmach seiner Niederlage nicht ertragen.

Der Graf trat vor Wilhelm. Ängstlich sah Wilhelm ihm in die Augen. Er wusste, was ihm bevorstand, ahnte, dass er sein Leben verwirkt hatte.

»Wer ist die andere Frau?«

»Das weiß ich nicht, Euer Gnaden. Sie muss den Landeshauptmann beleidigt haben. Er fühlte sich von ihr angegriffen. Deshalb sollten wir sie ebenfalls fangen und verschleppen. Der Henker vertritt wohl die Ansicht, dass sie auch eine Hexe ist. Er will sie zusammen mit der Rothaarigen auf einem Scheiterhaufen im Wald bei Neuhof bei lebendigem Leib verbrennen.«

Der Graf zog die Augenbrauen hoch. »Das wird ja immer besser«, schimpfte er. »Na, der kann was erleben.«

Er entfernte sich von Wilhelm und Franz, die zitternd ihre Strafe erwarteten.

»Hexen will er verbrennen, ohne Richter, ohne Geständnis und Prozess – eigenmächtig will er handeln, und mich hat er hintergangen –, ich kann es nicht fassen!«

Graf Johannes setzte sich hinter seinen Schreibtisch und läutete hektisch nach einer Dienerin, die sofort den Raum betrat. »Bringt die Wachmänner herein. Die beiden hier können abgeführt werden.«

Die Dienerin nickte und winkte die Wachmänner, die im Flur warteten, herein. Die vier Männer stellten sich sofort hinter ihre Kameraden und musterten die Verräter mit abfälligen Blicken.

Der Graf blickte auf. »Schafft sie mir aus den Augen, Männer, und werft sie in den Kerker.«

Franz zuckte zusammen. Er landete im Verlies bei all den Verbrechern, Landstreichern und Dieben und wurde behandelt wie einer von ihnen, nur weil er seinem Hauptmann einen Dienst erwiesen hatte. Er dachte an Annemarie und an seinen Sohn, die er nie wiedersehen würde.

Er trat mutig einige Schritte nach vorn. Seine Kameraden sahen ihn verwundert an, hielten ihn aber nicht zurück.

»Bitte, Euer Gnaden, ich weiß, ich habe einen Fehler gemacht. Aber habt doch Mitleid. Ich habe den Befehl meines Hauptmanns ausgeführt. Ich habe Frau und Kind zu Hause, muss mich doch um sie kümmern.«

Der Graf hob kurz den Blick. Er sah den Soldaten mit ausdrucksloser Miene an. Am liebsten wäre er aufgestanden und hätte diesen Verräter geohrfeigt. Dieser Mann, der ihn hintergangen hatte, bat ihn jetzt um Milde. Er konnte es nicht fassen.

»Das hätte Euch früher in den Sinn kommen müssen«, sagte er mühsam beherrscht.

Wilhelm zuckte zusammen, erwiderte aber nichts. Der Graf atmete tief durch und griff sich an die Stirn. Eigentlich hatte der Bursche recht. Der Landeshauptmann war ihr Anführer und sein Wort für sie Gesetz. Doch trotzdem mussten sie bestraft werden.

»Ich werde darüber nachdenken«, erwiderte er leise. Erleichtert ließ Wilhelm die Schultern sinken. Mehr konnte er nicht erwarten, das wusste er.

Der Graf winkte den anderen Wachmännern zu.

»Führt sie endlich ab. Ich kann sie nicht mehr sehen.«

46

Schweigend saßen Katinka und Katharina an die Kellerwand gelehnt nebeneinander. Katharina hatte sich wieder ein wenig erholt, und ihre Augen hatten sich an das Dämmerlicht gewöhnt. Der Raum war sehr niedrig, sie konnten kaum aufrecht stehen. In der einen Ecke stand ein Regal mit leeren Flaschen und Glasbehältern darauf. Katharina dachte an Katinkas Bericht von den seltsamen Gläsern und erschauerte. Gegenüber dem Regal lagen Rüben, und obwohl rohe Rüben nicht unbedingt zu ihren bevorzugten Speisen gehörten, würden sie nicht verhungern. Neben dem Rübenhaufen lag ein großer Stapel leerer Jutesäcke, von denen sie einige auf dem kalten Boden ausbreiteten und nun darauf saßen.

Katinka hielt sich ihr Handgelenk, sogar in dem schlechten Licht konnte man die Schwellung erkennen, vermutlich war es gebrochen.

Katharina schloss die Augen und lehnte ihren Kopf zurück. Sie hatte die Knie angezogen und ihre Röcke um ihre Füße gewickelt.

So hatte sie auch damals in der Dunkelheit ausgeharrt.

Katinka fluchte leise: »Verdammte Hand, sie tut so weh.«

Katharina öffnete die Augen und sagte:

»Sie ist bestimmt gebrochen. Sonst wäre es doch schon viel besser.«

Katinka rieb sich vorsichtig die Hand.

»Ja, das denke ich auch. Aber das ist jetzt ohnehin gleichgültig. Der schwarze Mann hat uns geholt und wird uns töten. Ich werde die Hand sowieso nicht mehr brauchen.«

Katharina seufzte.

»Und ich wollte in Frankfurt ein neues Leben anfangen. Ich war so dumm und habe tatsächlich geglaubt, ich könnte dem Henker entgehen.«

Katinka rückte näher an sie heran.

»Was wolltest du eigentlich in Frankfurt machen?«

»Ich wollte als Näherin arbeiten. Meine Mutter und ich, wir haben Kleider genäht und Ausbesserungsarbeiten erledigt. In Frankfurt werden gute Näherinnen immer gebraucht. Aber jetzt ist mein Traum vorbei. Nie werde ich Frankfurt sehen und niemals mehr ein Stück Stoff oder eine Nähnadel in der Hand halten, nie wieder ein Kleid schneidern.«

Katinka sah Katharina bewundernd an.

»Du kannst wirklich ganze Kleider nähen?«

Katharina musste über Katinkas Frage lächeln.

»Ja, ich kann ganze Kleider nähen. Am Anfang habe ich nur für Maria eines gemacht. Es hat mehrere Tage gedauert, sie musste damals sehr viel Geduld haben. Aber dann habe ich auch für unsere Kundschaft genäht. Es ist wunderbar, die glänzenden Stoffe zu verarbeiten und den Duft der Seide und des Samtes einzuatmen.

In Eppstein habe ich unsere Tuchverkäuferin Agnes getroffen. Sie hat einen ganzen Stand mit wunderbaren Stoffen.«

Katharina seufzte und streckte nun ihre Beine aus. Katinka legte sich, ohne zu antworten, auf die Jutesäcke und blickte an die graue Decke des Kellerraumes. Katharina schloss die Augen. In ihrem Kopf hatte es wieder zu hämmern begonnen, das Gespräch hatte sie angestrengt, und sie döste ein wenig ein.

»Was ist jetzt eigentlich mit Andreas?« Katinkas Frage ließ sie zusammenzucken.

»Wie, was ist mit Andreas?« Katharina sah Katinka überrascht an. Wie kam die Freundin auf ihn? Sie wollte eigentlich nicht mehr an Andreas denken, was ihr aber nur selten gelang. »Du redest im Schlaf«, sagte Katinka, »immer, jede Nacht redest du von ihm.«

Katharina errötete und blickte beschämt zu Boden. Sie wusste nicht, was sie darauf antworten sollte.

Katinka drehte sich zu ihr um und sah Katharina neugierig an.

»Warum hast du ihn weggeschickt, damals auf der Lichtung? Du liebst ihn doch, jeder hat es gesehen. Und er liebt dich auch, so wie er dich angeschaut und umarmt hat. Warum verstößt du den Mann, der dir nicht aus dem Kopf gehen will und von dem du anscheinend jede Nacht träumst.«

Jetzt war es endlich raus. Katinka wollte endlich wissen, warum Katharina so stur war.

Sie selbst war nur eine dumme Zigeunerin und auch ein wenig eine Hure. Aber sie wusste, was Liebe war. Einen ihrer Freier, den hatte sie geliebt – unglücklich geliebt. Wenn sie an ihn dachte, wurde ihr ganz warm ums Herz. Er war der einzige Mann in Posen gewesen, der sie gut behandelt hatte. Er hatte sich Zeit für sie genommen, mit ihr geredet und sie getröstet, wenn sie traurig gewesen war. Er hatte sogar versprochen, sie freizukaufen, was er natürlich nie getan hatte. Irgendwann war er nicht mehr gekommen und hatte ihr das Herz gebrochen. Sie wusste, wie schlimm einen die Sehnsucht plagen konnte, wusste genau, wie es in Katharina aussah.

Katinka hörte die Freundin tief durchatmen.

»Und ich rede wirklich jede Nacht von ihm?«

»Ja, das tust du«, antwortete Katinka.

Katharina begann zu erzählen:

»Er wollte mich heiraten. Ich kenne ihn seit Kindertagen. Andreas ist eines Tages fortgegangen, um Priester zu werden. Als er wiederkam, war es um mich geschehen. Er hat mich und meine Mutter auf dem Hof besucht, hat mit mir geredet, mich umarmt.« Bei der Erinnerung daran musste sie lächeln.

»Doch dann wurde die Mutter geholt. Ich bin zu ihm gegangen und habe ihn angefleht, dass er ihr helfen soll. Aber er konnte nichts tun, denn sie hatte bereits gestanden.«

»Aber er ist doch Priester.«

»Ja, darauf habe ich damals auch all meine Hoffnungen gesetzt. Aber da die Mutter gestanden hatte, waren ihm die Hände gebunden.«

»Und was passierte dann?« Katinka sah Katharina neugierig an. Sie liebte solche Geschichten und konnte Stunden damit zubringen, einfach nur zuzuhören. Auch auf den Märkten stand sie oft vor Minnesängern und lauschte ihren traurigen Liedern.

»Meine Mutter wurde hingerichtet, und es war klar, dass wir nicht mehr heiraten würden. Ein Priester kann nicht die Tochter einer Hexe heiraten.«

Katharina seufzte.

»Und dann haben sie mich geholt, plötzlich sollte ich auch eine Hexe sein, und er war mein Seelsorger.«

»Was ist ein Seelsorger?«, fragte Katinka neugierig.

»Er begleitet einen bei den Prozessen und soll einen ohne Folter zum Geständnis bringen, denn ein Geständnis unter der Folter ist nicht gültig. Andreas hat diese Aufgabe bei mir übernommen. Er wollte mich ständig dazu überreden, zu gestehen. Verstehst du jetzt? Er wollte mich in den Tod treiben. Ich kann doch mit dem Mann, der mich töten wollte, nicht fortgehen und ein neues Leben beginnen.«

»Wollte er das denn?«

Katharina nickte, und Tränen schimmerten in ihren Augen.

»Irgendwann hat er herausbekommen, dass ich gar nicht gefoltert werden darf. Er hat mich angefleht, nicht zu gestehen, hat gesagt, dass er mich liebt und dass ich mit ihm fortgehen soll. Aber ich konnte es nicht. Immer wieder musste ich daran denken, dass er mich töten wollte.«

Katharina rannen Tränen über die Wangen, zitternd schlug sie die Hände vors Gesicht. Katinka kroch schweigend zu ihr hinüber und strich Katharina tröstend über ihre roten Locken. »Ist ja gut, es ist doch vorbei.«

Katharina hob den Kopf.

»Nichts ist gut, gar nichts ist vorbei. Wir sitzen hier und werden sterben. Ich habe alles falsch gemacht. Vielleicht hätte ich ihm vergeben müssen. Mit Andreas an meiner Seite wäre das alles bestimmt niemals passiert.«

Sie wischte sich die Tränen aus dem Gesicht. Die Erkenntnis traf sie wie ein Schlag. Sie hatte den Mann, den sie liebte, verstoßen. Er hatte einen Fehler gemacht und sie deshalb um Verzeihung gebeten. Und was hatte sie getan? Sie war hart geblieben und hatte ihn abgewiesen, obwohl sie ihn liebte.

Die ganze Nacht waren sie, ohne anzuhalten, durch den Wald gefahren. Vorbei an Eppsteins Stadtmauer und dem großen Burgturm, der in den funkelnden Sternenhimmel ragte, durch den engen Waldweg, an dem plätschernden Bach entlang, der sich durch das felsige Tal schlängelte und im Mondlicht geheimnisvoll schimmerte. Sie hatten die Lichtung, auf der sie ihr erstes Lager aufgeschlagen hatten, im Morgengrauen erreicht. Ihre Feuerstelle war noch zu sehen.

Bei Sonnenaufgang erreichten die Zigeuner endlich Niederseelbach.

Babuschka und die anderen waren kein bisschen müde. Sie fuhren die Dorfstraße hinunter. Bei den meisten Häusern waren die Fenster geschlossen, das Licht der Sonne spiegelte sich in den polierten Scheiben. Die Häuser waren in einem guten Zustand, das Fachwerk verputzt und weiß getüncht. Niederseelbach schien ein reiches Dorf zu sein.

Die verkohlten Überreste des Heinemannhofes kamen in Sicht. Babuschka lief ein kalter Schauer über den Rücken. Hier hatte die junge Frau gelebt, und das war alles, was von ihrem Zuhause übrig geblieben war. Die Wagen hielten an, alle sahen sich ratlos um. Wo wohnte Maria, und weshalb war es hier so still? In Babuschka breiteten sich Trostlosig-

keit und Verzweiflung aus. Sie waren so schnell hierherge-
fahren, und jetzt standen sie ratlos auf der Straße und wussten nicht weiter.

Plötzlich hörten sie hinter sich Gänse schnattern und
drehten sich um. Eine junge Magd lief, eine Schar Gänse vor
sich hertreibend, über die Straße.

Als sie die Zigeuner erblickte, blieb sie misstrauisch stehen. Wer waren diese seltsamen Leute?

Stanislav ergriff die Initiative, ging auf die Magd zu, zog
höflich seinen Hut und verneigte sich vor ihr.

Die junge Frau schmunzelte. So etwas hatte noch nie ein
Mann für sie gemacht.

»Guten Morgen, junges Fräulein«, sagte der Zigeuner und
zwinkerte ihr zu.

»Wir sind auf der Suche nach Maria, könnt Ihr uns sagen,
wo wir sie finden können?«

Die Magd sah von dem Mann zu der seltsamen Ansamm-
lung Menschen und Wagen hinter ihm. Maria hatte mit solchen Leuten Umgang? Sie konnte es nicht glauben.

Doch trotzdem gab sie ihm höflich Antwort.

»Wenn Ihr Maria Häuser meint« – sie zeigte auf den Hof,
der neben den schwarzen Trümmern des Heinemannhofes
lag –, »dann seid Ihr hier falsch. Sie feiert heute Hochzeit,
drüben in Heftrich.« Die Frau wies zu einem Hügel, der hinter den Häusern lag.

»Der halbe Ort ist dort. Es ist ein großes Fest.«

Stanislav blickte zu dem Hügel hinüber.

»Ist es weit bis dorthin?«

»Nein«, antwortete das Mädchen, »hinter dem Hügel
geht es ein Stück durch den Wald, dahinter liegt Heftrich

in einem Tal. Wenn Ihr Euch beeilt, könnt Ihr noch mitfeiern.«

Sie musterte die Gruppe. Irgendwie konnte sie sich nicht vorstellen, dass diese seltsamen Leute geladene Gäste waren.

»Habt Dank für die Auskunft«, sagte Stanislav und verneigte sich nochmals kunstvoll vor der verlegen lächelnden Magd. Ihr Federvieh hatte sich während des kurzen Gesprächs aus dem Staub gemacht. Eilig rannte sie hinter den Gänsen her, winkte dem attraktiven, lustigen Mann noch einmal zu und rief: »Viel Glück.«

Stanislav ging zu den anderen zurück.

»Lasst uns umkehren«, sagte er.

»Wir müssen über den Hügel dort hinten. Maria heiratet heute in Heftrich. Die Magd hat gesagt, dass es nicht weit ist.«

Die alte Babuschka blickte in die Richtung, in die Stanislav zeigte, und legte ihre Stirn erneut in tiefe Sorgenfalten. Hoffentlich hatte die junge Magd recht. Sie mussten Maria unbedingt finden. Hoffentlich war es noch nicht zu spät.

Maria stand vor dem Spiegel und blickte bewundernd auf ihr seidenes Kleid, das zartrosa schimmerte. Ihre blonden Haare waren kunstvoll aufgesteckt worden, und ein Blumenkranz aus weißen Rosen und Efeu schmückte ihren Kopf. Ein durchsichtiger Schleier fiel bis auf ihre Taille herab.

Überglücklich betrachtete sie sich von allen Seiten und fuhr mit der Hand über den weichen glänzenden Stoff ihres Kleides. Noch niemals im Leben hatte sie so ein wunderbares Gewand getragen, war noch nie so hübsch zurechtgemacht worden. Bei ihrer ersten Hochzeit war alles ganz einfach gehalten worden. Damals hatte ihr Sonntagskleid herhalten müssen, und es hatte nur ein kleines Fest gegeben.

Heute würden viele Menschen kommen. Es würde reichlich zu essen und zu trinken geben, Musik würde gespielt werden und zum fröhlichen Tanz rufen. Die Musiker waren bereits da und spielten schon seit einer Weile im Hof ihre Melodien.

Das ganze Anwesen war herausgeputzt worden. Überall hingen bunte Bänder, Tische waren aufgestellt worden, Blumen wurden verteilt. Es duftete nach frisch gebratenem Fleisch, und in der Küche stapelten sich Brot und Kuchen.

Ihre zukünftige Schwiegermutter, Agathe Martin, schaute Maria mit Tränen in den Augen an.

»Du siehst wunderschön aus, mein Kind, bist eine ganz hübsche Braut. Ach, ich freue mich ja so für euch zwei jungen Leute«, sagte sie, griff nach einem Taschentuch und schniefte gerührt. »Es ist so schön, dass ihr euer Glück gefunden habt.« Na ja, so jung war der Ludwig nicht mehr, dachte Maria. Immerhin zählte er schon mehr als vierzig Jahre, und sie war nicht seine erste Ehefrau. Aber sie wollte der alten Frau die Freude nicht nehmen und lächelte sie an.

»Ihr habt die Haare wunderschön geflochten, Agathe. Sie sehen bezaubernd aus. Es wird heute bestimmt ein wunderbarer Tag.«

»O ja«, antwortete diese und erklärte zum wiederholten Mal den Ablauf der nächsten Stunden.

»Zuerst fahren wir in die Kirche nach Dasbach. Dort werdet ihr von dem jungen Pfarrer Kastner getraut. Danach kommen wir alle gemeinsam auf den Hof zurück und feiern das große Fest.«

Agathe blickte zum Fenster hinüber.

»Die Sonne scheint, keine Wolke ist am Himmel. Als hätte der liebe Gott gewusst, dass heute ein Freudentag ist. Wenn so ein Engel wie du heiratet, dann kann ja nur die Sonne scheinen.«

Maria lächelte ihre Schwiegermutter gerührt an.

»Ja, es ist wunderbares Wetter, der Himmel sieht wie abgewaschen aus.« Doch dann huschte ein Schatten über ihr Gesicht.

»Was ist denn, Kind? Warum guckst du so unglücklich? Habe ich was Falsches gesagt?« Agathe sah Maria erschrocken an.

»Ach, ich habe nur gerade an meine Mutter gedacht. Es wäre schön gewesen, wenn sie diesen Tag auch miterlebt hätte.« Maria biss sich wegen dieser Notlüge auf die Lippen, denn eigentlich war sie in Gedanken bei Katharina gewesen, die sie schmerzlich vermisste und die sie jetzt gerne bei sich gehabt hätte.

Agathe sprach nie über Menschen, die verurteilt worden waren, und versuchte zu verdrängen, dass die Mutter ihrer Schwiegertochter auch so ein sündiger Mensch gewesen war und mit dem Teufel einen Pakt geschlossen hatte. In ihren Augen waren alle diese Hinrichtungen rechtens. Oft war sie nach Idstein gegangen und hatte sich die Verbrennungen angesehen. Wie konnten diese Menschen nur so etwas tun? Wie konnten sie nur von Gott abweichen? Sie verstand es einfach nicht. Sogar die Pfarrfrau hatte sich dem Bösen zugewandt. War der Teufel denn überhaupt noch aufzuhalten, wenn er sich selbst im Pfarrhaus breitmachte?

Sie betete noch mehr als sonst, und ihre Kette mit dem kleinen silbernen Kreuzanhänger, den sie von ihrer Mutter geerbt hatte, nahm sie auch nachts nicht mehr ab. Früher hatte sie meist in der kleinen Schatulle im Schlafzimmer gelegen, aber jetzt war es wichtig, ein Zeichen Gottes bei sich zu tragen.

»Sie wird dich bestimmt sehen«, antwortete Agathe schnell.

»Ja, das glaube ich auch«, sagte Maria.

»So, Kindchen, jetzt müssen wir aber los, denn sonst kommen wir noch zu spät. Du weißt doch, Pünktlichkeit ist eine Tugend.«

Mit diesen Worten schob sie Maria zur Tür hinaus, und wenig später rollte der bunt geschmückte Brautwagen in Richtung Dasbach vom Hof.

Stanislav blickte hoffnungsvoll auf die Straße. Sie fuhren jetzt bereits eine ganze Weile durch den Wald. Allmählich musste doch dieses Heftrich auftauchen. Sein Herz schlug ihm vor Aufregung bis zum Hals. Immer wieder sah er Katinkas Augen vor sich, sah sie tanzen und lachen. Warum hatte er nur nie den Mut besessen, sie anzusprechen? Wenn sie sie finden würden, dann würde er mit ihr reden. Bestimmt hätte er dann den Mut dazu. Sie musste endlich erfahren, was er fühlte.

»Da sind ein paar Häuser, das muss es sein«, sagte plötzlich Andrej.

Und tatsächlich, vor ihnen in einer Talsenke lag eine Ansiedlung, die etwas größer als Niederseelbach zu sein schien.

Sie fuhren in die Talsenke hinab. Vorbei an knorrigen Obstbäumen, zwischen denen Pferde, Esel und Maultiere friedlich grasten. Rund um die Häuser und Bauernhöfe lagen idyllische kleine Gärten. Am Wegrand wuchsen Margeriten und Hahnenfuß, und in den Gärten blühten bereits die ersten Rosen. Blauer Lavendel wucherte durch einen schiefen Gartenzaun am Wegesrand.

»Es ist hübsch hier«, sagte Irina, die hinter Andrej aus dem Wagen schaute. »Es sieht so friedlich aus.«

Als sie die enge Dorfstraße entlangfuhren, kam ihnen der Ort wie ausgestorben vor. Niemand war zu sehen, anscheinend waren alle zur Hochzeit geladen.

Doch dann liefen einige Kinder an ihrem Wagen vorbei und beäugten die Fremden neugierig. Der alte Piotr zog sofort die Zügel an und rief nach den zwei kleinen Jungen, die gerade das Weite suchen wollten.

»He, ihr Jungen, könnt ihr mir vielleicht eine Auskunft geben?«

Die beiden blieben neugierig stehen. Was der fremde Mann, der mit einem so seltsamen Akzent sprach, wohl von ihnen wollte?

»Könnt ihr mir sagen, wo Maria Hochzeit feiert?«

»Ach«, sagte der eine, »das ist einfach. Ihr müsst nur der Musik folgen, oder uns. Wir wollen auch dorthin, gerade sind die Brautleute aus der Kirche zurückgekommen.«

Argwöhnisch musterte der andere Junge Piotr.

»Aber seid ihr denn auch zu dem Fest eingeladen? Ihr seid doch gar nicht von hier.«

Der Bengel war klug und nicht auf den Mund gefallen, dachte Piotr. »Nein, wir sind nicht wegen des Festes hier. Wir wollen nur eine Auskunft, nichts weiter.«

»Na, dann ist es ja gut«, antwortete der andere Junge und kratzte sich am Kopf.

»Von wem wollt ihr denn eigentlich was wissen?«, fragte er neugierig.

Piotr wurde nun doch ungeduldig. »Das geht dich nichts an, Junge.«

»Na gut«, antwortete der Kleine schnippisch, »wenn das so ist, dann führen wir euch auch nicht zum Hof. Nicht wahr, Anton? Komm schnell, lass uns abhauen.«

Die beiden liefen über die Dorfstraße davon.

»Jetzt hast du sie vergrault, Piotr«, sagte Stanislav. »Du kannst einfach nicht mit Kindern umgehen.«

»Kleine Rotzlöffel sind das und sonst nichts«, fluchte der alte Zigeuner und strich sich würdevoll über seinen Schnauzbart.

Genau in dem Augenblick drang Musik über die Straße, und Andrej seufzte erleichtert: »Wer braucht schon Kinder, kommt, wir folgen einfach den Klängen. Sie werden uns schon hinführen.«

Er schwang die Zügel, und die Wagen setzten sich wieder in Bewegung.

Kurz darauf hielten sie vor dem Martinshof an. Fröhliche Musik war zu hören, und es duftete unwiderstehlich gut nach gebratenem Fleisch.

Piotr, Stanislav und Babuschka stiegen von ihren Wagen herunter, gingen zu dem weit geöffneten Hoftor und blickten sich suchend um.

Andreas schenkte sich gerade einen Becher Wein ein, als er die Zigeuner erblickte. Ihm stockte der Atem. Besorgt wanderte sein Blick zu Maria, doch diese schien die kleine Gruppe noch nicht entdeckt zu haben. Was wollten sie hier? Warum waren sie hergekommen? Doch dann traf es ihn wie ein Blitz. Katharina! Es musste etwas mit Katharina passiert sein, eilig rannte er zu ihnen.

»Was tut ihr denn hier?«, fragte er und schob die Zigeuner auf die Straße hinaus.

»Wir wollten mit Maria sprechen«, antwortete Piotr und blickte hoffnungsvoll in Marias Richtung, die bezaubernd aussah.

»Aber ihr seht doch, dass sie beschäftigt ist. Sie empfängt gerade als Braut ihre Gäste und kann jetzt nicht mit euch sprechen.«

»Es ist aber wichtig«, sagte die alte Babuschka.

»Vielleicht kann ich euch auch weiterhelfen«, antwortete Andreas und blickte sich suchend um. »Wo ist Katharina?«

»Das ist es ja, warum wir hergekommen sind«, sagte Stanislav. »Sie sind beide entführt worden. Katharina und Katinka sind fort, und wir kennen nur einen, der dies getan haben könnte.« Bestürzt sah Andreas Stanislav an und antwortete leise: »Ja, es kann nur einen geben, der dahintersteckt.« Er dachte an Meister Leonhard.

»Ihr müsst uns sagen, wo wir nach ihnen suchen sollen. Wir müssen doch etwas tun. Falls wir nicht bereits zu spät kommen«, sagte Babuschka und sah dem jungen Geistlichen bittend in die Augen.

Andreas begann nachzudenken. Es war unwahrscheinlich, dass der Graf von der Entführung wusste, denn was der

Landeshauptmann damals an dem Abend auf der Lichtung erzählt hatte, war erstunken und erlogen gewesen. Also konnte er die Frauen nicht nach Idstein gebracht haben, dort wäre der Graf auf sie aufmerksam geworden. Aber wo könnte er sie hingebracht haben? Es blieb eigentlich nur ein Ort. Er musste sie in Meister Leonhards Haus nach Neuhof geschafft haben, das war die einzige Möglichkeit.

»Ich denke«, sagte Andreas nachdenklich, »ich weiß, wo er sie hingebracht hat, und ich kenne auch den Weg dorthin.«

»Gut«, antwortete Piotr, »dann erkläre ihn uns, denn wir wollen keine Zeit verlieren.«

»Wofür wollt ihr keine Zeit verlieren?«, fragte plötzlich Maria, und Andreas drehte sich, innerlich fluchend, zu ihr um.

»Maria, was tust du denn hier? Du musst doch deine Gäste begrüßen.«

»Aber warum sind die Zigeuner hier?«, fragte Maria und blickte sich suchend um. »Wo ist Katharina?«

Andreas verdrehte die Augen. Genau das hätte er gerne verhindert, schließlich war es Marias Hochzeitstag. Sie konnte jetzt nicht einfach loslaufen und Katharina retten. Sie musste hier in ihrem neuen Leben bei ihrem Mann bleiben. Sie würde nun den Rest des Festes vor Sorge um ihre Freundin nicht mehr genießen können.

»Also gut«, sagte er, »sie sind hier, weil Katharina und Katinka entführt wurden, wollen wissen, wo sie den Henker und den Landeshauptmann finden können.«

»Entführt?« Erschrocken sah Maria Andreas an. »Wie konnte das passieren?«

Die alte Babuschka wurde ungeduldig. »Das können wir dir jetzt nicht alles erklären. Wir müssen uns beeilen.«

»Ich werde euch den Weg zeigen«, sagte Andreas mit fester Stimme und umarmte Maria.

»Ich weiß, ich bin heute eigentlich Gast bei deiner Hochzeit. Aber dies hier ist wichtiger.«

»Ja, ja«, antwortete Maria verwirrt.

»Ich werde dich entschuldigen. Fahr mit ihnen und hilf, wenn du überhaupt noch helfen kannst.«

Sie löste sich aus seiner Umarmung und lief auf den Hof zurück. Sie setzte ein Lächeln auf, ging zu ihrem Gatten und nahm ihn liebevoll in den Arm.

Andreas stieg unterdessen neben Andrej auf den Wagen, dieser trieb das Maultier an. Die anderen Wagen folgten ihnen, und sie rollten die Dorfstraße wieder hinunter, fuhren über den Hügel zurück in den Wald und schlugen den Weg nach Idstein ein.

47

Sebastian Post genoss eine warme Tasse Tee. Er war müde. Gestern war es beim Schwanenwirt wieder etwas später geworden, und danach hatte er sich dazu hinreißen lassen, die kleine Agathe zu verführen. Sie war ein nettes Mädchen und bediente seit einiger Zeit beim Schwanenwirt. Das hübsche Ding nahm es mit der Tugend nicht so genau und hatte ihm vom ersten Abend an schöne Augen gemacht. Gestern war er dann ihrer Einladung gefolgt. In ihrer kleinen Dachkammer war er über sie hergefallen, hatte ihre kräftigen, kleinen Brüste geknetet und ihre vollen Lippen liebkost. Erst als der Morgen graute, hatte er das Zimmer wieder verlassen.

Seine Gattin hatte noch geschlafen, als er in das eheliche Schlafgemach geschlichen war. Doch auch wenn sie wach gewesen wäre, hätte sie nichts gesagt. Sie nahm seine Eskapaden und Ausflüge in andere Betten schweigend hin.

Heute traf er sich noch einmal mit dem Henker. Die Hinrichtung der beiden Frauen musste besprochen werden, und er musste Franz und Wilhelm suchen. Die beiden sollten heute Nachmittag mit ihm nach Neuhof reiten und den Scheiterhaufen vorbereiten. Übermorgen sollte die Sache dann endgültig beendet werden, und dann musste er seinen Herrn hoffentlich nie mehr belügen. Sollte Meister Leonhard jemals wieder versuchen, ihn zu so einer Sache zu überreden, würde er ablehnen.

Seine junge Frau Elisabeth saß ihm gegenüber und streichelte dem Baby, das auf ihrem Arm eingeschlafen war, liebevoll über den Kopf. Sie sprach wenig und nahm ihr Leben so hin, wie es war. Sie lebte in einem großen Haus und hatte immer genug zu essen, wurde nie geschlagen und musste nur ab und an ihrem Gatten gefügig sein.

Zwei Söhne hatte sie ihm bereits geboren. Der erste war leider im letzten Jahr am Fieber gestorben, der kleine Junge war ihr Ein und Alles.

Sie trank einen Schluck von ihrem Tee und fragte ihren Gatten: »Musst du heute wieder Angeklagte abholen?«

»Nein, heute nicht. Aber ich muss noch einige Dinge im Schloss erledigen.«

»Was für Dinge denn?« Sie biss sich sofort auf die Zunge. Sie hätte nicht nachfragen sollen.

»Geht dich das etwas an, Weib?«

Ungehalten sprang der Landeshauptmann von seinem Stuhl hoch, und die junge Frau zuckte erschrocken zusammen.

»Nein, nein, ich dachte nur …«

»Du sollst nicht denken, dafür bist du nicht hier«, schrie er. »Du sollst dich um die Bälger kümmern und die Klappe halten! Für was habe ich denn eine Frau, wenn sie nicht einmal das richtig macht.«

»Es tut mir leid, ich wollte nicht …«

»Ja, ja, du wolltest nie. Du bist einfach zu vorlaut! Pass nur auf, wenn du so weitermachst, dann kommen sie dich auch noch holen. Wie stehe ich denn dann da? Der Landeshauptmann des Grafen, dessen Frau eine Hexe ist.«

»Nein, nein«, antwortete die junge Frau erschrocken. »Es tut mir leid.«

Genau in dem Moment, als sich der Landeshauptmann wieder auf seinen Stuhl setzen wollte, klopfte es an der Tür.

»Landeshauptmann, seid Ihr zu Hause?«, rief ein Mann ungeduldig.

Erschrocken zuckte Sebastian Post zusammen, und seine Frau bemerkte, dass er leichenblass wurde und keine Anstalten machte, aufzustehen, im Gegenteil, er schien auf seinem Stuhl festgewachsen zu sein.

Eilig rannte sie zur Tür. Als sie diese öffnete, standen drei Soldaten davor, die sie ernst ansahen.

»Guten Morgen, Frau Post, ist Ihr Gatte im Haus?«

»Ja, er ist in der Wohnstube. Aber was ist denn geschehen?«

»Er soll sofort zum Grafen kommen, es ist wichtig.«

Die Männer gingen an ihr vorbei und kamen kurz darauf mit ihrem Mann aus der Stube.

Elisabeth Post stand wie versteinert im Hausflur und sah der kleinen Gruppe, die auf den Hof hinaustrat, nach. Was war geschehen? Warum wurde ihr Mann wie ein Verbrecher abgeführt?

Doch dann riss sie das Schreien ihres Babys aus ihren Gedanken, und sie eilte zurück in die Wohnstube, um das Kind zu trösten.

»Was ist denn los, Leute?« Sebastian Post versuchte, seine Männer auszufragen, während sie ihn durch die engen Gassen führten. Doch diese antworteten ihm nicht und würdigten ihren Herrn, dem sie eigentlich treu ergeben sein mussten, keines Blickes. Heute war er nicht ihr Anführer, sondern jemand, der etwas verbrochen hatte. Der Landeshauptmann wurde immer kleinlauter und spielte unruhig an seinem Halstuch herum.

Es war ein warmer Tag. Viele Leute waren unterwegs und musterten die kleine Gruppe neugierig. Der Geruch von frisch gebackenem Speck hing in der Luft, vermischte sich aber mit dem Gestank von verfaulten Essensresten, die sich am Straßenrand türmten. Einige Ratten liefen herum. Einer der Wachmänner trat nach einem der Tiere, als es seinen Weg kreuzte. »Verdammte Ratten, überall dieser Dreck. Ausräuchern sollte man diese Viecher.«

»Ja«, stimmte ihm sein Kumpan zu, »eine hat letztens meinen Sohn gebissen. Der arme Kerl sah schrecklich aus. Ich verstehe nicht, warum der Graf dagegen nichts unternimmt. Die Viecher werden uns alle irgendwann noch umbringen.«

Der Landeshauptmann bekam das Gespräch der Männer nur zur Hälfte mit. Für ihn war klar, dass er bis zum Hals in Schwierigkeiten steckte. Es konnte für seine Abholung nur einen Grund geben. Der Graf war hinter die Sache mit Katharina Heinemann gekommen. Aber wie?

Es mussten die beiden Wachmänner gewesen sein. Sonst wusste ja nur Leonhard Busch von den Frauen. Ob sie ihn wohl auch erwischt hatten? Oder war er geflohen?

Die Männer waren im Umgang mit ihm nicht zimperlich. Bereits mehrmals wäre er beinahe hingefallen und hatte Mühe, das Gleichgewicht zu halten. Als sie kurz darauf aus der Gasse auf den Marktplatz hinaustraten, blendete ihn das Licht der Sonne und er hob schützend die Hand. Doch einer der Männer bog ihm schmerzhaft den Arm nach hinten.

»Hat dir jemand erlaubt, die Hand zu heben?«, schnauzte ihn sein ehemals Untergebener an.

Eilig zogen sie ihn weiter Richtung Torbogengebäude und Schloss. Sebastian Post ging mit gesenktem Kopf zwischen ihnen und versuchte, das Getuschel der Leute und ihre Blicke zu ignorieren. Sein Herz schlug ihm bis zum Hals. Sie waren erwischt worden, das Unfassbare war eingetreten, und sein Leben war keinen Heller mehr wert.

Meister Leonhard stand am Fenster des Torbogengebäudes und streckte sich gähnend. Über den Dächern war eben erst die Sonne aufgegangen, und allmählich erwachte das Leben auf der Straße. Fuhrwerke fuhren über den Marktplatz. Frauen mit Holzeimern in den Händen liefen zum Brunnen, und Kinder rannten lachend herum. Der Bäcker stand vor seinem Laden und hielt ein Schwätzchen mit dem Metzger, der sein winziges Geschäft direkt nebenan hatte.

Er war zufrieden. Gestern Abend hatte ihm der Amtsrat seinen Lohn für die letzte Woche überreicht. Der Beutel lag sicher verwahrt in seiner ledernen Satteltasche. Wie sehr liebte er das Geräusch von klappernden Münzen und spürte ihre Prägung an seinen Fingern. Oft hielt er die Münzen einfach in die Sonne, um sie im Licht glänzen zu sehen. Er war gierig nach Geld und konnte nicht genug Silberlinge und Taler bekommen. Nur selten gab er etwas davon aus, das meiste hortete er gut versteckt in seinem Haus. Geiz war in seinen Augen eine wahrhafte Tugend. In harten Zeiten wie diesen lohnte es sich immer, einen Notgroschen zu haben.

Er knöpfte seine lederne Weste zu. In der Folterkammer wartete wahrscheinlich bereits die erste Angeklagte. Drei peinliche Verhöre waren für heute angesetzt. Er hatte diese so legen lassen, damit er übermorgen die Zeit fand, nach Neuhof zu reiten, um die kleine Hexe endlich zu vernichten. Darauf freute er sich ganz besonders. Endlich hatte er sie in seiner Gewalt. Der Graf hatte ihn mit seinen Befehlen verhöhnt und ihm, seinem treusten Untertanen, misstraut.

Aber jetzt würde er es allen zeigen. Er war Leonhard Busch und erkannte eine Hexe, wenn er sie sah – und diese kleine rothaarige Hexenbrut würde bald auf einer Lichtung im Wald den grausamen Feuertod sterben.

Plötzlich erstarrte er und ließ die Hände sinken. Aus einer der Gassen kam Sebastian Post, begleitet von drei seiner Männer. Der eine riss dem Landeshauptmann grob die Hand nach unten, und ein weiterer hielt ihn fest und bog ihm die Arme nach hinten. Der Landeshauptmann sah verzweifelt aus und nahm die Demütigungen durch seine Männer ohne jede Gegenwehr hin.

Die Männer kamen auf das Torbogengebäude zugelaufen. Was war passiert? Warum wurde sein Freund abgeführt?

Der Landeshauptmann blickte kurz nach oben, schien ihn zu erkennen und nickte in Richtung der Ställe, warf ihm einen eindringlichen Blick zu, bevor er unter dem Torbogen verschwand.

Den Henker traf es wie ein Blitz. Die Entführung der beiden Frauen war bekannt geworden, irgendjemand musste geredet haben. Bestimmt suchten sie auch bereits nach ihm.

Eilig griff er nach seiner Tasche, öffnete die Tür und rannte die enge Treppe hinunter.

Auf dem Hof angekommen, blickte er sich um. Er brauchte ein Pferd. Er lief am Büro des Amtsrats vorbei, der von seinem Stuhl aufsprang, als er den Henker sah, und nach draußen rannte. Mit wedelnden Armen und laut rufend lief er hinter dem Henker her, blieb aber schon bald schwer atmend stehen. Der Henker reagierte nicht auf die Rufe. Vor dem Stall standen zwei Pferde an der Tränke. Hektisch band er eines los, schwang sich in den Sattel und ritt davon.

Der Oberstallmeister, der gerade den Stall ausmistete, ließ die Eimer fallen und stürzte dem Henker ebenfalls nach, konnte ihn aber nicht mehr aufhalten.

Der Oberstallmeister und der Amtsrat liefen daraufhin sofort zum Schloss hinauf. Der Amtmann war völlig aufgelöst. So viel Aufregung war er einfach nicht gewohnt. Ein junger Diener öffnete den beiden das Tor und sah den Oberstallmeister verwundert an.

»Was kann ich für Euch tun?«

»Wir müssen zum Grafen, es ist wichtig«, drängte der Oberstallmeister und hätte den jungen Burschen, der ihn arglos musterte, beinahe ungeduldig zur Seite geschoben. Der Amtsrat wedelte sich mit seinem Hut Luft zu und hatte sich ein wenig abseits an ein Geländer gelehnt.

»Euer Gnaden möchte im Moment nicht gestört werden.«

Die Stimme des Dieners klang spitz. Er wollte die Tür gleich wieder schließen. Doch der Oberstallmeister reagierte schnell und schob seinen Schuh dazwischen. Der Diener funkelte ihn wütend an. Er hielt nicht viel von den Stallknechten und von den Mägden. Sie waren für ihn niederes Volk. Er dagegen stammte aus gutem Hause, seine Eltern waren Besitzer eines größeren Landgutes im Westerwald, und seine Mutter hatte früher sogar den Titel einer Baroness innegehabt. Also war er ja fast adlig. Nur durch die Hochzeit mit seinem Vater, der reich, aber ohne Titel war, hatte sie ihren Titel verloren.

»Ich habe gesagt, dass es wichtig ist«, antwortete der Oberstallmeister scharf. Hilfesuchend drehte er sich zu seinem Mitstreiter um, und endlich schien auch der keuchende Mann seine Stimme und Würde wiederzufinden. Der Amtsrat streckte sich und plusterte sich regelrecht vor dem Diener auf.

»Habt Ihr den Mann nicht gehört?«, polterte er los. »Es ist wichtig. Ich werde dem Grafen höchstpersönlich von Eurem unglaublichen Benehmen berichten. Es ist unerhört, wie Ihr eine Amtsperson behandelt. Er wird über meinen Bericht nicht erfreut sein, da könnt Ihr sicher sein.«

Erst jetzt erkannte der junge Diener, wen er vor sich hatte. Der dickliche Mann mit den roten Wangen war der ehrwürdige Herr Amtsrat. Sofort öffnete er die Tür und senkte peinlich berührt den Kopf.

»Entschuldigt, mein Herr«, sagte er kleinlaut, »ich hatte Euch nicht erkannt.«

Der Amtsrat stakste mit hochnäsiger Miene an dem Diener vorbei, und der Oberstallmeister folgte ihm grinsend. Eilig schloss der Diener hinter ihnen die Tür und schlich davon.

Die beiden Männer betraten ein weitläufiges Treppenhaus. Der Amtsrat vermutete den Grafen in seinem Arbeitszimmer und stieg die Treppen nach oben. Die Stufen waren mit einem wunderbar weichen roten Teppich bedeckt, und an den Wänden hingen Ölgemälde von den Vorfahren des Grafen. Dem Oberstallmeister stand staunend der Mund offen. So etwas Beeindruckendes hatte er noch nie im Leben gesehen.

Im oberen Flur trafen sie auf eine junge Dienerin, vor der der Amtsrat höflich den Hut zog.

»Guten Tag, junges Fräulein«, sagte er, und das Mädchen lächelte. Sie hatte einen Staubwedel in der Hand und trug ein einfaches blaues Leinenkleid mit einer weißen Schürze. Sie schien von der übertriebenen Höflichkeit, die ihr der Amtsrat entgegenbrachte, überrumpelt zu sein.

»Könnt Ihr mir sagen, ob der Graf in seinem Arbeitszimmer anzutreffen ist?«, fragte der Amtsrat.

Das Mädchen nickte. »Ja, er ist dort. Ich weiß nur nicht, ob er gestört werden möchte.« Ihr Tonfall wurde etwas leiser.

»Der Landeshauptmann und einige Wachmänner sind bei ihm. Der Graf ist sehr aufgebracht, mehrmals habe ich ihn laut schreien hören.«

Der Amtsrat tätschelte der Magd sanft die Schulter.

»Ich denke, dass er bestimmt hören will, was wir zu sagen haben«, antwortete er ihr, ließ sie stehen und ging den Flur hinunter. Die Dienerin sah den Oberstallmeister fragend an, doch dieser zuckte mit den Schultern, setzte eine unschuldige Miene auf und lief seinem Mitstreiter hinterher.

Gerade als sie die Tür des gräflichen Arbeitszimmers erreichten, wurde diese geöffnet, und ein leichenblasser Landeshauptmann wurde von drei Wachmännern herausgeführt.

Die Mienen der Männer waren ernst, und sie würdigten den Amtsrat und den Oberstallmeister keines Blickes. Der Landeshauptmann schaute zu Boden, und der Oberstallmeister fröstelte, als die Gruppe an ihnen vorbeilief. Der Mann, den er immer für einen treu ergebenen Diener des Grafen gehalten hatte, war ein Verräter. Wo würde das alles noch enden?

Der Amtsrat klopfte an die geöffnete Tür und schaute vorsichtig in das Arbeitszimmer des Grafen.

»Euer Gnaden? Können wir kurz stören?«

Der Oberstallmeister trat nun ebenfalls vorsichtig in den Türrahmen. Er kam sich seltsam fehl am Platz vor und rieb sich aufgeregt seine verschwitzten Hände an seinen Leinenhosen ab.

Der Graf winkte sie herein. Seine Miene war ernst. Er saß hinter seinem Schreibtisch und hatte die Arme aufgestützt. Im Kamin brannte ein Feuer, die Luft im Raum war stickig, alle Fenster waren geschlossen. Beeindruckt sah sich der Oberstallmeister um. Diese prachtvollen Teppiche, die fein geschnitzten und verzierten Möbel, der schlichte und doch beeindruckende Kamin mit dem wunderbaren Gemälde von Gräfin Sybilla darüber ließen ihn vor Ehrfurcht erstarren.

Der Graf erhob sich von seinem großen gepolsterten Lehnstuhl und trat hinter seinem Schreibtisch hervor.

»Was kann ich für Euch tun, Männer?«, fragte er und blieb mit verschränkten Armen vor ihnen stehen.

Der Amtsrat räusperte sich und begann zu berichten, was vorgefallen war:

»Der Henker ist an meinem Büro vorbeigelaufen, hat sich ein Pferd aus den Stallungen geholt und ist überstürzt fortgeritten. Es ist anzunehmen, dass er nach Neuhof reitet, immerhin ist der Verrat ja aufgeflogen.«

Der Graf funkelte die beiden wütend an.

»Ich habe doch gesagt, Ihr sollt darauf achten, dass er nicht entkommen kann. Ist es denn so schwer, einen einzelnen Mann aufzuhalten?«, polterte er los.

Der Amtsrat zuckte zusammen, und der Oberstallmeister sah den Grafen erschrocken an.

Dieser seufzte laut und hob die Hände. Er lief vor dem Kamin auf und ab und sagte: »Er will zu den Frauen. Er wird nicht aufgeben, dafür kenne ich ihn zu gut. Was er einmal anfängt, will er auch zu Ende bringen. Wir müssen ihn aufhalten.«

Er blieb abrupt stehen und drehte sich zu den Männern um.

»Wir folgen ihm. Er kann nur nach Neuhof wollen. Bestimmt will er die zwei Frauen töten. Aber diese Suppe werde ich ihm versalzen. Ich werde ihm zeigen, wer der Herr im Reich ist. Er soll schmerzlich am eigenen Leib erfahren, was mit einem Verräter passiert – und auch wenn dieser Leonhard Busch heißt, werde ich keine Gnade walten lassen.«

Er rannte zur Tür, öffnete diese und rief laut nach seiner Dienerschaft.

»Ich will ausreiten, sofort.« Er blickte sich um. »Der Oberstallmeister und der Amtsrat werden mich begleiten, und auch vier Soldaten sollen mit uns kommen. Sagt den Männern Bescheid und bringt mir meine Reitgarderobe.«

Die Diener sahen ihren Herrn überrascht an. Graf Johannes war wegen seiner Gicht seit zwei Jahren nicht mehr ausgeritten.

Er trieb die Männer zur Eile an. »Seht mich nicht an, als würde ich eine andere Sprache sprechen. Ich habe gesagt, ich möchte sofort ausreiten.«

Die Männer hasteten aus dem Raum und schüttelten im Flur ungläubig ihre Köpfe. Heute geschah ein Wunder, auch wenn der Graf anderer Meinung war.

Andreas leitete Andrej durch die engen Gassen Idsteins. Die breiten Wagen der Zigeuner passten gerade so hindurch. Er hoffte sehr, dass Katharina noch am Leben war und dass der Henker ihr noch nichts getan hatte. Er gab sich die Schuld daran, dass sie jetzt in dieser schrecklichen Lage und vielleicht sogar schon tot war. Warum war er nicht hartnäckiger gewesen? Er hätte sie nicht bei den Zigeunern lassen sollen. Sie waren Fremde, kannten sie nicht und hatten ihr sicherlich misstraut. Immerhin trachtete jemand Katharina nach dem Leben, drang in ihr Lager ein und bedrohte auch sie.

An diesem Nachmittag hätte er mit ihr nach Frankfurt aufbrechen sollen, hätte Verantwortung übernehmen müssen.

Ihm wurde es schwer ums Herz. Sie hätten gemeinsam in Frankfurt ein neues Leben beginnen können. Warum hatte er ihr das nicht vorgeschlagen?

Er schüttelte den Kopf und blickte traurig auf die Höfe und Häuser, an denen sie vorbeifuhren. Er war zu feige gewesen, hatte keinen Mut gehabt.

Aber jetzt würde er Mut haben – jetzt würde er endlich für sie einstehen. Er würde zum Grafen gehen, ihm alles erzählen und hoffentlich sein Interesse wecken. Der Graf konnte es nicht billigen, dass seine Untertanen hinter seinem Rücken Frauen umbrachten.

»Dort vorn kommt gleich der Marktplatz«, sagte Andreas und deutete ans Ende der Gasse, »von dort an müsst ihr ohne mich weiterfahren. Ich erkläre euch den Weg. Ich selbst werde zum Grafen gehen. Er muss erfahren, was hier vor sich geht.« Er seufzte und fügte mit leiser Stimme hinzu: »Hoffentlich hilft er uns.«

Andrej sah ihn an. »Und wir finden den Weg auch allein?«

»Ja, ich erkläre es euch gleich ganz genau. Die Straße nach Neuhof führt immer geradeaus den Hügel hinauf. Ihr könnt sie nicht verfehlen.«

»Hoffentlich hast du recht und der Graf wird uns helfen. Nicht, dass er dir keinen Glauben schenkt.« In Andrejs Stimme schwang Verzweiflung mit, und seine Hände zitterten. Allmählich machte sich der fehlende Schlaf bemerkbar.

»Ja, das hoffe ich auch«, flüsterte Andreas.

Sie erreichten den Marktplatz, der in der hellen Mittagssonne vor ihnen lag. Andrej hielt den Wagen an, und Andreas kletterte herunter. Plötzlich ließ ihn lautes Hufgetrappel aufhorchen. Er drehte sich um.

Der Graf, der Amtsrat und der Oberstallmeister ritten durchs Torbogengebäude und hielten auf dem Marktplatz vor vier Soldaten an, die dort anscheinend bereits auf sie gewartet hatten.

Andrej erkannte den prunkvoll gekleideten Grafen sofort. Er deutete auf die Gruppe.

»Ist das dort vorn der Graf, mit dem du sprechen wolltest?«

Andreas nickte erstaunt.

»Ja, das ist er« antwortete er und musterte die Gruppe verwundert. Seit wann ritt der Graf wieder aus, und in so seltsamer Begleitung? Wo war der Landeshauptmann, und warum ritt der Amtsrat mit? Der dicke Mann hatte sichtlich Schwierigkeiten damit, sein Pferd, das unruhig tänzelte, im Zaum zu halten. Der Graf schien den vier Soldaten Anweisungen zu geben und gestikulierte wild. Die vier hörten ihrem Herrn zu und nickten bestätigend.

Danach setzten sich alle in Bewegung und verschwanden in einer der Gassen. Andreas blickte ihnen kopfschüttelnd hinterher. Er konnte es nicht fassen, ausgerechnet heute, wo er mit ihm sprechen wollte, ritt Graf Johannes fort. Das war mehr als merkwürdig.

»Und was machen wir jetzt?« Andrejs Frage riss Andreas aus seinen Gedanken. Seufzend kletterte er wieder zu dem Zigeuner auf den Wagen und murmelte: »Jetzt müssen wir es wohl allein schaffen.«

Stanislav wurde ungeduldig und rief:

»Was ist denn los? Warum geht es nicht weiter?«

»Fahren wir nach Neuhof«, sagte Andreas mit tonloser Stimme, »dann muss es eben ohne den Grafen gehen.«

Er bedeutete Andrej, in dieselbe Gasse zu fahren, in der die Reiter verschwunden waren, und hoffte inständig, dass sie nicht zu spät kamen.

48

Katharina lag unter Jutesäcken auf dem Boden und redete im Schlaf. Katinka lehnte neben ihr an der Wand. Sie schlief nicht, sondern hörte der Freundin zu und beobachtete sie.

Meistens brabbelte Katharina nur unverständliches Zeug, doch ab und an konnte Katinka ihre Worte verstehen. Sie sprach von Andreas, sagte seinen Namen, und immer wieder fielen die Worte Dunkelheit und Feuer. Katinka strich Katharina beruhigend über die roten Locken.

Ihre linke Hand pochte schrecklich, der brennende Schmerz zog inzwischen bis in die Schulter. Das Handgelenk war nicht mehr zu erkennen, so angeschwollen war es. Sie stöhnte, als sie sich anders hinsetzte und vorsichtig ihre Hand in ihrem Schoß ablegte. Traurig beobachtete sie Katharinas Gesicht, wie ihre Lippen zuckten und ihre Augenlider flatterten. Sie hatte wieder Alpträume.

Katinka blickte sich in dem dunklen Kellerraum um. Nicht nur in Katharinas Träumen herrschte Dunkelheit, dachte sie missmutig. Ihre Wirklichkeit war auch zum bösen Traum geworden, aus dem es diesmal kein Erwachen geben würde.

Und sie selbst war ein Teil von ihm geworden und hatte eine schlechte, ja fast schon tragische Rolle bekommen.

Katharina öffnete die Augen, rekelte sich gähnend und

hob den Kopf. Dann setzte sie sich auf und blinzelte Katinka an.

»Hast du geschlafen?«, fragte sie. »Nein, ich kann nicht schlafen«, antwortete Katinka und blickte sie lächelnd an.

»Ich habe wieder im Schlaf gesprochen, oder?«

»Ein wenig.«

Katharina sah Katinka reumütig an.

»Wenn du möchtest, kannst du jetzt schlafen.«

»Nein, nein« – Katinka winkte ab –, »ich kann auch jetzt nicht schlafen. Der Arm schmerzt viel zu sehr. Er tut so schrecklich weh, ich weiß gar nicht mehr, wie ich ihn halten oder legen soll.«

Katharina sah Katinka mitleidig an.

»Das tut mir leid.«

Sie würde der Freundin so gerne helfen, irgendwas für sie tun – und wenn es nur ein kühler Umschlag wäre. Irgendetwas, um ihre Schmerzen zu lindern. Aber hier im Keller gab es ja nicht einmal Wasser.

Wenn es so weiterginge, dann würde der Durst bald ihr größtes Problem werden, dann brauchten sie keinen Scheiterhaufen mehr.

Beide hingen schweigend ihren Gedanken nach.

In der ganzen Zeit hatte keine es gewagt, über ihren baldigen Tod zu sprechen und darüber, was der Henker mit ihnen tun würde. Sie sprachen meist nur über unwichtige Dinge. Was morgen sein würde, wollte keine wissen. Katharina schlief oft ein.

»Es tut mir leid, dass ich eingeschlafen bin«, sagte Katharina irgendwann leise und strich Katinka mitleidig über ihren gesunden Arm.

»Ich versuche jetzt auch, wach zu bleiben. Dann ist es vielleicht einfacher für dich.«

»Du musst dich nicht dafür entschuldigen, dass du müde bist«, sagte Katinka und schob sich eine Haarsträhne aus dem Gesicht.

»Wenn ich könnte, dann würde ich auch schlafen.«

Katharina rieb sich seufzend über die Schläfen.

»Wenn ich die Augen zumache, dann hört mein Kopf auf, zu schmerzen.«

»Die haben dir aber wirklich ordentlich eins über den Schädel gezogen«, sagte Katinka.

»Aber langsam wird es besser«, erwiderte Katharina. »Mir ist nicht mehr übel, und das schreckliche Hämmern hat endlich nachgelassen.«

Katharina hatte sich neben Katinka an die kühle Kellerwand gesetzt und den Kopf gegen die Steine gelehnt.

Plötzlich hörten sie ein Geräusch über sich. Beide schraken zusammen. Über ihnen lief jemand durch den Raum.

»Oh, mein Gott«, sagte Katinka, Panik in der Stimme, »sie kommen uns holen. Jetzt werden sie uns töten.«

Katharina konnte ihr nicht mehr antworten, denn die Luke öffnete sich, und Licht strömte in den Kellerraum. Die Stimme des Henkers drang an ihr Ohr.

»So, ihr kleinen Hexen. Jetzt komme ich, um euch zu holen.«

Katharina war wie erstarrt. Der Henker kam die wenigen Stufen zu ihr herunter und griff nach ihrem Arm. Sie wehrte sich nicht und sah ihn mit weit aufgerissenen Augen an.

Seine Augen funkelten gehässig. In ihnen stand der blanke

Hass. Grob schleifte er sie die Treppe nach oben. Katharina konnte Katinka hinter sich wimmern hören. Aus dem Augenwinkel sah sie, wie sie sich in der hintersten Ecke zusammenkauerte.

Der Henker schleuderte Katharina, die vom Licht geblendet war, vor sich auf den Boden. »Ich habe es dir doch gesagt. Ich werde dich jagen, dich vernichten! Endlich kann ich dich kleine Hexe töten!«

Katharinas Beine zitterten, als sie vorsichtig aufstand. Ihre Augen gewöhnten sich langsam an die Helligkeit. Sie befand sich in einem Raum, der ihr fast genauso viel Angst machte wie der Henker selbst. Überall an den Wänden waren seltsame Gefäße und Flaschen aufgereiht. Augen sahen sie an, Arme und Beine schwammen in Flüssigkeiten, und von der Decke hingen jede Menge Kräuter – es stank nach Schwefel und verbranntem Fett.

Der Henker breitete die Arme aus und drehte sich gehässig grinsend im Kreis. »Ja, sieh dich nur gut um, kleine Hexe. Dies ist mein Reich, das Reich von Meister Leonhard. Hier vollbringe ich meine Wunder.«

Katharina wich in die andere Ecke des Raumes zurück. Ihr Kleid war klamm und schwer, und ihre roten Locken fielen ihr ins Gesicht. Warum war sie mit dem Henker allein? Warum war sonst niemand hier? Was hatte er vor, wollte er ihr etwa auch Hände und Füße abschneiden?

Erschrocken wich sie vor einem Kopf zurück, der hinter ihr im Regal in einem Glas schwamm.

»Ich werde dich töten, du Hexe hast mit dem Teufel gebuhlt.« Katharina erkannte den Wahnsinn, der in den Augen des Henkers stand. »Du bist wie all die anderen schandhaften Frauen, alle haben sie sich dem Teufel verschrieben, hörst du? Keine Frau ist frei von Sünde.«

Plötzlich hatte er ein Messer in der Hand und kam langsam um den Tisch herum auf Katharina zu. Sie hielt vor lauter Schreck den Atem an, doch irgendetwas in ihr wollte kämpfen. Sie war allein mit ihm, er hatte niemanden, der ihm half. Am Ende schaffte sie es sogar aus dem Haus und konnte fortlaufen – irgendwo um Hilfe bitten.

Eilig ergriff sie ein großes Glas und schleuderte es mit voller Wucht gegen den Henker. Er wich aus und lachte laut auf. Das Glas zersprang auf dem alten Dielenboden, und ein schrecklicher Fäulnisgeruch breitete sich aus. Eine blasse Hand mit roten Adern lag in einer ekligen gelben Flüssigkeit vor ihnen auf dem Boden. Der Henker grinste sie an und deutete mit dem Messer auf den Boden.

»Sieh dir die Hand genau an. Bald werde ich deine auch einlegen, oder vielleicht deine Füße? Ich werde sie als Andenken für die Ewigkeit aufbewahren, damit sie mich immer daran erinnern, wie viel Macht ich besitze.«

Katharina griff in ihrer Panik nach weiteren Gläsern. Sie versuchte verzweifelt, den Henker zu treffen. Doch dieser wich den gläsernen Geschossen mit einer fast katzenhaften Leichtigkeit aus und kam dabei Schritt für Schritt lachend näher. Der Gestank im Raum wurde immer schlimmer. Katharina hielt einen Augenblick inne, dieser widerliche Geruch war nur schwer zu ertragen.

Meister Leonhard stand grinsend auf der anderen Seite des Tisches. Auf den ersten Blick schien das alles für ihn nur ein makabres Spiel zu sein, doch seine Augen blickten eiskalt und berechnend, sprühten vor Hass.

Katharina griff wieder nach einer Flasche, die vor ihr auf dem Tisch stand, und schleuderte sie ihm entgegen. Er wich ihr erneut elegant aus und blickte sie, das Messer in der Hand, herausfordernd an. »Bist du nun fertig damit, Gläser zu werfen?«, fragte er und ging ein paar Schritte um den Tisch auf sie zu. Katharina blickte hinter sich. Im Regal waren keine Flaschen und Gefäße mehr, verzweifelt wich sie zurück, sank langsam auf die Knie und hob schützend ihre Hände über den Kopf. »Ich denke, es wird Zeit, die Sache zu beenden«, sagte der Henker, zog sie aus der Ecke und schlang seinen Arm um ihren Hals. Er roch nach Wein und Schweiß. Katharina versuchte angewidert, den Kopf wegzudrehen, was ihr aber nicht gelang. »Jetzt ist es genug, nicht wahr?«, flüsterte er ihr ins Ohr, und sie konnte seinen Atem auf ihrer Haut spüren. »Nun wird es Zeit, zu sterben.«

Katharina zitterte vor Angst. Er grinste und drückte ihr das Messer an den Hals. »Eigentlich wollte ich dich ja verbrennen. Aber es sollte nicht sein, also wirst du eben so sterben.«

Katharina spürte das kalte Metall auf ihrer Haut und schloss die Augen.

In dem Moment kam Katinka laut kreischend von hinten auf den Henker zugelaufen und sprang ihm auf den Rücken.

Sie hatte sich nach dem ersten Schreck leise aus dem Keller geschlichen und festgestellt, dass der schwarze Mann allein war. Eine Chance, zu entkommen. Eigentlich hätte sie sich einfach hinausschleichen können, der Henker hätte sie sicher nicht bemerkt. Vielleicht hätte er sie ohnehin laufen lassen, denn er hatte ja, was er wollte. Aber sie konnte

Katharina nicht einfach im Stich lassen. Also hatte sie all ihre Kraft und ihren Mut zusammengenommen, war schreiend losgelaufen und schlug wie wild auf ihn ein.

Erschrocken ließ der Henker Katharina los. Katinka hing auf seinem Rücken und prügelte wild auf ihn ein, blind vor Wut. »Lass sie in Ruhe, sie ist keine Hexe! Verschwinde endlich!«

Meister Leonhard war im ersten Moment völlig überrascht gewesen, fand allerdings schnell seine Fassung wieder.

Er versuchte, nach Katinka zu greifen. Im Kampf stießen die beiden gegen die Regale, und Gläser und Gefäße fielen auf den Boden.

»Und ob sie eine Hexe ist, und du bist auch eine. Du dumme, kleine Zigeunerin«, rief der Scharfrichter.

Katharina war wie gelähmt. Sie konnte nicht glauben, was hier geschah. Katinka kämpfte um sie und um ihr Leben. Sie musste ihr helfen. Irgendwas musste sie tun.

Doch genau in dem Moment, als sie nach einer weiteren Glasflasche greifen wollte, um ihrer Freundin zu Hilfe zu eilen, bekam der Henker Katinka zu fassen und schleuderte sie mit voller Wucht gegen das Regal an der gegenüberliegenden Wand.

Katinka krachte gegen das schwere Holz und fiel mit einem dumpfen Schlag auf den Boden. Sie blieb bewusstlos und an der Stirn blutend liegen.

Schwer atmend stand Meister Leonhard mitten im Raum. »Dieses kleine Biest!«, rief er und sah sich wütend in seiner verwüsteten Kräuterküche um.

»Bezahlen soll sie dafür. Bezahlen für den Ärger, den sie mir gemacht hat, diese Ausgeburt der Hölle.«

Er strich sich wütend über seinen Rock, hob das Messer auf, das er beim Kampf verloren hatte, und wandte sich Katharina zu. »Aber erst werde ich dich töten, Katharina Heinemann.«

Katharina wich zitternd in ihre Ecke zurück. Er folgte ihr, grinste aber nicht mehr.

»Ich werde dich ganz langsam aufschlitzen und ausbluten lassen. Vielleicht werde ich auch etwas von deinem Blut aufbewahren, denn wer weiß, wofür ich Hexenblut noch gebrauchen kann.«

Katharina ließ vor Schreck die Flasche fallen, die sie in der Hand gehalten hatte, und blickte auf Katinka, die bewusstlos zwischen den Glasscherben lag.

»Du hast sie getötet, du Mörder«, schrie sie, »das kann Gott nicht gewollt haben. Nein, Gott kann nicht auf deiner Seite stehen.«

»Aber das tut er«, antwortete Meister Leonhard und kam immer näher. »Hast du denn nicht bemerkt, dass er dich schon lange nicht mehr sieht? Du hast dich von ihm abgewandt und ihm nicht mehr vertraut. Das mag Gott nicht.«

Nun stand der Henker genau über ihr. Katharina duckte sich in die Ecke, hob schützend die Hände und wartete mit geschlossenen Augen darauf, dass er zustach.

Doch plötzlich drang eine fremde Stimme an ihr Ohr, und in dem Moment wusste sie, dass Gott sie nicht vergessen hatte.

»Meister Leonhard, legt sofort das Messer weg, seid Ihr denn von Sinnen?«

Graf Johannes stand im Türrahmen und blickte fassungslos auf die Szenerie, die sich ihm bot. Überall auf dem Boden lagen Glasscherben. Ein Regal war umgestoßen worden, und eine junge schwarzhaarige Frau lag bewusstlos auf dem Boden. Zwischen Kräutern und zerbrochenen Flaschen schwammen allerlei seltsame Dinge, die der Graf nicht näher benennen konnte.

Meister Leonhard blickte den Grafen überrascht an und antwortete mit schriller Stimme: »Aber sie ist doch eine Hexe. Könnt Ihr das denn nicht erkennen?«

Graf Johannes erkannte den Wahnsinn in den Augen des Henkers und hob besänftigend die Hände. »Wir werden sehen, ob sie eine ist, aber bitte lasst das Messer sinken. Das muss doch nicht hier und heute entschieden werden.«

Katharina saß in der Ecke und hielt schützend ihren Arm vors Gesicht. Ihr Herz schlug ihr bis zum Hals, sie konnte kaum atmen.

»Ihr habt mir damals nicht geglaubt und gesagt, dass ich sie laufen lassen muss«, erwiderte der Henker, »aber ich habe versucht, es Euch zu erklären. Sie ist böse. Es steckt der Teufel in ihrem Leib. Sie muss erlöst werden wie all die anderen auch.«

»Aber das kann doch nicht so geschehen, oder?«, sagte der Graf ruhig. Der Amtsrat und seine Männer standen hinter ihm.

»Es muss doch alles seine Richtigkeit haben. Sie muss genauso wie all die anderen befragt werden. Es gibt Gesetze.«

»Gesetze, Gesetze«, antwortete der Henker höhnisch, »was bringen denn schon Gesetze oder Regeln, wenn ich sie nicht anwenden darf? Ihr habt befohlen, dass ich sie nicht foltern darf. Sie ist angeblich zu jung für die Folter, soll Kinder bekommen. Aber sie wird sie nicht Gott schenken. Nein, dem Teufel wird sie sie geben, das sehe ich in ihren Augen.«

»Aber sie ist keine Hexe«, antwortete plötzlich ein Mann. Katharina erkannte sofort, wer hinter dem Grafen stand. Andreas war zu ihr gekommen. Er war tatsächlich hier und wollte sie retten, weil er sie noch immer liebte. Und sie, was hatte sie getan? Sie hatte ihn verlassen und verstoßen, hatte seine Liebe verschmäht.

Vor Freude wäre sie am liebsten aufgesprungen und ihm um den Hals gefallen. Sie hörte seine Worte und wusste: Jetzt würde alles gut werden.

Andreas drängte sich an den Männern vorbei und verneigte sich vor dem Grafen. Bei seinem Anblick schossen Katharina Tränen der Freude in die Augen.

»Ich bin Priester und war in der Zelle ihr Seelsorger. Diese junge Frau ist fest mit Gott verbunden und mit Sicherheit keine Hexe.«

Leonhard Busch blickte den jungen Pfarrer fassungslos an. Das konnte doch nicht sein. Wie konnte ein Mann der Kirche nur so etwas sagen? Er musste ein Betrüger sein, ein Mann des Teufels, den sie hatte kommen lassen.

»Ich habe Euch nie gesehen«, log der Henker, »niemals seid Ihr der Seelsorger dieser Frau gewesen.«

»Aber natürlich habt Ihr mich gesehen. Wir haben sogar miteinander gesprochen. Ich habe Euch die Nachricht überbracht, dass die alte Pfarrfrau von Heftrich gestanden hat. Könnt Ihr Euch nicht mehr daran erinnern?«

Da wurde dem Henker klar, dass er verlor.

Seine Welt schien wie ein Kartenhaus zusammenzubrechen. Er ging auf Andreas los und rammte ihm das Messer in die Brust.

Die Männer des Grafen, die mit diesem Angriff nicht gerechnet hatten, kamen zu spät. Als sie es geschafft hatten, den wütenden Henker von Andreas wegzuziehen, fiel dieser schwer verletzt zu Boden.

»Nein! Nein!«, kreischte Katharina, sank neben ihm auf die Knie, packte ihn an den Schultern und schüttelte ihn. Er durfte nicht sterben, nicht jetzt. Er durfte sie nicht allein lassen.

»Nein, du darfst nicht sterben, nicht du, Andreas, bitte! Du darfst nicht sterben, bitte nicht.«

Andreas reagierte nicht. Weinend brach Katharina über ihm zusammen. Dem ehrenwerten Herrn Amtsrat neben ihr stand der Schweiß auf der Stirn, und seine Wangen waren vor Aufregung gerötet. Mitleidig strich er Katharina über den Rücken, wusste aber nicht so recht, was er sagen sollte.

»Du kannst jetzt nicht gehen. Du kannst mich nicht allein lassen.« Katharina lag halb auf ihrem toten Geliebten und redete auf ihn ein. Ihre Tränen tropften auf sein lebloses Gesicht, und ihr Kleid war voller Blut. Liebevoll strich sie ihm das Haar aus der Stirn und flehte ihn an: »Bitte, wach auf, bitte, wach doch endlich wieder auf. Ich liebe dich, hörst du mich. Ich liebe dich doch.«

Der Graf war fassungslos. Er hatte direkt neben dem Pfarrer gestanden, und doch hatte er die Tat nicht verhindern können.

Meister Leonhard wurde von zwei Männern festgehalten und begriff erst jetzt, da seine Wut verraucht war, was er Schreckliches getan hatte. Er hatte sich vergessen und einen Mann Gottes umgebracht. Wie hatte es nur so weit kommen können? Sie musste es gewesen sein. Diese Heinemann, die musste ihn verhext haben.

»Seht Ihr«, begann er seine Tat zu rechtfertigen und deutete in Katharinas Richtung, »sie ist eine Hexe. Eine gottverdammte Hexe, die mich, den ehrenwerten Henker, einen treuen Mann in Eurem Gefolge, zu solch einer Tat verführte.«

»Schweigt!«, rief der Graf, »Ihr seid ja verrückt geworden! Ich bekomme immer mehr den Eindruck, dass Ihr vom Teufel besessen seid und sonst niemand hier. Es liegt nicht in Eurer Macht, Urteile zu fällen. Ihr seid nur mein Scharfrichter, sonst nichts. Ihr habt Euch über meine Befehle hinweggesetzt, habt mich belogen und verraten. Für einen Verräter wie Euch kann es nur eine Strafe geben – den Tod.«

Mit diesen Worten winkte er den beiden Soldaten, die den Henker immer noch fest im Griff hatten, zu.

»Führt ihn ab, Männer. Schafft ihn mir aus den Augen. Ich kann seinen Anblick nicht ertragen.«

Eilig schoben die Männer den Henker durch den engen Flur. Auf dem Hof warteten die Zigeuner. Sie hatten es nicht gewagt, das Haus zu betreten. Als der Henker abgeführt wurde, näherten sie sich vorsichtig dem Eingang. Fassungslos blickten sie auf die Szene, die sich ihnen bot.

Andreas lag reglos auf dem Boden, Katharina war weinend über ihn gebeugt. Der Amtsrat strich Katharina teilnahmsvoll über die Schulter.

Die Ersten, in die wieder Leben kam, waren Irina und Stanislav. Sie betraten den Flur. Irina sank neben Katharina in die Hocke, begann sanft, Katharina über den Rücken zu streichen, und hielt prüfend ihre Hand an Andreas' Lippen. Wie sie es bereits vermutet hatte, der junge Mann war tot.

Der Amtsrat trat dankbar ein paar Schritte zurück und stand jetzt hinter dem Grafen. Dieser sah fassungslos auf den am Boden liegenden Geistlichen. Damit hatte er nicht gerechnet, dass Meister Leonhard wahnsinnig werden würde. Was sollte er denn jetzt tun? Wie sollten ohne seinen Scharfrichter und Henker die Prozesse weiterlaufen?

»Lasst uns nach draußen gehen, Amtsrat«, sagte er mit tonloser Stimme, »ich benötige dringend frische Luft.« Der Amtsrat reichte seinem Herrn die Hand und half ihm durch den engen Flur, schob die alte Babuschka, die wie versteinert am Türrahmen lehnte, sanft beiseite.

Die alte Frau schnappte nach Luft, und in ihrer Brust breitete sich ein stechender Schmerz aus, sie begann zu röcheln, und der Flur drehte sich vor ihren Augen. Sie konnte es nicht fassen. Der Priester war tot. Der schwarze Mann hatte ihn umgebracht. Verzweifelt hielt sie sich am Türrahmen fest.

Andrej, der mit betretener Miene hinter ihr stand und ebenfalls fassungslos auf den toten Priester blickte, bemerkte, dass es Babuschka nicht gut ging, schaffte sie sofort nach draußen und setzte sie auf eine Holzbank vor dem Haus. Eilig rannte er zum Brunnen, holte Wasser und gab der alten Frau zu trinken.

Das kühle Wasser tat Babuschka gut. Andrej musterte Babuschka besorgt. Der Anblick des toten Mannes war anscheinend zu viel für sie gewesen.

»Geht es jetzt besser?«, fragte er und strich Babuschka liebevoll über die zitternden Hände.

Sie nickte und fand ihre Stimme wieder.

»Ja, ich denke schon. Ich brauche nur einen Moment, geh du ruhig zu den anderen. Es geht schon wieder.«

Andrej erhob sich und sah sie prüfend an, doch sie winkte ihn fort. »Hilf Irina und Stanislav, ich komme schon zurecht.« Er warf Wladimir und Jegor, die an einer großen Linde lehnten und sich leise unterhielten, einen eindringlichen Blick zu. Die beiden Männer nickten. Sie würden ein Auge auf sie haben.

Katharina kniete neben Andreas, strich ihm verzweifelt über den Arm und schüttelte ihn immer wieder. Sie konnte einfach nicht begreifen, dass er tot war. »Komm schon, Andreas, steh auf. Wir müssen fortgehen. Du musst wieder aufstehen. Ich bin jetzt bei dir. Wir können nun zusammen sein. Bitte, Andreas, so hör doch. Bitte, du musst wieder aufstehen.«

»Es ist gut, es wird alles wieder gut, Katharina.« Irina kniete neben ihr, strich ihr die roten Locken aus dem Gesicht und sprach beruhigend auf sie ein.

»Er kann nicht mehr mit dir gehen. Gott hat ihn zu sich geholt.«

»Nein, das darf er nicht«, antwortete Katharina störrisch und hielt sich krampfhaft an Andreas' Arm fest.

»Er wird wieder aufwachen. Ich habe ihm doch gesagt, dass ich bei ihm bleibe. Er liebt mich doch.«

Andrej ging vorsichtig an den beiden vorbei. Hier konnte er nichts mehr tun, suchend sah er sich nach Stanislav um und entdeckte ihn in einem völlig verwüsteten, schrecklich stinkenden Zimmer. Katinka lag, an der Stirn blutend, auf dem Boden. Stanislav kniete neben ihr. Eilig lief er zu ihm.

Katinka stöhnte leise und kam gerade wieder zu sich.

Langsam öffnete sie die Augen. Stanislav beugte sich über sie und rief laut ihren Namen. »Katinka! Kannst du mich hören? Katinka, komm zu dir.«

Stöhnend setzte sie sich auf und hielt sich den Kopf.

»Ja, ja«, schimpfte sie, »ich kann dich viel zu gut hören. Oh, mein Kopf!«

Andrej schmunzelte. Katinka konnte schon wieder schimpfen, also schien es ihr nicht allzu schlecht zu gehen.

Stanislav umarmte sie überschwänglich.

»Es geht dir gut«, rief er, »er hat dich nicht umgebracht. Du lebst, Gott im Himmel sei gedankt. Es geht dir gut.«

Verdutzt sah Katinka den jungen Zigeuner an. So euphorisch kannte sie ihn gar nicht.

»Wo ist der Henker? Was ist denn passiert? Wo ist Katharina?«

»Das erkläre ich dir alles später«, antwortete ihr Stanislav und half Katinka, aufzustehen. Sie klopfte sich die Glasscherben vom Kleid. Der brennende Schmerz raubte ihr fast den Atem. Sie sah sich um.

»Nicht später, sofort. Was ist hier passiert?«

Andrej erklärte stockend, was passiert war.

»Der Graf hat den Henker aufgehalten. Er hat ihn daran gehindert, euch zu töten. Aber ...«

»Was aber?«

»Er hat den Priester getötet, Katharinas Freund, der damals in den Wald kam, um sie zu warnen.«

»Nein.« Katinka wurde blass.

Eilig rannte sie aus dem Raum und wäre beinahe über Katharina, Irina und Andreas gestolpert.

Sie kniete sich neben die Freundin und strich Andreas liebevoll über die Schulter.

»Er ist gekommen, nur wegen dir ist er zurückgekommen. Weil er dich geliebt hat.«

»Ja«, antwortete Katharina und blickte zum ersten Mal auf, »und was habe ich nun davon? Was haben wir davon? Er ist tot.«

Tränen liefen über ihre Wangen, Katinka wischte ihr diese liebevoll ab.

»Er ist nur wegen mir gestorben. Warum sterben sie immer alle? Warum nehmen sie mir all die Menschen, die ich liebe?« Sie sank Katinka in die Arme. Tröstend strich ihr die junge Zigeunerin über den Rücken.

»Aber wir lieben dich doch auch – und Maria, Maria liebt dich. Wir sind doch alle noch da. Es wird alles gut, jetzt ist es endlich vorbei. Der Alptraum ist zu Ende«, murmelte sie so leise, dass nur Katharina es hören konnte, »die Dunkelheit ist fort, für immer.«

Der Amtsrat und der Graf standen auf dem Hof, der ihnen in der hellen Nachmittagssonne seltsam friedlich und ruhig erschien.

Sie berieten, wie es weitergehen sollte.

Der Graf seufzte. Erst jetzt, als die Anspannung nachließ, merkte er, wie müde er war. Er sank neben die alte Babuschka auf die Bank und schien die alte Zigeunerin nicht zu bemerken. Dem Amtsrat fehlte die Kraft, die alte Frau wegzuscheuchen.

Der Graf seufzte. »Holt mir die junge Frau heraus. Ich möchte mich persönlich bei ihr für das Verhalten meines Henkers entschuldigen. Das ist das Mindeste, was ich tun kann.«

Der Amtsrat nickte, verneigte sich kurz und betrat den engen Hausflur. »Äh, Fräulein Katharina Heinemann«, sprach er Katharina an, »der Herr Graf möchte mit Euch sprechen.«

Katharina erhob sich langsam und trat auf den Hof hinaus. Sie sah erbärmlich aus. Auf ihrem Kleid waren überall Blutflecken, ihre roten Locken fielen ihr ins Gesicht, und sie hatte rot verweinte Augen.

»Katharina Heinemann«, sagte der Graf und räusperte sich, »ich muss mich bei Euch für das schändliche Verhalten meines Scharfrichters entschuldigen. In meinen Augen seid Ihr ein freier Mensch und niemals eine Hexe gewesen. Der junge Herr Pfarrer hat für Euch gesprochen. Ich glaube seinen Worten. Ab jetzt seid Ihr frei und könnt Euch in meinem Reich ohne jede Angst bewegen.«

Katharina deutete einen Knicks an, hatte aber in ihrer Fassungslosigkeit nicht jedes Wort des Grafen verstanden. Nur so viel war zu ihr durchgedrungen: Sie war endlich frei und konnte gehen, wohin sie wollte.

49

Katharina blickte über den Friedhof. Es war ein warmer Tag, und ein sanfter Sommerwind wehte über die Wiesen und Felder. Die schmiedeeisernen Kreuze ragten in den fast wolkenlosen Himmel, und nichts spendete ein wenig Schatten.

Doch Katharina fror. Sie stand neben Pfarrer Wicht, direkt vor dem Grab. Maria neben ihr hielt ihre Hand. Traurig blickte Katharina ins Grab. Ein einfacher Holzsarg. Das war also das Ende.

Direkt neben dem Eingang der Kirche war Andreas' letzte Ruhestätte ausgehoben worden. Viele Menschen waren auf den Friedhof gekommen, sogar auf der Straße standen noch Trauergäste und reckten die Hälse.

Katharina kannte die meisten. Jugendfreunde, Ältere aus den Dörfern, Bekannte und Gemeindemitglieder hatten sich um Andreas' Grab versammelt – alle wussten, was passiert war, oder glaubten zumindest, es zu wissen.

Mit Argusaugen wurde Katharina gemustert. Sie war also schuld daran, ihretwegen war dieses ganze Unglück passiert. Katharina hörte das Getuschel und spürte die Blicke der Menschen, doch ihr kam es so vor, als wären sie weit weg und sie und Andreas wären allein. Wie damals auf dem Hof, als er sie umarmt hatte. Sie erinnerte sich noch genau an seinen Blick, an seine strahlenden Augen, und plötzlich hatte sie wieder seinen Geruch in der Nase, diesen unverwechselbaren Duft von Lavendel.

Maria hielt stumm ihre Hand, ließ die Freundin nicht allein. Sie würde sie verteidigen, sollte einer glauben, er müsste mit dem Finger auf sie zeigen.

Pfarrer Wicht räusperte sich und zog einen Zettel aus seiner Rocktasche. Er hatte sich Gedanken gemacht, was er am Grab seines geliebten Schülers sagen würde. Langsam und feierlich trug er nun seine Gedanken vor.

»Wir verlieren heute einen geliebten Menschen. Er war Priester, Freund, Zuhörer und Lehrer in einem. Er war ein herzlicher Mensch, der nie von seinen Prinzipien abgewichen ist und der immer für seine Gemeinde und die Menschen gekämpft hat.«

Er hielt kurz inne und holte tief Luft.

»Ich habe ihn als Schüler kennenlernen dürfen. Als stolzen Priester empfangen, der mein Nachfolger werden sollte. Er wurde aus seinem jungen Leben gerissen. Gott hat ihn zu sich genommen, und es fällt uns schwer, das zu begreifen, doch wir müssen es verstehen und lernen, den Verlust zu ertragen. Wir alle werden ihn schmerzlich vermissen.«

Er faltete seinen Zettel schweigend zusammen und schüttelte traurig den Kopf. Als er von den Vorkommnissen gehört hatte, war selbst er, der fanatisch jede Hexe gejagt hatte, erschüttert gewesen über so viel Wahnsinn und Irrglaube.

Auf der anderen Seite des Pfarrers hatte sich der ehrenwerte Herr Amtsrat postiert. Dem Anlass entsprechend ganz in Schwarz gekleidet. Für ihn wurde heute Nachmittag ein wahrer Held beerdigt, und er versuchte, Katharina über das Grab hinweg aufmunternd zuzulächeln.

Katharina war wie versteinert, die Worte des Pfarrers hatte sie gar nicht richtig wahrgenommen.

Ein Holzsarg, dachte sie. Sie war schuld daran, dass er jetzt in einem Holzsarg lag. Was half es ihr, dass sie frei war und dass der Henker sterben würde, wenn sie sich fühlte, als würde man ihr das Herz aus der Brust reißen?

Sie wischte sich die Tränen aus den Augen, und Maria, die jetzt auch weinte, drückte ihr liebevoll die Hand.

Die Zigeuner waren ebenfalls gekommen. Katinka und die anderen standen etwas abseits an der Friedhofsmauer. Sie wollten kein Aufsehen erregen. Zigeuner waren nirgends gern gesehen, und schon gar nicht bei der Beerdigung eines Priesters. Doch sie waren trotz des Geredes der Leute gekommen. Andreas war in ihren Augen den Heldentod gestorben. Er hatte mutig um seine Liebe gekämpft, und sie zollten ihm ihren Respekt.

Katinka beobachtete Katharina, die sich an Marias Hand zu klammern schien. Alle Menschen glotzten sie neugierig an und tuschelten hinter vorgehaltener Hand. Jetzt verstand sie zum ersten Mal wirklich, warum Katharina unbedingt von hier fort wollte. Das Gerede der Menschen, die Gerüchte – es würde niemals enden. In Frankfurt kannte niemand sie, und keiner wusste, was geschehen war. Dort konnte sie hoffentlich bald wieder lachen und ihren Kummer vergessen. Auch die anderen Zigeuner hatten Tränen in den Augen, und sogar Jegor und Wladimir schnieften.

Die Leute warfen ihnen immer wieder abfällige Blicke zu

und zogen pikiert die Augenbrauen hoch. Irina hörte jemanden flüstern: »Was tun denn diese schrecklichen Menschen hier? Verbieten sollte man so etwas.«

Ja, sie wusste es, sie waren Zigeuner, Menschen zweiter Klasse, die anderen zwar auf den Märkten eine Freude machen durften, aber mehr nicht. Sie waren Heimatlose und anders als die anderen.

Wenig später umarmten sich Maria und Katharina ein letztes Mal.

»Jetzt heißt es wohl, endgültig Abschied zu nehmen«, sagte Maria leise, und Katharina nickte unter Tränen.

»Ja, jetzt ist es wohl für immer.«

»Und dass du dich nicht mehr entführen lässt«, sagte Maria, hob drohend den Zeigefinger und versuchte, Katharina aufmunternd anzulächeln.

»Nein, nein«, antwortete Katharina, »jetzt passiert bestimmt nichts mehr. In ein paar Tagen bin ich in Frankfurt, und dann wird hoffentlich endlich alles gut werden.«

Einige Tage später näherten sich die Zigeuner endlich Frankfurt. Sie liefen das letzte Stück zu Fuß, die Wohnwagen standen abseits am Ufer eines Baches. Katharina blickte sich staunend um. Bereits kurz vor den Toren der Stadt war alles beeindruckend und anders.

Es gab weitläufige Obstpflanzungen. Die Bäume standen in Reihen da, dazwischen lagen Korn- und Maisfelder. Selbst hier, außerhalb der Stadt, gab es viele Bauernhöfe und Häuser. Blaue Kornblumen und roter Mohn blühten am Wegrand, und der einzigartige Duft des Sommers lag in der Luft. Die Sonne schien von einem wolkenlosen Himmel.

Auf der Straße war eine Menge los, Händler brachten ihre Waren in die Stadt. Fuhrwerke mit Lederwaren, Seifen, Bürsten und Federvieh kamen an ihnen vorbei, die Fahrer riefen wild durcheinander. Alte Mütterchen mit Körben an den Armen kreuzten ihren Weg. Männer mit Werkzeugen liefen an ihnen vorbei. Frauen mit Wassereimern zogen ihre Kinder hinter sich her.

Katinka stöhnte neben ihr.

»Diese Hitze, es ist kaum zu ertragen – und überall dieser Staub –, die Farbe meines Kleides ist kaum noch zu erkennen.« Sie klopfte sich den Schmutz vom Rock.

Katharina hörte nicht hin. Sie sah nach vorn, dort kam jetzt das Stadttor in Sicht. Es war groß und mächtig, und die schweren Holztüren waren weit geöffnet. Wachmänner beobachteten die vielen Menschen, die in die Stadt kamen. Sie hielten nach Bettlern und Aussätzigen Ausschau, denn diese durften das Tor nicht passieren. Die Kranken konnten höchstens ins Gutleutviertel auf die andere Seite der Stadt gehen. Dort waren sie unter sich und wurden von hilfsbereiten Menschen mit dem Notwendigsten und einer warmen Mahlzeit am Tag versorgt. In der Stadt wollte man sie nicht haben.

Hinter dem Stadttor liefen alle in eine dunkle Seitengasse. Babuschka atmete tief durch und zupfte an ihrem Kleid. Andrej sah die alte Frau besorgt an.

»Geht es dir gut?«

Sie nickte und wedelte sich mit der Hand Luft zu.

»Es ist nur diese Hitze heute – kaum auszuhalten. Schön, dass wir endlich in der Stadt sind.«

Katharina sah sich mit leuchtenden Augen um. Sie lachte heute zum ersten Mal seit Tagen wieder. »Ist es nicht wunderbar? Wir haben es geschafft, wir sind endlich da.«

Jegor sah sich missmutig in der schmalen, dämmrigen Gasse um. Hier war der Weg nicht gepflastert. Sie standen auf festem Lehmboden. In den Ecken lagen Essensreste, quietschend liefen ein paar Ratten darin herum. Katinka rümpfte die Nase. Es stank fürchterlich nach Abfall und Urin.

»Ich weiß nicht«, antwortete Katinka skeptisch, »ich finde, es stinkt.«

»Und es ist dunkel«, fügte Jegor hinzu.

Babuschka warf den beiden einen warnenden Blick zu, und sofort zogen sie die Köpfe ein.

Katinka war traurig. Sie hatte nicht gedacht, dass ihr der Abschied von Katharina so schwerfallen würde.

Sie wollte Katharina nicht gehen lassen. Sie hätte auch eine Zigeunerin werden können, aber das ging natürlich nicht. Es war jetzt schon eng in den Wagen, und Katharina hätte es bestimmt nicht gewollt. Sie wollte hierher und in dieser Stadt ein neues Leben beginnen.

Katharina lief die Gasse hinunter und sah sich um, schien alles andere vergessen zu haben. Katinka und die anderen folgten ihr.

Die Gassen, durch die sie liefen, waren eng und dunkel, und es stank erbärmlich. Katinka beobachtete die Männer und Frauen dabei, wie sie ihre Notdurft in den Ecken verrichteten. Da war ihr der Wald schon lieber, dachte sie, während sie einer alten Frau dabei zusah, wie sie ihre Röcke wieder richtete.

»Katharina, weißt du eigentlich, wohin du möchtest?«, fragte die alte Babuschka. Katharina blieb stehen, drehte sich um und zuckte mit den Schultern.

»Auf den Marktplatz vielleicht. Dort gibt es doch immer Gaststätten, jedenfalls ist das in Idstein so. Ich muss mir erst mal eine Unterkunft für die Nacht suchen.«

»Du willst also allen Ernstes heute Nacht schon hier bleiben?«, fragte Katinka und sah sich unsicher in der dunklen Gasse um.

»Ja, natürlich«, antwortete Katharina, »wir müssen ein Zimmer für mich finden, denn heute kann ich mich nicht mehr auf die Suche nach Arbeit machen.«

»Erst einmal müssen wir aus dem Gassenlabyrinth heraus«, brummelte Wladimir und blickte sich auf der nächsten Kreuzung fragend um. »Das ist hier aber auch arg verwinkelt und groß«, murmelte er. »Also in so einer Finsternis könnte ich nicht leben. Hier fehlt einem ja jede Luft zum Atmen, und das nicht nur wegen des schrecklichen Gestanks.«

»Du musst hier ja nicht leben«, antwortete Katinka, in ihrer Stimme lag ein gehässiger Unterton. »Du kommst ja wieder mit uns, auf die schöne Lichtung – dort unten am Waldrand –, wo es Licht und Sonne im Überfluss gibt und keine Ratten ihr Unwesen treiben.«

Katharina, die neben Jegor stand, sah ebenfalls ratlos aus. Sie versuchte, Katinkas Worte zu ignorieren. Ja, sie hatte sich Frankfurt anders vorgestellt. Der Müller hatte nichts von dunklen Gassen und wenig Licht erzählt. Er hatte davon geschwärmt, wie frei die Stadt wäre und dass es hier viele gute Arbeitsmöglichkeiten für eine junge Frau gäbe.

Doch jetzt, da sie hier stand, verließ Katharina der Mut. Aber anmerken lassen wollte sie sich diese Unsicherheit auf keinen Fall. Sie schob störrisch ihr Kinn vor und überlegte, welchen Weg sie einschlagen sollten.

»Wir sollten jemanden fragen«, schlug Babuschka vor und sah Katharina aufmunternd an. »Bestimmt wird uns jemand weiterhelfen.« Katharina lächelte die alte Frau dankbar an. In den letzten Tagen hatten sie sich angefreundet, Katharina hatte ihr ihr Misstrauen verziehen.

Babuschka versuchte, Leute aufzuhalten. Doch die wenigen Menschen, die durch die Gasse kamen, liefen eilig an ihnen vorbei.

»Unhöfliche Zeitgenossen sind das hier«, fluchte Stanislav, den eine junge Frau einfach ignoriert hatte. Ein junger Mann, der einen Stapel Bücher unter dem Arm trug, blieb dann doch stehen.

»Entschuldigt, mein Herr«, fragte Katharina mit einem bezaubernden Lächeln, »könnt Ihr mir vielleicht sagen, wo ich hier das nächste Gasthaus finde?«

»Aber natürlich, junges Fräulein«, antwortete er höflich und lächelte äußerst charmant. »Ihr müsst an der nächsten Kreuzung rechts abbiegen und dann die Gasse immer geradeaus gehen, dann kommt Ihr auf den Römerberg. Dort gibt es einige gute Gasthäuser, die Zimmer vermieten. Eines kann ich besonders empfehlen. Es ist sauber und hat vernünftige Preise: das Gasthaus *Zum goldenen Krug* am Weckmarkt. Dieser liegt abseits vom Römerberg auf der rechten

Seite. Ihr könnt es gar nicht verfehlen. Einfach immer in Richtung Dom laufen.«

»Vielen Dank«, antwortete Katharina und sah die anderen erfreut an.

»Seht ihr, auch hier gibt es freundliche und hilfsbereite Menschen. Also dann, auf zum Weckmarkt.«

»Wenn du meinst«, brummelte Wladimir und sah einem alten Mann, der einen großen Hut mit einer Feder trug, resigniert nach. Dieser hatte ihn gerade von oben bis unten gemustert und angewidert die Nase gerümpft.

»Wladimir, wo bleibst du denn?«, rief Katinka, und schnell lief er hinter den anderen her.

Alle schlugen die Richtung ein, die ihnen der junge Mann gewiesen hatte, und er hatte recht gehabt. Am Ende der nächsten Gasse erreichten sie einen großen Platz und blickten staunend auf ein mächtiges Gebäude mit drei Zinnen, das sich vor ihnen erhob.

»Also, damit hab ich nicht gerechnet«, sagte Katinka, der vor Erstaunen fast die Luft wegblieb, »hier ist es ja wunderschön.«

Katharina begann, sich übermütig im Kreis zu drehen.

»Habe ich es nicht gesagt, es ist wunderschön hier. Die Stadt wird mir mit Sicherheit Glück bringen.«

»Ja, aber jetzt solltest du dieses Gasthaus suchen«, sagte Stanislav und deutete auf den Marktplatz, auf dem immer mehr Stände aufgebaut und eingeräumt wurden.

»Bestimmt ist es heute nicht einfach, ein gutes Zimmer zu bekommen.«

»Und ganz nebenbei wird es für uns auch bald Zeit, den Rückweg anzutreten«, bemerkte die alte Babuschka und blickte nach Westen, wo die Sonne bereits tief am Himmel stand. »Im Dunkeln möchte ich nicht durch diese engen Gassen laufen. Wer weiß, was für ein Gesindel sich alles herumtreibt.«

»Also gut.« Katharina sah sich um. »Irgendwo hier muss doch dieser Dom sein.«

»Ich denke, es ist die große Kirche dort hinten«, sagte Katinka lachend und klopfte Katharina auf die Schulter.

»Ach, du meine Güte«, antwortete Katharina, als sie sich umgeschaut hatte, »wie konnte ich die nur übersehen?«

Wenig später standen sie vor dem Gasthaus, und Katharina hatte Glück, es war noch eine kleine Kammer unter dem Dach frei. Freudig bezahlte sie das Zimmer, wie es der Wirt verlangte, mit einem Silberstück im Voraus.

Danach trat sie gut gelaunt wieder auf die Straße. Bei den Zigeunern herrschte keine besonders gute Stimmung, und in Katinkas Augen standen Tränen.

Nun wurde es auch Katharina schwer ums Herz. Zum ersten Mal, seit sie in Frankfurt eingetroffen waren, wurde ihr bewusst, dass die Zeit zum Abschiednehmen endgültig gekommen war.

»Jetzt wird es wohl Zeit, Lebewohl zu sagen«, sagte sie leise. »Ich kann euch gar nicht sagen, wie lieb ich euch gewonnen habe. Ich stehe so hoch in eurer Schuld, besonders in deiner, Katinka.«

»Nein«, antwortete die alte Babuschka, ging auf Katharina zu und nahm sie in den Arm. »Du stehst nicht in unserer Schuld, sondern wir stehen in deiner. Es tut uns leid, dass wir so misstrauisch waren.«

»Aber das wäre ich bestimmt auch gewesen«, antwortete Katharina. »Wir waren uns doch völlig fremd.«

Katharinas Blick wanderte zu Piotr, der ebenfalls auf sie zukam und sie fest an sich drückte. »Wir alle waren froh, dass wir dich kennenlernen durften.«

Katinka rannen Tränen über die Wangen. Wladimir und Jegor hatten sich die ganze Zeit über im Hintergrund gehalten, aber nun kamen sie nach vorn. Jeder umarmte Katharina noch einmal zum Abschied.

»Alles Gute, Mädchen«, flüsterte Jegor ihr ins Ohr, »und mach keine Dummheiten mehr, hörst du!«

»Ganz bestimmt nicht. Ich verspreche es.«

Stanislav war der Letzte in der Runde, der sich von ihr verabschiedete. Liebevoll nahm auch er Katharina in die Arme.

»Danke«, flüsterte er ihr ins Ohr. »Ohne dich hätte ich mich nie getraut, Katinka zu fragen, ob sie zu mir gehören will.«

»Doch«, antwortete Katharina leise, »vielleicht nicht so schnell, aber du hättest dich getraut. Da bin ich mir ganz sicher. Pass gut auf sie auf.«

»Mach ich, ganz fest versprochen.«

Er trat zurück, und Katharinas Blick fiel auf Katinka, die heulend vor ihr stand.

Mit einem aufmunternden Lächeln nahm sie die schwarzhaarige junge Frau ganz fest in die Arme.

»Wir sind Freunde für immer«, flüsterte sie ihr leise ins Ohr, »wie Seelenverwandte, die den anderen finden, gleichgültig, wo er ist. Ich werde dich nie vergessen, Katinka.«

»Du wirst mir so fehlen«, schluchzte Katinka.

Stanislav nahm Katinka, als sie sich aus der Umarmung

gelöst hatte, liebevoll in den Arm. Katharina blickte verlegen in die Runde. Die alte Babuschka rief zum Aufbruch. »Wir müssen jetzt aber los, bald wird es dunkel sein.«

Langsam und zögerlich wandten sich alle zum Gehen und winkten, während sie die Straße hinuntergingen, Katharina zum Abschied zu.

Katharina liefen Tränen über die Wangen, und sie winkte so lange, bis alle hinter der nächsten Hausecke verschwunden waren, dann wandte sie sich wieder dem Gasthaus zu.

Unsicher stand Katharina zwei Tage später vor dem Gebäude der Druckerei. Hier war der Zeitungsverlag ansässig, bei dem der Artikel erschienen war, den ihr der Müller gegeben hatte. Es war nicht schwierig gewesen, den Verlag ausfindig zu machen. Ihr Wirt wusste, in welche Straße sie gehen musste, und hatte ihr bereitwillig den Weg dorthin gezeigt.

In den Händen hielt Katharina den Artikel, der ihr in der harten Zeit Mut gemacht hatte. Mit viel Mühe hatte sie gestern versucht, die Zeilen noch einmal zu lesen, was bei dem abgegriffenen Papier kaum noch möglich war. Aber sie hatte es geschafft, den Namen des Autors, der am Ende des Textes stand, zu entziffern. Balthasar Breitner hieß der Mann, der die Hexenprozesse verurteilte und sogar den Mut aufgebracht hatte, in seiner Zeitung davon zu berichten. Katharina wollte ihn nun kennenlernen, ihm vielleicht von ihrer Geschichte erzählen und erfahren, wer der Mann war, der ihr, ohne es zu wissen, Mut gemacht hatte.

Sie atmete tief durch, betrat das Gebäude und blickte sich in dem dämmrigen, großen Treppenhaus um. Ein junger Mann, der einen ganzen Stapel Papiere in den Händen trug, blieb neugierig stehen.

»Kann ich Euch irgendwie behilflich sein, junges Fräulein?«

»Ja, vielleicht«, antwortete Katharina mit vor Aufregung zittriger Stimme, »ich bin auf der Suche nach Balthasar Breitner.«

»Ja, der ist heute im Haus, die Treppe nach oben und die erste Tür links.«

»Vielen Dank für die Auskunft«, bedankte sich Katharina höflich und wandte sich zur Treppe.

Vorsichtig klopfte sie an eine braune Holztür.

»Herein«, rief eine freundlich klingende Stimme.

Katharina öffnete die Tür und blickte in einen mittelgroßen Raum. An dessen Fenster stand ein großer, aus schwerem Holz gefertigter Schreibtisch, und die Wände des Raumes säumten Regale, die anscheinend aus demselben schweren Holz gefertigt worden waren. In den Regalen stapelten sich Papiere und Bücher, und sogar der ganze Fußboden war mit Büchern bedeckt.

Am Schreibtisch saß ein junger, blonder Mann. Er warf Katharina einen kurzen Blick zu.

»Ja?«, fragte er.

»Ich …«, begann Katharina, sich vorzustellen, »ich heiße Katharina Heinemann. Seid Ihr Balthasar Breitner, der Mann, der diesen Artikel hier geschrieben hat?«

Unsicher hielt sie das abgegriffene Papier hoch. Der Mann hinter dem Schreibtisch lächelte.

»Ja, ich bin Balthasar Breitner und schreibe eine Menge Artikel. Ihr müsst schon ein wenig näher herankommen, damit ich erkennen kann, um welchen es sich handelt.«

»Es handelt sich um die Hexenverfolgung in Idstein«, antwortete ihm Katharina und machte ein paar Schritte auf ihn zu.

Er sah die junge Frau mit etwas mehr Interesse an. All die Menschen, die dort seiner Meinung nach unschuldig verfolgt wurden, hatten ihn lange beschäftigt. Er musterte Katharina, und sofort fiel ihm ihre Schönheit auf. Sie trug, wie fast alle Frauen, eine weiße Haube, aber bei ihr hatten sich einige ihrer kupferfarbenen Locken gelöst und fielen ihr ins Gesicht. Dieses schien aus feinstem Porzellan zu sein, so ebenmäßig war ihre Haut. Und doch hatte die Natur ihr einen Streich gespielt, denn sie hatte jede Menge Sommersprossen im Gesicht. Diese nahmen ihr ein wenig die Strenge und verliehen ihr eine Natürlichkeit, die er so bei keiner anderen Frau gesehen hatte. Sie trug ein unscheinbares graues Kleid und hatte ein weinrotes Tuch über ihre Schultern gelegt. Doch trotz der eher ärmlichen Kleidung kamen ihre schmale Gestalt und gute Figur hervorragend zur Geltung.

»Ja«, antwortete er charmant lächelnd, während er aufstand und ihr einen Stuhl anbot, »ich habe diesen Artikel geschrieben. Es ist grausam, wie dort in Nassau mit den Menschen umgegangen wird. Ich halte es für wichtig, dass die Menschen davon erfahren und dass sie wachgerüttelt werden. Es freut mich, wenn ich Euch dafür begeistern konnte, junges Fräulein.«

Katharina setzte sich. Sie war von seiner charmanten Art und seiner Herzlichkeit gefangen.

Dieser Mann strahlte etwas ganz Besonderes aus, das sie sich nicht erklären konnte.

»Ich denke, dann wird Euch meine Geschichte interessieren«, antwortete sie und sah verlegen zu Boden, »denn ich komme aus Idstein – und ja, es ist wahrlich grausam, was sie dort mit den Menschen tun.«

Überrascht sah Balthasar Breitner Katharina an, zog sich einen Stuhl heran und blickte ihr aufmunternd in die Augen.

»Nun denn, erzählt, was Euch widerfahren ist!«

Als Katharina zu erzählen begann, wurden seine Augen immer größer, und ohne dass er es bemerkte, ergriff er ihre Hand.

Die Hand einer jungen Frau, die er kaum kannte und die ihn doch in ihren Bann zog und mehr und mehr verzauberte.

Epilog

Katharina saß am Ufer des Mains und blickte auf das funkelnde Wasser.

Neben ihr saß ihre kleine Tochter im Gras und pflückte Blumen.

»Mama, das wird der größte Strauß, den du jemals gesehen hast.«

»Mama, Mama, sieh mal, ich kann fliegen!«

Lachend blickte sie auf. Ihr kleiner Junge hatte die Arme ausgebreitet und rannte über die Wiese.

»Ich sehe es, du fliegst wie ein Vogel, Wilhelm.«

Auf dem Fluss fuhren zwei mit Holz beladene Boote vorbei. Die Kinder winkten. Es war ein Tag wie aus dem Bilderbuch, wie ein Traum, der nie zu Ende gehen durfte.

Katharina liebte ihre neue Heimat, den Lärm und die vielen Menschen, nur ganz selten vermisste sie die Einsamkeit und die Ruhe von Niederseelbach.

Hin und wieder dachte sie an Katinka und die Zigeuner. Wie es ihnen wohl erging? Ob sie immer noch von Stadt zu Stadt zogen? Vielleicht war Katinka ebenfalls Mutter geworden? Sie dachte daran, wie Katinka getanzt hatte, damals in Eppstein. Wie sie es geschafft hatte, mit ihrer Schönheit alle Menschen in ihren Bann zu ziehen.

Von ihrem alten Leben war nichts geblieben. Nur noch Erinnerungen an eine andere Welt, Erinnerungen, die immer mehr verblassten.

Ihr Blick wanderte zu ihrer kleinen Tochter, die sie zum Andenken an ihre Mutter Eva getauft hatte. Die Kleine saß im Gras und versuchte, sich die Blumen in die Haare zu stecken, was ihr aber nicht gelingen wollte.

Sie war ihrer Großmutter wie aus dem Gesicht geschnitten, hatte die gleichen Augen und auch die gleiche Nase. Jede einzelne Sommersprosse in ihrem Gesicht schien an der gleichen Stelle zu sitzen wie bei ihrer Großmutter.

An Tagen wie diesen konnte Katharina ihr Glück kaum fassen. Ein Glück, das sie sich hart erkämpft hatte. Gott hatte ihr einen liebevollen Ehemann geschenkt und zwei gesunde Kinder. Hoffentlich würde sie aus diesem Traum niemals aufwachen.

»Komm schon, Mama«, drang die Stimme ihres Sohnes an ihr Ohr, »flieg doch mit mir!«

Mit diesen Worten riss der kleine Wilhelm Katharina aus ihren Gedanken. Sie stand auf, ergriff lachend seine Hände und ließ sich von ihm mitreißen – und tatsächlich glaubte sie zu fliegen.

Wie ein Vogel, der frei war – frei wie der Wind.

———

Nachwort

Am Fuße des Idsteiner Hexenturms hängt eine schlichte Marmortafel, mit der den 43 Opfern der Idsteiner Hexenverfolgungen gedacht wird und die uns eine grausame Geschichte aus einer anderen Zeit erzählt. Heute fällt es uns schwer, diese Grausamkeiten zu verstehen und den Aberglauben, das Denken und Handeln der Menschen von damals nachzuvollziehen. Wir erschaudern, wenn wir die vielen Namen derer lesen, die gefoltert und hingerichtet wurden.

Die Idsteiner Hexenverfolgung begann im Jahr 1676. Die Initiative dazu ging vom damaligen Landesherren Graf Johannes aus. Nirgendwo ist verbürgt, dass die Idsteiner Bürger diese Hexenverfolgung gefordert hätten, wie es in anderen Städten oft der Fall gewesen war. Graf Johannes kontrollierte alles peinlichst genau und überwachte jeden Schritt, den seine Beamten unternahmen. Der Graf wollte verhindern, dass das Land entvölkert wurde, Familien verarmten oder die Anklagen in höhere und höchste Kreise vordrangen. Ein Beispiel dafür war Landeshauptmann Post. Als langjähriger Untergebener des Grafen hatte er eine Vertrauensstellung inne, die niemand in Gefahr bringen konnte. Einem Wächter aus Camberg brachte die Verbreitung von Gerüchten über das Ehepaar Elbert großen Ärger ein. Er wurde in den Turm gesperrt, um Nachahmer abzuschrecken.

Die meisten Angeklagten waren Angehörige des Mittelstandes. Natürlich war auch hier die Hauptzielgruppe weiblich, doch in Idstein wurden auch acht Männer hingerichtet. Da aber nach dem Krieg viele Dörfer brachlagen, wurden keine Frauen hingerichtet, die unter vierzig Jahren alt waren. Diese Regelung rettete auch der Tochter der Rothköpfin, im Buch Katharina genannt, das Leben. Sie wurde tatsächlich eingeholt, befragt und wieder freigelassen.

Aber was für ein Mensch war Johannes, Graf zu Nassau, Saarbrücken und Saarwerden, Herr zur Lahr, Wiesbaden und Idstein?

Vielleicht könnten wir ihn als durchschnittlichen Regenten seiner Zeit bezeichnen, was vielleicht grausam anmutet, wenn man bedenkt, was während seiner Regierungszeit in Idstein geschehen ist. Allerdings muss man begreifen, dass damals das Weltbild der Menschen ein anderes war. Graf Johannes war fest verankert im protestantischen Glauben. Er war ein gebildeter Mann, kunstverständig, und er liebte seinen Garten. Er hatte ein Faible für die Gerichtsbarkeit. Die Hexenverfolgungen in Idstein verliefen genau nach der Peinlichen Gerichtsordnung Kaiser Karls V. von 1532, abgekürzt auch Karolina genannt.

1676 war Graf Johannes ein alter Mann und dachte zweifellos daran, in einer anderen Welt durch sein Handeln Ruhm und Lob zu erlangen.

Er ließ die Kirche prunkvoll renovieren und die Scheiterhaufen brennen. Die Hexenverfolgungen und die Renovierung der Kirche gehörten somit zusammen. Es galt, Punkte zu sammeln auf dem Weg ins ewige Leben. Die Verfolgungen endeten erst mit seinem Tod.

Noch eine weitere Figur des Romans möchte ich hervorheben: Hans Leonhard Busch, den Idsteiner Scharfrichter. Er lebte in Neuhof, das heute ein Stadtteil von Taunusstein ist. Sein Haus steht noch, und ein Schild weist das Gebäude als Henkershaus aus. Das Haus ist auch heute noch bewohnt.

Meister Leonhard, wie er auch genannt wurde, trat nach dem Dreißigjährigen Krieg die Nachfolge seines Vaters an. Er war Scharfrichter, Folterer und Wunderheiler in einer Person.

Er behauptete tatsächlich, dass er eine Hexe erkennt, wenn er sie sieht.

Meister Leonhard nutzte den Hexenglauben für seine Zwecke. In der Bevölkerung schien er eine Art Monopol auf Magie und Heilkunst zu besitzen. Die Hexen dienten ihm häufig auch als Alibi für misslungene Heilversuche. Er ließ sich seine Heilmittel gut bezahlen und wurde ein wohlhabender Mann.

Im Roman spielt eines der berühmtesten Opfer der Idsteiner Hexenprozesse nur eine Nebenrolle. Die Pfarrfrau von Heftrich, Cäcilie Zeitlose Wicht, der Ottokar Schupp im Jahr 1928 ein Buch widmete. Sogar eine Pfarrfrau war vor einer Einholung und Hinrichtung als Hexe nicht sicher. Sie wurde Opfer böser Verleumdungen und musste sterben, weil ihr Mann Johannes Wicht ein Verfechter der Hexenverfolgungen war.

Cäcilie Zeitlose Wicht wurde am 22. März 1676 hingerichtet und auf dem Verbrecherfriedhof in Wolfsbach vergraben. Doch nach einem späteren Gnadenakt wurde sie wieder ausgegraben und auf dem Kirchhof in Heftrich beigesetzt.

Es wird geschätzt, dass in der zweiten Hälfte des 17. Jahrhunderts in Deutschland 45 000 Menschen den Tod auf dem Scheiterhaufen fanden. In etwa fünfhundert Orten gab es diese Verfolgungen, die jeden treffen konnten: Adlige und Bauern, und sogar Kinder wurden angeklagt.

Keine Stadt ist stolz darauf, ein Teil dieser schrecklichen Zeit zu sein. Aber Idstein stellt sich diesem dunklen Kapitel, gedenkt öffentlich der Opfer, erinnert an sie und überlässt sie nicht dem Vergessen.

Danksagung

Ein Buch zu schreiben, ist eine ziemlich einsame Angelegenheit. Es gab aber einige Menschen, die mir immer wieder Mut machten und mir auch durch die schwierigsten Phasen geholfen haben. Allen voran mein Mann Matthias, der mit seiner Geduld und Fürsprache immer für mich da war. Aber auch viele andere liebe Menschen haben mir Mut gemacht, mir zugehört, mich getröstet und sich mit mir gefreut. Ich bedanke mich bei meinem Agenten Dr. Harry Olechnowitz für seine Geduld. Mein Dank gilt meinen lieben Freundinnen Martina Klein, Bianca Streim, Tanja Woltmann, Solly Aschkar und Maria Isabell Rössler. Auch möchte ich mich bei Werner Löcher-Lawrence bedanken, der mich beim Schreiben unterstützt hat. Mein Dank gilt auch all den Autoren der Webseiten, die mir bei den Recherchearbeiten geholfen haben, und den vier Autorinnen des Buches *Den Hexen auf der Spur,* das mir bei der Arbeit sehr weitergeholfen hat. Die Hexe von Nassau ist mein erster Roman, der zuerst bei Droemer Knaur im Jahr 2012 erschienen ist. Über drei Jahre habe ich an dem Text gearbeitet, und viele Freunde haben mir in dieser Zeit mit Rat und Tat zur Seite gestanden. Vor allen Dingen möchte ich mich auch jetzt noch einmal bei meinem Mann Matthias bedanken, der mir immer beigestanden und Mut gemacht hat.

Ohne seinen Zuspruch, seine Liebe und Unterstützung bin ich nichts.

Ich bedanke mich auch beim Aufbau-Verlag, der meiner Hexe von Nassau ein neues Zuhause gegeben hat. Zum Abschluss möchte ich mich noch bei meinem Vater Hans Schäfer bedanken, der mir ein wenig Phantasie und das Talent zum Geschichtenerzählen in die Wiege gelegt hat.